VER: AMOR

DAVID GROSSMAN

Ver: amor

Romance

Tradução do hebraico
Nancy Rosenchan

Revisão da tradução
Paulo Geiger

COMPANHIA DAS LETRAS

Copyright © 1989 by David Grossman

Tradução anteriormente publicada pela Editora Nova Fronteira S.A.

Título original
'Aien 'erech: ahavá

Capa
Raul Loureiro

Foto de capa
Paul Klee — Espectro de um gênio, 1922, 10 (detalhe) desenho por transferência
a óleo e aquarela em papel na cartolina, 50 x 35 cm, Scottish National Gallery of Modern Art,
Edimburgo, Reino Unido / The Bridgeman Art Library © Licenciado por AUTVIS, Brasil, 2007.

Preparação
Maysa Monção

Revisão
Marise S. Leal
Isabel Jorge Cury

Dados Internacionais de Catalogação na Publicação (CIP)
(Câmara Brasileira do Livro, SP, Brasil)

Grossman, David
    Ver : amor : romance / David Grossman ; tradução do hebraico
Nancy Rosenchan ; revisão da tradução Paulo Geiger. — São Paulo :
Companhia das Letras, 2007.

    Título original: 'Aien 'erech : ahavá.
    ISBN 978-85-359-1034-6

    1. Romance israelense I. Título.

07-3015   CDD-892.436

Índice para catálogo sistemático:
        1. Romances : Literatura israelense   892.436

[2007]
Todos os direitos desta edição reservados à
EDITORA SCHWARCZ LTDA.
Rua Bandeira Paulista 702 cj. 32
04532-002 — São Paulo — SP
Telefone (11) 3707-3500
Fax (11) 3707-3501
www.companhiadasletras.com.br

Sumário

Momik, 7
Bruno, 99
Vasserman, 229
A enciclopédia completa da vida de Kazik, 361

Lista dos verbetes em português, 529

MOMIK

Assim foi que, alguns meses depois que vovó Heni morreu e a puseram debaixo da terra, Momik recebeu um novo avô. Esse avô chegou no mês hebraico de Shevat do ano de 5719 da Criação, que é o ano de 1959 do outro calendário, e não chegou por meio do programa de rádio de saudações aos novos imigrantes que Momik tinha de ouvir diariamente entre uma e vinte e uma e trinta da tarde enquanto almoçava — e prestar bem atenção se nele mencionavam um dos nomes que o pai anotara numa folha; não, o avô chegou numa ambulância do Mogen-David-Azul que parou à tarde, em meio a um temporal, junto à mercearia de Bela Marcus, e dela desceu um homem gordo e bronzeado, não um *schwartser*, um escuro, dos países orientais, mas um como nós, e perguntou a Bela se ela conhecia aqui na rua a família Neuman, e Bela se assustou e enxugou rapidamente as mãos no avental e perguntou sim, sim, aconteceu alguma coisa, meu Deus? E o homem disse que não era preciso se assustar, não havia acontecido nada, o que há para acontecer?, só que trouxemos para eles um parente, e apontou para trás com o polegar na direção da ambulância que parecia totalmente silenciosa e vazia, e Bela ficou de repente branca como esta parede, e ela, como se sabe, não tem medo de coisa alguma, e apesar disso não se aproximou da ambulância e até se afastou um pouco na direção de Momik, que estava sentado junto a uma das mesinhas fazendo o dever de casa de Bíblia e

9

disse *vei iz mir?*, como assim um parente agora? E o homem disse *nu*,[1] dona, não temos tempo, se a senhora os conhece, então talvez possa dizer onde eles estão, porque na casa deles tem ninguém não. Falava errado, mesmo parecendo não ser novo no país, e Bela disse logo a ele que naturalmente não havia ninguém ali agora, porque eles não são parasitas, são gente que dá muito duro para ganhar o pão, desde cedo até à noite eles ficam lá, na outra rua, na banca da loteria, e este aqui, o pequeno, é deles, e o senhor vai esperar um instante aqui que vou chamá-los. E Bela correu, nem mesmo tirou o avental, e o homem olhou um momento para Momik, piscou um olho para ele, e como Momik não fez nada em resposta, porque sabe muito bem como deve se comportar com gente estranha, o homem deu de ombros e começou a ler o jornal que Bela deixara aberto, e disse para o ar que, mesmo com esta chuva que está caindo agora, vai ser um ano de seca, e era só isso mesmo que nos faltava agora. Mas Momik, que em geral é um menino bem-comportado, não ficou para ouvir e foi para fora, para a chuva e para a ambulância, trepou no degrau traseiro que ali havia, enxugou a chuva da janelinha redonda, olhou para dentro e viu o homem mais velho do mundo nadando lá dentro, como, digamos, um peixe no aquário. Estava usando um pijama de listas azuis, e era todo enrugado como vovó Heni antes de morrer. Tinha a pele um tanto amarelada e um tanto amarronzada como de tartaruga, e ela lhe pendia do pescoço e das mãos que eram muito magras, e a cabeça era totalmente calva, e os olhos eram azuis e vazios. Estava nadando no ar da ambulância com movimentos bruscos em todas as direções e Momik se lembrou do camponês suíço triste que tia Itke e tio Shimek trouxeram de presente, fechado numa pequena bola de vidro redonda com neve caindo, que Momik tinha quebrado sem querer, e, sem pensar muito, Momik abriu a porta e se assustou quando ouviu que o homem estava falando sozinho numa voz estranha, que se elevava e baixava, de repente com entusiasmo e de repente quase chorando, como se estivesse representando ou contando para alguém uma história na qual fosse impossível acreditar logo de início, e era difícil entender por quê, Momik tinha mil por cento de certeza que o velho era Anshel, o irmão mais novo de vovó Heni, o tio da mamãe, que sempre diziam que Momik se parece com ele, especialmente no queixo, na testa e no nariz, e que escrevia histórias

---

1. Serão mantidas em iídiche expressões familiares (*nu, shoi, tfu, sha, sha* etc.) que dão cor ao texto. (N. T.)

para crianças em jornais do exterior, mas Anshel tinha morrido nas mãos dos nazistas, *imach shmam vezochram*,[2] e este aqui parece vivo, e Momik desejou que os pais concordassem em mantê-lo em casa, isso porque, depois que vovó Heni morreu, mamãe disse que só queria uma coisa, que era morrer em paz, e justamente neste momento mamãe chegou — pena que Momik não tivesse pensado então no Messias — e atrás dela corria Bela, arrastando as pernas doentes, para sorte de Marilyn Monroe, e gritava para mamãe em iídiche para não se assustar e para não assustar o menino e atrás de mamãe e Bela vinha andando devagar este gigante pai dele, que respirava com dificuldade, o rosto vermelho, e Momik pensou que era mesmo uma coisa séria, já que os dois juntos tinham deixado a banca da loteria. Bem, então o motorista da ambulância dobrou lentamente o jornal e perguntou se eles são a família Neuman, e se eles são os parentes de Heni Mintz, abençoada a sua memória, e mamãe disse numa voz estranha sim, era a minha mãe, o que foi que aconteceu, e o motorista gordo sorriu gordamente e disse não aconteceu nada, o que é que havia para acontecer?, todos esperam o tempo todo que aconteça alguma coisa, só trouxemos para vocês o vovô, com parabéns. E então todos juntos foram até a porta traseira da ambulância e o motorista entrou e pegou o velho com facilidade nos braços, e mamãe disse oi, não pode ser!, é o Anshel, e começou a se balançar de um jeito que Bela correu até o café e trouxe para ela uma cadeira bem na horinha, e o motorista disse de novo que não era preciso se assustar assim, que não estávamos recebendo, Deus nos livre, algo ruim, e depois que pôs o velho no chão deu-lhe uma espécie de tapinha amistoso nas costas enrugadas que também eram totalmente tortas e disse para ele *nu*, eis a sua *mishpuche*, a sua família, sr. Vasserman, e disse ao papai e à mamãe vejam, ele já está conosco no hospício de Bat-Yam há dez anos e jamais foi possível compreendê-lo, sempre cantava e falava sozinho como agora, talvez rezasse ou outra coisa, e não ouvia absolutamente o que falavam com ele, como um surdo, *nebech*, coitadinho, eis a sua *mishpuche*. Gritou bem dentro do ouvido do velho, para provar a todos que ele era mesmo surdo, ah, como pedra, quem sabe o que fizeram com ele lá, *imach shmam, nu*, e nós não sabemos sequer onde é que ele esteve, em que campo, nada mesmo, pois nos trouxeram pessoas em estado pior, vocês precisavam ter visto, Deus nos livre, mas daí, há um mês mais ou menos, ele começou repen-

---

2. A expressão original em hebraico significa "que seu nome e memória sejam apagados". (N. T.)

tinamente a abrir a boca, e a dizer nomes de toda espécie de gente, e também o nome da sra. Heni Mintz, e o nosso diretor fez um pequeno trabalho, diríamos, de detetive, e descobriu que todas as pessoas de quem ele falou já morreram, abençoadas as suas memórias, e que a sra. Heni Mintz está registrada aqui, em Beit Mazmil, em Jerusalém, e que também ela, descanse em paz, já morreu, e que vocês são os únicos parentes dela, *nu*, e o sr. Vasserman, pelo visto, de saúde, não vai melhorar, e ele sabe comer quase sozinho, e também, me perdoem, as suas necessidades ele faz sozinho, e o nosso Estado *nebech* é pobre, e os nossos médicos disseram que é possível mantê-lo em casa também nesse estado, afinal é família, não é verdade? E aqui está a pasta com todas as coisas dele, as roupas e os papéis da doença dele, e documentos e também todas as receitas dos remédios que a gente deu para ele, e ele é muito fácil de lidar e quieto, tirando esses gestos e sons, mas isto não é nada, lá todo mundo gostava dele, ele era chamado de Família Malavski,[3] porque ele canta o tempo todo, era só de brincadeira, é lógico, dê boa-tarde para o pessoal!, gritou ele dentro do ouvido do velho. Ah, nada, como uma pedra. Veja, sr. Neuman, assine aqui e aqui que o receberam de mim, o senhor tem aí por acaso uma carteira de identidade? Não? Não faz mal. Eu confio assim mesmo. *Nu*, *shoin*, eu os felicito, acho que é uma grande alegria, como um bebê que nasceu, sim, aos poucos vocês vão se acostumar com ele, *nu*, e nós já precisamos voltar para Bat-Yam, ainda tem bastante serviço lá, graças a Deus, até logo, sr. Vasserman, e não se esqueça da gente! E riu na cara do velho, que nem percebeu que ele estava ali, e logo o outro entrou na ambulância e partiu rápido.

Bela correu para trazer um pedaço de limão para ajudar mamãe a se recuperar um pouco. Papai ficou parado sem se mexer, olhando para baixo, para a chuva que escorria para dentro do canteiro vazio, no qual a Prefeitura não havia plantado um único pinheiro. A água escorria pelo rosto de mamãe, que estava sentada numa cadeira, na chuva, de olhos fechados. Ela era tão baixinha que as pernas gordas não tocavam o chão. Momik se aproximou do velho e tomou delicadamente sua mão magra e o puxou para que ficasse sob a cobertura da mercearia de Bela. Momik e o velho tinham quase a mesma altura, já que o velho estava totalmente curvado e ainda tinha uma pequena corcunda abaixo do pescoço. No mesmo instante, Momik viu também que no braço

---

3. Famosa e popular família de cantores de igreja. (N. T.)

deste novo avô estava marcado um número, assim como havia no braço do papai e da tia Itke e de Bela, mas Momik viu logo que era um número diferente, e já naquele momento passou a decorá-lo, e, enquanto isso, Bela voltou com o limão e começou a esfregar a testa e a fronte de mamãe, e o ar se encheu de um cheiro bom, mas Momik esperou porque sabia que mamãe não voltava a si tão depressa.

Exatamente neste momento vieram da ponta da ruazinha Max e Moritz,[4] que na verdade se chamavam Guinsburg e Zaidman, mas ninguém se lembrava disso, exceto Momik, que se lembra de tudo. Eram dois velhos que estavam sempre juntos. Moravam no depósito do bloco 12, e o enchiam de trapos e refugos que recolhiam em toda parte. Quando vieram da Prefeitura para despejá-los, Bela gritou tanto que deixaram os dois ali e foram embora. Max e Moritz nunca falavam com ninguém, só entre si. Guinsburg, que era sujo e fedorento, andava perguntando o tempo todo quem sou eu?, quem sou eu?, e isto porque tinha perdido a memória, por causa daqueles *imach shmam*, e o pequeno, Zaidman, sorria para todo mundo, e dizia-se a seu respeito que era vazio por dentro. Não se moviam um sem o outro, Guinsburg, o escuro, ia na frente, e depois vinha Zaidman, segurando a sacola preta, que fedia a quilômetros de distância, sorrindo para o ar. Quando a mãe de Momik os via se aproximando, logo dizia para si própria baixinho e rápido *oif ale puste felder, oif ale viste velder*, ou seja, que a desgraça caia sobre todos os campos vazios e sobre todas as florestas desertas, e ela, naturalmente, disse para Momik não se aproximar deles, mas ele sabia que eles eram bons, e o fato era que Bela não havia concordado que os expulsassem do depósito, mesmo que ela própria os chamasse de brincadeira de toda espécie de nomes como Mupim e Hupim, Pat e Patashon, que são dois Mickeys que havia nos jornais da terra de onde todos vieram.

E então aqueles dois vinham vindo assim devagar, mas era estranho, porque desta vez era como se eles não tivessem medo das pessoas, e até se aproximaram e pararam bem junto do vovô e o examinaram bem, e Momik olhou para o vovô e viu que o nariz dele se moveu um pouquinho, como se os farejasse, e isso não é grande coisa, pois até alguém que não tem nariz consegue farejar o Guinsburg, mas aqui era algo diferente, porque vovô interrompeu

---

4. Personagens de Wilhelm Busch. Correspondem em português a Juca e Chico. (N. T.)

repentinamente suas melodias e olhou para os dois patetas, também disso mamãe os chamava, e Momik sentiu como aqueles três velhos se contraíram de uma só vez como se tivessem sentido algo juntos, e então o novo vovô de repente se virou com tal zanga, como se tivesse desperdiçado um tempo que lhe era proibido desperdiçar, e logo voltou à sua melodia enervante, e novamente foi como se não visse nada, e só moveu as mãos com força, como se nadasse no ar ou falasse com alguém que não se encontrava ali, e Max e Moritz olharam para ele, e o pequeno, Zaidman, começou a fazer gestos e a emitir sons como vovô, ele sempre imita as pessoas que vê, e Guinsburg lhe lançou uma espécie de som raivoso e começou a ir embora, enquanto Zaidman o seguia. Mesmo quando Momik os desenha para os selos do reino, eles estão sempre juntos.

Bem, nesse meio-tempo mamãe se ergueu pálida como cal e balançando-se sem força, e Bela lhe ofereceu o braço dizendo apóie-se em mim, Gisela, e mamãe absolutamente não olhou para o novo vovô, e disse para Bela isto vai me matar, lembre-se do que estou lhe dizendo, por que é que Deus não nos deixa um pouco em paz e nos deixa viver, e Bela disse *tfu*, veja como fala, Gisela, não é um gato, é um *serumano* vivo, não fica bem, e mamãe disse não basta que fiquei órfã, e não basta o quanto sofremos nos últimos tempos com a minha mãe, agora vai começar tudo de novo, olhe para ele e veja sua aparência, ele veio morrer aqui na minha casa, é para isto que ele veio, e Bela disse para ela *sha*, *sha*, e conduziu-a pela mão e ambas passaram ao lado do vovô e mamãe nem olhou para ele, então papai deu aquela tossida, *nu*, por que ficar assim parados?, e veio e pousou a mão com força no ombro do velho, olhou para Momik com uma cara meio envergonhada, e começou a levar o velho dali, e Momik, que já tinha começado a chamar o velho de vovô, mesmo que ele não fosse exatamente seu avô, disse para si mesmo olha só!, não morreu quando papai tocou nele com as mãos, mas na verdade é claro que quem veio de *Lá* não pode ser atingido.

Já naquele mesmo dia, Momik desceu para o depósito sob a casa e fez uma busca. Sempre tivera medo de descer para lá por causa da escuridão e da sujeira, mas desta vez ele tinha que ir. Ali, entre as camas grandes de ferro e os colchões dos quais escapava palha, e todas as pilhas de roupas e sapatos, estava também o *kifat* da vovó Heni, que era uma espécie de baú muito bem amarrado, no qual se encontravam todas as roupas e pertences que ela havia trazido de *Lá* e

14

um *Taitsh-Chumash*,[5] chamado de *Tsenaurena*,[6] e a tábua grande sobre a qual ela preparava massa folhada e principalmente havia ali três sacos cheios de penas de ganso, que vovó Heni arrastara por meio mundo em navios e trens e nos maiores perigos, apenas para que pudesse fazer com elas um acolchoado de plumas em Israel, para que não sentisse frio nos pés, *nu*, e quando ela chegou aqui, o que é que se viu, viu-se que tia Itke e tio Shimek, que chegaram antes e logo enriqueceram, já tinham comprado para ela um acolchoado duplo de plumas, e as penas ficaram no depósito e logo criaram mofo e outras porcarias, mas nós aqui não jogamos fora uma coisa dessas, e o principal era que dentro do *kifat*, embaixo, havia um caderno com toda espécie de coisas que vovó tinha escrito em iídiche, uma espécie de memórias de quando ela ainda tinha memória, mas Momik também se lembrava de que certa vez, ainda antes de saber ler, e antes de se tornar um *alter kop*, ou seja, sábio e inteligente como são os velhos, vovó mostrou para ele uma folha de jornal muito velho; ali havia uma história que o irmão da vovó Heni, este Anshel, escrevera há uns cem anos (aproximadamente), e mamãe se zangou então com vovó, que ela estava enchendo a cabeça do menino com coisas que já se haviam acabado e que não havia necessidade de lembrar, na verdade a folha daquele jornal ainda estava lá dentro do caderno, e quando Momik a pegou, ela logo começou a se esfarelar em suas mãos, e por isso Momik a levou entre as folhas do caderno; seu coração bateu forte, e depois ele se sentou sobre o *kifat* para amarrá-lo com as cordas, mas era leve demais para isso, e o deixou aberto; já estava pronto para fugir do depósito quando de repente teve uma idéia tão estranha que parou no lugar e esqueceu totalmente o que queria fazer, mas seu pinto fê-lo lembrar-se bem bonitinho, ele mal conseguiu sair e teve que urinar junto à escada, porque era o que sempre acontecia quando ele descia para o depósito.

Bem, ele conseguiu introduzir o caderno em casa sem que o percebessem, e logo entrou no seu quarto e o abriu e viu que no caminho a folha tinha se esfarelado mais um pouco, no canto superior ela já estava rasgada; Momik logo percebeu que a primeira coisa a fazer era copiar o que estava escrito numa outra folha, porque senão, *kaput*. Tirou seu caderno de espionagem de sob o colchão

5. Tradução iídiche do Pentateuco, usada para instruir as crianças. (N. T.)
6. Expressão hebraica para "Vá e veja" e também, no caso, a versão iídiche do Pentateuco destinada inicialmente às mulheres. (N. T.)

e começou a copiar rapidamente e com emoção, palavra por palavra, todo o conto que estava no jornal rasgado:

As Crianças do Coração em Auxílio aos Peles-Verm
Uma história em cinqüenta capítulos do escr
querido pelas crianças
Anshel Vasserman-Sheraz
Capítulo 27

— *Ó Fiel Leitor! No último número deixamos a turma das Crianças do Coração rumando como uma flecha nas asas da Máquina do Salto no Espaço e no Tempo, com destino ao astro menor que é a Lua. Esta máquina era produto do gênio do sábio menino Serguei, que vence os artifícios da técnica e da corrente elétrica, e cujas maravilhas já foram expostas no capítulo anterior, e o Leitor pode encontrá-las ali se o assunto lhe fugiu da memória. E junto com os membros do grupo também se encontravam a bordo da máquina membros da tribo Navaja de pele vermelha, à frente da qual estava seu orgulhoso rei, que é chamado "Meia Vermelha" (pois o Amável Leitor deve lembrar-se de que os peles-vermelhas têm predileção por tais nomes gloriosos, como é o caso deste, e, ao ouvi-lo, talvez um sorriso aflore aos nossos lábios!), e eles todos fugiam da truculência dos homens guerreiros que desejaram despojá-los da terra de seus pais, e em primeiro lugar vinha o sangüinário John Lee Stewart, natural da Inglaterra. Assim todos puseram-se a caminho da Lua para se abrigarem, e para encontrar nela consolo para a sua dor, e escrever uma nova página no caderno de sua vida desafortunada. Veja! Sua máquina maravilhosa passa pelas estrelas fixas, rompe os anéis de Saturno, salta entre feixes de relâmpagos, e sua velocidade é igual à da luz. E enquanto ela segue seu caminho, o cordial Oto Brig, o primeiro e líder das Crianças do Coração, empenhava-se muito em aplacar os peles-vermelhas (que só então tinham se salvado da mão inimiga e neste momento chisparam para o céu em uma carruagem de fogo) e lhes contou todos os fatos maravilhosos das Crianças do Coração, sendo que o Fiel Leitor os conhece bem e não o cansaremos com isso. E a irmã menor de Oto, Paula Feliz, de cabelos dourados, preparava as refeições para os convidados a fim de refrescar-lhes a alma conturbada e aliviar o espírito. E Albert Fried, o rapaz* silencioso, estava sentado naquele momento imerso nos segredos da cabine de comando, refletindo intimamente sobre a ilustre questão de se haveria animais na Lua, pois como é do seu conhecimento, meu Amigo Leitor, Albert Fried era conhecedor dos hábitos dos animais, desde os ovos de piolhos até os chifrudos búfalos, e sabia falar a cada um deles em sua língua como o rei Salomão na sua época, e se apressou em achar sua caderneta para anotar nela todos os fatos científicos que haveria de observar dentro em pouco, pois nosso amigo Albert Fried era amante da lei e da ordem, e seria conveniente que os pequenos leitores seguissem seu exemplo. Enquanto ainda estava escrevendo, chegou aos seus ouvidos o doce murmúrio de uma flauta, espantou-se muito e apressou-se em se pôr de pé e se aproximar do salão de passagem, parou à porta e espantou-se com o que viram seus olhos: ali estava Herotion, o garotinho armênio, mago e especialista em todo tipo de prodígios e encantamentos, tocando sua flauta diante dos convivas, e os sons que seus dedos ágeis produziam calavam agora o temor do coração dos peles-vermelhas e apaziguavam os temerosos. Os sons da flauta lhes infundiam consolo. E não é de admirar: o próprio pequeno Herotion fora salvo pelas Crianças do Coração alguns anos antes, quando os turcos do Turcomenistão atacaram sua aldeia nas montanhas da Armênia, e ele foi o único que se salvou e os fatos desta história de tantas aventuras foram trazidos com todas as letras aos nossos fiéis leitores na história As Crianças do Coração resgatam o povo da Armênia; o jovem Herotion se emocionou com a tristeza daqueles novos viajantes. Enquanto ainda tocava, passou repentinamente uma pesada nuvem por Serguei, que se postara como uma sentinela, tendo na mão o telescópio que aumenta o tamanho de cada objeto mil e duzentas vezes, e exclamou: "Ai daquele que enfrenta tal calamidade e desastre! Fujam! Para a Lua!". Eles observaram e foram tomados de horror. Oto, o comandante, se apressou e também olhou para dentro do telescópio e seu coração parou, o rosto ficou pálido como o de um morto. Paula segurou sua mão e gritou: "Em nome de Deus, Oto, o que você viu?". Mas a língua de Oto retraiu-se na boca, como uma massa, e ele não pôde emitir palavra, apenas seu rosto era testemunho de que haviam sido atingidos pelo mal, e que era possível, Deus o livre, que a morte espreitasse em suas janelas.

Continuação da história na próxima semana, no próximo número de Luzinha.***

Esta foi a história que Momik encontrou no jornal, e no momento em que começou a copiá-la, soube que era a história de maior tensão e a mais interessante que alguém já havia escrito, e a folha tinha cheiro de mil anos com certeza, parecia exatamente uma folha da Bíblia, e também as palavras eram da Bíblia, e Momik já sabia que, mesmo se lesse mil vezes, não entenderia tudo de verdade, porque para entender histórias desse tipo era preciso ter explicações, suponhamos, como as de Rashi, e alguém que entendesse mesmo a língua, porque hoje ninguém fala assim, exceto, pelo visto, vovô Anshel, mas mesmo sem entender bem, Momik sabia que esta folha é na verdade o começo de todas as coisas e de todos os livros do mundo, e que tudo o que todos os escritores escreveram nos livros depois disso são apenas imitações pobres desta folha que Momik teve a sorte de encontrar como um tesouro; era-lhe absolutamente claro que, se ele a soubesse de cor, saberia tudo, nem mesmo precisaria estudar mais para a escola; a partir daquele momento, Momik começara a decorar a história, e cabeça boa ele tinha, graças a Deus, e em uma semana ele já a sabia toda; quando ia dormir dizia para si mesmo: "Herotion, o garotinho armênio, mago e especialista em todo tipo de prodígios e encantamentos" etc., e também na classe era assim, e lentamente a história lhe penetrou na alma e ele não parou de pensar qual tinha sido a coisa horrível que eles viram na Lua através daquele telescópio; às vezes tentava inventar ele próprio um final para a história, mas sabia que um final bíblico verdadeiro somente vovô Anshel é que poderia inventar, mas vovô Anshel não tinha inventado.

O pai e a mãe de Momik decidiram que vovô moraria no quartinho que tinha sido o aposento de vovó Heni, mas fora isso ele em nada se parecia com ela. Ele não conseguia permanecer sentado tranqüilamente nem por um momento, até quando dormia revirava-se e falava no sono, as mãos saltavam e se moviam. Logo ficou claro que era impossível trancá-lo em casa, porque então ele começava a chorar e a gritar, e por isso deixaram-no o mais livre possível. De manhã, quando papai e mamãe iam para a loteria e Momik seguia para a escola, vovô Anshel andava o tempo todo pela ruazinha, e quando se cansava sentava-se no banco verde diante da mercearia de Bela, e falava sozinho. Morou com Momik e seus pais exatamente durante cinco meses, e depois desapareceu. Na semana em que ele chegou, Momik começou a desenhá-lo para os selos do reino, e abaixo do desenho escreveu (em homenagem ao avô) as seguintes palavras: "Anshel Vasserman. Escritor hebraico que pereceu no Holocausto". Bela trazia para vovô um copo de chá ralo, e também lhe lembrava delicadamente que era hora de urinar: *Mendaf pishn*, sr. Vasserman. E o levava como a um menininho ao banheiro. Bela é um verdadeiro anjo do céu. O marido dela, Heskel Marcus, morreu há muitos anos e a deixou sozinha com Yehoshua, um menino nada fácil e meio *meshiguener*, meio maluquete, e ela sozinha, com estes dez dedos, fez dele um alto oficial do Exército, também formado na faculdade. Além de Yehoshua, Heskel legou-lhe o pai dele, o velho sr. Aharon Marcus, que era — *zol er zain guesunt un shtark*, que tenha saúde e força — doente e fraco, e já não sabe o que se passa com ele e quase não desce da cama; e Bela, que até para Heskel era como uma rainha — em casa ele não a deixava mover nem sequer um copo —, quando ele morreu, naturalmente não ficou sentada em casa de papo para o ar, e logo começou a trabalhar na pequena mercearia para manter ao menos os clientes fixos; até a ampliou e acrescentou mais três mesinhas, e trouxe também sifão e uma máquina de café; ficava ali de pé desde cedo até a noite e cuspia sangue, e só o travesseiro dela sabia quantas lágrimas ela tinha derramado, mas Yehoshua nunca foi dormir com fome, e de trabalho duro ninguém morreu ainda.

No seu café, Bela servia refeições matinais leves e seletas e também almoços caseiros para pessoas de gosto. Momik se lembrava exatamente dessas palavras porque escrevia para Bela o cardápio três vezes (havia três mesas) e também desenhou pessoas gordas e sorridentes por terem comido bem no café de Bela. Neste café havia naturalmente também bolachas caseiras, que eram mais frescas do que Bela, como ela dizia a quem perguntava, e o problema era que pouco perguntavam, pois quase ninguém vinha ao café. Só os operários marroquinos que construíam os bairros novos de Beit Mazmil vinham às dez da manhã comprar uma garrafa de leite e um pouco de pão e iogurte, e vinham alguns clientes fixos da ruazinha, e vinha Momik, naturalmente. Mas ele não pagava. Outras pessoas não vinham comprar porque naquela época haviam aberto no centro comercial um supermercado novo e moderno, e quem comprava ali por trinta liras recebia de brinde descansos de cortiça para xícaras de chá, como se durante a vida toda tivessem se acostumado a beber chá com pires na casa da princesa, e todos corriam para lá como se ali distribuíssem ouro e não peixe defumado e rabanete, e também porque todo mundo recebe ali um carro particular: um carrinho de ferro, e que andem lá todos no seu carrinho, diz Bela, sem na verdade se zangar, e cada vez que ela fala do supermercado, Momik cora e olha para o lado, porque às vezes ele entrava lá e olhava todas as luzes e as coisas que lá existem para comprar, e observava como as caixas registradoras trabalham e tilintam, e como se matam as carpas no tanque de peixes, mas isso de que todos os clientes a abandonaram não incomoda Bela (assim diz ela) e também o fato de que ela jamais será rica, o que é que tem?, Rockefeller come dois almoços? Rothschild dorme em duas camas? Não, mas o que a preocupa é estar desocupada e o tédio, e se a situação continuar assim ela é até capaz de ir trabalhar em limpeza, contanto que não fique assim, pois o que é que ela tem para fazer, pois para Hollywood ela já não irá este ano, pelo visto, devido às suas pernas, e Marilyn Monroe pode continuar a dormir tranqüila com seu novo marido judeu. Bela ficava sentada o dia todo junto a uma das mesas vazias, lendo *Laishá* e *Yediot Aharonot*, e fumava cigarros Savion um após o outro. Não tinha medo de nada e dizia a cada um o que pensava a seu respeito. Foi assim com os fiscais da Prefeitura que vieram despejar Max e Moritz do depósito, e Bela falou com eles de um jeito que já ficariam com a consciência pesada pelo resto da vida, mas nem de Ben Gurion ela tinha medo, e quando falava dele ela o chamava de "o pequeno ditador de Plonsk", mas não falava assim a respeito de tudo porque é preciso lembrar que também ela, como todos os adultos que Momik conhecia, veio da terra que se chama Terra de *Lá*, da qual é sempre proibido falar em demasia, e só se pode pensar nela com o coração, e suspirar com um *krechts*, um suspiro, tão longo como *oooiii*, como fazem todos, mas Bela é afinal de contas um pouco diferente, e dela Momik ouviu algumas coisas importantes de verdade sobre aquela terra, apesar de também ela estar proibida naturalmente de contar a ele aqueles segredos, ela, apesar disso, revelou a ele alguns indícios sobre a casa que seus pais possuíam na Terra de *Lá*, e foi de Bela que Momik ouviu pela primeira vez a respeito da Besta Nazista.

Bem, para dizer a verdade, Momik pensou de início que Bela estava se referindo mesmo a um monstro imaginário ou a um dinossauro gigantesco que tivesse existido alguma vez no mundo e que todos temiam. Mas não ousou fazer muitas perguntas a respeito. E então, quando chegou o novo avô e os pais de Momik se tornaram ainda mais infelizes e sofriam e gritavam à noite, e já se tornara impossível suportar isso, Momik decidiu perguntar a Bela novamente, e Bela lhe respondeu numa voz azeda que há algumas coisas que ele, graças a Deus, ainda não é obrigado a saber aos nove anos, e com dedos zangados desabotoou-lhe, como de hábito, o botão superior da camisa, e disse que sufocava só de vê-lo assim, mas Momik decidiu insistir e perguntou a ela bem claro que animal era exatamente a Besta Nazista (pois ele sabia muito bem que já não existem no mundo animais imaginários e certamente também não dinossauros); Bela deu uma longa tragada no cigarro e depois o amassou com força no cinzeiro, deu um *krechts* e olhou para ele, depois torceu os lábios, não quis falar, e apesar disso deixou escapar e disse que a Besta Nazista pode na realidade provir de qualquer animal, é só lhe darem tratamento e comida adequados — e então ela logo acendeu outro cigarro, e seus dedos tremiam um pouco. Momik viu que mais não conseguiria tirar dela desta vez, e saiu para a rua cheio de pensamentos, arrastando a mochila da escola pela calçada molhada, abotoando sem perceber o botão de cima; então parou e olhou para vovô Anshel, que como sempre estava sentado no banco verde no outro lado da ruazinha estreita, imerso em si próprio e discutindo com as mãos com aquele a quem é absolutamente impossível ver e que não lhe dava sossego nem por um momento, mas o mais interessante era que vovô já não ficava sentado sozinho no banco.

E foi assim que nos últimos dias, sem que vovô percebesse, ele começou a atrair para si toda espécie de gente. E justamente uns velhos que até então as pessoas quase não percebiam na ruazinha, e se percebiam tentavam não falar sobre eles, Guinsburg e Zaidman, por exemplo, que vinham até ele e o observavam de perto, e Zaidman começava logo a fazer movimentos como os de vovô, porque ele sempre imita as pessoas que vê, e veio também Yedidiya Munin, que morava e também dormia à noite na sinagoga vazia junto com os santos martirizados. Este é o Yedidiya Munin, que anda com as pernas abertas por causa da *kile*, sua hérnia, e usa dois pares de óculos, um sobre o outro, um par de óculos de sol e um par comum, e às crianças é absolutamente proibido se aproximar dele porque ele é obsceno, mas Momik sabe que Munin é na verdade um *serumano* bom, que tudo o que ele deseja na vida é amar uma mulher de família fina e de destaque, e fazer filhos com ela de um modo que só ele sabe, e para tanto Momik recorta para ele secretamente toda sexta-feira do jornal de Bela os anúncios de propostas de casamento da casamenteira famosa e moderna, sra. Ester Levin, a primeira especialista do país em ligações com turistas do exterior, mas que ninguém, Deus o livre, saiba disso. Bem, e depois desceu para a ruazinha também o sr. Aharon Marcus, o pai do Heskel da Bela, que havia dez anos não era visto e todos os vizinhos já tinham rezado o *kadish*, a oração pelos mortos, por ele, e eis que ele estava vivo, bem vestido e elegante (bem, Bela não permitiria que ele saísse para a rua vestido como um esfarrapado, é claro), só que a cara dele é que é assim, que horror, o tempo todo ela pula e se retorce e se dobra em mil e uma caretas estranhas que é melhor não ver. Veio também a sra. Hana Tsitrin, cujo marido alfaiate a abandonou e fugiu, *imach shmó*, e a deixou viúva de um marido vivo, como ela sempre costumava berrar, e sorte que veio o dinheiro da indenização,[7] pois do contrário ela morreria de fome, Deus a livre, porque o alfaiate, um *pshokrev*,[8] não deixou para ela nem mesmo o que há embaixo da unha, levou tudo consigo, que o diabo o carregue, e a sra. Tsitrin é realmente uma boa mulher, mas é também uma puta e transa com *schwartsers, a schwarts yor oif ir*, que caia um ano negro sobre ela, como mamãe sempre diz quando ela passa, e a sra. Tsitrin justamente faz esta coisa com Sasson Sasson, que é zagueiro no time Hapoel-Yerushalaim, e com Victor Arussi, que é chofer de táxi, e também com Azura, que tem um açougue no centro comercial, e o cabelo dele está sempre cheio de penas, e até parece ser boa pessoa e que não transa, mas todos sabem que sim. No início Momik odiava Hana com um ódio mortal, e jurou para si mesmo que só se casaria com uma moça de família fina e renomada, como nos anúncios de Ester Levin, a casamenteira, uma moça que o amasse por causa da sua beleza, da sua sabedoria, da sua timidez e de modo algum não transasse com outros, mas quando disse certa vez algo sobre Hana Tsitrin para Bela, Bela se zangou com ele e começou a dizer o quanto Hana é uma coitada, e que é preciso ter pena dela, como é preciso ter pena de cada um, e Momik não sabe de tudo o que aconteceu com Hana *Lá*, e quando ela nasceu certamente não sonhou que acabaria assim, todos têm muitos sonhos e esperanças no início, assim disse Bela, *nu*, e então Momik já começou a olhar para Hana um pouco diferente e viu que ela era na verdade bonita demais, tinha uma grande peruca loira, como o cabelo de Marilyn Monroe, o rosto vermelho e grande com um buço bonito, e tinha pés inchados envoltos em muitas ataduras, e ela até que estava bem, só que odiava o próprio corpo e o arranhava continuamente com as unhas, e o chamava a minha fornalha e minha desgraça, e foi Munin quem explicou a Momik que ela grita assim porque precisa ter relações o tempo todo, porque senão irá para algum lugar ou algo assim, e por isso o alfaiate fugiu dela porque ele não era de ferro, e ele também tinha algum pro-

7. Compensação financeira paga pela Alemanha às vítimas do nazismo. (N. T.)
8. Imprecação polonesa; literalmente significa "sangue de cães". (N. T.)

blema com chifre, e tinha de perguntar a Bela também sobre isso, e todas estas histórias preocupavam Momik um pouco, porque o que aconteceria se alguma vez todas as transas dela por acaso não viessem e ela por engano visse Momik passando na rua? Mas, graças a Deus, isso não aconteceu, e é preciso contar também que além de estar zangada com o corpo dela, a sra. Tsitrin também está zangada com Deus, e agitava as mãos para Ele e fazia toda espécie de gestos não muito bonitos, e gritava e xingava-O em polonês, vá lá, mas também em iídiche, que Ele certamente entende. E todo o tempo o que ela queria era que Ele ousasse uma vez vir e ficar diante de uma mulher simples de Dinov, e, de todo modo, por enquanto Ele não ousou, mas toda vez que ela começava a gritar e a correr pela rua, Momik logo corria para a janela para ver, para não perder o encontro, pois quanto Deus poderia se conter com todas essas ofensas, e ainda mais quando todos em volta estão ouvindo; de que Ele é feito, de ferro? E então também esta sra. Tsitrin começou recentemente a vir até o banco, e a sentar-se ao lado de vovô, mas delicadamente, como uma boa menina, e continuou a coçar o corpo todo, mas em silêncio, sem gritar e sem brigar com ninguém, pois até ela sentiu logo que vovô no íntimo é um homem muito delicado.

E Momik se envergonhava de vir e ficar bem perto deles, e só se aproximou lentamente, arrastando a mochila pela calçada, até que de repente, por acaso, ele já estava bem ao lado do banco, e podia ouvir o que eles estavam falando ali em iídiche, e este era um iídiche um pouco diferente do falado por seus pais, mas ele até entendeu cada palavra: o nosso rabino, sussurra Zaidman, o pequeno, era tão sábio que até os maiores doutores disseram que ele tem dois cérebros! E Yedidiya Munin diz: *Et!* (uma espécie de som que eles fazem o tempo todo). O nosso rabinozinho, um rebel em Neustadt, chamavam-no *yanuka*, um bebê, também ele, *nebech*, foi para *Lá*, não quis escrever em livro as suas inovações, *nu*, então, também os ilustres do hassidismo nem sempre quiseram isto, mas o que aconteceu? Vou dizer a vocês o que aconteceu: ocorreram três coisas nas quais o pequeno rebel de abençoada memória foi obrigado a ver sinais do Alto. O senhor está ouvindo, sr. Vasserman? Do Alto! E lá em Dinov, diz a sra. Tsitrin, assim à toa, sem se dirigir a ninguém, lá, na praça, a estátua de Jagelão tinha talvez uns cinqüenta metros de altura, e tudo era de mármore! Mármore estrangeiro!

Momik esqueceu até mesmo de fechar a boca, de tanta excitação! Pois era claro que eles estavam falando com total liberdade da Terra de *Lá*! Era quase perigoso como eles se permitiam falar dela assim, mas ele era obrigado a aproveitar a oportunidade e se lembrar de tudo tudo, e depois correr e anotar naquele caderno e também desenhar, pois há coisas que é melhor desenhar. Assim é, por exemplo, quando eles falam sobre toda espécie de lugares na Terra de *Lá*, e ele pode desenhá-los no atlas secreto que está preparando. Já pode registrar nele aquela montanha da qual o sr. Marcus está falando, que havia na Terra de *Lá* uma montanha enorme, talvez a segunda maior do mundo, e os góis chamavam esta montanha de Montanha dos Judeus, e era na verdade uma montanha maravilhosa, eu lhe garanto, sr. Vasserman, e se acontecia de alguém achar algo ali, o achado desaparecia antes que a pessoa chegasse em casa, realmente um pavor de ver! *Shreklech*!, terrível mesmo. E a lenha que se recolhia nesta montanha não se consumia no fogo! Ardia e não se consumia! Assim diz o sr. Marcus, e em seu rosto sucedem-se com muita rapidez todas as caretas dele, que horror, mas o sr. Munin puxa vovô Anshel pelo casaco, como um menino puxa a mãe, e lhe diz isso ainda não é nada, sr. Vasserman, lá em Neustadt tínhamos um sr. Vaintraub, Shaye Vaintraub, era assim que o chamavam. Um jovem. Garotinho. Mas era um gênio! Até em Varsóvia tinham ouvido falar dele! Ele recebeu uma bolsa especial do Ministério da Educação! Imagine só, o polonês deu uma bolsa para ele! Agora ouça bem, diz o sr. Munin, e a mão dele se retorce, como sempre, bem fundo no bolso (procurando ali o tesouro que todo pobre pode encontrar, diz Bela a respeito dele), este Vaintraub, se a gente perguntasse para ele, por exemplo, no mês de Tamuz, sim, vamos supor Tamuz: Diga-me, por gentileza, Shaye, quantos minutos temos, com a ajuda de Deus, de agora até a festa da Páscoa do ano que vem? Minutos! Nem dias, nem semanas! Diga logo, e mais: que possamos viver para ver nossos filhos casados, sr. Vasserman, ele respondia com exatidão, como um robô, mal comparando! E a sra. Hana Tsitrin parava por um momento de se coçar e de levantar o vestido e de arranhar as pernas nuas até em cima, olhava para Munin com os olhos cheios de zombaria e perguntava se este era o Vaintraub que tinha, longe de nós tal coisa, a cabeça comprida como uma espiga de milho? Que depois foi para Cracóvia? O sr. Munin pareceu repentinamente um pouco nervoso e disse em voz mais fraca, sim, é este rapaz, um gênio inigualável... e Hana Tsitrin joga a cabeça para trás, ri um riso rascante como o seu coçar e diz para ele: Saiba que ele lá se tornou um especulador da Bolsa e se deu muito mal. Imagine, um gênio! Ouvimos falar dele!

E eles continuam a falar assim, sem parar, sem prestar atenção em absoluto um ao outro, numa melodia que soa conhecida a Momik, mas ele não se lembra de onde, e dizem assim, sem qualquer cuidado, todas as coisas da Terra de *Lá*, os lemas mais secretos, dizem distrito de Lvov, província de Bzjozov, e o velho mercado de gado, e o grande incêndio na casa de estudos, e o serviço militar, a proteção lograda, e o odioso converso, e Feigue Lea, a ruiva, e Feigue Lea, a morena, e o Goldn Bergl, a colina dourada que havia fora da aldeia de Zaidman, na qual o rei da Suécia tinha enterrado os barrizinhos de ouro quando fugiu do exército russo, ah, e Momik engole a saliva e se lembra de tudo, para essas coisas ele tem uma cabeça extraordinária, uma cabeça de *alter kop* mesmo, bem, talvez ele ainda não esteja no nível de Shaye Vaintraub, que é como um robô, mal comparando, mas também Momik pode dizer a você a cada momento quantas aulas de ginástica restam até as próximas férias grandes, e quantas horas de aula no total (também em minutos), para não falar das outras coisas que ele sabe, para não lembrar as profecias dele, porque Momik é declaradamente quase um profeta, uma espécie de mago Merlin, e ele pode adivinhar, por exemplo, quando será o teste-surpresa de aritmética, e na verdade a professora Alisa entrou na sala e disse: Façam o favor de pôr os cadernos nas pastas e arrancar algumas folhas. As crianças olharam para Momik totalmente espantadas, e essa foi até uma profecia simples, porque há três meses, quando papai foi para o exame periódico do coração no hospital Bikur Holim, houve um teste assim, e Momik sempre ficava um pouco tenso quando papai ia para um exame desses, por isso ele se lembrava, e também quando o pai foi na vez seguinte, houve um teste-surpresa, e depois disso Momik já sabia adivinhar sozinho que na segunda-feira, dentro de quatro semanas, a professora daria uma prova, as outras crianças não são capazes em absoluto de captar isto, para elas quatro semanas é muito tempo para se ficar fazendo contas, elas pensam mesmo que Momik é mágico, mas quem tem um caderno de espionagem e registra nele tudo o que acontece pode saber também que o que aconteceu uma vez ocorrerá de novo, assim Momik conseguia mesmo enlouquecer os meninos com uma profecia exata e até de espionagem sobre uma coluna de tanques que passa a cada vinte e um dias às dez da manhã, e consegue saber até (e isso também o amedronta um pouco) quando voltarão a surgir as feridas feias e estranhas no rosto da professora Neta, mas todas essas são naturalmente só as profecias pequenas e bobas, uma espécie de abracadabra para que as crianças o respeitem um pouco e não só o provoquem, porque as profecias verdadeiras e decisivas são apenas para o próprio Momik, e ele não pode contar nada sobre elas a ninguém; isto, por exemplo, e toda a espionagem secreta a respeito dos pais, e todo o seu trabalho de espionagem para montar de novo, como num quebra-cabeça, a Terra de *Lá*, que desapareceu, ele tem ainda muito trabalho neste assunto, e é o único no mundo capaz de fazê-lo, pois só ele pode salvar os pais do medo deles, dos silêncios e dos *krechtses* e do praguejar, pois todas estas coisas se tornaram ainda piores desde que vovô Anshel chegou, e lembrava-lhes sem querer tudo o que eles tanto se empenhavam em esquecer e calar.

É claro que Momik pretende salvar o próprio vovô Anshel, só que ainda não sabe exatamente como fazê-lo. Experimentou alguns métodos, mas por enquanto nada deu certo. No início, quando ficava sentado com vovô, dando-lhe o almoço, Momik batia como que por acaso algumas vezes na mesa na frente do vovô, como fizeram os presos Rafael Blitz e Nachman Farkash quando quiseram fugir da prisão. Ele próprio não sabia se essas batidas significavam algo, mas tinha a sensação, ou melhor, a esperança, de que alguém que se encontrava dentro do avô lhe respondesse às batidas. Nada aconteceu. Depois Momik tentou decifrar o código secreto que estava escrito no braço de vovô. Uma vez ele já tinha tentado fazer isso com os códigos de papai, de Bela e da tia Itke, e também não conseguira. Esses números realmente o deixavam doido, porque não estavam escritos com caneta e não saíam com água ou cuspe. Momik tentou de tudo quando lavava os braços do avô, mas o número permanecia e, por causa disso, Momik começou a pensar que talvez fosse um número escrito não por fora, mas por dentro; ficou até mais convencido de que talvez existisse mesmo alguém dentro do vovô, e talvez também dentro dos outros, e pedem ajuda dessa forma; Momik quebrou a cabeça, pensando sobre o que poderia ser, e anotou no caderno o número de vovô ao lado dos números de papai, Bela e Itke, e fez com eles toda espécie de cálculo; depois disso, por sorte, ensinaram na classe justamente a questão da gematria; Momik naturalmente foi o primeiro entre todos os alunos a compreender a matéria; voltou para casa e logo tentou traduzir os números em letras de todo tipo de formas, mas nem assim conseguiu, só saiu um monte de palavras estranhas que ele não entendia, mas Momik não desanimou e daí, uma vez, já no meio da noite, teve uma idéia quase de Einstein, porque se lembrou de que havia coisas que são chamadas de cofres e nos cofres as pessoas ricas escondem dinheiro e diamantes, e um cofre assim só se abre se a pessoa gira sete trincos de acordo com uma seqüência especial e secreta; podem confiar em Momik, que ele já gastou metade da noite em contas e tentativas e no dia seguinte, logo que voltou da escola, pegou o avô no banco da rua e lhe serviu o almoço, sentou-se diante dele, e com voz séria e imponente começou a lhe dizer uma série de combinações dos números que estavam escritos no braço. Falou isso de uma forma que soou um pouco como os locutores que anunciavam no rádio o número premiado na loteria com trinta mil liras, e teve uma sensação realmente forte de que a qualquer momento vovô se abriria totalmente, se abriria no meio e ao comprido como uma vagem de ervilha amarelada e se fenderia assim em dois, e uma espécie de vovô pintinho, um avô pequeno, sorridente e de bom coração e que gosta de criança saltaria dali; isso não aconteceu, mas de repente Momik sentiu um aperto no coração e uma tristeza estranha, levantou-se, aproximou-se deste seu avô, abraçou-o com força, e sentiu como ele era quente, exatamente como um forno, e então vovô parou de falar sozinho, e durante talvez meio minuto ele se calou, as mãos e o rosto repousaram, e ele pareceu prestar atenção em todas as coisas que havia dentro de si, mas, como se sabe, era-lhe proibido deixar de falar por muito tempo.

Então Momik começou a pôr em funcionamento métodos sérios e organizados de espionagem, exatamente como sabia fazer. Quando estava sozinho com vovô em casa, começou a andar atrás dele com um caderno e uma caneta, e com muita paciência anotava no caderno com letras hebraicas o palavreado de vovô. Bem, é lógico que ele não escreveu tudo, claro que não, mas escreveu as coisas que lhe pareceram mais importantes, toda espécie de sons que vovô emitia muitas vezes, e já depois de alguns dias ficou claro para Momik uma coisa estranha, que vovô não estava simplesmente falando bobagens, mas estava realmente contando uma história para alguém, como Momik tinha pensado desde o começo. Tentou se lembrar de coisas que vovó Heni lhe contara sobre Anshel (fora há muito tempo, quando Momik ainda não entendia bem as coisas, e não era um *alter kop*, e era possível contar para ele coisas sobre *Lá*) e só se lembrou de que ela dissera que o vovô também escrevia poesia para adultos, e que tinha esposa e uma filha e que ambas tinham morrido *Lá*; tentou também extrair toda espécie de indicações pelo trecho que encontrara no velho jornal, mas não deu em nada. Então Momik foi à biblioteca da escola e perguntou à sra. Govrin, a bibliotecária, se ela tinha um livro do escritor Anshel Vasserman, ela olhou para ele por cima dos óculos e disse que nunca tinha ouvido falar a respeito de tal escritor, e ela conhecia todos. Bem, Momik não disse nada para ela, só sorriu intimamente.

Ele foi e contou a Bela sua descoberta (que vovô conta uma história) e ela o olhou com uma cara de que ele não gosta, um pouco com pena, sacudiu a cabeça para cá e para lá e desabotoou-lhe o botão superior e disse: esporte, *yinguele*,[9] é preciso cuidar um pouco também do corpo, veja como você está pálido, fraco e magro, realmente um *fertl of*, um galetinho, como é que vão aceitar você no exército, como?, mas Momik insistiu e disse a ela que vovô Anshel conta uma história. Também a vovó Heni contava toda espécie de histórias quando ainda estava consciente, e Momik ainda se lembrava muito bem de sua voz especial quando contava e das palavras que se arrastavam na voz dela, sem fim, e como o ventre dela se comprimia com as palavras, e como suava estranhamente nas mãos, atrás dos joelhos, e isso era exatamente o que ele estava sentindo agora, enquanto vovô fala. Quando explicou para Bela, entendeu de uma só vez que o pobre vovô estava encerrado agora dentro da história como o lavrador de rosto triste e de boca aberta para gritar, que tia Itke e Shimek trouxeram da Suíça, este camponês que vive toda a sua vida dentro da pequena bola de vidro na qual caía neve quando era sacudida, e que papai e mamãe a depositaram sobre o bufê da sala; Momik não podia suportar aquela boca, até que por fim quebrou por acaso a bola e libertou o lavrador. Enquanto isso Momik continuava a anotar em seu caderno de espionagem, no qual estava escrito com esperteza "Caderno de Estudos Pátrios", as palavras confusas do avô, e lentamente começou a extrair dali palavras nítidas como Herrneigel, por exemplo, e Sherazade, por exemplo, mas não havia nada a respeito delas na *Enciclopédia hebraica*; Momik perguntava a Bela, como que por acaso, o que é Sherazade, e Bela se alegrou de que ele já não se interessasse todo o tempo pela Terra de *Lá*; foi averiguar com o Yehoshua dela, o major, e depois de dois dias respondeu a Momik que Sherazade foi uma princesa árabe que viveu em Bagdá, e lhe soou bem estranho que todos que lêem jornal sabem muito bem que em Bagdá não havia nenhuma princesa, e só o príncipe Kassem, *pshokrev*, que também ele nos odeia como todos os góis, *imach shmam*, mas Momik não sabe o que seja desistir, ele tem paciência de elefante, e sabe que tudo o que nos parece hoje miste-

9. Em iídiche, "garotinho". (N. T.)

rioso, amedrontador e obscuro é possível torná-lo totalmente claro, porque tudo é uma questão de lógica, e tudo tem uma explicação, assim é em aritmética e assim é em tudo, mas até que a verdade fique clara, é preciso fazer todas as coisas comuns, como se nada acontecesse, é preciso ir toda manhã à escola e permanecer ali todas as aulas e não ficar ofendido quando as crianças dizem que ele tem andar de camelo, com uns pulos estranhos, que sabem eles?, e não se deixar ferir quando o chamam de Helen Keller por causa dos óculos e do aparelho nos dentes, motivo por que ele se empenha em não falar, e também não acreditar muito neles quando o vêm adular para que lhes diga quando será o teste-surpresa de aritmética, e é preciso também continuar este acordo com Leiser, o escroque, que lhe extorque um sanduíche toda manhã e todo dia é preciso vencer o caminho entre a escola e a casa, e, como se sabe, isto só é possível fazer com a ajuda da aritmética porque há exatamente setecentos e setenta e sete passos entre o portão da escola e a loteria, nem mais nem menos, e ali estavam os pais dele comprimidos um contra o outro e não falavam palavra alguma durante o dia, eles o viam no momento em que pisava no início da rua, de longe, tinham um instinto animal nessa questão, e quando ele se aproximava, a mãe saía e lhe dava a chave de casa. A mãe é muito pequena e gorda, e se parece um pouco com um saco de farinha de um quilo; ela umedece os dedos na saliva e lhe penteia o cabelo *à la* Motl, filho de Peisse, o Chantre,[10] para que não fique desgrenhado, e limpa também uma sujeirinha da bochecha e da manga, e Momik sabe muito bem que não há sujeira alguma, mas ela gosta de tocá-lo, e ele, o órfão, espera pacientemente e sem se mover, diante das unhas e dedos dela, observando preocupado os seus olhos, que, se ficasse óbvio que são doentes, talvez não nos dessem o certificado para entrar na América, e mamãe, que em absoluto não sabe que é agora a mãe de Motl, lhe diz rápido e baixinho que com esse pai dele já não dá mais, e que já é impossível suportá-lo e aos seus *krechtses* como se ele fosse um velho de noventa anos, ela olha bem rápido para trás para o pai que não se movera, que olhava para o ar como se nada houvesse, e dizia a Momik que já faz uma semana que ele não toma banho, e só por causa do cheiro é que as pessoas não vêm comprar aqui na loteria, há dois dias que não vem ninguém, exceto os três fixos, e por que a loteria continuaria a deixar aqui a sua banca se não há clientes aqui, e de onde é que

10. Personagem-título de um livro de Sholem Aleichem, escritor judeu de língua iídiche. (N. T.)

tiraremos dinheiro para comer, eu pergunto a você, e isto de ela ficar aqui com ele o dia todo como duas sardinhas é só porque é impossível confiar nele em questões de dinheiro, ele é capaz até de vender bilhete com desconto, e também para que não tenha, Deus o livre, um ataque do coração por causa dos desordeiros, e por que Deus me castiga assim, e não me mata logo, em vez de fazê-lo a prestações, pouco a pouco, ela perguntava e se calava, e o rosto dela cai exausto, mas então, por um momento, ela ergue os olhos para ele, e os olhos dela são de repente jovens e bonitos, não há medo neles, não há raiva de ninguém, ao contrário, era como se ela fizesse uns *hendlech*, umas gracinhas, para ele, para que sorrisse para ela, para que fosse algo especial para ela, uma luz se acendia em seus olhos, mas isso só durava meio minuto e ela voltava a ser como antes, e Momik via como os olhos dela se modificavam, e Motl lhe sussurrava no coração, na voz do meu irmão Eliyahu, chega, chega, mamãe, *nu*, chega de chorar, o doutor disse que é proibido cansar os olhos com lágrimas, por todos nós, mamãe, e Momik jurou em seu íntimo — *tfu*, e que morresse na tumba negra de Hitler se não conseguisse! — que iria conseguir para ela a pedra verde que cura os olhos doentes e talvez também outros males, e graças a estes pensamentos que Momik pensa intensamente no coração, consegue quase não ouvir os desordeiros da sétima série que, a uma distância segura de seu pai gordo, gritam: "Loteria na cidade, loteria no porto, loteria transforma o pobre em porco", é uma espécie de melodia deles, mas Momik e a mãe não ouvem nada, e Momik vê que também papai, o imperador gigante e triste, crava os olhos em suas grandes mãos, não, os três não ouvem em absoluto aqueles moleques porque eles só estão dispostos a ouvir palavras em sua língua secreta que é o iídiche, brevemente também a bela Marilyn Monroe poderá falar com eles, porque ela se casou com o sr. Miller, o judeu, e todo dia ela aprende três palavras em iídiche, e os outros que se arrebentem, amém, mamãe continua a tocar Momik aqui e ali, e ele, enquanto isso, fala em seu íntimo sete vezes a palavra mágica "Haimova", que deve ser dita aos infiéis na taverna junto à fronteira, assim está escrito no livro *Motl filho de Peissi*, porque quando se lhes diz "Haimova", logo eles abandonam tudo o que estão fazendo e atendem a tudo que se lhes diz, e em especial se se pede que ajudem a atravessar clandestinamente a fronteira para a América, para não falar de coisas mais simples, como cuidar dos desordeiros da sétima série que só por bondade Momik não enviou contra eles os infiéis.

"Há um *pulkele*[11] na geladeira para você e para ele", diz a mãe, "e tome cuidado com o osso fininho, para não engoli-lo, Deus o livre, e também que ele não engula. Tome cuidado." "Está bem." "E cuidado com o gás, Shleime, e apague logo o fósforo, para que, Deus o livre, não haja um incêndio." "Está bem." "E no fim, verifique se fechou o botão do gás, e também o registro dele atrás. Atrás é o mais importante." "Sim." "E não beba soda da geladeira. Ontem eu vi que estava faltando pelo menos um copo na garrafa. Você bebeu e agora é inverno. E assim que você entrar, tranque duas vezes. Em cima e embaixo. Só uma não vale." "Está bem." "E cuide para que ele vá dormir logo depois do almoço. Que não saia para ficar andando na chuva. Ele não tem o que procurar na rua. De todo jeito, todos já estão falando a nosso respeito, que nós o deixamos à toa na rua como um mendigo." "Está bem." Fala para si mesma mais um pouco, examinando desse jeito com a língua se não lhe restou mais alguma palavra na boca, pois é claro que, se esqueceu alguma coisa, mesmo uma só palavra, tudo o que ela lhe disse não tem nenhum valor, mas ambos pensam que tudo está em ordem, e que ela não esqueceu nada, e graças a isso não acontecerá nada de mau a Momik, Deus o livre, e então mamãe pode dizer as últimas falas que são estas: "Não abra para ninguém. Não estamos esperando visita alguma. Seu pai e eu voltaremos como sempre às sete, não se preocupe. Faça as lições. Não acenda a estufa mesmo se estiver frio. Você pode brincar um pouco, depois que terminar as lições, mas não faça bagunça e também não leia demais, você está acabando com a vista. E não brigue com ninguém. Se alguém bater em você, venha logo para cá". A voz dela se tornava lentamente fraca e distante. "Até logo, Shleime, diga até logo para o papai também. Até logo, Shleime. Cuidado."

Assim ela certamente se despediu dele também naquela última vez, quando ele era um neném no berço real. O pai dele, que ainda era um imperador e combatente dos comandos, chamou então o caçador-chefe do reino, e com a voz embargada de tantas lágrimas ordenou-lhe que levasse o bebê para a floresta, e que o deixasse como presa para as aves do céu, como se diz. Havia ali uma espécie de maldição pesando sobre todas as crianças que nasciam. Momik ainda não entendia esta questão até o fim. A grande sorte era que o caçador justamente se apiedou dele e o criou secretamente, e depois de alguns anos Momik voltou ao palácio anônimo, e logo se tornou ali conselheiro secreto do

---

11. Em iídiche, *pulke*, galinha; e *pulkele*, coxa de galinha. (N. T.)

rei e da rainha, e também o intérprete real, e assim pôde cuidar de perto, sem que ninguém soubesse, do pobre rei e da rainha que o tinham expulsado do reino, e é lógico que tudo isso era apenas imaginação, pois Momik é um menino dotado para a ciência e aritmética, não há nenhum outro que se compare a ele em aritmética em todas as quartas séries, mas, enquanto isso, até que a verdade se esclareça, Momik é obrigado a usar um pouco a imaginação e adivinhações, e os vários sussurros que se calavam no momento em que ele entrava na sala, assim era quando os pais se sentavam para conversar com Itke e Shimek sobre o dinheiro das indenizações, e o pai abriu a boca de repente e disse com raiva: veja um homem como eu, por exemplo, que perdeu um filho *Lá!*, e por isso Momik não está tão seguro de que a sua imaginação seja totalmente fantasiosa, e às vezes, quando está mesmo se sentindo mal, ele consegue se alegrar e se excitar muito, quando pensa em como todos se alegrarão juntos, quando ele puder finalmente revelar aos pais que ele é aquele menino que eles entregaram ao caçador, e vai ser como José e seus irmãos. Mas às vezes ele pensa algo totalmente diferente, que aquele menino que se perdeu era seu irmão gêmeo, porque Momik tinha uma forte sensação de ter tido alguma vez um gêmeo siamês, e que assim que eles nasceram foram cortados em dois, como no livro *Acredite se quiser: trezentos casos extraordinários que causaram espanto ao mundo*, e algum dia eles talvez se encontrassem, e assim poderiam voltar a se juntar (se quisessem).

Da banca da loteria, ele caminhava adiante num passo exato e científico, que os outros chamam de passo de camelo e não entendem que ele está apenas cuidando dos passos, por meio de todas as suas personagens secretas e todos os desvios de caminho que só ele conhece, e há toda espécie de árvores que é preciso tocar por acaso, porque ele tem uma ligação com elas, e talvez seja preciso mostrar a alguém dentro delas que não o esqueceram, e depois ele passa pelo pátio maltratado da sinagoga abandonada, onde só mora Munin, o velho, e é preciso passar por ali muito depressa, por causa dele e também por causa dos mártires sacrificados que já não têm paciência de esperar que alguém os tire de sua santidade e de seu sacrifício, e dali são exatamente dez passos para o portão de entrada do pátio deles, e já é possível avistar a casa, que é uma espécie de quadrado de cimento que se eleva sobre quatro pés finos e vacilantes e embaixo há um pequeno depósito, a verdade é que eles deveriam ter recebido só um apartamento neste edifício, e não dois, mas eles registraram a vovó Heni como uma família separada, tio Shimek disse para fazerem assim, e graças a isso conseguiram uma casa inteira, e é verdade que na segunda metade não mora ninguém nem se entra lá, mas era deles, e basta o que eles tinham sofrido *Lá*, e é uma obrigação moral enganar este governo, no pátio há um pinheiro gigantesco e velho, que não deixa o sol passar, e já duas vezes papai desceu com o machado para derrubar a árvore, e cada vez ele se assustou consigo mesmo e voltou em silêncio para casa, e mamãe ferveu de raiva porque ele tem pena da árvore e não tem pena do menino que cresce na escuridão sem as vitaminas que vêm do sol; e Momik tinha um quarto inteiro só dele, com a foto do chefe do nosso governo David Ben Gurion e com uma foto de Vautours[12] cujas asas se estendem como asas de pássaros de aço corajosos para defender o céu da nossa terra, e só é uma pena que papai e mamãe não permitam pendurar mais fotos, porque os pregos estragam a pintura, mas, além dos retratos que estragam só um pouco, o quarto dele é limpo e arrumado, cada coisa em seu lugar, este é um quarto que pode mesmo ser um modelo para outras crianças, se, por exemplo, elas ali viessem.

A rua é silenciosa, na verdade uma ruazinha muito pequena. Só seis casas, e o silêncio reina sempre aqui, exceto nas ocasiões em que Hana Tsitrin insulta a Deus. E também a casa de Momik é bem silenciosa. O pai e a mãe não têm muitos amigos. Na verdade, eles não têm amigo nenhum, exceto Bela, é claro, a quem mamãe visita no sábado à tarde, quando papai fica sentado de camiseta junto à janela olhando para fora, e exceto, naturalmente, tia Itke e tio Shimek, que vêm duas vezes por ano por uma semana inteira e então tudo se modifica. Eles são pessoas diferentes. Parecem-se mais com Bela. E mesmo que Itke tenha um número no braço, eles vão ao teatro e ao restaurante e assistem Djigan e Schumacher[13] e sempre riem tão alto que mamãe vira o rosto para o lado, logo beija os próprios dedos e os passa na testa, e Itke diz o que é que pode acontecer, Gisela, se a gente ri um pouco?; mamãe esboça um sorriso bobo como se a tivessem pegado em flagrante e diz: não, até que é bom, riam, riam, é que eu sou assim, não vai fazer mal. Itke e Shimek também jogam baralho, vão à praia e Shimek até sabe nadar. Certa vez eles embarcaram no navio de luxo *Jerusalém* durante um mês, porque Shimek tem uma grande garagem em Natânia, e sabe enganar bem direitinho o imposto de renda *pshokrev*, e só há um

---

12. Aviões de caça israelenses, de fabricação francesa. (N. T.)
13. Dupla muito conhecida de cômicos e cantores. (N. T.)

pequeno problema, eles não têm filhos, porque Itke passou por toda espécie de experiências científicas quando esteve *Lá*.

O pai e a mãe de Momik não passeiam nem mesmo pelo país, só uma vez por ano, alguns dias depois da Páscoa, eles viajam por três dias para uma pequena pensão em Tiberíades. Na verdade é um pouco estranho que eles até se mostrem dispostos a tirar Momik da escola naqueles dias. Em Tiberíades eles mudam um pouco. Não de verdade, mas ficam diferentes. Por exemplo, sentam-se num café e pedem soda e bolo para os três. Uma manhã nestas férias eles vão à praia e ficam sentados sob o guarda-chuva amarelo de mamãe, que na verdade é possível dizer que seja um guarda-sol, e todos se vestem com roupas muito leves. Untam os pés com vaselina, para que não se queimem, e os três têm um pequeno protetor branco de plástico para o nariz. Momik não tem calção de banho, porque é bobagem gastar dinheiro com algo que vão usar só uma vez por ano, a calça curta é suficiente. Ele pode correr na praia e se afastar até a linha da água, mas pode-se confiar que ele sabe melhor que todos os desordeiros que nadam ali qual é a profundidade exata do mar da Galiléia, e qual a sua extensão e largura e que espécies de peixes vivem ali. Em todos os anos que passaram, quando Momik e os pais iam para Tiberíades, tia Itke vinha sozinha a Jerusalém para cuidar de vovó Heni. Trazia consigo de Natânia uma pilha de jornais em polonês e quando voltava para casa deixava-os para Bela. Momik recortava deles (principalmente do *Pshegelond*) fotos dos jogadores de futebol da seleção polonesa, em especial Shimkobrak, o goleiro da seleção com seus saltos felinos, mas no ano em que vovô Anshel chegou Itke não aceitou ficar com ele sozinha, porque ele é difícil, e por isso os pais viajaram sozinhos e Momik ficou com a tia e o avô, porque só Momik sabe como dominá-lo.

Então, foi nesse ano que ele se deu conta de que os pais fugiam de casa e da cidade por causa do Dia do Holocausto. Ele já estava então com nove anos e um quarto. Bela o chamava de o *mezinik*, o mascote da ruazinha, mas a verdade é que ele era o único menino ali. Assim era desde que chegara ali pela primeira vez no carrinho de bebê e as vizinhas se curvaram sobre ele e disseram alegremente: Oi, sra. Neuman, *vos far a miuskait* (que feiúra!), e as que sabiam ainda melhor o que devia ser feito também viraram o rosto e cuspiram três vezes para guardá-lo da coisa que elas têm em seus corpos como doença, e desde então já são nove anos e um quarto que Momik passa pela ruazinha e todo o tempo ouve estas saudações, estas cuspidas, e Momik era sempre um menino polido e educado, porque sabia muito bem o que eles pensam sobre as outras crianças que vivem na vizinhança, que elas são todas tão insolentes e selvagens e *schvaitses*, e com certeza é possível dizer que Momik tinha uma grande responsabilidade pelos adultos que moravam na ruazinha.

É preciso contar também que o nome completo dele era Shlomo Efraim Neuman. Em memória de fulano e de beltrano. Se fosse possível, eles lhe dariam cem nomes. Vovó Heni fazia isso todo o tempo. Ela o chamava de Mordechai e de Leibele e de Shepsele e de Mendel, e de Anshel e de Sholem e de Humek e de Shlomo Haim, e assim Momik aprendeu a conhecer a todos: Mendel foi para a Rússia ser comunista, *nebech*, e desapareceu lá, e Sholem, o iidichista que viajou de navio para a América e o navio naufragou, e Isser, que tocava violino e morreu nas mãos dos nazistas *imach shmam vezochram*, e Leibele e Shepsele, os pequeninos, que já não havia lugar para eles junto à mesa, tão grande era a família, e o pai de vovó Heni lhes dizia que comessem como se come na casa de um nobre, e eles comeram no chão, debaixo da mesa, e acreditaram, e Shlomo Haim, que se tornou esportista campeão, e Anshel Efraim, que escrevia poesias tão bonitas e tristes e depois foi morar em Varsóvia e ali se tornou, *nebech*, um escritor hebraico, e todos pereceram nas mãos dos nazistas, *imach shmam vezochram*, num dia claro invadiram a cidadezinha e recolheram todos os que estavam lá num pátio junto ao rio e *aiiii*, e sempre restarão Leibele e Shepsele, os pequeninos rindo embaixo da mesa, e Shlomo Haim, que estava com meio corpo paralisado e sarou milagrosamente, e se tornou um verdadeiro Sansão, o herói, com seus músculos estufados na olimpíada das aldeias judaicas tendo ao fundo o rio Prut, e o pequeno Anshel, que era sempre o mais fraco de todos, e preocupavam-se com ele para que sobrevivesse ao inverno e punham-lhe tijolos quentes debaixo da cama para que não congelasse, ei-lo sentado aqui no retrato em roupa de marinheiro, com uma risca engraçada no meio da cabeça, os óculos grandes sobre os olhos sérios. Por minha vida!, vovó batia palmas, como você se parece com ele! Ela lhe contava a respeito deles há muitos anos, quando ainda se lembrava e quando todos pensavam que ele ainda estava abaixo da idade em que se começa a aprender, mas quando mamãe viu nos seus olhos que ele não está só olhando, ela logo disse à vovó para parar com isso, e também escondeu o álbum com as fotos maravilhosas (pelo visto, passou-o para tia Itke). Momik tenta agora, com todas as suas forças, lembrar o que, exatamente, havia naqueles retratos e naquelas histórias.

Cada coisa nova de que se lembra, ele anota imediatamente. Mesmo coisas pequenas que não parecem ser importantes. Pois isto é uma guerra, e numa guerra é preciso usar tudo o que se tem. Assim faz também o Estado de Israel, que luta contra os árabes *pshakrev*.

É certo que Bela o ajuda de vez em quando, mas não com muita vontade, e o principal ele precisa fazer sozinho. Ele não se zanga com ela, como o faria, é absolutamente claro para ele que quem esteve *Lá* não pode lhe dar indicações de verdade, e também não pode pedir ajuda de forma direta e simples. Aparentemente eles tinham toda espécie de leis sobre sigilo naquele reino. Mas Momik não se assustava com todas aquelas dificuldades e problemas, porque simplesmente não tinha alternativa, e era preciso acabar com isso de uma vez por todas. Nas últimas semanas há no seu caderno de espionagem muitas linhas tortas, que ele escreve na escuridão, sem nada ver, embaixo do seu cobertor. Nem sempre sabe com exatidão como se deve registrar em hebraico as palavras que o pai grita de noite enquanto dorme. De todo modo, nos últimos anos, papai começou a se acalmar um pouco e quase parou de ter pesadelos, mas desde que vovô chegou, tudo recomeçou. E aqueles gritos são estranhos mesmo, mas para que há lógica, inteligência e Bela? Depois que se analisam esses gritos à luz do dia, tudo começa a ficar muito mais nítido e simples. E foi assim que naquele reino houve uma guerra, e o pai dele era ali o imperador, mas também o principal combatente. Era um comando. A um dos companheiros dele (talvez até ao seu tenente) chamavam Sonder. E um nome estranho e talvez seja o seu codinome, como houve no tempo do Etsel e do Lechi. Todos viviam num grande acampamento de nome complicado. Ali eles se exercitavam e dali eles também saíam para as suas operações ousadas, que eram tão sigilosas que até hoje é proibido dizer algo a seu respeito e é preciso silenciar quanto a elas. Havia também trens nas redondezas, mas isso não está muito claro. Talvez como os trens que Bill, seu irmão secreto, conta para ele. Trens como aqueles que os índios selvagens atacavam? Tudo está muito confuso. E lá no reino de seu pai havia naturalmente operações grandes e fantásticas chamadas Aktsiot, e às vezes também faziam (para orgulho dos habitantes do reino, pelo visto) paradas militares incríveis, como no Dia da Independência. Esquerda, direita, esquerda, direita, grita o pai de Momik dormindo, *Links, rechts*, ele grita em alemão que Bela de forma alguma concorda em traduzir para ele, e só quando Momik quase grita com ela, ela responde raivosa que é esquerda, direita, esquerda, direita. Isto é tudo?, espanta-se Momik, e por que ela tanto teimou em não traduzir? E mamãe acorda com os gritos de papai, começa a empurrá-lo e a sacudir e a chorar, *nu*, já chega, basta, Túvia, *sha, shtil*, o menino está ouvindo, *Lá* acabou, grita assim no meio da noite que ainda vai me acordar o menino, a *klog zol im trefn*, você ainda vai me acordar o menino, Túvia! E depois vêm os grandes *krechtses* de papai, que acorda assustado como uma frigideira quente que se coloca debaixo da torneira; Momik em seu quarto já pode fechar o caderno sob o cobertor; ainda ouve o pai lamentando-se entre as mãos, e tenta responder de modo exato como o sábio Amós a uma pergunta muito interessante: se as mãos do pai estão tocando seus olhos, e os olhos continuam a enxergar normalmente, talvez já não haja morte nas mãos.

Pois às vezes ele tem que tocar também a mamãe, quando estão juntos na cabine da loteria. E vovó Heni, ele sempre carregava no colo até a mesa e de volta para a cama. E vovô Anshel, é ele mesmo quem banha toda quinta-feira com uma toalhinha e uma bacia, porque mamãe tem nojo.

Sim, sim, certo, todas estas pessoas também vieram de *Lá* e talvez a elas ele já não possa causar danos. É preciso prestar atenção em algo muito importante, e quando ele vende bilhetes de loteria, usa pequenas dedeiras de borracha em cada um dos dedos!

Sem mencionar a evidência mais científica, que foi o que ocorreu com os sanguessugas da sra. Miranda Berdugo, que veio tratar de papai quando lhe surgiu de repente um eczema nos dedos. E durante muitíssimo tempo Momik tenta de cabeça todas as possibilidades como todo investigador sério deve fazer: como é que uma chaleira ferve, por exemplo? Pois a verdade é que, se alguém olha simplesmente assim sem saber nada, pode pensar talvez que são mãos absolutamente comuns. E talvez como lixas? Ou espinhos de ouriço? Adormeceu com dificuldade. Há já algum tempo, desde a chegada de vovô Anshel, ele não consegue adormecer à noite. Como gelo-seco? Como injeção?

De manhã, antes do café (papai e mamãe sempre saem antes dele), ele escreve bem depressa mais um trecho: "Num ataque frontal, os valorosos heróis assaltaram de dentro do acampamento e surpreenderam os índios de Meia Vermelha, que atacaram o trem postal. O imperador cavalgou à frente em seu fiel cavalo e estava esplendoroso e também atirou com sua espingarda em todas as direções. Sonder, do seu comando, deu-lhe cobertura por trás. O imperador gigante gritou para mim e este terrível brado foi ouvido em todos os cantos da terra congelada". Momik parou e leu o que tinha escrito. Até que saiu melhor do que nunca. Mas ainda não o suficiente. Faltava uma porção de coisas. Às vezes ele tem a impressão de que falta o principal. Mas o que é o principal? Ele deve escrever de tal forma que isso tenha mais força e esplendor bíblico, como a página que vovô Anshel escreveu. Mas como? Ele deve ser mais ousado em sua imaginação. Porque as coisas que ocorreram ali foram aparentemente algo especial, se todos se empenham tanto em calar e nada dizer a seu respeito. Momik começou então a utilizar também o que tinham ensinado na escola sobre Orde Wingate e os batalhões noturnos, e também os aviões Super-Mys-tère que receberemos se-deus-quiser de nossos amigos e eternos aliados os franceses, e até começou a usar nessas fantasias a primeira usina atômica israelense que nós estamos construindo agora nas areias de Nachal Rubin, e na semana que vem publicaremos no jornal *Yediot Aharonot* um artigo sensaci... alguma coisa, algo com as primeiras fotos da "piscina" na qual estão fazendo a coisa atômica de verdade! Momik sentiu que se aproximava da solução de todo este enigma. (Ele sempre se lembrava da fala importante de Sherlock Holmes, em *Os dançarinos*, que diz que o que uma pessoa pode inventar, outra pode desvendar, e por isso Momik sabia que se sairia bem.) Ele luta por seus pais, e também pelos outros. Eles não sabiam de nada a esse respeito. Imagine se iriam saber. Pois ele luta como um *partisan* secreto. Totalmente só. Só para que eles todos possam por fim esquecer um pouco, ou descansar um pouco, ou parar de ter medo por um momento. Ele encontrou um método. É verdade que era bem perigoso, mas Momik não tem medo. Ou seja, ele tem medo sim, mas já não tem alternativa. Bela lhe forneceu sem perceber a indicação mais importante quando falou sobre a Besta Nazista. Foi há muito tempo, e ele não entendeu muito bem, porém no dia em que o avô chegou e Momik desceu ao depósito para procurar o jornal sagrado com a história dele, compreendeu imediatamente a alusão. E é possível dizer que exatamente naquele momento Momik decidiu que conseguiria um animal assim para treiná-lo bem, e influenciá-lo a que se modificasse e parasse de supliciar assim todas estas pessoas, e que lhe revelasse finalmente o que tinha acontecido na Terra de *Lá* e o que tinha feito a elas, e já faz quase um mês, desde o dia em que vovô Anshel chegou, que Momik está totalmente mergulhado nisso, e assim, em absoluto segredo, no depósito pequeno e escuro que fica embaixo da casa, ele está criando a Besta Nazista.

Aquele inverno foi lembrado ainda por muitos anos. Não por causa da chuva, porque no começo nem choveu, mas por causa dos ventos. O inverno de 59 — diziam os veteranos em Beit Mazmil, e nem precisavam concluir. O pai de Momik andava em casa à noite com umas calças que deixavam aparecer as *gatkes*, suas cuecas, amarelas, e em cada uma das orelhas trazia enrolado um algodão imenso, metia pedaços de jornais que rasgara nos buracos das fechaduras, para parar o vento que entrava até por ali. Toda noite, a mãe de Momik trabalhava em sua máquina de costura, que Itke e Shimek tinham comprado para ela. Bela providenciava para que todo tipo de mulheres trouxessem para mamãe fronhas para consertar e lençóis velhos para remendar, de modo que entravam mais uns trocados em casa. Era uma Singer de segunda mão, e quando mamãe trabalhava nela e a roda girava e rangia, Momik podia sentir como se a mãe dele acionasse todo o clima lá fora. O pai ficava muito nervoso com o barulho da máquina, mas não podia dizer nada, porque ele também precisava dos trocados, e também não queria se indispor com mamãe e dar a ela chance de falar mal dele, por isso só ficava andando em casa daqui para lá e suspirava, ligava e desligava o rádio, e todo o tempo dizia que este vento e toda esta situação é tudo culpa deste governo desgraçado. Sempre votava nos ortodoxos, não porque fosse ortodoxo, o que é que há, mas porque odiava Ben Gurion porque ele estava no poder, e os Sionistas Gerais porque eram contra o governo, e Yaari porque era comunista *pshakrev*. Dizia que desde que os ortodoxos abandonaram a coalizão, tínhamos sido atingidos por este inverno, ventos e seca, e tudo era sinal de que Deus não está satisfeito com o que ocorre aqui, assim dizia papai, e olhava com olhares corajosos e cuidadosos para mamãe, que sem parar de costurar só dizia para si mesma em voz alta, *oich mir a politikaker*, que político cagão esse Dag Hammarskjöld.

Mas Momik estava bem preocupado, porque sentia que estes ventos sibilantes confundiam um pouco a cabeça de todo tipo de pessoas com as quais só recentemente ele fizera amizade, e tinha uma espécie de sensação, não que acreditasse que coisas desse tipo pudessem ocorrer, mas, apesar disso, tudo se tornou estranho e um pouco amedrontador. A sra. Hana Tsitrin, por exemplo. Ela recebeu mais uma parcela do dinheiro das indenizações pela alfaiataria que a família tivera na cidade de Danzig, e, em vez de comprar comida ou enfiar dentro de um sapato velho no *boidem*, o sótão, ela logo esbanjou tudo em roupas, *aza yor oif mir*, que um mau ano recaia sobre mim!, que guarda-roupa que esta mulher comprou, diz mamãe a Bela, e os olhos dela ardem de tanta raiva, e como ela passeia, a prostituta, ao longo da rua para cá e para lá como o navio *Jerusalém*, o que foi que ela perdeu na rua, o quê? E Bela, que é de ouro, que até para Hana dá sempre um copo de chá de graça, ri e diz por que você se importa com ela, Gisela, diga-me, você a pariu aos setenta anos para se preocupar assim com ela? Você não sabe que uma mulher compra uma pele para que ela se aqueça e as vizinhas se incendeiem? Momik ouve e sabe que Bela e mamãe não entendem nada do que se passa aqui, porque Hana, na verdade, quer ficar bonita não para irritar mamãe e nem mesmo para os homens dela, mas é que está com uma idéia nova na cabeça, e só ele é que sabe disso, porque ele presta atenção o tempo todo no que ela diz para si mesma quando está sentada no banco com os velhos se coçando. Mas não só Hana Tsitrin começou a ficar um pouco exagerada. Também o sr. Munin se tornou ainda mais estranho do que era. A verdade é que ele está assim mesmo antes que vovô chegasse, mas nos últimos tempos isso tomou conta dele totalmente. E foi assim que o sr. Munin ouviu no começo do ano que os russos tinham lançado à Lua o *Lunik-1* e logo se interessou pelas questões espaciais; desde então começou a ficar quase impaciente, e realmente obrigou Momik a vir lhe contar logo tudo o que ouvia a respeito dos *Sputniks*, e até prometeu pagar-lhe duas piastras a cada vez que ouvisse por ele o programa *O que há de novo na ciência*, que era transmitido no rádio sábado de manhã, e lhe contasse tudo o que dissessem sobre os nossos amigos, assim ele denominava o *Lunik-1*, como se eles se conhecessem de algum lugar. E realmente todo sábado, depois do programa, Momik descia para o pátio e passava pelo buraco da tela para o pátio da sinagoga abandonada onde mora o sr. Munin na qualidade de vigia. Contava logo o que tinha ouvido no programa e Munin lhe dava um bilhete que preparara ainda na sexta-feira, no qual estava escrito: "Por este bilhete entregarei, com a ajuda de Deus, ao portador a quantia de duas piastras no final do *shabat* sagrado". Assim eles já trabalham há algumas semanas e não há nenhum problema. Quando Momik traz notícias realmente boas sobre o espaço e novas pesquisas, Munin fica muito feliz. Ele se curva e desenha para Momik na terra, com uma vara, a Lua em forma de uma esfera redonda, e junto a ela os nove planetas cujos nomes ele sabe de cor, e junto aos mesmos desenha com orgulho de dono, de *balebus*, aquele seu amigo, o *Lunik-1*, que por pouco não atingiu a Lua, e se tornou, *nebech*, o décimo planeta. Munin é muito culto e explica a Momik a respeito de foguetes e força propulsora, e fala de um inventor chamado Zaliukov, a quem Munin escrevera certa vez uma carta com uma idéia que poderia lhe valer o Prêmio Nobel, mas então veio a guerra e tudo *kaput*!; ainda não chegou a hora de falar a esse respeito, e quando isso ocorrer todos verão quem é e o que é Munin, poderão invejar, só invejar, porque eles não saberão jamais o que é a vida boa, a vida verdadeira, a felicidade, sim, ele não tem vergonha de dizer, esta é a palavra, Momo, a felicidade, pois ela deve estar em algum lugar, certo? Ah, *nu*, por que é que eu estou enchendo a sua cabeça. Ele desenhava na terra e falava, e Momik ficava parado diante dele, e não entendia nada, e via a pequena calva coberta por um solidéu preto e sujo, as hastes dos dois pares de óculos que ele amarrava um ao outro com uma borrachinha amarela e os longos tufos brancos em suas bochechas. Quase sempre tinha um cigarro apagado preso aos lábios, e todo o tempo emanava dele um cheiro estranho e forte, que não se parece com nenhum outro cheiro, um pouco como alfarrobas na árvore, Momik até gosta de ficar perto de Munin e de sentir-lhe o cheiro, Munin também não se opõe muito. Certa vez, quando os americanos lançaram o *Pioneer-4* e Momik veio ainda antes da escola contar para Munin, ele o encontrou sentado ao sol como sempre, num velho banco de automóvel, esquentando-se prazerosamente como um gato, e a seu lado, sobre um jornal velho, estavam espalhados pedaços de pão molhado para os passarinhos que ele sempre alimenta; os pássaros já o conhecem e voam atrás dele por toda parte; o sr. Munin estava lendo um livro sagrado com o retrato de uma profetisa nua na capa; Momik pensou ter visto este livro na loja de quinquilharias de Lipshits no centro comercial, mas certamente estava enganado, pois o sr. Munin não está interessado em coisas desse tipo, pois Momik sabe muito bem que tipo de moças ele procura nos anúncios. Munin escondeu logo o livro e disse: *nu*, Momo, que novidades trazes? (ele sempre falava na linguagem de nossos sábios de abençoada memória), e Momik lhe contou a respeito do *Pioneer-4*; Munin pulou do lugar e ergueu Momik bem alto, abraçou-o junto a si com todo o corpo, com seus tufos que espetavam, e o casaco que arranha e todo aquele cheiro, e ali no pátio dançou com o menino uma espécie de dança estranha e amedrontadora diante do céu e das copas das árvores e o sol; Momik só teve medo de que alguém passasse e o visse assim; atrás das costas de Munin voavam no ar os dois rabos pretos de seu casaco, e só quando toda a sua força se esgotou é que Munin o repôs no chão, logo tirou do bolso do casaco um papel velho e amassado e olhou para todos os lados para ver se ninguém os observava, fez um sinal com o dedo para que Momik se aproximasse, e Momik, cuja cabeça ainda girava forte, se aproximou e viu que era uma espécie de mapa. Nele estavam escritos nomes numa língua que ele não conhecia, e pequenas estrelas-de-davi estavam desenhadas ali, em vários lugares; Munin se aproximou dele e lhe sussurrou bem na cara "o Senhor redime num piscar de olhos e os filhos da luz voarão alto", e fez com sua mão comprida e velha um forte gesto de arremesso e disse "Fiiuuuu!!" tão forte e grosseiro que Momik, cuja cabeça ainda gira um pouco, assustou-se e ao ir para trás tropeçou numa pedra e caiu. Neste momento ele viu com os próprios olhos como Munin, preto, fedorento e sorridente alçou vôo diagonalmente com o vento forte direto para o céu, digamos, como o profeta Elias em sua carruagem, e neste momento, que Momik sabia que era um momento que ele nunca-nunca juro-juro esqueceria, compreendeu finalmente que Munin é na verdade um mágico oculto como os trinta e seis justos, exatamente como Hana Tsitrin não é apenas uma mulher, mas uma bruxa, e que vovô Anshel é uma espécie de profeta do passado, que todo o tempo conta o que aconteceu, e também talvez Max e Moritz e o sr. Marcus tenham funções secretas, e todos se encontram aqui não por acaso, não, eles estão aqui para ajudar Momik, porque antes que ele começasse a lutar pelos pais e a criar a Besta, quase não sentia que eles moravam aqui. Bem, isso talvez seja exagerado dizer, ele sentia sim, mas nunca falava com eles, exceto com Munin, e sempre se empenhava em se afastar deles o máximo possível, e agora já ficava o tempo todo perto, e se não estava com eles, pensava neles, sobre o que eles contam e sobre a Terra de *Lá*, e que bobo ele foi que não tinha entendido até agora; é preciso dizer a verdade, que ele os desprezava um pouco devido à sua aparência e mau cheiro e por tudo, e Momik esperava agora só uma coisa: que eles conseguissem ter tempo de lhe passar as suas indicações secretas, e que ele conseguisse decifrá-las em sua cabeça, antes que este vento doido lhes fizesse algo.

Quando Momik e vovô voltam para casa na hora do almoço, precisam até se curvar por causa do vento e dificilmente enxergam o caminho; assustam-se com toda espécie de sons estranhos em todas as línguas, que Momik tem certeza de que estavam escondidos todo o tempo na casca das árvores e nas fendas das calçadas quebradas, estavam ali aparentemente há muito tempo, até que este vento os fez voar para fora; Momik mete as mãos com força nos bolsos, e todo o tempo lamenta não ter comido mais no verão e não ter-se tornado mais pesado; vovô passa pelo vento com a ajuda de seus movimentos bruscos, só que de repente ele pode esquecer totalmente para onde está indo, e então pára, olha em torno, estende a mão como um bebê, e espera que alguém venha segurá-lo; este é um momento perigoso de verdade, pois exatamente neste instante o vento pode aproveitar a oportunidade e arrebatá-lo, mas Momik tem realmente instintos de Chodorov[14] e sempre chega a tempo de agarrar vovô antes dele, apertar com força a sua mão, que é macia por dentro, e continuar a andar junto dele; é claro que então os ventos já estão mesmo irados e mergulham sobre eles na direção do vale Ein Kerem e do vale de Malcha, e atiram neles jornais molhados, propaganda de eleições antigas que estavam coladas às paredes; os ventos uivam como chacais, e os ciprestes ficam completamente enlouquecidos com aqueles uivos, começam a se curvar e se contorcem em todas as direções, como se alguém lhes fizesse cócegas diretamente no umbigo; leva bastante tempo até que Momik e o avô cheguem em casa. Momik abre os dois trincos e logo tranca também embaixo, só então o vento pára nos ouvidos e é possível começar a ouvir alguma coisa.

Então Momik pode jogar a mochila, despir vovô do casaco grande e velho de papai, cheirá-lo um pouco bem rápido, sentá-lo à mesa e esquentar a comida para os dois. Para vovó Heni era preciso trazer a comida na hora do almoço até o quarto dela, porque sozinha ela não descia da cama, mas vovô come com ele, e isso lhe é agradável, como se ele fosse um avô verdadeiro com o qual é possível conversar e tudo o mais.

Momik gostava muito de vovó Heni. Até hoje lhe dói o coração quando se lembra dela. E só de pensar com que sofrimento ela morreu. Bem, de todo modo, vovó Heni tinha uma língua especial que lhe brotou quando ela já estava com setenta e nove anos, e depois que esqueceu o polonês e o iídiche e o pouco de hebraico que aprendera aqui. Quando Momik voltava da escola, logo corria para ver como ela estava passando, e ela se emocionava de alegria, ficava toda vermelha e falava com ele naquela sua língua. Ele lhe trazia comida, sentava-se e ficava olhando para ela. Ela bicava no prato como um passarinho. Tinha um sorriso constante no rosto pequeno, um sorriso distante, e com este sorriso ela falava com ele. Sempre começava com ela se zangando com ele como Mendel que tinha abandonado a família e viajado para fazer o trabalho de pobres num lugar chamado Borislav, e de lá foi para a Rússia onde desapare-

14. Goleiro da seleção israelense de futebol. (N. T.)

ceu, e como é que se faz uma coisa assim e se parte o coração da mamãe e dos irmãos, e depois pedia a ele que na qualidade de Sholem, também quando viajasse para a América, onde o ouro rolava pelas ruas, não esquecesse que é judeu, colocasse os filactérios e rezasse na sinagoga diariamente, e depois lhe pedia que, no papel de Isser, lhe tocasse um *sherole*[15] ao violino, e cerrava os olhos; via-se que ela estava mesmo ouvindo aquele violino, sim, Momik olhava para ela e não ousava atrapalhar. Era mais bonito e emocionante do que um filme de cinema ou do que um livro, e às vezes até lhe vinham as lágrimas; os pais lhe perguntavam sempre para que ele tem que ficar tanto tempo no quarto da avó ouvindo os falatórios dela numa língua que ninguém mais consegue entender, essa língua que Momik disse que entende tudo. É fato. Porque Momik tem um talento assim. Para todas as línguas que ninguém entende. E ele consegue entender também quando se silencia ou quando são ditas só três palavras a vida toda, como Guinsburg que diz quem sou eu, e Momik já sabe que ele está perdendo a memória, e agora ele procura quem é ele em toda parte, até nas latas de lixo; Momik já pensou em lhe sugerir (agora eles passam bastante tempo juntos no banco) que escreva para o programa de saudações aos novos imigrantes, e talvez alguém o conheça e o faça recordar por fim quem é ele, e onde foi que ele se perdeu, sim, Momik sabe mesmo traduzir tudo. Ele é o tradutor real. Sabe traduzir até do nada para algo. Bem, isso é porque ele sabe que na verdade não existe uma coisa assim — nada, sempre há alguma coisa, *nu*, e é justamente assim com vovô Anshel, que também come como passarinho, bica e engole, mas com um pouco mais de medo do que a vovó, certamente *Lá* precisavam sempre comer bem depressa como os judeus no Egito na noite da Páscoa. E também a história do avô que Momik consegue finalmente descobrir e no momento ele já sabe que vovô conta a sua história todo o tempo para uma pessoa ou para uma criança cujo nome é Herrneigel, ele repete esta palavra o tempo todo de muitas formas, uma vez ele se zanga, uma vez implora, uma vez triste, mas há três dias Momik prestou bem atenção no vovô que estava falando sozinho no quarto e ouviu explicitamente que ele dizia Fried, e este nome Momik conhecia ainda do jornal sagrado; as mãos começaram a lhe tremer de emoção, mas ele logo disse para si mesmo: mas como, pois aquelas histórias são antigas, por que vovô vai contá-las assim todo o tempo, e ainda com tanta emo-

15. Música típica polonesa. (N. T.)

ção? Mas era claro que ele tinha decidido tentar também isso, e agora, quando trouxe vovô do banco verde para casa e o sentou junto à mesa, disse-lhe de repente, de uma só vez e sem aviso: "Fried! Paula! Oto! Herotion!". Bem, a verdade é que era um pouco perigoso. De repente teve a sensação de que vovô lhe faria algo mau. Vovô o olhou com olhos totalmente assustados, mas não fez nada, e depois que se calou, talvez por um minuto inteiro, o avô disse numa voz tranqüila e bem nítida: "Herrneigel", e fez um sinal com o polegar torto por trás do ombro, como se realmente houvesse ali um Herrneigel pequeno ou grande, e depois disse num sussurro atemorizante: "Nazikaput"; de repente sorriu para Momik um sorriso verdadeiro, um sorriso de pessoa que entende as coisas, curvou-se por sobre o seu prato até que o rosto ficou bem perto do rosto de Momik e lhe disse "Kazik", com tal delicadeza, como se desse um presente a Momik; com as mãos, o avô fez por um momento a forma de um homenzinho, anão ou neném, e o aconchegou um pouco junto ao coração, como se faz com um neném, e continuou a sorrir o tempo todo para Momik um sorriso bom; Momik viu repentinamente o quanto vovô Anshel se parece com vovó Heni, e não é milagre pois eles são irmão e irmã, mas então aconteceu o que já tinha acontecido uma vez, o rosto de vovô se fechou de maneira decisiva, e foi como se alguém dentro dele lhe tivesse dito para parar tudo fora e voltar logo para dentro porque não há tempo, e ele mais uma vez começou tudo de novo, todos aqueles balbucios e melodias enervantes e os movimentos e a saliva branca que lhe saía todo o tempo dos cantos da boca enquanto falava; Momik se apoiou para trás muito orgulhoso consigo mesmo por ter conseguido irromper assim numa ação de comando, direto para dentro da história de vovô, como um menino precoce, um *alter kop*, como *Meir Har-Tsion ud*,[16] e mesmo que soubesse muito pouco, já estava seguro de que vovô Anshel e este Herrneigel têm uma ligação muito forte com a guerra que Momik trava há algum tempo com a Besta Nazista, e pode muito bem ser que vovô, mesmo tendo vindo de *Lá*, não esteja disposto a desistir e parar de lutar; ele aparentemente é o único da Terra de *Lá* que está pronto a fazer isso, e por este motivo ele e Momik têm um pacto secreto.

Momik simplesmente ficou sentado olhando para o vovô com os olhos cheios de admiração, vovô lhe parece agora exatamente um profeta antigo,

16. Meir Har-Tsion, herói israelense da década de 1950. (N. T.)

uma espécie de Isaías ou Moisés, e por um minuto tornou-se claro para ele que todos os projetos que tivera até então com relação ao que seria quando crescesse eram um grande engano, e só há uma coisa que vale a pena fazer, que é ser escritor como seu avô, este pensamento encheu-o de ar e ele quase começou a voar no quarto como um balão; por isso correu rápido para o banheiro, mas lá descobriu que absolutamente não tinha xixi, que pelo jeito era algo bem diferente desta vez; correu confuso para o quarto e tirou do esconderijo o caderno de espionagem, que era também o seu diário, e também as suas investigações, e também a coleção mais científica de todas as coisas que havia na Terra de *Lá*, os imperadores e reis, os combatentes, os iidichistas e os esportistas das Olimpíadas Judaicas, e os selos, e as cédulas de dinheiro, e os desenhos exatos de todos os animais e plantas que havia naquela terra, e anotou ali com letras grandes: "DECISÃO IMPORTANTE!!!", e embaixo escreveu a sua decisão de que seria escritor como vovô; depois olhou para as letras e viu o quanto eram bonitas, muito mais bonitas do que lhe saíam em geral, e sentiu que era obrigado a achar também algum fim festivo que combinasse com esta grande decisão e resolveu escrever *Hazak hazak venitchazek*, "Sejamos fortes", como no final dos livros da sagrada Torá, mas sua mão decidiu por ele e irrompeu de repente pela folha e escreveu de uma só vez o antigo e corajoso brado de guerra de Nechemia Ben Avraham,[17] "Nossos rapazes tudo farão pela vitória!". Logo depois que escreveu essas palavras começou a se encher também de responsabilidade e de maturidade, e com um andar lento e respeitável voltou à cozinha, limpou delicadamente a gordura de *pulke* no queixo do avô, levou-o pela mão para o quarto, ajudou-o a se despir e viu o negócio dele mesmo se empenhando em não ver; depois voltou para a cozinha e disse para si mesmo não há tempo, não há tempo.

Antes de mais nada ligou o rádio grande em cujo painel de vidro estavam marcadas todas as capitais do mundo, esperou até que o olho verde acendesse e ouviu que já tinha perdido o anúncio da sessão de saudações aos novos imigrantes e de busca de parentes; esperou muito que não tivessem informado nesse meio-tempo os nomes dele. Pegou de cima da geladeira a folha na qual o pai tinha escrito alguns nomes com letra grande como para aluno de primeira série, e leu com os lábios junto com a locutora do rádio que disse Ruchele, filha de

17. Conhecido narrador de futebol israelense. (N. T.)

Pola e Avraham Seligson, de Pshemishel, procura sua irmã mais nova Leale que morava em Varsóvia entre os anos... Eliyahu Frumkin, filho de Yocheved e Hershl Frumkin, de Stri, procura sua esposa Elisheva nascida Eichler, e seus dois filhos Yaacov e Meir... Momik nem precisa olhar a folha para ter certeza. Pois ele sabe todos os seus nomes de cor. A sra. Ester Neuman, nascida Shapira, e o menino Mordechai Neuman, e Zvi-Hirsh Neuman, e Sara-Bela Neuman, muitos Neuman perdidos circulam pela Terra de *Lá*; Momik já não presta tanta atenção no rádio, mas lê para si mesmo, pronunciando os nomes como a voz da mulher do rádio, uma voz triste e constante e um tanto desanimada que ele ouve todo dia no almoço desde que aprendeu a ler e lhe deram o papel com os nomes, Itschak, filho de Avraham Neuman, e Arie Leib Neuman, e Guitl, filha de Hershl Neuman, todos Neuman, todos parentes de seu pai, parentes, mas muito, muito distantes, assim lhe explicaram várias vezes, e o dedo dele desenha círculos no papel que está sujo de óleo de mil e um almoços, e em cada círculo está fechado um outro nome, mas de repente Momik se lembra, sim, esta é exatamente a melodia que existe na fala dos velhos, quando eles contam no banco as suas histórias da Terra de *Lá*.

Já é uma e meia, e é preciso se apressar. Ele limpa muito bem a mesa, lava a louça em seu método especial (ensaboar, enxaguar e novamente ensaboar e enxaguar) até que os garfos e os pratos realmente brilhem e lhe dêem prazer, pois eles sabem muito bem que ele não suporta quando há louça suja na pia; depois embrulha num saquinho marrom o seu quarto de frango intocado e examina na geladeira o que pode levar dali para a Besta. Vasculha entre as garrafas de remédios novos e antigos e os frascos de raiz-forte vermelha e o prato de galantina que restou ainda do sábado e, entre as panelas cheias de comida para o jantar importante e decisivo, espia pela milésima vez por trás da garrafa de vinho de rosas que receberam há alguns anos de um anônimo que comprara com eles um bilhete premiado com mil liras, este tinha sido o maior prêmio que alguém ganhara com eles e Momik escreveu em letras grandes num papelão: "Neste quiosque o bilhete número tal e tal foi premiado esta semana com mil liras!!!". E justamente este homem foi decente e veio agradecer, trazendo consigo a garrafa, muito bonito da parte dele, mas quem é que bebe aqui esta porcaria e, por outro lado, não é legal jogar fora, e Momik pegou uma garrafinha de iogurte (ele pode dizer à mamãe que o bebeu) e um pepino e um ovo e depois de prestar atenção por um momento na porta do avô e ouvi-lo dormindo e falando enquanto dormia, foi para fora, trancou a porta também embaixo, desceu correndo a escada e entrou por baixo das colunas finas de concreto, direto para o vento, e com toda a força empurrou a porta pesada e rangente do depósito, respirou fundo pela vida e pela morte, entrou e logo começou a sentir um suor frio nas costas e no rosto e ficou bem junto da parede, segurou o punho entre os dentes para não gritar fuja fuja, e no íntimo gritou, fuja, pois ela vai devorar você, mas ele não, ele precisa, ele tem uma guerra, e o cheiro dela é fedorento e concentrado, cheiro de umidade e mofo, cheiro de animais e de cocô de animais, e todos estes sons amedrontadores que há lá na escuridão, os farfalhares e os sussurros e os rosnados e uma grande garra que toca na parede da jaula, uma asa que se estende lentamente e algum bico que se abre e se fecha com um rangido, fuja fuja, e ele não, e só uma gota de luz penetra através de uma janelinha, também coberta com papelão, e com a ajuda desta luz os olhos começam a se acostumar lentamente à escuridão, e então é possível ver com dificuldade que no chão, ao longo da parede oposta, estão dispostos alguns caixotes de madeira, fechados, e a verdade é que nem todos estão ocupados e isso ocorre porque a caçada ainda continua.

Até agora ele não tem do que se lamentar. Seus despojos de guerra são absolutamente animadores. Ele possui um grande ouriço que foi encontrado no pátio da casa, um ouriço com a face preta, pontuada e triste como um homenzinho, e há uma tartaruga que Momik achou no vale de Ein Kerem ainda em seu ano de hibernação, e há um sapo que quis atravessar a rua e Momik o salvou e o trouxe para cá, e um lagarto que no momento em que o segurou a cauda se soltou e Momik simplesmente não pôde resistir à tentação, pôs a cauda num pedaço de papel (era bem nojenta) e a pôs numa gaiola separada, e num bilhete que pôs por cima, escreveu: "Animal ainda desconhecido. Talvez seja venenoso". Mas depois, devido à consciência científica, acrescentou uma correção que lhe pareceu adequada: "Talvez seja uma cauda venenosa". Pois na verdade é impossível saber. E há também um gatinho que pelo visto enlouqueceu um pouco na escuridão e na jaula, e tem ainda, como se diz, a jóia da coleção, um filhote de corvo que caiu do ninho que fica no pinheiro, direto dentro da pequena varanda. Os pais desse corvo suspeitam muito de Momik, e precipitam-se sobre ele quando passa sozinho pelo pátio, há algumas semanas até o bicaram nas costas e na mão e sangrou e foi um fuzuê, mas eles não podem provar nada e este filhote recebe diariamente o *pulke* e o rasga

48

em pedaços com as garras e o bico torto, Momik olha para ele e pensa em como ele é malvado, e se ele é a Besta, mas é impossível saber de qual deles ela sairá, e isto se verá somente depois que todos aqui receberem a comida certa e o tratamento adequado.

Há alguns dias viu uma gazela. Quando desceu pelo caminho de Ein Kerem, passou repentinamente sobre as rochas uma mancha marrom-clara. De repente ela parou, virou a cabeça, arisca, com beleza e temor. Uma gazela. Ela estendeu a cabeça para a frente a fim de farejá-lo e Momik prendeu a respiração. Queria que saísse dele um cheiro bom, um cheiro de amizade. Ela dobrou uma pata no ar e examinou o cheiro. De repente pulou para trás, olhou para ele de olhos abertos, não amistosos, observou temerosa, e logo fugiu. Momik continuou depois disso a procurá-la talvez por uma hora entre as rochas, mas não a encontrou. Ele estava zangado e não sabia por quê. Perguntou a si mesmo se também dela poderia sair a Besta. Pois Bela dissera explicitamente: de qualquer animal. Verdade, de qualquer animal? Esclarecer mais uma vez com Bela.

Momik tinha pegado de trás da mercearia de Bela os caixotes nos quais estava escrito TNUVA[18] e TEMPO REFRESCANTE.[19] Forrou-os muito bem com trapos e jornais velhos, e lhes arranjou pequenas trancas de arame. Afastou todas as outras coisas que estavam no depósito, o *kifat* de vovó Heni, as grandes camas da Agência Judaica e os colchões de palha que fediam a xixi, as malas que estouravam de tantos *shmates*, tantos trapos, amarradas com cordas para que não se abrissem, e os dois sacos grandes cheios de sapatos de todos os tipos, porque não se jogam fora sapatos velhos, e quem já andou descalço vinte quilômetros na neve sabe disso muito bem, disse o pai dele, e esta foi a única pista que o pai lhe deu e Momik logo anotou. A neve, até que coube bem no assunto da rainha da neve que congelou a todos. Do armário da cozinha ele roubou alguns pratos velhos e xícaras meio quebradas para pôr neles comida nas jaulas, e mamãe logo percebeu, naturalmente, e ele gritou que não era ele, e viu que ela não acreditava, então jogou-se ao chão e chutou com as mãos e com os pés e até lhe disse uma coisa horrível, que o deixasse em paz e não o atazanasse assim, e a verdade precisa ser dita, que antes de começar a lutar com a Besta nunca tinha falado

18. Cooperativa de laticínios em Israel. (N. T.)
19. Marca de refrigerante. (N. T.)

assim, nem com ela nem com ninguém, a mãe se assustou de verdade, e logo se calou, a mão dela tremeu sobre a boca, e os olhos se abriram tanto que ele teve medo de que logo se rasgassem, bem, o que ele podia fazer, estas palavras saíram. Ele não sabia em absoluto que possuía tais palavras no coração. Ela não precisava atrapalhá-lo nisto. Vá lá que eles não o ajudem porque lhes é proibido. Mas atrapalhar assim?

E mais ele não pegou da casa. E era mesmo perigoso pegar algo de lá, porque a mãe tem olhos nas costas, e também dorme de olhos abertos e sempre pode ver todos os pensamentos dele, e isto já aconteceu algumas vezes. Ela sabe de tudo em casa. Quando enxuga os garfos, colheres e facas depois do jantar, ela os conta baixinho, numa melodia que zumbe. Ela sabe quantas franjas tem o tapete da sala, e sempre sempre sabe que horas são com precisão absoluta, mesmo sem ter relógio. A profecia é algo que passa como herança, porque começou com vovô Anshel e passou para mamãe e agora para Momik. Como as doenças passam.

E é importante dizer que Momik nunca relaxa na questão das profecias e se empenha em ser um gênio como Shaya Vaintraub, que conta os minutos até a Páscoa, e nos últimos tempos também Momik tem feito todo o tempo experiência com números, não algo importante, mas bastante interessante, e isto é assim: ele conta nos dedos as letras que há em todo tipo de palavras que as pessoas dizem e a verdade é que é possível dizer que Momik Neuman de Beit Mazmil de Jerusalém inventou um sistema especial de contar com os dedos, que é rápido como um robô, mal comparando, e quem não sabe a respeito disso não pode adivinhar nada, porque aparentemente parece que Momik está prestando atenção em quem esteja falando com ele, na professora, por exemplo, ou na mãe, por exemplo, mas no íntimo e nos dedos juntos ocorrem coisas secretas. Isso não acontece com toda palavra, claro que não, o que é, ele está louco? Mas há palavras que têm um som tão especial, são tão sonoras, e se ele ouve uma palavra destas, já os seus dedos começam a correr sobre ela, ao longo dela, tocam nela como um piano, e contam na velocidade de um Super-Mystère, como se houvesse uma passagem posterior que ajuda a romper a barreira do som. E assim é quando se diz no rádio, por exemplo, *mistanenim*,[20] logo os dedos

---

20. Em iídiche, referência aos palestinos, significando aquele que se infiltra, especificamente para ato de sabotagem. (N. T.)

começam a correr sozinhos, formando dois punhos fechados que são duas vezes cinco dedos e formam juntos dez letras. Ou "o treinador da seleção", e os dedos começam a contar, e logo temos dezenove letras e a maravilhosa palavra "urânio", que é a palavra mais importante em toda usina atômica, trrr! Um punho e um dedo, junto seis letras. E Momik já está tão bem treinado que pode contar assim nos dedos e no íntimo frases inteiras, especialmente frases de que ele gosta como "nossas forças voltaram em segurança", seis punhos fechados e três dedos abertos, e este é mesmo um jogo gostoso, interessante e que acalma, e também, naturalmente, fortalece os músculos das mãos e dos dedos, e isto é muito importante para Momik porque ele é um pouco baixo, e até mais magro do que baixo, mas: a) todos, inclusive os baixinhos, podem ser fortes, e como prova eis Ernie Tyler que é um jogador inglês nanico (ou seja, anão), que salvou o Manchester United, e este ano foi transferido para salvar o Sunderland, e b) com a ajuda do treino dos dedos e força de vontade, como a de Rafael Halpern, que Momik tem, muito em breve ele será forte se-deus-quiser como o famoso pugilista judeu da Terra de *Lá*, Zisha Breitbart, que até mesmo os góis, *imach shmam vezochram*, temiam, e para isso serve a força de dissuasão, três punhos e um dedo e, aliás, a lei deste novo jogo de Momik diz que palavras que acabam no dedo médio são palavras de sorte especial, e por isso, às vezes, é conveniente acrescentar o artigo em alguma palavra para chegar exatamente a este dedo. O que é que tem? É possível influenciar. Na guerra são permitidos estratagemas.

E no depósito escuro ele espera mais um pouco. Talvez isso seja um pouco demais para a Besta, mas por enquanto é difícil para ele ficar como realmente é preciso para incitá-la a sair. Mesmo assim ele não consegue se conter e se molha todo como um bebê, e é preciso correr para casa bem depressa para se trocar. Contra isso ele ainda não descobriu um método. Basta que o corvo estenda e bata um pouco as asas pretas e a calça já fica toda molhada. Também a camiseta fica molhada e malcheirosa de suor, como depois de duas horas de ginástica, e todo este tempo o gato que mia seus uivos longos e perversos está com os olhos meio fechados. Na primeira noite ouviram-no até em cima, em casa, e papai quis descer para procurá-lo e jogá-lo para o diabo, mas mamãe não o deixou ir sozinho na escuridão, e depois se acostumaram com ele e simplesmente pararam de ouvi-lo, e também os uivos se tornaram mais baixos, como se ele uivasse para dentro da barriga. É preciso que se diga a verdade, que Momik tem pena deste gato, e até pensou em libertá-lo, mas há um problema:

51

é que Momik tem medo de abrir a jaula porque certamente o animal o atacará, e por enquanto a situação é que o gato fica, mas Momik sente um pouco como se ele fosse prisioneiro do gato, e não o contrário.

Então ele se obriga a ficar ali de olhos fechados e o corpo se contrai devido à prontidão para o combate, quatro punhos fechados e um dedo, para o caso de, Deus nos livre, acontecer algo, e o corvo e o gato olham todo o tempo para ele, e de repente o corvo abre o bico e solta um ruído rouco e medonho e Momik, sem sentir, já está do lado de fora, e a perna dele está toda molhada.

Corre e sobe e abre e fecha e tranca também embaixo e grita "vovô, eu estou aqui" e troca a calça e lava bem a perna do xixi nojento e se senta para fazer a lição, mas primeiro é preciso esperar que as mãos parem de tremer dessa maneira. Bem. Agora é possível desenhar um triângulo eqüilátero e responder na lição da Bíblia quem disse a quem e quando, e outras coisas do gênero. Isso ele acabou bem depressa porque as lições nunca são um problema para ele, e ele também odeia deixar lições para depois e as prepara sempre no mesmo dia, porque, para que ele precisa ter este peso na cabeça? Depois ele ficou sentado e contou em seu relógio (é um relógio de verdade que pertenceu a Shimek) a duração de seu fôlego e treinou isso um pouco, para que possa um dia participar do concurso de canto sem interromper a respiração, contra o cantor preto Lee Naines do Delta Rhythm Boys, que se apresentavam nesta ocasião em nosso país com um tipo novo de música que se chama *jazz*, e então justamente ele lembrou que tinha esquecido, como sempre, de perguntar a Bela qual a receita para preparar cubinhos de açúcar para Blacky, o cavalo do seu irmão secreto Bill, e decidiu fazer já agora as lições que o professor de ciências daria dali a três aulas, as respostas já estão no livro, no final de cada capítulo, e ele gosta de ter sempre prontas três lições adiantadas, e tomara que pudesse fazer assim também em todas as outras matérias, e quando acabou, levantou-se e andou pela casa de um lado para o outro, o que ele esqueceu agora, sim, o que se dá de comer a filhotes de ouriço, porque o ouriço engordou nos últimos dias, e talvez seja mesmo uma ouriça, e é preciso se preparar para tudo, porque a Besta é capaz de surgir de qualquer lugar.

Passou os dedos com rapidez pelos livros enormes da *Enciclopédia hebraica* que o pai tinha assinado com desconto e em prestações especiais para funcionários da loteria. Esses são os únicos livros que eles compraram, e livros só para ler há nas bibliotecas. Momik quer comprar para si livros com o dinheiro que junta, mas livros são caros e a mãe não lhe permite, nem mesmo com o dinheiro dele. Ela diz que livros fazem poeira. Mas Momik precisa de livros, e quando tem em seu esconderijo dinheiro suficiente de presentes e do que recebe às vezes do sr. Munin, logo corre para a loja de Lipshits no centro comercial e compra lá um livro e no caminho para casa anota no livro numa caligrafia torta que modifica de propósito: "Para o meu caro Momik, de Uri". Ou escreve com letras adultas e vigorosas como da sra. Govrin: "Pertence à Biblioteca da Escola Governamental Beit Mazmil-Kiriyat Hayovel". E assim, se por acaso mamãe perceber que ele tem um livro novo entre os livros escolares, terá uma desculpa. Mas a *Enciclopédia* o decepcionou desta vez, porque ela ainda não tinha chegado à letra O de "ouriços", e a respeito de "filhotes" ela não traz nada escrito. Ela se empenha em ignorar muitas coisas. Como se estas coisas absolutamente não existissem. E justo as coisas mais interessantes, como, por exemplo, o que o sr. Munin conversa com ele atualmente cada vez mais, que é a "felicidade", ela nem sequer cita, e talvez ela tenha um bom motivo para isso, pois em geral ela é muito sábia. Momik gosta de segurar nas mãos estes volumes grossos, é agradável para todo o seu corpo passar o dedo pelas folhas grandes e lisas, é como se sobre elas houvesse algo que sempre separa os dedos da folha, para que não se aproxime muito dela, pois quem é você e o que é você diante da *Enciclopédia*, e todas estas letrinhas apinhadas e as colunas retas e longas e as iniciais misteriosas, que soam como lemas secretos de um exército grande, forte, silencioso e seguro, que marcha para a frente e conquista destemido todo o mundo e sabe tudo e sempre tem razão, e Momik fez há alguns meses a promessa de ler diariamente, seguindo a seqüência, um verbete na *Enciclopédia*, porque é um menino sistemático e organizado, e até agora não perdeu nenhum dia, exceto aquele em que vovô Anshel chegou, mas por causa disso no dia seguinte leu dois verbetes, e apesar de nem sempre entender o que estava escrito, era-lhe agradável tocar e sentir diretamente na barriga e no coração a força dela e o seu silêncio, e a seriedade e toda esta cientificidade que torna tudo claro e simples, e ele mais aprecia o volume 6, que conta tudo sobre Israel, e quem olha para este volume por fora pode pensar que é um volume comum, como todos os outros, pois ele também parece sério, científico e sábio, mas a verdade é que neste volume, um pouco antes do final, irrompem repentinamente com inúmeras cores esplêndidas duas colunas maravilhosas com os desenhos de todos os selos de Israel que saíram até agora, e Momik prende a respiração de tanta emoção cada vez que folheia lentamente este volume, e como que em surpresa total saltam-lhe de uma só vez todas estas cores maravilhosas como muitos buquês de flores, ou como a cauda de um pavão que se tivesse aberto direto no nosso rosto com toda essa profusão de desenhos e cores que se agitam, e só há uma coisa que lhe lembra um pouco esta sensação, que é ver o forro vermelho como fogo que se esconde na bolsa preta de festa da mamãe.

E é possível desvendar mais um segredo ali, agora: é que esses selos deram a Momik as idéias quando ele começou a desenhar os selos da Terra de *Lá*. Nos últimos tempos, graças a tudo o que aprende dos seus velhos sobre aquela terra, já preparou um álbum quase completo. Antes disso, foi obrigado naturalmente a se satisfazer somente com as coisas que sabia, e elas eram muito poucas e também não tão interessantes, agora é possível confessar isto, ele desenhou então, por exemplo, papai como Haim Weizman, nosso primeiro presidente, ele está desenhado no selo azul de trinta centavos de lira, e a mamãe ele desenhou segurando uma pomba da paz, dois punhos fechados, vestida de branco como no selo de ano-novo de 5712, e Bela como o barão Edmond de Rothschild, porque ela é também uma filantropa conhecida, com um cacho de uvas ao lado, exatamente como no selo verdadeiro. Mas ele não teve mais o que desenhar, e agora tudo mudou completamente. Momik desenhou muitos selos com vovô Anshel Vasserman como o dr. Herzl visionando nosso Estado no XXIII Congresso Sionista (porque também vovô Vasserman é um profeta e tem visões assim) e o pequeno Aharon Marcus como Maimônides com o colar e o chapéu engraçado do selo marrom, e Max e Moritz ele desenhou como duas pessoas que carregam juntas a vara com as uvas no selo marrom, Guinsburg à frente, a cabeça embaixo, e da boca lhe saem, dentro de um pequeno balão, suas três palavras, e atrás vem Zaidman, pequeno, rosado e educado, segurando em uma das mãos a sua sacola fedorenta, e também de sua boca saem as três palavras de Guinsburg, pois ele sempre imita quem esteja vendo no momento. Mas a idéia mais bonita ele teve em relação a Munin. Assim foi que, nos selos de ano-novo de 5713, há o desenho de uma pomba branca voando majestosa e está escrito "minha pomba nas fendas da rocha" e Momik ficou sentado durante três dias e desenhou talvez vinte rascunhos até que saiu o que ele queria, que era o desenho do sr. Munin voando no ar junto com muitos passarinhos que sempre voam atrás dele por causa do pão que esmigalha para eles, e Momik desenhou Munin exatamente como ele é de verdade, com o chapéu preto e o nariz vermelho e grande como uma *kartofele*, uma batata, só que no desenho ele tinha também asas brancas como de uma pomba, e numa extremidade do selo Momik desenhou uma estrelinha branca e nela escreveu bem miudinho "a felicidade", pois é para lá que Munin quer tanto ir, certo? E havia muitos outros selos bonitos e interessantes em sua coleção, como Marilyn Monroe com seus cabelos loiros, que são tão bonitos como a peruca de Hana Tsitrin, e na margem escreveu (Bela o ajudou a traduzir) "Marilyn Monroe *redst idish*", ou seja, "Marilyn Monroe fala iídiche", pois ela tinha prometido, mas Marilyn era simplesmente assim, ele só a desenhou para se divertir, o principal na coleção eram os novos selos da Terra de *Lá* e todos os lugares e coisas históricas dela, como o antigo *kloiz*[21] (ele o desenhou como o novo Palácio da Cultura) e a feira anual em Neustadt, que lhe contaram que o próprio profeta em pessoa vinha lá disfarçado de pobre campônio, e a forca na cidade de Plonsk com o terrível criminoso Bobo pendurado, e desenhou a Olimpíada Judaica e até o avarento Eliyahu Leib da cidade de Hana Tsitrin, que lhe contaram que não permitia que a mulher almoçasse (de tanto pão-durismo), e no selo se via exatamente como o avarento desenhava com a faca uma estrela-de-davi no pão, para cuidar de que não o cortassem enquanto não estivesse em casa, e depois Momik desenhou mais uma série muito bonita e bem-feita com todos os animais da Terra de *Lá*. Nisto ele teve uma sorte incrível porque encontrou por acaso, no bufê de vidro da sala de Bela, estatuetas de todos esses animais. Tinha estado lá mil e uma vezes sem compreender o que era, e só quando vovô chegou e Momik começou a lutar é que percebeu de repente que aquelas estatuetas minúsculas feitas de vidro colorido são exatamente como os animais que existiram alguma vez na Terra de *Lá*, pois foi de *Lá* que Bela os trouxe! Havia no bufê gazelas azuis e elefantes verdes, e águias violeta, e uma infinidade de peixes com nadadeiras longas, delicadas e coloridas, e cangurus e leões, e todos são delicados e minúsculos e transparentes, fechados em seus vidros, e é proibido tocar neles para que não se quebrem logo, e era como se tivessem sido congelados em plena corrida, como aconteceu na verdade com todos os que vieram de *Lá*.

E assim, naquele dia à tarde, Momik conseguiu desenhar Shaye Vaintraub com a cabeça comprida como espiga de milho, sentado com a testa enrugada

---

21. Pequeno centro comunitário e religioso, como uma sinagoga. (N. T.)

de tanto pensar, e do lado, em cima, Momik desenhou uma garrafa de vinho e *matsá*,[22] e depois desenhou o seu Motl como o pára-quedista no selo do décimo aniversário do pára-quedismo hebraico, e recortou bordas dentadas nestes selos novos e os colou no caderno de selos, olhou para o relógio e viu que já eram seis horas, então ligou o rádio porque havia O *cantinho da criança*, e contaram a respeito do rei Mateus I, e Momik prestou atenção mas se levantava a cada instante pois se lembrava de fazer algo que havia esquecido, apontar todos os lápis até que ficassem finos como alfinetes, engraxar sobre um jornal todos os sapatos, os dele, os de papai e os de mamãe, até que brilhassem e o deixassem satisfeito, e anotar no "Caderno Secreto de Estudos Pátrios" o que lera no dia anterior no jornal, que as duas primeiras éguas na exposição agrícola hebraica em Beit Dagan já estavam prenhas e todos esperam, e depois acabou o programa e ele desligou e pegou *Emil e os detetives*, que ele gosta de ler porque é de suspense, e também porque este livro tem cinco erros de impressão que ele gosta de achar toda vez, pois então ele pode ir ver os erros que já estão anotados na "Caderneta de Erros de Imprensa" que ele encontra nos livros e nos jornais (há quase cento e setenta), mesmo sabendo que esses erros de *Emil e os detetives* já estão registrados lá há tempos, e eis que já são seis e trinta e três, Momik foi deitar-se no sofá da sala sob o quadro colorido que eles têm em casa, que os pais ganharam de Itke e Shimek, e é um grande quadro a óleo com uma floresta, neve, um riacho e uma ponte. Assim devem ter sido, certamente, Neustadt ou Dinov, onde os velhos amigos tinham vivido outrora, e se a pessoa se deita de uma forma muito especial, um pouco torta, no sofá, então é possível ver que entre os galhos da árvore, no canto superior, há o rosto ou quase o rosto de um menino de cuja existência só Momik sabe, e talvez este seja aquele seu siamês, mas não tem certeza, Momik olha para ele com atenção, entretanto a verdade é que hoje ele fez isso sem se concentrar tanto, porque já está com uma forte dor de cabeça há alguns dias, e os olhos também doem, mas é proibido se cansar, porque a guerra principal de hoje ainda nem começou. Momik lembrou-se de repente de que já se passaram algumas horas desde que decidiu ser escritor e ainda não escreveu nada, e isso só porque não achou nada sobre o que pudesse escrever. Pois nada sabe a respeito de criminosos perigosos, como em *Emil e os detetives*, nem sobre submarinos como Júlio Verne, e sua vida é tão comum e

22. Pão ázimo que se come na Páscoa. (N. T.)

enfadonha, simplesmente um menino de nove anos e um quarto e o que se pode contar sobre isto, olhou de novo para o relógio grande e amarelo, levantou-se do sofá, andou mais um pouco de um lado para o outro e disse para si mesmo, rindo, a cabeça dói de ver você andando de lá para cá e os seus *krechtses*, Túvia, como se alguém dissesse para outro alguém nesta casa, mas nem isso conseguiu fazê-lo rir, e ao menos, quando ele olhou no relógio na vez seguinte, já eram vinte e um minutos para as sete, então ele transmitiu para si mesmo em silêncio, de cabeça, a descrição dos últimos minutos do jogo decisivo que se realizará brevemente na cidade de Vrotslav na Polônia, entre a nossa seleção nacional e a seleção polonesa, e permite que eles nos vençam com uma diferença de quatro gols, e cinco minutos antes do final, quando a situação já parece totalmente *kaput*, o nosso treinador Giula Mandy ergue os olhos desesperançados às arquibancadas que estão repletas de torcedores poloneses que gritam, e de repente, o que vê ali? Um menino! Um menino para o qual basta olhar uma vez para ver que é um jogador inato, o jogador que salvará o jogo, e, de todo modo, se lhe permitissem jogar na escola ele mostraria também a eles, e Giula Mandy interrompe o jogo, sussurra algo para o juiz e este concorda, o público todo se cala, Momik desce os degraus lentamente, entra em campo e logo organiza a nossa defesa e o nosso ataque como é preciso (pois ele tem experiência nisto desde que treinou Alex Tochner) e em quatro minutos Momik reverte tudo, a nossa seleção vence por cinco a quatro, tomara que seja, amém, e assim já eram catorze minutos para as sete, então, aquilo está se aproximando e Momik foi para o banheiro, lavou o rosto com água quente, pôs o rosto exatamente dos dois lados da rachadura longa no meio do espelho e ouviu a chuva que começou a cair lá fora e o carro de polícia que logo começou a passar com o alto-falante recomendando aos motoristas que dirigissem devagar; de repente Momik se lembrou de que se esquecera de dar, às quatro, chá e comprimidos contra prisão de ventre e contra outras coisas para vovô, e ficou com um pouco de dor na consciência, é possível fazer tudo com este avô e ele não sente, como um bebê de verdade, e a grande sorte de vovô é que Momik tem coração, porque outras crianças já se teriam aproveitado de que vovô está tão tantã e lhe fariam toda espécie de coisas ruins, e Momik pôs a cabeça para fora do banheiro e ouviu que vovô estava finalmente acordando e ainda continuava a falar sozinho como de hábito, faltavam ainda nove minutos e Momik tirou o aparelho da boca, escovou os dentes com a pasta Shen'hav (Marfim), feita de elefantes especiais que eles criam no Instituto de Assistência à Saúde, e enquanto isso diz para si mesmo muitas palavras com a letra S, porque quando se usa aparelho o S se estraga e é preciso que ele não o perca, então finalmente o relógio soou na sala, com sete badaladas, e de longe, talvez da casa de Bela, ouviu-se o sinal do noticiário, o coração de Momik começou a bater mais rápido, e ele começou a contar por eles os passos desde a loteria até em casa, mas mais devagar porque eles mal-e-mal andam, o suor atrás dos joelhos e das mãos começou a dar coceira, e exatamente (quase) no momento em que ele o profetizou em seu íntimo, ouviu-se fora o som do rangido da maçaneta da porta para o pátio e a tosse do pai, e depois de um momento ouviu-se a porta e o pai e a mãe estavam ali e disseram silenciosamente *shalom*, e tal como se encontravam, com os casacos e as luvas e as botas com o plástico as revestindo, ficaram parados, engoliram-no com os olhos, e Momik, que sentiu como se eles realmente o devorassem com o olhar, ficou em silêncio e deixou que fizessem isso, porque sabia que era disso que eles precisavam, então vovô Anshel saiu do quarto, muito confuso, vestido no grande casaco, calçando trocados os sapatos velhos de papai, e quis sair para a rua de pijama, mas papai o deteve delicadamente e disse que agora era hora de comer, papai, e ele sempre é muito delicado com os coitados, também com Max e Moritz ele é bom e tem pena deles, e vovô não entendeu o que o barrava, lutou um pouco e se opôs, mas no final desistiu e concordou que o sentassem à mesa, e só não concordou em despir o casaco.

Jantar.

É assim. Em primeiro lugar, mamãe e Momik aprontam bem depressa a mesa, mamãe esquenta as panelas grandes da geladeira e depois traz os pratos. A partir deste momento, na verdade, começa o perigo. Papai e mamãe comem com todo o vigor. Eles começam a suar, e depois seus olhos ficam saltados. Momik faz de conta que está comendo e os espia cuidadosamente e pensa em como é que saiu da vovó Heni uma mulher tão gorda como mamãe, e como é que saiu deles um menino tão pequeno e espantalho como ele. Ele apenas prova com a ponta do garfo, mas a comida fica parada na garganta de tão tenso que está, e é assim mesmo, os pais precisam comer toda noite muita comida para ficar fortes. Uma vez eles já conseguiram escapar da morte, mas na segunda ela certamente não desistirá deles. Momik esfarela bolinhas de pão e as arranja num quadrado. Depois faz uma bola maior de massa, e a corta com precisão em duas, depois novamente em duas. E mais uma vez. É preciso ter mãos de cirurgião cardíaco para tamanha exatidão. E outra vez em duas. Ele sabe que no jantar não se zangarão com ele por estas coisas, porque ninguém presta atenção nele. Vovô, em seu grande casaco de lã, fala consigo mesmo e com Herrneigel e chupa uma fatia de pão. Mamãe já está bastante vermelha de tanto esforço. É absolutamente impossível ver o pescoço dela de tanto que a boca trabalha. O suor escorre pela testa de papai. Eles limpam os panelões com a ajuda de grandes fatias de pão e as devoram. Momik engole saliva e seus óculos ficam embaçados. Papai e mamãe somem e aparecem novamente por trás da pilha de panelas e frigideiras. A sombra deles dança na parede atrás deles. De repente parece-lhe que eles pairam um pouco no ar sobre o vapor quente da sopa; quase grita de pavor, Deus, ajude-os, ele diz intimamente em hebraico, e logo traduz para o iídiche, para que Deus entenda, *mir zal zein far deine beindelech*, que aconteça a mim o que aconteceria aos teus ossinhos, como mamãe sempre diz por ele.

Por fim chega o momento em que papai põe de lado o garfo e dá um longo suspiro, olha em torno, como se só agora sentisse que está em casa, que tem um filho e que há ali um avô. A batalha termina. Ganharam mais um dia. Momik corre então para a torneira e bebe sem parar. Chegou a hora das conversas e das perguntas irritantes, mas como é possível se zangar com alguém que acabou de ser milagrosamente salvo? Então Momik conta a eles que preparou as lições, que amanhã começará a estudar para a prova de Bíblia, e que o professor perguntou novamente por que os pais não lhe permitem participar com todos do passeio ao monte Tabor (o professor é novo e não sabe), e enquanto isso papai se levanta e senta-se junto à mesa da sala de visitas, afrouxa o cinto, e de repente o corpo dele se esparrama como um rio na enchente e preenche todo o aposento, simplesmente empurra Momik em direção à cozinha, papai estende a mão e começa a procurar o rádio. Ele sempre faz assim. Espera até que o rádio esquente e então começa a girar o botão das estações. Varsóvia, Berlim, Praga, Londres, Moscou, quase não presta atenção, ouve só uma ou duas falas, logo passa adiante, adiante, Paris, Bucareste, Budapeste, ele não tem paciência, passa assim de um país para outro, de uma cidade para outra, não pára, e só Momik adivinha que papai está esperando a qualquer momento por um comunicado que venha da Terra de *Lá*, que o chame finalmente a voltar da sua diáspora e se tornar lá um imperador como ele bem sabe, não como ele é aqui, mas por enquanto ainda não o estão chamando.

Por fim, papai desiste e volta lentamente à estação de rádio Kol Israel, ouve o programa *No Parlamento e em suas comissões*, fecha os olhos e talvez se possa pensar que esteja dormindo, mas ele ouve muito bem, podem confiar nele, e a respeito de cada coisa que dizem ali ele tem uma observação muito maldosa, em geral política é algo que o deixa muito violento e perigoso, Momik fica na entrada da cozinha, ouve mamãe que conta numa melodia fixa os garfos e facas enquanto os enxuga, e observa assim secretamente as mãos de papai que caem para os dois lados da poltrona. Os dedos um pouco inchados, com pêlo cinza em cada um deles, é impossível saber que sensação causariam ao tocar em alguém, pois eles não tocam.

À noite, na cama, Momik fica deitado desperto e pensa. A Terra de *Lá* dele era um país pequeno e lindo, com florestas em torno e trilhos de trem, pequenos e lustrosos, vagões coloridos e bonitos, desfiles militares e um imperador corajoso, e um caçador real, um *kloiz*, e uma feira de gado, e animais transparentes que brilham nas montanhas como passas num bolo. Mas a desgraça é que na Terra de *Lá* há um encantamento. Daí em diante tudo começa a ficar nebuloso. Caiu repentinamente uma espécie de maldição sobre as crianças, e os adultos e os animais e congelou a todos. Foi a Besta Nazista que fez isso. Ela passou pelo país e sua respiração simplesmente congelou tudo. Assim fez a Rainha do Gelo em uma história que Momik leu. Momik fica deitado na cama e dá asas à imaginação, mamãe trabalha na saleta em sua máquina. O pé dela sobe e desce. Shimek arrumou para ela um pedal alto na máquina, embaixo, pois de outra forma o pé dela não alcançaria. Na Terra de *Lá* todos estão cobertos desde então com vidro muito fino que não permite que se movam, e é impossível tocar neles, e eles como que estão vivos, mas como que não, e só uma pessoa no mundo pode salvá-los, e é Momik. Momik é quase como o dr. Herzl, mas é diferente. Ele até já preparou uma bandeira azul e branca para a Terra de *Lá*, e entre as duas listas azuis desenhou um grande *pulke*, ajustou na extremidade uma turbina traseira de um Super-Mystère, e embaixo escreveu: "Se quiserem, isto não será uma lenda", mas apesar de tudo ele ainda não sabe absolutamente o que é preciso fazer, o que o irrita um pouco.

Às vezes, à noite, eles vêm e ficam junto à sua cama. Vêm se despedir dele antes que comecem os seus pesadelos. Então Momik se encolhe todo de tanto esforço para parecer adormecido e para que vejam nele o quanto é um menino feliz, saudável e que está muito bem, que sorri o tempo todo, até no sono, *oi luli luli*, que sonhos engraçados temos aqui, e às vezes ele tem idéias de Einstein mesmo, e diz assim, como se estivesse dormindo, chute para mim Yossi, nós vamos ganhar hoje, Dani, e ainda coisas semelhantes para alegrá-los, e certa vez, quando o dia foi particularmente difícil, e vovô quis sair depois do jantar, e foi preciso até trancá-lo no quarto, e ele começou a gritar, mamãe chorou, naquele dia difícil Momik cantou para eles, como que dormindo, o hino nacional, com tanta emoção que molhou a cama, e tudo isso para que vissem que não precisavam preocupar-se com ele, e que não é preciso esbanjar com ele a sua preocupação ou coisas desse tipo, porque era melhor que guardassem suas forças para coisas importantes de verdade, para o jantar, para aqueles sonhos deles e para todos estes silêncios e, quando finalmente adormeceu, ainda ouviu bem de longe, mas talvez já fosse um sonho, Hana Tsitrin gritando a Deus para vir de uma vez e também o uivo longo e baixo do gato que enlouquecia no depósito e ele prometeu a si mesmo esforçar-se ainda mais.

Ele tinha dois irmãos.

Não. Comecemos assim, que uma vez ele teve um amigo.

O amigo se chamava Alex Tochner. Ele veio no ano passado da Romênia e sabia só um pouquinho de hebraico. A professora Neta o sentou perto de Momik, porque Momik pode ser um bom exemplo e também porque ele é o que melhor sabe hebraico na classe e talvez também porque sabia que Momik não riria de Alex. Quando Alex se sentou ao lado de Momik, todos riram pois ambos eram quatro-olhos.

Alex Tochner era um menino baixo mas muito forte. Quando escrevia, os músculos dos braços saltavam. Tinha cabelos loiros espetados e duros, e apesar de usar óculos, via-se que não era por causa da leitura. Mexia-se o tempo todo no lugar, como se tivesse espinhos, e não gostava de falar. Apesar disso, quando falava, ouvia-se uma espécie de "r" estranho, como o "r" dos velhos. Os meninos chamavam os dois de "poloneses" e Momik e Alex quase não falavam entre si. Mas, no fim, Momik decidiu algo, e na aula de ciências passou um bilhete a Alex perguntando se ele gostaria de vir à sua casa no dia seguinte. Alex deu de ombros e disse tanto faz. Momik não conseguiu ficar sentado quieto pelo resto do dia. Depois do jantar, perguntou a mamãe e papai se podia trazer um amigo, e a mãe e o pai olharam ao mesmo tempo um para o outro e começaram a lhe fazer uma porção de perguntas, quem é este amigo, o que ele quer de Momik, e se é dos nossos ou dos outros, e se ele não é um desses que vai roubar ou bisbilhotar em cada coisa da casa e o que fazem os pais dele. Momik contou-lhes tudo, e por fim, quando disseram está bem, e se ele tem que trazê-lo, então que o traga, só que o observasse bem o tempo todo. Naquela noite, Momik quase não conseguiu adormecer de tanta excitação. Pensou em como ele e Alex seriam, como formariam uma seleção de dois, e como e como e como, e de manhã já estava às sete e meia na escola.

Depois das aulas, Alex veio com ele; e ambos compraram *falafel*[23] no centro comercial, Alex gostava de *falafel* e Momik não, mas se divertiu muito ao comprar, pagar e comer uma vez fora de casa, no fim deu a sua meia porção para Alex, que derramou tanto molho apimentado que o vendedor lhe disse que teria que pagar em dobro. Vieram para casa, fizeram juntos a lição e depois jogaram damas. Sem dúvida era muito mais interessante jogar a dois. Momik decidira ainda à noite manter um silêncio de homem, como Alex, mas não conseguiu se conter, pois afinal para que se tem um amigo? Para ficarem calados como dois idiotas? E não parou de fazer perguntas sobre Alex e sobre os estudos de Alex e sobre o lugar de onde Alex vinha, e Alex dava respostas curtas e Momik sentiu de repente que Alex estava se entediando e teve medo de que ele fosse embora, correu à cozinha, subiu numa cadeira e tirou do esconderijo de mamãe um pacote de chocolate que não era para visitas, mas agora era uma emergência, como se diz, e quando o trouxe para Alex contou-lhe que vovó Heni morrera havia pouco tempo, e Alex pegou um quadradinho e mais um quadradinho e disse que seu pai também tinha morrido e Momik logo se ligou, porque desses assuntos ele até que entende um pouco e perguntou se o pai tinha morrido nas mãos Deles e Alex não entendeu quem são Eles, e disse que o pai morrera num acidente, ele fora pugilista e tinha levado um golpe no ringue, agora Alex é o homem da casa. Momik se calou e pensou que vida interessante tem este Alex, e Alex disse: "*Lá* eu era o campeão de corrida da classe".

Momik, que sabia de cor todos os tempos dos corredores das Olimpíadas e de todos os campeões da classe, disse que para ficar aqui na seleção da classe

---

23. Pão árabe recheado com bolinhos fritos de grão-de-bico e temperos. (N. T.)

é preciso correr sessenta metros em oito vírgula cinco segundos, e Alex disse que não estava em boa forma agora, mas que iria treinar e entraria para a seleção. Falou com convicção e não sorriu nenhuma vez para Momik, comeu um quadrado após o outro do chocolate que costuma durar talvez o mês todo, "eles me chamavam de *ashkenatosi*[24] *bech bech*", disse Alex e seu rosto se fechou todinho, "por isso é que eu vai ficar na seleção deles". Momik disse: "Eles também são *ashkenatosis*. Não todos, mas também aqueles que disseram isto". "Não para Alex."

Estava tão seguro de si que Momik acreditou nele totalmente, e soube que ele venceria; apesar disso sentiu uma espécie de tristeza inexplicável. Alex andou um pouco pela casa, tocou aqui e ali sem se envergonhar, moveu com brutalidade a roda da máquina de costura, fez perguntas que visitas não fazem, e depois disse que estava cheio de ficar em casa; Momik deu um pulo e perguntou se por acaso ele queria um bom copo de chá, porque é assim que se diz quando as visitas (suponhamos Bela ou Itke e Shimek) dizem que querem ir embora, mas Alex olhou para ele com um olhar meio irritado e perguntou se havia algo para fazer na rua neste bairro, e Momik pensou e disse que era possível ir ao café de Bela porque ela sempre sabe contar coisas interessantes, e Alex olhou para ele de novo, torceu a boca e perguntou se Momik era sempre assim, e Momik não entendeu e perguntou como assim?, e Alex perguntou se ali não havia meninos na rua, e Momik disse que não, que a rua era pequena. Ele se espantou porque pensou que Alex, por ser imigrante recente, não iria querer tanto brincar com outras crianças, e por causa disso Momik esperou o tempo todo que ele e Alex pudessem ser bons amigos, já que Momik é educado, polido, não zomba e não xinga e assim por diante, mas Momik se lembrou também de que Alex é, apesar de tudo, novo, e não sabe exatamente nada e levará algum tempo até que compreenda que Momik tem mais inteligência em seu dedo mínimo do que todos aqueles desordeiros que riem, que correm sessenta em oito vírgula cinco. Bem, eles desceram para a ruazinha; era outono, e a pereira velha no pátio de Bela estava cheia de frutas que já estavam meio podres; Alex olhou e disse: "O quê?! Você deixa ficar assim?!". E ele logo se introduziu no pátio dela e furtou dali algumas peras e deu uma também para Momik, e Momik, cujo coração batia como doido, pôs na boca, mastigou e não engoliu,

24. Corruptela de "asquenaze", judeu de origem ocidental. (N. T.)

porque isto é roubo, e ainda mais de quem. Caminharam na direção do monte Herzl e Alex disse novamente que iria entrar para a seleção, e de repente Momik teve uma idéia verdadeiramente genial, disse para Alex que poderia ser o seu treinador, e Alex disse: "Você?! O que é que você en..." mas Momik não o deixou terminar, e logo lhe contou que poderia ser um ótimo treinador, que leu a respeito de todos os treinadores do mundo e tem em casa fotos esportivas que recorta e coleciona de todos os jornais (ele disse: "Também de jornais do mundo todo", e isso não era mentira, por causa do *Pshegelond*) e que pode preparar um programa de treinamento olímpico, que tem um relógio que marca segundos, que é o mais importante para um treinador de corrida. Alex quis ver o relógio, Momik lhe mostrou e Alex disse vamos fazer uma experiência, eu vou correr até este poste e você vai contar, e Momik disse pronto para a partida e Alex correu e Momik contou e disse dez vírgula nove, e é conveniente que você não balance tanto os braços porque assim você perde força, e Alex disse que talvez concordasse que Momik o treinasse, mas que não queria mais ir à casa dele. Assim começou a grande amizade deles, mas Momik não gosta de se lembrar dela.

Além disso, ele tinha dois irmãos.

O mais velho se chamava Bill. Uma vez por mês chega à loja de Lipshits no centro comercial uma nova revista com todas as suas aventuras. Momik fica ali num canto e lê de pé, e Lipshits não diz nada, porque ele é da mesma cidadezinha que mamãe. São histórias de suspense e educativas. Seu irmão Bill é durão de verdade. Ele é tão forte que não pode interferir a favor de Momik se alguém na classe bate nele, e isto porque um golpe de Bill pode matar, e por isso Momik o obrigou a lhe prometer que não interviria a seu favor em nada, nem quando começou a questão com Leiser, o escroque, o chantagista, e ao menos duas vezes por semana Momik se levanta do chão do pátio da escola, sujo e sangrando, mas com um sorriso misterioso, porque novamente conseguiu conter os instintos, como se diz, e não pôs Bill em ação contra eles.

Bill o chama de Johnny e ambos mantêm conversas muito breves com pontos de exclamação, como dê-lhe um no queixo, Bill!! Belo trabalho, Johnny!! E coisas semelhantes. Bill tem uma estrela de prata no peito, e isso indica que ele é xerife. Momik ainda não tem nenhuma estrela. Os dois têm juntos um cavalo chamado Blacky. Blacky entende qualquer palavra, e gosta de cavalgar livre pelos campos, mas no fim ele sempre volta e roça a cabeça no peito de Momik, e isso é realmente um prazer e justamente então a professora Neta pergunta o que é este sorriso, Shlomo Neuman, e Momik esconde logo Blacky. Ele leva açúcar da cozinha e faz uma porção de experiências para transformá-lo em cubinhos como os que Blacky gosta, mas isso não dá muito certo, e a *Enciclopédia hebraica* ainda não chegou a *sucar*, e Momik tem certeza de que, se ela chegar, vai remetê-lo ao verbete "cubinhos" e, enquanto isso, é preciso encontrar um meio de alimentar este cavalo, certo? No vale Ein Kerem eles cavalgam ao menos três vezes por semana, trazem de volta crianças que desapareceram ou que os pais perderam e montam tocaia de Orde Wingate para assaltantes de trens. Às vezes, quando Momik fica deitado de barriga na tocaia, vê por cima do monte Herzl a chaminé alta do prédio novo que construíram ali, a que deram o nome engraçado de Yad Vashem, e diz para si mesmo que esta é uma chaminé de navio que navega por aqui, e está cheio de imigrantes ilegais de *Lá* que ninguém quer receber, como nos dias do Mandato Britânico, *pshakrev*, e ele também os salvará de alguma forma, com Blacky, ou com Bill ou com seus pensamentos ou com seus animais ou com a usina atômica ou com a história de vovô Anshel e *As Crianças do Coração* ou com alguma coisa, e quando perguntou aos seus velhos o que era aquela chaminé, eles olharam um para o outro e por fim Munin disse que lá há uma espécie de museu, e a Aharon Marcus, que há alguns anos não saía de casa, perguntou se era um museu de arte, e Hana Tsitrin riu torto e disse arte, arte do *serumano*, é esta a arte de lá.

E enquanto se faz emboscada, Momik precisa o tempo todo prestar atenção para que a estrela de Bill não reflita a luz, para que os bandidos não os percebam, e então, apesar disso, ocorre que Bill é morto ao menos vinte vezes por dia, pelos tiros e facadas dos vilões, mas no fim ele sempre renasce, e tudo graças a Momik que fica com medo de verdade quando Bill morre, e talvez sejam este medo e também este desespero que trazem Bill de volta, e ele se levanta, sorri e diz: "Obrigado, Johnny, você salvou minha vida". Blacky, enquanto isso, devorava cubinhos de açúcar colados com lama e saliva, e cubinhos de açúcar com cola plástica, e cubinhos de açúcar que Momik congelou dentro de blocos de gelo que estavam nos caixotes de leite de Eiser, o leiteiro, e Bill morria e vivia e morria e vivia uma vez após a outra, e isso era o principal neste jogo, mas só que não era o jogo, claro que não, Momik não se diverte com esta história, mas também não sonha em acabar com ela, porque precisa se exercitar nisso, e há tanta gente que espera que se torne um especialista mundial nessa questão, como todos eles esperaram que o professor Jonas Salk inventasse finalmente a sua vacina contra a paralisia infantil, Momik sabe muito bem que alguém precisa ser o primeiro voluntário e entrar ele mesmo naquela terra congelada e lutar ali contra a Besta e salvar e resgatar todos dali, e é preciso apenas pensar numa tática, algo como aquilo que Meir Har-Sion faria se a combatesse, um truque genial e ousado, que talvez só o treinador Giula Mandy, que trouxemos especialmente da Hungria, sabe fazer para consertar seus pais agora e também retroativamente, mas a Besta não concordou por enquanto em sair de todos os seus disfarces, e em geral não houve grande progresso com os animais, e fazia-lhe mal toda vez que pensava que talvez estivesse mantendo ali simplesmente no escuro todos os pobres animais, mas então ele diz para si mesmo que na guerra sofrem às vezes também aqueles que não são culpados (tornou-se para ele uma espécie de mote), como, por exemplo, a cadela Laika que se sacrificou no altar da ciência do *Sputnik II*, e o que ele pode fazer é esforçar-se ainda mais e dormir ainda menos, e todo o tempo tomar o exemplo de vovô Anshel, que há alguns anos não desiste e conta esta sua história, para que talvez uma vez consiga vencer Herrneigel e acabar com isto — às vezes Momik tem a sensação de que vovô se complicou tanto na sua história que até a paciência de Herrneigel também acaba.

Certa vez no almoço houve mesmo um escândalo. Vovô começou a gritar aos brados, e depois pôs a mão no ouvido e prestou atenção, seu rosto começou a ficar vermelho e seus lábios começaram a tremer, e Momik pulou de medo e ficou junto à porta porque compreendeu de uma só vez aquilo que, em sua estupidez, não havia compreendido o tempo todo, é que Herrneigel é o próprio *nazikaput*, e *kaput* é perdido, como Momik sabe muito bem pelo hebraico, e nazista é a Besta, e agora era claro que Herrneigel se zanga com vovô por causa da história, pois aparentemente ele não concorda de maneira alguma em ser *kaput* e obriga vovô a mudar a história como ele a quer, mas Momik viu logo que também o vovô não é fracote, de jeito nenhum, quando se tenta tocar nele e na história ele realmente se torna uma pessoa diferente! Sim, vovô agarrou seu *pulke* e o ergueu alto e brandiu com força contra o ar, e gritou naquele seu hebraico arcaico que não permitirá a Herrneigel intrometer-se em sua história, porque a história é toda a sua vida e o que tem ele além da história?, e Momik, cujo coração despencara até as cuecas, viu pelo rosto do avô que o *nazikaput* se assustou um pouco e decidiu ceder ao avô, porque vovô realmente parecia convincente e com razão e então, de repente, vovô virou o rosto da parede vazia, e olhou para Momik com seus olhos vazios, e Momik soube então muito bem que, se vovô quiser, poderá agora arrastar também Momik para dentro da sua história, como fez com Herrneigel, ele quis fugir e não conseguiu se mexer do lugar, quis gritar e não lhe saiu a voz, e então o avô lhe fez assim com o dedo para que se aproximasse um pouco, e foi como uma mágica, porque Momik começou a caminhar até ele e soube que este seria o seu fim, que ele entraria nesta história e não o encontrariam mais, e a grande sorte era que vovô em absoluto não queria lhe fazer isto, por que haveria de querer?, pois Momik é um menino tão bom, e mesmo que torture um pouco os animais no depósito, isso é só porque há uma guerra, e quando ele já estava muito perto, vovô disse de repente com voz tranqüila e nítida, como uma pessoa absolutamente normal: *nu*, você viu este gói? *Oich mir a chochem*,[25] e vovô sorriu para Momik um sorriso comum de velho sábio e lhe pôs a mão no ombro como um avô verdadeiro e disse num sussurro que ele ainda haveria de atazanar este gói de tal maneira que o devolveria para Chelm, e Momik quis aproveitar a oportunidade para perguntar finalmente ao vovô o que é esta história e se é correto o seu palpite de que *As Crianças do Coração* lutam agora contra Herrneigel, e para que eles precisam do neném (pois Momik entende um pouco de histórias de suspense e sabe muito bem que bebês só podem atrapalhar em situações perigosas), mas então aconteceu o que sempre acontece, e vovô moveu-se para trás e olhou para Momik como se nunca o tivesse visto, começou a falar depressa as suas falas e cantorias, e Momik mais uma vez ficou totalmente só.

Então, quando despejou seu almoço, no qual não havia tocado, num saquinho marrom para os seus animais, começou a pensar que talvez valesse a pena aconselhar-se com um especialista a respeito de quem lia às vezes no jornal, e que também exercia a mesma profissão de Momik. Chama-se Wiesenthal, e mora na cidade de Viena e dali ele os caça. Momik esperava que, se escrevesse uma carta, o Caçador concordaria talvez em lhe revelar a respeito deles algumas coisas importantes, como onde eles se escondem e quais são seus hábitos alimentares e de rapina, e se vivem em grandes bandos e como é que de um só animal sai um exército inteiro de homens, e se há mesmo (Momik pensa que

25. *Oich mir*, em iídiche, denota ironia e descrédito com relação a algum fato; no caso, a esperteza da pessoa (*a chochem*). (N. T.)

não) uma palavra mágica como "Chaimova" ou "Urânio", que, se pronunciada para eles, logo ficam disciplinados e nos seguem a todo lugar, e talvez seja preciso caçar também os seus retratos, vivos ou mortos, para que Momik saiba o que esperar. E durante alguns dias Momik esteve bastante ocupado com estes planos sobre o que escrever para ele. Tentou descrever para si mesmo a casa do Caçador, com grandes tapetes das peles dos animais e uma prateleira especial para rifles, arcos e cachimbos, e, fincadas na parede, cabeças de animais nazistas que ele já tinha caçado nas florestas, com olhos de vidro; Momik se sentou e começou a escrever a carta, mas não saiu boa, tentou umas vinte vezes e não conseguiu, e foi justamente naquela semana que ele leu no jornal de Bela que o Caçador estava de partida para mais uma viagem de caçada à América do Sul, e deram ali também uma foto dele, um homem de olhos bonitos e tristes, uma calva que começava na testa, nada parecido com aquilo que Momik havia imaginado, e assim Momik ficou de novo totalmente só sem ninguém que o ajudasse, e desta vez ele já estava um pouco tenso.

Todo o tempo ele dizia a si próprio que de qualquer maneira o Caçador não poderia ajudá-lo, pois a coisa mais estranha nesta guerra contra a Besta era que cada um devia lutar contra ela por si só, pois mesmo aqueles que querem muito que ele os ajude não podem lhe pedir isso diretamente, por causa de uma promessa secreta que, pelo visto, eles têm; Momik o tempo todo dizia para si mesmo que não estava se empenhando o suficiente, e que não pensava naquilo o bastante, e justamente naquela época ele teve toda espécie de acidentes em suas viagens de caçada, começou com o fato de que um filhote de chacal abandonado o mordeu abaixo do joelho, e ele foi obrigado a tomar doze injeções dolorosas contra raiva. E depois caiu por acaso sobre um pequeno ouriço que estava escondido num arbusto no vale, e o joelho dele ficou como uma peneira. Momik sempre gostava de ler a respeito de animais, mas até começar a lutar com a Besta, nunca precisara tocar em animais, e a verdade é que isso sempre o enojara um pouco, mas nem tanto. Sentiu que tinha uma sintonia com os animais e pensou que, depois que tudo acabasse, talvez criasse um cachorro. Um cachorro comum. Não para a guerra mas pelo divertimento. Mas, enquanto isso, uma pomba selvagem ferida que ele achou no pátio quase lhe arrancou um olho com o bico, e mais um gato que ele tentou capturar nas latas de lixo, para substituir seu gato louco, lhe arranhou todo o braço. Momik era realmente corajoso em sua guerra. Nunca soubera que era tão corajoso, mas também sabia muito bem que era a coragem do medo. Porque ele tinha medo. E é preciso também lembrar o corvo e os pais do corvo que era seu prisioneiro, os quais, agora que já estavam certos de que Momik lhes tirara o filhote, mergulham sobre ele como Migs egípcios, cada vez que ele sai de casa, e aliás, na primeira vez que isso aconteceu, um dos corvos realmente o bicou na mão e no pescoço, e Momik ficou, como se diz, um pouco histérico, correu para a loteria e contou a papai e mamãe a respeito do ataque, mas não conseguiu se explicar muito bem e também não soube como se dizia corvo em iídiche; a mãe dele compreendeu um pouco mal e viu o sangue e a camisa rasgada, logo correu com ele para a assistência médica, e lá explicou ao dr. Erdreich aos gritos e desmaios que algo horrível havia acontecido, uma águia tentara raptar o menino, e é preciso confessar e dizer que muitos anos mais tarde ainda havia gente no bairro de Beit Mazmil que se lembrava de Momik como o menino que a águia tentara rapinar para o seu ninho.

Mas todos os esforços não adiantaram. O depósito se tornava dia a dia mais negro e mais sufocante, e Momik não ousava mover ali um dedo. Os animais tornaram-se selvagens e famintos e atiravam seus corpos contra as paredes dos caixotes, feriam-se, uivavam e berravam. A pomba ferida morreu e ele teve nojo de remover o seu cadáver, ela começou a feder e logo vieram as formigas desgraçadas. Momik tinha a sensação de que todo o tempo o depósito estava cheio de teias de aranha enormes, e que as teias eram pegajosas e frias e tentariam capturá-lo quando ele se movesse. Em toda a vida nunca se sentiu tão sujo e malcheiroso como naqueles dias. Sentiu que aqueles animaizinhos eram muito mais fortes que ele, porque eles o odiavam e sabiam o que é ser selvagem e se jogar na jaula e berrar, e ele já não estava muito certo de quem era prisioneiro de quem, e então pensou que talvez este fosse o sinal de que a guerra já havia começado, que a Besta não estava perdendo tempo e já estava agindo contra ele com astúcia e o paralisava com uma espécie de paralisia infantil na qual o dr. Salk nem sequer havia pensado, e isso realmente já era desagradável, para não dizer logo assustador, era muito, mas muito desagradável, porque Momik não sabia de onde ela sairia ao seu encontro, e não sabia o que fazer quando ela resolvesse se revelar, e talvez ela saísse de dois animais juntos e se ele conseguiria por acaso lhe dizer algo como "Chaimova" antes que ela o atacasse e o fizesse em pedaços.

Começou a untar as plantas dos pés com querosene da estufa de aquecimento, para que pelo menos o cheiro a enojasse, e também colocou uma bolinha de naftalina em cada um dos bolsos da calça e da camisa, mas sentiu que isso ainda não era suficiente e então começou a escrever um discurso de boas-vindas para ela. Escreveu este discurso durante uma semana pelo menos, e sabia que deveria ser o melhor discurso do mundo para que pudesse influenciar de imediato uma Besta inteira antes que ela atacasse. No início, escreveu para ela o quanto é preciso ser sempre bom e ter consideração para com o próximo e que é preciso saber perdoar como no Yom Kippur, mas quando leu em voz alta o que havia escrito, sabia que ela não acreditaria em suas palavras. Ela precisa de algo mais forte. Tentou pensar nesta fera, ou seja, como ela sente as coisas e o que pode influenciá-la. Tentou desenhá-la e ela lhe pareceu uma espécie de urso-polar solitário e cheio de raiva e ódio por todo o mundo, logo entendeu que o seu discurso precisa ser de modo tal que suprima nela, num momento, todo o ódio e toda a solidão, porque há coisas de que até um urso-polar congelado tem saudade, Momik escreveu então um longo discurso sobre a amizade forte entre dois amigos que se amam, e sobre falas simples e agradáveis entre pai e mãe e entre pai e filho. Contou para o animal o quanto irmãos pequenos podem ser doces, e como é agradável carregá-los no colo ou colocá-los no carrinho e ir se exibir no centro comercial, e também escreveu sobre todo tipo de coisas um pouco bobas, mas teve a sensação de que justamente elas tentariam talvez a Besta, como suponhamos um jogo de futebol na escola em que se faz um gol, e todos berram juntos o seu nome sem nenhum outro nome, ou como um passeio de sábado de manhã com papai e mamãe quando eles lhe dão a mão e fazem juntos "upa, upa... u-pi!" e atiram você assim para o ar, e como o passeio anual ao monte Tabor, quando toda a classe marcha e canta e à noite fazem bagunça no albergue, mas depois que escreveu tudo isso e apagou e corrigiu e leu em voz alta, sentiu de repente que era um discurso bobo e até nojento, um discurso droga e fedorento, e o rasgou em pedaços e o queimou na pia da cozinha, e então já tinha desistido totalmente da idéia do discurso, e simplesmente decidiu ficar sentado em silêncio e esperar e ver o que ela lhe fará quando vier, já era totalmente claro para ele que ela espera intencionalmente que se enerve e fique mais fraco ainda, e exatamente por causa disso ele jurou a si mesmo que, acontecesse o que acontecesse, ele não enfraqueceria diante dela nunca nunca juro juro.

E então durante cerca de duas semanas parecia haver uma oportunidade de vitória surpreendente, porque aos dois irmãos juntou-se mais um: Motl, filho de Peissi, o chantre. Foi um período que Momik jamais esquecerá. Eles leram na classe esta história de Sholem Aleichem e Momik sentiu algo forte, e decidiu, sem propósito definido, contar algo a respeito em casa depois do jantar. *Nu*, e de repente o pai abriu a boca e começou a falar. Falou frases inteiras e Momik ouviu e quase lhe rolaram lágrimas de tanta alegria. Os olhos de papai, que são azuis mas têm toda a parte de baixo vermelha de sangue, tornaram-se um pouco mais claros, como se a Besta o houvesse abandonado por um momento. Momik era astucioso como uma raposa! Como a raposa na história do queijo e do corvo! Contou ao papai (como se fosse por acaso) sobre o irmão Eliyahu, e sobre o bezerro Meni, e sobre o rio em que despejaram os barris de *kvas*, uma bebida de maçã, e era mesmo possível ver nos olhos como o animal abre um pouco a boca e o pai cai direto sobre Momik.

Lentamente o pai começou a lhe contar sobre uma cidadezinha minúscula e sobre ruazinhas cheias de lama, e árvores como castanheiros que não existem aqui, e um velho vendedor de peixes, e o aguadeiro e lilases e que sabor paradisíaco tinha o pão na Terra de *Lá*, e sobre o *cheder*,[26] e sobre o rabino, que para ganhar um pouco mais de dinheiro consertava vasilhas de barro quebradas, com a ajuda de um arame que enrolava ao redor da peça, e como aos três anos já voltava sozinho da escola nas noites de neve, e iluminava o caminho com uma lanterna especial feita de rabanete no qual se fincara uma vela, e mamãe disse de repente: realmente havia lá um pão assim que não existe aqui, agora que você está dizendo isso, eu me lembrei, nós o assávamos em casa, e onde mais seria, e ele nos bastava por uma semana inteira, e tomara possa eu gozar mais uma vez em minha vida do prazer de provar aquele sabor. E papai disse: *Lá* onde vivíamos, entre a nossa aldeia e Hodorov, havia uma floresta. Uma floresta de verdade, não como estes pentes desdentados que o Fundo Nacional de Reflorestamento planta, e ali na floresta havia *pojemkes*, amoras, que não existem aqui, grandes como cerejas, e Momik se admirou quando ouviu que também lá havia um Hodorov como o goleiro do Hapoel Tel Aviv, mas não quis atrapalhar e se calou, e a mãe deu um pequeno *krechts* de recordações e disse: sim, mas lá na nossa terra elas eram chamadas de *yáguedes* e papai disse: não, as *yáguedes* são diferentes, são menores. Ah, lá havia frutas,

---

26. Antiga sala de aula onde as crianças judias recebiam instrução religiosa. (N. T.)

uma *mechaye*, uma relva, você se lembra da relva de *Lá*? E mamãe disse: o que quer dizer com se lembra?, como é possível esquecer, quero morrer se não me lembrar mais disso,[27] era de um verde tão vivo, não como a relva daqui, que sempre parece meio morta, isto não é relva, isto é uma lepra desta terra, e quando colhiam lá as espigas e as empilhavam no campo, você se lembra?, Túvia, ah! diz papai e respira fundo, e o cheiro delas! *Lá* na nossa terra as pessoas tinham medo de adormecer sobre montes que estavam frescos, pois, Deus nos livre, talvez não conseguissem acordar...

Falavam um com o outro e com Momik. Esse foi na verdade o motivo pelo qual Momik começou a ler também as outras histórias de Sholem Aleichem (que nome para um escritor!) que na escola nem pediram que lesse. Ele pegou na biblioteca da escola as histórias de Menachem Mendel e de Túvia, o Leiteiro, e começou a lê-las capítulo após capítulo, como ele sabe. De forma rápida e meticulosa. A aldeia começou a se tornar muito familiar a ele. Em primeiro lugar ele viu que já sabia muitas coisas dos seus companheiros de escola e o que ele não entendia papai explicava realmente com boa vontade. Palavras como *gabai*, *galech*, *melamed dardakei*[28] e outras semelhantes, toda vez que papai começava a explicar, ele se lembrava de mais alguma coisa, e contava mais um pouco e Momik se lembrava de tudo, e depois corria para o quarto e anotava no "Caderno de Estudos Pátrios" (que já era o terceiro!) e nas últimas folhas do caderno começou até a organizar um pequeno glossário que traduzia e explicava as coisas da língua da Terra de *Lá* para a nossa língua hebraica, e ele já tinha oitenta e cinco vocábulos. Nas aulas de estudos pátrios, quando o atlas do Yediot estava aberto sobre a mesa, Momik fazia uma série de pequenas experiências, anotava Boiberik em vez de Tel Aviv, trocava o nome de Haifa por Kasrilevke, e o Carmel é atualmente o monte dos judeus onde acontecem milagres, e Jerusalém é Yehupetz, Momik assinalava alguns tracinhos a lápis como um comandante militar no seu mapa de batalhas: Menachem Mendel viaja daqui para lá, passa de Odessa para Yehupetz e Zemerinka, e pelos bosques de Manasses. Túvia passa com seu velho cavalo, e o Jordão é o rio San, o qual se acreditava que todo ano exigia um novo sacrifício, até que o filho do rabino se afogou e

---

27. No original, *oi, zol ich ozoi hobn coiech tsu lebn*. (N. T.)
28. *Gabai*: responsável, na sinagoga, pela coleta de donativos; *galech*: padre; *melamed dardakei*: professor de crianças. (N. T.)

o rabino amaldiçoou o rio e ele se tornou estreito como um riacho, e no monte Tabor Momik escreveu a lápis Goldn Bergl, e desenhou bem pequenininhos os barris de ouro que o rei da Suécia tinha deixado ali ao fugir dos russos, e sobre o monte Arbel desenhou uma pequena caverna, como a que havia na colina junto à cidadezinha de mamãe, Bolichov, e ali se contava que o terrível assaltante Dobush tinha escavado uma pequena caverna nas rochas, para se esconder e planejar seus crimes. Momik tinha muitas idéias.

Os três irmãos galopavam com selvageria e vigor o cavalo Blacky no vale de Ein Kerem, um abraçado à cintura do outro. Bill, o forte, estava sentado na frente, Momik, o responsável, sentava-se no meio, e atrás estava Motl, com seus tradicionais cachos de cabelo enrolados atrás das orelhas e com os olhos brilhando, os seus músculos se fortaleciam dia a dia, e logo seria até possível sair de verdade com ele para as campanhas.

Bem, claro que era preciso explicar-lhe muitas coisas que ele desconhece totalmente. O que é barreira do som que os aviões que vêm de nossa eterna aliada a França rompem, e quem é Natanael Balsbarg, o corredor religioso do Elitsur, que, com a ajuda de Deus, quebrou o recorde dos cinco quilômetros, e o que é a Gangue de Fogo de Suleiman e o que exatamente se faz na piscina da nova usina atômica de Nachal Rubin, e como é preciso sempre andar com um pedaço de cartolina bem dobrado no bolso da camisa para deter balas que são disparadas na direção do coração, e o que é uma operação de represália, quatro punhos fechados, que Motl quase pôs a perder porque simplesmente não conseguia ficar sentado quieto na emboscada e esperar em silêncio, e o que é submetralhadora Uzi e Mystère e AMX porque pelo visto na cidadezinha davam nomes diferentes aos seus fuzis e aviões.

E certa vez Momik se deteve intencionalmente na biblioteca da escola e esperou até que ficasse escuro, e até que a sra. Govrin lhe dissesse para ir embora, esperou mais um pouco também no pátio de ginástica, e, quando viu que realmente estava só, tirou da mochila o grande segredo, o rabanete que havia cortado em dois e tirado todo o recheio com um canivete, meteu uma vela no rabanete e acendeu, andou assim todo o caminho na chuva fraca que não apagou a vela, entre montes de neve, entre florestas de castanheiros e arbustos de lilases e *pojomkes* grandes que talvez sejam *yáguedes*, mas o que importa?, e o cheiro bom de pão que estava justamente assando no forno da casa, e um rio grande com girinos e pequenas sanguessugas, e um mercado de animais onde venderam a égua boa que tanto amavam porque já não havia dinheiro para comida, assim andava o menino de três anos, voltando do Reb Itsele para casa, onde havia uma porção de meninos e meninas, irmãos e irmãs, e ele se sentaria e comeria debaixo da mesa como na casa do nobre (Momik já sabe que se deve dizer *Puretz* em vez de nobre), e realmente mamãe e papai, que já estavam quase enlouquecendo de tanta preocupação, vieram ao seu encontro e o viram andando pela rua Borochov, andando devagar e com cuidado, protegendo com a mão para que a vela não se apagasse, andando responsável e emocionado como o corredor que traz a tocha na Macabíada por todo o caminho de uma terra distante, mamãe e papai estavam dando cotoveladas um no outro, e simplesmente não sabiam o que fazer, ele olhou para ambos e quis dizer algo bonito, mas de repente o rosto de papai se transtornou e encolheu como se tivesse nojo de algo, ou outra coisa parecida, ergueu sua mão enorme e com toda a força deu um tapa na vela (os dedos dele não tocaram na mão de Momik), a vela caiu numa poça pequena e logo se apagou, e papai disse, numa voz sufocada e estranha, chega destas suas bobagens, está na hora de tomar conta de si e virar gente normal e desde então ele não mais contou para Momik sobre a sua aldeia e como ele fora uma criança lá e também Motl não mais voltou, talvez não quisesse, e talvez Momik já não se sentisse mais tão bem com ele devido ao que tinha sucedido, o resultado foi que Momik novamente ficou só diante da Besta toda e ela ainda não havia concordado em sair.

À noite mamãe se curva sobre a cama e lhe cheira os pés que fedem a querosene e diz de repente em iídiche algo muito engraçado, meu Deus, ela diz, quem sabe é melhor você ir brincar um pouco com outra família?

E é preciso lembrar que junto com todas as buscas e caçadas e esforços havia também simplesmente as coisas comuns, e era proibido que alguém suspeitasse de que algo não estava em ordem, para que começassem a fazer perguntas e a se intrometer na vida dele, e era preciso se preparar para as provas e permanecer na sala de aula das oito à uma, e isto é algo que só dá para suportar se se pensa todo o tempo que todos estes que estão sentados com ele e estudam são na verdade alunos de alguma escola secreta que fundamos na clandestinidade e que toda vez que se ouvem passos lá fora é preciso aprontar armas e se preparar para o fim, e além disso era preciso cuidar de vovô que se tornou nos últimos tempos mais nervoso e rabugento, e pelo visto o seu nazista devia estar arrancando-lhe a alma, além disso Momik era obrigado a pensar em estratagemas e juramentos especiais cada vez que Nasser *pshakrev* comunicava que deteria um navio nosso no canal de Suez, e havia também aquelas cartas irritantes em que alguém pôs o nome de Momik e por isso ele era obrigado a enviar semanalmente mais e mais cartas com nomes para pessoas que ele nem conhecia, apagar o primeiro nome da lista e acrescentar embaixo o nome de outro menino, caso contrário, Deus o livre, acontecer-lhe-ia uma desgraça como a que ocorreu com um banqueiro da Venezuela que fez pouco caso e logo ficou pobre e também a esposa, bate na madeira, morreu, e não perguntem quanto custa toda esta despesa postal, e a sorte é que, justamente nesta questão, mamãe não poupava e lhe dava tudo o que ele precisava para enviar toda a correspondência, e além de todas estas coisas comuns ainda havia aquela questão com Leiser da sétima série que há três meses surrupia o sanduíche de Momik diariamente. No começo isso quase o amedrontou, porque ele não conseguia entender como um menino que era mais velho que ele só três anos podia ser tão selvagem e *schwartser* e talvez desesperado, a ponto de não ter medo de cometer um crime tão terrível como a extorsão, que explicitamente é passível de prisão. Mas Momik também sabia desde o começo que, já que isso lhe havia acontecido, o melhor era não pensar muito, porque precisa guardar forças para coisas mais importantes, e que de qualquer modo Leiser é mais forte que ele, e o que vai ajudar o Momik se ele pensar nisso todo o tempo e se ofender e quiser morrer e chorar? E porque Momik é um menino de espírito metódico e científico que sabe muito bem cumprir suas decisões, ele logo foi até Leiser e lhe explicou com lógica que, se as crianças chegassem a ver que ele lhe dá um sanduíche todo dia, logo elas o denunciariam à professora e então ele lhe sugeriu um sistema mais espionático. O chantagista criminoso que mora nos acampamentos de amianto lá embaixo e que tinha uma cicatriz na testa inteira começou a dizer alguma coisa com raiva, mas depois pensou no que Momik tinha dito e calouse. Momik tirou do bolso direito uma folha de papel na qual havia uma lista pronta de seis lugares seguros na escola nos quais era possível esconder um sanduíche para que outra pessoa o tirasse de lá sem perigo. Enquanto lia a relação em voz alta, Momik foi percebendo que Leiser começava a se arrepender um pouco, enquanto ele próprio se enchia de segurança. Do bolso esquerdo tirou a segunda lista que preparara para Leiser. Era a relação de todos os dias do nosso primeiro mês de experiência (assim ele disse a Leiser), junto com uma explicação, ao lado de cada um dos dias, de onde estaria o sanduíche naquele dia.

Agora já estava claro que Leiser se arrependia de toda aquela história. Ele começou a dizer que basta destas tuas bobagens, Helen Keller, foi só brincadeira, quem é que precisa do teu sanduíche fedorento, mas Momik não lhe deu ouvidos, pois instantaneamente sentiu como era mais forte que o criminoso, e mesmo que pudesse dizer bem, então acabamos com esta extorsão, ele já não conseguia parar, e quase à força enfiou nas mãos do outro os dois papéis e disse que começariam no dia seguinte; no dia seguinte deixou o sanduíche no lugar marcado e ficou sentado de tocaia, de acordo com todas as leis e regras, e viu como Leiser se aproximou e olhou o papel e olhou para os lados e como que zástrás pegou a mercadoria, mas Momik viu também que Leiser não estava absolutamente contente, ao contrário, olhava para o saquinho que Momik tinha embrulhado muito bem, como se fosse algo repugnante que era obrigado a carregar, mas já estava claro que não tinha alternativa, e que mesmo não querendo seria obrigado a fazer o que Momik lhe disse, para não estragar todo o complexo e genial projeto que é mais forte que ele, talvez também do que Momik. E além de tudo isso, Momik não cessou de lutar contra a Besta de todos os modos que inventava diariamente, porque cada vez mais se tornava claro para ele que lhe era proibido fracassar, porque já é mesmo uma questão decisiva, coisas e pessoas demais já dependiam disso e estavam envolvidas e se a Besta não sai do seu disfarce, é só porque ela é mais esperta do que ele e tem mais experiência de combate, mas o certo é que se ela decidisse sair, seria somente diante dos olhos de Momik, e não diante de qualquer outra pessoa do mundo, pois só ele ousa desafiá-la assim, com coragem e com ousadia e até com sacrifício de tudo tudo, como os soldados que andam na frente e que se deitam na cerca de arame farpado para que outros passem sobre o corpo deles. E isso foi no final do inverno, quando os ventos ainda faziam umas últimas tentativas de destruir todo o Beit Mazmil, quando Momik mudou totalmente os seus estratagemas e decidiu que para lutar contra a Besta ele é obrigado a fazer o que mais o amedronta, e o que durante todo o tempo ele se empenhou em não fazer, que é saber mais a respeito dela e de seus crimes, porque de outra forma tudo o que está fazendo aqui é simplesmente um desperdício de força, e que é preciso confessar que ele não sabe de jeito nenhum em que direção precisa combater. Esta é a verdade. E assim ele começou a se ocupar do Holocausto[29] e tudo o mais. A

29. Holocausto, em hebraico (*Shoá*), começa com a penúltima letra do alfabeto. (N. T.)

Enciclopédia só havia chegado até a letra D e por isso Momik foi se inscrever secretamente na biblioteca da Casa do Povo (os pais não concordavam que ele fosse sócio de duas bibliotecas) e duas vezes por semana, à tarde, ele ia para lá no ônibus da linha 18 e lia tudo o que havia ali a respeito. Na biblioteca havia uma estante grande acima da qual estava escrito "Biblioteca do Holocausto e do Heroísmo" e Momik começou a passar por ela sistematicamente, como ele sabe fazer, livro após livro. Lia com tremenda rapidez porque sentia que seu tempo estava acabando e na verdade é preciso dizer que ele quase não entendia nada, mas, como sempre, ele sabia que o entendimento viria. Leu *Os mistérios do destino, O diário de Anne Frank, Deixem-me ficar uma noite, Feifel, Casa de bonecas, Os vendedores de cigarros da praça das Três Cruzes*, e muitos outros livros semelhantes. Encontrou nos livros crianças que eram um pouco como ele, assim como ele realmente sentiu no íntimo durante todos os anos que era. Elas conversavam em iídiche com os pais e não precisavam esconder isso, lutavam contra a Besta como ele e isso é o mais importante.

Nos dias em que não ia à biblioteca, Momik ficava sentado longas horas no depósito escuro. Sentava-se ali de quinze para as duas da tarde até começar a escurecer, e mesmo depois ainda ficava ali alguns minutos para sentar no chão frio diante dos olhos brilhantes dos animais e seus sussurros malvados e desta aparente indiferença que eles lhe demonstravam, mas sabia que agora isso podia começar a qualquer momento, porque era claro que até a Besta já começava a se enervar quando a irritam assim, quando se estudam todos os seus crimes de forma científica e sistemática, e fica-se sentado diante dela dia após dia com tal provocação, e Momik realmente se obrigava a ficar sentado ali mais um minuto e mais outro, fincou os pés com força no chão para que eles não fugissem, e durante todo o tempo escapavam-lhe sons tais como fortes respirações sibilantes ou como o choro de um filhote e ele começou a se lembrar do avô com todos aqueles ruídos, e ficava lá também quando se acabava toda a luz na pequena fenda da janela e ficava escuro como breu, e Momik fez tudo isso porque tinha recebido uma indicação que lhe pareceu muito importante e que estava astuciosamente oculta nos *Mistérios do destino*, pois lá estava escrito explicitamente: "Das trevas saltou a Besta Nazista".

Dia após dia, na sala de leitura dos adultos na biblioteca da Casa do Povo, Momik ficava sentado numa cadeira alta e seus pés balançavam no ar. Contou para Hilel, o bibliotecário, que estava preparando um trabalho especial sobre o

Holocausto para a escola, mais do que isso não lhe perguntaram. Leu ali livros de história sem pontinhos[30] sobre as coisas que os nazistas fizeram, quebrou a cabeça com toda espécie de palavras e expressões que só existiam naquela época. Costumava olhar durante muito tempo fotos estranhas e de modo algum conseguia compreender o que havia nelas e o que acontecia ali e o que pertencia a quem, mas no íntimo já começava a sentir que essas fotos lhe revelavam o início do segredo que todos guardavam. Viu fotos de pais que precisaram escolher entre dois filhos qual ficaria com eles e qual iria para sempre, e tentou pensar em como eles escolheriam e de acordo com o quê, e viu como um soldado obrigava um velho a montar um outro velho como se fosse um cavalo, e viu fotos de execuções de inúmeras formas que jamais soube que existiam, e viu fotos de covas nas quais estavam enterrados juntos muitos mortos que jaziam de formas diferentes, um sobre o outro e um com o pé no rosto do outro e outro com a cabeça virada tão torta que Momik, mesmo que tentasse, não conseguia virar assim, e desta forma, lentamente, Momik começou a compreender coisas novas, como, por exemplo, quanto o corpo da pessoa é uma coisa frágil e quebradiça em todo tipo de formas e em todas as direções, basta que se queira quebrá-lo, e como família é algo frágil se se deseja desmontá-la, isto pode acontecer num segundo, e tudo se acaba para sempre. Momik saía da biblioteca às seis da tarde, cansado e muito calado. Enquanto viajava para casa de ônibus, não via nada e não ouvia nada.

Quase toda manhã ele fugia da escola na hora do recreio, desviava-se da rua da loteria e corria para a mercearia de Bela, chegava ali totalmente sem fôlego e a puxava pela mão para o canto (se por acaso ela tinha algum freguês na loja), e logo começava a perguntar baixinho, o que já era um meio berro, o que são trens da morte, Bela? Para que eles mataram também criancinhas? O que as pessoas sentem quando cavam a própria cova? Hitler teve mãe? É verdade que eles tomavam banho com sabão feito de seres humanos? Onde estão matando agora? O que é *Jude*? O que são experiências com seres humanos? E o quê, e o quê, e o quê, e como e como e por quê, e Bela, que já tinha percebido o quanto isso era decisivo e importante, a tudo respondia e nada ocultava, só que seu rosto ficava triste e muito angustiado. O próprio Momik já estava um pouco preocupado. Não bem irritado, só preocupado, mas muito. A situação se torna-

---

30. Em hebraico, os pontinhos indicam as vogais, e são mais comumente usados em livros infantis ou de poesia. (N. T.)

va a cada dia pior, a Besta vencia, era claro, e mesmo se ele já estava sabendo tudo a respeito dela, e mesmo que ele já não fosse um pequeno idiota de nove anos e três meses, como tinha sido, que acreditasse que ela poderia sair de dentro de um ouriço ou de um pobre gato ou até de um corvo, apesar disso, ocorreu-lhe este azar, que ele tinha chegado a algum lugar no qual a Besta se encontrava e não estava claro como foi que isso aconteceu, e como de meros pensamentos e imaginação surgiu algo assim, mas era absolutamente claro que existia a tal Besta, pois ele a sentia em seus ossos como Bela sente que vai chover, e também é claro que isso é só ele, que em sua estupidez a despertou do seu longo sono, e foi ele que a incitou a sair para fora, como Yehuda Ken-Dror desafiou os egípcios em Mitla a fim de instigá-los a atirar e assim revelar onde estavam escondidos, mas Yehuda Ken-Dror tinha companheiros que lhe deram cobertura por trás, e Momik estava sozinho, e agora era obrigado a continuar lutando até o fim, porque ninguém lhe pergunta se ele quer ou não quer, e ele sabe muito bem que se tentar fugir, ela o perseguirá até o fim do mundo (por toda parte ela tem espiões e companheiros) e ali lhe fará lentamente tudo o que fez aos outros, mas desta vez de forma muito mais astuciosa e demoníaca, e quem sabe quantos anos ela o torturará assim, e qual será o fim.

Mas foi Momik sozinho, sem ajuda de ninguém, que conseguiu encontrar um meio de extrair a Besta de dentro dos animais do depósito, e isso foi tão simples que era difícil compreender como esta idéia não lhe passara pela cabeça antes, pois até a sua tartaruga dorminhoca se lembra de repente que é uma tartaruga quando fareja as cascas de pepino verde, e o corvo — todas as penas ficam de pé quando Momik lhe traz o *pulke* —, e como é simples compreender que tudo o que Momik precisa fazer agora é mostrar à Besta a comida de que ela mais gosta, o judeu.

Ele então começou a planejar realmente com inteligência e com cuidado. Em primeiro lugar, começou a copiar a lápis em seu caderno desenhos dos livros da biblioteca, e registrava para si mesmo toda espécie de indícios para que pudesse lembrar como um judeu se parece, como um judeu olha para os soldados, como um judeu tem medo, como é um judeu num trem, como cava uma tumba. Escreveu também de acordo com as coisas que conheceu pela sua grande experiência anterior com judeus, como, de que forma um judeu dá um *krechts* e como grita enquanto dorme e como come um *pulke* e coisas semelhantes. Momik trabalhou como pesquisador científico e detetive ao mesmo tempo.

Por exemplo, este menino desta foto aqui, este com o boné, que levanta as mãos. Momik tentava adivinhar coisas interessantes a respeito deste menino, como qual seria a aparência da Besta que ele viu diante de si naquele momento, e se ele sabia assobiar usando dois dedos, e se já ouviu falar que Horodov já não é só uma cidadezinha mas um grande goleiro, e o que fizeram os pais dele para que, por este motivo, ele precisasse levantar as mãos assim, e onde eles estavam em vez de cuidar dele, e se ele era religioso e se colecionava selos verdadeiros da Terra de *Lá*, e se alguma vez imaginou que no Estado de Israel, em Beit Mazmil, há um menino chamado Momik Neuman. É preciso aprender tanta coisa para ser realmente judeu, para ficar mesmo com cara de judeu e que do seu corpo saía exatamente o mesmo cheiro que o dele, como o do vovô, por exemplo, e de Munin, de Max e Moritz, e este é um cheiro diante do qual é sabido que a Besta não pode se controlar, e dia após dia Momik fica sentado no depósito escuro diante das gaiolas sem fazer quase nada, só olhando para a frente e não vendo nada, e empenhando-se em não adormecer ali, porque nos últimos tempos, ele não sabe por quê, se sente um pouco cansado, e é difícil se mexer e concentrar-se, e às vezes tem uns pensamentos tão ruins como para que na verdade ele precisa disso tudo, e por que justamente ele precisa lutar assim sozinho por todos, e por que ninguém intercede em seu favor e não sente o que está acontecendo aqui, nem mamãe, nem papai, nem Bela, nem as crianças da escola, nem a professora Neta, que só sabe gritar com ele porque ele está piorando, nem Dag Hammarskjöld das Nações Unidas, que justamente agora veio visitar o país e viajou até Sde Boker para jantar com Ben Gurion, e ainda foi Dag Hammarskjöld quem criou a Unicef em prol das crianças e preocupa-se em salvar as crianças da África e da Índia da malária e de toda espécie de desgraças, e só não tem tempo para lutar contra a Besta. E é preciso que se diga a verdade: há dias em que Momik fica sentado ali no depósito meio desperto e meio adormecido e inveja a Besta. Sim, sim, simplesmente a inveja por ser ela tão forte a ponto de jamais sentir misericórdia, e poder dormir muito bem à noite, mesmo depois de todas estas coisas que fez, e que ela pelo visto até pode gozar de sua ruindade assim, como tio Shimek gosta quando lhe coçam as costas, e talvez ela tenha razão e talvez não seja realmente tão mal ser malvado, mas muito malvado, e a verdade é que também Momik sente às vezes nos últimos dias uma espécie de prazer em fazer algo mau, isso lhe acontece principalmente quando já está escuro e ele começa a ter ainda mais medo e a odiar ainda mais a Besta e todo mundo, e então de repente acontece que sente como se tivesse febre no corpo todo, mas sobretudo no coração e na cabeça, e quase estoura de tanta força e crueldade, e então ele quase pode se atirar sobre as gaiolas e quebrá-las em pedacinhos e despedaçar sem pena e sem pensar todas as cabeças desta Besta, e até se ferir com as unhas e dentes dela e todos os bicos dela e se engalfinhar com ela com toda a força apenas para que ela sinta o que ele sente, mas talvez seja melhor não, talvez seja melhor matá-la sem confusão, só triturar, espremer e pisar e torturar e explodir, e agora até é possível jogar bem na cara dela uma bomba atômica, porque deram finalmente no jornal a reportagem sobre a nossa usina que é um gigante tremendo, plantado nas dunas douradas de Nachal Rubin perto de Rishon Letsion, de onde domina com orgulho a orla do mar que sussurra no barulho de ondas azuis, e em sua cúpula imponente e altaneira batem os martelos dos construtores numa alegre azáfama, foi assim que escreveram no jornal *Yediot*, e o nome da primeira usina atômica israelense era Fornalha, e mesmo que no *Yediot* estivesse escrito que era somente para fins pacíficos, Momik sabe muito bem ler nas entrelinhas e entende exatamente os sorrisos de Bela, cujo filho é um major de escalão muito alto no exército, necessidades pacíficas, naturalmente, que explodam todos os árabes, *pshakrev*, mas é preciso também confessar que a Besta não ficou impressionada com todas estas ameaças, e às vezes lhe parecia que justamente quando ele começa a ficar assim, selvagem e cheio de ódio, como se diz, a Besta começa a sorrir para si mesma astuciosamente na escuridão, então ele fica ainda com mais medo e não sabe o que fazer e tenta se acalmar, mas quanto tempo ele ainda terá para se acalmar, e ele se assustava tanto e acordava do seu sonho, e se dava conta do lugar onde se encontrava, sentia o cheiro dos animais que se entranhou tanto nele a ponto de sentir que às vezes o cheiro saía da própria boca, e ele não se levantava do lugar mesmo quando já estava totalmente escuro, e os pais certamente já estão morrendo de preocupação por não saberem onde ele está, e tomara que não tivessem a idéia de descer para procurá-lo aqui, imagine se vierem, é melhor para eles que não, e continuou sentado ainda por algum tempo, adormecia um pouco e acordava um pouco, sentado no chão frio, enrolado no casaco velho e grande do pai no qual prendeu com alfinetes muitos distintivos amarelos[31] de cartolina e às vezes, quando acorda e se lembra, estende as

---

31. Referência à estrela-de-davi amarela que os judeus eram obrigados a usar sobre a roupa para serem identificados. (N. T.)

duas mãos para os animais e mostra-lhes o que colou ali com cola plástica, os números dos bilhetes usados que recolheu na banca da loteria e que recortou com exatidão em torno dos algarismos e se isso não era suficiente, então Momik se aprumava e se refazia com uma tosse ou um *krechts*, e antes de se levantar e ir para casa, ainda desafiava a Besta de forma realmente terrível, virava-lhe as costas e debaixo do nariz dela ficava sentado mais alguns minutos e copiava na escuridão de breu em seu quarto "Caderno de Estudos Pátrios" algumas linhas do diário de Anne Frank que se escondia da Besta, e sempre que acabava de copiar um trecho emocionante do livro (que roubou da biblioteca da Casa do Povo), a caneta começava a tremer um pouco, de repente Momik era obrigado a escrever mais algumas linhas sobre um menino chamado Momik Neuman, que também se esconde assim e luta e tem medo, e o mais estranho é que ele escrevia estas coisas exatamente como ela, ou seja, como Anne.

E acontece às vezes depois do almoço, quando Momik já quer se livrar do avô e colocá-lo para dormir e descer depressa para o depósito, que vovô olha para ele de uma forma especial, e realmente implora com os olhos para sair um pouco, e apesar de às vezes ainda estar chovendo e fazer bastante frio, Momik sente o quanto vovô sofre em casa e concorda com ele, ambos vestem casacos, saem e trancam também embaixo, Momik segura a mão do avô e sente como as correntes quentes da história de vovô passam para a sua mão e sobem para a cabeça, e sem que o avô sinta, ele pega força dele e condensa bastante força para si, até que de repente vovô solta um urro, puxa a mão e olha para Momik como se entendesse algo.

Sentam-se no banco verde molhado e vêem como a rua está cinzenta, em diagonal por causa da chuva, e como a neblina muda de forma todas as coisas, e tudo parece tão diferente, e tudo está tão triste, e de dentro do vento e das folhas que voam de repente espreita um casaco preto fendido atrás em dois, ou uma peruca loira, ou dois idiotas que andam de mãos dadas e vasculham latas de lixo, e assim os amigos de vovô começam todos a vir até o banco, mesmo ninguém lhes tendo dito que ele estava aqui, e também a porta de Bela se abre, e o pequeno e simpático Aharon Marcus desce, mesmo que Bela lhe tivesse implorado que não, e quando ela viu que também Momik estava ali, oh! que boca que ela abriu, que ele pegasse o avô e voltasse imediatamente para casa, mas Momik só olhou para ela e não respondeu, e por fim ela desistiu e fechou a porta com raiva.

O sr. Aharon Marcus veio, sentou-se e deu um *krechts*, todos abriram lugar para ele, e Momik também fez como eles e sentiu-se bem com isso. Momik já não tinha medo de todas as contorções de Marcus, que faziam o rosto parecer ter cem anos, que ele viva até os cento e vinte. Certa vez perguntou para Bela se as caretas que Marcus faz são por causa de uma doença, Deus o livre, ou algo assim, e Bela disse que o pai de Heskel, de abençoada memória, tem o direito de não ser incomodado, principalmente por crianças insolentes que precisam sempre saber de tudo e o que é que lhes restará para aprender quando estiverem com dez anos?, mas Momik, naturalmente, não desistiu, pois nós já sabemos quem é Momik, e ele foi e pensou muito sobre isso, e depois de algum tempo voltou para Bela e ficou parado diante dela e disse-lhe que tinha encontrado a resposta. Bem, foi um pouco engraçado, porque Bela já havia esquecido totalmente qual fora a pergunta, mas Momik lembrou-lhe e disse que o sr. Marcus enruga tanto o rosto porque uma vez fugiu de um determinado lugar (Momik não quis dizer explicitamente a Terra de *Lá*) e não quer que reconheçam a sua verdadeira aparência e o capturem, e Bela contorceu os lábios como se fosse de raiva, mas via-se muito bem que se continha para não sorrir, e lhe disse que talvez fosse justamente o contrário, *chuchem*, seu espertinho, talvez o sr. Marcus queira justamente manter para si na memória as caras de toda espécie de pessoas que estiveram com ele num determinado lugar, e ele em absoluto não quer fugir delas mas ficar com elas, *nu*, o que você diz a respeito disto, Einstein? E esta resposta realmente, como se diz, desconcertou Momik, e desde então ele começou a olhar para o sr. Marcus de forma totalmente diferente, e de fato descobriu no seu rosto muitas faces de uma multidão de pessoas que Momik jamais conhecera, homens e mulheres e velhos e crianças e até bebês, e isto sem mencionar que todos faziam muitas caretas, que sempre se modificavam, o que era o melhor sinal de que Marcus, assim como todos aqui, participa da guerra secreta.

Chovia e os velhos falavam. É possível sentir quando todas as vozes e seus *krechtses* se tornam de repente uma fala de verdade. Contavam suas histórias de sempre, que Momik já conhecia de cor mas gostava de ouvir novamente. Sônia, a ruiva, e Sônia, a morena, e Haim Itshe, o manco, que tocava *Sherale* em todos os casamentos, e aquele *meshiguener* chamado Iyov, que gostava de chupar balas Landrin e as crianças o puxavam como a um cachorro e lhe faziam toda espécie de coisas lhe prometendo uma bala, e a grande e bela sala de banhos rituais, e como punham todo o *tsholent* [32] na quinta-feira à noite na padaria, e ele ficava cozinhando ali a noite toda, e toda a aldeia se enchia desse cheiro, e assim é possível ouvir e descansar um pouco da guerra e da Besta e do fedor do depósito, é possível até esquecer tudo, e justamente neste momento, de propósito, *oiftseluches*, como se costuma dizer, passa-lhe pela cabeça algo irritante e perturbador, a lembrança de uma mão enorme e gorda dando um tapa na vela e a vela caindo e como o fogo faz *tsss* na poça, e que cara o pai fez então e a palavra que ele disse, Momik se endireita de repente, ergue a cabeça do ombro de Hana Tsitrin onde se apoiara um pouco sem sentir, e diz em voz dura e forte que no jogo decisivo que haverá brevemente na cidade de Vrotslav nós daremos uma surra de dez a zero naqueles poloneses, só Stelmach vai meter cinco, e os velhos se calaram de repente, e todos olharam para ele sem entender, e Hana Tsitrin disse em voz límpida e triste *alter kop*, e Yedidiya Munin, que estava sentado do outro lado, estendeu para ele a mão magra que era cheia de pêlos pretos e desta vez não teve a intenção de lhe beliscar a bochecha, só segurou com delicadeza o seu queixo e o puxou para si lentamente, quem poderia acreditar que Momik concordaria que Munin lhe fizesse algo assim e ainda mais em público, mas agora Momik estava um pouco cansado, e não lhe importava colocar o rosto no casaco preto de cheiro estranho, e Momik pensa então que é bom que não esteja só e que junto com ele se encontrem todos aqueles combatentes secretos, eles são como um grupo de *partisans* que já lutam juntos há muito tempo, e agora estão bem diante da batalha decisiva e se sentaram para descansar um pouco na floresta, e quem os espiasse os tomaria talvez por *meshigueners*, mas não importa, é agradável deitar assim no casaco de Munin junto a todos os companheiros e ouvir o roçar da lã e o tiquetaque do relógio de bolso e das batidas do coração que vêm como se viessem de muito longe, isso é bom.

E naquela noite aconteceu o fato terrível, e foi assim que, de repente, se ouviram gritos terríveis na ruazinha, e já eram onze horas e catorze minutos pelo relógio de Momik e as pessoas começaram a abrir as persianas e acender luzes e Momik pensou eis a Besta saindo do meu depósito, e se escondeu ainda mais fundo debaixo das cobertas, mas os gritos não eram do animal e sim de uma mulher, então ele pulou logo da cama, correu para a janela, abriu a persiana, e mamãe e papai lhe gritaram do outro quarto para fechar, mas faz tempo

---

32. Comida para ser servida no sábado, que é cozida antes desse dia sagrado. (N. T.)

que ele parou de dar ouvidos ao que eles lhe dizem, olhou para fora e viu lá uma mulher nua de verdade correndo de um lado para o outro da rua, berrando horrivelmente, e era impossível compreendê-la, e apesar de haver uma lua quase redonda Momik demorou alguns momentos para ver que era Hana Tsitrin, porque a bela peruca loira dela tinha caído, e sob a peruca havia apenas pêlos de calva, ela tinha seios enormes que voavam para todos os lados, e a sorte é que embaixo, lá, ela usava algo pequeno e triangular, como uma pele preta, e Hana Tsitrin, que naquela tarde ainda estava sentada com ele no banco como uma boa amiga, ergueu as mãos e gritou em iídiche Deus, Deus, quanto tempo eu ainda preciso esperar por Ti, Deus?, e as pessoas começaram a gritar silêncio, vá para casa, doida, já é tarde, e alguém do segundo andar da casa do jovem casal de antipáticos simplesmente despejou nela um balde de água fria e a molhou de cima a baixo, mas ela não parava de correr e de arrancar os cabelos, e quando ela passava pelo poste de luz, todos viram que toda a pintura que sempre havia no rosto dela tinha escorrido, de repente acendeu-se a luz na escada de Bela, e Bela desceu, claro, abraçou Hana com um grande cobertor, e Hana parou e não se moveu e começou a tremer um pouco de frio, baixou a cabeça e Bela a conduziu lentamente, mas de repente parou e gritou numa voz terrível: "Perversos!". E quando passou pela casa dos antipáticos ela gritou: "Piores do que eles! Deus lhes pagará em dobro!". Depois ela e Hana desapareceram entre os ciprestes negros junto à casa de Hana e as luzes das casas se apagaram uma a uma, e também Momik fechou a persiana e voltou para a cama. Mas ele viu mais uma coisa, que ninguém além dele viu, é que enquanto Hana corria nua, o sr. Munin saiu da sinagoga que fica junto à casa de Momik e ficou ali parado meio na sombra, meio na luz do luar. Ele estava sem óculos e todo o seu corpo se movia para a frente e para trás, o olhar dele estava fixo em Hana e brilhava e as mãos estavam embaixo, na escuridão, e Momik viu como os ombros de Munin tremiam e como os lábios se moviam, não entendeu o que ele dizia, mas sentiu que era sem dúvida algo tremendamente importante, e que Munin talvez estivesse lhe revelando agora o grande segredo da Besta e como se deve combatê-la, Momik quis gritar-lhe da janela que não conseguia ouvi-lo, e mesmo eles estando tão próximos, não conseguia ouvir; de repente os olhos de Munin se arregalaram muito, a boca se abriu junto com os olhos, e o corpo dele se jogava para a frente e para trás como se alguém o sacudisse com toda a força, e então ele ergueu as mãos para os dois lados como um grande pássaro negro, e começou a pular no ar e gritar, mas sem voz, e como se alguém o puxasse de cima por um fio, mas de uma só vez este fio tivesse sido cortado, Munin simplesmente se dobrou e caiu ao chão, como um trapo, e ficou estirado ali por muito tempo; Momik ainda o ouviu fazendo tais *krechtses* em silêncio para si como o gato doido, ainda bastante tempo depois que tudo acabou; de manhã Munin já não estava deitado lá.

Mas a Besta percebeu o embuste e não saiu. Todos os estratagemas de Momik não deram certo. Ela, pelo visto, sabia discernir muito bem o que é um judeu de verdade e o que é um Momik que tenta ser de repente como um judeu, e se Momik soubesse ao menos qual a diferença, ele faria o que é preciso. Ele já se tornara como sua própria sombra, e ao andar arrastava os pés, e também passou a ter um novo *hendele*, como diz Bela — um novo charme —, e começou a fazer *krechtses* como um velho de verdade, isto lhe escapava até na classe, e todos em volta começavam a rir, e só uma coisa boa lhe aconteceu naqueles dias, é que chegou em quinto lugar na corrida de sessenta metros, isso nunca lhe havia acontecido, e justamente agora, quando não tem força para nada, de repente isso aconteceu, e todos disseram que ele corre como Zatopek, a locomotiva tcheca, e só riram dele porque correu o trajeto todo quase de olhos totalmente fechados e fez caretas como se estivesse sendo perseguido por um monstro, mas ao menos eles viram que ele pode quando quer, e até Alex Tochner, que fora outrora seu amigo por duas semanas e Momik o treinou em corrida diariamente no vale de Ein Kerem até que Alex quebrou o recorde da sala e entrou facilmente na seleção, até ele veio e disse parabéns, Helen Keller, mas nem esse elogio modificou algo para Momik.

Bill e Motl haviam desaparecido havia tempos e ele não conseguiu trazê-los de volta. Foi como se a Besta lhe tivesse congelado a mente, e agora todos tivessem percebido isso. Bela já não concordava em responder a nenhuma pergunta e quando ele vinha implorar, ela lhe dizia que de todo modo ela estava se remoendo pelo que já lhe causara de prejuízo, e que ela já estava por aqui de todas estas investigações e que fosse por favor brincar com as crianças da idade dele, mas ela não disse isso com raiva e sim com pena, o que foi pior ainda. Também os pais já começavam a olhá-lo de soslaio, e via-se que só procuravam a oportunidade de explodir por causa dele. Começaram a se comportar de forma estranha, em primeiro lugar começaram a limpar a casa como doidos, lavavam e esfregavam tudo todo dia (as janelas e o papel de parede também), e já não res-

tava uma partícula de pó em casa, e apesar disso eles limpavam e limpavam;
certa noite, quando Momik se levantou para urinar, viu que todas as luzes da
casa estavam acesas e papai e mamãe de joelhos limpavam com facas as fendas
entre os azulejos, quando viram que ele os olhava, riram como crianças apanha-
das em falta, Momik nada disse a respeito, e de manhã fez de conta que tinha
esquecido. Alguns dias depois, no sábado, Bela disse algo a mamãe, e mamãe
ficou branca como esta parede, e no domingo de manhã levou Momik ao posto
médico para ver a dra. Erdreich e a médica o examinou cuidadosamente de
cima a baixo e disse à mamãe que de modo algum não é *a doença* — assim chamavam então a paralisia infantil, que com todas as vacinas e injeções ainda
algumas crianças eram contagiadas a cada ano em nosso país — e ela receitou
para ele tomar vitaminas e óleo de fígado de bacalhau duas vezes por dia, mas
nada ajudou, como iria ajudar?, e mesmo com os pais de Momik tendo começado a comer mais ainda toda noite, agora também o obrigavam a engolir e
engolir, pois perceberam muito bem que o menino estava definhando a olhos
vistos, e que eles não podiam fazer nada e realmente tentaram (tudo isso deve
ser dito a favor deles), trouxeram do bairro de Mea Shearim um rabino pequeno muito barbudo, que rolou sobre o corpo de Momik um ovo duro e lhe soprou
todo tipo de sussurros, e eles foram até d. Miranda Berdugo que era quase a rainha de Beit Mazmil e que trazia sanguessugas e curava tudo, mas ela não concordou em vir até eles pelo que acontecera com as suas sanguessugas quando
ela as colocara sobre as mãos de papai, e mamãe e Bela ficavam sentadas à noite
na cozinha tomando chá, Bela dizia, entre lágrimas, coitado do menino, é preciso fazer alguma coisa, veja como ele está, só sobraram os olhos, e mamãe
começou como de hábito a chorar junto com ela e dizia tomara soubéssemos o
que fazer, se você disser o nome de um médico, é para lá que o levaremos, mas
eu não preciso de médico para saber o que é isto, Bela, pois eu posso ser douto-
ra em desgraças e isto que o Shlomo tem, nenhum médico vai ajudar, pode
acreditar, isto, nós trouxemos isto de *Lá*, isto está em nós aqui e aqui e aqui, e só
Deus pode ajudar, e Bela deu um *krechts* e assoou o nariz com força e disse *oi*,
que Deus nos ajude até que Deus nos ajude.

Foram dias realmente ruins. Todos os que estavam em torno de Momik
tinham medo e não sabiam o que fazer. Eles só esperavam que ele melhorasse,
e até então não ousavam mexer-se ou respirar. Estavam totalmente presos a ele.
Quando ele se movia, todos se moviam com ele, e quando gritava, todos grita-

vam junto. E havia a sensação de que a ruazinha se modificara totalmente, e que todo o tempo ouviam-se ali vozes de pessoas que já tinham morrido e histórias que só ali ainda lembravam, e nomes e palavras que só ali ainda entendiam e das quais sentiam saudade, e Hana Tsitrin saía agora quase toda noite nua e desafiava Deus, e todos aguardavam pacientemente até que Bela descesse para pegá-la e quando se olhava às vezes para cima podia-se ver entre as copas e as nuvens uma sombra rápida passando, e talvez algo que parecia um casaco preto cortado voando lá no alto, e um brilho de óculos e em seguida Munin pousava ao lado de Momik que só a custo se arrastava para andar e olhava cuidadosamente para os lados (porque ao Munin é proibido por algum motivo aproximar-se de crianças) e punha a mão no ombro de Momik e andava junto com ele em seu andar estranho (por causa da *kile*, da hérnia) e lhe sussurrava aos ouvidos coisas a respeito de estrelas e Deus e força propulsora e onde é que a vida feliz nos aguarda, nem aqui nem ali, e seu cigarro apagado lhe dançava no lábio superior e todo o tempo sussurrava para Momik versículos bíblicos e versículos da sinagoga e ria um riso estranho de alguém que logo vai ludibriando todo mundo e Momik já não tinha tanta paciência com ele.

A testa de Momik ardeu o dia inteiro, mas o termômetro não indicava nada. Ele sentia como se a sua mente fizesse isso de propósito e o obrigasse a pensar coisas ruins. Momik começou a criar pesadelos para si e a gritar dormindo, mamãe e papai vinham correndo, e os olhos deles imploravam que ele parasse com isso, que voltasse a ser o que era antes, há apenas alguns meses, mas basta, já não tem força para se fingir de alegre no sonho para eles, *oi luli luli*, o que está acontecendo com ele?, tudo se estragou, a Besta o está vencendo, antes mesmo de sair ela já o está vencendo, e ele socou o travesseiro que estava totalmente molhado, viu que seus dedos estavam retorcidos de tanto medo, bateu mais e mais e berrou com os pais que estavam parados, juntinhos um do outro, chorando, e depois adormeceu e logo acordou de um novo pesadelo, porque viu de repente o seu Motl andando na rua de uma cidade que Momik não conhecia. Motl era pequeno, magro, tinha um modo de caminhar estranho, e Momik se alegrou e gritou Motl! Mas Motl não ouviu ou fingiu não ouvir, e Momik viu no canto uma banca como a da loteria, nela estavam sentados mamãe e papai, juntinhos e tristes, exatamente na ponta da cornucópia de ouro que está desenhada na placa da loteria, e então viu que não era uma rua mas um rio, talvez o San, talvez não, e que a banca da loteria flutuava como um barquinho, e Motl foi na direção deste barco, andou na água e não se molhou e não conseguiu chegar até o barco, ele se aproximava e o barco se afastava, e de repente saíram de algum lugar uns rapazes, e com eles andava um adulto, e começaram a rodear Motl, e sem nenhum motivo um deles se aproximou e meteu-lhe um soco direto na cara e todos saltaram em cima dele e bateram, chutaram e gritaram um para o outro, quebre-lhe os dentes, Emil, acerte-o na barriga, Gustav, e Momik quase desmaiou quando compreendeu que eram Emil e seus detetives que já tinham crescido na Alemanha, e o homem adulto que estava com eles, que está olhando para eles e rindo sozinho, deve ser o policial Yashke, que às vezes vinha tomar café na casa da mãe de Emil, e Motl jazia ali cheio de sangue e meio morto, e Momik olhou e viu que papai e mamãe, que estavam na loteria, remavam e levavam seu barco para outro lugar, e mamãe olhou para Momik e disse Deus te ajude, como posso eu ajudar?, e Bela saiu repentinamente da sua janela (como ela chegou até lá?) e gritou para os pais dele malvados, que ao menos alguém fique com ele à tarde em casa, vocês não têm idéia de com quem ele anda, e mamãe deu de ombros e disse não temos mais forças, dona Bela, nossas forças se acabaram faz tempo, e assim é, cada um no fim fica totalmente só, e eles remaram e desapareceram, e quando Momik olhou outra vez para Motl, viu que este rio com água não era rio, mas uma multidão de pessoas que afluíam de todas as ruas laterais, e quando olhou bem, viu que conhecia parte daquelas pessoas e crianças, estavam ali todos os alunos das quintas, das sextas e das sétimas séries secretas, e as crianças do capitão Nemo, e Sherlock Holmes estava ali com seu auxiliar Watson, e todos gritavam e riam e estavam felizes e rolavam à sua frente pacotes pequenos e estranhos, e quando se aproximaram dele, ele pôde ver que esses pacotes eram todos os seus bons amigos, Yotam, o Mágico, e o Meu Irmão Eliyahu e Anne Frank e *As Crianças do Coração* da história do vovô e até Kazik, o bebê, estava lá, e Momik começou a berrar e a despertar, e assim foi ainda muitas vezes naquela noite, e de manhã, quando Momik estava deitado como um morto em sua cama que fedia a suor, entendeu que até agora tinha cometido um grande erro, e feito muitos esforços na direção errada, porque era claro que a Besta sabe que ele ainda não é judeu o suficiente, e agora é preciso encontrar um judeu verdadeiro, um que realmente esteve *Lá*, e que em um segundo desafie a Besta de tal forma que ela logo saia e então veremos o que, e Momik também logo soube quem seria mais adequado para isso.

Vovô Anshel não se espantou quando Momik lhe revelou seu segredo e lhe pediu que o ajudasse. Pois Momik sabia que vovô não entende nada, mas para ser totalmente correto explicou-lhe honestamente todos os problemas e perigos, mas por outro lado também falou que é preciso de uma vez por todas salvar os pais do seu medo, e quando lhe disse isso, sentiu que ele próprio já não acreditava em si, pois não eram os pais que deviam ser salvos, e quem precisa mesmo desta Besta, que continue a dormir e nos deixe em paz, mas ele não teve alternativa e foi obrigado a falar e a convencer e a continuar. No final do discurso todo, Momik disse para o avô que, para uma decisão tão importante, ele merece três dias para pensar, mas naturalmente isso foi apenas um modo de dizer.

O próprio avô não precisava dos três dias, porque decidiu logo. Fez que sim com a cabeça, e com tanta força, que Momik teve medo que lhe acontecesse algo no pescoço, Deus o livre, e também se podia pensar que ele, apesar de tudo, estava entendendo alguma coisa, e que todo o tempo só tinha esperado que Momik viesse pedir, e que talvez para isso é que tinha vindo até eles, e Momik já se sentiu um pouco melhor.

Quando preparava o depósito para a primeira visita de vovô, sentiu-se quase festivo. Em primeiro lugar, trouxe o espanador pequeno de penas coloridas com o qual mamãe tira o pó e com ele varreu todo o chão imundo. Depois tirou de sob as pilhas de coisas um banquinho que se chama *benkale* e o colocou no meio do aposento, e decidiu que este seria o *benkale* de vovô. Além disso, pendurou o casaco grande do pai com os distintivos amarelos em pregos que havia nas paredes e abriu as mangas vazias para cá e para lá e depois arrancou do falso "Caderno de Estudos Pátrios" todas as folhas nas quais havia copiado retratos dos livros da biblioteca e os colou com fita adesiva nas paredes, e então olhou em torno e disse duas vezes *zeier shein*, muito bonito, muito bonito, e esfregou as mãos e fez *fu* sobre elas como se houvesse um pequeno incêndio, saiu, subiu de lá para casa, entrou e trancou também embaixo, viu que vovô adormecera depois do almoço e seu rosto estava pousado na mesa junto ao prato com o *pulke* e um fio tênue de saliva lhe escorria da boca. Momik o acordou delicadamente, saíram de casa e Momik trancou também embaixo, desceram os degraus com cuidado, e Momik abriu a porta do depósito, entrou primeiro para ver se tudo estava em ordem, e disse logo baixinho: veja, eu o trouxe para você, e então moveu-se para o lado (o coração batia forte), deixou vovô entrar e só então ousou abrir os olhos porque ouviu que não tinha acontecido nada, e realmente nada aconteceu, e levou o avô pela mão até o meio do aposento e o virou um pouco para a direita e para a esquerda para que seu cheiro se espalhasse em todas as direções, e todo o tempo olhava para os animais e viu que eles estavam um pouco mais atentos mas nada além disso, e vovô nem sequer percebeu os animais e só se virou ali como um boboca, um *bok* mesmo, e falou sozinho.

Bem, Momik logo disse para si mesmo que nunca pensou que algo aconteceria tão rápido. Talvez a Besta tivesse esquecido, no decorrer do tempo, o cheiro de um judeu verdadeiro e é preciso esperar com paciência até que ela se lembre. Pegou vovô e sentou-o no *benkale* no meio do aposento. A verdade é que vovô se opôs um pouco, mas Momik já não tinha tempo para as bobagens dele, e simplesmente lhe pôs as duas mãos no pescoço, pressionou-o lentamente para baixo até que vovô se sentou. Momik sentou-se diante dele no chão e disse-lhe: Agora comece a falar, e vovô o olhou com um olhar estranho como se tivesse medo ou sabe-se lá por que ele tinha que ter medo, se ele faz tudo o que Momik lhe diz, sem discutir, ele não tem nenhum motivo para ter medo, e Momik berrou de repente com toda a força: Fale, você está me entendendo? Fale imediatamente, porque senão... mas ele não sabia por que tinha gritado e o que aconteceria senão, e vovô começou mesmo a falar bem depressa, e logo ficou com aquela saliva nojenta nos cantos da boca, mas isso até que combinava com o que Momik queria, e Momik disse: Faça gestos também! E vovô fez os seus gestos, do jeito que ele sabia, e Momik olhava para ele com mil olhos para ver se ele realmente se empenhava e fazia como devia fazer, e a todo momento também lançava um olhar para as gaiolas e para as malas fechadas e para os colchões rasgados e no íntimo gritava *Jude Jude*, veja, eu lhe trouxe um *Jude* como você gosta, um *Jude* verdadeiro que parece um *Jude*, e tem fala de *Jude*, e tem cheiro de *Jude*, um avô e um neto *Jude*, *nu*, vamos logo...

Nos dias que se seguiram Momik já fazia coisas por puro desânimo. Ambos se sentavam no chão e comiam fatias de pão dormido, e Momik cantarolava baixinho músicas dos *partisans*, em hebraico e também em iídiche, rezava no livro de orações do ano-novo de papai, e até cobriu a parede posterior do depósito com folhas que arrancara do livro de Anne, mas a Besta não veio. Ela simplesmente não veio.

Os seus pobres animais continuaram a se coçar, chorar e uivar, o gato já estava moribundo, mas Momik não tinha medo dos animais, e sim da Besta que estava no aposento, e era realmente possível sentir como ela estendia todos os seus músculos poderosos para o bote, só que era impossível saber de onde, puxa vida, ela saltaria, Momik ficou sentado diante de vovô Anshel e não sabia o que era preciso fazer. Estava cheio desse avô que não sabe fazer nada e só zumbia a sua porcaria de história em voz chorosa. Às vezes Momik queria se levantar, chegar perto e lhe tapar a boca com as mãos até que essa história ficasse sufocada e pronto. Certa vez, quando vovô fez sinais de que precisava fazer pipi, Momik não se levantou para levá-lo, mas ficou sentado olhando para ele direto nos olhos e vendo como vovô estava confuso e uivava como um gato enlouquecido, agarrou ali, contorceu-se e gritou desesperado, e depois viu como a calça ficou molhada e saiu o cheiro nojento, mas Momik já não tinha pena dele, ao contrário, e quando vovô olhou para ele com uma expressão de dar pena e sem entender, Momik se levantou de uma só vez, saiu dali e deixou vovô sozinho no escuro, subiu para casa e se trancou, ligou o rádio e ouviu como a nossa seleção perdia dos poloneses em Vrotslav por sete a dois diante de um público polonês que zombava dos rapazes e enquanto Nechemia ben Avraham descrevia como Yanush Ahurak e Liberda e Shershinsky zombam dos nossos Stelmach e Goldstein, Momik soube que estava perdendo ao longo de toda a linha, como se diz, mas por outro lado Momik era, como se sabe, um menino assim, não lhe importava perder, que rissem dele e o ofendessem e o explorassem, só uma coisa ele não podia se permitir perder, simplesmente não tinha alternativa alguma, e por isso já naquele momento começou a traçar um novo plano mais ousado que aquele que existia até agora, e começou com isso de que vovô Anshel aparentemente é muito pequeno para despertar a Besta onde quer que seja, e que como em tudo na vida, Momik precisa pensar aqui como um bom negociante (Bela lhe ensinara tais coisas mesmo sendo ela própria totalmente azarada nos negócios) e se preocupar com que houvesse mais judeus, e em tal quantidade que fosse conveniente para a Besta começar a se esforçar por eles, e isso até o fez rir um pouco, ele soltou um risinho estranho e se assustou consigo mesmo, logo se calou e continuou a prestar atenção no jogo, e continuou todo o tempo sem pensar naquele avô que talvez naquele momento estivesse sendo devorado lá embaixo, e seu cérebro, que Momik já não conseguia dominar, começou a planejar como pedir às crianças da classe que lhe emprestassem por algum tempo seus avôs e suas avós e conduzi-los para a Besta, e novamente deixou escapar um riso que parecia um assobio alto de rádio, calou-se e olhou em torno para ver se alguém o havia escutado.

Não esperou até que o jogo acabasse, pois já não acreditava que pudesse acontecer um milagre e que algum garoto milagroso apaixonado por futebol descesse de repente da arquibancada do público zombeteiro e se juntasse aos nossos onze rapazes, ludibriasse e salvasse e derrotasse o inimigo de oito a sete (o último gol bem no apito final), saiu de casa, trancou também embaixo, desceu a escada e, por um momento antes de entrar, prestou atenção do lado de fora para ouvir se saíam dali gritos da vítima, mas só ouviu a melodia de vovô, entrou e sentou-se diante dele muito cansado, pelo visto devia estar tão cansado que depois de algum tempo olhou e viu que estava deitado no chão junto aos pés de vovô, pensou que talvez fosse melhor não trazer para cá mais avôs judeus, porque nos últimos tempos era-lhe um pouco difícil suportar pessoas, é impossível agüentá-las com todos os segredos e pensamentos e loucuras que lhes saltam dos olhos, e como é possível entender que há pessoas de outro tipo e crianças que estudam junto com ele na escola, e com elas pelo visto tudo é tão simples, e só Momik sabe como não é simples, pois é suficiente uma vez, só uma vez e não mais, ter sentido o quanto isso não é simples e sim amedrontador, depois já não se pode acreditar em nada, ha!, todas estas representações, mas até quando ele já estava totalmente adormecido, não conseguiu parar de lutar e ouviu alguém chamá-lo levante-se levante-se, se você adormecer agora, será o seu fim, e talvez por causa desta voz ele não adormeceu, não, fez algo diferente, é um pouco difícil lembrar o quê, pode ser que tenha se levantado, sim, e saiu para fora do depósito, e sem saber o que estava fazendo, andou, arrastando os pés, até que chegou ao banco verde e esperou ali algum tempo, simplesmente ficou sentado e esperou sem pensar em nada, só olhou para uma folha grande caída há algum tempo de uma árvore, e viu que a folha tinha veias salientes como nas pernas de mamãe, no centro tem uma linha longa que a divide ao meio, e pensou no que aconteceria se rasgasse esta folha em duas e jogasse cada metade em diferentes lugares, se uma ficaria com saudade da outra, e assim, enquanto estava sentado ali, começaram a chegar os seus velhos, eles até nem precisaram perguntar nada, sabiam de tudo sozinhos, só olharam para o rosto dele e souberam que tinha chegado a hora de fazer aquilo para o que tinham-se preparado todo o tempo, e Momik esperou só mais um momento para que todos estivessem com o mesmo cheiro, e então disse ah! o quê?, *nu*, e eles começaram a andar atrás dele, Hana e Munin e Marcus e Guinsburg e Zaidman andaram atrás dele como carneiros, podia levá-los para onde quisesse e eles andaram assim muito tempo ao longo da ruazinha nas sendas com montes de neve e nas florestas negras e pelas igrejas e montes de trigo com o cheiro fresco, e alguém que os visse no caminho perguntaria a Momik para onde é, mas Momik não olhava quem era e não respondia, e continuou a conduzir atrás de si os seus judeus até que chegaram ao depósito e ouviram vovô falando sozinho lá dentro, Momik lhes abriu a porta, entrou atrás deles e fechou.

Ficaram parados pacientemente até que os olhos se acostumaram um pouco à escuridão, e lentamente começaram a ver o vovô que estava sentado no *benkale* e as folhas brancas nas paredes, o sr. Munin foi o primeiro que teve coragem de se aproximar da parede e olhar de perto um retrato e demorou algum tempo para compreender o que estava vendo, mas quando entendeu ficou repentinamente tenso e recuou e pelo visto tinha-se assustado, pois logo podia-se sentir como o medo dele passava para todos como uma corrente, e eles se agruparam, mas depois, apesar de tudo, começaram a se dispersar devagar, espalharam-se no depósito e começaram a caminhar ao longo das paredes e a passar diante dos quadros como se fosse uma exposição, e à medida que olhavam para as folhas começou a sair deles um cheiro acre e antigo que quase sufocou Momik, mas ele sabia muito bem que justamente este cheiro é que seria talvez a última oportunidade, e no íntimo lhes gritou mostrem para ela, mostrem para ela, sejam judeus, sejam, e se curvou e pôs as mãos nos joelhos como se incentivasse os seus jogadores no campo e gritou-lhes no íntimo agora, sejam agora mágicos e profetas e feiticeiras e lutem com ela a batalha final e decisiva e sejam tão judeus até que ela não consiga se conter, e mesmo que aqui não haja uma Besta, ela estará aqui, mas não aconteceu nada, só seus pobres animais se tornaram mais irritados, o corvo bateu as asas e soltou um grasnido, o uivo do gato foi terrível, e Momik caiu de quatro sobre os joelhos e as mãos, meteu a cabeça para dentro e pensou em como era idiota por ter acreditado que eles são realmente mágicos e feiticeiras e tudo isto, um dia parecendo noite,[33] como diz Bela, estas coisas não existem, e quem são eles, são só uns judeus coitados e doidos que grudaram nele e estragaram tudo, estragaram toda a sua vida, e como é que ele foi pensar que eles poderiam ajudá-lo?, pois ele é que pode ensinar a

---

33. *Nechtiguer tog*, no original. (N. T.)

todos, o que se faz em situações de emergência, quatro punhos e um dedo, e como zombar do mundo inteiro só que isso não interessa nem um pouco a eles, é como se tivessem prazer quando são feridos, quando se ri deles e quando tudo está ruim, e na vida eles não tentaram fazer algo para se oporem, só ficaram sentados e choraram e rezaram e discutiram um com o outro sobre as suas bobagens, todas estas histórias que não interessam a ninguém no mundo sobre o que o rabino disse para uma viúva e como foi que um pedaço de carne caiu na sopa que contém leite, e enquanto isso os matavam e matavam, e em todas essas discussões eles sempre têm que ter mais razão e dizer sempre a última palavra, como se quem falou por último também fosse ficar por último, e todos os seus terríveis exageros que são verdadeiras mentiras, aquele gênio de que toda a Varsóvia ouviu falar, nem mais nem menos, e o milionário do qual Munin tinha falado "abraçou-me e beijou-me como se eu fosse seu irmão" e o ministro que uma vez saudou o sr. Marcus curvando-se até o chão, ló-gi-co!, e até Bela que acredita ser mais bonita que Marilyn Monroe, imagine!, e até quando eles falam sobre todos os sofrimentos que os góis lhes causaram, todos os *pogroms* e expulsões e torturas, fazem isso com uma espécie de *krechts* que já perdoou tudo, e um pouco como alguém que ri de si mesmo, o quanto é fraco e *nebech*, e quem ri de si mesmo é claro que os outros também rirão dele, isto é sabido, e lentamente Momik ergueu a cabeça do chão e sentiu como ia se enchendo de ódio, raiva e vingança, a cabeça realmente lhe ardia e todo o aposento dançava diante de seus olhos, aqueles judeus corriam tão depressa ao longo das paredes e dos desenhos que era quase impossível saber quem era verdadeiro e quem estava desenhado, e ele queria interrompê-los e não sabia como, outrora ele tivera uma palavra mágica mas já a havia esquecido, ergueu os braços e implorou, basta, que tudo isso pare!, e levantou as mãos como que vencido, como um menino que ele viu certa vez numa foto, mas de dentro dele saiu repentinamente um berro terrível, um grito animalesco, e foi tão assustador que logo tudo cessou e o aposento parou de dançar e os judeus simplesmente caíram nos lugares em que estavam, deitaram-se no chão e respiraram pesadamente. Momik se ergueu e ficou acima deles, as pernas lhe tremiam e tudo ficou confuso, e então ele ouviu como, de dentro do silêncio, zumbia de repente a voz do avô, como zumbem os postes de eletricidade, mas foi de tal maneira que desta vez a história do avô ficou totalmente clara, ele a contava de forma bonita, com sentimento e expressão bíblica e Momik não se moveu e não respirou e ouviu a história do começo ao fim e jurou a si mesmo não esquecer uma única palavra, nunca nunca nunquinha, mas logo esqueceu, porque era uma espécie de história que logo a gente esquece e é preciso fazer todo o tempo o caminho do início para se lembrar dela, era uma espécie de história assim, e quando o avô acabou de contar, então os outros começaram a contar as suas histórias, e todos falaram juntos e contaram coisas nas quais é impossível acreditar, e Momik se lembrou de todas para sempre e logo se esqueceu, e às vezes eles adormeciam no meio da palavra e a cabeça pendia sobre o pescoço, e quando acordavam continuavam a contar a partir do mesmo ponto, e Momik andava lentamente diante dos desenhos que ele mesmo copiara a lápis daqueles livros, e se lembrava agora de que em todo retrato que copiara tinha sido obrigado a introduzir uma pequena modificação, como, por exemplo, naquele menininho a quem tinham dado uma escova de dentes para limpar uma estrada inteira, Momik desenhou uma escova maior do que a que havia na foto, e o velho a quem ordenaram que montasse sobre outro velho ele o desenhou meio de pé para que não ficasse muito pesado, sim, ele tinha sido obrigado a fazer modificações, mas agora não se lembrava bem por quê, e zangou-se um pouco consigo mesmo por não ter sido bem exato e científico, porque talvez isso tivesse evitado todos os seus problemas, apoiou as costas na parede, porque não tinha forças para ficar de pé por si só, e os seus judeus continuaram a falar e balançavam-se como se estivessem rezando, às vezes parecia-lhe haver no aposento uma multidão de pessoas e às vezes pensava que tudo era apenas imaginação, e todo o tempo os olhos dele corriam para todos os lados a fim de procurar de onde ela sairia, vovô Anshel começou de repente a contar de novo a sua história, e Momik segurou a cabeça com as mãos, porque sentiu que não podia mais agüentar aquilo e que precisava vomitar tudo, o que ele tinha comido no almoço e tudo o que sabia dos últimos tempos e em geral todo este Momik, e agora também estes judeus malcheirosos, que em alguns livros ele via que os góis chamavam de judeuzinhos e sempre pensou que isso é uma ofensa gratuita, mas agora ele sentia de repente o quanto isso combinava exatamente com eles e sussurrou judeuzinhos, e sentiu como um calor agradável por toda a barriga, e como todo o seu corpo se enchia de músculos e disse de novo em voz alta judeuzinhos, foi o que lhe deu forças e ele se sacudiu e ficou por sobre aquele vovô Vasserman e disse-lhe zombeteiro, basta, cale-se, já estamos cheios da sua história, e o *nazikaput* não se mata com uma história mas só com golpes mortais, e é preciso que um batalhão do comando naval irrompa em sua sala e o pegue como refém até que Hitler venha salvá-lo e então capturarão Hitler também e o matarão com terríveis torturas, arrancar-lhe-ão unha por unha, berrou Momik e deixou o avô e foi até as gaiolas, e também lhe arrancarão os olhos assim sem anestesia, depois explodirão a Alemanha e toda a Terra de *Lá*, para que não reste nenhuma lembrança dela, nem boa nem má, e libertarão de *Lá* todos os seis milhões numa operação de espionagem que jamais houve igual, e farão o tempo voltar atrás como na máquina do tempo, e certamente temos alguém no Instituto Weizmann que poderá inventar algo assim, e farão todo *pshakrev* ficar de joelhos e lhes cuspirão no rosto, e voarão sobre eles com nossos jatos, é preciso uma guerra!, Momik berrou e seus olhos estavam totalmente revirados como os do gato, e as mãos dele passaram pelas gaiolas e abriram os arames das trancas, e mais uma vez virou a cabeça para trás e viu lá a sua cidadezinha e depois ficou parado simplesmente sem se mexer e viu como o corvo, o gato e o lagarto e todos os demais começaram a sair lentamente dos caixotes, eles não entendiam o que estava acontecendo e não acreditaram que tudo já tinha terminado e os judeus até entenderam muito bem e logo saltaram do chão, apertaram-se uns contra os outros de costas para os animais e sussurraram com voz preocupada, os animais começaram a fazer ruídos uns contra os outros e um não deixava que o outro se movesse, e se algum se movia só um pouquinho, logo havia berros, uivos e penas eriçadas, todo o depósito estava repleto de ruídos de perigo e medo, era impossível lembrar que a uma distância de meio minuto existe uma cidade e pessoas e livros, e Momik, que já pensava estar morto ou algo assim, cerrou os olhos e arriscando a vida passou pelo corvo e pelo gato e não prestou atenção quando o arranharam e morderam e bicaram, o que era isto para ele depois de tudo o que tinha passado?, foi até os seus judeus, eles o olharam com semblantes preocupados e tristes, mas apesar de tudo se moveram e abriram caminho, ele no fundo ainda riu do fato de eles terem concordado tão depressa em perdoá-lo depois do que lhes havia feito, mas também foi agradável por um momento quando se fecharam à sua volta e ele ficou dentro daquele muro redondo, pensou que talvez assim a Besta jamais poderia alcançá-lo, e que ela de maneira alguma tentaria penetrar no círculo, porque sabe que ali não tem chance, mas quando abriu os olhos e os viu ao seu redor e acima dele, altos e antigos olhando-o com pena, soube muito bem, com toda a inteligência de *alter kop* de nove anos e meio, que já não conseguiriam curá-lo.

E é preciso acrescentar ainda algumas coisas para a exatidão científica: Momik não conseguiu se despedir imediatamente do seu depósito e, apesar de não ter mais levado para lá o avô e os outros, continuou nos dias que se seguiram a descer lá e ficar um pouco sozinho. Libertou os animais, mas o cheiro deles ainda permaneceu por muito tempo, e também o cheiro dos judeus. A professora Neta veio conversar com seus pais em casa e eles acertaram tudo. Momik não se importava. Até nem perguntou. Também quando Yair Pantilat quebrou o recorde de corrida de oitocentos metros, Momik não registrou. As duas éguas Flora e Halinka da exposição agrícola hebraica de Beit Dagon deram à luz potros e decidiram dar-lhes nomes hebraicos, Dan e Dagan. No fim do ano estava escrito no boletim de Momik que ele passaria sim de ano, mas não em nossa escola, e a mãe lhe contou que no ano seguinte ele estudaria numa escola especial perto de Natania, e não moraria em casa, mas isso seria para o seu bem, pois lá há ar puro e come-se bem, e uma vez por semana ele poderia visitar Itke e Shimek que moram perto. Momik não disse nada. Naquele verão, quando viajou pela primeira vez para visitar seu novo lugar, vovô saiu de casa e não voltou. Exatamente cinco meses depois de ter chegado de ambulância. A polícia o procurou um pouco e não o encontrou. Momik ficava deitado à noite em sua cama no internato e pensava onde estaria vovô agora e a quem ele contaria a sua história. Em casa nunca mais falaram de vovô, e só uma vez mamãe se lembrou dele e disse com raiva para Itke: "Ao menos se houvesse uma sepultura para visitá-lo, mas desaparecer assim?".

BRUNO

1.

No profundo mar do porto de Danzig, ele desceu à água pela primeira vez. Era noite e uma chuva fina gotejava. No cais só havia umas poucas pessoas, e todas ocupadas demais para cuidar dele. Alguns trabalhadores fizeram uma fogueira sob um pequeno telhado de lata, ele sentiu o aroma do café fervendo e engoliu a saliva: café de verdade! Caminhou depressa pela chuva, sem o chapéu que fora obrigado a deixar no roupeiro da galeria. Também o manuscrito de *O Messias* tinha ficado lá, na sacola preta. Quatro anos de pensamento e escrita. Um erro que se desenvolvera como um tumor maligno, até que compreendeu tardiamente que o Messias não chegaria por escrito: que não se deve invocá-lo por meio das letras da língua que sofria de elefantíase. É preciso encontrar uma outra gramática e uma outra pena. Bruno olhou apreensivo para o prédio dos escritórios do porto. Dois soldados estavam parados na saída ampla, conversando. Sentiu-se nu sem a sua fita no braço. Sem se dar conta, contraiu os dois punhos no gesto que tinha adotado para si mesmo desde que fora publicada a ordem que proibia aos judeus manter as mãos nos bolsos na presença de um alemão fardado. Bruno caminhava depressa, encolhendo-se: o caminhar de um homem que não é bonito. A água lhe escorria pela pele do rosto tenso, amarelado...

Conheço bem seu rosto: em cada uma das ilustrações estranhas e grotescas que ele desenhou, encontrei sua cara espiando de um dos cantos. Na maioria das vezes, pisoteado junto com um grupo de outros homens anões e miseráveis, sob o sapato brilhante de Adela, a bela criada, ou o salto de sapato de qualquer outra mulher arrogante. (Mas preste atenção no mar, Bruno: o mar cinzento que está junto a você sacode com força seus grandes cobertores para a noite. Enquanto isso, rompem-se nele botões de algas redondas que sobem por um momento à luz da superfície e são outra vez engolfados pela espuma.)

Afixaram o quadro no canto do último salão da galeria, de tal forma sua força os incomodava. Também agruparam junto a ele quadros mais coloridos, mais suportáveis, também eles do pintor Edvard Munch; penduraram uma corrente de ferro em torno e escreveram um aviso em polonês e em alemão: NÃO SE APROXIME. NÃO TOQUE.

Que idiotas! Pois deveriam fazer justamente o contrário: advertir os visitantes da exposição sobre os efeitos do quadro. Aquela figura que está andando pela ponte de madeira, que escancara a boca para gritar, penetrou agora em todas as partes do seu corpo. Quando a beijou ali, na galeria, Bruno foi infectado. Ou talvez seja melhor eu ser mais exato: o beijo acendeu a vida com seus micróbios, que sempre o habitaram. Bruno passou pelos barcos pesados, os olhos voltados para dentro de si mesmo. Seus lábios se arredondavam a cada instante num movimento estranho, e o grito da pintura abria caminho do coração até a boca, como um feto cuja hora tivesse chegado. Calafrios o perpassaram, sussurraram: Bruno é o elo fraco em toda a cadeia. Tomem conta dele. A grande escritora Zofia Nalkovska escreveu certa vez em carta a amigos: "Cuidem de Bruno. Cuidem de Bruno por ele e por nós". Mas sua verdadeira intenção ficou obscura.

Agora ele caiu. Tropeçou num rolo de corda coberto de limo e quase despencou na água. Por um momento ficou sentado na doca, dobrado de dor. Assim era possível ver os rasgos do seu casaco, nas axilas e nos cotovelos. Ergueu-se logo. Para não ficar deitado. Não ser um alvo inerte. Sempre estão atrás dele. Não só a SS e a polícia polonesa, que o perseguem porque fugiu do seu gueto em Drohobitz, viajou de trem proibido aos judeus e ousou entrar na exposição de quadros de Munch em Danzig, onde fez o que fez e foi atirado para fora com grande violência. Não: a polícia e a SS só nos últimos anos se juntaram aos perseguidores de Bruno, e ele já não os teme. Mas tem medo dos grandes holofotes que convergem para dentro do seu corpo e tentam atravessá-lo com centelhas concentradas e dolorosas de ser como todos. Uma vida de prosa cinzenta e pequena, que ele não poderá redimir com o toque da sua pena.

Desde o momento em que Bruno vira o quadro O grito na galeria Artus Hopf, entendeu o que havia ocorrido ali na tela: a mão do pintor escorregara. Munch não teria ousado criar tal perfeição. Poderia tê-la adivinhado apenas, sentir-se intimidado ou atraído por ela. Não criá-la com intenção primeira. Bruno, ele próprio pintor e escritor, sabia disso muito bem, com o coração contrito, pois durante toda a vida sentira saudade do dia em que, conforme suas palavras, *o mundo trocaria de pele e sairia da casca como um lagarto fabuloso*. A "Era do Gênio", assim Bruno chamava este dia. E até então, preveniu, não devemos esquecer que as palavras que usamos para escrever são apenas pobres trechos de histórias primitivas eternas: que nós todos construímos a nossa casa, a exemplo dos bárbaros, de fragmentos de estátuas e de imagens de antigos deuses, de migalhas de mitologias poderosas. Então formula-se a questão: já teria alguma vez ocorrido a Era do Gênio? É difícil responder. Também Bruno hesita. *Pois há coisas que não podem ocorrer, na sua totalidade, até o fim. São imensas demais para encontrar lugar na sucessão dos acontecimentos. Elas só tentam acontecer, experimentam o fundamento da realidade para ver se ele pode suportá-las. Logo elas recuam, temendo perder integridade na materialização falha. Depois restam em nossa biografia aquelas manchas brancas, sinais perfumados, aquelas pegadas prateadas perdidas de pés de anjos descalços, espalhadas em passos de gigante por nossos dias e nossas noites...* Assim escreveu em seu livro *As lojas de canela*, edições Schoken, página 95. Sei de cor.

Um sol pequeno como uma gema era absorvido pelo céu azul e sua luz esmaecia. Lentamente Deus fechava a sua caixa de brinquedos. Bruno sabia: uma perfeição como esta que Munch encontrara desvenda-se aos nossos olhos apenas por acaso, ou por engano. Alguém se distraíra por um momento em algum lugar, e a verdade escorregara para o lugar errado. Bruno se espantou com o número de quadros que Munch tivera que pintar depois disso, com rapidez, em pânico, a fim de ofuscar a forte impressão de sua intrusão na zona proibida. Pois não há dúvida, pensou Bruno (pisando com o calcanhar na poça de óleo de motor, fazendo nela explodir arabescos coloridos), de que o próprio Munch deve ter-se alarmado quando olhou o quadro e viu em que titubeara.

Átomos de uma verdade que não pode ser dividida. Uma verdade cristalina e última. E Bruno a procurava em tudo: nas pessoas que encontrava, em trechos de conversa que eram levados pelo vento e chegavam aos seus ouvidos, em combinações de acontecimentos, em si próprio; em cada livro que lia, tentava buscar a frase única, a pérola que lançava o escritor à sua viagem de centenas de páginas. A mordida desta verdade em sua carne. Na maioria dos livros, não se encontrava uma frase assim. Nos livros de gênios encontravam-se às vezes duas ou três. Bruno as copiava em sua caderneta: era claro para ele que estava recolhendo, assim, com esforço e perseverança, os fragmentos sólidos de evidências a partir dos quais poderia um dia recompor o mosaico original. A verdade. E quando às vezes voltava a ler aquelas frases, nem sempre sabia dizer quem as havia escrito: às vezes pensava que determinada frase era dele mesmo, e depois verificava que se enganara. Eram tão parecidas umas com as outras e não havia do que se admirar, disse para si mesmo, todas tinham chegado aqui oriundas da mesma fonte.

Bruno sabia agora que também Munch é o elo fraco. Há tempos tinha adivinhado isso, desde que vira as cópias de *O grito* nos livros de arte em Drohobitz. Mas teve que ficar diante da própria fonte para saber com certeza: também Munch. Como Kafka e Mann e Dürer e Hogarth e Goya e outros que enriquecem a sua caderneta. Uma tênue rede de pontos de fraqueza espalhada pelo mundo. Cuidem portanto também de Munch. Cuidem dele por ele, por nós. Amem o seu artista mas fiquem de olho. Rodeiem-no com círculos apertados de amor, dêem-se as mãos em torno dele. Olhem os seus quadros e mantenham as mãos entrelaçadas em torno dele, a fim de gritar-lhe em triunfo, naturalmente. Amem suas histórias, choquem-se com elas na medida certa, agradeçam a ele por ter dado expressão tão maravilhosa a tudo que vocês-sabem-o-quê, mas dêem-se as mãos em torno dele. Deixem que ele sinta não só o calor do corpo de vocês, mas também o próprio corpo de vocês que é sólido e forte como uma porta de ferro. Abram seus dedos enquanto batem palmas, de modo que a ele pareçam grades de prisão, e não deixem de amá-lo, porque isso é a negociação oculta que existe entre vocês e ele: o amor de vocês em troca da prudência dele. Em troca da fidelidade dele, a tranqüilidade de vocês.

E Munch também traiu. Deixou-se desenredar e *O grito* meteu imediatamente um pé grosseiro dentro do círculo de vocês. Agora o grito está aqui. Agora é preciso remendar logo o rasgão. E por isso amem Munch ainda mais, agora! Aproximem-se a fim de que sinta o hálito da boca em seu rosto: quem fracassou uma vez pode fracassar uma segunda. Mantenham as mãos em torno dele.

Passem uma corrente de ferro em torno dele e proclamem em placas vermelhas: NÃO SE APROXIME. NÃO TOQUE.

E ainda corre. Corta o vento com seu rosto penetrante, arredonda os lábios com esforço, tentando assim aliviar a dor, oh, esta abundância que existe em Bruno, e o temor diante desta abundância. Cuidem de Bruno por ele, em primeiro lugar por ele. Não permitam que ele se deixe tentar pela paixão perigosa de escrever sem o intermédio de vossas palavras rotas, palavras que são fiéis a vocês. Não lhe permitam escrever apenas de acordo com o código do seu corpo, no ritmo que não é medido por metrônomo ou relógio. Não o deixem, por favor, conversar consigo mesmo com palavras que ninguém conhece e que ele será obrigado a inventar. *Pois sabemos muito bem quem são os negociantes astutos que se apressarão em segurar-lhe a mão e o conduzirão aos prostíbulos mais suspeitos da língua humana, e lá abrirão para ele suas sacolas imundas, e lhe sugerirão com um sorriso bajulador a sua mercadoria: pois não, meu senhor, aqui tudo é grátis, é verdade, meu senhor, uma língua inteira, nova, toda sua, ainda embrulhada em seu invólucro de celofane, em anexo também um dicionário especial, um dicionário muito particular, cujas páginas são como se estivessem vazias, e na verdade estão escritas com uma tinta secreta, tinta de espiões, e só se o senhor untar aquelas páginas com a própria bile, com a sua própria essência pungente, imediatamente tudo o que está escrito se revelará aos seus olhos, e não, meu senhor!, não lhe tomaremos uma só moeda. Afinal, é tão raro se perder por... pardon! Aparece por aqui um cliente, e nós não seremos idiotas de afugentá-lo com uma conversa enfadonha sobre dinheiro e condições de pagamento, e digamos, meu caro, que nós o vemos como uma espécie de pequeno investimento nosso, uma garantia, rá-rá, uma abertura para mercados que por ora estão fechados para nós, e por favor, assine aqui e aqui e aqui.*

E Munch assinou. E Kafka assinou. E Proust assinou. E aparentemente também Bruno assinou. Ele já não se lembra quando a coisa aconteceu, mas aparentemente algo foi assinado. Porque a sensação de perda tornou-se mais profunda. E veio a última guerra, e Bruno começou a pensar que havia errado: porque as pessoas começaram a substituir a sua iniqüidade, e verificou-se que por trás das barracas dos negociantes astutos estendem-se *mais mercados profundos e escuros, onde o homem jamais pôs os pés. Ruas corrompidas cujas ruínas e restos de paredes dos dois lados pareciam fileiras de dentes de crocodilo...*

Por isso Bruno fugiu.

Da Drohobitz que ele amava. Da sua casa na esquina da rua Samburska e a rua do Mercado, que era o Olimpo da sua mitologia particular, o local onde habitavam os deuses e os anjos, cuja imagem é a imagem do homem, e às vezes muito menos que o homem... ah, a casa de Bruno! Que prazer se estende pelos seus membros ao pensar nesta casa supostamente comum, supostamente insignificante, que Bruno, com a ajuda dos milagres da arquitetura da imaginação, transformou num enorme palácio de salões e corredores labirínticos e jardins repletos de vida e cor. Embaixo, no andar térreo, ficava a loja de tecidos da família, *Henrietta*, assim chamada em homenagem à mãe, e mal conduzida pelo pai de Bruno, Yacob Schulz. *O pai, o poeta secreto, o homem obstinado que lutava sozinho contra as forças do tédio, seu pai, o ousado pesquisador das vivências mutantes, que com sua força de vontade e visão transformava-se em pássaro, inseto, caranguejo, seu pai, eterno morto-vivo...*

E, sobre a loja, o andar da moradia. E a mãe Henrietta. Rechonchuda, macia, dedicada a Yacob doente de câncer, o sonhador, cujos negócios desmoronavam diante de seus olhos errantes, que não viam, e principalmente a mãe, que estava atenta a Bruno, a este botão delicado que lhes brotara na velhice. O menino era sensível demais, sempre combatia inimigos que ela nem ao menos conseguia imaginar...

(Certa vez, numa hora noturna obscura, melancólica, ela entrou no quarto dele e o encontrou alimentando com açúcar as últimas moscas que haviam sobrevivido ao frio outono.

— Bruno?

— É para que tenham forças no inverno.)

E não tem amigos. Não que seja mau aluno, o nosso Bruno. Ao contrário: todos os professores ficam admirados com ele. Em especial o professor de desenho, Adolf Arendt. Desde os seis anos ele já desenha com grande maturidade. Quem poderia entender isso? De repente teve uma "fase" de desenhos de carruagens. Em polonês, elas são chamadas de *drushka*. Carruagens velozes, com a capota levantada. Desenhou-as às dezenas: *atreladas a um cavalo preto, irrompendo de uma floresta noturna, e nas pálpebras dos que estavam sentados nelas (sentados nus, é preciso observar) ainda pousava o pó prateado dos sonhos da floresta.* Sem cessar, voltou a desenhá-las arremetendo da floresta. Depois começou a desenhar carros. Como qualquer criança, mas não como as crianças desenham. Depois desenhou cavalos. Desenhou uma corrida. Sempre movimento. Mas os desenhos estavam permeados de velhice, morte e amargura.

E não tinha amigos. *Nyedoenga*, é assim que os garotos o chamam. Um fracasso.

E em casa também Adela, a criada.

E as pernas dela. E o corpo dela. E o seu cheiro feminino. E os pentes dela. E os chumaços de cabelo espalhados por toda a casa. Adela, que dispersava os sonhos do pai Yacob com a força da ameaça de provocações vulgares, Adela que anda com sapatos de verniz baratos, lustrosos, provocação que requebra sobre saltos muito enfeitados, preste atenção aos sapatos dela, Bruno!

Com os movimentos ritmados de seus lábios, com seu corpo delgado e apressado, Bruno parece agora um peixe. Ao andar pela plataforma, fecha os olhos e recorda no íntimo o seu ato na galeria: havia pulado rapidamente a corrente de ferro por cima da placa de aviso e beijado o quadro. Em um dos barcos está parada uma velha que olha para o mar. O cabelo longo e duro dança em torno da cabeça dela com o vento forte. O guarda adormecido na galeria acordara assustado e apitara com toda a força. Mais um guarda veio correndo e ambos o arrastaram do local do quadro para o local onde eles estavam. Então começaram a bater nele em silêncio e com precisão e como que sem raiva. No quadro formou-se uma pequena mancha de saliva. Bruno não acertara a boca da figura que gritava; beijara apenas uma das vigas de madeira da ponte. Mas também isso lhe bastara. Fora uma simples ação de primeiros socorros: a respiração boca a boca. E Bruno se salvara.

Abriu os olhos e viu que seus pés o conduziam ao meio arco do molhe que se curvava para o mar. Em sua língua aquática, musculosa, o mar examinava pedaços de árvores que se haviam prendido em seus dentes pedregosos. De dentro dos furos dos recifes, os numerosos olhos do mar acompanhavam Bruno.

Bruno refletiu sobre o seu manuscrito inacabado, que ficara no roupeiro da galeria dentro da sacola. Quando foi posto para fora andou pela Langgasse, carros e bondes espirraram nele água das poças. Estendia a mão e tocava subrepticiamente os grandes postes de madeira da iluminação e depois lambia, furtivo, o dedo. Como se quisesse conservar com isso o sabor dos parapeitos da ponte do quadro. Toda vez que fazia isso, um músculo torturado se contorcia dentro dele. Pensava em sua vida que jamais fora dele. Dele de verdade. Porque sempre lhe fora roubada por força do hábito. Todos se sustentavam roubando a vida um ao outro. Antes da guerra haviam feito isto com muita delicadeza e cuidado, para não causar mais dor do que o necessário, faziam-no até com humor, e quando chegou a guerra já não se empenhavam em fingir. Só recentemente compreendeu que até os dois livros que ele próprio escrevera e este terceiro, O Messias, no qual está mergulhado e se debate há quatro anos, são apenas um grande andaime complexo e sofisticado que ele, com as próprias mãos, havia construído em torno de uma criatura que lhe era desconhecida. Ainda desconhecida. Reconheceu que tinha passado a maior parte de seus anos como um acrobata ousado nas alturas do andaime, e que sempre se cuidava para não olhar para dentro, para baixo, pois se olhasse seria atacado pelo medo e pela tristeza e saberia que não era trapezista mas carcereiro. Que em seu caminho, e por força do hábito e do cansaço e do desleixo, se tornara cúmplice daqueles que mantêm as mãos em torno dele.

Por isso ele está empreendendo a última fuga. Não de medo dos alemães e dos poloneses, nem por algum protesto contra a guerra. Não! Ele foge porque finalmente deve encontrar alguma outra coisa. Não as dezenas de adjetivos e verbos e tempos para os quais serviu de encruzilhada até agora.

O meu Bruno já sabe que vai morrer. Dentro de uma hora ou de um dia. Tantos morrem hoje em dia. Nas ruas do gueto de Drohobitz reinava nos últimos meses um silêncio de resignação. Também Bruno mergulhara nele: talvez realmente fosse culpado de algo. De parecer assim. De ser judeu assim. De escrever assim. Pois a questão da justiça já caducara fazia tempo. Mas há uma outra questão a que devo responder, pensa Bruno e apressa os passos, e é a questão da vida; a vida que vivi e a vida que não vivi devido às minhas deficiências e ao meu medo. Não tenho força nem tempo para aguardar um milagre que a revele para mim. Bruno ri para si mesmo um riso contorcido e um pouco emocionado. Seu rosto coberto de contusões, manchas pretas, ilumina-se por um instante. Por acaso foi Lênin quem disse que uma morte é uma tragédia mas um milhão de mortes já é estatística? Pareceu a Bruno que Lênin tinha dito isso, mas Bruno desejava agora redimir da estatística de milhões de vidas a tragicidade una da sua própria vida, e assim compreender por um momento o que esteve inscrevendo no grande livro da vida. No fundo de seu coração, abriga a esperança mais profunda de que, estando separado desta verdade cristalizada, derradeira, talvez consiga aprender também o que o Supremo Criador enviou para a sua jornada entre as páginas infindáveis.

Bruno despe o casaco rasgado e o atira ao chão de concreto. Seus olhos estão totalmente vazios. Em que está pensando agora? Não sei. Por um momento perdi o fio do seu pensamento. Tento: Bruno pensa (talvez) no poeta Mirabeau que, em protesto contra o governo, se tornou assaltante. Ou estaria, talvez, pensando no filósofo Thoreau, que abandonou sua cidade e seu trabalho e seu sistema de vida e as criaturas humanas e retirou-se para viver em solidão absoluta na floresta Walden?

Mas Bruno se sacode com força e estremece. Não. Esta revolta e este protesto não bastam: o assaltante ataca pessoas. O recluso se isola das pessoas. Avalia a sua solidão em comparação com o agrupamento das pessoas. Mas é necessário mais que isto: uma revolta que banirá seu próprio eu de dentro de si. Ele estremece, hipnotizado pelas ondas escuras, ricas, que rolam à sua frente. As ondas que bem sentem nele a tensão de alguém que trouxe a si mesmo até o fim, e as bordas de seu corpo já se tornaram uma outra essência, no limite entre a carne e os anseios.

A velha no barco olha e não se move. Ela já sabe o que está para acontecer. Mas este é o caminho deste mundo, no qual a morte não é só o contrário da vida. Todos os esforços se submetem à morte. Dois estivadores o perceberam de longe e começaram a gritar.

Bruno tirou a camisa e as calças. Com dedos úmidos de ar, o mar examina a magreza e o cansaço que torturaram seu corpo e o destruíram. Ao mar não importa: respingos de saliva de um negociante ansioso se espargem no cliente silencioso, submisso. O mar compra tudo. Quem sabe quando fará uso de todos os rebotalhos que habitam seus porões. Bruno abre por um instante os olhos supliciados. Alguém dentro dele ainda tenta salvar este corpo magro: o escritor, que durante tantos anos se aninhou nele, aparentemente estremeceu ao pensamento de que também ele se perderia com seu afogamento de estalajadeiro. De repente, ficou claro para ele que o prisioneiro retido entre os andaimes usava sua sagacidade para fugir. O carcereiro-trapezista transformou-se em refém. E ele estava aterrorizado. E tenta uma brincadeira ignóbil ou alguma tentação, ao menos deixe os sapatos sobre a pilha de roupas, para que tenha algo para calçar quando voltar. Um momento, não se apresse tanto, pare e falaremos com lógica. (O escritor vê o que Bruno não vê: da ponta do porto há homens correndo para o píer, dois estivadores e com eles mais uma pessoa. Um oficial.)

O velho mar sente que é necessário incitar o cliente que hesita. Finge arrependimento: recolhe para si com retumbância e com grande preocupação e com feições ofendidas uma onda enorme, e por um momento impede o avanço da onda seguinte. Um vazio se revela no mar. O silêncio sorve tudo. Das raízes da alma de Bruno uma onda é arrancada para preencher a onda que falta.

Ele chuta a pilha de roupas e elas voam para o mar, flutuam por um momento, inflam-se levemente e afundam. O mar sorri um sorriso tênue. Uma onda desliza em direção a Bruno, um crupiê experiente que distribui uma carta boa para um antigo cliente. O escritor cerra os lábios com temor. Como eu o compreendo bem! Ele cospe com ódio em direção à cultura humana insana, inesperada, que lhe servia de abrigo e mão escritora. E ele era o assustado, o mimado, o tão lógico, que pousa os dois dedos sensíveis no nariz de Bruno e ele é este que se entorpece de uma vez, quando Bruno afunda na água gelada e volta e sobe imediatamente à tona, e a alegria o infla como a uma vela. Então ouve-se um som indistinto e prolongado: talvez um navio apitando à distância, ou foi o mar que gemeu, quando o novo bastardo foi deixado em seu seio.

Bruno nadou com movimentos longos. Os braços que nadavam lhe abriram à frente cortina após cortina. Uma primeira brecha se revelou no horizonte distante, onde se chocavam placas de ardósia embaçadas de mar e céu. Através desta fenda procurou escapar, mas suas forças se esvaíram muito depressa, e quando seus pés tocaram um penhasco, parou e ficou de pé sobre ele para descansar um pouco.

Olhou para trás. Viu as docas cinzentas, os telhados apodrecidos e os prédios do porto corroídos pelos ventos. Viu os barcos que balançavam e rangiam tristemente, os barcos redondos, prenhes da distância, e a figura da górgone antiga, congelada, sobre um dos barcos, e as pessoas que se agrupavam agora na doca e o chamavam. Será que o estavam aplaudindo? De qualquer modo, já não podem dar as mãos em torno dele. Riu um pouco e tremeu nas ondas de calor e frio. De repente, percebeu que o relógio ainda estava no pulso, mas seus dedos tremiam tanto que não conseguiu tirá-lo.

Alguém estava trabalhando no motor de um pequeno barco junto ao cais, mas o motor se recusava a colaborar. Bruno voltou a cabeça para o céu e respirou fundo. Pela primeira vez em muitos anos, não se sentiu perseguido. Mesmo se o capturassem agora, não reconheceriam nele a pessoa que estavam procurando. Capturariam um recipiente vazio. Não há investigador de polícia que possa compreender agora as palavras de Bruno. Não há escritor que possa registrá-las com exatidão. No máximo poderiam tentar, e reconstituí-las de acordo com indícios externos, cascas antigas. Como é ignóbil o destino daqueles que Bruno abandonou na praia! Era impossível que houvesse alguém que não sentisse então — e mesmo que não houvesse estado ali naquele momento, e mesmo que nunca tivesse ouvido falar de Bruno — um leve aperto no coração no momento em que Bruno desceu ao mar. Até os índios do Orinoco pararam por um momento de cortar as seringueiras e prestaram atenção. Também os pastores da Tribo do Fogo na Austrália calaram-se e voltaram a cabeça para ouvir um som distante. Eu também, e eu ainda nem havia nascido.

E, não longe de Bruno, as águas de repente se abriram. Algo cintilava e palpitava ali. Um brilho esverdeado ou um olho congelado, sulcos foram traçados numa lufada e espumaram, e logo em seguida ouviu-se também o som do bater suave de muitas nadadeiras. Pequenas bocas o rodearam, picaram-lhe o ventre e os quadris, morderam-lhe levemente as nádegas e o peito. Bruno ficou de pé e leu em seu corpo com espanto a tatuagem marcada em código. A credencial da delegação de uma única pessoa que parte em viagem. Os peixes surpreenderam-se com a carne magra, dura, investigaram o mapa de veias salientes nas plantas de seus pés brancos. Depois seguiram no silêncio o objeto cintilante que caía no abismo, para contar ali o tempo que havia passado. As unhas se fixaram diante dele, e os peixes deixaram Leprik passar e chegar até Bruno e olhá-lo com seu olhar penetrante. Era um salmão grande e mais desenvolvido que os outros, o corpo grande como o de Bruno. Só por um momento nadou em torno dele com placidez, com pequenos tremores de cauda, e talvez estas já fossem as ondas que lhe lançava o barco a motor que se aproximava, no qual se encontravam os dois estivadores e o oficial de polícia do porto, e os três lhe gritavam com raiva, mas Leprik nadava e voltou rápido ao seu lugar, o cardume enorme se fechou murmurando como um acordeão gigantesco e macio, e Bruno navegou com ele.

2.

Sim, isto é como uma carta de amor.

Passaram-se três anos desde que nos separamos, e estou me curando. Como você profetizou. Às vezes, quando a pressão se torna insustentável, entro no ônibus e viajo para Tel Aviv. Para você. Caminho pela linha da praia, sobre conchas, sobre algas e peixes mortos, e se há menos gente, até ouso falar com você em voz alta. Contar que o livro continua a ser escrito, que há três anos este *torag*[1] continua, esta guerra implacável entre mim e Bruno, o peixe. É um período de tempo não desprezível e consegui fazer algumas coisas. Gosto de decorar a lista. Gosto de listas: consegui, finalmente!, acabar de escrever a história de vovô Anshel, a história que ele contou para aquele alemão, Neigel; e consegui escrever também a história do bebê Kazik, aquela bobagem, aquela calamidade que Ayalá denominou "seu pecado contra a humanidade", que Deus a abençoe!

Mas o principal é a história de Bruno. E por causa dele volto para você quase toda semana, para ler para você, direto nas conchas de suas grandes orelhas, mais um trecho que acrescentei e também, naturalmente, para tentar extrair de você mais uma migalha de conhecimento que você ocultou até agora

---

1. Este e outros termos, como *dolgan, ning, gyoya, orga* não encontram correspondentes em línguas conhecidas. (N. T.)

em suas profundezas mais negras, para incitar você a me contar, deixar vazar para mim, cheirar você, a lembrança de Bruno que há em você; aos meus olhos vocês já estão misturados e diluídos um no outro de forma indissolúvel, e por isso você se encontra na minha história sobre ele e eu lhe conto estas coisas, mesmo sabendo quanto isso a deixa furiosa. Naturalmente você jamais confessará que me percebe quando chego até você, mas eu a conheço e sei: ouço o seu rosnar de escárnio, quando apenas meto o pé no quebra-ondas. Vejo você distendendo todo o corpo a fim de me arrebatar para si.

Mas sou cuidadoso, você mesma disse.

As pessoas ouvem que eu me interesso por Bruno e me enviam material a seu respeito. Admire-se em saber que escreveram muito a respeito dele. Principalmente em polonês, mas também em outras línguas. E há também várias hipóteses com referência ao conteúdo de O Messias que desapareceu antes que alguém o visse. Há os que dizem que nesta história desaparecida Bruno tentou trazer o Messias para o gueto de Drohobitz, para ser uma espécie de Yossef Della Reina, e invocá-lo a vir pela força da magia de sua prosa. Outros estão certos de que no manuscrito que desapareceu ele escreveu sobre o Holocausto e a respeito de seus últimos anos sob a ocupação nazista. Mas nós dois sabemos que não é assim. Que o que lhe interessa é a vida. A vida comum, simples. A vida cotidiana, e o Holocausto foi para ele apenas o laboratório que enlouqueceu, que centuplicou a velocidade e a potência de todos os processos humanos...

De qualquer modo, todos o louvam. Escrevem que ele é um dos grandes escritores do nosso século; que se equipara às vezes a Kafka, Proust e Rilke. Desaprovam delicadamente a minha idéia de escrever a respeito dele. Indicam-me com tato que, para tanto, é necessário no mínimo um escritor de sua estatura. Mas não me importo. Não escrevo a respeito do Bruno deles. E tudo o que eles me mandam em suas cartas eu leio por educação, rasgo os papéis em pedacinhos, e o resto você sabe, quando venho ver você em Tel Aviv subo neste quebra-mar, caminho assim à toa pelas grandes rochas, viro de repente os bolsos, sacudo-os rapidamente, como se caísse uma sujeira, plum-plum-plum, caem na água muitos pedacinhos de papel, alguém percebeu alguma coisa? Para você eles são mais importantes. E mesmo que você odeie preleções acadêmicas e longas como esta, estou certo de que você os colará de novo e os guardará em alguma gaveta esquecida em seu arquivo aquático. Você não se permitirá desistir de documentos como estes.

Conto-lhe ainda que voltei para o meu antigo eu. Ou seja: ao meu estilo de escrita. Às poesias que eu costumava escrever. E Bruno solta-se lentamente da minha pena. Descasca-se de mim. Restaram-me dele apenas uns poucos cadernos, que ninguém poderá assegurar quem os escreveu, ele ou eu. E você e eu sabemos que fui só um instrumento. Só a mão que escreve. Só o elo fraco pelo qual irrompeu a força sufocada de Bruno.

E restou a nossa história. Uma história com início, meio e uma praia. A aventura amorosa na qual vocês me permitiram espiar durante duas semanas na aldeiazinha de Nárvia, junto a Danzig, que é Gdansk, no mês de julho de 1981. E restou a minha Ruth. Ruth, que saiu vencedora deste túnel. Também dele. Que sacrificou a todos que tentaram me tirar dela, e o meu mau humor e os temores, e o período terrível, do qual não quero me lembrar, quando fui capturado pelo paradoxo de Zenão e a minha maldade em relação a ela. E Ayalá.

E volto a você de tempos em tempos sem possibilidade de me desligar. Sou o grande especialista em reconstituição, que só não consegue ajudar a si mesmo, volto a você para contar mais uma vez e mais outra e mais outra a história como de fato aconteceu, como não consigo expressar por escrito, como é possível contá-la para você, não com sabedoria. Com sacrifício. Contá-la do início ao fim. Obrigar você uma vez a prestar atenção também nas coisas que não lhe dizem respeito e prestar atenção pacientemente e em silêncio (não pensarei em exigir de você que preste atenção com interesse) em tudo o que aconteceu depois que voltei de Nárvia, caramba!, você precisa me ouvir, ou seja: o Bruno que há em você precisa.

Em 25 de maio de 1980 (lembro-me exatamente da data), recebi como presente de despedida de Ayalá o livro de Bruno Schulz *Sklepy coynamonowe* ("Lojas de canela: o sanatório da clepsidra"). Eu não conhecia o livro antes, e até recuei diante do som germânico do nome do escritor. Mas comecei a lê-lo logo, principalmente devido às circunstâncias amargas em que me foi dado, e por causa da pessoa que me deu.

E eis que, depois de dez páginas, esqueci as circunstâncias e Ayalá, li o livro pelo livro. Li como se lê uma carta que nos foi contrabandeada, um comunicado fechado de um irmão que julgávamos morto havia muitos anos. Este foi o primeiro livro em minha vida que, ao acabar de lê-lo, recomecei imediatamente, desde o começo. E desde então, tantas vezes! Durante longos meses não tive necessidade de nenhum outro livro. Para mim, este era o livro, no sentido que o próprio Bruno almejou, aquele *volume imenso, farfalhante, uma Bíblia tempestuosa, por entre cujas páginas perpassa um vento que o folheia, como uma rosa gigantesca que se desmancha* — e eu o li como se deve, ao meu ver, ler uma carta enjeitada: com a compreensão de que o que aparece no papel é menos importante do que a continuação das folhas que foram arrancadas e se perderam; daquelas que era proibido escrever especificamente, com receio de que caíssem em mãos erradas...

Fiz o que não fazia havia anos, desde a infância: comecei a copiar para mim linhas e trechos em um caderno, para me ajudar a lembrar. A fim de sentir as palavras arrastadas pela minha caneta e coletadas na minha folha. E na primeira página escrevi, naturalmente, o testemunho indireto que Bruno deu a respeito de si mesmo, ele que foi um daqueles a quem *Deus passara a mão no rosto enquanto dormiam, de modo que sabem o que não sabem, enchem-se de conjecturas e adivinhações, e sobre suas pálpebras cerradas passam reflexos de mundos distantes...*

E certa noite, algumas semanas depois, despertei de repente e soube que Bruno não foi assassinado. Não foi morto no ano de 42 no gueto de Drohobitz, mas fugiu de lá. E digo "fugiu" não no sentido comum, limitado da palavra, mas, suponhamos, como Bruno diria "fugiu". Como diria "aposentado", e com isso referia-se ao fato de que *já havia cruzado as fronteiras permitidas e conhecidas, ao fato que o levara ao âmbito magnético de uma outra dimensão da experiência, ao viajante com uma carga especialmente leve...* eu copiava para o meu caderno trechos do livro dele, e depois que acabei de copiar, a minha pena rabiscava de repente mais um pouco, contorcia-se sobre o papel e soltava mais uma ou duas linhas que eram minhas, mas — como dizer — na voz dele, e com a minha atenção voltada para ele e, na realidade, pela adivinhação da sua necessidade desesperada de se expressar, agora, quando lhe foi tirada a mão escritora. Adivinho muito bem esta angústia, este sufoco dele, de escritor exilado, "exilado" num sentido muito específico, muito amplo, e eu, como você sabe, estendi-lhe minha mão e minha pena.

É tudo tão estranho. E um pouco amedrontador.

Pois é de se ver, um poeta hebraico como eu, que já escreveu quatro livros num estilo muito específico, um estilo que a fina flor da crítica denominou "escrita de lábios finos" e Ayalá disse simplesmente "avarento e temeroso", mostra aqui, no caderno, de repente, uma troca de pele, mistura de cores e palavras arquejantes que se cobrem de suor *como uma dança nupcial de pavões ou uma nuvem variegada de colibris,* como Bruno certa vez escreveu.

(Ou fui eu que escrevi?)

Bruno Schulz. Judeu. Talvez o escritor polonês mais importante entre as duas Grandes Guerras. Filho de um excêntrico negociante de tecidos. Professor de desenho e de projetos técnicos no ginásio de Drohobitz. Um homem solitário.

E o pai de Bruno, sonhador com cabeça de profeta, que se transformou num grande caranguejo de tantos sonhos para tatear os limites da existência humana. O pai, ao contato de quem todas as coisas como que recuavam às raízes de sua existência, como que voltavam à idéia primeva a fim de dela se alhear já ali, se desviar para as regiões duvidosas e ambíguas às quais Bruno denomina as regiões da grande heresia.

E o tio Eduard, que de seu anseio por frêmitos metafísicos prazerosos deixou o pai de Bruno desmontar pouco a pouco sua essência complexa até que se tornou totalmente reduzido, despojado de maneira desconcertante, identificado consigo mesmo até os limites do possível. Meu pai, escreveu Bruno, o ligou, ou será melhor dizermos ligou o pulsar de sua existência à campainha elétrica baseada em sua invenção de luxúria, e desde então o tio atuou de forma completa e responsável, nem a esposa Tirza pôde se controlar em pressionar a cada momento o botão da campainha para ouvir a voz alta e estridente, na qual reconhecia o antigo tom de voz das horas de raiva...

Ou Tlóia, a louca, que morava nos monturos; a fonte de sua essência feminina, pagã, do monte de lixo; ou o tio Hyeronimus, que foi liberado das complexidades da vida, e recuou para viver no cubículo com a tia Retícia, e dali manteve um combate prolongado e carregado de ódio contra o leão gigantesco, raivoso, desesperançosamente preso no gobelino do dormitório do casal. Todos, todos.

E no ano de 1941 os alemães entraram na cidade de Drohobitz. Bruno foi obrigado a deixar sua casa e passou a morar na casa da rua Stolarska. Por ordem das autoridades, desenhava grandes murais nas paredes da escola de equitação e se ocupava em catalogar as coleções de livros que os alemães haviam confiscado. A fim de ganhar o sustento, era obrigado também a trabalhar como "judeu doméstico" (pequenos trabalhos de carpintaria, pintura de placas, pintura de retratos de família etc.) na casa do oficial da SS Felix Landau.

E Felix Landau tinha um inimigo, um outro oficial da SS chamado Karl Günther. E em 19 de novembro de 1942, na esquina das ruas Czeczky e Mizke-witz, Karl Günther atirou em Bruno e depois, segundo o boato, foi até Landau e disse-lhe: "Matei o seu judeu". E Landau respondeu: "Se é assim, vou agora matar o seu judeu".

Você está me acompanhando, eu sei: a superfície da água se petrificou por um momento. Duas gaivotas se chocaram com um som vítreo. Você está aqui.

Matei o seu judeu. Se é assim, matarei...

Assim.

Magoei você. Eu sei. Eu também sempre magôo a mim mesmo com estas palavras.

Mas agora ouça. Falemos de outras coisas agora. Mudemos de assunto. Para não causar dor nem doer demais. Há uma coisa que devo lhe contar. Ouça:

Durante anos, depois que o meu avô Anshel desapareceu, continuei a can-tarolar internamente a melodia da história que ele contou para o alemão. Duas ou três vezes antes de eu viajar para a Polônia, sentei-me, escrevi e fracassei. Lentamente acumulou-se em meu interior um punhado de complexo e raiva de mim mesmo e saudade dele, do velho que há anos circula numa história tran-cada, um navio-fantasma que é rejeitado em todos os portos, e eu, o único que posso salvá-lo e redimir a história, não sei e não ouso.

Comecei a procurar as obras do meu avô. Remexi em arquivos antigos, entoquei-me em bibliotecas empoeiradas de *kibutzim* remotos, li jornais velhos que se esfarelavam ao contato das minhas mãos; eram aos meus olhos como os afrescos antigos nas paredes das cavernas, que se desintegravam assim que o facho das lanternas dos pesquisadores pousava sobre eles. Nos arquivos de um escritor de língua iídiche que morrera num lar de velhos, em Haifa, no Carmelo, descobri um tesouro oculto, quatro exemplares amarelados do jornal *Luzinhas* (redator: Shimeon Zalmanson) publicados em 1912, em Varsóvia. Eram quatro capítulos inteiros de mais uma aventura das *Crianças do Coração*. Desta vez, o grupo tinha ajudado o Gladiador (Anton, o gladiador), preso em Roma, a escapar às presas dos leões na arena. Li com ansiedade: agora eu já podia perceber certas limitações no talento de narrador de Anshel Vasserman, mas isso de maneira alguma afetou o meu prazer, e nem a imensa saudade dele que de repente despertou em mim, e a língua arcaica em que ele havia escrito, a língua maravilhosa de um profeta de antigamente, e a luta que empreendeu, pelo visto a vida toda, a "única guerra disponível", como diz o chefe do grupo, Oto Brig, naquela história truncada.

Assim juntei para mim fragmentos de suas pequenas obras. Alguns trechos que foram publicados no jornal infantil *Rebentos* (Cracóvia, 1920; seria interessante saber se pagaram para o vovô Anshel os direitos autorais pela publicação de suas histórias em jornais estrangeiros), e neles havia a luta das Crianças do Coração ao lado de Louis Pasteur contra o vírus da raiva; uma tradução para o polonês da história em que os membros do grupo ajudam crianças atingidas pelas enchentes e pela fome na Índia no primeiro ano do século XX; e ainda fragmentos de histórias e aventuras do mundo todo. Eu viajava por toda parte no país para vasculhar em sótãos embolorados de pessoas falecidas, na esperança de encontrar algo. Atribuí grande importância a isto. Dediquei a esta tarefa todas as minhas horas disponíveis.

A propósito, naquela época caiu-me às mãos uma pesquisa que tratava de jornais infantis na Polônia no início do século, e ali encontrei o nome dele: "Anshel Vasserman, contista iídiche". É verdade que ali se dizia que as "opiniões divergiam" quanto ao caráter de sua obra e sua importância, e destacava-se que "reconhecem-se em sua obra fortes influências, às vezes até embaraçosas, de escritores contemporâneos", e também se estabeleceu ali, com a arrogância comum aos pesquisadores, que "o valor literário de suas obras era muito restrito, e fundamentalmente elas se destinavam apenas a proporcionar ao pequeno leitor conceitos básicos de eventos históricos e sobre personalidades", mas o redator do artigo também era obrigado a reconhecer, mesmo que de má vontade, que "estas histórias singelas, conhecidas pelo nome de 'Crianças do Coração', tinham sido muito apreciadas pelos jovens leitores e até foram traduzidas para o polonês, o tcheco e o alemão, e publicadas em alguns jornais ilustrados para crianças em alguns países da Europa".

Prosseguindo, o pesquisador frisava — não sem um tom de crítica — que o meu avô era um dos poucos escritores que, "apesar de terem escrito num período de despertar do povo e da língua (no início do século XX), ocuparam-se sobretudo de temas universais, sem destacar de todo a questão judaica nacional, e até se abstiveram totalmente dela. Talvez por isso era tão bem-aceito pelas crianças de todos os povos, e gozava de uma popularidade de que escritores hebraicos melhores do que ele, imbuídos de uma consciência nacional sionista, jamais usufruíram".

Fiquei furioso com o "pesquisador" inflado de vaidade; era-lhe proibido pesquisar Anshel Vasserman seguindo os padrões comuns, de pouco alcance. Não a ele. Como é que ele não percebera isto?

Mas a história, a história única de vovô Anshel e do seu *Herr* Neigel, não escrevi.

Depois que voltei de Nárvia, pus-me novamente a escrever. Por causa de Bruno. Por causa das coisas que ele me disse. Talvez, apesar do que ele me disse. Você mesma julgará, se quiser ouvir. Não consegui escrever a história. Comecei a recolher provas documentais. Citações de livros, trechos de testemunhos de vítimas, análises psicológicas dos assassinos. Anotações de processos de investigação. Ruth disse: mas você não precisa disso tudo. Você parece que teima em dificultar para você mesmo. Sufoca a si próprio com fatos supérfluos. Seu avô e Neigel foram afinal de contas apenas duas pessoas. Duas criaturas. E um contou uma história para o outro. Nada além disso. Ruth pretendia me ajudar, como sempre. Mas nós dois chegamos àquele ponto, na vida de casados, em que uma simples frase soa como provocação.

Você está me acompanhando?

Vejo você balançando a cabeça misericordiosamente pelas minhas tentativas canhestras de contar uma história. Posso apostar que você está agora sussurrando para si mesma: "Se é assim que ele escreve — e desde o início imaginei que é assim que ele escreve —, melhor que não escreva sobre mim. Que não tente me secar em suas páginas, me deixar insossa em seu caderno. Porque a mim, meu caro, é preciso escrever com ardor, com paixão. Com a tinta que só se produz no corpo de pessoas raras, das secreções mais ardentes da masculinidade e da feminilidade e do apetite pela vida, não assim, meu caro...".

Mas ouça, assim mesmo, ouça.

Escrevi a história de Anshel Vasserman e fracassei sempre. Escrevi e minha vida parou. O filósofo grego Zenão disse, em um dos seus famosos paradoxos, que uma coisa que se move no espaço jamais conseguirá chegar de um ponto a outro, porque o espaço entre os pontos continua a se dividir infinitamente em dois, e ela deve cobrir uma distância cada vez menor antes de poder avançar, e no final ela não conseguirá sair do lugar. Comigo aconteceu exatamente assim: escrevia e não conseguia avançar de uma palavra a outra. De uma idéia a outra. A pena emperrou no papel. Uma espécie de tartamudez terrível. Eu tinha mesa cativa na biblioteca do Instituto Yad Vashem, e as bibliotecárias me conheciam.

Diariamente, às dez da manhã, eu fechava os livros com os quais trabalhava e ia tomar uma pequena refeição na lanchonete. Um pãozinho, um ovo duro e um tomate. Depois, café e um delicioso doce que vendem lá. Eu ouvia os funcionários que conversavam a respeito dos filhos e sobre o último salário. Pensava então com desânimo: em algum lugar neste edifício enorme existe um quarto branco, vazio, cujas paredes são feitas de uma película extremamente fina e eu não o encontro.

Às cinco da tarde, Ruth voltava do trabalho e no caminho me apanhava em nosso surrado Mini Minor. Lançava-me um olhar quando eu entrava no carro, entendia, e cerrava os lábios para não dizer algo que me servisse de pretexto para briga. Ainda não tínhamos filhos. Yariv ainda não havia nascido. Ela passava por todo tipo de tratamentos repugnantes e caros e eu não queria saber nada a respeito deles. Pagar, pois não. O quanto for necessário. Ter relações com ela toda manhã, às seis e meia em ponto, também a isso eu estava disposto. Mas ouvir todos os detalhes patogênicos a respeito das injeções e seus efeitos — não, minha senhora. Ela não podia reclamar de mim, fora avisada de antemão, ainda antes do nosso casamento, de que não sei mesmo ajudar quando precisam de mim. Nem todos têm talento para tudo. Mas ela fez um bom negócio, pois eu também não espero a ajuda de ninguém. Nem dela. Naturalmente esse meu falatório a deixava furiosa. Às vezes, quando voltava do consultório do seu último ídolo ginecológico, ela me atacava com uma animosidade que nem ela sabia possuir. Jamais a vi perder assim a compostura; todas as suas inibições e barreiras e a delicadeza contida. Seu rosto largo e vulgar, que sempre se encontrava no limite tênue entre a beleza e uma saúde campesina, bruta, enfeava-se por completo e tornava-se animalesco em seu ódio. Eu, como sempre, continuava frio e equilibrado, e apenas me preocupava para que ela não se prejudicasse com tanta histeria. Às vezes, quando não havia outro jeito, eu tinha que lhe dar um tapa, rápido e certeiro, e ela então se acalmava, enrolava-se em torno de si mesma e adormecia soluçando. Eu zombava de Ruth por toda a sujeira que irrompia de dentro dela quando gritava comigo. Mas percebi também que um acesso curto e violento desses tinha o efeito de purgá-la rapidamente. Ela até conseguia, depois, me amar com facilidade. Há coisas nas mulheres que jamais compreenderei. Ela dizia: você nem acredita em si mesmo quando me fala estas coisas. Você se vinga de mim por uma briga sua com você mesmo, e isso não é justo, Momik.

Talvez ela tenha razão. Não sei. Às vezes quero tanto perdoar. Sou capaz de chorar de emoção quando penso no momento em que ela ficará muito doente e eu salvarei a sua vida doando-lhe um rim. Não consigo pensar num gesto mais nobre de sacrifício. Às vezes até espero por isso. Então ela descobrirá a verdade: de repente toda a vida comigo terá, para ela, uma outra dimensão. Ela compreenderá e sentirá pena. Meu amado, em que inferno você tem vivido todo esse tempo.

Tentei outro caminho. No inverno de 1946, realizou-se em Varsóvia, numa escola comum, o julgamento de Rudolf Höss, comandante do campo de Auschwitz. Durante algumas semanas alimentei a idéia de escrever uma reconstituição daquele julgamento: Anshel Vasserman contra Rudolf Höss. Já preparei alguns trechos nada maus do conflito entre ambos. Conseguirá Vasserman trazer Höss de volta a Chelm? Meu avô se postou ereto no balcão das testemunhas e lançou sobre Höss uma maldição terrível. Então o rosto de Höss tornou-se tremendamente parecido com as caricaturas anti-semitas do *Die Stürmer*. "E agora", vovô Anshel proferiu a sentença ao nazista, "o senhor está livre, *Herr* Höss. Vá passear pelo mundo e Deus se apiede de sua alma pecadora." Trabalhei alguns meses na história. Decidi seguir o conselho de Ruth e a zombaria de Ayalá e evitar os fatos. Escrevi febrilmente. O zunido em meu interior cresceu. Agora eu podia perceber, com certeza, que era o mesmo som fixo e monótono com o qual vovô me havia contado a história vinte e cinco anos antes, mas ainda era apenas a melodia sem palavras. Às vezes eu me perguntava se as pessoas ao meu redor também a ouviam.

E também essa história foi parando. Não consegui fazer com que Anshel Vasserman olhasse na cara de Höss. Aparentemente há coisas que a gente não pode exigir nem mesmo das personagens da história que está escrevendo. Quando escrevi poemas nunca me dei conta disso. Talvez porque nos meus poemas jamais juntei duas pessoas. Talvez, disse Ruth, mas o seu avô e o alemão são, apesar de tudo, duas pessoas, e deixe que lhes aconteça o que acontece entre duas pessoas. Se ao menos eu soubesse o que acontece entre duas pessoas, eu lhe disse. Preciso voltar e me basear apenas nos fatos. De pessoas, pelo visto, não entendo. Nem todos têm talento para tudo, não?

Procurei nos exemplares do *Times* de novembro de 1946. Nosso enviado a Varsóvia relata a respeito do julgamento da década: "Os espectadores estavam sentados nas carteiras da escola. Dois a dois junto à mesa. O criminoso, Höss, olhos tristes e inteligentes, usava uma farda verde-clara". Continuei a ler e anotei uma palavra nova que aprendi da descrição, *Ludobuitsa*. Uma palavra que foi inventada em polonês especialmente para Höss. *Ludobuitsa*, exterminador de povos. O substantivo "criminoso" não era suficiente para ele, é natural. Se alguma vez eu concretizar um sonho antigo e organizar a primeira *Enciclopédia do genocídio*, vítimas e criminosos um ao lado do outro, incluirei nela também o verbete *Ludobuitsa*. A neve caía nas janelas da Escola Praga, em Varsóvia. A propósito, a neve nos campos de extermínio tinha um cheiro especial devido à cinza que caía. Não consigo imaginar o que me acontecerá um dia, quando todos estes fatos explodirem em mim. Quero escrever e não consigo me desvencilhar dos obstáculos e barreiras que existem em mim. Cada passo torna-se impossível devido ao meio passo que é preciso dar antes dele. Estou preso ao paradoxo de Zenão. O promotor do julgamento disse para Höss: "Acusado, não há a menor possibilidade de ler o documento de acusação, devido à sua extensão. Ele consiste em vinte e um volumes, e em cada um há trezentas folhas datilografadas com a descrição de seus crimes. Por isso daremos início ao julgamento com uma pergunta simples: O senhor é acusado da morte de quatro milhões de pessoas. Por acaso confessa?". O acusado refletiu por um momento, enrugou a testa, e depois ergueu os olhos para os juízes e disse: "Sim, Meritíssimos Juízes. Confesso. Apesar de, pelas minhas contas, ter matado apenas dois milhões e meio".

— Que se dane a exatidão — disse Ayalá, e seu rosto brilhava, como acontecia quando ela se emocionava de verdade. — Pense apenas quantas vezes este homem assassinou a si próprio até que conseguiu dizer esta...

— Um homem morto — disse Ruth, estarrecida e deprimida — um milhão e meio de vezes — a diferença —, um homem morto.

— Não tenho forças para isto — solucei para ambas em separado —, não posso continuar assim. Todas estas histórias. Todos os horrores. Como é possível continuar a viver neste mundo e acreditar nas pessoas depois que se sabe de todas estas coisas!?

— Pergunte ao seu avô — disse Ayalá, impaciente. — É o que você tem de fazer, não entende?

— Mas não sei nada a respeito dele, ou sobre a história dele.

— Ele era um velho que contou uma história ao nazista. Ele sobreviveu. O nazista, *kaput*. Se você insiste que precisa de fatos, esses são todos os fatos necessários. Daqui em diante você é obrigado a começar a escrever com sacrifício, não com sabedoria.

Ela se referia ao quarto branco, a respeito do qual me contara em nosso primeiro encontro. Eu disse: — A respeito das coisas que ocorreram lá é preciso escrever apenas os fatos crus. De outra forma, não tenho o direito de tocar nessa ferida.

E Ayalá: — É preciso escrever em linguagem humana, Shlomik. É isso. E é muito. É preciso quase um poema.

Lembro que ainda tentei me esquivar: — O professor Adorno disse que depois de Auschwitz a poesia é impossível.

— Mas em Auschwitz havia pessoas — disse Ruth sussurrando, em sua fala pesada —, e isso quer dizer que a poesia é possível, ou seja...

— Ou seja — disparou Ayalá, e fagulhas vermelhas passaram por suas faces redondas —, não poesia de verdade, não com rimas ou métrica fixa, mas a fala de duas pessoas, só isso, e um balbucio conhecido e um pouco de ligação e perplexidade e sofrimento e cuidado. É preciso tão pouco!

Mas para isso era preciso coragem, e eu, é claro...

Agora você conseguiu.

Há alguns minutos você tenta encontrar o meu lugar exato no quebra-mar. Sinto como você ficou tenso ali, no escuro, mas por um momento me enganei em esperar que fosse por causa da minha história que finalmente tocou você. E vi como você atira para os pescadores à minha direita ou à minha esquerda bacias cheias de água especialmente salgada, que está guardada nos porões mais frios do mar, e os ouvi maldizer, surpreendidos, gritando um para o outro — Que mar desgraçado esta noite! — e não entendi bem o que estava acontecendo com você, até que entendi.

Mas as suas armas são tão lamentáveis, quando você as põe em ação contra quem esteja parado na praia! De qualquer modo, já estou tão molhado que não tenho o que perder, e em sinal de generosidade, como demonstração da grandeza do meu coração em contraste com a sua pequenez, eu lhe contarei agora a respeito de Bruno e, principalmente, a respeito de você mesmo, como você gosta. Como uma garotinha que aguarda para ouvir seu nome na história de ninar.

Por você, pulo os trechos que não lhe dizem respeito, a carta com o pedido que enviei a Varsóvia, recomendações, desculpas, o empenho do meu editor, e a lista das instruções de minha mãe, que temeu muito a minha viagem para a Terra de *Lá*, e me equipou com vinte e um envelopes vazios e endereçados para que eu enviasse a ela diariamente um sinal de vida, e dez embalagens de meias de náilon para vender no mercado negro (para o caso de o seu dinheiro acabar), que ela me enfiou sorrateiramente na mala com sua antiga astúcia, e a despedida triste de Ruth (tomara que você encontre afinal o que procura, e que possamos começar a viver), e o vôo, e a mala que se "perdeu" na alfândega polonesa e que foi devolvida depois de dois dias (sem as meias de náilon), o encontro na Universidade de Varsóvia com o reitor, Zigmund Ravitsky, a quem eu tinha dirigido minhas cartas com o pedido para vir à Polônia. Veja, vou lhe contar a respeito deste encontro, na certa lhe interessará muito. Se não, que me importa?

O professor Ravitsky me pediu naturalmente uma explicação para o meu interesse "incomum" em Bruno Schulz. Disse-lhe com toda a sinceridade que Bruno é, para mim, um dos combatentes verdadeiros, ou um modo possível de lutar contra o que aconteceu. "Você sabe, naturalmente", disse Ravitsky, "que ele nem sequer chegou a lutar? Que foi assassinado em 42 sem que nem sequer tivesse segurado uma arma?" "Sei." Ele se recostou na poltrona, encheu os pulmões de ar e me observou profundamente. Depois pediu licença para convidar o professor Tiloch, chefe do Departamento de Estudos Hebraicos na universidade, que "demonstrou grande interesse em seu pedido incomum".

E assim conversei durante duas horas com os dois estudiosos que não paravam de se perguntar se eu seria digno de um tratamento sério por parte deles. Vi a dúvida em seus rostos, eles perguntaram por que eu não ficava em Varsóvia, na rica biblioteca da universidade, para ler tranqüilamente tudo o que fora escrito e pesquisado a respeito de Bruno. Disse-lhes que conhecia tudo o que fora escrito a respeito dele. Tiloch, que falava um hebraico fluente e moderno, esfregou abertamente o rosto hesitante, lançou um olhar ao companheiro e perguntou — como se eu não visse isso como uma grosseria incomum da parte dele — se podia me formular algumas perguntas simples sobre a cidade de Drohobitz, onde Bruno viveu a vida toda, e que também ele próprio, ou seja, Tiloch, conhece bem. E claro que isto não era uma prova, oh, não, mas, digamos, só para estar mais certo de uma coisa, para confirmar uma previsão estranha, tola, ou seja: "Avante, Vitold", disse o reitor impaciente, "o sr. Neuman certamente entende por si só que devemos tomar todas as medidas para nos assegurarmos de que estamos ajudando o homem certo".

Informei que estava pronto para qualquer pergunta.

Com um sorriso perplexo, o professor Tiloch me interrogou sobre os diversos bairros da cidade de Drohobitz e a respeito dos seus judeus. Depois se estendeu para as minas de sal das proximidades e para as perfurações de petróleo. Respondi rapidamente e sem hesitar. Pareceu-me que ele se assustou um pouco com a fluência da minha fala, e decidi, em nome da boa impressão, falar um pouco mais devagar. Ele me lançou um sorriso preocupado e perguntou os nomes dos líderes da comunidade judaica nos últimos cem anos. Devo dizer: o homem conhecia os fatos. Ele sabia até que a sra. Idel Kiknish, condenada à morte por causa de um libelo de sangue, tinha fincado alfinetes nos pés para que sua carne não aparecesse quando os cavalos a arrastassem pelas ruas; é a mesma mulher sobre quem I.L. Peretz escreveu em "Três prendas". Ele se inclinou um pouco para a frente e me interrogou sobre os cafés que havia na cidade na época de Bruno. Esta foi uma pergunta surpreendente, que me irritou: qual a relação entre a pergunta e o meu pedido? Apesar disso, consegui lembrar-me do Schenhalf Kafe Hois, que era também a Bolsa não oficial de ações de petróleo, e o café de Schechterf, onde os jovens iam dançar ao som do rádio. Quando concluí, vi que havia gotas de suor na testa dele. Eu também estava tenso. Não só devido à prova idiota, mas porque as coisas estão vivas dentro de mim.

Ele não arrefeceu. Penso que tinha alguma intenção oculta. Perguntou se eu sabia quem eram os comandantes alemães que tomaram Drohobitz, e eu disse que isso ele poderia encontrar em qualquer livro sobre a guerra, mas por acaso sabia ele que os criminosos mais cruéis na "Divisão Vienense" em Drohobitz foram Yarush e Kobarzik? Que o cachorro de Yozef Peter, o qual ele costumava atiçar contra nós, ou seja, contra os judeus, se chamava Raup? Que Felix Landau, o empregador de Bruno no gueto, havia participado antes disso do assassinato do cônsul austríaco Dolfus? Que na rua Kubalska viviam as seguintes famílias judias: Freulichman, Tartako...

— Basta! Basta!

(Os dois juntos. Com uma estranha agitação. Olharam para mim com aquele olhar que eu conheço. É sempre assim, quando começo a falar sobre estas coisas. Para mim, é muito difícil parar sozinho. Não faço isso por arrogância. Não para causar impressão. Faço com o zelo de uma pessoa que prepara a lista de seu patrimônio particular. Ambos olharam para mim e ofegaram um pouco. Com aquele mesmo olhar, Ruth olhara para mim, quando contei a ela sobre os bilhetes de loteria que colei em mim na época da caça à Besta no depósito da minha casa. Ela empalideceu, cravou-me um olhar de desalento, como se jamais, até então, me houvesse conhecido, e declarou numa voz tranqüila e decisiva que jamais, "mas para todo o sempre", ela quer ouvir novamente a respeito "daquele acontecimento". Prometi a ela.)

E depois:

— Desculpe-nos, sr. Neuman. Mas esta situação... não é nada fácil. Nós naturalmente o ajudaremos o quanto pudermos. Para onde o senhor deseja ir?

Saquei do meu mapa e lhes mostrei: — O meu Bruno saiu de Drohobitz de trem para Danzig. A saída próxima ao mar.

O reitor disse: — Aos judeus era proibido viajar de trem.

Conheço a ordem. Ela foi publicada em 10 de setembro de 41, e pendurada nas paredes da cidade. E Bruno viajou de trem.

— Eu me preocupo um pouco com a sua exatidão factual literária, sr. Neuman.

— Com todo o respeito, professor, isto já não é uma questão literária. Bruno teve que sair de Drohobitz.

— Naturalmente.

Os dedos deles seguiram juntos no mapa a linha do trem.

— Achem-me, por favor, uma aldeia nas proximidades de Danzig onde eu possa morar. Não quero me hospedar em Danzig.

— Gdansk. O nome da cidade agora é Gdansk.

— Perdão. Uma aldeia próxima ao mar, naturalmente.

O professor Tiloch ergueu os olhos para mim: — Bruno Schulz é um dos escritores mais reverenciados por nós. Nós lhe agradeceremos se você o abordar com justiça e respeito em seus escritos.

— Irei para onde ele me conduzir.

— O senhor é místico, sr. Neuman?

— Não. Ao contrário. Uma mulher reclama que tomara eu fosse um pouco ma... não. Não sou místico. Espero que não.

— Aqui está — disse o professor Ravitsky —, você poderá morar em Nárvia. Mas não lhe aconselho. É um lugar miserável. Uma minúscula aldeia de pescadores. Em agosto serve também de balneário para veranistas, mas agora ainda está frio para tomar banho.

— Ótimo. Nárvia.

(Pronunciei o nome maravilhado. Se é assim, é lá que se realizará o encontro.)

— Como quiser. E não diga que não lhe avisamos. A meu ver, é um lugar terrível. Vou lhe arrumar os papéis necessários. Você poderá ficar lá por umas duas semanas. Depois de amanhã você já receberá os documentos. Por enquanto, poderá passar o tempo em nossas boas bibliotecas.

— Obrigado. E desculpem se fui um pouco descortês. Eu simplesmente...

— Compreendemos, sr. Neuman. Nós lhe desejamos sucesso. Precisará dele, talvez mais do que possa imaginar.

E o professor Tiloch acrescentou em hebraico: — Cuide-se. Tenha muito cuidado. — Sorri para ele pela sua bela pronúncia do hebraico, mas fui tomado de um ligeiro nervosismo.

Estou me aproximando. Um pouco mais de paciência.

Esperei quatro dias pelas autorizações necessárias. Passeei por Varsóvia. Andei sozinho pela cidade grande, silenciosa: como se alguém houvesse desconectado a trilha sonora do quadro. Vi longas filas diante de uma loja que estava expondo na vitrine um único tomate. Num café, provei os biscoitos Franzuski que papai mencionara certa vez com nostalgia, e por isso os comi em sua memória, mesmo sem ter gostado do sabor. Nas paredes das casas vi desenhos dos palhaços com seus gorros e as borboletas coloridas, símbolos da organização Solidariedade, e tive um encontro emocionante com Julian Starikovsky, escritor judeu polonês que fala um hebraico límpido e que escreve sobre a cidadezinha e... sim! sim! vou resumir! resumir! e mais tarde, depois que chegaram as autorizações, a viagem de trem para Danzig, a paisagem ampla, as aldeias do meu Motl, florestas de tílias e bétulas de tronco delgado, os estábulos e os silos redondos, e todo o tempo a forte sensação de que ele próprio está viajando em minha direção no sentido contrário, da cidade de Drohobitz, que está hoje sob domínio da Rússia. Exatamente como senti quando escrevia trechos dele no meu caderno, como se ele me respondesse com batidas do outro lado da página; como dois mineiros que escavam um túnel dos dois lados de uma montanha...

E até o final do píer.

E diante das ondas, eu soube que tinha razão. Que Bruno não foi assassinado. Que tinha escapado. E digo "escapado" não no sentido habitual da palavra, mas como Bruno e eu a dizíamos, e nos referíamos com isso *a alguém que se conduziu por esforço e decisão ao campo magnético de uma dimensão dife...*

puxa, você declama comigo este trecho, como uma menina que completa os finais das frases. Ouço você sussurrando ainda antes que eu consiga dizer isto: "Um homem que desertou para uma forma de vida toda entregue a adivinhações vagas que exige bastante esforço e boa vontade por parte dos que o cercam. Um viajante com uma carga especialmente leve...".

E fui num ônibus desconjuntado à aldeia de pescadores Nárvia. Aluguei ali um quarto na casinha da viúva Dombrovski, que tinha roupas pretas de viúva e três verrugas com pêlos na face. E ela me cedeu o quarto e a cama, e o retrato de Maria com o Menino Jesus acima da cama, e a foto do falecido sr. Dombrovski em uniforme de carteiro e de bigode na parede à minha frente. E já naquela tarde em que cheguei à aldeia vesti meu traje de banho cinzento, sentei-me numa espreguiçadeira abandonada e um pouco rasgada na praia arenosa e vazia, sob o vento cortante de um julho especialmente frio, e me senti só e muito tenso — e esperei.

Lentamente as coisas se materializaram para mim. De dia eu ficava sentado na praia aguardando, e via os pescadores partindo para o mar, e eu ainda estava lá quando voltavam, ao anoitecer, e chamavam os familiares ao pequeno ancoradouro para ajudar a subir os barcos com um guindaste tosco, e arrumar a pesca sobre uma longa bancada de madeira; só então eu voltava e comia o cozido de peixe-ciclope ou linguado que a viúva fazia, cozinhando ao anoitecer, exatamente como todas as mulheres da aldeia, e depois eu me sentava para escrever e, principalmente, para apagar. Eu já contrabandeara Bruno para Danzig, fiz com que fugisse para cá num trem, sob o nariz dos guardas e dos pesquisadores literários. Agora eu só precisava esperar com paciência. Só me liberar de mim mesmo, e ser a mão que escreve para ele. E talvez até mais do que isto, quem sabe o que ele exigirá de mim como condição para recompor a sua obra perdida, O Messias? Contive-me e prestei atenção. Na vizinha Gdansk, ocorriam tumultos e demonstrações do Solidariedade. Em nossa aldeia havia freqüentes interrupções de energia elétrica. Às vezes eu precisava escrever à luz de uma lamparina fumarenta. Nem toda manhã havia pão na mesa. Não escrevi uma palavra sequer para Ruth ou Ayalá, e não mandei carta para minha mãe. Pela primeira vez desde o meu breve caso com Ayalá, senti que estava apaixonado. Não sabia exatamente por quem. De qualquer modo, estava pronto para o amor, e talvez graças a isso as coisas tenham saído tão bem...

Veja, estamos chegando. Você já está saltitando impaciente ao meu redor.

Já está toda agitada. Ouça, em minha quarta manhã em Nárvia desci pela primeira vez ao mar. As ondas estavam lisas e me apoiaram com delicadeza. Como se já então você soubesse. A história que escrevi exigia de mim descer ao mar e aguardar ali. E desde que li Bruno pela primeira vez e comecei a copiá-lo no meu caderno, passei a atribuir importância especial às coisas que minha mão escreve. Sem parar, aguardei alguma notícia importante que me chegasse de lá.

Mas, em minha história, o mar era uma espécie de gigante velho, um pouco bom, um pouco maroto e resmungão, com uma barba molhada de Netuno, e não compreendi por que não conseguia senti-lo como se deve. Durante um dia inteiro, flutuei nele pacientemente e minhas costas ficaram vermelhas e esturricadas, e às cinco da tarde fiquei sabendo que este que pensei ser o velho mar era apenas uma mulher. Uma alma feminina em corpo de água. Um gigantesco molusco azul, que dorme a maior parte do tempo devido à incapacidade de alimentar a tremenda exigência de energia do seu corpo, e em torno da essência viscosa, medúsica, de sua alma minúscula, flutuam estendidos milhares de anáguas e vestidos verdes e azuis e brancos; e ela dorme, imersa em uma das mil bacias lunares do oceano, o rosto voltado para o céu como um grande girassol, e o corpo líquido macio continua a realizar sua atividade inconsciente com contrações de ondas, com frêmitos espumantes, com visões surrealistas de seus sonhos, que assim criam as criaturas mais grotescas em suas profundezas; é preciso precaver-se e não se enganar com sua aparência honorável e tranqüila, porque basicamente sob as suas muitas camadas, ela é na verdade uma vagabundazinha barata, desprovida de honra e de vergonha, para não dizer primitiva, em seus instintos e paixões volúveis, um produto defeituoso característico de eras geológicas remotas que não se desenvolveram muito desde então, e ela também não é nada culta, como seria de se esperar pela idade avançada e experiência de muitos anos e muitas viagens pelo mundo, mas, como acontece com determinadas mulheres (encontrei uma delas há alguns anos e a conheci bem), aprendeu com grande astúcia a pendurar sobre si pedaços de conhecimento e milhares de histórias divertidas e anedotas "picantes" baratas, que atraem quem as ouve, e além de tudo ela é dotada de intuição fina e aguda e de sentidos de animal de caça, e tudo isso é capaz de desencaminhar certas criaturas, desprovidas em alguma medida de caráter, sim, de mim você já não pode esconder nada. Pois eu conheço você agora até a última fenda de suas profundezas negras, e parece-me que tive sucesso naquilo em que muitos antes de mim fracassaram, aqueles que não ousaram como eu, ou seja, que não foram "obrigados" a ousar como eu, porque aprendi em você (naturalmente você jamais admitirá) o que não é dado aprender, e juntei às minhas folhas um olhar colorido do caleidoscópio infinito das combinações de forma e cor e campos de luz azul sonhadora, e resplendores de amplidões, cujo grande encanto consiste em nunca existirem o suficiente para serem lembrados, documentados...

Estas e outras coisas sussurrei para dentro de você também, lá na praia de Nárvia. Meus lábios tocaram na água e meu corpo estava muito quente. Contei a você a respeito dele, mas também a meu respeito. Sobre a minha família e sobre o que a Besta fez a ela. E falei sobre o medo. E sobre o meu avô, a quem não consigo trazer de volta à vida, nem mesmo dentro de uma história. E sobre o fato de que não conseguirei entender a minha vida, até que eu não conheça a minha-vida-que-não-foi-vivida-*Lá*. E eu disse a você que Bruno para mim é um indício: um convite e um aviso. E citei de memória trechos de suas histórias...

— Ouça, você aí — você disse de repente com estranha voz fanhosa e zangada, mas dando-se ares de importante. Levantei a cabeça e não vi ninguém. A praia estava branca e vazia e só havia ali a minha espreguiçadeira sozinha, a lona rasgada balançando um pouco ao vento. Mas uma viscosidade muito quente me envolveu por um instante, enrolou-se e desapareceu. E voltou, depois de um momento.

— Ouça — você disse hesitante, sem afeto —, você fala como alguém que conheci certa vez. — Quase explodi na água de tanta alegria, mas continuei a boiar como se nada houvesse.

— Ah! A quem exatamente você está se referindo?

Você me examinou com suspeita. Por um momento você ergueu uma tela azul entre mim e a praia, lambeu-me o corpo rapidamente e sem pejo, sugou, fazendo terrível ruído com os lábios, avaliou o gosto, baixou a tela e olhou por sobre os ombros para a praia.

— Naturalmente você não conseguirá ouvir isto de mim aqui.

— Então, no meu quarto talvez? — perguntei polido.

— Ah!!

Ali, pela primeira vez, conheci este seu resfolegar de desdém. A onda sugada pelo redemoinho que você cria. Desde então este resfolegar se transformou na saudação zombeteira com que você me recebe. Imagino que você jamais desistirá dele. Também em seu sono profundo, quando venho toda semana à praia de Tel Aviv, os nadadores e pescadores se aterrorizam ao ouvir este som detestável. Eles não sabem, claro.

— Vou levá-lo para lá, longe — você disse, indicando o horizonte com um arquear das ondas.

— E me trará de volta?

— Juro!

— Porque já ouvi casos em que as pessoas foram para dentro de você e não voltaram.

— Está com medo?

— É interessante, você também fala como alguém que conheci.

— Cale-se. Fique calado. Você sempre fala tanto assim? Então, venha.

Novamente, você logo me provou, com óbvia relutância, e rugiu para si mesma divertida e zangada: — Não pode ser. Tão diferente! O contrário. E, apesar disso, sabem coisas que ninguém mais... ah, logo esclareceremos tudo. — E de uma só vez você foi sugada para trás, para o seu âmago, e desapareceu com um assobio e um borbulhar, deixando-me desapontado e espantado.

Mas só por um momento.

Porque veio uma onda grande e tempestuosa, parou diante de mim com um bramido e se ajoelhou aos meus pés; subi em suas costas musculosas, segurei suas orelhas e partimos.

3.

Não esqueço, Bruno — e jamais esquecerei —, o momento em que você veio para dentro de mim, a ardência que senti no momento em que você saltou do píer, e de seu corpo saiu então muito calor, e havia ali também algo mais que então eu não sabia o que era, no início pensei que era o cheiro do seu cio e de criaturinhas como você, e só depois é que ficou claro para mim que era apenas o cheiro do desespero, que você possuía uma glândula do desespero, mas então eu ainda não tinha tempo para pensar em nada, e só havia aquela ardência ter-rível-terrível, e um rasgo longo em toda a minha extensão, na certa como num nascimento, e então me encolhi toda à sua volta, enrosquei-me toda em você, galopei com fúria desembestada sobre as ondas mais fortes que consegui agar-rar então, de Madagáscar, pois dormi ali naquele momento (apenas um cochi-lo, em geral não gosto de dormir), e pelo modo mais curto até o cabo da Boa Esperança, e ali desmoronaram sob mim as ondas malgaxes e apanhei umas novas, mais frescas, e continuei numa tempestade terrível até o golfo da Guiné, e me esgueirei pelo Gibraltar, e isso foi um erro, pois eu deveria ter me voltado para a direita no istmo seguinte, na Mancha, sempre me acontece isto, e até que eu percebesse o que havia feito, até que me virasse de volta, aquelas ondas tam-bém desfaleceram, as fracotas, com dificuldade consegui arrastá-las de volta para o Atlântico, e ali elas se acabaram totalmente, chorando e implorando que eu não me zangasse com elas, prossegui sozinha para a Biscaia, e ali finalmente encontrei ondas como eu gosto, vagalhões de dezessete metros com rugidos e espuma e sem nenhum sinal de cheiro de terra, e recolhi com uma das mãos um buquê de moréias longas e as sacudi sobre as ondas. — Rápido! — berrei — rápido!, e as moréias se entrelaçaram em minha mão com raiva, escornaram-se uma a outra com suas maravilhosas cabeças de cobra, e em todo lugar por onde passamos a água se desviou, vomitou as criaturas mais fantásticas das minhas mais negras profundezas, inundou e encheu colônias inteiras de corvos-marinhos na praia e causou os *torags* mais terríveis nos grupos de baleias-azuis, e roubou a cor de um imenso cardume de tainhas vermelhas. Que viagem, Bruno, que viagem! Mesmo daqui a um milhão de anos ainda me admirarei, ainda vou rir de como não entendi logo que dor terrível é esta que você representou e como foi que passei dezenas de minhas milhas só com o impulso da raiva porque você me acordou com tamanha ousadia, e ainda quando me encaminhava para você, ali perto da ilha de Bornholm, eu já enviara os espiões na frente, os pequenos corredores do Báltico, as minhas ondinhas rápidas, e elas galoparam à minha frente, e tocaram em você, e logo voltaram a mim respirando e resfolegando e sufocando com carcaças de peixes que se haviam rompido no caminho e em pranchas de navios que elas haviam afundado, e elas saltaram para a minha carruagem e se ofereceram para uma lambida e eu provei e *tfuuu*!!! Cuspi num arco enorme, porque as minhas ondinhas eram amargas como veneno de baiacus e então eu fiquei zangada de verdade, e galopei para a frente e cuspi espuma e peixes, e amaldiçoei com pragas que aprendi com marinheiros em todas as línguas e senti como no meu ventre contorciam-se as entranhas para vomitar, num impulso, esta praga, exatamente como um pepino-do-mar cuspia para fora as suas tripas junto com os carapídeos que se lhes aderem, mas neste momento, Bruno, no meio desse instante, começou a se mover em mim nas profundezas, nas gavetas mais inferiores, uma guelra de criatura meio petrificada que já estava colada à rocha, e só um olho ainda se movia nela um pouco e o coração ainda batia uma vez em cem anos, e... *hrrr*! Detive com toda a força os biscaios selvagens que se puseram eretos em suas traseiras e berravam raivosos, e me curvei para ver quem havia despertado ali, porque eu justamente tenho muito respeito por estas criaturinhas primitivas que circulam no meu porão, afinal começamos quase juntos, e isto de ter avançado e me desenvolvido tanto desde então não quer dizer que eu deva zombar delas, certo? Bem, mas este velhote, com todo o respeito, era mesmo bem lento, e naturalmente ele subiu calminho através de todos os abismos e camadas e todos lá olharam para ele e fugiram para rir de lado, vocês certamente conhecem este tipo de servidor fiel, que já está meio cego e meio surdo e meio tudo, mas nem sequer sonhará em agir com deslealdade em sua função e quase se passou uma eternidade e meia até que ele trepou e chegou até mim, e começou naturalmente com todas as saudações e cortesias das antigas edições, e eu o interrompi delicadamente, mas com firmeza característica, e exigi que me dissesse logo o que, caramba!, o trazia a mim, ele se curvou assim para mim, ao meu ouvido, e começou a sussurrar o grande segredo de sua longa memória e oh, garota, como a sua boca, menina, se abriu com espanto! Como você começou a soprar com medo nuvens de vapor e neblina! E na verdade, por Deus!, como ele estava certo, há tantos e tantos milhões de anos, exatamente aquela mesma sensação! Mas igualzinha! Esta ardência em toda a extensão, e o sufoco, e veja, também eu fervi de raiva e cavalguei meio mundo e em lugar algum consegui encontrar o que me havia acontecido, e só no finzinho, bem na linha da praia, é que a encontrei. A pequena descarada que ousou me despertar com tamanha dor. E ela era — bem, chamo este tipo simplesmente de "perguntas", porque é um pouco difícil chamá-las de outra forma e em geral tento prestar a menor atenção possível nelas. E aquela, a pequena, já era mais velha que as outras. Como supúnhamos... vamos chamá-la "Estupefação". Sim. Uma assim que no decorrer de milhões de anos já se entrincheirou em mim, e recebeu até um corpo meio transparente, algo que, por engano, alguém possa pensar que é uma medusa, mas não é, porque as medusas flutuam em bandos, e as perguntas vão sempre sós, porque ninguém aqui gosta de coisas tão arrogantes.

E ela, a estupefação, nem ao menos me percebeu. Pois eles nunca adivinham o que e quem sou eu na verdade, todos os que estão dentro de mim, e até que ponto sei de coisas sobre eles, e o quanto sou inteligente, e do quanto me lembro — quando quero me lembrar. Não, eles pensam: ela é só água. Nada além disso. Bem. Que me importa?

Onde estávamos? Ah, e eu olhei para ela e vi como ela tremia, como ardia de febre e envenenava toda a água em torno de si de tanto desespero. Era realmente terrível de ver: ela se contorcia em dores, voava mesmo no ar e caía de volta até mim. Tive muita pena dela. Sou assim: sempre tenho pena de todos. Só de mim ninguém tem pena. Não importa. Ela, enquanto isso, corroeu toda a minha rede de nervos azuis, transparentes, procurando uma resposta com toda a força, e em mim não havia resposta, porque não se esqueçam, por favor, foi há muito, muito tempo, há milhões de anos e talvez o dobro deste tempo, e eu era então muito tola, esta é a verdade, eu era crédula como as pequenas sereias, e sem pensar o que estava fazendo exatamente, me encolhi toda, contorci-me em torno dela, e com um esforço que quase me rasgou, eu a expeli de dentro de mim para lá, para ela, a minha irmã bem-sucedida, e ali, então, o que estão pensando?, ali ela aparentemente encontrou resposta, que faça bom proveito! Não encontrou logo, naturalmente, só após cinqüenta ou cem mil anos, eu não contei, e ela, em absoluto, não me interessou, mas de vez em quando eu, apesar disso, acordava e me lembrava dela e me aproximava da praia para olhar como ela se arranjava lá fora, e vi que ela se amontoava em formas estranhas, semelhantes às que havia em mim, mas ainda assim diferentes, e depois tive aquele terrível choque quando vi que lhe cresciam mãos e pés, e depois de mais uma eternidade e meia, vi que ela já se tornara uma criatura humana, uma verdadeira criatura humana, e pude apenas me zangar comigo mesma, pois devido ao meu mimo e tolice eu não havia me empenhado mais um pouquinho para deixá-la dentro de mim, para achar uma resposta para ela em mim, mas quem então poderia pensar sobre isso, e agora, quando o meu velho servidor virou-se devagar para dentro d'água e mergulhou tranqüilamente para o seu lugar, mordi os lábios e jurei a mim mesma ser forte, e disse, seja corajosa, garota, e esteja pronta para tudo, porque, considerando as dores e a mordacidade de suas glândulas, estou quase certa de que sua irmã, a belezinha, devolve-lhe agora aquela dívida, e como você a conhece não é de hoje, ela, não de livre-arbítrio, desiste de algo, e isso pelo jeito só porque também ela já não pode mantê-lo sobre si.

Continuei a avançar em direção a ele, mas naturalmente com mais cuidado, porque é preciso estarmos prontos para tudo, e principalmente com alguém assim, que até para a minha irmã é difícil se arranjar com ele, e eu devo dizer, especialmente agora, depois que o conheço, que não me admiro. Não me admiro nada nada nada que ela o tenha jogado fora, a coitada, porque é tão difícil para ela suportar coisas assim, a minha doçura, coisas que são um tiquinho mais complexas que um vulcão ou que uma avalanche de neve porque ela — e isto, aliás, é sabido, e não digo aqui nada que não lhe diga também direto na cara — gosta das coisas simples. Ela é muito, mas muito, a favor da ordem e da lógica e de cada coisa em seu lugar. Sou capaz de jurar, aqui neste lugar, que ela de modo algum estava disposta a permitir à maioria das minhas criaturinhas que vivessem sobre ela, e isso devido à mesma razão da lógica e da "estética" (vocês precisam ouvi-la dizer isso), como se um cavalo-marinho fosse menos bonito que um cavalo, mas a verdade é que quem já se encheu da vida confusa comigo levanta-se e sai de dentro de mim e vai para ela, e é fato também que todas as pessoas bem-arranjadas e cultas vivem com ela, e a mim chegam todos os aventureiros e marujos e românticos loucos, e sem que jamais tivessem planejado, houve tamanha divergência entre nós, e então de repente acontece a ela um infortúnio estranho, ergue-se uma criatura humana, uma vírgula, uma migalha, e começa a oprimi-la como uma úlcera vulcânica. Então, o que se faz com ele, o quê? Certo: é transferido rapidamente para mim. Porque ela não se importa, assim diz a si própria, a minha irmã amada do coração (se é que ela tem algo assim), ela em absoluto não sentirá, e se sentir na certa se alegrará muito, porque ele é exatamente um tipo para ela, este Bruno, combina exatamente com os sonhos românticos dela, pois mesmo que ela tenha nascido há cerca de quatro milhões de anos, dentro dela, nas profundezas do seu coração, ela ainda é uma jovem amadurecendo, e justamente isso é maravilhoso para mim, diz a minha irmã, que ela consiga permanecer ainda assim, cheia de juventude e travessa, e — ah, aventureira, sim... (Vocês precisam ouvi-la dizendo "aventureira". De tanto encanto brotam-lhe furúnculos de plantações de limão na Índia.)

E direi a vocês a verdade — ela tem razão. Tem razão, tem razão, tem razão. Caramba! E eu sou mesmo assim. E naquela mesma noite, quando voei sem respirar de Madagáscar até a praia de Danzig, e vi pela primeira vez este homenzinho caindo na água com força, como se fosse um manati fêmea que pesa uma tonelada e abre as asas fora d'água e cai com uma tremenda pancada (é assim que ela dá cria), e quando vi com certo desespero que ele fugia dela e entrava mais e mais em mim, aqui em mim algo se mexeu, juro!, e tudo de repente começou a dançar em mim, assim fico sempre em situações deste tipo, e um colar de ilhas trovejou para mim no Pacífico e *icebergs* rangeram na Antártida, e eu disse a mim mesma em voz alta: — Não exagere, não perca a cabeça, pois você se lembra de como as histórias com os outros acabaram, Ulisses e Marco Polo e Francis Drake, pois no fim eles abandonam você e voltam para lá e precisam de você só quando estão além do desespero, e depois, depois que você os remenda, eles saem de você sem dizer obrigado, sem sentir o quanto você os quer, sem saber quem e o que é você por trás de toda esta água...

Por outro lado, eu disse, bolas, qual é o sentido desta minha vida, se tenho que estar comprimida e sufocada entre todos os continentes e estreitos e praias, quando tudo o que posso saber sobre este mundo é só o que os rios me contam em sua língua doce e repelente, e o que as gaivotas gritam por sobre mim uma para a outra, e com o que se entusiasmam as bobas gotas de chuva, e qual o sentido desta vida senão extrair dela um pouco de amor, e também às vezes uma dor no coração, sim, também dor no coração, minha nossa!, mas uma dor tão doce, como no mar Vermelho, quando me contive durante uma eternidade e meia até que todos os judeus passassem dentro de mim e pensei que estava enlouquecendo ali (é muito difícil para mim conter-me assim, e ainda mais em duas margens), eu olhei para ele, para aquele homem pequeno, concentrado e forte, para a cabeça dele que é um pouco triangular, e para seu corpinho branco e delgado, e já sabia que eu seria totalmente dele, todo o tempo que ele me quisesse eu seria dele, e me daria toda a ele sem nenhum cuidado nem restrição, desde em cima até os abismos mais negros, e sem pensar por um momento qual seria o fim, e como ele sairia para ela de volta, depois que me envenenou e me confundiu toda, e depois que se permitiu desmontar em mim e se esfacelar em todos os componentes que eu, só eu, posso sugerir a ele, em todos os fragmentos e cores e círculos dos anseios e das loucuras das ondas, e num instante tornei-me quente e fria ao mesmo tempo, e também corei terrivelmente, porque comigo, como sempre acontece em situações assim, vê-se em mim tudo, e por um momento se poderia pensar que eu transferi por engano todo o mar Vermelho para o golfo de Danzig, e ainda consegui pensar que há muitos acertos dos quais preciso continuar a cuidar de alguma forma, e quem vai ter cabeça agora para todas estas coisas, cuidar da temperatura e estabelecer um arco preciso para a corrente do Golfo e cuidar do ritmo fixo do deslocamento dos *icebergs*, e toda esta burocracia de maré alta e baixa, que nunca consegui entender, mas a verdade amarga é que já não me importava tanto com tudo isso e só sabia que ia com este meu homem em toda a viagem dele, *che sera sera*, como dizem os simpáticos italianos (fico doida com a Veneza deles, que é, na minha opinião, o lampejo mais genial da minha irmã) e, acreditem ou não, só então percebi pela primeira vez que o meu homem não está só e que está na verdade cercado por cerca de um milhão de salmões, que já estavam de volta ao rio deles, e devo aqui reconhecer que não me lembrava exatamente do que se passa com estes salmões na vida deles, ou seja, uma vez soube, mas esqueci.

Coisas como estas me entram de um lado no Panamá e saem em seguida no Bósforo, pois como é possível se lembrar de todos os peixes e algas e esponjas e caranguejos e corais e monstros e sereias, cada qual com a sua história, cada qual com as suas desgraças?, mas neste caso especial, logo decidi que não posso ceder à preguiça e à ignorância, e logo enviei os meus filhotes ágeis, as ondinhas rápidas, treinadas, queridas, boas, minhas escravas submissas, e elas rodearam de uma vez o bando e tocaram cada peixe e nadadeira, como se fosse por acaso, e continuaram adiante, até a praia, pois... como explicar isto agora?... é tão bobo mesmo... ou seja: tenho um ligeiro problema de saúde, temporário, naturalmente, e por causa dele, por enquanto — na verdade sempre —, posso compreender o que as minhas ondinhas me contam só depois que tocam a praia ou um banco de areia ou uma ilha, ou algum objeto terrestre como um navio, simplesmente uma espécie de pequeno erro de planejamento, e estou absolutamente certa de que em breve tudo se ajeitará, e me virarei sozinha, mas o que é que importa isso agora?, o importante é que as minhas simpáticas ondinhas, ágeis, decifraram um determinado lugar, não importa onde, o contato da pele dos peixes e a aspereza da nadadeira e o bordado dos anéis desenhados nela, sim, compreender peixes é muito mais simples do que compreender criaturas humanas, e depois elas voltaram, as minhas ondas rápidas, secretas, e eu li de uma lambida toda a história difícil e má destes salmões, que nascem num rio de água doce na Escócia ou na Austrália (estes eram justamente do rio Spey, na Escócia) e dali deslocam-se para dentro de mim, no salgado, e depois de quase três anos iniciam a viagem de volta, através de dezenas de milhares de milhas minhas, em cardumes enormes, numa velocidade de cinqüenta de minhas milhas por dia, quase sem descansar, e são perseguidos por pescadores e cardumes de predadores e tempestades, e voltam no final para as margens do rio onde nasceram, e então começam a nadar contra a corrente, pulam contra a direção das mais altas cachoeiras, com toda a força que lhes restou eles pulam para cima, para cima, e ouvi dizer que há lugares em que as criaturas humanas lhes arranjaram escadas especiais, espécies de passagens cômodas que circundam as corredeiras, para que não precisem se esforçar tanto, mas eles não, eles são obrigados a pular contra a forte correnteza, até que por fim chegam ao lugar onde nasceram, *exatamente* ao lugar deles, e ali já estão sem forças e só põem as suas ovas e logo morrem, e só um ou dois de todo o cardume voltarão a mim para um novo ciclo com esses que nasceram e todos os demais...

Mas não tive tempo de pensar nestes infelizes, porque ele ainda estava lá, nadando e espargindo sua amargura e me arrepiando ao seu redor, e logo mandei de volta as minhas ondas para que aprendessem dele tudo o que fosse possível e eu, que odeio esperar, mergulhei nos meus mais negros abismos, no lugar em que os peixes têm olhos grandes como pratos, e os corais iluminam com luz pálida, e o solo é cheio de peixes que se petrificaram e ainda vivem, e florestas de árvores petrificadas e pântanos imensos e vazios de limo, e todo o tempo cai ali uma chuva de fragmentos de carcaças de peixes e nuvens de plâncton das camadas superiores, e senti que sufocava ali, logo saltei para cima, para a camada de que mais gosto, a camada claro-escura próxima à superfície, mas não muito próxima do lugar onde me cresceram recifes de corais coloridos de en-lou-que-cer e peixes que é preciso ver para crer — e onde é que você vai achar uma criatura linda como o acará verde-azul-vermelho, e onde é que *ela* tem criaturas tão majestosas como o peixe-anjo real, ou o peixe-morcego quando adulto, todo cheio de arabescos violeta-amarelo-pretos?

E com esses pensamentos enervantes, gastei talvez uma eternidade e meia, tamborilando nas rochas e importunando cada peixe que passava, como uma tia velha, até que minhas ondas voltaram pela segunda vez, e ainda não sabiam me contar nada a respeito dele, e elas se agitavam diante de mim, rolavam e tremiam como pequenas focas, que-nós-não-entende-o-que-acontece, minha senhora, e esta criatura é mesmo estranha de não entender o-que-acontece-minha-senhora e ele tem o gosto repugnante-repugnante e ele tem também aquelas falas que nenhumdenós nãoentende, e ele é tão quente que dá medo de tocánele, e ele queima mais que as anêmonas-do-mar, minha senhora, e eu então berrei, voltem a ele, berrei, voem até este homem e estudem-no por dentro e por fora, sem dó nem piedade, balancem-no, virem-no, façam-lhe cócegas, provem seus excrementos e a bile que sai dele e decifrem suas gotas de saliva e lambam a sua urina e copiem as rugas em torno de seus olhos e os furos minúsculos dos cabelos que caíram, corram, voem, vo-em!!!

Sim, foi uma esplêndida representação de mim zangada, mesmo que eu — é difícil me zangar de verdade, seja assim, mas eu estava muito curiosa e tensa e nervosa, e também temi bastante, e como sempre, em situações assim, inflei-me em ondas enormes, e voei pelos ares num jato de baleia-azul, e me borrifei na forma de uma nuvem de tinta preta de um polvo, e depois de uma eternidade e meia, aproximadamente, voltaram a mim as ondas pequenas cansadas e esgotadas chocando-se uma contra a outra gritando, e tudo bem, senhora, elas me gritaram ainda de longe, e nós sabemos tudo que se precisa saber sobre ele, e não admira, senhora, que não tenhamos conseguido logo no início, porcausaque em absoluto não sonha nem pensa na língua das criaturas humanas e ele justamente todo o tempo sempenha pra fazer para ele palavras para elessozinho só desta pessoa ele próprio senhora mas certamente nós dentro em breve logo rebentar os segredos dele é isto porque todo o resto das outras coisas sobre ele nós já sabemos maisoumenos como que ele é daqueles que chamam eles de judeus porcausaque falta pra ele um tiquinho no tubinho dele e como quedondequele nasceu lá é Drohobitz e queeleé um *serumano* que escreve muito e ele agora foge de algo e tem também palavras que ele dizer pra ele e isto na língua que nós justamente conhece como música que todo o tempo não muda matei o teu judeu, bonito, então eu vou matar o teu judeu, a senhora vê nós tudo sabe e já nós voltar para ele para aprender mais e mais e só que a senhora fica satisfeita, ó senhora...

Satisfeita? Ah! Eu estava simplesmente feliz. Já era noite, e deitei de bruços como gosto, como uma bebezinha singular, sem correspondente em nenhuma galáxia ou sistema solar, uma que é preciso ver do ângulo de observação correto, a fim de compreender finalmente o quanto ela é pequena e bonita, como uma pequena pérola, e o meu rosto estava voltado para o abismo e o vento acariciava-me com delicadeza a parte posterior, e no céu havia estrelas brilhantes e eu passei as ondas a ferro para que assim a luz se refletisse forte e clara em mim, e eu estava bonita.

Ele fez uma língua para si, o meu homem. Como isto é maravilhoso. Ele simplesmente quer falar consigo mesmo sem que ninguém no mundo entenda. Sem que ele próprio pudesse depois contar a respeito dela para alguém, porque não teria palavras. Tão espirituoso! De onde lhe vêm tais idéias. Pois eu própria estou fincada aqui há milhões de anos com o pequeno problema de saúde ao qual já me referi, mas nunca, nunca imaginei inventar para mim uma língua minha, só minha minha — como é maravilhoso.

Sim, desde o começo fiquei encantada com ele (por causa dessas punições), mesmo que não compreendesse muito bem por que ele atrai para si todas estas complicações e suplícios em vez de se alegrar um pouco comigo, sim, e nestas coisas me comporto um pouquinho como a mãe dele, Henrietta, sobre quem já sei tudo, e é pena que não nos tenhamos encontrado, estou certa de que nos entenderíamos bem, pois também ela costumava lhe dizer com mágoa: "Pensamentos de velho, Bruno, de *alter kop*, não de menino, e tomara que você se livre deles, veja o que aconteceu com seu pobre pai, Yacob".

E, na verdade, o que aconteceu com ele? Minhas ondas me contam histórias estranhas. Histórias assim eu não ouço desde a primeira vez em que vi o barco dos argonautas cujos tripulantes faziam concurso de histórias no convés. E, de acordo com o que as ondinhas me informam, também o pai de Bruno era uma espécie de fugitivo, como ele, não no sentido comum do fugitivo, mas, aha... onde tenho isso anotado?

... O pai dele, que quase aprendeu a voar quando criou no sótão os pássaros tropicais, os pavões e os galos gigantescos e os condores, o pai dele, que Bruno chamava de *o esgrimista da imaginação, que combate sozinho os poderosos do tédio, este grande homem que morreu e voltou tantas vezes à vida de cento e uma formas, até que todos em casa já se tinham acostumado à sua morte freqüente* — assim escreve o meu Bruno — *à sua morte fragmentadora, e apenas a fisionomia há muito ausente se expandiu, por assim dizer, pelo aposento em que vivia, e criou focos estranhos da sua imagem maravilhosa pela clareza, e o papel de parede imitava aqui e ali o tremor de seu rosto nervoso, os arabescos adquiriam a anatomia dolorosa do seu sorriso...*

Pois eu conheço de cor cada palavra que ele escreveu...

Este pai dele se transformou por fim num enorme caranguejo. Entrava no aposento pela fenda sob a porta, e causava a todos um tremendo embaraço, até que uma vez foi apanhado. Realmente foi assim: a mãe de Bruno, que pelo visto não agüentava mais, pegou-o e cozinhou-o para uma refeição, e ele chegou à mesa numa tigela bonita, grande e estufado pelo cozimento, mas naturalmente não o comeram, Deus o livre, pois eles são uma família tão culta, e só o puseram num lugar de destaque na mesa da sala, junto à caixa de charutos que também toca, e também dali ele fugiu, imaginem, também dali, pois aqueles dois não desistem, Bruno e o pai dele, e mesmo não tendo nenhuma possibilidade, eles não desistem, e depois de ter estado deitado lá na tigela por algumas semanas, fugiu, o pai, só restando uma pata na tigela, jogada no molho de tomate que tinha secado, e ele próprio, cozido, quase vencido, arrastou-se com suas últimas forças para a frente, sempre para a frente, indo e vagando sem casa, exatamente como seu filho teimoso, doce, tão sério, que me faz sentir-me frívola, que o desespero dele deixa em mim uma lista preta de queimadura, como uma lista quase de contratorpedeiro, mas o sinal do contratorpedeiro eu apago logo, e o dele, não. Só fecho sobre ele uma finíssima camada de água e o guardo para mim, assim como todas as minhas outras migalhas dele, porque o que mais posso fazer...

4.

E você esteve na água Bruno para cá e para lá no berço marinho grande e lento que marca o tempo aquático que se transforma em névoa que sopra a si mesma suavemente sobre a água na hora matutina clara Bruno flutua nas ondas que se dividem em pequenas partes para o fluir infindável ele aprende que a água tem cheiro você nunca imaginou isto que a água tem cheiro para cá e para lá você se balançou com elas para a frente e para diante e foi arrastado com elas no grande berço marinho você ficou sabendo que poderia navegar com elas até o infinito para sempre porque o seu movimento muscular arrasta você porque sua corrente silenciosa mama você você flutua entre eles untado em água bóia e há noites longas uma lua baça uma lua alaranjada uma lua brilhante viagens de nuvens pela echarpe noturna você flutua e passa único na criação só o poder único do movimento dos peixes só cheiro de peixe que ofusca narinas o palpitar das guelras fixo diante dos seus olhos o frio das ondas aconchegando-se a você revela secretamente à praia o negativo de água ondulada de sua figura para rompê-lo ali em milhares de estilhaços aos olhos do quebra-cabeça do caranguejo das rochas para arquivá-lo em hieróglifos petrificados gravados em mentes de recifes de corais, à frente e adiante é arrastado com eles só ardência de nadadeiras duras no arranjo delicado no início e centenas de arranhões que brotaram logo e gotas do seu sangue que pingaram na água enrijeceram a pele de todo o cardume e depressa tão depressa você parou de sentir a dor e o sal só uma cintilação das costas deles você viu e o brilho das suas barrigas verdes e o pulsar das guelras e seu cheiro acre e o grito distante sufocado de tanta felicidade e seus ouvidos se encheram de rebuliço e de ruído e vozes do burburinho da grande feira aquática e gritos de gaivotas mascates e os grandes rolos de tecido azul enrolados debaixo de você e moedas que o seu pensamento afunda na água e cambistas trocam dinheiro em ruazinhas silenciosas de cidades que afundaram e mercados flutuantes silenciosos presos em bolhas grandes e transparentes e o mar está cheio de sussurros e ecos e palavras espumantes de prazer e o dedilhar das ondas na harpa da praia fios de água escorrem no pente do recife à frente e adiante você foi arrastado com eles como um afogado você foi carregado no fluxo da força deles suas mãos estão coladas ao corpo e os ossos de seus ombros são asas salientes e muito agrada a você a responsabilidade do silêncio deles e a gravidade do silêncio deles a frieza do silêncio deles e você refletiu se a morte é assim se é possível que ela seja tão feliz e completa e registrada no ritmo das pulsações do grande coração do mar no cardiógrafo gigantesco rolando sob você sem parar devagar e logo depois que você foi arrastado com eles junto ao píer da cidade vocês passaram juntos estendidos como um leque para dentro dos contratorpedeiros do porto militar da cidade havia fragatas cheias de soldados cheiros de diesel e óleo toques de corneta e um jovem soldado ali soldava uma metralhadora no convés do navio soltando fagulhas vermelhas que caíam em arco na água deslizavam efervesciam e os olhos do soldado distinguiram de repente o cardume enorme e olharam bem e não viram você se assustou por um momento um miserável arrependimento traiçoeiro tomou conta de seu coração e você se agitou na água você gritou você berrou e o seu medo se espalhou como um raio no âmago do cardume todo porque o mar todo são mensageiros todo-sussurradores porque o mar é um pescador e veja como cada onda é um movimento de seus quadris um impulso de seus ombros para atirar para dentro dele a rede de seus nervos aglomerados e transparentes e logo ocorreu um *torag* perigoso e você foi empurrado foi arrastado mergulhou foi estrangulado você não compreendeu nada e não adivinhou qual é a sua participação no *torag* e milhares de peixes assustados misturados sem exceção ao seu medo humano voltaram-se repentinamente para trás chocaram-se com as linhas que seguiam diante deles e os crânios se esfacelaram maxilares se abriram alterou-se assim imediatamente o *dolgan* esta é a lei natural de manter distância esta é a lei da solidão que existe na multidão e a água espumou agora partiu-se em fragmentos as facas das nadadeiras zuniram e em algum lugar lá nas bordas Leprik impôs então a tranqüilidade da sua grandeza sobre os seus peixes e lentamente ordenaram-se as fileiras uma à outra, uma linkada à outra e uma cabeça ao rabo, e você reconheceu — pela primeira vez — o *ning* a corda forte que foi distendida entre a sua nuca e a raiz da sua alma e você ouviu atentamente e maravilhado o som da sua vibração fixa para a frente e adiante você foi arrastado com ele, isolado numa multidão de isolados e calados, e você se encheu de alegria repentina estranho você virou então de costas Bruno com prazer você foi levado para cá e para lá em lábios sussurrantes na tagarelice das ondas você flutuou para o alto você sorriu para o abismo nas duas dobras que há atrás de seus joelhos e gaivotas gritaram admiradas ao ver seu ventre branco e sua axila direita tornou-se por um momento uma floresta verde e emaranhada até que se liberou de dentro dele e nadou adiante um novelo suave e sedoso de algas entrelaçadas a água tem cheiro você sente isso de repente e este não é o cheiro que o homem que está na praia ou que está na margem do rio sentirá a água tem um cheiro um cheiro diferente de todos os cheiros assim como os sons do mar são diferentes de outros dentro dele assim como as cores assim como os pensamentos dentro dele são diferentes roubados pelos ágeis bufarinheiros escravos do mar de ondas lentas e voltam como uma espécie de eco que se tornou tempestuoso se espiralou no tumulto que espuma que borbulha do mercado aquático como uma feira popular cheia de cheiros porque a água tem um cheiro um cheiro que não é absorvido pelas narinas nem pelo nariz porém talvez no lobo das saudades da mente do peixe ou o cheiro de água ou o cheiro do mar uma mistura de cheiros de peixes e rochas da profundidade e plantas esponjosas da escuridão e cheiro de carcaças dos grandes animais marinhos e a saliva de lábios de ostras tridacna e o hálito que vem dos lábios dos recifes de corais que respiram nas noites sonham eras selvagens e prazer profundo e secreto de um solo distante e uma mescla do cheiro de centenas de rios e tempero de seu fluxo e então quando você acordou do sono do seu desmaio no berço marinho para cá e para lá Bruno flutuando na mescla lenta e sábia de ondinhas você também ficou sabendo que todos os que flutuam ao seu redor reconhecem sem hesitação sem dúvida conhecem o fio do cheiro fino como um sonhador que exala para eles um tributário de um rio numa terra muito distante no lugar onde eles penetraram para sempre há muitos anos e para lá eles voltam atualmente para morrer nele e jamais voltarão para cá e de toda a miríade de cheiros que o mar sopra para o nariz deles em todo momento eles sentem apenas aquele fio fino só uma cintilação do chamado do destino do anseio venha até mim o principal é o caminho venha até mim e a tua morte separa e a tua vida venha a mim ouvem os salmões dirigem a ele toda a sua força e Bruno se encontra com eles semanas meses testa a sua força na adivinhação e presta atenção no murmúrio da água cheiros estranhos que ele cheira sem parar com ardor assim horas assim longos dias busca o perfume do seu tributário o cheiro de seu caminho e o fulgor de sua vida e enquanto isso o sol escurece suas costas enquanto isso seus ombros se tornam musculosos e fortes e ele aprende o gosto do plâncton e a maciez das esponjas e nem por um momento ele deixará de ouvir pois você não sabia então Bruno qual é a coisa que você busca só foi uma adivinhação nebulosa só um anseio pelo qual você desceu para esta última jornada e de repente você se abalou Bruno no coração do mar vocês passaram pela ilha Bornholm e seus campos que beijam a praia e sua igreja alva você ficou tão abalado porque uma espiral de um cheiro antigo passou por você e se agarrou à aba de seu nariz pairou um instante em torno dela e flutuou adiante uma espiral fina e tênue e você despertou imediatamente do seu cochilo e cruzou todos os seus sentidos como espadas e faíscas de memórias espargiram-se de seu coração para a água borbulhante oh o cheiro conhecido e amado e você quis voltar atrás para procurá-lo ali mas o grande *ning* que estava dolorosamente distendido em você não deixou você se voltar e retornar porque os salmões sempre só vão para a frente para a frente e a morte os persegue e você quase uivou de mágoa de repente o que foi este cheiro Bruno o que foi talvez o perfume barato de Adela a criada ou cheiros dos rolos de tecidos maravilhosos na loja mágica atulhada de seu pai ou o *cheiro de cerejas brilhando e penetrando com um líquido escuro sob a casca transparente que Adela trazia para casa em pleno mês de agosto fulgurante embriagado de luz e calor* ou o cheiro inebriantemente doce do seu tão ansiado livro quando o vento folheia suas páginas carcomidas e apodrecidas como uma gigantesca rosa que se desfaz?

Também eu sou assim. Na praia arenosa de Nárvia, no mar tranqüilo do mês de julho de 1981, aquele mesmo cheiro que encontro em lugares tão diferentes, tão inesperados, quando passo por um banco de rua em que velhinhos se aglomeram e contam suas histórias um ao outro, numa caverna fria e úmida que achei junto à minha base militar no Sinai, entre as páginas de cada

exemplar de *As lojas de canela*, mistério da axila de Ayalá (que, quando decidiu parar de dormir comigo, ainda lhe restou a decência de me permitir vir
cheirá-la quando eu era compelido), e então formula-se a pergunta: será que
trago comigo esse cheiro e ele se exala de mim só em certos lugares? Será que
o meu corpo o produz como uma compensação de uma necessidade profunda? Tento separar o composto em seus diversos componentes: o odor limpo
que emanava das faces de vovó Heni; os cheiros condensados dos corpos de
animais, peles, suor; o cheiro acre de vovô Anshel; o cheiro de suor de menino, não o cheiro comum do vestiário dos meninos junto à quadra de ginástica, mas o cheiro muito mais forte, o que traz à mente reflexões desagradáveis,
embaraçosas, sobre glândulas mais antigas que a idade deste menino, que
segregavam nele seus humores...

Eu sempre volto lá. Este ruído de passos. Esta gagueira. Ayalá me disse
certa vez, com expressão de conhecedora, que devo intitular o romance auto-
biográfico que um dia escreverei de: *O mmmeu lllivro*. Na opinião dela não é de
admirar que as minhas poesias mais sinceras sejam "O ciclo dos objetos", que
ela logo chamou de "Inventário de um tropel estéril". Ayalá tinha muitas dessas
"observações" (ela própria tinha dado essa definição) que gostava de me dizer
em voz cheia de importância, ao longo da qual pequenas ondas de risinhos corriam como crianças que brincam sob um cobertor; e sempre, quando eu me via
tentado a responder seriamente, desenvolver uma discussão lógica, ela se sub-
metia às ondas de riso, tremia toda com prazer, e então parecia que suas muitas
gorduras absorviam o riso de acordo com seu projeto de mecanismo complexo
e admirável; de início, o riso ficava oculto nela como um novelo encolhido, mas
aos poucos se estendia em ondulações amplas e crescentes para o ventre redondo e macio, para seu peito enorme, para seus pés pequenos, femininos, para seus
braços sardentos, que começavam a balançar antes do corpo em vibrações rápidas, e só depois disso, no final, o regozijo começava a ativar o rosto redondo, e
como era estranho que naquela hora já não lhe restasse riso bastante para
povoar os olhos um pouco oblíquos, que sempre permaneciam muito tranqüilos, sóbrios e tristes... pois eu esperava, aqui em Nárvia, esquecê-la.

Você está dormindo?

Ela está dormindo. Em Nárvia e também aqui. Quando começo a falar a
meu respeito, ela aproveita a oportunidade e adormece de imediato. Guarda as
forças para os momentos em que eu falar de Bruno, ora! Como é que permito

que esta sua frivolidade, este seu egocentrismo infantil e reles me faça ficar —
a mim — tão zangado, tão enervado sem nenhuma possi...

De novo deixo-me levar por isso.

Ouça. E não me importa que você esteja dormindo.

Na noite em que nos vimos pela primeira vez, Ayalá me falou a respeito do
quarto branco em um dos corredores subterrâneos do Instituto Yad Vashem. Eu
disse a ela que passo lá um tempo considerável e mesmo assim jamais o vi, e
nenhum dos funcionários jamais tocou em seu nome. Ayalá, com um sorriso
que já então expressava uma compreensão indulgente para com as minhas limitações, explicou-me que "os arquitetos não o planejaram, Shlomik, e os operários não o construíram, e os funcionários dali realmente nada ouviram a seu respeito...". "... Uma espécie de metáfora?", arrisquei, e me senti muito bobo, e ela,
paciente: "Exato". E a cada momento vejo em seus olhos que ela se convence
de que aqui ocorria um grande engano. Que a sua aguda intuição a enganara
desta vez, que eu definitivamente não sou a pessoa a quem se pode revelar tal
segredo ou quaisquer outros. Isso foi na primeira noite em que nos encontramos, numa palestra sobre "Os últimos dias do gueto de Lodz", para a qual fui
por força do hábito, e Ayalá, porque também ela não perde palestras e eventos
desse tipo (os pais dela sobreviveram a Bergen-Belsen). Desde o início, foi ela
quem tomou a iniciativa, e naquela noite em que pela primeira vez, desde que
me casei, não voltei para dormir em casa, descobri que, apesar de todos os meus
defeitos, fui agraciado com a capacidade surpreendentemente prazerosa de
transformar Ayalá num cântaro, num morango, e até, nos momentos de grande
exaltação, em algodão-doce cor-de-rosa, desses que se vendem nas ruas. Igualmente ficou claro que, apesar das minhas lamentáveis limitações, o contato da
minha mão em sua pele tensa, morena e quente era capaz de enviar milhares
de minúsculos tremores de um estranho calafrio que penetrava nela, distendia
todo o seu corpo macio e cheio em um espasmo arqueado e tenso, e nos libera-
va da expectativa congelada, quando por fim emergia, de profundidades desco-
nhecidas dentro dela, um som agudo, triste e alto, como se uma gaivota tivesse
sido caçada ali com uma flecha pontiaguda, e podíamos voltar novamente a
uma conversa erudita por algum tempo. Isso se repetiu várias vezes durante
toda a nossa primeira noite.

"E esse quarto branco", Ayalá me explicou num daqueles momentos de
bonança, "surgiu de um sufoco. Pois não é de maneira alguma um quarto. Mas

é, digamos, um gesto, sim." Ela fechou os olhos de pálpebras inchadas mas muito delicadas e abandonou-se a si própria: "Um tributo de todos os livros que tratam do Holocausto, todos os quadros e palavras e filmes e fatos e números que estão reunidos lá no Yad Vashem, um gesto para com tudo o que permanecerá para sempre incompreendido e não decifrado. Isso é a essência da coisa, Shlomik, não é verdade?".

Não entendi. Olhei para ela encantado e triste, pois então já era claro para mim que temos o mesmo tipo raro e azarado de amor que se pode denominar "amor invertido"; que agora nós nos encontramos em seus últimos momentos de auge, mas quanto mais Ayalá se der conta e compreender o quanto somos diferentes um do outro, tanto mais me afastará de seu castelo encantado. Ela nada sabia a meu respeito. Só leu o meu primeiro livro de poesias e pensou "que não era mau para começar". Isso me irritou um pouco, porque as pessoas em geral apreciaram este livro até mais do que os outros três que escrevi depois, e alguns críticos escreveram que ele tem "uma tensão interior contida" e isso e aquilo, mas Ayalá disse que nas minhas poesias sentia-se o quanto eu tenho medo de mim mesmo, do que eu quero dizer da vida em geral e do que aconteceu *Lá* em particular. Pediu-me que eu lhe prometesse ousar mais e, quando prometi, ela me contou sobre o quarto branco.

Eu estava encantado com ela, com o corpo dela, que era muito livre e flexível, em paz consigo mesmo, enrolando-se de tanto prazer próprio da carne viva, fremente, estava encantado com o pequeno apartamento dela, o minúsculo dormitório que era, se assim se pode dizer, dissimulado. Não sei por que dissimulado, mas decididamente dissimulado. Nunca antes eu fora tão depressa para a cama com uma mulher: duas horas e vinte e cinco minutos depois de nos encontrarmos (sei exatamente, porque o tempo todo olhava para o relógio e pensava no que iria dizer a Ruth quando voltasse). Passaram-se duas horas e vinte e cinco minutos desde o momento em que saímos da palestra, deprimidos e chocados com o que a palestrante havia contado, até que nos atiramos nos braços um do outro (foi exatamente o que aconteceu: atiramo-nos) no quarto dela, numa paixão que eu jamais conhecera. Só depois que esfriamos um pouco, pensei que ainda não sabia o seu nome! Senti-me realmente o próprio Casanova: deitar com uma mulher antes que ela lhe diga o nome! E no mesmo instante ela pegou a palma da minha mão, atraiu-a para a sua boca e sussurrou para dentro dela, sem voz, o nome Ayalá, "eu ouvi por intermédio da mão". Sei que isso parece suspeito, eu mesmo não acreditaria em uma história dessas se me contassem, mas com Ayalá tudo era possível.

Num dos cantos do quarto dela pendiam do teto teias de aranha tão grossas e emaranhadas que pensei ser um longo chumaço de cabelo, e quando ela me explicou o que era (ela não destruiria o trabalho de ninguém por causa de conceitos judiciosos de limpeza), pensei no que minha mãe haveria de dizer a respeito e me pus a rir. Com ela eu me sentia diferente e coisas diversas despertavam em mim, e é preciso também mencionar que, até Ayalá, jamais eu soubera que poderia transformar uma mulher num cântaro etc. O mais espantoso era que, justamente com referência às nossas relações, eu soube antes dela o que iria acontecer, porque eu me conhecia muito bem, e sabia que na realidade eu não tinha esperança de me adequar aos sonhos que ela nutria a meu respeito. E, na verdade, em algumas semanas vi como Ayalá começou a se libertar de mim. De seu corpo ainda se curvavam círculos e alças, aberturas muito delicadas, lábios redondos e estendidos de cântaro; ainda irrompiam de repente de seu corpo, não sei exatamente de onde, gritinhos gorjeantes "beba-me, beba-me!" como o frasco mágico de Alice, mas era claro que o movimento ondulatório perdia a intensidade. Tornava-se canhestro e confuso. O espírito de aniquilamento de Zenão já soprava de dentro de mim. Mais tarde, tudo estava perdido: só raramente eu conseguia criar nela folhinhas verdes em torno do pescoço e transformar toda a sua pele numa superfície arrepiada de bagos vermelhos com sabor de morangos triturados entre os meus dentes. Ela olhava para mim e para as minhas tentativas e havia piedade e lástima em seus olhos. Lástima por nós dois, que assim perdemos a oportunidade. Naquela ocasião, eu estava fazendo esforços tremendos para escrever de forma sistemática a história que vovô Anshel contou a *Herr* Neigel, mas, é claro, quanto mais me empenhava, mais fracassava. A questão da razão e do sacrifício. Ruth sabia de Ayalá e sofria muito. Eu a odiava por não exigir de mim decidir entre as duas, e pela sua inteligência tranqüila que lhe ensinava a esperar. Sofrer e esperar; jamais, durante aqueles meses terríveis, ela explodiu de raiva ou de ódio contra mim. Ao mesmo tempo, não estava submissa e não me deixou sentir que estava humilhada. Ao contrário: eu era o homem excitado, suado, que girava entre as duas mulheres e que não sabia o que queria. E no rosto não belo de Ruth, vi toda a sua inteligência e força; naqueles dias ela se movia muito devagar. Mais devagar que de hábito; irradiava-se de dentro dela o aviso silencioso: que ela é muito forte, que ela, aliás, como qualquer pessoa, traz consigo forças muito grandes e perigosas, por isso ela deve se comportar com contenção; que para não ferir o próximo, ela devia se refrear e aguardar, dar indícios e não gritar, sugerir e não decretar.

Eu me odiei pelo sofrimento que causava a ela e temi que, se abandonasse Ayalá, jamais pudesse escrever. Às vezes penso que Ayalá ficou comigo apenas devido à responsabilidade estranha pela história de vovô Anshel, e não porque se importasse comigo. A seus olhos eu era um simples medroso, e até um traidor. Na opinião dela, eu possuía todos os materiais e todas a condições para escrever esta história como é preciso escrevê-la, e só me faltava coragem e ousadia. Ayalá não escreve, mas escreve a própria vida. A respeito do quarto branco ela me disse na primeira noite que ele é "o lugar da verdadeira prova para quem quer escrever sobre o Holocausto. Como a esfinge que pergunta o enigma. E ali, naquele quarto, você vai por vontade própria e se coloca diante da esfinge. Entende?". Não entendi, é óbvio. Ela suspirou, rolou os olhos para o céu e explicou que há quarenta anos escritores escrevem sobre o Holocausto, e sempre continuarão a escrever a esse respeito, e, num certo sentido, todos estão de antemão fadados ao fracasso, porque é possível traduzir qualquer outra ferida ou desastre para a linguagem da realidade conhecida, e apenas o Holocausto não é passível de tradução, mas sempre restará esta necessidade de tentar de novo, experimentar, afiar os ferrões aguçados na carne viva de quem escreve, "e se você quer ser correto consigo mesmo", disse com ar grave, "você é obrigado a ousar experimentar o quarto branco".

Ela disse "o quarto branco" em voz tranqüila e um pouco melodiosa; por um momento senti-me atraído e depois me enfureci com um misticismo supérfluo. De repente vi Ayalá como ela é: uma refinada profissional, espécie de *hippie* anacrônica, que vive sua vida no âmbito da penumbra que criou para si mesma, porque a realidade, a realidade simples e lógica, é muito difícil para ela, sim, conheço muito bem esses tipos, para quem as considerações astrológicas, por exemplo, têm um peso muito maior do que as considerações racionais ("Você é tão canceriano! Realmente um canceriano típico!"), os que acreditam que por trás de cada pessoa se escondem mais cem, e, por trás de cada lapso verbal, mil demônios, ou que por falta de possibilidade de se confrontar com as exigências cruéis e inequívocas da vida criam para si o seu nebuloso teatro de sombras, e vêem em tudo o que acontece diante deles apenas um indício transparente das outras coisas, as "profundas", que se ligam uma à outra com fios ocultos em algum lugar, a um novelo que exala vida, que a mantém em suas mãos, somente ela. Em um instante fiquei cheio de ódio por ela; com que direito ela diz, a uma pessoa que ela conhece há apenas duas horas e cinqüenta minutos, que as poesias que escrevi a tocaram porque sem dúvida são "gritos desesperados pedindo ajuda", e que eu tinha a possibilidade "de me salvar na arte" porque era claro que, sem a arte, "você está simplesmente perdido. Você algum dia fez psicoterapia a sério (!), Shlomik?".

Não lhe demonstrei o que realmente pensava a seu respeito. Eu a queria muito. Pensei no quanto éramos diferentes um do outro. Compreendi, muito antes dela, que me escolhera porque ainda não havia encontrado nos seus "círculos" um animal tão estranho: uma pessoa que pode tanto ser o poeta que escreveu os poemas que ela conhece e ao mesmo tempo totalmente equilibrada. E também ama a sua mulher e em geral é fiel a ela. Não, ela não compreende muito bem a vida e a mim, assim eu pensava então, e prefere ver só aquilo em que acredita, em vez de crer simplesmente só no que vê. Uma dissimulada. Esta é a palavra que procurei. E ainda assim...

"E naquele quarto estão concentradas todas as essências mais pungentes daqueles dias", disse, e os olhos dela ainda estavam distantes de mim, "mas o extraordinário é que naquele quarto não há respostas prontas. Nada é dito ali. Tudo é apenas possível. Só sugerido. Passível de se concretizar. Ou capaz de. E você deve passar por tudo de novo. Tudo. E na sua própria carne. Sem intermediários e sem dublês que farão as tarefas perigosas por você. E, se você não respondeu certo à esfinge, será devorado. Ou sai dali sem compreender. E, a meu ver, é a mesma coisa."

Oh, Ayalá. Se eu pudesse escrever as histórias e idéias que ela inventa durante apenas um dia, eu teria sustento durante toda a vida. Talvez também me tornasse um outro escritor. Não há nada no quarto branco dela. Está totalmente vazio. Mas tudo o que existe além de suas paredes membranosas, tudo o que entulha os salões enormes do Yad Vashem, é irradiado para dentro dele "suponhamos que através de... chame a isso inspiração. Sim. Não sou tão boa em física, mas sei que é assim. Que com qualquer movimento ou pensamento seu ou um traço de caráter, você cria um composto novo. Uma espécie de combinação exclusiva sua, uma composição da massa cinzenta do seu cérebro e a personalidade e a genética particular e a biografia pessoal e a sua consciência, com tudo o que é projetado além das paredes, todos os fatos sobre o ser humano. Todo o inventário humano, animal, o medo e a crueldade e a misericórdia, e o desespero e a grandeza e a sabedoria humana e a mesquinhez e amor à vida, toda esta poesia claudicante, Shlomik, e você fica ali sentado como se estivesse dentro de um gigantesco caleidoscópio, mas desta vez os fragmentos de vidro são você, são os seus diversos pedaços, e a luz chega a eles através das paredes...". Os olhos dela estão sonhadores, ela se ergue e caminha pelo quarto, vestindo apenas uma camisa minha, morena, gorda, toda bolas e bolas, os cabelos presos num pequeno coque, fazendo pequenas representações — o que eu estou fazendo aqui, caramba? — "e digamos que você está pensando lá, no quarto, sobre alguma coisa. Por exemplo, sobre a colaboração de algumas das vítimas com os alemães, e logo (e logo de imediato!), todos os colaboradores que havia naquele tempo e a respeito dos quais se escreve nos livros e nos documentos e relatórios, todos os *quislings*[2] e *Judenrats*[3] que traíram, todos os infelizes e a escória e os de coração amargurado, que estão hoje congelados nos livros e nos testemunhos, e nos interrogatórios além das paredes, são cortados instantaneamente com um raio laser fino que corta dentro de você o colaborador que *você é*, preciso e afiado como uma folha de vidro, assim — *rrriik* — assim como Eva foi cortada de Adão", e ela abre os olhos como se pensasse o-que-é-que-eu-estou-fazendo-aqui, e me diz em voz nítida e tranqüila, que me choca, com a sua dose de sinceridade e tristeza, que assim, nesse mesmo caminho espiritual, é preciso escrever uma história.

E não ousei. Mesmo agora, depois do encontro com Bruno e com você, depois de tudo o que me aconteceu, não consigo fazer isto bem. Ayalá estava certa em tudo. As dramatizações infantis, as bobagens dela eram apenas uma máscara de uma percepção mais profunda e perspicaz, muito mais profunda que a minha e o seu senso exato e iluminado da amargura da vida. Novamente ficou claro que me enganara em meu julgamento.

Ela desperta de repente. O nome Bruno que mencionei faz passar um longo tremor por ela. Um sulco branco, lanoso, como a crina de um cavalo, se sacode ao longo dela até o final do horizonte escuro. Eu a entedio com a minha

---

2. Traidores. (N. T.)
3. Comissão de judeus que administrava os guetos ou as coletividades judaicas dominadas pelos alemães. (N. T.)

história, mas esta é a condição, a minha condição miserável e mesquinha, de uma vez por todas, eu preciso contar!

Mas agora Bruno. Ouça. Eu disse novamente "Bruno". Você gosta desta história. Ouvi-a de você pela primeira vez em Nárvia:

... De repente, depois de meses navegando, com o coração palpitante, a consciência semidelirante de tanta felicidade e admiração, apegou-se ao seu interior uma gota de mágoa humana e sua cor escura se fundiu em todas as águas do mar.

No início lutou contra ela. Pôs as mãos junto às laterais do corpo e bateu com força com as palmas das mãos e ao mesmo tempo se empenhou em ecoar dentro de si a corda do grande *ning* do cardume, e guardar cuidadosamente o *dolgan* entre eles e os peixes que estavam de seus dois lados. Aprendeu que o cardume, que aparentemente era levado à frente com facilidade, agia graças a um esforço incessante de exatidão e tensão.

Ou teria sido justamente a tranqüilidade-em-paz-consigo-mesma de um corpo, saudável e harmonioso? Bruno sentiu isso quando um grupo de enchovas no golfo de Mälmo o atacou: antes que compreendesse o que estava acontecendo, seu cardume foi partido em dois, voou em direções opostas, criando assim no meio um espaço vazio que arrastava e paralisava e enquanto as enchovas surpreendidas lutavam contra a sucção da água traiçoeira, um cardume de salmões voltou e foi rapidamente fechado, como alguém que bate palmas com força. A água que se comprimiu, empurrou para longe as enchovas que se transformaram em perseguidas e apressaram-se em partir para o norte com rápidas pancadas de cauda. Bruno sentiu inveja dos salmões. Eles estavam inteiros, em seu caminho. Ele, como de hábito, fragmentado. Havia perdido aquela sensação de fluxo musical das primeiras semanas. Tornou-se claro que ele se tinha conduzido também para lá, para o coração do oceano. Mergulhou a testa quente na água e deixou que esta o levasse.

Prestou atenção no mar. Ouviu o farfalhar constante do acariciar das ondas na areia do fundo, uma espécie de filtragem ininterrupta de grãos. Ouviu o ruído distante e abafado dos píeres num porto setentrional por onde passou o cardume; o som do píer não se parece com o som da praia: os píeres devolvem um eco ligeiramente metálico. As praias são esponjosas. Então, percebeu que não podia ouvir na água os sons que estavam à sua frente, à frente de sua cabeça, mas só os sons produzidos ao lado dele ou atrás. O rumor das nadadeiras de Yorik e de Napoleão — foi assim que ele no íntimo denominou os vizinhos —, ele conhecia bem, mas desapareceu-lhe inteiramente o som do navegar do peixe anônimo que estava à sua frente, aquele do qual só conhecia a ponta da cauda. Bruno viu nisso, naturalmente, uma materialização zombeteira e simbólica do seu desamparo, suas orelhas ainda estavam voltadas para trás; ele ainda estava atento ao passado. Ainda pensava sobre sua vida nas suas palavras profanas, e, o mais decepcionante de tudo, ainda não havia encontrado dentro de si nenhuma frase que fosse seu bem exclusivo, que ninguém pudesse lhe tomar e fazer dela um uso distorcido.

Ele não podia parar de pensar na sua vida pregressa. Repetidamente desfiava cada ano no pensamento, como um colar de âmbar. A loja de maravilhas do pai, os prazeres da infância, a irrupção espetacular da Era do Gênio, a doença do pai, o empobrecimento humilhante, a venda da casa tão amada na rua Samburska, o início da guerra, o fim da Era do Gênio... foi envolvido pela tristeza, pois entendeu que os seres humanos, pela sua própria natureza, não são capazes de sentir que a vida lhes foi alguma vez concedida. Sentir isto de verdade, com agudeza e fervor originais. Quando lhes foi dada a vida não eram capazes de compreender a dádiva, e depois já não se preocuparam em refletir sobre isso. Por esse motivo, sentem a vida apenas quando ela deixa lentamente os seus corpos; só o seu apagar-se e findar-se lento e constante. Pois é um erro chamar isso de "vida". É uma injustiça denominá-la assim: pois eles vivem a sua morte assim com cuidado e medo e de modo relativo, como alguém que finca os saltos dos sapatos no chão, para não escorregar depressa demais no declive muito íngreme. Bruno grunhiu para a água e o cardume ficou alerta por um momento.

Seu apetite também foi afetado. Durante a *gyoya*, quando os salmões pastavam ao amanhecer ou anoitecer nos ricos campos marinhos, quando o grande *ning* cessou e o cardume descansava na água como o leque de uma dama gigantesca, Bruno, saciado, flutuava entre os peixes tranqüilos, que moviam as guelras lentamente, como se estivessem se refrescando da faina diária, e seu espírito se abateu. Filtrava plâncton entre os dentes, ou mergulhava um pouco e arrancava com os dentes uma alga preta, suculenta, e a mastigava sem prazer, e um pensamento bruxuleava no abismo, algo se distorceu e foi esquecido. Algo imensurável se arruinou.

Certa manhã ele levantou a cabeça acima da água, olhou para os peixes e refletiu angustiado que eram mais fortes que ele. De um horizonte ao outro, o mar estava manchado de salmões que já chegavam à maturidade. Quase todos — exceto o pobre Yorik e mais alguns fracotes — já estavam tão grandes quanto o próprio Bruno. Suas nadadeiras esverdeadas estavam eretas e cheias de força. Todos eram atrevidos, rígidos e desprovidos de graça e Bruno se perguntou pela milésima vez para que eles realizavam esta viagem e que grande projeto mundial avançava com isto um passo que fosse. Virou-se de lado e nadou como ser humano na direção da praia. Os salmões lhe abriram caminho com indiferença. Durante a *gyoya* ninguém se incomodava com o *dolgan*. Bruno procurou Leprik com os olhos e não o encontrou. Por um momento, uma idéia estranha perpassou-lhe o pensamento, Leprik talvez nem existisse. Seria apenas a concretização inevitável dos anseios de meio milhão de salmões do cardume, de fazer crer que existia um tal Leprik. Mas Bruno se lembrava bem de sua imagem quando o acolheu em seu cardume na praia de Danzig; além disso, havia algo em Leprik e no seu *ning* calado que não podia ter sido criado das aspirações das massas. Bruno não sabia definir com exatidão. Havia no *ning* de Leprik um senso de liderança através do desconforto. Isolacionismo. Em nenhum momento, no decorrer da viagem, Bruno sentiu amargura pelo fato de outro estabelecer por ele o ritmo e a direção. Na distância, junto a uma prateleira ampla de rocha, Bruno viu o focinho grotesco do velho tubarão-martelo, seguindo regularmente o cardume e alimentando-se de sua carne. De tal modo se acostumaram a ele que nem lhes despertava o impulso da *orga*, aquela estratégia de escapada rápida que haviam acionado contra as enchovas em Mälmo. Bruno estava deprimido. Em tais momentos — e aqui eu me permito arriscar uma adivinhação —, Bruno conseguia ter saudade somente de uma caneta.

Flutuou assim entre os salmões que pastavam, como se fosse o portador de uma notícia entre os desinformados. Por cima dele, o céu escureceu. As nuvens eram tão pesadas que, por momentos, pareciam paradas e o mundo passava por baixo delas. Logo começariam as tempestades de novembro. Nas noites sentia contrações repentinas de medo vago ao longo do rasto do cardume. De repente seu coração se amargurou, pois tinha conseguido dizer isto para si mesmo com palavras claras: ele tinha pena dos salmões que não têm defesa diante da própria existência.

E o que você queria que fizessem? Bruno se sacudiu e nadou nas bordas do cardume murmurando para si mesmo, o que você queria que os salmões fizessem para diminuir um pouco as agruras da vida? Que escrevessem livros e estabelecessem relações comerciais e montassem representações teatrais e fundassem partidos e fingissem amores e intrigas e guerras e conluios e amizades e confissões e competições esportivas e de poesia? Virou-se de costas e deixou as pequenas correntes do cardume acalentá-lo de um lado para o outro. Eles são apenas a viagem encarnada. Morte à qual foram afixadas nadadeiras e cortadas duas guelras e oh, o grande baile a fantasia da morte! Oh, as mágicas alegres de sua coreografia! Bruno soprou de sua boca uma pequena bolha de água, como se erguesse um cálice de brinde: à sua saúde, artistas ágeis da morte, servidores bondosos, meio perfumados, da evolução verdadeira, daquela que adapta a vida à morte de forma tão delicada, sistemática e sagaz. À saúde de sua imaginação rica e infinita. A agilidade de sua mão que empunha tesouras e agulha e que cose milhares de fantasias e apetrechos de vestir de todos os que vêm ao baile, e presas e peles e raios e franjas de cabeça e caudas e focinhos e asas e membranas natatórias e armaduras e agulhas de espinhos e unhas e garras e escamas e ferrões, que rico guarda-roupa! Ninguém entrará nu no baile! E quem é este aqui? Batam no tambor! Não é genial? Eis que se ergue e vem o mais esperto dos convidados, que usa a fantasia mais ilusória: uma pequena morte de óculos e barbicha, com um livro debaixo do braço! Como era alegre e variado e imensuravelmente rico, infin... ah...

E só você, Bruno, flutua lentamente pelos recessos do burburinho do salão, pelos seus estreitos canais de escoamento, é arrastado com tristeza com os salmões que nem foram convidados para este baile, porque os donos da festa sabiamente e com muito tato resolveram não incluí-los na lista de convidados, a fim de não estragar o espírito da festa; os salmões, que mesmo não tendo sido convidados se projetam como um pesadelo constante, frio, nas telas das mentes mais escuras dos celebrantes; os salmões que passam pelas ruas da vida como uma espinha de peixe descarnada e embranquecida, mas não conseguiu fazer crescer em si a carne do consolo da ilusão e do esquecimento momentâneo, e assim ela vagueia, amaldiçoada...

Meu Deus!, disse Bruno (que jamais fora religioso), em nome de que o Senhor conduz estes milhões de salmões em volta do mundo todo em círculos infindáveis? Por que o Senhor não poderia se satisfazer com um salmão? Com um casal de salmões? Veja, até os homens, os mais cruéis dos seres vivos, aprenderam a sabedoria do uso dos símbolos: nós dizemos "Deus", "homem", "sofrimento", "amor", "vida", e abarrotamos assim numa pequena caixa toda a experiência. Por que somos capazes disso e o Senhor não? Por que o Senhor não pode evitar que as coisas sejam criadas até o fim quando apenas passam pela Sua mente prolífica? Por que todos os Seus símbolos são tão detalhados e perdulários e dolorosos? Será que é porque somos mais bem-dotados que o Senhor para adivinhar o sofrimento e a dor embrulhados em cada uma dessas caixas, que preferimos deixá-las fechadas?

E veja, algumas semanas mais tarde foi-lhe dada uma resposta. Assim acontecerá por vezes no mar: perguntas cheias de vitalidade especial emitem ondulações que se vão ampliando até os extremos do universo, até a última das fendas dos abismos mais escuros. Em algum lugar desperta uma essência anônima, adormecida, de que as ondulações acordaram para a vida, e ela é arrancada do emaranhado de algas das suas miragens e ergue-se e flutua lentamente pela superfície da água. Por vezes passarão centenas ou milhares de anos até que as respostas encontrem a pergunta que lhes deu vida e nome, mas na maioria das vezes não encontram. Então elas se desesperam, sua vivacidade turba-se lentamente e elas mergulham e afundam de novo nos braços acalentadores das algas. Meu Bruno passava em sua viagem pelos fragmentos de tais sensações, cascas de idéias, cadáveres de grande ousadia, metade dos quais ainda não amadureceu e metade já apodreceu. Aquelas lhe causavam apenas uma aflição ligeira, incompreensível, igual à que o homem que aspirou gás por um momento sentirá, sem que o saiba. Elas não o atemorizavam. Também o oceano fechado de seus escritos estava cheio delas.

Mas ele, exatamente ele, teve o privilégio de obter uma reação. Um gesto. Não uma resposta direta às perguntas que formulou, e, apesar disso, não um alheamento. E em mim inquieta-me uma suspeita indistinta de que alguém agilizou os processos neste caso especial. Alguém fez um árduo trabalho de pensamento e pesquisa e procura e organização, não característica de sua natureza sonolenta. Alguém obviamente se superou.

Porque no crepúsculo, na passagem Kattegat entre a Suécia e a Dinamarca, o cardume parou de repente, sem motivo aparente. Era um pouco cedo para o *gyoya* do entardecer e Bruno acordou um tanto confuso, de um cochilo durante a navegação da tarde. Olhou em torno dele. Viu um mar calmo e sem ondas. Uma leve brisa, como um farfalhar que perpassa as dobras de uma cortina de teatro, entreteve o horizonte azul e o fez estremecer. Os peixes pararam e agitaram rítmicos as nadadeiras, indiferentes ao que acontecia. Um bando de grous de pescoço estendido os sobrevoou. Como sempre em momentos de tensão, Bruno começou a agitar as palmas das mãos e mover levemente os lábios. Nos últimos tempos, uma estranha infecção se alastrara em duas feridas no seu peito e o preocupava um pouco. Agora começou a senti-las arder com mais intensidade. Esfregou as feridas estranhas com os braços e aguardou com expectativa.

E então, numa distância pequena dos pioneiros do cardume, o mar se partiu e um grande bando de golfinhos jorrou das profundezas e passou como um relâmpago pelos salmões. Bruno se assustou e contraiu-se, mas os peixes à sua volta estavam tranqüilos. Os golfinhos, crescidos e esverdeados, deram uma volta agora a uma certa distância num amplo semicírculo, e por fim voltaram-se e se alinharam diante do cardume. As nadadeiras não se eriçaram e as linhas laterais não se destacaram. Os dois cardumes espreitavam um ao outro. Os salmões, sem movimento, a aparência dura, frios e silenciosos, e os golfinhos, mais corpulentos, brilhantes e cheios de vida. Bruno se perguntou se os golfinhos teriam a mínima noção do que seja a vida dos salmões. Por um momento foi tomado por uma sensação de miséria e auto-anulação diante deles; não aquela aflição de salmão resistente ao mar, mas de Bruno, o homem de esqueleto, o proscrito. Talvez isso ocorresse porque se lembrou de que os golfinhos eram da sua espécie, nasciam de partos e mamavam.

E naquele momento a coisa aconteceu, como se um espírito diferente tivesse perpassado os golfinhos. De uma só vez, distendeu-se neles o grande *ning* e então se atraíram e comprimiram um contra o outro como se confabulassem. Depois se separaram num círculo amplo e começou o espetáculo.

Porque não se pode chamar isto de outra coisa. Como se quisessem agradecer aos salmões pela viagem ingrata ou diverti-los pelo seu sacrifício sem sentido. Bruno se excitou, os golfinhos, crianças mimadas do mar, os nobres, os sábios, os orgulhosos do mar, sentiram num piscar de olhos o medo da desolação que eles sabiam afastar com tal sabedoria para fora do seu círculo de vida. Isso exigia deles alguma ação...

Os golfinhos saltaram para o ar e deram uma ágil cambalhota. Dois a dois, e depois de quatro em quatro, cortavam a senda um do outro como chispas verdes, brilhantes, e então dispuseram-se rapidamente numa longa fila, e de uma só vez aprumaram-se por sobre a água e galoparam na ponta de suas caudas flexíveis, arrastando atrás de si um rasto espumante de fragmentos de onda, cuidando para manter o mesmo risinho forçado, fazendo um grande arco em torno do cardume de Bruno, e imediatamente voltaram e pularam excêntricos um sobre o outro numa pista de obstáculos ilusórios.

Os salmões olhavam impassíveis, mas agitavam as nadadeiras numa velocidade maior que a comum. Bruno tinha todo o corpo atento. O coração quase explodiu no esforço silencioso. Mesmo não tendo entendido o sentido do gesto, sabia que estava imerso num ato raro de pura arte. Todas as amplidões do mar, toda a alegria da vida, a misericórdia e a participação e a amargura e o conhecimento da impotência, tudo isso estava lá e a água em torno do corpo de Bruno chiava ao tocá-lo. Ele quis ir atrás dos golfinhos mas não entendia muito bem por quê. Talvez porque ele fosse uma pessoa que não era uma pessoa, e eles, peixes que não eram peixes. Mas talvez porque sentisse por um momento que a vida lhe era concedida. Era-lhe concedida e lhe pertencia por lei, merecendo o nome de vida. Os grous berravam em cima e estendiam o pescoço até quase o torcer. A amplidão do mar estendia-se azul e bela. Uma luz brilhava de dentro das ondas. Bruno observou os golfinhos em súplica.

Desapareceram assim como haviam surgido. Foram engolidos pelas ondas. Bruno sentiu como a angústia voltava e se arrastava para dentro dele. O *ning* estendido do cardume arrefeceu de imediato e nas bordas já havia começado a *gyoya* do entardecer. Os peixes começaram a esquecer o que tinham visto. Eles nada têm além do presente. Só uns poucos, entre os quais o pequeno Yorik, ainda permaneceram um instante em posição ereta, procurando com os olhos algo que já haviam esquecido o que era, que só deixara neles uma vaga e passageira preocupação. Pareciam tão infelizes, e Bruno, lançando sobre eles sua abominação por si mesmo, menosprezou sua idiotice mecânica, sua seriedade supérflua, que os impedia de procurar por conta própria caminhos mais curtos e fáceis, zombou da forma sem inspiração como se resignavam à sua sorte...

Yorik roçou em sua costela. Bruno se voltou e viu que a boca do peixe estava imersa num gesto enérgico de abre-fecha. Fez-lhe um gesto idêntico mas sem entusiasmo. Por um momento esperou que o peixe lhe indicasse que também tinha visto os golfinhos e tinha sentido tudo o que acontecera, mas Yorik apenas demonstrou o prazer do excelente alimento da *gyoya* do entardecer. Napoleão, que nadava à esquerda, uma criatura obtusa e desprovida de qualquer frescor, já estava metido numa perseguição entusiasta à nuvem de ovas de cavala que passava na água. Bruno mergulhou e engoliu com fúria tufos perfumados de plâncton. Em sua imaginação, viu-se no lugar destinado a ele, nadou alegremente e despreocupado, com os felizes golfinhos, viveu a vida tranqüila daqueles que aceitam que nada podem mudar e se dedicam à ilusão.

Mas quando terminou a *gyoya* e o cardume se preparou para a viagem noturna, Bruno sentiu de repente um estranho orgulho. A legião enorme estava parada e suas guelras moviam-se numa ritmada lentidão. Em todas as faces, pairava aquela seriedade congelada que tanto abominara um momento antes. Mas, pela primeira vez desde que realizara o ato e descera para a água, Bruno começou a adivinhar por que havia escolhido os salmões e sua viagem. Pois ele próprio era um salmão entre os seres humanos. E mesmo quando era um golfinho, era dos salmões. Bruno arquejou e seus pulmões quase irromperam de alegria exultante, como cabe ao homem amar uma mulher, uma mulher de carne e osso, a fim de se familiarizar, mesmo que pela metade, com o amor puro e abstrato, assim Bruno devia tornar-se um salmão por inteiro, para conhecer a vida. A vida totalmente nua, assim como os salmões desenham a sua linha geométrica concreta em cima da metade do globo terrestre.

Fechou os olhos e distendeu o corpo até relaxar. Estava muito emocionado e se obrigou a ignorar as pontadas de dor que a infecção no peito lhe causava sobre as costelas. A dor não o abandonou. E Bruno se coçou com fúria, zangando-se com aquele corpo que o traía como sempre, nos raros momentos de enlevo que lhe eram concedidos.

Ainda por um momento, todos se deixaram ficar, sussurraram sem palavras, emitiram perguntas concretas, impacientes, e respostas automáticas e rápidas e Leprik estava atento aos ecos que lhe vinham do corpo deles, e eles estavam atentos à sua atenção, e de uma vez, sem que compreendessem como acontecia a coisa, a notícia da partida atingiu a todos, pulou como o brilho no fio do *ning*, foi registrado com um clarão nas linhas laterais que brilharam por um momento, e, antes que soubessem, já estavam a caminho.

5.

Há uma eternidade e meia, juro!, ele navega com seus infelizes salmões sem interrupção e sem desistir, e eles crescem enquanto ele encolhe, e há dentre eles alguns que já são maiores do que ele, do que o meu homem que não sabe desesperar, que já passou todas as tempestades do mar do Norte, e um ataque de um cardume de barracudas que eu, de maneira alguma, entendo o que faziam na praia de Bergen, e um mês ter-rí-vel em que pescadores islandeses me arrebataram quase metade do cardume, e ele ainda navegava com olhos ardentes e com seu sorriso amargo que não se apaga na água e seu queixo se torna dia a dia mais agudo, o corpo está pele e osso, puxa, sem um pêlo sequer, e a própria pele já se tornou inchada e esponjosa de tanta água, às vezes, quando olho para ele à luz do luar, tenho a impressão de que ele já conseguiu e é um peixe.

Mas o problema é que ele não pára de pensar, e estes pensamentos torturam-no e também a mim, porque não posso ajudá-lo em nada, pois é claro para mim que o que ele procura não está dentro de mim, e pelo menos posso ficar contente que também "dentro dela" não. Isso não existe em lugar algum e só dentro de si Bruno talvez possa encontrar, e tomara que ele tenha força, e eu, naturalmente, me empenho em ajudá-lo no que for possível, mas o que eu, pequena e fraca, posso fazer, e eu o recolho e lambo assim, e lhe sussurro que não sou como ela, não sou cega e surda e tapada como ela, sou toda língua e olhos e ouvidos, leio tudo em você, Bruno, e compreendo tudo e sei adivinhar você tanto, pois não há pensamento que você tenha pensado na sua vida, e não há pessoa que tenha encontrado, nem saudade ou lembrança ou beleza ou sofrimento que não tenham deixado sinal em você, em algum lugar do seu corpinho doce, e é preciso apenas saber ler, e ler, Bruno, só é possível comigo, só dentro de mim, e isto não fui eu que inventei, Deus me livre, pois você sabe quanto sou modesta, mas há anos dormi junto à Austrália sob um navio que se chamava *Beagle*, e repentinamente senti que a lua desaparecera, acordei logo e saí, e vi como o rosto gigantesco de um velho se curvava sobre a amurada do convés do navio e ocultava todo o céu, e este homem olhava para mim com tanto amor que meu coração se derreteu, e a costa da Nova Zelândia ficou toda inundada (no Japão chamam estas minhas pequenas emoções de *tsunami*), e o homem falava com outro homem que estava junto dele, não vi o rosto daquele: e o primeiro disse para aquele você vê, Peter, aqui se encontra a raiz das coisas. Aqui estão as grandes incubadoras da história e de toda a existência. Jamais viveremos tempo suficiente para desvendar os segredos do mar. E Peter riu e disse a lua está influenciando você, Charles, e o meu velho sorriu misteriosamente e disse não sou poeta, Peter, sou apenas um pesquisador da natureza, e como pesquisador eu lhe digo: na terra poderemos encontrar vida a uma profundidade de um pé ou dois e, acima dela, na altura de algumas dezenas de pés apenas, no máximo, mas no mar, Peter? Abismos mais profundos de tudo o que possamos imaginar! Sim, por acaso você sabia, Peter, que aquela montanha que fica entre o Nepal e a Índia, aquela que leva o nome do nosso conhecido sir George Everest, e é considerada a montanha mais alta do mundo, se pudéssemos afundá-la no mar, no abismo junto a Guam, por exemplo, a água a cobriria e ficaria ainda cerca de duas milhas acima dela? Perdoe-me, Bruno, por me permitir vangloriar-me assim, isto foi só para explicar a você até que profundidade posso chegar, e mesmo dentro do corpo de uma pessoa, e não há ainda em todo o mundo uma especialista como eu em ler todos os sinais que todos os momentos na vida deixaram em seu corpo, todos os pensamentos e desejos, pois cada uma dessas coisas tem que deixar uma minúscula cicatriz, ou mancha ou ruga, olhe para a cara dos seres humanos mais velhos, que já não têm onde esconder todos esses sinais, e tudo lhes é desenhado no rosto, e olhe até os seus novos amigos, os salmões, em cujas nadadeiras o tempo que passa e todas as suas desgraças desenham anéis como nos troncos das árvores, pequenos anéis pelos meses que estiveram no rio, e um grande anel pelos meses que estiveram em mim, e em Leprik há um segundo grupo de anéis para indicar a sua segunda viagem, perdoeme por estar me intrometendo, quem sou eu e o que sou eu, mas me doeu tanto no coração quando descobri que você jamais riu um riso verdadeiro assim enlouquecido, exceto na única vez em que seu pai Yacob deitou você nos joelhos dele e te surrou com o cinto, mas esse foi um outro riso, naturalmente, e depois desse já não vieram risos, e é uma pena, na minha opinião, porque até que gosto demais de rir, e nós poderíamos rir juntos, porque o que resta fazer além disso?, mas você, mesmo quando lhe faço cócegas lá, você fica assim duro e preto, e eu, você vai rir, fico um pouco ofendida com isso, Bruno.

Peço-lhes desculpas por ter continuado. Não pude evitar a tentação de promover um encontro seu com a abundância de palavreado idiota e baixo ao qual estive exposto em Nárvia. Aqueles pensamentos remoídos! Esta tonta astuciosa! A grande vaca líquida amorfa! Com que artifícios baratos tentou ocultar de mim as coisas que me são importantes, pois eu sabia que ela havia ocultado dentro dela tudo, até o manuscrito perdido de *O Messias*, mas para mim atirava só migalhas: cascas secas de patas de caranguejos. Conchas vazias. Citações castradas de seus livros, que eu conheço de cor. Ah! Uma guardiã ignorante que defende o penhor, cujo valor ela de maneira alguma é capaz de avaliar. Que falta de responsabilidade por parte de Bruno dar assim de mão beijada o seu tesouro!

Fervi de raiva dela, eu devia voltar a Israel dentro de uma semana, e ainda não descobrira nada importante! Durante dias inteiros estive dentro dele, contei a ela sobre ele para o seu total prazer quase animal; minha pele foi se descascando como um papel de parede florido, e ela ainda não havia concordado em dar indício algum sobre ele. À noite eu ficava sentado em companhia da viúva Dombrovski, que remendava sem cessar roupa de cama e de baixo, e me lançava olhares apertados, escrevia muitas folhas sobre uma velha máquina de costura que me servia de mesa e rasgava-as em seguida. Ficou claro para mim que não posso escrever sem a ajuda *dela*. Dependo dela, e isso era o mais humilhante.

Por isso, no dia seguinte, não pus nela um dedo sequer durante todo o dia. Passeei pela praia arenosa, interessei-me pelos magníficos lírios que nela floresciam, até me diverti com a idéia de criar para mim aqui, em Nárvia, o início de uma modesta coleção de conchas e me aprofundar no assunto até me especializar. Depois andei pela praia até o farol, subi ao andar de cima pelos degraus em espiral. Não quero me gabar, mas me disseram na aldeia que só uns poucos turistas conseguem enfrentar este esforço e a tontura que se sente nos lugares em que parte da parede desce direto para o mar, e os degraus se curvam quase em cima da água. Depois descobri que para se chegar do último andar até o minúsculo terraço onde fica o farol é preciso arrastar-se por uma escada estreita que fica justamente sobre o mar. Para minha tristeza, já estava ficando tarde para mim, e fui obrigado a desistir desta parte estimulante do pequeno passeio.

Então, voltei para a praia e durante todas as horas da tarde infindável fiquei sentado na minha espreguiçadeira, totalmente só, congelando de frio por causa do vento leste, e também fervendo de raiva por causa dela, olhando direto para dentro dela, e amaldiçoando a minha má sorte por ter-me feito encontrá-la.

E também a viúva já resmunga abertamente. Ela pensa que sou louco, ou um espião americano, ou ambos. Eles estão muito sensíveis aqui e agora devido às demonstrações na cidade vizinha. E ela também está brava porque deixo a luz acesa até tarde (eu, naturalmente, estou mandando sinais para os bombardeiros americanos) e, além disso, parece-me que ela me viu ontem atirando flores ao mar.

Confesso que foi uma idéia idiota. Tentei suborná-la com pouco. Apenas um ramalhete de violetas que comprei de um menino na aldeia. Pois dentro dela, nas profundezas, não há flores, parece-me, e certamente não das perfumosas. E uma mulher que conheci gostava de violetas. E ontem à noite, na praia... causou-me um estranho prazer... talvez porque tivesse repentinamente sentido muita saudade dela. E atirei ao mar flor após flor, uma mulher tonta, até inteligente, um tanto volúvel, dissimulada, apaixonada, não apaixonada... pois vim para cá também para esquecê-la, e eu estava firmemente decidido a esse respeito e sempre cumpro minhas decisões, planejei a minha libertação dela como uma verdadeira operação militar, e estipulei um certo tempo para as inevitáveis depressões e mais um período para o desespero que eu sabia que viria, e depois, os dias de recuperação, fortalecimento renovado — tudo estava tão planejado, e por algum motivo nada funcionou... uma mulher assim... e ela destruiu, destruiu mesmo a minha vida e a vida da minha Ruth, o anjo, e despertou em mim esta maldita sede, que não sei como aplacar, a abominação de mim mesmo, da minha vida até agora, da minha escrita. Disse que sou traidor. Vá, escreva para os tímidos, disse ela antes de me mandar embora, e me deu como presente de despedida um livro, um golpe final doce, cruel como ela, exigente como ela, e deixou-me para ir viver com outro... e depois dele, com outro... desses que não se cuidam, que são devorados em sacrifício, ou que são depois abandonados como eu, ela não nos deixa alternativa — eu vim para cá para esquecer.

Acho que adormeci. Por causa da areia ofuscante e das ondas especialmente monótonas que *ela* em sua iniqüidade acariciou diante de mim. Adormeci e sonhei novamente com Ayalá. Com o nosso primeiro encontro depois que já nos havíamos separado. Quando exigi insistentemente que ela concordasse em se encontrar comigo, para que eu pudesse contar o que o livro de Bruno tinha feito comigo. Ela ouviu em silêncio, toda círculos completos de pele lisa e morena, e o cabelo preto esticado com força sobre a testa e preso na cabeça num coque pequeno e *sexy*. Foi uma das raras vezes em que não zombou das minhas palavras e não fez uma observação sarcástica ou maldosa. Senti logo que talvez fosse a minha hora de glória e comecei a me deixar arrastar pelo falatório. Eu sempre contava a ela mais do que pretendia. Sempre senti que estava sendo testado. Logo o olhar de devoção dela se desfez. Ela suspirou, levantou-se e foi buscar acetona e esmalte vermelho, e começou a cuidar dos dedos de seus pés gorduchos. Enquanto isso perguntou a respeito de Ruth e observou num murmúrio que Ruth é uma "verdadeira santa", que concordara em me aceitar de volta, depois do que eu lhe havia feito (como se ela mesma não tivesse nada a ver com o assunto!). Quando se curvou para as unhas dos pés, seus seios ficaram à mostra e eu jurei para mim mesmo que não me humilharia diante dela com súplicas, ela me recusou, naturalmente, e disse que eu parasse de me humilhar implorando. Com astúcia, voltei a falar a respeito de Bruno, e realmente consegui interceptar de novo os olhares mais ternos dela. Mais do que isto, consegui fazer com que suas grandes pálpebras, bonitas e espirituais, descessem lentamente até a metade dos olhos, e é assim que eu gosto muito de vê-la. Ela parece até mais misteriosa e distante que de costume. Perguntou-me como estavam indo os tratamentos de Ruth, e lhe contei que ainda havia problemas, e que me recuso a ser examinado. Mas não vamos falar sobre isso, porque é a respeito de Bruno que quero lhe contar. Ela ergueu as persianas de cima dos olhos, e me lançou seu sorriso mais abominável, e eu já sabia que ela não reagiria a todas as coisas bonitas que lhe contara sobre Bruno, mas, como sempre, se referiria ao meu traje ("Ruth anda de novo escolhendo as suas camisas"), ou ao meu penteado, ou num leve gesto me desabotoaria o botão superior da camisa, e observaria que ela se sente sufocada ao me ver assim, em pleno verão, e em resumo, tentou fazer-me sentir uma pulga. Mas ela disse apenas que tem certeza de que no fundo do meu coração eu menosprezo (!) Ruth porque ela não consegue engravidar. Naturalmente, isso era uma grande e desprezível bobagem. É certo que acredito que toda pessoa é responsável de algum modo pelas suas fraquezas, e só ela é responsável por não encontrar dentro de si forças para lutar contra estas fraquezas, e eu próprio me vejo como alguém que conseguiu se safar pela sua força de vontade de uma biografia totalmente diferente da que lhe foi destinada pela sua história particular, e pela sua educação, e até, definitivamente, pelo seu caráter, sim, e quanto ao que Ayalá disse, há atualmente não poucas pesquisas científicas sobre a relação entre o caráter e a força de vontade do paciente e as suas possibilidades de superar a doença, e mesmo quando se fala de problemas de esterilidade, mas dizer que eu desdenhe Ruth, isto realmente é burrice e maldade. Ayalá prestou bem atenção, e depois disse com voz doce, numa melodia inocente: — Fraqueza significa sofrimento, sofrimento exige participação, e participação significa expor-se. Você é um artista, Shlomik, um artista do estranho e do evasivo. Às vezes — ela disse — você me assusta. Porque medrosos como você são capazes de tudo quando sentem que a sua arte está em perigo.

De repente percebi o que eu devia fazer para consegui-la. Consegui-la novamente num lance espantoso e genial. Sem refletir, comuniquei-lhe que pretendia partir e seguir os passos de Bruno. Ela esboçou de novo um sorriso tolerante e polidamente me desejou sucesso. Ela não acreditava em mim e por isso minha decisão se fortaleceu duplamente. Ela pintou uma unha arredondada e disse que se admirava de como eu havia escolhido, sem saber, viver em duas idades tão diferentes: — Ou você é velho demais às vezes ou infantil demais. A meu ver, você simplesmente foge assim, com uma esperteza inconsciente, dos confrontos com os problemas de sua idade verdadeira. — Respondi, ofendido: — Houve época em que você gostava desta minha complexidade. — E ela: — Você não tem idéia de quanto. Pois eu acreditava tanto nela. E em você também, você sabe.

As pálpebras tremiam-lhe nos olhos. Havia nela uma contradição que eu jamais soube acomodar, apesar do barulho de que ela se fazia rodear; apesar do egocentrismo e das nuvens de fumaça colorida que desprendia em torno de si, seu senso de discernimento permaneceu aguçado, sóbrio e contaminado por um profundo desespero. Mesmo a sua satisfação com a desgraça alheia e a sua zombaria eram apenas uma máscara. Mulheres. Naquela noite ela me falou de Walter Benjamin. Benjamin era um filósofo e escritor judeu-alemão. Durante toda a vida gostou de apenas uma obra de arte, o quadro *Os novos anjos*, pintado por Paul Klee. Tinha admiração por ele. Escreveu a seu respeito. Necessitava dele. Era um estranho sistema de relações entre uma pessoa e um objeto de arte. Conseguiu adquirir o quadro e desde então ele o levava em todas as suas viagens. Ao periódico que fundou, deu o nome *Novos Anjos*. — Aliás — disse Ayalá —, há algum tempo vi o quadro numa galeria em Londres, e não entendi o que Benjamin viu nele. Cada um de nós tem chaves secretas que o abrem. Como isto é bonito, não? — Não compreendi por que ela me contava isso. Ayalá coleciona historietas. Montes de trechos de informação e bisbilhotices sem importância. Toda a sua cultura é feita de remendos de histórias desse tipo. Naturalmente jamais leu *A crítica da razão pura*, mas saberá lhe contar com um sorriso ligeiro que Kant sempre usava ligas sob as calças e, pelo tom de proximidade da sua voz, o ouvinte imaginará que ela conhece com igual intimidade também as ligas da teoria de Kant.

Acordei assustado. Já eram seis da tarde. Tinha dormido uma hora na praia. Depois me lembrei do meu sonho, que tinha sido apenas uma recomposição exata do que ocorrera na realidade. Ayalá zombava de mim e dizia que meus sonhos eram tão organizados como uma pasta de burocrata. É verdade, exceto nos casos em que tenho pesadelos, e então eu realmente sinto nojo, e naturalmente não os contarei a ela nem a ninguém mais. Levantei-me da espreguiçadeira irritado e confuso, estremeci e recuei assustado: o ramalhete de violetas de ontem estava disposto num montinho aos meus pés... e na praia havia pequenas marcas, molhadas, de uma onda pequena e muito ágil...

Então joguei de cima de mim a toalha e os óculos de sol e a cobertura do nariz, e corri direto para dentro dela e realmente eu ardia de raiva, mas ao mesmo tempo — para mim era difícil explicar — eu tinha uma estranha sensação de que também ela corria ao meu encontro, de que aquele era um momento de inesperada reconciliação, de perdão, e talvez até de amor, no momento mais inesperado, mais ilógico, como sempre, na realidade... as brincadeiras dela comigo... ela me quer... ela zomba de mim... e dei um pulo com força para dentro da água, e bati nela com a barriga, e soquei com as duas mãos e ela disse em voz baixa: não seja criança, Neuman, tenho minhas próprias flores, florestas inteiras de beleza e cor, e foi mesmo tolice de sua parte pensar que poderia me influenciar com isto, não, mas você pode me dar um outro presente que talvez até possa me enternecer, quem sabe, e não seja tão avarento, e pense nele, por favor, dentro de mim, pois você sabe que para mim sozinha é um pouco difícil... um pequeno problema de saúde, temporário... pense nele por mim, invente coisas, até escreva uma história que não existiu, o importante é que você pense, que diga, Bruno, por mim, meu caro, por nós dois, minha doçura...

Bem. Vou lhe contar. Você ainda vai lamentar ter-me pedido para contar. Agora ouça.

Você falou sobre o riso que não encontrou nele, e eu lhe falarei sobre o medo. Sobre a solidão que seu caráter e seu talento lhe impuseram. O medo das relações de afeto e amizade, e o outro medo dos abismos que jazem entre um momento e outro, e pelas coisas que descobria no papel depois que sua pena o tocava. E como eram arrancados das profundezas pedaços de magma de uma verdade antiga, primeva, que eram sugados e subiam, atraídos através de todas as camadas de precaução e defesa, para a sua caneta magnética encantada, e ele então parava e lia e se assustava, porque tudo o que ele escrevia não existia antes nele, e assim começou a adivinhar que também ele seria um elo fraco, e que através dele se filtrariam para o mundo os anseios que são irresistíveis aos seres humanos e que o coração deles explode de dor e anseio em sua presença, e então o meu Bruno se erguia e andava pelo quarto, e zombava de si mesmo nervoso, e dizia que já estava tomado pela megalomania, que havia perdido o senso de discernimento entre sua vida e suas histórias, e que era mais plausível supor que através de uma pessoa como ele, um *nyedoenga*, um incapaz como ele, se filtrassem para o mundo justamente as essências abstratas dos erros risíveis e as asneiras e o grotesco...

Mas ele sabia e tinha medo. Por isso era às vezes levado a cometer fraudes: fazia amizade com pessoas, escrevia cartas sentimentais (em cujo sentimentalismo ele próprio quase acreditava), falava com certas pessoas com uma liberdade forçada, tratando-as de "você" (quase nunca ousava dirigir-se a essas pessoas assim por escrito; talvez porque por escrito não se permitisse mentir). Concordou em dar conferências, às vezes até permitia que o arrastassem para festas e saraus, onde sorria terrivelmente constrangido, e deixava que tentassem embebedá-lo, apenas para não decepcioná-los, e até conseguiu sorrir como se deve, quando lhe davam tapinhas amistosos nos ombros magros, e assumia em seu rosto irônico um ar de atenção, quando lhe explicavam sobre sua própria experiência, que a fim de conhecer o desespero ("O desespero!", gritavam aos seus ouvidos, e levavam a mão ao coração num movimento de que ele nunca necessitava, pois mesmo sem este gesto se lembrava de onde ficava seu coração), e a fim de "escrever mesmo, como um escritor de verdade", ele precisa cometer-um-pequeno-suicídio ou enlouquecer-aos-poucos, e também na vida diária, Pan Schulz, é preciso sair da solidão e sentir as "sombras da humanidade", o "sofrimento do mundo", e não ser um eremita asceta e se isolar. E ele, você está ouvindo, tentou com todo o empenho se convencer, tentou realmente e com sinceridade desfrutar alguns momentos daquele desespero sobre o qual tanto disparatavam, com desespero roto de tanto uso, e tão densamente habitado; tentou elevar-se da escuridão em que estava imerso, somente para fugir por um momento daquele medo frio, viscoso, que serpenteava sobre ele como um cachecol úmido, quando olhava para as coisas que escrevera, ou quando pensava no que o futuro lhe preparava. Mas o meu Bruno não era capaz, por um defeito de sua natureza e por causa da sua retidão, não era capaz de um suicídio-companhia-limitada e de insanidade-aos-poucos e não sabia diluir sua solidão em outras pessoas, porque sabia muito bem que elas não podiam sugerir-lhe um abrigo diante dos perigos aos quais estava condenado, e sabia que há um caminho que deveria trilhar: permanecer consigo mesmo, sentar-se em sua cadeira e abandonar-se à percepção aguda e aos dois grandes holofotes que desejam cruzar-se em sua testa, o anseio e o desespero, e gravar nela a marca de Caim que condena a vagarem sem fim, ele sabia também que só quando estivesse sentado sozinho em seu quarto simples, junto à mesa simples, escrevendo num caderno escolar, só então poderia sentir como todo o seu corpo se contrai lentamente, como é torturado nas tenazes da inquisição inigualada em crueldade e prazer, até que seus ossos e sua carne fiquem achatados, longos e finos, até que toda porção de carne se dilua até o fim numa dimensão de distância e sonho, e só então, quando ele for uma membrana transparente, agitando-se, conseguirá novamente sentir o rufar do tambor diante dele, o abraço febril e desesperado de línguas selvagens e de gramáticas que apodreceram porque já não há no mundo pessoa que saiba e possa utilizá-las, e a pena de Bruno corre então como que enlouquecida para fazer os desenhos apressados que este mundo secreto deixa sobre o pergaminho do seu corpo, colá-los ao palpável e ao visível, e assim são arrancados de dentro de Bruno as suas histórias, saudades e os lamentos pelos Jardins do Éden dos quais fomos banidos para cá, para um mundo congelado e concluído, um mundo de segunda mão, de ciências exatas e línguas classificadas e tempo domesticado nos relógios, veja-o inclinado sobre sua mesa, os lábios mordidos pelos dentes e o queixo muito fino, ele escreve com impulso, violência, paixão e esquecimento, exatamente como escreveu dentro de você em sua viagem ousada. Olhe para ele enquanto esgrima com sua pena com visões múltiplas, desgrenhadas, cuja forma ainda não se materializou por inteiro, evocando as Eras do Gênio para que ressurjam mesmo que por um breve momento, e durante todo este tempo ele deve se cuidar muito para que a pena não perfure a membrana fina e tudo penetre dentro e se confunda e se perca, sim: perder-se-á, pois este mundo não está preparado para o que cintila além de Bruno; a vida aqui congelou-se em cadáveres humanos, como lava que irrompeu e imediatamente se resfriou. E só no final do seu caminho, quando já estava dentro de você, só então ousou e perfurou e dissecou e escreveu em você numa dança cabriolante a última história, a desaparecida, *O Messias*, e se já chegamos aí por acaso, totalmente por acaso, nessa história, talvez seja melhor eu me calar por ora, e deixar você falar a respeito dele, só uma dica ou duas, não mais...

— Isso não. Mas falarei a você sobre o *torag* de Guruk.

— Guruk? Quem é Guruk? Não quero saber de Guruk! Quero saber sobre a Era do Gênio! Sobre *O Messias*! Agora! Agora!

— Chega! Cale-se!

E depois de um intervalo:

— Você é tão tapado. Tão bobo. Você me contou agora coisas tão terríveis. Coisas tão verdadeiras. Não paro de me perguntar como você é capaz de compreendê-lo assim. Eu odeio você por ser capaz de adivinhá-lo assim. Sei como você faz isto: você olha para si mesmo e diz o contrário. Você...

— Basta!

— Não! Eu falarei, porque você também fala sem piedade. Tudo você tem que dizer! Tudo você precisa saber! Você me fere mortalmente, com tanta crueldade e justiça. E vou lhe dizer uma coisa: quando ele estava dentro de mim e eu o lambi, descobri que ele já estava aos pedaços. Muitas criaturas estranhas, Neuman, criaturas estranhas, malvadas, minúsculas, nadavam nele como peixes nos compartimentos de um navio naufragado...

— Mas ele conseguiu? No fim, ele conseguiu?

— Por Deus! Por quê, de todas as pessoas que amam Bruno, eu precisava encontrar justamente você?! Agora deite em silêncio! É sobre sucessos que você quer ouvir? Vou lhe contar sobre sucessos. Deite! Não se mexa assim o tempo todo! Pelo seu modo de nadar, meu caro, sou capaz de jurar que você também não sabe dançar, estou certa?

— Você tem prazer em me humilhar assim, não?

— Ah, qual é o sentido disso? De que adianta? Só que, de repente, eu me zanguei. Essas coisas que você contou...

— Ele não combinava com você.

— Com os diabos! Você, seu desgraçado...

— Ele combinava só consigo mesmo. Não se zangue. Pois isto me fere exatamente como a você. Talvez por outros motivos, mas é a mesma dor. Fale-me agora dele, por favor. De tudo o que quiser. Mas fale.

— Cale-se, vamos. Cale-se e deixe-me pensar em silêncio. O *torag* de Guruk, eu disse...

6.

... Junto às ilhas Shetland, no mar do Norte, o cardume levou um tremendo susto.

Meu Bruno sentiu a coisa com atraso, isso porque, sempre que estava dormindo, era difícil para ele ajustar-se ao *ning* (e o *ning* não lhe foi fácil desde o início, apesar do que você escreveu, Neuman, pois, para seu governo, durante toda a vida fora de mim ele estava ocupado principalmente em não ouvir *nings*), mas naquele momento ele foi repentinamente atirado, de repente ele levou uma cambalhota, afundou, engoliu água e acordou assim, cuspindo e lançando gritos terríveis, chutando com as mãos e os pés... perdão.

Bem, pedi perdão, certo? Outra vez: perdão, Neuman. Eu simplesmente me emocionei e esqueci que você está aqui comigo. Isso não voltará a acontecer. Prometo. Sim, você pode cuspi-los de volta em mim, meu caro, sim... muito salgados... e também muito frios, hem?

Onde estávamos? Ah, sim, no mar do Norte. Era noite, e a lua rompia na água, Bruno procurou logo as linhas laterais que pertenciam a Yorik e Napoleão (mais uma idéia idiota sua, queridinho, Bruno nem sonhava em dar nomes aos peixes, nem ao Leprik!) e Yorik (rá, rá!) estava exatamente no seu lugar de sempre, do lado do mar, mas Napoleão (hi!), que sempre nadava do lado da costa, desaparecera, e Bruno se encheu de medo, sim, eu senti o medo dele fluindo até os meus golfos mais estreitos, e você deve tentar entendê-lo, Neuman, porque depois de uma eternidade e meia de viagem entre os dois, de repente teve a sensação de que o lado da costa de seu corpo simplesmente fora arrancado dele, e a sua vida se esvaía rapidamente, e fluía para a costa, para os peixes estranhos que nadavam ali, que apesar de ele ter viajado com eles aproximadamente meio mundo, aproximadamente, quase não os conhecia!

Naquele momento, você está ouvindo, naquele momento começaram a perpassá-lo correntes estranhas, umas turbulências e queimaduras e tremores de calor e frio e ele quis muitas coisas juntas, permanecer e fugir, afogar-se e nadar, e cada mão e cada pé dele começou a nadar de repente em direções opostas, e ele quase se rasgou, e não se esqueça por favor da terrível infecção que tinha nas costelas há alguns meses, por causa dela estava todo o tempo um pouco confuso e quente, e isso era em parte por minha inteira culpa, mesmo que ainda não tenha chegado a hora de revelar isto a você, Bruno olhou para o seu lado do mar e viu que todo o cardume estava confuso como ele, e que milhares e milhares de peixes eram ali apartados e reunidos com medo e selvageria, e que os olhos de todos saltavam e que suas linhas laterais brilhavam, você por acaso é capaz de descrever qual é o aspecto de uma coisa dessas? O meu Bruno se obrigou a ficar calmo. Ele era quase o único que ainda tinha forças para se controlar por um momento e prestar atenção, e logo descobriu que o *ning* grande havia desaparecido, e então Bruno se encolheu todo, *mamma mia*, como se encolheu! E fez força para se concentrar, implorando e desesperado, e só então conseguiu descobrir a uma enorme distância, na extremidade do cardume do lado do mar, o rufar de Leprik, que já estava muito fraco.

Mas não conseguiu sequer respirar aliviado por Leprik estar ao menos vivo, o meu pobre Bruno, porque seu corpo começou a gritar para ele algo inteiramente diferente, totalmente diferente: um novo músculo, forte, começou a se distender e contrair ao longo de todo o cardume, e Bruno ouviu dentro de si toda espécie de sons e ecos que não entendia, o tamborilar de um novo tambor, fechou os olhos e ouviu com todos os seus poros, e este som chegou de trás, do lado do mar, uma espécie de sussurro e contração e dor ter-rí-vel, como se — como explicar para que você entenda bem? — como se lhe fizessem uma operação Suez ou Panamá e o abrissem ao comprido sem anestesia e sem misericórdia; aqueles pobres salmões começaram a se encurvar e lutar, eles estavam seguros de que os pescadores islandeses estavam voltando com suas

174

redes desprezíveis, em que havia três ganchos tortos em cada quadrado, e eu juro a você que vi como alguns desses peixes simplesmente se romperam — *pak* — de tanto medo e esforço, não admira, pois até eu, que já vi coisas assim algumas vezes em minha vida, fiquei como louca desta vez, e você pode por si mesmo adivinhar por que e por quem eu estava preocupado, vi que até os recifes distantes, das pequenas Shetland, brilharam demais, e houve uma sensação como se o mundo todo respirasse e suasse; Bruno foi arrastado rapidamente para o lado do mar, sem que pudesse ou quisesse se opor, e Guruk, Guruk, as enguias assustadas com o claro-escuro serpenteavam e Guruk, Guruk, os ouriços-do-mar com seus espinhos afiados farfalharam e naquela escuridão acendeu-se repentinamente ao longo de todo o céu e também ao longo de mim um fio vermelho e ardente de um novo *ning*, e de uma só vez tudo ficou claro.

Porque um peixe enorme voou da ponta do cardume para a frente, e caiu no lado do mar, e ali a água sussurrou, agitou-se, e o meu Bruno logo sentiu no seu lado do mar, sob seu ombro graciosinho, onde, exatamente, fervilha este Guruk no cardume, foi então também que ele o viu pela primeira vez, era um peixe quase tão grande quanto Leprik, porém mais jovem uma viagem inteira, suas mandíbulas estavam abertas com força como se antes de uma batalha, e as minhas ondinhas despertaram finalmente da confusão que tomou conta delas, e correram para ele, cercaram-no e tocaram nele, e de uma só vez todos fugiram dele aos gritos, fuja daqui, senhora, o mais rápido possível, pois ele tem um calor tal que não dá pracreditar e dá pra fazêdele um forno para mais uma corrente de golfo, senhora, e em torno dele, em torno deste Guruk, o cardume virou e pulou como numa frigideira fervente, acima de nós voavam maçaricos que abriam com força seus bicos cor de abóbora, mas nenhum som saiu deles e conchas gigantescas fecharam-se com tal força que algumas delas simplesmente se despedaçaram assim, e o meu Bruno olhou para o Guruk e viu o desenho exato daquele arroio minúsculo no rio Spey ressaltando como veias no corpo reluzente e musculoso de Guruk e eu mesma juro a você que também vi, estas coisas acontecem às vezes, especialmente se a gente deseja muito que aconteçam, e todo o cardume foi atrás de Guruk como se estivesse desmaiando ou algo assim, ele se encheu de coragem e força como uma baleia assassina, saltou da água e voou por sobre todos nós, mergulhou, desapareceu e voltou de uma direção totalmente diferente, e assim costurava para si o cardume com seu fio forte e esticado, e seu corpo tornou-se então brilhante como uma estrela nova, a cabeça já se descolara totalmente do corpo, e indicou na direção das pequenas ilhas Shetland próximas, o meu Bruno sentiu de repente que tinha de chegar lá, e soube exatamente que lá era o melhor lugar do mundo, e odiou então Leprik que os conduzira durante tanto tempo por um caminho longo demais, como se quisesse torturá-los intencionalmente ou algo assim, e agora é tão claro e simples que é preciso apressar-se, que precisam o mais possível cortar caminho, pois a vida é tão curta, e precisam voar até aquelas ilhas maravilhosas, e não esperar um momento sequer, porque Guruk está chamando a todos...

E começou um verdadeiro *torag*. Não como acontece às vezes na *gyoya*, quando alguns peixes brigam por comida, nem como acontece quando dois cardumes inimigos se encontram, não. Este era um *torag* de loucura total. Os salmões mordiam tudo o que passava diante de seus dentes, e havia alguns que mordiam até a si próprios impiedosos, porque acreditavam que é isso que Guruk queria deles, e eu logo me enchi de partes arrancadas de peixes, de guelras, nadadeiras e olhos, e pelo ar voavam peixes com tal entusiasmo como se sonhassem que já estavam saltando contra a corrente das grandes cachoeiras do rio Spey, si-im, tudo estava cheio da palpitação de nadadeiras e mandíbulas e sons de queda na água, e Bruno berrou numa voz estranha, uma voz alta e rouca: — "Juntos, juntos" — ele gritou, ah, ele era todo uma grande contração de músculos, e seus olhos... você precisava ver os olhos dele! estavam vermelhos de tanto sangue, e saltados como os olhos de telescópio dos peixes-cofre, que vivem nos abismos mais negros, e o tubinho dele estava ereto e duro como a carapaça do peixe-escorpião, ele até esquecera seu nome, e estava certo de que Guruk era o nome correto, sim, e se ele de alguma forma precisa pedir desculpas, é só por aquele momento, quando se tornou uma casca cheia de sangue e ódio, eu realmente me assustei terrivelmente, e em meu coração gritei Bruno Bruno, mas ele não ouviu, ele só olhou e viu de repente o peixe que você chama de Yorik, que assim seja, e este Yorik, que era um pouco menor e mais fraco que todos os peixes, eu não entendo como ele conseguiu chegar com eles até aqui, Bruno começou repentinamente a berrar com ele cheio de ódio, seus dentes rangiam e ele os arreganhou para o outro, você pode entender algo assim? De repente, mas de-re-pen-te, ele já não conseguia suportar Yorik, esta humilhação para o entusiasmo que inflou a todos e os tornou total-

mente fortes e bonitos e perfeitos (ao menos assim eles pensavam) e eu ainda
não tinha conseguido ver quem ou o quê, e já o havia atacado com um urro,
com a boca aberta e cheia de dentes, e que sorte, puxa, que sorte que de repente veio totalmente por acaso uma onda fortíssima, uma onda fria e especialmente salgada, que fora guardada nos porões mais profundos, e lhe bateu direto na cara, mas não com muita força, naturalmente, pois ela tinha instruções
exatas, jogou-o para trás, bem longe de Yorik, e só então de repente Bruno despertou como se se lembrasse de algo que tinha esquecido, agarrou seus olhos
com as duas mãos e os meteu de volta na cara, e já vinha chegando a mim uma
ondinha ágil, uma daquelas em que se pode confiar sempre que traga inicialmente as notícias mais importantes, e em geral, se a gente tem alguma missão
especialmente delicada, como devolver a alguém um ramalhete de violetas,
então esta é a onda adequada, e foi esta justamente que veio e me comunicou
em primeira mão que Bruno já se acalmara, que seus músculos já não tremiam, e depois de alguns instantes começou a nadar de forma humana em
direção a Yorik, viu o peixinho que flutuava na água como um cadáver e estava certo de que era isto, que o seu fim chegara, e ainda de quem, de Bruno, e
Bruno veio e nadou diante dele, e eu, que estava ainda um pouco preocupada,
comecei a liberar de longe mais uma onda fria e particularmente salgada para
qualquer problema que houvesse, mas na verdade não houve necessidade
disso, porque Bruno parou na frente de Yorik, e começou a fazer um abre-fecha
a fim de mostrar ao peixinho que ele já não tinha o que temer e seu coração
começou a se encher novamente de compaixão (e aproveito aqui a oportunidade para me desculpar com os habitantes das Shetland pela súbita enchente
que lhes causei, naquele momento eu simplesmente não pude me conter).
Assim eles ficaram um em frente ao outro, e acima deles o céu estava cheio de
peixes esvoaçando, cujas cabeças quase não estavam ligadas ao corpo e indica-
vam para o lado das ilhas, o meu Bruno mergulhou a cabeça dentro de mim,
olhou com olhos arregalados, e viu um cardume de peixinhos-elétricos passando lentamente debaixo de si que iluminavam a água com uma luz silenciosa,
azul e pálida, e que sorte, penso agora, que sorte que absolutamente por acaso
eu planejei trazê-los para lá naquele exato momento; quando a cabeça dele
estava dentro da água, Bruno voltou a ouvir a voz de Leprik, forte e nítida,
começou a se acalmar, a respirar devagar, e o melhor sinal de que ele estava se
recuperando era que sentiu outra vez aquela dor da infecção nos dois lados do

corpo, acima das costelas, e nadou com as palmas das mãos em direção à costa, e também Yorik nadou junto com ele, e assim, dentro do inferno que ocorrera ali, ambos começaram a arrumar o *dolgan* certo entre eles, depois de alguns momentos também outros peixes começaram a se ajeitar, e Bruno viu que o peixe que você chama de Napoleão não voltara, e no seu lugar viera outro peixe e nadava no seu lado da praia — e faça-me o favor: não dê nenhum nome a este peixe, você é muito influenciado por toda espécie de histórias sobre animais — e mais peixes começaram a voltar da escuridão, alguns deles pareciam terríveis... o rosto estava cheio de sangue e totalmente retorcido, e assim ficaram todos parados em silêncio, agitaram as nadadeiras e sossegaram e esperaram que o grande *ning* se ajeitasse junto a eles, sentiram que o lugar do *ning* no meio deles tornou-se um pouco diferente, como se fosse mais para o lado, pois quase um quarto do cardume fora separado à força, galoparam com Guruk, mas talvez justamente por causa disso Leprik se fortaleceu com os que restaram. Eles o sentiram na água e no seu sangue e em toda guelra e em toda escama, ouvi com eles e respirei tão fundo e me concentrei tanto neles que por engano causei uma maré baixa na costa da Espanha e nem percebi, até que a lua fragmentada acima tornou-se totalmente vermelha (a verdade é que ela sempre faz a maior parte do trabalho, pois não sou capaz de fazer duas coisas ao mesmo tempo), mas eu não estava então com paciência de ouvir os sussurros zangados do bufão albino, porque eu estava muito tensa por causa do meu presente para Bruno e, acredite-me, Neuman, se ele tocasse por mal em Yorik, mesmo que fosse com a ponta do dedo, já não o receberia de mim nunca mais, você precisava ver como o pequeno Yorik logo esqueceu o *dolgan*, circundou Bruno por dentro, ficou diante dele e começou o abre-fecha com tal rapidez (foi tão engraçado, que de novo não consegui me conter e simplesmente, perdoe-me, sim? urinei) e Bruno devolveu a Yorik o abre-fecha, mas não entendeu o que o peixe queria dele, porque o abre-fecha é para eles o sinal de tantas coisas, os salmões têm uma espécie de linguagem pobre, entenda o que eles querem, mas Yorik não concordou em voltar para o seu lugar, e permaneceu firme diante de Bruno e também começou a saltar na água para cima e para baixo, até nadou para trás quando o cardume começou a se mover, e apenas então, quando o meu Bruno sentiu de repente que ele próprio estava avançando na água mais depressa do que antes, então também tudo ficou claro para ele, virou-se de costas e olhou, abriu a boca com espanto, e você só pode imaginar o quanto eu estava feliz...

— Eu também ficarei feliz se você me revelar. Não leio pensamentos como você, e não tenho ondinhas espiãs. O que Bruno viu lá?

— Você não entendeu? Você ainda não entendeu mesmo? Ahá! Mas vou lhe contar. Para que saiba. Para que não pense que lhe estou escondendo algo. Ouça, lá nos dois lados das costelas dele, moviam-se duas pequenas nadadeiras laterais, pequenas e completas, que tinham acabado de brotar de dentro dele. Juro, o trabalho mais bonito que fiz desde que aprendi a fazer redemoinhos: duas nadadeiras flutuaram em torno dele na água como borboletas do mar, e abanaram o meu Bruno com uma felicidade que ele jamais conhecera... ele estava tão... hic! Perdão... tão... feliz... perdoe-me... estou novamente emocionada... *ops*!

Tarde da noite ela me devolveu à praia. Pelo meu relógio (relógio à prova d'água, que eu não tiro), permaneci três horas guardado e protegido num pequeno ninho de água no coração de uma tempestade pesada e repentina que caiu sobre toda a região. Realmente, ela estava muito emocionada aquela noite; de novo ela teve prazer em lembrar como Bruno aprendeu a usar as nadadeiras e se orientou com a ajuda delas como um bebê que aprende a usar as mãos e os pés. Novamente sentiu sua vida palpitando nele com fúria. Teve uma sensação semelhante a esta quando olhou para a obra de arte que os golfinhos tinham representado diante dele. A partir de então Bruno não se separou de Yorik nem mesmo durante a *gyoya*. Necessitava sempre da sua proximidade. Ela falou sem parar. A recordação a tornou feliz e agitada, mas também muito suave. Suas bordas espumosas brilharam, e eu era novamente só um estranho que recebe cascas e migalhas. Um escudeiro do grande amor, registrando a história do amante.

Sim, agora você está zangada de novo. Você se enche de desdém diante deste meu choramingar. Vejo os pobres pescadores telavivenses na ponta do quebra-mar: os baldes estão vazios desde o início da noite. Você rouba as iscas das pontas dos anzóis e amarra os ganchos um ao outro. Conheço seu estilo. Esta amolação infantil. Eles não entendem, é claro. Estão espantados e furiosos. Vejo-os se entreolhando com espanto, ouço fragmentos de seu praguejar sendo trazidos a mim pelo vento. Muitos deles já desistiram e se foram. Mas os que permaneceram lançam anzóis para dentro de você com crescente obstinação, como se quisessem desafiá-la. Lançam olhares para todos os lados para procurar o culpado. Talvez a lua? Talvez os ruídos de aviões que passam? Agora eles olham para mim. Não sabem que é por minha causa que veio esta tempestade...

Ouça. Você ainda não sabe o que aconteceu comigo naquela noite, a noite das nadadeiras...

Na praia de Nárvia aguardavam-me a viúva Dombrovski e o policial da aldeia. O policial ergueu em seus braços musculosos a bicicleta, e a viúva girava os pedais no ar, a fim de produzir um pouco de luz no farol. Iluminaram assim para dentro do mar tempestuoso e chamaram meu nome em todas as direções. Quando surgi de repente molhado e agitado pela tempestade, assustaram-se e fizeram o sinal-da-cruz, e logo começaram a gritar comigo pela preocupação que lhes causei. Dei a cada um cinco *zloti* e pedi que me deixassem em paz. Eles se foram e fiquei sentado durante algum tempo na areia grossa ao vento frio, com a cabeça entre as mãos. Eu estava vazio e derrotado. Agora compreendia como era grande a distância entre mim e a coragem e o talento verdadeiros. Entre mim e as decisões corajosas. Vesti-me, cansado, e me arrastei para casa. A viúva me serviu o peixe e a batata que já estavam frios e resmungou sem parar. Olhei para o peixe e, pela primeira vez desde que chegara a Nárvia, rejeitei-o. Depois, no aposento grande, à luz do lampião de querosene fétido (novamente faltou luz), anotei de forma resumida a continuação das coisas que você contou para mim: antes que amanhecesse, o cardume já sabia o que acontecera aos que iam com Guruk. Enquanto os restantes nadavam adormecidos com Leprik, todos se agitaram como se neles se tivessem rebentado músculos e tendões. No extremo do horizonte, no leste, o cardume dissidente embriagado subia naquele momento os recifes rochosos das ilhas Shetland. O cardume de Bruno parou de vez, mudo, e sentiu com seus mil sentidos o que acontecia à distância. De repente todos se convulsionaram, fios de sangue se estenderam na água distante. Bruno olhou para Yorik pelo canto do olho. Intimamente voltou a agradecer-lhe por ele ser o que era. Por ser o sofrimento pela sua diferença como que uma corcunda que não o deixava passar onde todos passavam.

Quando o dia nasceu, as ondas estavam cobertas com dezenas de milhares de cadáveres que foram arrastados para o sul e para oeste. O cardume nadava e passava entre eles. O cheiro era mais forte que o habitual, e sua aparência muito diferente, como se tivessem entrado em choque. Ao longe, viam-se pequenos barcos de pescadores das ilhas. Bruno não sentiu dor nenhuma pelos mortos. Devia guardar a dor para Yorik, ou um ou dois peixes mais que conhecera um pouco dentro da multidão. Agitou com ânimo as novas nadadeiras. Vangloriava-se delas como um rapazinho cuja barba começou a crescer. De forma obscura sentiu que as ganhara por justiça, que por um momento era merecedor da vida que procurara e havia conseguido libertar-se da permanente sensação de derrota.

7.

E você ainda não fala comigo. Você ainda me ignora completamente, mesmo eu sabendo que você está aqui, diante do quebra-mar, atenta a cada palavra minha. Estou falando com você porque não tenho com quem falar. Ruth e Yariv estão em Jerusalém e sou obrigado a de tempos em tempos me afastar deles um pouco, afastar-me de ambos, até que eu termine de acertar as coisas comigo mesmo. Talvez eu jamais termine. Há pessoas assim. Jamais acreditei ser um deles. Comigo tudo parece claro e previsível. Sempre acreditei que é possível adivinhar como o cidadão X se comportará na situação Y se tivermos toda a informação necessária a respeito da pessoa e da situação. E quando eu era pequeno sabia adivinhar tais coisas com exatidão. Eu era Yotam, o mágico. Daí eu cresci e tudo se confundiu. Tudo se misturou e se tornou imprevisível e muito perigoso. E é impossível saber de quem se proteger: às vezes a traição vem de si mesmo.

Também já não posso falar com Ayalá. Ela mora com um músico a algumas ruas daqui, e me é proibido aparecer depois do meu crime contra a humanidade, assim ela chama aquela questão boba com Kazik. Só há um jeito, ela me disse, e o rosto dela se contraía de tanta abominação, só há um jeito de expiar um ato desses: escrever uma outra história. Uma história de expiação. E até lá, por favor, não mostre a sua cara feia.

E você não responde. As luzes no novo calçadão já estão se apagando. Nos restaurantes, ao longo da praia, estão virando as cadeiras. Tel Aviv, fim de 1984. Estou no quebra-mar. Só restaram aqui três pescadores. Os outros desistiram e foram para casa. E você está toda escura e se move o tempo todo. Está tensa e irritada. Eu sinto você. Diante de você a cidade de repente se contrai de medo. E tornou-se ofensivamente claro de uma vez por todas que é apenas uma ilha que não ousou ser ilha.

Nasceu meu filho. Dez meses depois que voltei de Nárvia, nasceu meu filho. Justamente quando Ruth parou com todos os esforços e tratamentos, aconteceu este milagre. Nós lhe demos o nome de Yariv. Um nome que sempre quis. Um nome assim israelense. E tentei ser um bom pai para ele. Tentei mesmo. Mas de antemão eu soube que não tinha chance. Sempre soube que a relação entre pais e filhos é difícil, mas não sabia o quanto. Eles sempre se parecem muito com você ou são muito diferentes. E toda a sua expectativa é de que seja como você. Não, imagine, que seja como Ruth. Totalmente o meu inverso. Que seja saudável e simples e correto e forte. Mas ele surpreendeu deveras, e não se parece com nenhum de nós. E se recebeu algo de Ruth, foram só as coisas ruins. Ele é lento de doer. Gordo demais, com uma expressão abrutalhada e medrosa. No meio das outras crianças ele parece desamparado. Como uma pomba gorda entre pardais ágeis. Só comigo ele sabe ser persistente e um grande herói. No início, era um menino diferente. Em algum lugar do caminho, algo se estragou. Olho para ele enquanto brinca sozinho num canto da creche, e quero gritar. Já agora vejo-o como ele será daqui a trinta anos: um homem grande, indeciso, com uma expressão um pouco ofendida que as pessoas muito gordas têm, parado, perplexo e impotente entre seus amiguinhos. Ruth ri quando lhe revelo minhas suspeitas. Ele está num período difícil, ela diz, é um menino maravilhoso. Daqui a meio ano você não o reconhecerá. Ele se acostumará com o jardim e mesmo se continuar assim, um menino solitário e isolado dos demais, eu, pelo visto, o amarei, porque, não se esqueça, este é o meu tipo de homem, rá, rá. Mas também ela é obrigada a confessar que ele tem traços de caráter desagradáveis. Que é resmungão e exigente e cheio de medos. Quando eu escrevia em casa, ele subia em cima de mim e não me deixava escrever uma palavra. "Você sabe o que papai está escrevendo?", Ruth perguntava, lutando o dia todo para nos separar, e ele, num egocentrismo infantil irritante: "Papai está escrevendo Yariv". Simpático como piada, mas sei que na verdade ele queria que eu ficasse sentado o dia todo datilografando seu lindo nomezinho. E Ruth ouve e ri muito e diz: "Tente se comportar como adulto, Momik. E não se atire sobre ele com toda a sua força. Apesar de tudo, há uma diferença de um ou dois anos entre vocês". E então começa a discussão de sempre, quando digo a ela que isto não é uma questão de idade. É preciso educá-lo para a guerra desde já. Certa vez, antes de ele nascer, eu disse a ela que, se fosse um menino, a primeira coisa que eu faria toda manhã seria dar-lhe um tapa na cara. Simplesmente assim. Para que soubesse que não há justiça. Que há apenas guerra. Disse isso a ela assim que começamos a sair juntos. Quando estávamos com dezesseis anos. Depois houve anos em que pensei que essa era uma idéia infantil e idiota e, quando Yariv nasceu, senti de repente que não era tão idiota. Ruth disse: "E então chegará o dia em que ele lhe devolverá o tapa, e o que você vai sentir?". Eu disse: "Vou me sentir muito bem. Vou sentir que preparei meu filho para a vida". Ela disse: "Mas talvez ele não ame você tanto assim". "Amar?", perguntei, arreganhando um risinho malvado. "Prefiro um menino vivo a um menino que ama." E ela: "Às vezes há mais algumas nuanças intermediárias entre o vivo e o que ama. Você se vinga dele pelo que você não recebeu em casa, Momik". E essa frase desprezível, que ela está absolutamente proibida de me dizer, me tira do sério, pois eu recebi em casa a sabedoria de sobreviver em qualquer condição e esta é a primeira sabedoria, que não se ensina na escola e não se pode sequer formular nas palavras bonitas e polidas com as quais Ruth foi educada, os pais tão cultos nunca conheceram um perigo verdadeiro, e é a sabedoria que se transmite apenas por silêncios, por contrações suspeitas dos cantos dos olhos e da boca. Há material concentrado que flui pelo cordão umbilical e se decifra lentamente, durante décadas de vida. Fique sempre na fila do meio. Não revele mais do que você precisa. Lembre-se de que as coisas são sempre diferentes do que aparentam. Nunca seja muito feliz. Não diga "eu" com tal liberdade. E, em geral, tente sair bem das coisas, sem cicatrizes desnecessárias. Não espere mais que isso.

À noite, Yariv já está dormindo e eu venho contemplá-lo. Está deitado de costas. Sinto algo macio nas minhas costas. "Você também sente?", Ruth pergunta baixinho, e o rosto dela se estende de prazer pelo espaço do quarto. Quero dizer a ela algo de bom, que a faça feliz, que mostre a ela que eu, apesar de tudo, gosto dele. Mas a garganta logo se fecha. "Que bom que ele consegue dormir mesmo com barulho", digo por fim. "Talvez ele um dia precise dormir com tanques passando pela rua. Ou ao som de uma caminhada em filas na neve. Talvez em um alojamento apertado com mais dez como ele num cubículo. Talvez nu." "Basta!", diz Ruth, e sai.

Eu o examino sempre. Ele é mais alto e rijo que os demais meninos de sua idade, e isso é bom, mas ele tem medo dos outros. Tem medo de tudo. Sou obrigado a subir com ele até o topo do escorregador porque ele se recusa a escorregar sozinho. Desço. Deixo em cima um menino chorando que não ousa se mover para não cair. Uma boa alma vem me explicar que ele tem medo. Sorrio para ela com um sorriso angelical frio e conto-lhe que, nas florestas, meninos da idade dele já serviam de sentinelas e ficavam sentados longas horas observando em copas altas. Ela recua, horrorizada. Com repugnância. Veremos o seu menino na hora da prova. As outras mães no banco param de tagarelar e olham para mim e para o pequeno idiota na escada. Ele berra e ensurdece todo mundo. Acendo um cigarro e olho para ele atentamente. Se ficarmos um dia numa casamata oculta quando estiverem nos procurando, será impossível calá-lo. Não terei alternativa, penso. Só espero poder educá-lo para fazer por mim a mesma coisa, se algum dia eu for uma carga para ele. Venha, medroso, falo em voz alta, com aparente prazer, amasso o cigarro com o salto do sapato e subo para buscá-lo. Enquanto a boca úmida dele está grudada ao meu pescoço e treme com um soluço desesperado, sinto uma bola pesada de vergonha infantil que passa em movimentos pendulares do coração dele para o meu e quase me derruba da escada. Desculpe-me, digo intimamente, desculpe-me por tudo, seja mais inteligente e tolerante do que eu, porque eu não tenho força, e não me ensinaram a amar. Seja forte para me suportar, me amar. E pare de chorar como uma menina, murmuro-lhe em voz alta.

Já não havia momentos carinhosos. Ruth sabe brincar com ele. Eu quero principalmente ensiná-lo. Prepará-lo. Não perder os anos preciosos em que a mente está desperta e aberta para aprender o principal. Ruth brinca com ele com prazer. Desenha para ele carros e relógios, molda com massinha. Quando brincam, suas vozes suaves se cruzam. Eu o ensino a ler algarismos. Ela se derrete quando ele erra e diz, por exemplo: "Papai e mamãe se sentem bens". Eu me divirto, mas corrijo. Não há tempo para cometer erros. Ele fica de pé em nossa cama e segue uma mosca na janela, e de repente estica o braço, agarra-a ao acaso e a amassa com força. Depois olha surpreso para a mão e pergunta por que a mosca não voa. Ruth, um pouco tensa, diz que a mosca está dormindo, e olha para mim. Conto-lhe a verdade. Também detalho. "Você a matou." Yariv repete minhas palavras, experimenta a palavra nova em sua boca fresca e macia. Em minha cabeça sinto crescer um vazio. Pois eu devia estar feliz e satisfeito. Mas o que há aqui para me alegrar? O que se pode esperar?

"Faça um esforço com relação a ele", pede ela mais tarde, à noite, o rosto voltado para o teto. "Você está cometendo um estrago que vai durar muito tempo. É uma pena." Intimamente, grito: "Não me deixe continuar a destruir. Ponha-me para fora daqui. Dê-me um ultimato ao qual eu tenha que me submeter". E em voz alta digo que a história que estou escrevendo agora, a história que o vovô Anshel contou ao alemão Neigel, está, pelo visto, me pesando muito. A história é tudo o que leio e aprendo com relação a ele, e tudo o que me surge por causa disso. Ruth me conhece bem demais para não sugerir que eu pare de escrevê-la. Mas, de qualquer modo, não sugeriria algo assim, só me dá a entender. Levanta a possibilidade em um tom o mais sutil possível. Minha Ruth acredita que em toda pessoa há forças muito fortes. Além do seu domínio, ela deve se precaver em seus contatos com outras pessoas, para não destruir nada nelas. Para não prejudicá-las com um conselho ou uma tentativa de influência, que podem ser enganosos e destrutivos. Ela é tão adulta! Mas por que cada coisa que ela faz parece um trabalho? Ficamos deitados na cama e conversamos sobre a diferença entre escrever um poema e escrever um romance. O poema é um flerte, ela diz e sorri no escuro; o romance é como o casamento, você continua com suas personagens muito depois que o amor e o desejo iniciais terminam. É estranho que ela tenha dito algo assim. Não combina com ela. A ela é proibido. Sou eu quem diz nesta casa as coisas ruins. Por algum motivo, ela conseguiu me assustar por um momento. Romance, digo baixinho, é como o casamento: os dois que se amam ferem um ao outro, pois a quem vão ferir? Depois ficamos calados. Tento lembrar se ela trancou também o trinco inferior na porta de entrada. Mas, se eu perguntar, ela vai se irritar. Pelo visto, trancou. Deve ter trancado. É melhor acreditar que trancou e parar de ficar preocupado com isso. Às vezes digo a ela: "Quero fazer as malas e ir morar em outro lugar. Começar tudo de novo. Sem passado. Só nós dois". "E Yariv", ela me lembra e acrescenta que daqui não se foge. Aqui é o último lugar. Ou, eu digo, é uma frase boba. Não existe isto, "o último lugar". É proibido se ligar a um lugar de forma tão definitiva. É proibido a qualquer um. E ela: "Aonde quer que vá, você não descansará, Momik. Você não tem medo de lugares, mas de pessoas". A voz dela, agradável, tranqüila, o que aconteceu de repente à voz dela? "Você tem medo de todo mundo. O que você vê em nós, Momik? O que pode ser mais terrível do que aquilo que já conhecemos?" E eu: "Não sei. Não tenho ânimo para estas perguntas". Neste momento eu deveria ter-lhe perguntado se ela havia trancado também embaixo. E perdi a oportunidade. Ela em geral se lembra de trancar, a caminho da cama, depois de fechar a torneira do gás. Um momento: ela fechou o gás esta noite? De repente, falo de novo sobre o Holocausto. Não sei sequer como voltei a isso. Sou capaz de voltar para lá de qualquer assunto. Sou o pombo-correio do Holocausto. E pela milésima vez e com uma voz que já não tem muita convicção, pergunto a Ruth: "Como, como é possível, diga-me, continuar a viver depois que vimos do que o ser humano é capaz?". "Há pessoas que gostam", ela diz por fim (finalmente com um pouco de impaciência). "Há pessoas que justamente chegaram à conclusão contrária do Holocausto. Pois é possível obter as duas conclusões do que aconteceu lá, não acha? E o Holocausto dá uma certa justificativa às duas abordagens totalmente diferentes da vida, certo? E há também pessoas que gostam e sonham (Ruth diz 'sonam') e fazem bem também sem nenhuma ligação com o Holocausto. Sem pensar nele dia e noite. Pois será justamente que ele seja o erro? Por que você não pensa assim, Momik?" "Porque você mesma já não acredita nisto." "Certamente. Vivo com você há alguns anos, e há algo contagioso nesta sua concepção de mundo. É mais fácil começar a ser como você do que continuar a ser como eu. Não gosto de mim quando me vejo de repente pensando como você. Luto contra você." "Você sabe que tenho razão. Mesmo se me contar que há pessoas que pensam de forma diferente e convivem bem com isto, você não conseguirá me consolar. Pertenço ao grupo desafortunado daqueles que vêem quase só por trás dos bastidores da vida. E os esqueletos por trás da carne." "E o que se vê lá? O que se vê lá, caramba, que seja diferente do que já sabemos?! O que você pode renovar para nós?" (Ela ficava cada vez mais irritada. É tão raro eu conseguir tirá-la do sério.) "Não estou vindo inovar nada. É com as coisas antigas que não me ajeito, porque as pessoas matam umas às outras o tempo todo. Só que todo o processo é projetado com muita lentidão, com muita sutileza artificial, e por isso ele não é tão chocante. Todos assassinam a todos. A máquina de extermínio passou por algumas transformações, desceu para a clandestinidade, mas eu ouço o seu motor trabalhando todo o tempo. Eu me preparo, Ruth. Você sabe." Algo me chegou aos ouvidos — ela sorri. "Ria, ria, chegará o dia em que andaremos novamente em caravanas. Mas eu, ao contrário de vocês, de todos vocês, não sofrerei o choque da surpresa e da humilhação. Nem as dores do rompimento e da separação. Não há coisa alguma, nenhum objeto que terei muita pena de deixar para trás." "Sei disto também. Por acaso foi o meu marido que escreveu *O ciclo das poesias dos objetos*, do qual todos falaram. Você leu?" "Dei uma olhada." "E por acaso não é o meu marido que não me permite jamais comprar-lhe um presente de aniversário, e odeia tudo que tenha relação com cerimônias ou com coisas que indiquem estabilidade de qualquer tipo?... sim, eu conheço essa pessoa." "Quero estar livre de qualquer ligação." "E as pessoas, Momik?" "Da mesma forma." "Mesmo eu e Yariv?" Cale-se agora, idiota. Engane-a e diga que pessoas talvez sim, mas ela não. Pois sua vida não tem sentido sem ela. Sem a sua fé e inocência. "Até você e ele. Veja: não tenho certeza de que conseguirei não magoar vocês, mas quero crer que estou bem forte para isso. Ficarei decepcionado comigo mesmo se no momento da despedida sentir uma dor que não poderei suportar." Ruth se cala. E depois, com voz clara: "Se eu acreditasse ao menos em meia palavra sua, me levantaria agora e iria embora. Mas ouço estas coisas há quase vinte anos, desde que nos conhecemos, na verdade. E houve também períodos em que você amadureceu um pouco e pensou de forma diferente. Acho que você fala assim por medo, querido." "Pode dispensar o '-querido', está bem? Não estão nos filmando agora na Turquia." Seu sorriso de dentes alvos espalhou-se pela escuridão. É preciso dar quatro voltas no trinco inferior. Agora estou certo de só ter ouvido duas. Posso sentir o sorriso dela pairando no quarto. A boca é a coisa mais bonita em seu rosto, que é meio tuberoso. Ela tem a pele muito avermelhada e sempre irritada na região das narinas e sob os olhos. Quando começamos a sair juntos, no colegial, riam de nós pelas costas. Não éramos o casal bonito da classe, se é para dizer com delicadeza. Deram-nos apelidos ofensivos, degradantes. Não consegui me conter, e fui obrigado a introduzir esta zombaria no nosso círculo. E Ruth, com sabedoria e tranqüilidade, guiou-nos ao lugar onde o importante éramos nós e não o que os outros diziam de nós. Mas por vezes ouço o eco daquela zombaria. E Ruth: "Conheço você um pouco. Há muitos anos que vivemos juntos coisas boas e ruins. Leio os poemas que você escreve. Também os que você não publicou por medo de que prejudicassem a imagem do poeta colérico e abominador. Conheço você desde rapazinho, quando começou a se barbear, e você tinha um topete, e agora já não tem. Vejo você dormindo e rindo e se zangando e quieto e triste e acabando dentro de mim. Há um milhão de noites dormimos juntos, grudados como colherinhas. Às vezes como facas. Quando você está com sede à noite eu lhe trago água na minha boca. Sei como você gosta de beijar e quanto você odeia quando tento andar abraçada com você na rua, quando os outros estão vendo. Sei muitas coisas sobre você. Não tudo, mas muito. As coisas que sei a seu respeito são muito importantes para mim. Como para você são importantes os livros e as personagens sobre as quais você escreve. A nossa vida, e agora com Yariv, é a obra pequena e simples que escrevo para mim dia a dia e hora a hora. Não algo grandioso e ousado. Nem tão original. Milhões de homens e mulheres fizeram isto antes de mim, e certamente muito melhor que eu. Mas isto é meu e eu vivo isto com toda a minha força e vontade. Não, deixe-me falar agora. Vi como você ficou feliz quando começou seu caso com Ayalá. Feriu-me muito. Sofri muito. Mas além da vergonha e do ódio por você também pensei às vezes (quando consegui me organizar para pensar) que quem tem talento para o amor como você, mesmo que tente enterrar este talento bem fundo na terra, no final isso acabará aparecendo. E eu estava disposta a esperar. Não por causa da síndrome de Solveg, como você a chamou então, mas justamente devido a um absoluto egoísmo." "E se não for você, quem colherá no fim os frutos, desculpe-me a expressão, uma outra mulher?" "Talvez. Talvez uma outra mulher os colha. Mas só por algum tempo. Eu sei." "O que você sabe?" "Que nós precisamos muito um do outro. Mesmo que você não reconheça isto, porque você é um *male chauviniste pig*[4] infantil. Principalmente infantil. Um adolescente. Mas digo com seriedade: nós dois somos muito diferentes um do outro. Mas queremos as mesmas coisas. Só os nossos caminhos para chegar a estas coisas são diferentes. Somos como duas chaves diferentes para o mesmo cofre. E perdoe-me por falar tão bonito. Meu marido é poeta e agora também um pouco ficcionista." "A propósito, você trancou?" "Embaixo também, fique tranqüilo." Eu me calo (esqueci de perguntar a respeito do gás!). O amor não vence, digo-lhe intimamente. Só nas histórias os escritores são obrigados a fazê-lo vencer no final. Mas na vida não é assim. Quem ama afasta-se modestamente e depressa da cama da amada portadora de doença contagiosa. Só poucos no mundo se suicidaram junto com seus pares moribundos. A corrente forte e tirana da vida nos separa. Leva-nos para a frente com impenetrabilidade, e com

4. Porco chauvinista. No original, há a mistura com o inglês. (N. T.)

egoísmo e animalidade. O amor não vence. Ruth se aproxima de mim. Começa a me acariciar com delicadeza, mas eu mantenho reserva. "Preciso de um pouco mais de conversa antes disso, está bem?" "Está bem", Ruth suspira e sorri, "eu deveria ter-me casado com aquele montanhês caucasiano que quis me namorar e depois me comprar por sete camelos; com ele não haveria tanta conversa antes."

"Você sabe que para mim a pior coisa com relação ao Holocausto é que lá destruíram a individualidade humana. A singularidade de cada um não tinha importância alguma, assim como não tinham os pensamentos, o caráter, a biografia, os amores, as doenças, os segredos. Colocaram todos no mesmo patamar mais baixo da existência. Só a carne e o sangue. Isso me deixa doido. Pois foi por isso que escrevi o Bruno." "E Bruno ensinou você a lutar com os que destruíram?" "Sim. De uma forma hipotética, sim. Mas Bruno não soluciona nada para mim no dia-a-dia. Bruno é bonito como sonho. Mais do que isso, as coisas que ele me revelou eram muito assustadoras. Despertaram em mim uma tremenda resistência. Eu sinto agora, quando estou emperrado com a história de Vasserman e do alemão. Sinto que devo me defender do que ele me mostrou. Luto um pouco com ele agora." "Você está lutando consigo mesmo."

"Talvez. Talvez. Mas isso acontece comigo e eu não consigo parar. Ouça. Não sorria. Ouço sorrisos no escuro. Quero me preparar para a próxima vez em que isso acontecer a todos nós. Não é sozinho que poderei me desligar de pessoas sem muito sofrimento, mas poderei me desligar de mim mesmo. Gostaria de ser capaz de apagar tudo o que há em mim, cuja destruição ou humilhação são capazes de me causar uma dor insuportável. Isso é impossível, eu sei, mas às vezes planejo no meu íntimo passo a passo, como cancelarei as minhas características, as vontades e desejos, os meus talentos, só tente pensar que campanha anti-humana isto poderia ser: um Prêmio Nobel de física humana, o que você acha?" "Terrível." "Não, sério: eu simplesmente serei engolfado pela morte sem suportar nada. Sem dor nem humilhação. E sem decepção de nada. Eu..." "Você simplesmente estará morto desde o início. Você se defenderá tanto do que as pessoas são capazes de lhe causar que também não poderá apreciá-las jamais. Você não conhecerá um momento de trégua do ódio e da suspeita. Você viverá com a espada. Igualmente se convencerá cada vez mais de que também todos os outros são como você, pois não terá instrumentos para conhecer outras coisas. E pessoas que pensarem como você matarão umas às outras sem dor de consciência, pois de qualquer modo vida ou morte não têm nenhum valor. Você está me esboçando um mundo de mortos, Momik." "Você está exagerando, como sempre. Mas talvez eu estivesse disposto a viver um dia uma experiência num mundo assim. A alternativa às vezes não me é fácil." "A vida aqui? A vida comum, simples?" "Simples, sim, muito simples." "E escrever não te ajuda em nada? Você sempre disse que era isto que te salvava." "Não, estou emperrado. Vasserman me enganou. Ele introduziu um bebê na história." "Então talvez seja conveniente tirar o bebê." "Não, não. Se chegou um bebê, aparentemente ele deve ficar. Você sabe como eu escrevo. Sempre sinto que só cito o que tenho que escrever. Mas, desta vez, não tenho força. E não entendo o que este bebê quer comigo. Só com dificuldade é que consigo me arranjar com meu primeiro bebê. As coisas que têm me ocorrido nos últimos tempos não são boas. Tenho medo até de começar a falar sobre isso. Às vezes não tenho forças para passar de um momento a outro. As pessoas despertam ódio em mim. Não é a minha costumeira aversão por elas, é ódio mesmo. Não tenho coragem de enfrentar a vida delas. Ando na rua e sinto que a tremenda corrente de vida dos outros me marca. As lágrimas, por exemplo." "Perdão?" "Olho para as caras, e sei que por trás do décimo de milímetro de pele humana encontram-se lágrimas dentro de um saco de lágrimas." "As pessoas não choram tão depressa." "Mas as lágrimas estão lá. Às vezes, quando o ônibus pára de repente na rua, fico imaginando o chocalhar das lágrimas. Todo o choro que ficou dentro. E não só as lágrimas. Também a dor. E a assustadora fragilidade de cada órgão do corpo. E também o prazer, sim. E os prazeres que desejam se concretizar. Tantas cargas perigosas num corpo tão pequeno. Como a gente fica diante disto? Você entende o que estou falando? Não me responda, não. Não responda. Sinto que já não tenho forças para compreender sequer o que acontece na vida de uma pessoa. Se eu não fosse obrigado a escrever a história de vovô Anshel, voltaria aos meus poemas de objetos." "E saiba só que eu te amo muito." "Apesar de tudo isso?", pergunto com aflição, com anseio. "Talvez até por causa de tudo isso." "E eu também amo você. Mesmo que às vezes você me endoideça com essa sua ingenuidade redentora." "Você sabe muito bem que não é ingenuidade. Como se pode permanecer ingênuo quando se vive com você? É uma decisão. Além disso, você sempre poderá me castigar: quando começar a fuga em massa e eu estiver com dois bebês e um na barriga, você fugirá sozinho. Não vou poder reclamar que você não me avisou." "É um trato", eu digo. "Você fechou o gás?"

"Acho que sim. O que importa? Agora venha. Confesse que esta noite ganhei você honestamente." E eu me viro para ela, e nós no escuro tocamos um ao outro no rosto, só no rosto, devagar, resignados, como se lêssemos de novo as cartas antigas, e depois eu me entoco dentro dela com toda a minha força, e por um momento tenho silêncio, tenho casa, tenho uma pessoa na qual posso tocar e que não temo e com a qual não preciso me acautelar, e nós nos movemos assim cuidadosamente, para não ferir a suavidade, subimos e descemos como uma caravana, longa, cansada, mas quando Ruth morde meus lábios e estreme-ce, volto para lá, para a terra árida de amor, vejo nas telas esfarrapadas da mente aquelas imagens. O homem. E quando termino, lembro-me de emitir os sons necessários, mas há algumas semanas que não sinto prazer: absolutamente sem conteúdo. Como uma cuspida.

A vida foi parando. Tornei-me uma crosta vazia. Também nos poucos canais nos quais fluíam antes quaisquer coisas entre mim e outras pessoas, nada fluía agora. Naqueles dias parei de escrever a história de vovô Anshel e comecei um novo esforço, coletar material para a *Enciclopédia juvenil* sobre o Holo-causto. Primeira idéia desse tipo. Para que não cresçam aqui mais crianças que precisem adivinhar ou recompor a partir de pesadelos. Eu já tinha uma lista de cerca de duzentos verbetes importantes, assassinos e vítimas famosos, os princi-pais campos de extermínio, nomes de obras de arte que foram escritas naquela época e depois a respeito do assunto. Descobri que a simples classificação, e registro e preparação do material desta forma me facilitavam um pouco.

A idéia caiu por terra quando não consegui encontrar um patrocinador. Não sei fazer o trabalho de persuasão e me vender. Sempre começo a me ener-var e gritar, então pedem que eu me retire. Também em casa tornei-me insu-portável e não consegui parar com isso. Senti-me terrivelmente mal. Ruth foi ao encontro de Ayalá e elas conversaram durante quatro horas. Devem ter deci-dido o que é bom para mim. Era perturbador, ambas se recusaram a me revelar o que haviam conversado. Como se eu fosse uma criança ou algo assim. Exata-mente nesta ocasião (pois tudo tem que acontecer junto), piorou a esclerose de minha mãe. Eu não podia ir junto com ela a todos os exames horrorosos. Não consegui me obrigar a entrar com ela no hospital. Ruth foi. Eu dizia cinicamen-te para mim mesmo que também ela, a minha mãe, não cuidara nenhuma vez de vovô Anshel, e também quando papai estava agonizando ela não conseguia tocar nele, e agora chegara a sua vez de ficar para trás, no gelo. A doença, como um animal predador de sentidos aguçados, isolou o animal mais frágil do rebanho, atacou-o rapidamente e os outros animais continuaram a correr para a frente, os olhos fixos no horizonte. Assim é a vida, eu disse para mim mesmo, mas não era verdade, tive medo de que acontecesse algo de ruim a ela. Tive medo do que seria de mim quando ela não mais existisse. Nos últimos anos eu não tinha um pingo de paciência para com ela. Começava a me irritar depois de cinco minutos de conversa. Tudo o que ela dizia, todas as suas idéias primitivas, suspeitosas, me deixavam louco. Mas agora eu sentia que a estava perdendo e me enchi de medo e arrependimento, e de uma sensação de perda e injustiça.

Os médicos liberaram mamãe do hospital e disseram que tudo ficaria bem, querendo com isso dizer que não havia o que fazer. Sugeriram que ela passasse a morar conosco. Foi justamente Ruth quem se opôs desta vez. Disse que nós mesmos não estávamos numa situação boa e saudável, e que ela mal conseguia cuidar atualmente de mim e de Yariv. Você confessa então, gritei, com um medo terrível, com uma malvada alegria pela minha própria calamidade, reconhece que tudo é exatamente como eu sempre digo, que até dentro da família existem apenas avaliações mesquinhas de conveniência, oportunismo e egoísmo, e da parte de quem lhe é mais importante defender? Sim, disse Ruth com serenidade, mas Momik, aqui se trata de algo que é possível resolver com dinheiro, meu pai nos ajudará e contrataremos uma enfermeira para ficar com ela. Não perca a dimensão das coisas e me faça um favor, Momik, pois às vezes há algumas nuanças intermediárias entre um dilema comum e uma seleção, e nem toda vez que alguém xinga você no sinal luminoso é sinal de uma nova câmara de gás!

Assim disse ela, minha doce mulher.

Você vai se tornando impaciente. Finalmente começa a reagir, arqueja e bufa e lança faíscas por todos os lados. Você tem certeza de que eu retardo demais a minha história supérflua; que me agarro a pequenos detalhes por rejeição à própria história. É proibido você me julgar com tanto rigor. Mas você não se incomoda. Estou certo de que não se importa, pois você também se defende dos sofrimentos dos outros. Será que para isto, na sua opinião, foram construídos os quebra-mares?

... E um dia bateram à porta e Ayalá entrou. Com jeito de verão como sempre, cabelo desgrenhado, exalando cheiros de mar e bronzeado. Ruth a recebeu com um leve sorriso, um pouco tenso. Que bom que você veio. Uma tocou na outra. Fui para o quarto e me deitei. Minha cabeça estava estourando. Elas se sentaram na cozinha e conversaram baixinho. Assim minha mãe costumava sussurrar em iídiche com vovó Heni e dizia coisas ruins a respeito de papai. Depois ouvi Ayalá se aproximando, virei de bruços e fechei os olhos. Ayalá disse: "Levante-se e pare de ter tanta pena de si mesmo. E se você quer realmente sair disto, comece a fazer um pouco de força e ajude-se. Não envenene tudo o que está a seu redor. Você não merece todas estas coisas boas". Falou como sempre, tranqüilamente, com um ligeiro desprezo que me dobrava em dois. "Achamos que seria conveniente você alugar um quarto em outro lugar", disse Ruth, e postou-se à porta (Ayalá ainda preenche vãos quando pára em algum) "e lá você poderá ficar tranqüilamente só e escrevendo. Escreva sem pretextos. É impossível se torturar e torturar os outros assim. Mesmo aquela guerra não se estendeu por mais de seis anos e com você são trinta e cinco. Basta!"

Olhei para as duas. Os corpos delas se juntaram na porta como belas partes de um mosaico. Esperei que se aproximassem de mim e viessem deitar comigo. O que é que tem? Aconteceu com outros homens. O que mais alguém pode esperar de outra pessoa? Só um contato físico. E há tantas coisas que um homem pode resolver com uma mulher. Não importa qual mulher. O importante é que haja lá uma mulher debaixo da gente. Elas foram feitas para isto, não? Olhei para elas, fiz experiências com o mosaico: os seios redondos e pesados de Ayalá no corpo um pouco longo de Ruth. Nada mau. Pena que isto só seja possível na imaginação. Ayalá usa sempre calcinhas minúsculas de renda. Ruth usa calcinhas como antigamente. Há alguns anos eu até tinha pensado em pedir a ela que comprasse calcinhas *sexy* desse tipo, mas eu sabia o olhar que ela me lançaria. Estava abaixo do seu nível: tentar me seduzir não só por meio do corpo. Este lado era sempre um pouco fraco no nosso relacionamento, por algum motivo nós continuamos a ser sempre dois ginasianos de dezesseis anos. Temo que já não haja esperança para isto. Lancei a Ayalá um olhar obsceno de lascívia. Nada aconteceu, nem ânfora, nem morangos. Perdi toda a minha força. Fui condenado à prisão perpétua pelas leis de Zenão. Ayalá disse: "Você precisa decidir. Agora".

Elas tinham razão, como sempre. As mulheres têm um senso mais prático para a vida, e para o que é preciso fazer dela. Enrodilhei-me na cama e pensei. Tive um momento de rara lucidez. De repente compreendi que sempre, quase toda a minha vida, tinha tomado decisões pelo caminho negativo. Uma espécie de deformação mental. Eu sempre sei muito bem o que não quero fazer. É o que mais me assusta e amedronta. E assim, devagar e sem que eu sentisse, de todas as negativas e contradições e oposições e guerras criou-se dentro de mim alguém diferente, estranho a mim e não amado. De uma só vez entendi tudo; sou prisioneiro de mim mesmo. Não consegui perceber como algo assim pode acontecer a uma pessoa como eu, que sempre declara que se examina a cada momento. Que é o crítico mais severo de si mesmo. Como surgiu tal erro? Tirei o cobertor de cima de mim. Ergui-me e me aproximei do telefone e liguei para casa e esperei que minha mãe atendesse, e não a enfermeira.

Minha mãe atendeu. Disse "alô". Quem não a ouviu dizer "alô" não entenderá nada. Todo o medo na voz dela. Toda a derrota a que ela se havia resignado no momento em que o telefone tocou. Alô, venha, minha catástrofe, envolva-me. Há anos eu a aguardo e sei que virá. E não há força para esperar mais. Venha, mundo, concretize-se, bata em mim, às vezes o golpe é mais leve que a espera por ele. Alô.

Ouvi algumas vezes o alô dela, que se tornou mais e mais agudo e aterrorizado. Lembro-me de como ela e papai discutiam num sussurro assustado quem iria abrir a porta quando batiam (uma vez por ano). Ouvi-a. Pois até de ficar comigo eles tinham medo. Sempre tentavam não se demorar muito na fronteira da concretização demasiado maravilhosa, certamente ludibriante de todas as suas esperanças. Alô, alô, alô, mamãe, sou eu, o menino que vocês desejaram amar com toda a sua força, com alegria e com leveza, e em cuja direção vocês não ousaram esboçar um movimento sequer, para não despertar com um movimento brusco a atenção do destino. Alô. Pousei o fone. Disse para a minha Ruth e para Ayalá que elas tinham razão. Que não me abandonassem. Que eu faria tudo para me livrar disso de alguma forma. Ainda naquela semana viajei com Ruth e alugamos um quarto para mim em Tel Aviv. Um quarto sem telefone. Eu quis ficar longe e desligado de tudo. E em Tel Aviv sempre existe a possibilidade de Ayalá, apesar de tudo, aparecer uma noite. Não peço mais que isto. Ela não veio. Escrevi ali pela sexta e última vez a história que Anshel Vasserman contou ao alemão chamado Neigel.

Um momento. Eles estão vindo em minha direção. Os três pescadores do quebra-mar. Pesados, de bigodes, acenando com os punhos de longe para mim. Para mim? O quê? Que eu vá embora daqui? Que fiz eu a vocês, o quê? Azar? Eu?! Eles estão loucos, imagine. O rosto deles está distorcido de raiva. Não consigo entender o que estão dizendo. Mas a raiva deles, eu entendo muito bem. É impossível se enganar nisto. E mesmo assim não vou me mover daqui. Este é um país livre, entendem? Ei! Não me toque, idiota! Largue! O que é que vocês... Socorro!! So...

Eles esfregam as mãos satisfeitos. Cospem em mim na água. Voltam com um andar triunfante para o seu lugar na extremidade do quebra-mar. Para grande surpresa, a água não está gelada. Fora, eu estava com muito mais frio. Movo-me daqui para lá nas ondas suaves. Sou uma alga turva. Espero um pouco temeroso. Desde que voltei de Nárvia não ousei pôr o pé no mar. Mas o que é isto? Os pescadores estão chamando alegremente. À luz do luar vejo como seus caniços se arqueiam com o peso. De repente, em torno dos meus quadris há uma viscosidade escorregadia. Ela enroscou-se e desapareceu. O mar arrebentou em torno de mim e se acalmou, e começou a acariciar e despachar ondas alegres...

— Olá, Neuman.

— Olá.

— Como esse mundo é pequeno!

8.

Como a coisa começou, Bruno não sabia. Talvez tenha sido enquanto dormia, ou durante a *gyoya* fértil no mar do Norte, perto das ilhas Órcades. Aparentemente a coisa foi ali, pois quando partiram dali para o sul, para além da linha costeira da Escócia, as ondas de expectativa já começavam a desviá-lo com corajosa delicadeza do seu lugar no cardume do lado da costa, e assim o levaram, como condutores de um dossel, mudos e ágeis, para além de Yorik, além das centenas de outros peixes na sua fila, até que repentinamente o deixaram e o abandonaram num lugar que lhe era desconhecido no cardume, no qual ouviu o grande *ning* pulsando nele com muita força.

Durante algum tempo nadou em silêncio. Adaptando-se ao pulsar forte, lento, e à nova sensação um pouco assustadora que os peixes estranhos e seu novo lugar no cardume lhe causaram. Teve de se esforçar muito para dominar o tremor que tomou conta de suas nadadeiras e para cuidar do novo *dolgan* que ainda não conseguira perceber bem. Só após algumas horas de nado vigoroso ele ousou voltar o olhar para o lado do mar e, pela primeira vez desde que descera para a água no porto de Danzig, viu o peixe Leprik.

Era o maior salmão que Bruno já vira. O comprimento era de cerca de cento e vinte centímetros. E seu peso não era inferior ao de Bruno. Era meio rosado, de cor mais forte que a dos outros peixes, e uma mancha rosada brilhante destacava-se acima do olho direito. Seu movimento era econômico e ao mesmo tempo cheio de vida e força. Na ponta da mandíbula inferior, projetava-se uma crosta córnea, dura e avermelhada, como uma espécie de ponto de exclamação decidido e firme. Bruno engoliu saliva e nadou para a frente. Seus músculos começaram a se entrelaçar. Ouviu o *ning* que havia em seus ouvidos e no coração e percebeu que sua força diminuíra um pouco, como se fosse acompanhado por um eco adicional. Mergulhou com rapidez, seu pensamento se esvaiu para o mar, e apenas a sensação de sua existência se aguçava nele como um osso que fica à mostra numa ferida. Os peixes em torno dele começaram repentinamente a ir mais devagar e ele os acompanhou. Correntes estranhas passaram pelo corpo do cardume. Agora podia-se perceber que mais um peixe transmitia pulsações do *ning* novo. Bruno lembrava-se bem de Guruk, que conduziu à destruição um quarto do cardume junto às ilhas Shetland. Assustado, voltou a cabeça e procurou Yorik. O pequeno não estava à vista. Preocupado, Bruno vasculhou os lados e procurou o peixe que queria contestar a liderança de Leprik. A pulsação não veio do lado da praia. E do seu lado do mar havia agora só Leprik sozinho. O que significava isso?

O cardume parou e se organizou em muitos círculos. Os peixes nadavam com rapidez e olhavam para a frente com olhos que nada queriam enxergar. Em torno de Bruno e Leprik formou-se então um pequeno círculo, vazio de peixes, e dentro daquele espaço o novo *ning* ecoava com força. Bruno viu milhares de bocas abrindo-se e fechando-se rapidamente e, para além delas, dezenas de milhares de nadadeiras costais verdes e distendidas. Ainda estavam ele e Leprik parados, paralelos um ao lado do corpo do outro, e do canto do olho Bruno percebeu que a linha lateral do peixe de repente se destacava muito.

Um medo aguçado o trespassou: o novo *ning* irrompia dele. Era ele que estava desafiando Leprik. Mas para quê? Pois ele não estava absolutamente convencido de que poderia conduzir o cardume melhor do que Leprik e nem desejava isso! O que tem ele a ver com isso? Voltou-se espantado para Leprik, como se quisesse explicar-lhe algo, e o peixe moveu-se em sua direção. O círculo dos peixes expandiu-se ligeiramente. Bruno prestou atenção com espanto no seu *ning*: era uma batida rápida e segura. Não aquela pulsação doentia e desregrada que Guruk produzia. Afundou as orelhas na água e ouviu-o longamente. Tão parecido com o *ning* de Leprik e, apesar disso, era seu. Seu som único e correto. Sentiu gratidão por Leprik, porque sem ele jamais teria conseguido ouvir a si mesmo. Era o sentimento mais ilógico naquele piscar de olhos que antecede a batalha de vida e morte, mas foi Leprik quem o levara consigo e quem fizera dele o artista da sua vida. Só que ele não entendia por que deviam lutar um contra o ou...

Então a água se misturou e foi cortada. Como em imagens de espelho, atacaram um ao outro. Os dois crânios se chocaram um contra o outro, recuaram e novamente bateram com fúria. O corpo liso e flexível do peixe enroscou-se em torno do tórax e dos quadris de Bruno e os dentes desenvolvidos e aguçados fincaram-se na carne do seu ombro. Mergulhou com um uivo de dor, sacudindo Leprik de cima de si, e continuou a afundar de fraqueza e meio desmaiado, cada vez mais para baixo, até que chegou ao lugar em que a própria luz se detivera nele; em que os raios que levam a cor vermelha falhavam. Bruno olhou e viu com horror como a ferida de seu ombro sangrava e a cor do sangue lhe parecia verde. E o susto o salvou. Zuniu para cima, pegou Leprik desprevenido, bateu-lhe com muita força, com os dois braços estendidos, ao lado das faces do peixe. Por um momento Leprik ficou em seu lugar sem se mover, como se não tivesse acontecido nada, e depois escorregou sob a superfície da água e desapareceu. Bruno, atemorizado, deu uma volta em torno de si mesmo, depois numa rápida espiral foi para baixo mas não encontrou o adversário. Sem fôlego, subiu para a superfície e seus olhos ficaram ensombreados: Leprik o atacou, pesado como uma baleia, e escornou-lhe o peito. A respiração de Bruno parou. O sangue palpitou nas têmporas e encheu-lhe os olhos. Sem pensar, deu um pulo para a frente e seus braços golpearam cegamente o ar e a água. Jamais Bruno batera em alguém, e a torrente de violência que irrompeu de dentro dele agora e inundou toda a sua existência o amedrontou. Mas o medo pertencia ao Bruno ser humano; o Bruno peixe sorveu o sangue que se misturou à água, absorveu a paixão ali contida, e voou para Leprik mais uma vez, e mais outra, e ambos se enroscaram um no corpo do outro, escorregadios e ousados, e uma mistura de dentes aguçados e nadadeiras laterais arranhadoras e um ódio silencioso, despojado de qualquer ruído, porque também Bruno não o violou e lutou em silêncio, como peixe. Perdeu a conta dos minutos e o tempo só pulsava no ritmo dos ataques de um sobre o outro, e com os impulsos de dor que suas feridas lhes transmitiam. Bruno já estava todo rasgado: as mordidas de Leprik abriram nele furos feios, no tronco e nos lados do pescoço, mas ele viu que também o grande peixe se desfazia aos poucos, que suas cabeçadas se tornavam menos precisas, e que ele ia se desligando da fonte de sua vitalidade, e neste momento Bruno recuou. Então seus olhos se clarearam e seu cérebro brilhou como uma ostra: lutou com Leprik porque não podia viver no meio de uma multidão, mesmo uma multidão despojada de más intenções e de ódio, nem mesmo no ritmo do *ning* de Leprik. Mas ele também não queria ser escudeiro da morte. Leprik ainda pairou cegamente diante dele, lutou para manter seu próprio *ning* e cuspiu de sua boca um naco de carne do braço de Bruno, mas Bruno já havia recuado. Os peixes lhe abriram um caminho do tamanho do seu corpo. Não, ele não quer conduzi-los. Não quer conduzir ninguém. Ninguém tem o direito de conduzir os outros. E esteve perto de cometer um crime. Nadou depressa para trás. A força do seu *ning* era suficiente para um cardume de uma só pessoa. Sua língua era exclusiva, de dentro do corpo, oculta. E só assim poderia dizer "eu" sem que ecoasse na palavra o som metálico vazio de "nós". Bruno se libertou dos círculos de peixes e ficou parado, ofegante, fora do cardume. Eles se voltaram e o olharam inexpressivos. Assim ficaram todos parados durante longo tempo. Enquanto isso Leprik se recuperou um pouco. Os ecos do seu *ning* se fortaleceram e começaram a chegar a Bruno, mas já não penetraram. O cardume começou a se mover lentamente. Partiu sem ele e, por um único instante, Bruno foi tomado de um antigo medo. Mas era apenas a força do hábito.

O cardume passou por ele. Durante algumas horas nadaram à sua frente centenas de milhares de peixes numa formação lenta, e ele aguardou sem se mover. Deles Bruno só conhecia Yorik, mas depois de alguns minutos deixou de vê-los como peixes e começou a vê-los como células de um corpo grande e complexo, separado dele: seu corpo antigo. Todo o seu patrimônio passou diante dele, toda a sua vida e lembranças e estilhaços do passado. Esperou assim ainda cerca de uma hora depois que os últimos do cardume passaram por ele, com reflexões profundas e com a tristeza da despedida do seu próprio eu antigo. A partir de então, tudo o que fizesse ou pensasse ou criasse seria dele por justiça. No horizonte distante apareceram as últimas nadadeiras distendidas. Muito breve chegarão às grandes corredeiras do rio Spey, saltarão três ou quatro metros contra a corrente espumosa, cairão na água e saltarão mais uma vez e mais outra. Quem ultrapassar as corredeiras chegará extenuado ao pequeno afluente onde havia nascido anos atrás. Durante alguns dias descansarão corpo a corpo, mortalmente cansados, magros, torturados até o limite da sua capacidade. As aves de rapina já os sobrevoarão. Os peixes escurecerão a água com suas sombras. Dentro de alguns dias crescerão corcovas rígidas e dentes adicionais, e então começarão as batalhas sangüinárias pelas fêmeas e pelo território. Quem restar fertilizará as ovas que foram postas e morrerá logo em seguida. Bruno sabia: o fraco Yorik não conseguiria ultrapassar sequer as corredeiras. Leprik passaria, mas estaria extenuado demais para enfrentar os combates com os machos mais novos que ele. Dentro de horas, o rio Spey se encherá todinho dos corpos torcidos e mutilados dos salmões. Toda a crueldade da jornada irromperá de repente e se registrará em seus corpos. As aves de rapina arrancarão deles cada naco de carne.

Bruno ficou sozinho. O tubarão velho que nadava seguindo o cardume parou no meio do caminho. Olhou para as multidões de peixes que se afastavam e para a criatura estranha da qual emanava um cheiro de sangue, e que parecia uma presa especialmente fácil. Decidiu desfrutar os dois mundos. Mergulhou num impulso e desapareceu debaixo d'água. Uma trilha estreita e rápida foi traçada por uma linha reta na direção de Bruno, que nada percebeu.

Só que então aconteceu algo estranho, difícil de explicar, que desperta muito embaraço entre os que escrevem a história do mar, e no seio dos arquivistas conservadores da história líquida: pois de repente, sem nenhuma explicação, o tubarão foi atirado violentamente para o alto, como se fosse um gigantesco peixe-pássaro, estrebuchando impotente e ridículo com suas nadadeiras, ofegando em dois tons pelo focinho grotesco, em forma de cabeça de martelo, e despencando muito longe, em seu lugar de sempre, na cauda do grande cardume.

Por um momento ainda o mar se encrespou. Bruno pareceu ouvir um som estranho, como de bater palmas, como o que se ouve depois que se atira um importuno insolente escada abaixo, as pequenas ondas, que ficavam mais perto do lugar de onde o tubarão foi arremessado para o alto, ouviram com certa surpresa um murmúrio que soou como uma praga especialmente irritada e suculenta, mas preferiram não acreditar que ela saíra da boca de sua dama delicada. Chocaram-se um contra o outro com selvageria alegre e inofensiva, contaram as suas diversas versões sobre a ação de cuspir o tubarão, conversaram animados a respeito de antigos navios a vapor, sobre navegação pelo vôo dos pássaros, sobre remédios diversos para enjôo... em suma, mudaram de assunto.

— Você contou bem, Neuman.

— Eu tento.

— Exceto pela praga no final. Você sabe que não digo estas coisas.

— Mas foi o tubarão que praguejou.

— Ele? Mas ele mal consegue nad... É verdade. Agora me lembrei. Os tubarões-martelo são conhecidos como terríveis praguejadores.

E após um momento de silêncio:

— Você está bem. Mudou um pouco desde então.

— Está disposta a ouvir a continuação da minha história?

— Você não mudou.

— Por favor, sim?

— Conte, conte. Fique à vontade. Eu não presto mesmo atenção... um momento! Você esqueceu! O principal você esqueceu!

— Eu? Que foi que eu es...

— Bruno! Os ferimentos! Você se lembra? Se lembra? Por favor, por favor, você precisa se lem...

— Naturalmente. Como é que eu pude esquecer, você tem razão. Ouça:

... Lentamente Bruno nadou pelas águas do mar do Norte. As águas eram do mar do Norte de horizonte a horizonte, e Bruno não sabia. O mar abraçou suas feridas. Nos laboratórios escuros da água, peixes de expressão sisuda tentavam produzir eles mesmos produtos especiais. Ondas que foram convocadas do mar Cáspio e do mar Morto chegaram ofegantes e espumosas, depois de terem rolado pelas profundezas dos mares fechados, foram transferidas em processos acelerados pelas correntes telegráficas de rios subterrâneos, e chegaram extenuadas e cansadas para se ferirem a si próprias à ordem de sua senhora e produzir de suas feridas os sais raros necessários para uma rápida recuperação. Algas que surgiram no caminho de Bruno, como que por acaso, envolveram-no por um momento, absorveram-no com aqueles maravilhosos materiais adstringentes e nadaram para a frente, alegres com a alegria do mar. Só restaram duas feridas em Bruno. Duas feridas estreitas dos dois lados do pescoço e, na verdade, não exatamente feridas, mas, digamos, aberturas, ou seja, bocas pequenas e abertas. Ou melhor, simplesmente guelras.

... Lentamente Bruno nadou no mar do Norte, a cabeça então toda imersa na água. Não precisava respirar a água que vinha de fora. Olhava para as profundezas: as ondas já tinham polido as lentes de seus olhos, até que estas se tornassem maravilhosamente adequadas para enxergar na água, e todas as coisas lhe pareceram onduladas, as cores se rompiam, curvando-se suaves, revelando fios de milhares de tons finos bordados ao comprido, fragmentando-se em ondas que dedilhavam a si mesmas como uma harpa feita de fios de água tocando na gigantesca rede de balanço que marca o ritmo do tempo marinho e pode ser também que a mão vá deixar sua marca numa onda num lugar em que já não está, onde nunca esteve, e pode ser que uma onda vá arrastar por um momento a imagem do corpo e em seu retorno vá trazê-la ou não de volta, e o contorno dos objetos macios se dediquem à calmaria das ondas para o adormecimento do mar que respira o sono e escorrega lentamente sobre margens de recifes nas páginas de sonhos, o mar fará o acerto final de quem o invadiu e ultrapassou suas bordas e transbordou, e sempre sobem das ondas muito mais gaivotas do que as que mergulharam e é como se as novas fossem mais pesadas por terem absorvido o peso do mar e, transparentes em suas lindas cores, se tenham expandido para cá e para lá e, Bruno nad...

Já não responde. As ondas estão completamente lisas e só de segundos em segundos a água se arrepia com um ronco agradável. Olho para trás e vejo que o quebra-mar já está vazio. Só restou um pescador ali. Alto e sólido como um farol, seu cigarro cintila na escuridão. Com cuidado, envergonhado, deslizo pela sua face. Logo amanhecerá e devemos nos apressar para conseguir contar o fim do nosso encontro na praia de Nárvia. O presente que Bruno me deu lá. O veredicto que proferiu para mim.

Esta sensação de exaltação, Bruno. Adivinho aquela expansão do coração e a pulsação do sangue nas têmporas. Posso imaginar o que você sentiu quando o cardume seguiu seu caminho e o deixou sozinho, triunfante. Um homem só, em toda a amplidão do oceano. Invejo você e estou orgulhoso. Porque o que resta ao fraco senão aceitar a decisão sobre seu destino? (Sei pronunciar estas palavras com uma convicção interna tão profunda que até soam sinceras.) Esta é a decisão desesperada, cujas possibilidades de concretização são tão pequenas, mas as possibilidades de concretização, Bruno, já não lhe interessam, elas pertencem a um outro âmbito de debate. Ao âmbito em que se usa linguagem de plural, e se medem as pessoas numa balança de lata: "Meu judeu em troca do seu judeu"; "pela minha conta, matei apenas dois milhões e meio", e outras medições semelhantes. Mesmo o dual já é plural demais, e as coisas realmente decisivas são ditas, pelo visto, só no singular. Você se tornou um salmão. Você se desnudou de tudo o que se grudou em você, até que conseguiu pôr o dedo na veia ferida pela qual a vida se esvai. Você é o âmago da existência nua, em sua viagem você transformou o impulso da vida oculta numa linha geométrica que se pode seguir com um olho e com o dedo no mapa. E você também sabe o que sinto a seu respeito, pois se não fosse isso eu não teria chegado aqui, a Nárvia, e forçado o meu cérebro até quase o limite da loucura...

Por isso, e em nome de tudo o que sucedeu entre nós nos últimos dias, exijo de você uma resposta rápida, imediata: exijo uma refutação a algo que acabei de ouvir dos lábios "dela". Uma frase que brotou não por vontade dela, parece-me, como um soluço que arde das profundezas dela até o rosto, direto à minha caneta que escreve por você. E anotei as palavras, depois li e me espantei: *"Bruno, o inimigo fatal, astuto, da língua"*. E com um riso maldoso, ela acrescentou: *"Bruno, o niilista"*.

Anoto aqui com pena firme e ponderada: Bruno Schulz. Arquiteto genial de uma experiência lingüística única, cujo segredo de seu grande encanto consiste em sua fertilidade, na abundância que quase apodrece de tantos sucos verbais. Bruno que sabe dizer cada coisa de dez modos diferentes e todos exatos como a agulha da bússola. O dom-juan da linguagem, a qual conquista com uma paixão louca, quase imoral, o mais ousado turista da geografia lingüística... será possível que você, Bruno, tenha chegado alguma vez até as fímbrias deste mundo, até o lugar em que você, até você, correu feito louco pela praia, e em todos os cais não se encontraram barcos de palavras adequadas para fazê-lo navegar adiante, para os horizontes cobertos de neblina? E por acaso é possível que esta última praia tenha sido a praia da cidade de Danzig no ano de 42? Responda-me com since-ridade. Não tolerarei evasivas, por acaso quando você esteve parado lá na ponta do píer, ofegando e exausto e com espuma nos lábios, e quando olhou para trás para a topografia fantástica que você colocou entre si e as demais criaturas do mundo, todas aquelas ravinas recurvadas e as tremendas rochas de lava que você cinzelou com uma caneta simples das paredes de um caderno escolar simples, por acaso então você gargalhou para si mesmo vitorioso e aliviado por nos ter desencaminha-do a todos? Por nos ter atraído ludibriosamente a labirintos dos mais intricados e com isso ter destruído com imperceptível astúcia a própria linguagem humana?

Você não me responde. Também ela se cala. Mas não é o silêncio comum: é uma espécie de autocontenção.

Deixo meu caderno e minha caneta na praia, ponho uma pedra sobre eles, para que não voem ao vento, e entro no mar. Lá fico com água acima da cabe-ça, abro os olhos no sal que arde e tento ver você de outro ângulo. Com uma luz ilusória e tremeluzente. A luz da água.

E agora, diga-me: devo acusar você de traição de algum tipo especial? Será que posso escrever que deste acasalamento frenético e perfumado do seu desespero e do seu talento com a linguagem humana nasceu uma das mais espetaculares fraudes da cultura e da literatura, mas que todos nós nos enganamos e não entendemos?

Escrevo na água com o dedo: será que, em nome daquela fraude, você fertilizou a língua com sua semente, até que ela se inflou demais, até que você a fez toda gorda e papada, e multiplicou seu sistema circulatório e lhe criou sete corações que lançaram para dentro dela correntes contraditórias de sangue, e reproduziu seus sistemas nervosos, até que ela enlouqueceu devido à sensibilidade mórbida?

Olho a água espantado: as letras estão besuntadas nas ondas e não se apagam. Continuo a anotar, e quando este enorme corpo elefantino da língua começou a curvar-se sob seu peso, por acaso você foi ainda mais adiante e transformou seu talento nos vermes da putrefação deste gigantesco cadáver? Olho para as letras da água e aguardo para ver se ela apagará esta escrita suspeita. Ela não apaga. Continuo a escrever: por acaso você confessará aos meus ouvidos, Bruno, que se transformou de pintor artista da língua em caricaturista cruel da língua e também de si próprio? E para quê? Por que você nos fez isto?

— Estas perguntas! Ele queria até achar um universo mais rico — ela diz de repente. Ela me assusta como sempre com uma súbita arremetida, lê apressadamente o que está escrito na água e o apaga de repente, mas não de todo, envolve o escrito rapidamente em dois lenços finos de ondas transparentes, e o esconde de mim e depois parte adiante, com certa falta de segurança.

— Com você é impossível falar de Bruno — digo, sério —, você se recusa a ouvir uma única palavra ruim sobre ele.

— Na certa, você pretende dizer que tenho predisposição a ficar do lado dele — ela diz e pisca para mim com uma onda ligeira que tremeluz com um brilho frente ao sol —, e nisto eu concordo totalmente com você, meu caro, porque eu, meu bem, não estou disposta a abrir mão do direito de estar apaixonada cegamente, até o fim. — Sim, sim — ela diz, atirando uma faixa de onda bordada de azul e prata, e nada comigo paralelamente à praia da aldeia. — Amor sem ver defeitos e jaças, amor incondicional, Neuman, sobre o qual você certamente sabe muito... de ler.

E ela faz saltar em minha boca uma pequena onda, bastante salgada.

Engoli a ofensa em silêncio. Eu tinha coisas mais importantes a esclarecer e só me restavam poucas horas para estar com ela. O prefeito da aldeia de Nárvia estava para sair esta noite para Gdansk em seu antigo barco a motor e concordou em me levar com ele. No dia seguinte, eu devia estar em Varsóvia, dali para Paris, e dali, de avião, para casa. O tempo era muito escasso mas eu não queria que ela sentisse isso. Fiz-lhe observações sobre a paisagem que se via da água, sobre a arquitetura simples do prédio da igreja de Nárvia, sobre a construção interessante das cabanas da aldeia... ela estava impaciente. Algo bateu nela para sair. Aguardei com paciência. Virei-me de costas e nadei assim, assobiando uma pequena melodia, ouvidos atentos a ela.

Então estenderam-se na água cordões transparentes, pegajosos, condensações estranhas e uma saliva de perplexidade irritada. Depois arqueou-se repentinamente debaixo de mim uma grande onda, tempestuosamente voltou-se para trás, e eu fui lançado no ar a grande distância, e logo ela estava ao meu lado.

— Você tem razão. Tem razão, tem razão. Você, seu desgraçado, você consegue me ferir assim toda vez. Porque ele realmente queria assassinar a língua. Queria trazê-la a uma situação em que ela fedesse, ah... que se encha de repugnância da sensação de plenitude da doçura, ah... ou seja... (Ela tentava naturalmente citá-lo sem que eu percebesse. Aquela vaca! Eu não conhecia esta citação de seus escritos, mas era claro que ela não seria capaz de pronunciar tal frase de modo próprio. E quem sabe quantas centenas de citações raras, tão lindas, ela esconde de mim em seus porões.)

— Milhares — ela me corrigiu com um ligeiro sorriso maldoso e continuou —, pois quando meu Bruno era pequeno ele já havia compreendido isto, sim, e seu maior anseio não era só por um outro mundo, mas por uma língua totalmente diferente, para que pudesse descrever com ela aquele mundo, pois já então, e muito antes de vir a mim, ele adivinhou... ele sabia, sim...

— O que ele adivinhou? Sabia o quê?

Ela se vira de costas, cospe um pequeno jato para o céu e começa a circundar-me com velocidade crescente. Fixo o olhar na água que está sob mim, para não ficar tonto. — No gueto de Drohobitz — ela cita me rodeando —, Bruno tinha um patrão, um homem da ss chamado Landau. E esse homem tinha um inimigo, também da ss. Chamava-se Günther. E um dia Günther atirou em Bruno, e foi a Landau e lhe disse matei o... — e ela voou ao meu redor, criando com isso um turbilhão oco de água, que me sugou para dentro dele, todos os meus pensamentos se esvaziaram nele, e eu despenquei impotente até suas profundezas, e consigo ainda pensar que é na verdade esta a única explicação possível, e que Bruno, tão sensível, adivinhara tudo muitos anos antes de as coisas acontecerem. Talvez por isso ele tenha começado a escrever. Começou a se exercitar para uma nova língua e uma nova gramática. Ele conhecia o homem e sabia, ouviu os sussurros cruéis muitos anos antes que os outros os ouvissem. Ele sempre era o elo fraco. Sim, sabia que uma língua na qual podem ser ditas coisas tais como "matei o seu judeu, agora matarei" etc., uma língua em que tais combinações lingüísticas não se contradizem por si mesmas, e não se transformam em veneno ou em espasmo de sufoco na garganta de quem as exprime, uma língua assim não é língua de vida. Não é humana nem ética, mas talvez seja a língua que foi introduzida aqui há muito, muito tempo por traidores malvados, e sua lei é única: matar.

— Mas não só a língua — ela me diz de passagem, à meia-voz, e sou freado de uma só vez enquanto caio, paro com um ranger de ondas e sou arremessado para o alto num jato rápido e frio —, não só a língua — ela me sussurra de novo, deixando-me por um momento, agitando e chutando com os pés em cima de um repuxo alto, e me faz pousar com uma suavidade incomparável em seus braços gordos, sardentos de salpicos de areia e incandescentes à luz do sol —, Bruno desejou mudar todo este mundo, sim, tudo o que se baseia em regras e hábitos e convenções, tudo o que pertence por sua própria natureza a sistemas ordenados e congelados e mortos... ahhh, meu Bruno, o niilista... — e ela gorgoleja de repente, afasta-se de mim com estranha pressa, com a cabeça erguida, deixando atrás de si na água dois sulcos salgadíssimos.

E então dei um salto e avancei atrás dela, agarrei-a, por trás, pelo pescoço e sussurrei com raiva, O Messias, O Messias, aqui e agora, neste momento! E se não... Ela me olhou confusa e sorriu temerosa. Toda a sua arrogância desapareceu diante da raiva que espumou de dentro de mim. — Bem, bem — sussurrou —, mas saiba que não é por causa da sua teatralização idiota, mas só porque sei que você também o ama tanto, sim — e logo, como alguém que parte um pedaço de pão com os dedos, abriu debaixo de mim um abismo longo e estreito, e mergulhei dentro dela durante uma eternidade e meia, até que despenquei com uma pancada sobre o depósito de água densa e escura, e através das nuvens do primitivo pó que lá se misturaram perdi-me e tropecei tonto pelas enormes florestas subaquáticas, e galopei pelas sendas ramificadas em cujos dois lados cresciam densos arbustos melancólicos que davam frutos grandes porém murchos de reflexões que jamais foram usadas, samambaias gigantescas de rascunhos que congelaram no meio da sua opulência, sebes de vinhas que deram origem a lendas de povos lendários, e marquei para mim um caminho na folhagem meio transparente, emaranhada até o sufoco, e olhei de um lado e de outro, e então gritei na água, com uma voz terrível, que estas não são as coisas importantes, isto ainda não é o livro, não é a obra autêntica, escrita na dimensão natural da vida, na profundeza natural, em todas as suas clivagens e exatidão, aquele brilho único da Era do Gênio, para dentro do qual nosso Bruno foi arrastado na infância, numa primavera selvagem, tempo demais antes que o mundo inteiro começasse a se arquear e a congelar para a morte...

E ela rugiu raivosa. — Basta!! — berrou para mim, e desvendou à minha frente recifes verdes e agudos. — Chega de escarafunchar e de me torturar assim! — E eu: — A verdade! — eu gritei. — As coisas que *ele* deixou em você! O cheiro de coisa queimada. A única frase que ele conseguiu dizer para si mesmo na sua língua, a frase que ninguém poderá tirar dele, ao menos dê-me os momentos que antecederam aquela frase genial, que jamais poderei compreender, quero de você o grande segredo, e desta vez não me satisfarei com nenhuma outra coisa!

E ela geme e cospe, finge que está me expulsando de dentro dela, tenta me fazer medo com sombras de rebanhos de tubarões que ela cria em torno de mim nas dobras da sua pele ou com trovões assustadores que ela produz por um sopro grosseiro ao longo do estreito de Gibraltar, mas já não tenho o que perder, e bato nela com mãos e pés. — O livro! — grito-lhe através das ondas que rugem. — A última conclusão, a essência da corporificação da nossa existência! — E ela uiva, e bate a cabeça nas rochas e as quebra como cascas de ovos, introduz dolorosamente o corpo nas costelas de esqueletos de navios arrebentados, e mete um longo dedo marinho dentro da garganta e vomita sobre mim cardumes de peixes mortos e restos de barcos meio digeridos, e depois se recolhe dentro de si, e de uma só vez atrai para seu corpo todos os vestidos de água e as suas mil calcinhas, e revela ao olho do sol assustado a nudez dos continentes afundados sob ela, as estepes áridas de lodo petrificado, e por um momento nós todos pairamos no ar seco, peixes, caranguejos, redes, navios à vela, submarinos afundados, conchas, espadas antigas de piratas e garrafas com mensagens que foram enviadas por sobreviventes que já morreram há tempos nas ilhas desertas, e então a água irrompe para voltar num rugido terrível, cobre os continentes afundados, mistura à lama o pó das lembranças mais antigas, e ergue diante de mim com lentidão uma folha verde, de dimensões imensas que paira solitária nas camadas profundas abaixo de mim, iluminada por raios isolados de luz, que brilham como se fosse por baixo dela, um brilho em milhares de pequenas bolhas de ar que se formaram em suas bordas, uma folha pensativa, ascética, dispondo uma onda indefinida no seio de cardumes de peixes que se retraem acima dela, eu estava confuso, pairava acima dela, rio e choro e leio com esforço as letras dos títulos feitos de uma densa trama de algas verdes, *O Messias.*

Em plena Páscoa, meados de março ou início de abril, Shlomo, o filho de Túvia, deixou a prisão onde o encarceraram durante o inverno, depois das escaramuças e das loucuras do verão e do outono. Naquele mesmo ano em que aconteceram as coisas que serão contadas a seguir, o jovem Bruno espiou pela janela da casa no momento em que o prisioneiro libertado saía da barbearia, e ficou parado no limiar da praça da Santíssima Trindade. Com um gesto de mão, Bruno convidou seu velho amigo para subir até sua casa (*"Não há ninguém em casa, Shlomo!"*) e ver os desenhos que havia feito, nascidos na Era do Gênio, aquele vácuo de tempo no âmago do fastio e do hábito. Naqueles poucos dias maravilhosos, o pequeno Bruno conseguiu quebrar, com a ajuda do pincel, as pesadas algemas de ferro que se fecham sobre nós, e abriu caminho para a torrente de luz, de uma primeira erupção de enlouquecer...

Banhado, barbeado e perfumado, o prisioneiro liberto, Shlomo, olhou os desenhos que lhe mostrava seu jovem e emocionado amigo.

— *Pode-se dizer* — disse finalmente Shlomo, depois de estudá-los — *que o mundo passou por suas mãos para se renovar. Despir a sua pele, sair de sua carapaça como um lagarto maravilhoso. Pois você pensa* — ele perguntou — *que eu teria roubado e cometido mil e uma loucuras, se o mundo não tivesse decaído e se deteriorado tanto?... Que mais se pode fazer num mundo assim? Como o homem não sucumbirá à dúvida, como não desesperará, quando tudo está lacrado e trancado? Quando um muro fortificado se fecha sobre a realidade e você só bate nos seus tijolos como na parede de uma prisão? Oh, Bruno, você devia ter nascido mais tarde.*

— *Para você, Shlomo* — disse Bruno —, *posso revelar o segredo destes desenhos. Desde o início eu era tomado por dúvidas sobre se fui eu que os dese-nhei. Às vezes eles me parecem uma espécie de plágio não intencional. Algo que me foi sussurrado, que me foi passado sub-repticiamente... como se algum estra-nho tivesse usado minha inspiração para fins que desconheço, pois, devo confes-sá-lo a você* — Bruno continuou baixinho, olhando dentro dos olhos de Shlomo —, *encontrei a "coisa autêntica"...*

Assim, com estas palavras, Bruno falou comigo em seu conto "A Era do Gênio", no livro *Sanatório da clepsidra*. Mas o que era aquela "coisa autêntica" jamais fiquei sabendo, pois Shlomo, filho de Túvia, escravo de suas paixões, e talvez medroso e traidor, aproveitou a oportunidade que surgiu, e tendo perma-necido sozinho em casa com o pequeno Bruno, agilmente roubou o colar de coral da criada Adela, o vestido e os sapatos dela, os sapatos de verniz dela que tanto o encantaram. ("Pois você entende o terrível cinismo deste símbolo no pé de uma mulher, a provocação pervertida do seu andar nestes saltos exagerada-mente adornados. Como poderei deixar você entregue ao domínio deste sím-bolo? Que o céu me livre de fazê-lo...")

E todos nós perdemos o momento.

E eu era Shlomo, filho de Túvia.

De novo eu fui.

Por um momento me libertei da prisão. E permaneci *"banhado e barbea-do e perfumado na beira da praça da Santíssima Trindade de Drohobitz, total-mente isolado na borda da grande concha vazia da praça, na qual o azul do céu sem sol fluía. Esta grande praça limpa repousava à tarde como um recipiente de vidro, como um novo ano ainda não começado. Postei-me em sua orla cinzenta e totalmente apagada e não ousei romper com qualquer decisão esta bola perfeita de um dia, que ainda não fora usada".*

De uma das janelas percebi um menininho mirrado, o crânio de aparên-cia triangular, testa ampla e alta, queixo agudo. No início pareceu-me que era eu refletido no vidro, mas então conheci Bruno, o rapazinho maravilhoso, sem-pre ardente de idéias que não combinavam com sua idade.

Ele me chamou e disse: *"Nós dois estamos agora sós nesta praça, eu e você".* Sorriu um sorriso desalentado e acrescentou: *"Como o mundo está vazio. Pode-ríamos dividi-lo e dar-lhe um novo nome... venha, suba por um momento, e lhe mostrarei meus desenhos. Não há ninguém em casa, Momik!".*

9.

Desde o momento em que escapei do brilho circular da praça da Santíssima Trindade e entrei no vestíbulo escuro da casa de Bruno, a praça começou a se encher rapidamente de gente e senti como se ao chegar eu tivesse dado o sinal de uma representação de inúmeros participantes. — Veja — disse-me Bruno, que estava junto à janela —, estão todos aqui.

E realmente: todas as pessoas da cidade, todos os nossos conhecidos e todos os familiares de Bruno e alunos da classe dele, e os professores do ginásio, dos quais se destacavam os dois professores de desenho, Chashunstovski, o comprido, e Adolf Arendt, o baixinho, que distribui por todos os lados sorrisos esotéricos que recendem a segredo. Vimos também Tlóia, a louca, Tlóia que vive constantemente no jardim das urtigas, dorme ali numa cama de três pés entre pilhas de lixo, e eis também tio Hyeronimus, alto e com o nariz de águia e olhos aterradores. Tio Hyeronimus, que, desde que a Providência lhe tirara delicadamente das mãos o leme do barco da existência, não saía do seu aposento; ficava sentado ali frio e furioso, desenvolvendo uma juba cada vez mais fantástica e travando uma luta silenciosa e odienta com um leão poderoso e gélido, que era como um patriarca que se escondia entre as palmeiras num gigantesco gobelino, que cobria toda a parede no quarto do tio e da mirrada tia Retícia. Todos, todos estavam lá: vizinhos com seus filhos e cães enfeitados com fitas festivas, e um grupo pequeno e barulhento de aprendizes da loja de tecidos Henrietta da família, caminhando, como sempre, atrás da bela criada Adela, que andava em seus sapatos novos de verniz, dormindo também enquanto andavam, lábios entreabertos para um beijo errante, roupão entreaberto...

— O que é isto? — perguntei a Bruno. — O que todos estão festejando aqui?

— O Messias — respondeu-me o menino, e desenhou com a mão rapidamente um sinal mágico qualquer no vidro da janela.

O brilho na praça aumentou e já não se podia olhar sem ficar ofuscado. Era como se as pessoas estivessem iluminadas de dentro, brilhando e se obscurecendo alternadamente, como se fossem todas ligadas a uma fonte de luz, que ainda não estava adequadamente ajustada.

E quando olhei para Bruno não tive dúvida de que ele era a fonte desta força: em sua testa, precocemente alta, as veias se salientavam, como fios elétricos de um forno que se aqueceu demais. O rosto dele ardeu por um momento numa luz vermelha forte e no momento seguinte empalideceu muito. Mas junto com as mudanças provocadas pelo esforço ocorreu nela também uma outra transformação, que não compreendi no primeiro momento: porque entre seus brilhos e obscuridade, Bruno também galopava para a frente e para trás no tempo: por um momento era um adulto, todo cheio de energia, ardendo em sua tremenda força, e no seguinte era de novo absorvido na imagem do menino esperto, vivo, que se esforça por conter a profusão de si mesmo, nas frágeis algemas de seu corpo e depois, o que está acontecendo aqui? Pois ele recuou ainda mais para trás, para a rechonchudez do bebê, para a penugem delicada de...

— Bruno! — exclamei. — Controle-se!

Ele olhou para mim, brilhando com todas as suas luzes, entontecido por seus diferentes tempos, sorriu para mim debilmente e encolheu os ombros, indicando que já não podia fazer nada.

Naquele mesmo instante, o Messias se encaminhou para a praça. Veio da direção da rua Samburska, à esquerda da nossa janela, do caminho estreito entre a igreja e a casa de Bruno. Veio, à sua maneira, montando seu burrico cinza, sujo do vagar infindável. Na beirada da praça ambos pararam, e o Messias apeou. Lançou um olhar para Bruno, que lhe respondeu com um leve movimento afirmativo de cabeça. Eram trocas de olhares tão íntimos que até mesmo eu, que estava junto a Bruno, não consegui ver o rosto do Messias. Mas vi bem como ele bateu com carinho, com a mão de dedos estendidos, na traseira do cavalo, a fim de apressá-lo a seguir adiante. Aconteceu então algo estranho: o próprio Messias escapuliu para trás e desapareceu!

Com indescritível tristeza olhei para Bruno, mas ele sorriu e me fez sinal com os olhos para que eu olhasse para a praça: o burro estava passando entre as pessoas, e ninguém prestava atenção nele. Burros eram uma imagem muito comum na praça e nas ruas da cidade. Mas em todo lugar onde o burro abanava o rabo curto aconteciam de repente coisas, as pessoas como que congelavam por um momento em seus lugares, depois se sacudiam e continuavam a andar uma ao lado da outra e a conversar com os amigos. Mas percebia-se logo que seus fios haviam sido cortados, expressões de espanto e embaraço começaram a se desenhar no rosto daqueles em cuja direção o burro sacudira o rabo. Olhavam um para o outro com olhar espantado, como se estivessem vendo um ao outro pela primeira vez. A língua enrolou na boca deles. Parecia que estavam sufocados, que não se lembravam sequer de como se deve respirar. Seus passos também ficaram muito mais lentos, em toda parte viam-se pés trôpegos e joelhos dobrados. Os movimentos se tornaram muito hesitantes, um tanto angulares. As pessoas olhavam para todos os lados pedindo ajuda, mas não eram capazes de emitir uma palavra nítida, das gargantas só irrompiam sílabas indistintas, animalescas. O burrico continuou no seu andar manso. Metade da praça redonda já estava sob a influência mágica do abanar do seu rabo e a outra metade ainda não havia sentido nada. De um lado havia apenas silêncio e espasmos lentos e despertar confuso; do outro, a vida continuava em alegria ruidosa. A praça parecia uma pessoa que tivesse metade do rosto paralisada e a outra metade executando uma mímica exaustiva.

— Eles esquecem — disse o meu Bruno. — Esquecem!

— Esquecem o quê? — perguntei temeroso, mas já começando a adivinhar.

— Tudo — respondeu o menino, e suas bochechas eram mordidas por dentro com tremenda emoção. — Tudo, a língua em que falavam, seus entes queridos, o momento que passou, veja!

Agora toda a praça estava imersa numa dança lenta e enredada. O burro, cuja tarefa terminara, caminhou para fora do recipiente de vidro brilhante, deteve-se por um momento na borda e, antes que desaparecesse na continuação da rua, entre duas fileiras de casas aglomeradas, lançou um relincho longo e cheio de uma estranha alegria muar.

Era como se o relincho fosse o sinal: as criaturas voltaram à vida e eu respirei aliviado. A praça redonda pareceu então um bebê recém-nascido, e o zurro, o seu primeiro berro. Mas logo parei de me alegrar. Olhei e percebi que não entendia o que meus olhos viam, que ocorria ali diante de mim uma representação de fraude no sentido mais profundo da definição. Mas por quem? Com que finalidade?

— Papai e mamãe — Bruno sussurrou para mim. — Veja, meu pai e minha mãe.

Seu falecido pai e sua mãe. O pai, com sua sombria cabeça de profeta, ascético, o pai sempre imerso em seus sonhos, acordou repentinamente e olhou para a esposa, a rechonchuda Henrietta, a quem todos chamavam carinhosamente Pontchik. Ele quis dizer-lhe algo, mas, como todas as outras pessoas na praça, a língua não encontrou palavras em sua boca.

— Não, não assim — Bruno sussurrou de longe. — Não com palavras, pois...

Também eles perceberam. E não só eles. Embaixo, na praça, as palavras se tornaram supérfluas como primitivas ferramentas de trabalho. Os sentimentos mudos dos pais de Bruno começaram a se concentrar dentro deles de forma perigosa, mas não tinham meio de sair. Em seus rostos delineavam-se expressões agudas de aflição, de piedade, de mútua paixão e, por fim, de medo e perda. Um segurava a mão do outro e por um momento foram afastados de todo o rebuliço que reinava na praça, tentando abrir juntos para si mesmos um caminho. Os seios da mãe pesavam de anseios, desenhavam com seus movimentos um verso inacabado de um poema esquecido; do cérebro do pai irradiavam-se, de modo imperceptível, representações confusas, reflexões de sua alma conflitada, e jatos de pedido de ajuda e compreensão. Mas percebia-se nitidamente que a mão de Henrietta dessa vez não podia ajudar. Seu sorriso era impotente e perplexo, e ela recuou lentamente, fazendo um gesto de desculpa, desaparecendo na multidão. Naquele momento, e isto eu senti perfeitamente até do meu lugar distante, um fio invisível, que pelo visto estava estendido em algum lugar entre eles, irrompeu em um lamento.

— Jamais se entenderam de verdade — disse Bruno, triste, e inclinou a cabeça. Mas do outro lado da praça, junto à estátua de Adam Mickiewicz, ocorreram coisas mais animadoras: Edzio, o jovem paralítico das pernas, que balança habilmente a metade de seu corpo musculoso sobre muletas, encontrou-se finalmente frente a frente com a desejada criada Adela. Edzio, o forte, trancado a maior parte do dia em sua casa pelos pais cruéis, que à noite lhe tiravam as muletas, Edzio, que toda noite se arrastava como um cão para a janela fechada de Adela, grudava o rosto contorcido ao vidro e via a linda criada dormindo profundamente e com admirável concentração, toda escarranchada, nua, entregue às fileiras de pulgas, vagando pelo ermo do sono... ele a via e ela, mesmo sem abrir os olhos, o viu. E brilhou entre eles uma centelha curta, e passou por ele um tremor repentino e estremecedor, que repeliu um pouco os que estavam em volta deles. E ficaram parados assim e olharam um para o outro, e por um momento único abriram-se os olhos de Adela, a película branca e fina, como a película do olho de um papagaio, que os envolve sempre, foi removida por um instante, refulgiu luz, como se uma lâmpada de magnésio de um *flash* houvesse sido acionada. Ela viu dentro da alma dele e compreendeu toda a profundidade e toda a tragicidade de sua existência deficiente. Leu de uma só vez a história da espera noturna diante do sonho dela e sentiu como a fileira de pulgas se transformava nos dedos de seu desejo entre suas coxas. Ela se encolheu de dor e prazer e lhe permitiu beijá-la em pensamento, pela primeira vez. Um rubor profundo, purpúreo, coloriu todo o corpo dela, quando compreendeu que ele não se movia do lugar e que os lábios dela permaneceram entreabertos sonhando, e apesar disso ela foi beijada, selvagemente e com desejo, e jamais conheceria outro beijo assim...

— O que está acontecendo ali? — eu quis saber. — O que você está tramando contra eles, Bruno?

Olhou para mim ligeiramente decepcionado. — Você não está vendo? Não entende? O Messias chegou. O meu Messias. E eles esquecem. E novamente não podem ser ajudados em nada do que foram ajudados para as necessidades da triste fraude da sua vida anterior. Eles possuem só o que têm agora, e isto basta e é mais do que suficiente — disse, indicando com as sobrancelhas Edzio e Adela que, apesar de estarem parados no centro de uma enorme multidão, já estavam separados dela e isolados, envoltos em finas fibras de claridade. — Eles estão voltando a ser artistas, Shlomo, grandes artistas! Grandes como a estatura do homem!

— Artistas? Vejo aqui apenas infelizes cujo universo se destruiu!

— Ah, isto é só porque eles ainda não entendem exatamente o que se quer deles e do que são capazes — Bruno me acalmou, nadando como um peixinho no quarto, batendo com sua pequena cauda em regozijo, virando-se de costas e ficando novamente de pé ao meu lado — : uma obra em toda a grandeza do significado da palavra. Com toda a sua agudeza. Ah, Shlomo, pois ele é a Era do Gênio com a qual sonhamos sempre, eu em minha escrita e você em sua prisão. Logo também você entenderá que todos os milhares de anos da existência que o antecederam foram só pobres rascunhos, tentativas iniciais, hesitantes, da evolução...

Na praça, havia grupos desdobrando-se em seus diferentes componentes, membros de famílias separavam-se um do outro com espanto e com um ligeiro aperto de dor, sem compreender por que novamente não havia nada que os mantivesse juntos e talvez jamais tivesse havido. Os dois ilustres professores de desenho, que estavam entretidos numa conversa animada sobre o maravilhoso poeta Jachimowitz, pararam de falar no meio da frase, suas mãos ainda traçaram no ar seus complicados argumentos e já se apagara em seu interior o fogo que infundira entusiasmo às palavras. Um ficou parado em frente ao outro, olhavam admirados as mãos que ainda gesticularam e então se voltaram cada qual para seu caminho, tentando com o resto da força de seu velho pensamento lembrar-se como tinham podido se emocionar tanto com um conjunto de palavras e versos congelados.

— Eles não têm literatura — Bruno disse —, não têm ciência, nem religião, tampouco tradição, até Edzio e Adela já se esqueceram um do outro...

Ele tinha razão, ambos já se tinham afastado um do outro para os dois lados da praça, e não havia sequer saudade no rosto deles. — Não há saudade do passado — Bruno continuou —, só desejo pelo futuro; não há obras imortais, não há valores eternos, exceto o valor da própria criação, que nem chega a ser um valor, mas um impulso biológico, e tão forte como qualquer outro impulso; veja-os, Shlomo, eles não se lembram de nada que esteja além deste momento, só que o momento no mundo da praça não é uma batida do relógio da igreja; ele, digamos assim, é um cristal de tempo que contém exatamente uma vivência, e esta pode estender-se por um ano ou um segundo, sim, meu Shlomo — Bruno acrescentou e agora se parecia em tudo com um peixe, nadando prazerosamente na superfície da folha verde, saturado de água, que pairava debaixo de nós no abismo —, estas são as pessoas sem memória, almas de primeira mão, que para continuar e para existir devem criar para si mesmas de novo a cada momento a sua língua e os seus amados e o momento seguinte e costurar com esforço infinito os laços que logo se rompem...

— Mas isso é uma crueldade, Bruno, uma terrível crueldade! — exclamei e engoli água, e me enchi de temor. — Você não pode fazer isso às pessoas!
Nem todos são feitos de material ah... assim original! Há entre nós alguns que,
pelo que se ouve, necessitam justamente de molduras arrumadas, leis, constân-
cia... oh, Deus Poderoso! Olhe para lá!

Nas extremidades da praça, junto à caixa de correio, no lugar em que as formigas vorazes do esquecimento desmontavam com rapidez e eficiência as últimas fibras do passado a partir do minuto que transcorrera, encontrava-se o velho
tio de Bruno, Hyeronimus. Parecia que o homem estava passando por uma
experiência insustentável; que as transformações da nova era colocavam em
prova insuportável a essência da adivinhação frágil de sua existência; ele tirita-
va e tremia. Suava e ofegava. Tia Retícia olhava para ele desesperada e não ousava tocá-lo. Através de seu terno elegante podiam-se notar protuberâncias estranhas que surgiam uma vez aqui e outra ali. Estava claro que ninguém conseguia
compreender o que acontecia, talvez nem mesmo o próprio tio. E ele se apoiou
pesadamente na caixa do correio (que também ressoava tumulto e gorjeios,
enquanto lá se desintegravam em seus diversos componentes todas as cartas,
palavras e sensações que foram apreendidas por escrito — todas estas que
haviam sido enviadas antes da nova revolução) e ouviu de olhos fechados e faces
torturadas a tempestuosa discussão que se travou dentro dele.

E então aconteceu aquilo que a nossa língua desgraçada não consegue
expressar com exatidão, só consegue entregar o seco e pálido protocolo; porque
de repente se ouviu de dentro do corpo agoniado do tio o ruído de uma leve
explosão, e um profundo suspiro de alívio, e num momento tornou-se claro,
acima de qualquer dúvida, que agora ele era dois. Que a longa batalha prolongada entre ele e o velho leão desenhado no gobelino acabara de repente numa
inesperada compreensão mútua, mas útil a ambos, e que eles tinham conseguido finalmente desatar com forças conjuntas o nó de animosidade que os sufo-
cara durante anos, e ao preço de uma ligeira concessão por parte do tio, que con-
sentiu em se encolher um pouco dentro da casca do seu corpo e abrir algum
espaço para o leão, poderiam ambos a partir de agora manter uma suportável e
talvez até agradável vida em comum.

Sim. Reconhecia-se logo que eles combinavam muito um com o outro.
Que toda aquela longa e violenta luta entre eles, quando o leão preso no gobelino se erguia nas patas posteriores e de sua garganta saía um rugido surdo, e o

tio avançava contra ele num berro que parecia um latido, encobria na verdade uma forte atração e a vontade desesperada entre dois corações sós e aprisionados, vaidosos demais para admiti-lo. E tia Retícia, que na hora das refeições sempre cuidava de sentar-se entre o tio e o dormitório que estava sob o domínio do gobelino, esta tia Retícia de quem sempre gostei, em que todos viam uma represa de sólida lógica separando dois lagos tempestuosos de loucura, revelou-se então em toda a sua desdita fanática, mesquinha, e ficou claro para todos que a existência dela não fora justificada, a não ser como representante da velha concepção de mundo, da "boa" ordem, da tranqüilidade, no seu significado mais infeliz, e mesmo agora, quando foi tirada a razão de sua existência — oh, não pude continuar a olhar para o que estava acontecendo com ela ali, junto à caixa de correio vermelha, e agora, oi, no chão da praça...

— Você já pode olhar — disse Bruno com ligeira satisfação —, ela não existe mais.

E quando recusei voltar os olhos, Bruno sussurrou como que consolando: — Pessoas como tia Retícia, Shlomo, são aquelas pessoas de segunda mão de que falei; as que só podem existir como um segundo instrumento de experiência, que se alimentam da tensão da obra da maioria dos seres humanos que, sem dúvida, são os artistas originais; que justificam sua existência só com o fato de que não param de alardear aos nossos ouvidos os terríveis perigos que nos esperam se elas próprias desaparecerem... ah, Shlomo, pela expressão do seu rosto dá para ver que tudo isso o assusta muito... é muito estranho para você... mas esta é a chance de nós todos vivermos de novo, no sentido a que você e eu nos referimos, pois, se não for assim, então somos apenas estátuas de pedra, presos do nascimento à morte, e não temos esperança de sermos salvos da rocha na qual nos burilou só como uma alusão um escultor sábio, muito sábio, mas talvez não genial, mas certamente não misericordioso. E o Messias, Shlomo, é quem nos chama para a liberdade, nos liberta da armadilha de pedra, nos faz flutuar como flocos de papel imponderáveis no espaço da praça e aqui criaremos para nós uma nova vida a cada momento, escreveremos épicos inteiros ao encontro impetuoso de duas pessoas, pois já é claro para você, assim como para mim, que todos os outros caminhos conduzem ao fracasso, à derrota e à prisão, à antiga cultura que sofria de elefantíase...

Silenciei. Enfureci-me com sua exagerada autoconfiança, e com sua arrogância que fazia com que achasse que todos pensavam como ele. Naturalmente eu não discordo dele em certas condições, mas é preciso avaliar com muito cuidado tais revoltas extremas e é preciso planejar, e faz-se necessário estabelecer uma base e um mecanismo. Lancei um olhar apressado à pobre tia Retícia e me senti novamente nauseado. Era melhor não olhar! Pois um fim cruel assim poderia recair também sobre algumas outras pessoas. Aliás: intencionalmente eu disse "fim" e não "morte", porque é difícil descrever o que aconteceu à ilustre tia como sendo "morte": junto à caixa vermelha do correio, nas pedras da praça, via-se uma mistura estranha parecendo serragem acinzentada: eram sem dúvida os sedimentos concretos de todos os adjetivos, verbos e tempos para os quais a tia servia de encruzilhada. Um monte frio e indiferente. — Assim como ela foi em vida — Bruno sorri, como que espreitando todos os meus pensamentos: — E ela realmente não morreu, Shlomo, pois jamais esteve viva de verdade, viva no sentido de que você e eu... etc. Pois estou certo de que nem por um momento você suspeitou de mim, que eu esteja disposto a matar alguém só para causar felicidade a outras pessoas?

Desviei dele o meu rosto com raiva. A praça passava agora por mais uma série de estremecimentos. Parecia que se lhe havia tirado um pouco do horror e do medo que marcaram o início da nova era. Assim como acontecerá nas florestas que foram queimadas e se transformaram em cinza, as forças da vida começaram também a ressurgir, e já brotavam as primeiras folhinhas verdes, as famílias realmente tinham se desfeito totalmente, e seus fios transparentes estavam depositados em seus carretéis pela praça toda, mas já se compunham em um instante novas famílias, às vezes famílias de uma pessoa apenas, que goza desta forma surpreendente de uma felicidade que não conhecera com esposa e filhos. Novas amizades se recobriram de pele e tendões entre pessoas que jamais imaginaríamos terem algo em comum: o querido Adolf Arendt, o baixinho professor de desenho, estava entretido em estabelecer um sistema de relações (por demais embaraçoso, na minha opinião) com Tlóia, a louca, e acima da cabeça deles entrelaçaram-se como chifres ramificados as possibilidades atraentes de suas imaginações e loucuras, e o pai de Bruno, seu falecido pai, conseguiu finalmente concretizar sua velha aspiração, e pairava como um grande pássaro sobre a praça, sobre toda a cidade, ou seja, não que seus pés se tivessem desligado da terra, mas era claro, para todos os que queriam acreditar, que o homem estava de fato voando.

E o mais admirável nas coisas que aconteceram diante de nossos olhos era que elas eram feitas num silêncio absoluto e não profanadas por palavras. E apesar disso a praça fervilhava de sussurros e condensações acústicas de vapores de sensações, que não poderei transmitir aqui, devido à lamentável impotência de nossa maldita língua. Só poderei dizer isto, assim como o cego é dotado do sentido de audição desenvolvido, como compensação de sua deficiência, assim também as essências mudas desprovidas de nome e de palavras destacaram suas expressões mais latentes, e as criaturas responderam imediatamente, através do instinto desconhecido até agora, aos novos estímulos. Também nos problemas de absorção ocorreram aparentemente mutações rápidas. Todos estavam envolvidos no empenho novo e fascinante: — Agora você entende? — Bruno perguntou baixinho: — Todos são artistas.

E, realmente, é preciso destacar que, exceto por tia Retícia e mais alguns casos, a revolução transcorreu sem vítimas. As pessoas pareciam mais felizes e cheias de vida do que no passado. Seu sangue borbulhava nas veias como vinho, e eu podia ouvi-lo cantar. A pele das pessoas brilhava e era como se fosse um pouco iluminada por dentro. Em toda parte, homens e mulheres ouviam admirados e com prazer o próprio *ning* e concordavam felizes com sinais de cabeça. O fato de existirem tornou-se repentinamente concreto para eles, assim como antigamente lhes eram concretas a sua extinção e fraqueza. A própria vida era agora um prazer agudo e provocante. Junto à caixa do correio estava parado tio Hyeronimus, que acariciava prazerosamente o bigode. Em diversos lugares viam-se homens e mulheres em um apaixonado enlace amoroso, que não despertava constrangimento nos que estavam ao seu lado (eu preferi olhar para outro lugar).

— Mas, Bruno — eu disse confuso —, você está nos propondo um mundo cujo sopro da alma seja a paixão da criação. Será que num mundo assim não caberia a idéia de assassinato?

O garotinho levanta para mim seus olhos negros, brilhantes. Ele nada na superfície da folha entre algas e arbustos verdes, como um rapaz que passeia em seu jardim. Pequenos caranguejos eremitas afastam-se rapidamente para a espessura das letras a fim de se aninharem ali, anêmonas aquáticas rezavam para ele com seus braços de madona.

— E suponhamos — diz Bruno melodiosamente —, suponhamos que devido a qualquer distorção realmente surja um pensamento assim: pois é claro, acima de qualquer dúvida, que ele não poderá se concretizar nem na alma do indivíduo. Ele de maneira alguma poderá compreendê-lo, não poderá contê-lo em seus instrumentos de percepção, Shlomo! O pensamento será para ele apenas uma angústia passageira e vaga, porque é tão contrário ao preceito mais básico de sua vida: e não só o pensamento de assassinato, meu Shlomo, não, todo pensamento que tem um vestígio dos condimentos amargos da extinção e da apatia e da aniquilação e do medo. Ninguém poderá entender pensamentos tais, como no mundo antigo você não pôde entender de verdade, dentro das suas entranhas, a história de um morto voltando à vida, ou a respeito do tempo que começou repentinamente a fluir para trás. Porque eu, Shlomo, estou falando com você sobre uma vida totalmente diferente, sobre a etapa seguinte da evolução humana... e por acaso não concordamos em dividir o mundo entre nós, e dar-lhe um novo nome, ou talvez você esteja arrependido agora, Shlomo, e esteja escolhendo novamente o caminho fácil, e dirige o olhar para os sapatos de verniz brilhante de Adela, e de novo deseja voltar à sua prisão?

Ele ergue para mim os olhos suplicantes.

Penso em argumentos decisivos contra as idéias e a futilidade dele; por exemplo, como existirá um sistema organizado de direito e justiça num universo assim, e como será possível uma ciência desenvolvida e sistemática, e como serão a política e os acordos entre os países, e os exércitos e as polícias e...

Mas meus pensamentos logo esmoreceram e criaram melancolia em mim. Pois todos estes fracassaram. Decepcionaram de forma tão brutal, e não haverá força no mundo que evite que eles sirvam de instrumento para os atos mais terríveis. E por acaso, perguntei-me com muita raiva, por acaso Roosevelt e Churchill eram o "bem"? Diante do mal, dispusemos os nossos tanques, os aviões e os submarinos. Dispusemos um outro mal. A depressão tomou conta de mim. Quis sair do mar e ir para casa, esquecer que estive aqui algum dia formulando estas perguntas. Mas não tive força para mover um dedo. Eles decepcionarão novamente. Afundei minha testa na água. Não é possível que esta seja a nossa sentença eterna. Bruno deve estar errado. — Diga-me, por favor — eu lhe pergunto, tentando em vão parecer despreocupado e sarcástico —, baseado em que você acredita que aqueles pedacinhos isolados de papel que pairam no ar desejarão estabelecer relações um com o outro, conversar e criar, e o que os impedirá de cair simplesmente assim no chão da praça, ou simplesmente pairar no ar inconscientemente? Diga-me, Bruno!

— Você não entendeu nada — diz o menino, diz o peixe com tristeza e me explica, lentamente e com visível decepção, o que eu deveria ter compreendido há tempos: — Eles todos são seres humanos e por isso criam. Estão fadados a isto. São obrigados a isto por sua própria natureza: criar as suas próprias vidas, seu amor e ódio e liberdade e poesia; todos somos artistas, Shlomo, só que alguns de nós nos esquecemos disso, e outros preferem ignorar, com um medo estranho, que não me é nada claro, e há aqueles que só compreendem à beira da morte, e há aqueles, como uma certa tia cujo nome não mencionarei por respeito ao que se desintegra, que não compreendem de modo algum, ainda mais...

— E nós? Os poetas? E os pintores? Os músicos e os escritores?

— Ah, Shlomo, em comparação com a verdadeira arte, a arte natural, a literatura e a música são meras ocupações, trabalho de cópia efêmero, um trabalho de reles interpretação, para não dizer explicitamente um triste plágio, sem imaginação ou talento...

— Se é assim — perguntei, com cuidado, para não ferir muito —, o que você diria, e como poderíamos continuar a viver em nosso velho mundo, depois de um certo fato sobre o qual ouvimos, um fato que se conta a respeito de uma pessoa, que você ainda não conhece, e talvez já a tenha esquecido, que atirou num judeu só para desafiar seu inimigo, e aquele lhe disse...?

— Mas eu já disse — Bruno me cortou, nadando emocionado e não querendo de maneira alguma ouvir a continuação das minhas palavras —, eu já lhe disse três vezes que estas coisas deviam, até precisavam, acontecer naquela sociedade putrefata. — Ele ficou girando em torno de si mesmo algumas vezes, mergulhou nas profundezas e depois voltou e subiu até mim, navegando com a ajuda da cauda como um espermatozóide cheio de vida: — E agora todos entenderão isto: quem mata uma pessoa destrói uma arte única, idiossincrática, que jamais será possível recompor... uma mitologia inteira, uma Era do Gênio infinita...

De repente, interrompeu a fala e me olhou desconfiado. Talvez estivesse considerando se nas palavras que eu pronunciara havia algo que lhe dizia respeito. Sua figura pequena saltou alternadamente entre exterior de menino e exterior de peixe. Meus olhos toparam por um momento com um brilho incômodo, a escama brilhante de um sapato ou de um peixe passando, o sapato de Adela ou uma dobra de onda brilhante que foi enviada para me distrair e, quando voltei a olhar, vi que Bruno estava tendo um ataque de tremores e agitações difícil de suportar, e com isso ele estava encolhendo, não exatamente no tamanho, mas, talvez, em sua essência, e em sua experiência que se tornou mais aérea, mais desnudada, algo compensador, não no sentido comum da palavra, mas no que Bruno e eu estávamos...

Por um momento voltou e se materializou diante de mim: metade do rosto, uma fenda da boca, um olho e uma guelra pulsante. Com um temível sorriso, ele disse: — Em nosso novo mundo, Shlomo, também a morte será o bem exclusivo do homem. E quando alguém quiser morrer, deverá apenas sussurrar para a própria alma o lema intracorporal, este que consegue desmontar de uma vez o código genético da única existência da pessoa, o segredo da essência autêntica do indivíduo, e não haverá mais morte em massa, Shlomo, assim como não haverá mais vida em massa!

— Espere! — gritei amedrontado. — Você está proibido de me deixar agora! Não depois de ter me infectado com tais desejos insustentáveis! Você não vai me deixar sozinho agora!

— Você sempre poderá fazer como eu — ele disse —, ou vir comigo ou escolher seu próprio caminho.

— Bruno — grunhi —, eu enganei você. Sou fraco... sou prisioneiro por natureza... amo os meus grilhões... sim, Bruno, envergonhado e humilhado diante de você, eu confesso: sou traidor e covarde... com pobres concepções reticianas... agora você sabe tudo... não nasci para a Era do Gênio... se o sapato brilhante de Adela estivesse aqui, eu aproveitaria a oportunidade e o roubaria e fugiria de você, como outrora... como sempre... ajude-me, fique comigo, tenho medo, Bruno.

De repente ele se agitou, de repente enleou-se, estendeu o corpo delgado para dentro da substância, mas foi puxado para trás com uma tremenda força, com um assobio de sucção. — Bruno! — berrei. — Espere só um momento! — Ele ficou petrificado no lugar: o mundo tinha parado de respirar. Um mar de metal azulado. — Bruno — eu disse humilhado —, perdoe-me por retê-lo num momento assim, mas isto é muito importante para mim: por acaso, só por acaso, você sabe que história Anshel Vasserman contou para o alemão chamado Neigel?

Bruno moveu sua guelra e fechou o olho concentrando-se: — Mas esta é uma história maravilhosa, sim — disse, e seu rosto estranho se iluminou de repente —, mas que... ah! Puxa! Ele me fez esquecer de tudo! — E com um sorriso, como se recordasse repentinamente, acrescentou: — Mas claro! Pois aí está a essência dessa história, Shlomo: ela é esquecida e precisa ser resgatada sempre de novo, sempre de novo!

— E será possível que alguém que não a conheceu, que jamais a ouviu, se lembre dela?

— Exatamente como uma pessoa se lembra do próprio nome. Em seu documento. Em seu coração. Não, meu Shlomo, não há ninguém que não conheça esta história.

A voz dele tornou-se fraca. Todo o seu corpo se contorceu. Escondi o rosto nas mãos. Ouvi um som estranho, como se em algum lugar um corpo grande tivesse sido engolido por uma boca invisível. Ouviu-se um gemido de cortar o coração, ao meu lado no mar, e logo depois Bruno não estava mais conosco.

Deprimido, dirijo-me agora a ela, e ela não responde. Assustei-me. Fiquei realmente atemorizado ao pensar que ela me abandonava agora, justamente agora, quando tanto preciso dela, quando minhas forças se esgotam e não tenho disposição de voltar para casa nem forças para escrever esta história numa língua que sofre de elefantíase. Venha, soluço baixinho e lhe imploro, venha, quero me enroscar em você, esquecer de mim; tão difícil e obstinada foi a solidão de Bruno que nós todos nos tornamos isolados, errantes... imersos na pedra na qual nos plasmou um escultor sábio mas não genial e certamente não misericordioso, apenas como uma alusão, famintos sem jamais nos saciarmos, e pior que isto: perdemos até o próprio desejo de nos saciarmos. Oh, eu sussurro para ela, para as pequenas ondas, dobras de sua carne, se a nossa vida é apenas o seu fluxo, então tudo o que ajuda esse fluxo é sócio astuto, oculto, da morte, e nós mesmos somos apenas cúmplices dos assassinos. Na verdade, assassinos responsáveis, em busca do nosso próprio bem-estar, educados e cheios de preocupação, mas assassinos. Todos estes que sob a máscara da defesa da paz e tranqüilidade de nossa alma tramam contra nós o crime mais hediondo, o crime contra a condição humana, contra tudo isso que nós, com nossas próprias mãos, criamos para nos defendermos; por fim eles sufocam lentamente a nossa felicidade; refiro-me ao poder, ao poder de toda espécie, que impõe as minorias sobre as maiorias, ou as maiorias sobre as minorias, e a um sistema judiciário que quase sempre estabelece um compromisso entre os diferentes tipos de justiça, e à religião, cuja base está em que ela exige de seus fiéis que não façam perguntas, e a nossa ética complacente, e ao rebanho obediente do tempo, cujos minutos os ponteiros do relógio conduzem como carneiros, e o medo e o ódio que existem em nós, esses são os dois braços das tenazes nos quais afastamos de nós toda migalha de proximidade e amor, e a nossa tirânica sanidade mental, o que é tudo isso, senão o canal bolorento no qual fluímos desde a juventude até a morte, e às vezes ganhamos lamentáveis prêmios de consolação de caridade mesquinha, e amor cauteloso, e alegria ltda., e paixão desconfiada, são só tentações conservadas, e até já entendo que o homem, no sentido em que Bruno e eu dizemos "homem", é capaz de consolos e alegrias maiores que esses, numa escala de cores incomparavelmente mais rica...

— Agora você está falando — ela diz tranqüila, os olhos um pouco vermelhos diante do sol que se põe sobre nós. — Agora finalmente você começa a compreender. — E ela amplia um pouco suas ondas, envia-as moderadamente amplas e tranqüilas, de repente cheias de alegria madura. Nadamos em silêncio pela pequena aldeia polonesa. Súbito a água fica doce em minha boca. Provo novamente e verifico que não me enganei.

— Ele chegou ao rio?

— Você percebeu.

— E as corredeiras? Como passou pelas corredeiras? Como nadou contra a corrente?

— Do único jeito que sabia.

Silêncio. E depois, ela pergunta: — E você? Como vai passar as corredeiras?

— Não me pergunte isso agora.

— Você já está começando a voltar a si, Neuman? Já está começando a esquecer?

— Como pode dizer uma coisa dessas? Agora? Depois de Bruno?! Depois de tudo o que eu disse a você? Que vergonha!

Mas pequenos turbilhões de água que escoaram a certa distância um do outro deram a impressão de que ela havia sorrido ligeiramente e que se formaram covinhas em suas faces.

— Estranho... — ela diz e lambe os lábios — meus pequenos espiões me dizem que você já está se arrependendo da maioria das coisas que diz... ah, que diferença faz agora? É a sua vida, não a minha. Se é que é possível chamar isso de vida. É uma pena. Pena. Por um momento acreditei em você. Por um momento até... até acreditei em você. — Será que ouvi uma suavidade inesperada na voz dela? Seria possível sentir nas palavras dela um tom de carinho? Ela não responde. Afasta-se um pouco de mim, nada de costas. O sol a acaricia com seus últimos raios. Ela parece agora a paleta de tintas redonda de Van Gogh, quando desenhava os amplos campos dourados da Holanda. Tão bonita, misteriosa e madura entre as faixas das nuvens que se amarravam acima dela no horizonte. Teria Bruno percebido sua beleza ou estaria totalmente mergulhado em si mesmo, em seus esforços ininterruptos? Teria ele, o homem dela, sabido darlhe pequenos mimos de afeto e atenção?

Ela se cala. Tênues veias azuladas ressaltam de repente em sua testa. Uma pessoa como ele certamente não se apercebeu dela nem de sua beleza, mas logo criou dentro de si o seu lago fechado, e nada dentro dele. E ela é digna do amor. Realmente digna. Talvez até do amor de alguém cujas pretensões são muito menores que as de Bruno. Um homem mais modesto e mais prático, mas não destituído de certa sensibilidade poética, que saiba distinguir suas sutis nuanças, um homem que naturalmente nada será em comparação ao nosso transcendente Bruno, intransigente, mas talvez exatamente por isso, exatamente porque ele está tão mergulhado na pequena vivência do cotidiano, e é um produto tão típico da sociedade podre, e tão humano, eis que uma pessoa assim, digo a mim mesmo, poderia, perfeita... — Então, vamos, cale-se, cale-se — ela diz e me faz bater, como que por acaso, em uma rocha afiada, que sem dúvida não estava ali no momento anterior. — Cale-se agora, Neuman — ela diz novamente, com mais delicadeza, e acaricia, como um consolo, a minha costela dolorida. — Você terá aí uma pequena ferida como a que Bruno tinha. Mas a sua cicatrizará. Você pertence aos que cicatrizam. O que é isto? Alguém está chamando você!

— *Pan* Neuman! *Mister* Neuman! — Na praia está parada minha hospedeira, vestida de preto. Abana a mão com ímpeto. Parece que o prefeito da aldeia está prestes a partir para Gdansk. Devo sair da água e viajar com ele. E depois de amanhã já estarei em Israel. "Em casa" — soa estranha e insípida esta expressão agora.

— Você até que é bonito — ela prossegue nossa conversa interrompida e continua a lamber consoladora a minha costela —, mas não para mim. Não. O seu espaço, meu caro... — ela se detém um pouco, os recifes no horizonte distante brilham repentinamente com um riso: — Seu espaço é a região das praias, sim, você gosta às vezes de chapinhar em mim, mas prefere fazer isso perto dela, para o caso de se deparar com um perigo, para o caso de estar de repente com vontade de fugir fundo fundo para dentro de mim, sim, Neuman, você é cuidadoso. Eu diria: uma espécie de península. Decididamente.

E eu contenho um gemido.

— E agora — ela força a voz, faz dançar ondas diante de mim —, agora faça-me um último ato de justiça, e não se zangue comigo por causa deste meu pedido, e pense nele por mim, meu caro, pela última vez pense nele dentro de mim, no nosso Bruno, por favor, por favor, pois daqui a um momento nos separaremos, certo? E não terei mais alguém que me fale assim a respeito dele, do meu Bruno que está na beira do píer em Danzig, pense nele, só para que eu possa pensar com você, você sabe: um pequeno problema de saúde... por favor, por favor...

Piscando com longos cílios de algas, ampliando as narinas com um ligeiro frêmito. Não. Ela não me influenciará com seus encantos baratos, com estas cores de água da feminilidade. E eu justamente não pensarei nele. Que ela estoure. Ela não conseguirá me conduzir como um menino lunático, como um apaixonado, ao porto, à extremidade daquele píer, limite do mundo antigo, não! Sou mais forte que ela, não à chuva fina que cai sobre ele como lágrimas e ele é tão magro, despido de todas as suas roupas, por um momento só lhe restou o relógio, o relógio que ainda marca o tempo antigo, e ele pula com desespero e coragem e sem alternativa da ponta do nariz da bruxa gigantesca estendida, só, como o primeiro idólatra que se elevou do totem para o Deus invisível, que vôo maravilhoso, Bruno, que amplidão e impulso...

E ela, ao meu lado, explode numa gargalhada sufocada.

Caramba!

VASSERMAN

1.

Não tendo conseguido matá-lo também na terceira vez, os alemães fize-ram Anshel Vasserman correr até o gabinete do comandante do campo. Um ofi-cial alemão muito jovem, de nome Hoffler, corria atrás dele apressando-o e gri-tando *Schnell*, rápido, rápido. Posso imaginar os dois movendo-se na região baixa do campo, onde ficam as câmaras de gás, passando entre as duas cercas de arame farpado camufladas por arbustos. Por estas cercas fazem correr as levas de prisioneiros recém-chegados. As pessoas passam nuas entre duas filas de ucranianos que batem nelas com cassetetes e atiçam os cães ao seu encontro. Os prisioneiros chamam este caminho de *Schlauch*, tubo, e os alemães, em seu humor especial, chamam-no *Himmelstrasse*, ou seja, "Caminho do Céu".

Anshel Vasserman usa um traje real de seda colorida. Sobre o peito traz um relógio redondo e grande, que o golpeia a cada passo. Está muito magro, costas curvadas, e na face despontam tufos de barba por fazer. Na nuca denun-cia-se o início de uma corcunda. Em todas as centenas de fotos de prisioneiros dos campos não vi nenhum vestido assim. Passam agora junto ao pátio de revis-ta e param diante do barracão do comandante. Vasserman está ofegante. O bar-racão é uma sombria construção de madeira, de dois andares, com janelas cobertas por cortinas. Na porta está fixada uma plaqueta de metal — COMAN-DANTE DO CAMPO — e na parede externa há uma placa maior — OBRAS DE

CONSTRUÇÃO: CIA. SCHÖNBRUM, LEIPZIG E CIA. SCHMIDT, MÜNSTERMAN. Detalhes desse tipo eu conheço muito bem. Só me falta o principal. Hoffler comunica algo ao sentinela ucraniano na entrada. Neste momento, Anshel Vasserman volta o rosto e olha para mim. Só um olhar rápido, mas me sinto como um bebê que acaba de nascer: porque dentro do sufoco e da névoa dos últimos meses, seu olhar surge de repente como um tapinha que sacode, e todas as partes do mosaico, estranhas umas às outras, caem de uma só vez no lugar certo. Vovô Anshel me reconheceu e eu o senti. Seu olhar denunciava medo. Por trás da porta aguardava-o o *Obersturmbannführer*, comandante do campo, Neigel. Pensei que talvez me fosse proibido fazê-lo passar novamente por tudo isto, devolvê-lo para *Lá*, mas eu sabia que sem sua ajuda eu não conseguiria, porque ele esteve *Lá*, e ele também, pelo visto, é um dos poucos que conhecem o caminho de saída e, se resolvi finalmente entrar, é melhor fazê-lo em sua companhia.

Agora a porta se abre e eles entram. E eis *Herr* Neigel. Finalmente. Não como o imaginei durante todos esses anos. Não um açougueiro com um riso cruel. Mas absolutamente forte, robusto, o corpo esguio e forte, o crânio muito desenvolvido. Começa a ficar calvo; isso se vê apesar do cabelo preto cortado rente e da calva que avança por duas entradas profundas. Seu rosto é especialmente grande, seus traços retos e longos e, nos lugares onde não se barbeia, as faces estão cobertas por um envoltório leve e escuro; uma leve penugem escura. A boca é pequena e contraída por um esforço qualquer e há um certo desprezo agressivo nos cantos externos dos olhos. A impressão geral é de uma pessoa forte que não deseja chamar a atenção em especial. Meu avô o chama sempre pelo título civil, *Herr* Neigel, ou seja, criou-se entre eles uma certa proximidade. Será que também um acordo? E como Neigel chamava o vovô? Judeuzinho? Porcariazinha judaica? Não. Parece-me que não. Existem em seu rosto traços de pragmatismo e sequidão, e fica logo claro que porcariazinha judaica não combina com ele. Ele ergue a cabeça da escrivaninha arrumada. Lança um olhar de raiva por ter sido perturbado. "Sim, *Untersturmführer* Hoffler?" A voz é baixa, forte e cadenciada. Hoffler relata o estranho acontecimento. Neigel o interroga rapidamente. ("Tentaram também atirar?" "Sim, comandante." "Tentaram dentro de um caminhão?" "Sim, comandante." "E com gás, me diga, tentaram?" "Sim, comandante. Pois foi com isso que começamos." "E os outros? Talvez o gás esteja estragado?" "Mas, não, comandante. Pois todos os que estavam com ele lá dentro morreram, como sempre. Nenhuma irregularidade, a não ser com ele.")

Neigel ergueu-se com um suspiro por o estarem fazendo perder tempo, alisou com as palmas das mãos as calças bem passadas, os dedos tatearam distraídos a medalhinha de prata na lapela. Pergunta com algum cansaço se isto é uma espécie de piada, *Untersturmführer* Hoffler. E quando o jovem oficial começa a gaguejar para explicar novamente, ele o manda sair movimentando ligeiramente o dedo e ordena-lhe que volte dentro de alguns minutos, depois que for realizada uma breve investigação, "para levar o cadáver daqui". E quando o jovem sai, Neigel o acompanha ainda por um momento com aquele olhar com que as pessoas que chegaram a certa idade olham os jovens ambiciosos que ainda não são capazes de fazer nada certo por conta própria.

Ele saca a pistola do coldre do cinturão. Um brinquedo preto e brilhante, com um pen... Mas, um momento, por favor! Ele vai atirar em vovô Anshel! Olho para o lado. Vejo que, atrás da mesa de Neigel, pendem da parede pequenos lemas militares: O FÜHRER ORDENA, NÓS OBEDECEMOS. RESPONSABILIDADE COM OS DE BAIXO, OBEDIÊNCIA PARA COM OS DE CIMA. E Neigel caminha para a frente e encosta a pistola na têmpora de vovô Anshel, e de repente ouço a mim mesmo gritar, junto com vovô Anshel, o grito de medo e de afronta; o tiro explode na sala, e ouço meu avô dizer consigo mesmo, com voz trêmula: "Uma espécie de zumbido voa pela minha cabeça, de um ouvido ao outro; uma cabeça de veado, esculpida em madeira, pendurada sobre a porta, caiu, *nebech*, e um chifre se quebrou. Minhas saudações, Shleimale,[1] reconheço você ainda que a sua aparência se tenha modificado tanto. Não me diga nada. O tempo urge e a tarefa é imensa. Temos uma história a contar".

Assim ele começou a falar comigo. Não com a voz, é claro. Escrevi "consigo mesmo" por ter sido o que soou mais próximo de uma descrição exata: um sussurro filtrado e macio de milhares de cacos de conchas. Não uma fala, mas uma espécie de fluxo ininterrupto, cinzento, de palavras que não têm a vitalidade das palavras *pronunciadas*, porém de palavras *escritas*. Vovô Vasserman falou comigo na língua em que o li. Nas palavras que se esfarelaram para dentro de mim daquele pedaço de jornal amarelado e antigo, que ficou guardado desde o início do século no caixote de objetos de vovó Heni. Essa foi a primeira

---

1. Diminutivo de Salomão, em hebraico. (N. T.)

vez que o ouvi falar com as palavras explícitas da sua história. A história era mesmo toda a sua vida, e toda vez era preciso reescrevê-la do começo ao fim. Certa vez, quando estava um pouco triste e derrotado, ele me disse que rolava a história assim como Sísifo rolava a pedra montanha acima. E depois desculpou-se por nunca ter tempo e força para ouvir de mim a minha história. Mas, na sua opinião, de qualquer modo, todas as histórias vêm da mesma história, "só que às vezes você é quem empurra a pedra para o cume da montanha, e às vezes você mesmo é a pedra renitente".

Mas agora o alemão está horrorizado, olha espantado para o vovô e depois para a pistola, agarra a cabeça do velho e gira-a com força de um lado para o outro em busca do ferimento da bala. Depois Neigel pergunta com voz seca e em belo polonês (a mãe dele era uma *Polksdeutsche*, e, além disso, ele tinha feito um curso de línguas na SS): "Você está bancando o esperto comigo, *farshivi jidje?*".[2]

Preciso esclarecer: ele balbuciou o xingamento, seus lábios quase não se moveram. Estava claro que fora obrigado a praguejar assim só para esconder a imensa perplexidade que de forma alguma teria lugar na expressão simples de seu rosto. Anshel Vasserman responde: "Nem eu sei o que está acontecendo, senhor, e já é a quarta vez, e se Sua Excelência puder, providencie para que eu morra logo, bolas!, porque já não tenho forças para suportar". Neigel empalideceu um pouco, recuou. E Anshel Vasserman diz em sua voz anasalada e chorosa: "E o que pensa, senhor comandante? Que isso me agrada?".

No profundo silêncio que reina, o fio de zumbido, que me era conhecido desde a infância, volta: Anshel Vasserman fala consigo mesmo. Expõe seus argumentos, escreve a sua história. E eu ofereço minha caneta, pois há quem necessite dela agora mais do que eu. Alguém que esperou durante muitos anos para que a história fosse escrita. Ele diz: "*Nu*, então, Esaú estava perplexo, mas eu lhe disse a verdade. Realmente, eu quis a morte, que seus ossos apodreçam! Mesmo esta manhã, quando me conduziram ao gás e aos tiros e ao caminhão fechado, droga!, e quero-a também agora. Mas o que está acontecendo? *Nu!* Pelo visto, tenho um probleminha, e talvez seja até necessário consultar um médico. Ah, bem, realmente sofri muito para poder morrer, e na câmara de gás, Zalmanson olhou para mim com melancolia. Ele estava estendido no chão,

---

2. Expressão polonesa para "judeu sujo". (N. T.)

nebech, e ainda conseguiu me fazer um sinal qualquer com a mão, como que dizendo: o que é que há com você, Vasserman? E eu, *nu*, o que podia fazer? Agachei-me junto a ele e disse-lhe ao ouvido, para que os outros não ouvissem (por que vexá-los?) que eu lamento, mas deve haver algo defeituoso em mim. Talvez um problema de nascença, Deus te livre disso. *Nu*, em volta todos se retorciam e gemiam, e sofriam os suplícios do inferno, todo o grupo de dentistas com os quais convivi três meses, e só Anshel Vasserman estava firme como um *lulav*.[3] E ele, o dito Zalmanson, começou a rir um riso tal que melhor seria não o tivesse ouvido! Uma espécie de estertor e riso e choro junto, e de repente morreu. Morreu antes de todos! E é importante que você saiba, Shleimale: o judeu Shimeon Zalmanson, meu único amigo, editor da revista infantil *Luzinhas*, morreu de rir numa câmara de gás, e estou certo de que não há morte mais adequada para um homem como ele, que acreditava que Deus só se revela às pessoas através do humor".

Agora nós três ficamos calados. Olho para o velho judeu curvado: seu rosto se parecia com o rosto que eu lembrava, mas estava muito magro. Esta calva, e a pele marrom-amarelada, as covinhas grandes e feias, o nariz bulboso, e o perfil que se afilava em direção ao queixo. Meu Deus!, dizia vovó Heni, como você se parece com ele. Não fale bobagem!, minha mãe se zangava em iídiche diante do único retrato de Anshel criança: Veja o nariz de um e o nariz do outro.

O alemão vai para trás de sua grande escrivaninha e fica ali pensando. Enquanto pensa, suga um pouco as bochechas. "Não!", informa de repente com decisão, e bate com o punho na mesa (Vasserman: "A minha alma quase se foi, cruz-credo!") e diz novamente: "Não! Assim é impossível!". E depois, visivelmente zangado com Vasserman: "Executamos aqui trabalhos de grande abrangência! Nunca fracassamos!". E meu avô encolheu-se um pouco mais em seu traje esplendoroso, enigmático. (Vasserman: "Eu me senti muito envergonhado naquele momento. E o que você pensa? Não me senti à vontade ali. Não gosto de atrair mau-olhado gratuitamente, por que criar problema?".) Ele tenta encorajar Neigel e diz: "Senhor comandante, tente ver o meu pequeno problema como uma questão de estatística, quem sabe?". Mas Neigel assustou-se: "Estatística?".

E Anshel Vasserman assustou-se com o susto dele: "Não, Deus me livre!

---

3. Ramo de palmeira usado como um dos símbolos da festa judaica de Sucot. (N. T.)

Que foi que eu disse? Que bobagem a minha! Ah! *Nu*, sim, mas eu só pensei que vocês gostam disso, quer dizer, é conhecida a afeição de vocês pelos números e também pela estatística, *nu*, então até eu também recebi de vocês um excelente número, e eu, ah, o que uma pessoa como eu entende disso? Nem meia palavra. Mas o bom senso, sim? O bom senso diz que, como se matam, Deus nos livre, milhões de milhões de seres humanos no mundo todo, é possível, e de novo com o perdão de Sua Excelência, pela estatística, que um ou dois deles talvez não saibam. Quer dizer, não saibam morrer".

Neigel inclina-se para a frente. Seus olhos estão apertados em terrível suspeita: "Dois? Vocês são dois?".

"Não, comandante. Deus me livre! Como dois? Foi apenas um exemplo. Suponhamos, dois."

E tenta sorrir um sorriso torto, tranqüilizar o alemão, mas já lhe é claro que toda palavra que diz só piora a situação. Neigel olha-o por mais um momento, de perto, como um cientista que examina uma nova criatura sob a lente do microscópio, dá uma leve fungada de raiva, espanto ou desprezo, dobra o lábio superior em direção ao nariz e faz uma espécie de *himf*.

Senta-se, a mão na cabeça. Perdido de repente no aposento. O telefone militar toca, ele late algo para dentro do aparelho e desliga. (Vasserman: "Por Deus, Shleimale, ele se assustou, este *yeke*, este alemão! Veja, Shleimale, o que o bom Deus arrumou para este Esaú! Um judeu incapaz de morrer! E num só leve gesto de cabeça todo o seu sonho agradável subiu como fumaça para o céu! Que seria, se também outros judeus fossem contagiados pela arte de não morrer? E o que acontecerá a este hospitaleiro campo, com sua abundância de instrumentos de horror, com sua fábrica de morte? E o *Führer*, como se irritarão seus delicados nervos ao receber a triste notícia sobre o judeu que emperra seus grandes programas, a menina de seus olhos?".)

Vasserman ousa erguer a cabeça e espiar para um lado e para o outro. (Vasserman: "Vi que o gabinete parece ser de um *Offizier* muito importante, mapas e comunicados e grandes gaveteiros, repletos do bom e do melhor, grandes volumes de documentos com a ilustração da águia — isola! —, e alegro-me por Neigel ser respeitado, e até uma bela medalha lhe penduraram no pescoço, sobre o coração, como uma argola no nariz de um animal, um feito nobre".) Ambos se assustaram um pouco quando o silêncio foi interrompido por uma batida na porta.

Hoffler entrou. "Que deseja?", pergunta Neigel, repentinamente exausto, o semblante sombrio. Hoffler olha para Vasserman e faz com a cabeça um sinal de aprovação para Neigel. Como Neigel não responde, como que imerso em profundos pensamentos, Hoffler lembra-lhe, temeroso: "O comandante ordenou-me que viesse buscar o cadáver...".

Agora vimos como Neigel decide zangar-se. Isto era realmente uma decisão: ele fervia de raiva na mesma hora. Seu peito era a panela de pressão, o vapor fluía através do pescoço para o rosto e o coloria de um vermelho intenso. (Vasserman: "Ai, sei bem o que é isso. Diariamente, às cinco da tarde, Neigel saía para caminhar pelo jardim, ao ar livre... tinha então o hábito de se apegar a um dos grupos que voltavam do trabalho externo para o campo, e por um pretexto qualquer — por acaso faltam pretextos? — escolhia um e o eliminava imediatamente com sua pistola. E só então se acalmava. Mas para concretizar a eliminação devia se irritar, até que seu rosto estivesse pegando fogo! E isso acontecia com muita facilidade. *Nu*, é por isso que eu sei. E agora este jovem gênio Hoffler era seu alvo, e vi que ele se abalou, mas pode ser que tenha ficado furioso devido à ofensa sofrida, que seu comandante o tenha humilhado assim diante de um judeu como eu, e observei o amigo de Hoffler, e enquanto Neigel o repreendia, voltei o olhar para o outro lado, fiz de conta que me lembrava repentinamente de meus navios no mar".)

Hoffler saiu humilhado e o rosto de Neigel imediatamente se refez da expressão de ódio. Como se a houvesse descascado e jogado fora, e é óbvio que esta imagem assustou ainda mais Anshel Vasserman. Ele se curvou mais um pouco, os ossos de sua nuca corcunda se salientaram muito. Neigel levantou-se e andou pelo gabinete com passos zangados. Parou atrás de Vasserman e o velho, que o havia perdido por um momento, procurou-o assustado, como um pintinho cego quando sente que um estranho se aproxima de seu ninho.

"Seu nome!", ordenou Neigel.

"Anshel Vasserman, Excelência."

"Idade?"

"Idade? Hum... estou hoje com sessenta anos."

"A quem você pertence?"

"A Keizler, senhor. O comandante do campo de baixo."

"Qual o seu trabalho lá?"

"Bem, é assim, Excelência: morei o tempo todo com os dentistas que arrancavam os dentes dos mortos. Sim. Mas eu mesmo não era dentista. Hum, sim."

Neigel espanta-se, sem compreender: "Você não era?".

Vasserman, numa estranha modéstia: "Não era, senhor comandante. Não cheguei a tanto".

"Então, ora bolas, o que você era?"

"Eu? O que eu podia ser? Eu era lá um *Scheissemeister*. Sim, é isto." Neigel recua e torce o nariz. E vovô, numa voz débil: "O senhor comandante Keizler me autorizou a tomar banho uma vez por semana, Excelência. Até sabão e creolina me foram concedidos, graças a Keizler, para que ele não tivesse que se preocupar com cheiros desagradáveis". O alemão deu uma risadinha sardônica. Só a boca riu. Os olhos continuaram frios. "Interessante. Um *Scheissemeister* que não sabe morrer? É algo que nunca ouvi! Será que descobrimos o caráter milagroso da merda?"

Ou seja, vovô Anshel era o responsável pelas latrinas do campo de baixo. Bela, que Deus a tenha, teria dito a respeito: *yiches*, ou seja, que prestígio!

Neigel tem um plano, mas não confia muito nele. Reconhece-se pela sua voz: "E se... suponhamos que amarrássemos você a quatro veículos da SS, e dirigíssemos em direções diferentes...?". E o judeu, com tristeza sábia: "Sinto muito, Excelência, mas temo que vocês ficariam com quatro exemplares desse meu tipo defeituoso".

"E nisto, naturalmente, não estão interessados aqui."

Disseram isso juntos. Em polonês. Com estranha seriedade. Por um momento, os olhos de um cravaram-se nos do outro, e Neigel, aparentemente devido a um antigo resquício de superstição infantil, tocou na ponta de sua própria manga, junto ao símbolo da caveira da SS. Adivinho que assim faziam na sua aldeia natal, para quebrar o mau-olhado que paira quando duas pessoas dizem a mesma frase. Mas talvez quisesse defender-se de um perigo maior. Não sei; é muito pouco o que sei a respeito de Neigel. É por causa de vovô Anshel que entrei no meu quarto branco. E para tudo o mais não tenho força.

Neigel anota mais alguma coisa em sua caderneta preta, e Vasserman percebe agora que sobre a mesa do alemão há uma foto emoldurada, com as costas para ele. (Vasserman: "Naturalmente, tentei adivinhar quem era o felizardo: sua polonesa? ou os carinhosos papai-mamãe? ou talvez algum perfil do próprio pintor de Linz? Que este Esaú tivesse filhos, *nu*, eu nunca imaginei, juro!".)

Agora — a coisa tem que acontecer finalmente! — Neigel dirá: "Disse que seu nome é Vasserman?". E folheará sua caderneta, se surpreenderá com o nome escrito nela e dirá: "Como se eu já tivesse visto uma vez... *ach*, pois todos vocês se chamam Vasserman... diga-me, você não esteve alguma vez... que bobagem". Realmente uma bobagem, mas diante do alemão ilumina-se de repente o rosto arruinado do velho. Ilumina todo o aposento como uma lua embriagada, cor de laranja.

(Vasserman: "Tendo dito o que disse, escapou de meu íntimo um sorriso e insinuou-se como um gato em meus lábios. Porque eu justamente entendia o espanto deste Esaú. E até as perguntas que se seguiriam à minha resposta, mas juro que não acreditei que algo assim pudesse me acontecer aqui. Aqui!?".) E com uma voz tão humilde quanto possível, uma voz untada em azeite de oliva, ele disse: "Não, Excelência, jamais nos encontramos pessoalmente, mas ainda assim é possível que tenhamos nos encontrado, hum, pois se posso revelar algo ao senhor comandante, uma espécie de caso, hum, eu era um escritor hebraico, quer dizer, escrevia histórias para as queridas crianças, e elas foram traduzidas para as línguas européias, inclusive para a língua alemã cordialmente eloqüente, é, foi assim, é isso". E algo mais, que Neigel não consegue ouvir: "Anshel, Anshel, seu velho vaidoso!". E como resposta a isso, obrigando-se a se justificar: "*Nu*, sou mesmo um idiota em pensar que também as crianças deles, dos alemães, me tenham lido, ainda que também lá as minhas histórias tenham sido muito populares! Mas querer que o criminoso as tenha lido? *Fe*, Anshel! Você perdeu o juízo? Ou está tão orgulhoso a ponto de se conceder mais do que um oitavo de oitavo de orgulho que só é permitido aos grandes conhecedores da Bíblia?". E para Neigel, Vasserman diz, infeliz, com uma terrível sede que não me é totalmente estranha: "Eu, Excelência, o meu nome, ou seja, o nome com que eu assinava aquelas historietas, talvez o senhor tenha visto alguma vez, era Sherazade. Anshel Vasserman-Sherazade".

Teríamos visto um brilho nos olhos de Neigel? Por acaso suas pupilas se dilataram com um espanto que ele dominou numa tremenda rapidez? Vasserman e eu nos inclinamos um pouco para a frente, como se puxados por um fio.

(Vasserman: "Teria ele me reconhecido? Sabido? Imagine, *fe*! Não me julgue culpado, Shleimale. Eu ansiava por aquele olhar de reconhecimento a dizer: 'Ah! Aquele é você? Era a você que líamos e tanto amávamos, e até recortávamos e colecionávamos suas histórias das revistas?'. Ora, não zombe, dezenas de milhares de crianças me liam naquela época. E durante uns cinco anos ainda eram publicadas novas edições. Pagar, não pagaram um tostão, e olhe que eu recebia cartas de crianças de Praga e até de Budapeste! E vou lhe contar até um caso: mesmo no trem que nos trouxe para cá — que o diabo o carregue! — no meio do aperto e empurrões e fome e vertigem, aproximou-se de mim de repente um judeu nem jovem nem velho, com uma queimadura vermelha que lhe cobria meio rosto, e me revelou que na juventude lera todas as minhas histórias. E este judeu, miserável como ele só, durante dez anos jantamos juntos, na mesma hora, no restaurante de Faintuch, na rua Kreditova. Eu me sentava aqui e ele se sentava ali. É natural que não tenha falado uma palavra comigo, talvez temesse perder algo de seus tesouros, é possível, e no trem começou, *nebech*, a chorar de saudade das minhas histórias, *nu*, veja só! Justamente sobre isto resolveu pensar naquele momento, *nu*, e eu já não podia consolá-lo...".)

Neigel reclinou-se, brincando com uma pequena régua: "Não entendo de literatura, *Scheissemeister*". E da boca de Vasserman escapa, sem querer: "*Nu*, cada um tem a sua profissão, Excelência". E empalidece de medo.

Mas Neigel não se levanta para lhe dar um soco com o punho pesado. Também não chama o guarda ucraniano que está do lado de fora para esmagar a carne do judeu insolente. Neigel olha para ele demoradamente, pensativo. Desenha com a régua oitos redondos e zeros desleixados, e um músculo pequeno se distende com uma força estranha do lado direito do queixo, e depois a régua começa a registrar no ar setes decisivos e quatros categóricos, e talvez com isso ele esteja informando ao mundo que Neigel está tomando uma decisão importante. Vasserman, diante dele, ainda surpreso de que a ousadia não lhe tenha custado um preço alto. (Vasserman: "Pode ser que não tivesse alternativa e, incapacitado de agir, viu em mim uma espécie de mágico que mitigou um pouco sua veia criminosa, e é possível também que todo leãozinho goste que venha um rato lhe fazer cócegas no dedão, e ambos experimentam com isso uma partícula de grandeza, em suma, criei coragem e ele sorriu, e foi o suficiente".) E o alemão o surpreende ainda mais, e pede-lhe que conte algumas das historietas que escreveu.

Vasserman enrubesce todo ("Eu não sabia que ainda me restava sangue para enrubescer a face!"), e é um pouco desconcertante vê-lo assim. Ele baixa os olhos, estala os dedos, dá um risinho de desdém: "Ah, como, *et*! Estes joguinhos... historietas de crianças, até que as crianças gostavam... os críticos tam-

240

bém as apreciavam... algumas — quer dizer, *As Crianças do Coração* era seu nome — eram publicadas em capítulos, nas revistas... toda semana um capítulo... séries inteiras... e as crianças, as verdadeiras Crianças do Coração, eram de todos os países — com seu perdão, dos nossos havia um, e dois poloneses, um armênio, e havia também um russo, *nu* — e lutavam sempre contra as forças da escuridão, assim, sem querer ofendê-lo, senhor, muitos tipos de aventura! Combateram todas as catástrofes da natureza, guerras, deformidades, injustiças, a ignorância e a escuridão, e certa vez, por exemplo, salvaram um garotinho armênio, cuja aldeia fora invadida pelos turcos, que a devastaram, isso aconteceu ainda antes do grande massacre, em meados do século passado... Os pequenos combatentes foram para lá na máquina do tempo... Uma espécie de truque que inventei... ai, ai, e certa vez ajudaram os negros, na época em que os antigos americanos quiseram matá-los a espada, e outra vez ajudaram aquele sábio cujo nome esqueci agora, aquele que travou a luta contra o vírus da hidrofobia, o cólera, e em certa ocasião estiveram junto com Robin Hood, que combatia os ricos na terra de Albion, e o que mais? *Et*! Ah, sim, havia lá também os peles-vermelhas, atacados pelo mal, vieram as minhas Crianças do Coração e os levaram dali, para a Lua, para salvá-los do mal, e até mesmo ao seu grande compositor, Ludwig van Beethoven, que era surdo, eles ajudaram e lutaram a seu lado disfarçando sua deficiência, e outros como estes, para divertir a alma das crianças... para lhes ministrar um pouco de saber de maneira agradável, histórias da História e sobre personalidades... e tudo contado como que por acaso, para que não se cansassem com o estudo, pequenos fatos históricos, envolvidos em lendas maravilhosas... pequenas bobagens... eu gostava delas...".

Neigel escutava com paciência todo este desabafo embaraçoso. Sugava as bochechas por dentro e olhava para Vasserman de olhos semicerrados. Um ligeiro rubor lhe coloriu as faces e, quando Vasserman se calou, no fim, o alemão continuou a olhá-lo, como se ouvisse uma voz distante que continuasse a falar.

De repente se sacudiu, pigarreou um tanto aborrecido, passou a mão pelo rosto: "Que roupa ridícula é esta que você está usando? Pode me explicar?".

Vasserman se surpreendeu um pouco: "Isto? *Et*, esta roupa... é uma espécie de travessura do comandante Keizler... ele ordenou que o seu *Scheissemeister* usasse um traje de gala, e até se empenhou e me encontrou umas roupas de Yom Kippur de um grande rabino... também um chapéu extraordinário, borda-

241

do, e encomendou oito borlas, mas perderam-se infelizmente em minha corrida para cá...". "E o relógio?" inquiriu Neigel, "para que o relógio?" "Isto também é uma brincadeira do comandante Keizler, Excelência. Ele achava, e talvez com razão, que os prisioneiros iam com muita freqüência ao banheiro, e que o trabalho ficava prejudicado, por isso me tirou do fim do rebanho e me fez *Scheissemeister*, e até um relógio pendurou no meu pescoço, e estabeleceu um período de uso, com seu perdão, dois minutos, sem um segundo a mais, estabeleceu a seu bel-prazer." E volta-se para mim num sussurro amargo: "Então, o que você imagina que aconteceu, Shleimale? Logo tive um tremendo ataque de hemorróidas! Rangi os dentes de dor! E depois — como para todo mundo — o portão se fechou para mim e cerraram-se as portas! Uma prisão de ventre eterna. Mas ao menos tive uma sorte naquele lugar, a de ter perdido o olfato, *nu*, muito inteligente... mas temo que jamais poderia voltar a ouvir um despertador com tranqüilidade".

"Sim", diz Neigel numa ligeira zombaria, "Keizler tem imaginação. Ele poderia, por exemplo, ser um escritor, o que você acha?"

Vasserman pensa: "A *faig*!, uma ova!", e diz: "Realmente é possível, é possível, comandante".

E Neigel, tranqüilo: "Sei exatamente o que você está pensando agora, *Scheissemeister*. Em seu coraçãozinho medroso você diz: 'Um nazista jamais poderá ser um bom escritor. Não sabem sentir nada'. Acertei, Sherazade?".

Certamente ele tem razão. Não duvido nada da resposta do meu avô. E também trato de equipá-lo com fatos. Assim, por exemplo, na *Führerschule* da SS em Dachau, perto de Munique, lá onde com certeza também Neigel se aperfeiçoou, estava anotado no quadro da sala de aula, nestes termos: 1. PRINCÍPIO MAIS IMPORTANTE: DISCIPLINA DO PARTIDO! 2. TER FORÇA DE VONTADE É SOBREPOR-SE AO MEDO E ÀS FRAQUEZAS, COMO À MISERICÓRDIA E À COMPAIXÃO! 3. O AMOR AO PRÓXIMO DEVE RESTRINGIR-SE AOS ALEMÃES DE ADOLF HITLER!.

Quando vejo que Vasserman ainda hesita, empurro-lhe uma resposta convincente que poderá expressar a Neigel, uma resposta inventada para nós pelo próprio Hitler em seu discurso de Berlim, em 1938: "A consciência é assunto de judeus". Uma frase que foi interpretada por Jürgen Stroop, o comandante alemão de Varsóvia no tempo da revolta, da seguinte forma: "E assim, ele liberou os nazistas da consciência".

Estas palavras parecem sacudir Vasserman como um grande pêndulo. "A tal ponto?", ele me pergunta. "O pintor de Linz nos impôs um ônus pesado, que Deus o ajude!" Mas a Neigel ele disse: "Deus me livre de pensar estas coisas a respeito dos senhores, Excelência".

"Covarde", exclama Neigel com desdém, talvez até justificado, "você é um pobre covarde. Talvez eu pudesse respeitá-lo, se você não fosse tão covarde." E ri, zombeteiro: "Interessante saber com base em que você educou seus leitores mirins para a coragem e o orgulho. Seus pensamentos são mesmo gritantes!". E o judeu: "Deus me livre, comandante". ("É lógico que tenho medo dele! E o que você pensava, Shleimale? Meu coração se derreterá no meu peito ao ouvir a doçura de sua fala e de sua língua! E ele é tão grande, sem mau-olhado, seus ossos são como barras de ferro, e eu, a coragem fica tão bem em mim quanto a sabedoria ao chantre. Mesmo quando meu dedo fica preso na asa da xícara, começo a suar em bicas. E agora, *nu*, vá contar a Haimke o quanto meus ossos estão chacoalhando aqui.")

O alemão, com voz pensativa: "Então temos agora um judeu que não sabe morrer, que é também um pouco escritor e talvez consigamos fazer um arranjo com Stauke?". Vasserman: "*Pardon*, Excelência?". Neigel: "Stauke. O meu vice". Vasserman: "*Nu*, isto eu também sei. O que há com ele?". E Neigel: "Stauke foi quem encontrou Scheingold aqui".

Vasserman: "*Nu*, você mesmo pode compreender, Shleimale, que neste momento minhas tripas deram um nó! Este Scheingold, talvez você tenha conhecido a sua fama, era o regente das melhores orquestras dos cafés de Varsóvia. Ele também veio parar aqui em um dos transportes há alguns meses, e já estava *nu* e correu no Schlauch, no corredor polonês, entre os ucranianos com seus cassetetes, que uma doença roa as suas gengivas!, e já disse o *Shma Israel*,[4] e nem bem entrara naquele verdadeiro santo dos santos,[5] Stauke ficou sabendo quem é e o que é Scheingold, *nu*, e o retirou do final do rebanho, e lhe ordenou que organizasse aqui no campo uma orquestra, arranjou-lhe até uma batuta de âmbar, e Scheingold fez a oração de graças, e se pôs em ação e organizou uma bela orquestra! E não descansou enquanto não organizou um coro de homens e mulheres, e juntou a eles alguns violinistas e flautistas, e talvez

4. Oração curta que sintetiza a fé judaica. (N. T.)
5. Sala sagrada do Templo de Jerusalém, onde só entrava o sumo sacerdote no dia do Yom Kippur. (N. T.)

você saiba o quanto os filhos de Esaú apreciam ouvir música, e se deleitam mais ainda depois de terem sujado as mãos de sangue; são almas sensíveis e, às vezes, nos dias festivos do *Reich* ou do pequeno pintor, que Deus lhe conceda uma nova alma, também nos proporcionavam um pouco de música, tão bela aos nossos ouvidos como o som do adufe, do címbalo e do saltério que havia no Templo Sagrado! Ah, iniciavam o concerto com o nosso hino, quer dizer, o hino do nosso campo, *nu... ai*: 'Aqui o trabalho tem sabor de vida/ e também a obediência e o dever, até que a pequena felicidade/ ta ta ta (esqueci!)/ também nos indicará um dia...'. Sim. *Nu*, e depois tocavam a marcha do exército polonês, *Mi Fierbsha Brigada, nu*, sim, e concluíam com música que um dos nossos compôs sobre a melodia do filme *A garota de Pouszche*... uma delícia!".

E Neigel ainda medita. Agora percebo que há algo estranho na composição do seu rosto: o nariz e o queixo são extremamente fortes e decididos e impressionam à primeira vista. Também os olhos chamam logo a atenção e causam um desconforto indecifrável. Mas depois disso percebe-se que há naquele rosto grandes regiões mortas, sem nenhuma característica. As bochechas longas, por exemplo, e a testa muito ampla. Até a parte que fica abaixo dos lábios. Regiões desérticas, em que nenhuma característica marcante conseguiu lançar raízes. Mas, sem dúvida, o nariz e o queixo são os que falam agora: "Ouça, *Scheissemeister*, tenho uma idéia, algo que talvez o ajude a continuar vivo aqui, e até a viver melhor. Ouça...", mas Vasserman como que se enrolou e tratou de se esconder dentro de sua túnica-concha colorida, e de lá diz numa voz sufocada: "A bem da verdade, Excelência, não desejo isso".

Neigel se ofende. Os olhos parecem recuar por um momento para dentro do rosto e endurecem como chumbo. "Você tem certeza do que está dizendo? Proponho a você a vida, mais do que isto, uma vida boa! Aqui!" Ao que Vasserman, num tom de desculpa medroso e obstinado, retruca: "Mil vezes obrigado, mas não vou poder. É uma espécie de pequeno capricho meu, com seu perdão, nem vale a pena mencionar, Excelência. Perdoe-me".

("Oi, se você visse o olhar que Esaú me lançou. Como estocadas de espada! Tem um olhar!... — arreda, azar!... Quando lança este olhar, a gente se enche de medo e vergonha, porque os sete pecados capitais que há no coração se revelam! Um olhar que diz: 'Bem sei quem é e o que é o homem! E como você também é um homem, já é um criminoso! E não lhe resta alternativa senão cometer crimes, *et*!'. Digo-lhe, Shleimale, é o olhar de uma pessoa que parece saber uma única coisa a respeito do ser humano, mas este conhecimento resume para ele todos os outros conhecimentos, e através dele ele mede o mundo todo!")

E então, na verdade, já chegou a hora, Neigel dirá baixinho (e seus olhos estão cravados com grande tensão no rosto de Vasserman, como uma serpente que hipnotiza o rato que está prestes a devorar): "O coração está pronto?".

E Anshel Vasserman, sem compreender ou pensar: "O coração está pronto!".

Silêncio.

("Naquele momento, pareceu-me que todo o meu ser se encolhia e desaparecia como papel que se consome no fogo; minha carne sentiu-se espetada e minha cabeça caiu para a frente como que decapitada, Deus o livre. *Ai*, *Shleimale*, mesmo se eu morrer e viver sete vezes, mesmo se eu contar mil e uma vezes esta história ao mundo surdo, não esquecerei aquele momento em que Neigel pronunciou o lema secreto das histórias *As Crianças do Coração*, que realmente disseram: 'Amigos é possível encontrar, mas montanhas, não', e eu já não me espanto com mais nada no mundo, pois não há nada que não possa haver, e quem aprendeu isso não terá surpresas, esperanças vãs e desesperos, e todo mal que lhe acontecer não vai abatê-lo.")

Neigel, na mesma voz baixa que era quase impossível discernir: "A toda prova?". E o judeu, com um profundo suspiro, desprovido de forças: "A toda prova".

"E o que há para se espantar aqui?", pensa Vasserman, tremendo por inteiro, tentando continuar a se convencer de que não estava emocionado, "pois todo encontro entre duas pessoas é milagroso e um mistério, e até o homem e sua amada, principalmente se são marido e mulher e vivem juntos por muitos anos. *Nu*, sim. Mesmo eles só nos momentos mais raros se encontrarão, e aqui estamos, eu e ele, é incrível!" Mas não há uma só gota de sangue em todo o seu corpo e Neigel também está muito pálido. Parecem totalmente ocos. Como se tudo o que houvesse neles tivesse sido sugado e esvaziado de uma só vez para o novo feto, transparente, feito só da súplica e do fervor e do temor dos dois, que por um momento olharam um para o outro por cima das bordas das trincheiras.

As feições de Neigel são bem marcadas. Há uma espécie de derrota e fraqueza assustada na grande aridez. Ele quase não encontra sua voz. Pigarreia algumas vezes antes de conseguir contar pesadamente, rouco, que, em Füssen, sua aldeia natal aos pés da montanha Zugspitze na Baviera, leu as histórias de Anshel Vasserman-Sherazade; lembra-se da maior parte das histórias da série; que ao querido cão que possuía aos oito anos ele deu o nome de Oto, em homenagem ao líder das Crianças do Coração, que ele e seu irmão Heinz... "pois pode-se dizer que crescemos com as suas histórias! Com elas e com o Novo Testamento nós começamos a aprender a ler!".

Bem, não convém exagerar. De qualquer modo, a coincidência dos fatos é suspeita e por isso Neigel dirá aqui que "havia também outras coisas que nos davam para ler, naturalmente". E contará em poucas palavras que "lemos Karl May, por exemplo, e havia outros de que não me lembro agora. Meu pai se empenhava muito para que lêssemos. Preferia, lógico, que lêssemos o Novo Testamento, ah, ele tinha uma porção de projetos para nós, mas o padre de Füssen o influenciou para que nos permitisse ler também as suas histórias. Ouça, elas nos chegavam no jornal que se chamava *Tu, Minha Pátria!*, lembro-me de como ele era, lembro-me até do seu cheiro, meu Deus! Chegava uma vez por semana à igreja, e o padre Knopf o emprestava para mim e para Heinz todo domingo. Acho que ele também o lia, porque certa vez o ouvi dizer ao meu pai que as suas histórias lhe lembravam o Velho Testamento". E ele cora mais ainda, talvez confuso por ter-se deixado levar assim pelos sentimentos, mas parece que esta emoção origina-se em profundezas nas quais se dilui a influência das regras de comportamento de um oficial da SS, e de dentro de Neigel as palavras irrompem com uma força que ele não pode negar: "Ouça, Sherazade, de repente tudo está diante dos meus olhos! Como se tudo isso tivesse acontecido ontem! A aldeia, o nosso padre Knopf, que tinha um telescópio e observava as estrelas, mas diziam que ele também olhava para lugares bem diferentes, e... realmente! Ouça, um dia meu pai entalhou todo o Zugspitze em madeira! O taverneiro de Füssen comprou a peça, e até hoje ela se encontra lá, não é estranho? Meu pai já morreu, mas aquele pedaço de madeira ainda existe... sim, e principalmente as suas histórias, eu me lembro, lembro mesmo, e só para provar a você...". (Sim, sim! Vasserman e eu gritamos juntos: rápido! Imploramos a ele em silêncio, agora você deve nos convencer, inundar-nos de nomes, fatos, pequenos detalhes. Fatos! Grito em voz rouca, como que sufocando: Dê-me fatos, Neigel! O edifício que estamos construindo pende agora por um fio tão fino, e é apenas um fraco feto abortado de ficção, é preciso esfregar seu corpo azulado com força, com dedicação, *nu*, minta para mim, Neigel, minta para mim como um especialista, com graça, porque estou disposto a acreditar em você, estou pronto a me esquecer de mim e ser meio enganado, querer acreditar que algo assim é possível, vá em frente, *Herr* Neigel, *Schnell*!)

Neigel conjura o fantasma daquele "rapaz, o dirigente deles, que se chamava Oto, dei o nome de Oto ao cachorro que eu amava. E havia também aquela garota que Oto amava, a loura de trança, o nome dela era... não, não me diga... Paula, certo?". Vasserman, suave e vertiginosamente: "Maravilhoso, comandante, e quase totalmente exato! Mas Paula não era a amada de Oto, pois...", e Neigel bate com a mão na testa: "Que bobagem! Naturalmente! Pois Paula era a irmã de Oto! Agora estou me lembrando: o outro é que gostava de Paula, aquele que sempre fazia amizade com os animais. Que sabia curá-los. Um momento! Ele também sabia falar com eles, certo? Chamava-se Alfred, não? Um momento. Deixe-me pensar. Chamavam-no Fried! Sim. Albert Fried. E ele gostava de Paula e nunca se declarou a ela. Está vendo, Sherazade, lembro-me de tudo. Tudo". Seu rosto resplandecia e nele brilhavam gotas de suor.

Vasserman — parece-me que já começo a conhecê-lo — é obrigado a estragar um pouco esta abundância de cordialidade que gozou a partir do nada. "Mas, Excelência, eram histórias sobre... *nu*... como dizer... os povos mais baixos...", e Neigel o interrompe com um sorriso: "Sim. Eu sei. Histórias sobre você, sobre os armênios e sobre os negros, mas não se esqueça de que eram outros tempos. Pois foi há... trinta anos, aproximadamente? Mais? Trinta e cinco? Quarenta anos? Sim. Quarenta anos. Bem no início do século. Como passaram depressa esses anos! Eu estava com seis. Começava a aprender a ler. E durante alguns anos, talvez uns cinco, talvez até mais, li as suas histórias semanalmente... que coisa!...".

Neigel continua a se aquecer na lembrança daqueles dias. Sua grande cabeça sobe e desce pelo esforço, como se tirasse as lembranças de dentro de um poço profundo. Quem olha para ele agora, para o homem crescido que se entusiasma como criança, compreenderá imediatamente que foram mesmo "outros tempos". Mas Vasserman, por algum motivo, tem pressa em abster-se do prazer e do orgulho ("*Nu*, já se ouviu algo assim? Realmente um 'José se fez conhecer pelos irmãos!', *fe*") e aguarda que este sonho inacreditável seja decifrado para o mal. Para o seu mal.

"E o que mais você sabe fazer, além de arrancar dentes de ouro dos mortos e administrar a merda?", Neigel pergunta ao final da primeira excitação. "*Nu*, contar, Excelência. Historietas, comandante", responde Vasserman, desanimado. "Disto, de todo modo, já vamos tratar", diz Neigel casualmente, e Vasserman: "*Pardon*?!". E o alemão: "Oh, cale-se um momento. Preciso pensar. Sim, sim. É absolutamente possível. Só há um problema, é que você está no rol daqueles com os quais já encerramos o trabalho. Mas podemos dar um jeito. Quem chegar aqui hoje simplesmente não receberá número. Isso na verdade não será problema". E ele anota algo na caderneta preta. "Agora, vejamos: qual era sua profissão antes da guerra? Você só escrevia?" "Escrevia? Pois então o senhor não sabe?" "Saber o quê?" "*Nu*, então, eu já não escrevo nada há quase vinte anos... Parei de escrever *As Crianças do Coração*... E para me sustentar, eu era revisor de uma pequena revista de Varsóvia... e às vezes editava artigos e crônicas de outros, preparava para o prelo histórias de outros, pequenos trabalhos..." "Cozinhar!", Neigel exclama de repente. "Você ajudará minha cozinheira. Assim poderá permanecer aqui, sem que façam nenhum tipo de pergunta." "Com seu perdão, em matéria de cozinha só sei o mínimo dos mínimos. Preparar chá e ovo." ("Pois em todos os meus longos anos de celibato eu comia na pensão familiar de Faintuch, Shleimale. Sopa de macarrão rala como entrada, arenque com um pouco de *shmaltz*, um pouco de azeite, como prato principal, e para sobremesa, o que poderia ser? Azia.") Mas Neigel não desiste facilmente e apresenta ao judeu uma série de sugestões de ocupações domésticas que se sucedem uma à outra ("costurar? passar a ferro? consertar? pintar?"), e somente depois de alguns segundos percebo que ele está zombando. Explicitamente zomba do insucesso do homem do livro, e isso me aborrece, e minha raiva cresce diante da submissão passiva de Vasserman. Ele mete a cabeça entre os ombros de ossos salientes e me conta baixinho que "penso sempre na minha Sara. Todos os meus pensamentos vão sempre para ela. Nós sempre ríamos de que eu, *nebech*, tenho duas mãos coitadas, bengalas de palha, nem diga mãos, mas arremedo de mãos, os pés de Mefiboshet eram mais fortes! E foi um milagre que a tenha encontrado, a minha Sara, que ela sim era *bérie*, uma boa donade-casa, e ainda na casa do pai ela cuidava de tudo, até entendia um pouco de eletricidade, e também sabia virar um colarinho como alfaiate de primeira, consertar a sola de um sapato como sapateiro especialista, ah, o que ela não sabia fazer!". E Neigel já começa a desanimar, troca a raiva por um insulto perverso ("parece um equilíbrio bem pobre, Vasserman, para um homem de sessenta anos, que nem morrer sabe") e, lembrando-se repentinamente de mais uma possibilidade, exclama em voz alta: "Jardinagem!", eu me intrometo na conversa e respondo no lugar do surpreso Vasserman: "Jardinagem! Sim!".

Neigel sorri com prazer. Já visualiza um sonho verde ("Ah, você me fará aqui, em torno do barracão, um jardim esplêndido!"); já acerta contas invisíveis ("será muito mais bonito do que o de Stauke, não?"); já desenvolve e aprimora o projeto original ("e você também me fará canteiros de verduras. Para que eu não precise comer o nabo que as camponesas polonesas regam com a urina dos burros"); e eu me apresso em anotar para mim, para esclarecer ao pobre Vasserman, o que e como se planta o jardim (minha Ruth tem senso prático nessas coisas), mas Vasserman, o inesperado Anshel Vasserman, irritantemente surpreendente, diz: "A verdade, Excelência, é que não tenho pendor para isso. Nenhum pendor para isso".

Neigel não se assusta com a recusa. Ele quer Vasserman, e nada o impedirá de pôr em prática o seu projeto. Com esperteza ele faz a conversa voltar ao rumo mais seguro das Crianças do Coração, lembra a Vasserman uma das aventuras que tratava da revolta de um grupo de escravos negros nos Estados Unidos e conclui com um artifício sagaz: "Confesse, Sherazade, que você não sabia que possui também entre nós admiradores tão antigos".

Aqui o meu Vasserman agradeceu a Neigel o elogio com um leve movimento de cabeça, único em sua multiplicidade de expressões; aquele movimento de cabeça que é, ao mesmo tempo: 1. gracioso, 2. aparentemente modesto, 3. zombeteiro em relação a si mesmo, e além disso acrescentou aquele sorriso minúsculo que contém: a. uma gratidão quase canina, b. deferência servil, mas só aparente, c. um desejo tremendo e miserável, oprimido em mandíbulas de ferro, que cria assim este mesmo sorriso, como um espasmo que se repete.

(Vasserman: "*Fe!* Eu estava, portanto, certo de que nunca mais precisaria dele, deste gesto pequeno, e agora depois de velho...".) Neigel continua a destilar elogios a Vasserman; recompõe em suas palavras também alguns detalhes interessantes de si mesmo, sobre a infância em Füssen, sobre o pai, mas de repente acontece algo estranho, totalmente incompreensível; o rosto do *Ubersturmbannführer* Neigel fica repentinamente muito sério, endurecido, como se o chamasse à ordem, e ele começa a proferir numa declamação rápida, oficial, sem nenhuma ligação com o que estava sendo falado naquele momento no gabinete: "Eu comando aqui cento e vinte oficiais e soldados, Vasserman. E levas de cento e setenta mil pessoas chegaram para mim — dados atualizados até o início desta semana!". Falou como se lhe tivessem dado corda com uma mola muito distante, e eu de novo precisei de Vasserman. ("Você viu? com tal orgulho Esaú fez o seu discurso, e eu logo olhei embaixo da mesa para ver se ele daria uma batida com as botas. Não bateu.") Ele me explica que Neigel era obrigado, pelo visto, a pronunciar esta desconcertante declaração que a ele havia chegado de "fontes mais profundas da lição que aprendeu no *cheder* de *Reb* Himmler" e que "*nu*, incidentes desse tipo já me ocorreram mais de uma vez, quando topo em meu caminho com pessoas adultas, que têm família e porte, que leram minhas histórias quando pequenas. E veja que coisa espantosa, cada um deles era obrigado a me mostrar o quanto cresceu e se tornou culto, e se tornou homem, e conhece a Torá ou está bem nos negócios, e que seu nome se sobrepõe ao do seu mestre, em suma, são *Moishe Grois*, grandes figuras! E talvez com isso todos eles quisessem me mostrar que nos dias que se seguiram não haviam renegado a lição que receberam de histórias minhas na infância. São estranhos os caminhos do homem, Shleimale, e não investigue o mais estranho, todas estas criaturas pareciam alunos que se vangloriam diante do velho mestre, pois na presença do mestre todos voltamos a ser jovens, e é possível que o que ocorra com o mestre ocorra com quem escreve para crianças, mas quando Neigel disse aquelas palavras aqui, *nu*, você mesmo compreenderá como foi doce a melodia das palavras para mim, eu me abstive de responder a um bobo em sua bobice e só lhe gaguejei uma espécie de '*Nu*, sim, deve ser mesmo', e ele bem compreendeu que estava se colocando como um bobo e sonso, afundou o nariz entre as folhas da caderneta preta e depois fez-se silêncio".

Vasserman aproveita a oportunidade para me contar o pouco que sabe sobre Neigel e seu assistente Stauke, que Neigel mencionou. No campo, Neigel era apelidado de *Ox*, por causa da cabeça maior que o normal, e por causa de suas explosões de raiva ("Você viu como ele se zanga! Saem tochas de sua boca, bolas de fogo!"). Ao seu imediato, *Obersturmführer* Stauke, os prisioneiros chamavam *Lialke*, que significa boneca. ("Por causa do rosto, a cara de menininho que ainda não pecou. Realmente um *tamevate*, o filho ingênuo, da Hagadá! Mas um assassino consumado, com a mordida da raposa e a picada do escorpião.") Neigel diferia de Stauke em tudo. Stauke, segundo Vasserman, e conforme os testemunhos escritos que estudei ultimamente, é um sádico doentio, para quem "os portões da inteligência estão sempre abertos para arquitetar novas tramas para torturar e atormentar, e ele rouba, devora e mata por um estranho prazer e uma paixão que não são deste mundo". Além disso, Stauke é um militar corrupto, que não desdenha um suborno aqui e outro ali, embriaga-se com freqüência no Clube dos Oficiais e às vezes também "*nu*, apanha para si uma gazela graciosa dentre as jovens camponesas". Não, Neigel não é Stauke, e Stauke não é Neigel. "Um é diferente do outro e um completa o outro, como as duplas nas histórias. Assim como o Gordo e o Magro!" Neigel, segundo Vasserman, "é feito de um só bloco, como que talhado com um só golpe de machado. Jamais o vimos embriagado e ele nunca sorriu para nós. Nem mesmo por maldade, como Stauke. Zalmanson o chamava 'cara de dor-de-barriga', e realmente parecia que ele havia provado fel; era uma pessoa que não estava aí para brincadeiras, que não tinha tempo para bobagens, só para o cumprimento do dever. Mas já viu uma coisa nova, que eu estou aqui diante dele, junto do ninho da serpente, há mais de uma hora e ele ainda não arrancou a minha barba nem bateu na minha boca e, ainda mais: vi-o sorrir várias vezes, ele até conversou comigo a seu próprio respeito e a respeito dos pais. Diga, Shleimale, no início ele queria me matar e atirou em mim uma vez; ele o fez de acordo com as leis, e percebi muito bem que, quando atirou em mim, desviou os olhos para não ver. Bem, parece que ele não sabe o que fará comigo, o que o preocupa muito. Às vezes me lança um olhar estranho e diz *himf*; por Deus, Shleimale, não sei o que é este *himf*, apenas espero que não seja um *himf* de sofrimento, Deus o livre, porque não quero entristecê-lo, pois apesar de tudo ele foi criança um dia, leu o que leu, e então fui um pouco gentil com ele; quem sabe o que ele passou e como o estragaram na ss *Führerschule*, pois é óbvio que uma pessoa não se torna assassina sem perder a alegria, e se eu pelo menos soubesse como uma pessoa como este Neigel se tornou assassino, talvez eu pudesse dar a minha pequena contribuição para mudá-lo e consertá-lo, *et*! São os pensamentos de alguém tantã, Anshel! Você quer consertar o mundo na velhice? Uma espécie de profeta ao contrário? Mas aqui dentro de mim um verme começou a roer, porque mesmo depois de tudo o que este arquicriminoso Neigel fez comigo, até fiquei um bom tempo com ele, vi seu rosto quando era menino, comecei a pensar que fora erro meu nunca me haver ocorrido, durante todos estes meses em que estive em seu campo, que ele pudesse ser chamado de ser humano, que talvez tivesse esposa e filhos; admirei-me muito com esses pensamentos; pareceram-me uma história incrível e deixei-os de lado para pensar mais tarde; a Neigel eu disse que lamentava a preocupação que lhe causara e vi que as palavras lhe tocaram o coração, porque me dirigiu o olhar como alguém inquieto; revelei-lhe que eu também sentia um desconforto porque aquele que ia me matar era uma pessoa que eu, *nu*, conhecia um pouco, e para acentuar minhas palavras fiéis, citei meu pai, que Deus o tenha!, que possuía uma quitanda e me ensinara a nunca misturar sentimentos com trabalho; porém, em vez de se acalmar com estas palavras, Neigel me lançou uma espécie de gemido rouco e profundo, olhou para mim horrorizado, como se eu, Deus me livre, tivesse dito algo obsceno e insuportável aos ouvidos".

"Mas, basta, basta!", grita Neigel de repente. "Cale a boca! Hoje você começa a trabalhar aqui, Vasserman! E agora, cale-se por um momento, cale-se para sempre!" E Vasserman: "Trabalhar? Trabalhar no quê, Excelência?". E Neigel: "Você de novo está tentando bancar o esperto comigo? Eu já lhe disse: canteiros de flores. E verduras. E toda noite, depois que eu acabo o trabalho aqui, depois das reuniões e dos relatórios, você vem para cá e faz o que precisa fazer". "*Pardon*?!" "Contar uma história, Vasserman. Você sabe muito bem do que estou falando. Uma história! Não para crianças, naturalmente, uma história especial para mim!" "Eu? Imagine! Já não posso." "Não pode? Então quem pode? Eu posso? Ouça, Sherazade, estou lhe dando a oportunidade única de justificar este seu apelido. Conte-me uma história e permaneça vivo." Vasserman: "Não, não, não posso, Excelência. Eu nunca... é verdade... e agora ainda mais... não poderei... está tudo morto... a vontade... até a imaginação...", e Neigel, tentador: "Sua imaginação é maravilhosa. Sempre foi. Aquela história do gladiador em Roma e de como o grupo o ajudou, e de como aquele guri, Fried, convenceu os leões a não devorá-lo, ah! Ou de como eles ajudaram Edison, que quase se desesperou e desistiu de inventar a lâmpada elétrica — quem mais além de você poderia pensar nestas coisas?". E Anshel Vasserman, com ar abatido, uma ave depenada sem uma pena sequer de orgulho: "Qualquer um pode, Excelência".

Registro aqui, palavra por palavra, as coisas que Vasserman me revelou naquele momento: "É verdade, Shleimale, não foi por excesso de modéstia que eu disse ao Esaú o que disse. A você contarei até mais do que isto, porque hoje já não tenho medo dos críticos literários que amarguraram minha vida na época em que eu escrevia minhas histórias. Na verdade fizeram bem em me aplicar golpes baixos! Escreveram toda a verdade a meu respeito: que a minha sabedoria era lamentável. Que só sabia plagiar outros escritores e utilizar a sabedoria deles. E o que mais fez foi aquele esperto maldoso, *ai*, o grande malvado chamado Shapira, cuja pena era uma flecha afiada e me chamava de 'casamenteiro de escritores', um apelido pejorativo que quase não me abandonou mais. *Ai*, Shleimale, por acaso escondo algo de você? Sim, sim, eles tinham razão. Fui fiel ao inglês Jack London e ao francês Júlio Verne e ao jovem citado Karl May e a Daniel Defoe, criador de Robinson Crusoé e seu servidor Sexta-Feira, e por que excluir a parte de H. G. Wells e a sua maravilhosa máquina do tempo que tomei amistosamente emprestada? E Franz Hoffmann e James Fenimore Cooper e Korczak? De todos tomei algo emprestado, do polonês e do hebraico e também de traduções para a língua sagrada de Grozovski e Ben-Yehuda e Sperling e Andres e Kalman Schulman e o bom Taviov e muitos outros bons, *nu*, sim, e não foi por incapacidade que fiz isso, pois na juventude escrevi coisas muito boas! Eu costumava escrever poesias e algumas até foram publicadas em revistas e causaram certo rebuliço, *nu*, é, e através delas o editor Zalmanson prestou atenção em mim, me tirou do arquivo onde me embotei durante cinco anos e me transformou em escritor, mas quando minhas palavras passaram a ser publicadas, acovardei-me e temi dar de mim, da minha carne e do meu sangue. A força da criação me abandonou e cedeu lugar ao imitador desprezível. E não vou esconder a verdade, Shleimale: houve um momento em minha vida em que senti despertar em mim aquele desejo inicial, a paixão do artista que vive em mim, e eu quis escrever algo diferente, que fosse só meu, a partir da faísca que em meu coração se ocultava, como disse Bialik, a pequena fagulha, mas que era só minha, não tomada de empréstimo a ninguém, nem roubada... e tentei. Isto aconteceu há dez anos... e saiu de mim um fogo imenso! Assustei-me... o espírito da devastação me exterminou... uma espécie de história que começou com seres humanos e passou para demônios e espíritos e cães insolentes... e palavras falsas, maldade e depravação e bruxaria e um riso estranho e abominável, tudo envolto em tal desespero que me deixou muito oprimido, não tive ânimo de enfrentá-lo e comprimi-lo em letras... e talvez você ria de mim, pensei o tempo todo o que diriam em minha cidadezinha, na minha Bolichov, quando lessem aquelas coisas, e como minha mãe sofreria... no fim, não tive forças para enfrentar aos cinqüenta anos um novo caminho, ir a uma guerra difícil, então... você já não tinha entendido isso? Atirei ao fogo... é claro que lamentei... se eu disser a você que lamentei, não terei descrito nem o mínimo da minha aflição... só aqui, no campo, conversei a respeito com Zalmanson, e ele também lamentou. Disse que exatamente agora eu poderia escrever do meu jeito... a partir do momento em que eu, por assim dizer, ultrapassei a minha vida, ou seja, posso escrever com coragem, com loucura... *ai*".

E Neigel continua: "Ouça, Vasserman. Vou falar francamente. Aqui, eu preciso de diversão. Algo para ocupar minha mente após o trabalho". Vasserman, baixinho: "Não haverá aqui, *nu*, uma espécie de Clube dos Oficiais?". E Neigel, com certo orgulho: "Está diante de você um alemão que não gosta de cerveja. Não sou um alemão de vinho nem de cerveja nem de *schnaps*. Mas necessito de algo para relaxar. Assim, decidi desta forma: toda noite você ficará sentado aqui comigo um pouco, meia hora ou uma hora, e você vai contar". Vasserman, quase num grito: "Mas contar o quê, senhor comandante?".

"Na verdade, não faço idéia", o sorriso de Neigel é maroto e frio. "Mas você certamente vai pensar em algo bonito. Não posso lhe dizer o que inventar, certo? Está vendo? Há coisas que nem consigo ordenar-lhe." E percebia-se que a idéia até o divertia.

Anshel Vasserman, quase desmaiando, propõe a Neigel um acordo ("Vou lhe contar minhas antigas histórias") que é rejeitado com desdém. Angustiado, ele tenta atrair Neigel para uma outra proposta, um pouco boba ("Se é assim, contarei a Sua Excelência todas as histórias de Sherazade de Wilhelm Auf. *Ach*! Será ótimo! Será magnífico! 'Califa Hasida'. E o 'Pequeno Mok', *ai*, Sua Excelência ficará extasiado!"), mas Neigel rejeita estas evasivas com uma alegação um pouco vulgar ("Quero só mercadoria fresca, Vasserman"). Por um momento reina o silêncio e nós dois estamos convencidos de que Vasserman formula a sua anuência à proposta, mas ele nos surpreende novamente e declara que "sou muito grato ao senhor pela oferta generosa, mas a mesma regra não se aplica a mim e a Sherazade, por um simples motivo: aquela jovem gentil desejou muito viver, por isso contou suas histórias ao sultão, e eu desejo muito morrer!".

Neigel observa-o com um olhar longo e profundo. Esfrega o queixo com a mão e sugere com voz ponderada e quieta "sua proposta irreversível", que é, segundo ele, "a melhor que você receberá, na sua situação, em todo o *Reich*"; ele hesita mais um instante e lança a sua idéia: "Estarei disposto, Vasserman, a toda noite, depois que me contar a continuação da sua história, tentar matá-lo mais uma vez. Um tiro na cabeça. Este será o seu prêmio, entende? Como a Sherazade, mas ao contrário. Atirarei em você toda noite. Isto com a condição, naturalmente, de que a sua história seja boa. Uma vez terá que dar certo, não?" Recostou-se na cadeira, olhando tranqüilamente para Vasserman, deixando o escritor debilitado se curvar ao peso da idéia e despertando o meu espanto pela sabedoria da idéia, ainda que Vasserman, com certo desdém, não esteja absolutamente disposto a ver a encantadora malícia literária da proposta, e se agita: "*Fe*, Shleimale, que ele morra com a boca cheia de formiga, é de vida humana que ele está falando com tanta complacência, este alemão, este *yeke*, Armilus malvado! É a minha vida..." e ainda juntou forças para dizer baixinho: "E o que acontecerá, Excelência, se a minha história — Deus me livre! — não for boa numa noite qualquer?". E Neigel: "Então você continuará vivo mais um dia". E ele crava um olhar confiante e audaz em Vasserman: "Saiba...", acrescenta, "... que eu vou me certificar de que você não vai poder tentar acabar com a própria vida. E prometo-lhe que nenhum oficial ou soldado do campo tentará matá-lo por iniciativa própria. Você, aqui, estará protegido como dentro de um ninho quente". E sorri de novo.

Vasserman, depois de avaliar rapidamente a situação e concluir que não tinha como escapar, suspirou profundamente e declarou com sinceridade: "Se devo lhe contar uma boa história para que eu morra, estou pronto".

Mas "mentiroso! pobre mentiroso!", grita alguém dentro de Vasserman, e o escritor deixa que este alguém diga suas palavras até o fim. ("Agradeça, infeliz mentiroso, que assim que a palavra 'história' saiu da boca de Neigel, já soprou o espírito de vida nas brasas frias e adormecidas de sua vida. Uma história nova! Idéias e enredos novos, textos e uma caneta dançando no papel, noites sem dormir com pensamentos e interesses e delicados prazeres de espírito! E sete vezes terá mais prazer diante disso depois do amargo fracasso de dez anos inteiros; sentar-se novamente à mesa e justamente aqui! Aqui! No âmago do inferno!") Vasserman faz que sim com a cabeça para o oficial alemão e comunica-lhe que está disposto a lhe contar uma história, justamente sobre aquelas Crianças do Coração, não como Neigel se lembra da infância, mas como adulto. E, quando Neigel não entende, Vasserman lhe explica com uma estranha segurança, como se há muito tivesse aguardado este momento e formulado intimamente as coisas muitas vezes, até ganharem fluidez em sua boca: "Aqueles cabritos cresceram e tornaram-se bodes, Excelência, como nós, mas a velhice tomou conta deles mais depressa. Isso costuma acontecer nos livros e eles estão agora com uns sessenta e cinco anos, talvez até setenta — que vivam até os cento e vinte, mas são, de todo modo, velhos mesmo". E Neigel, um pouco preocupado com a complicação que lhe parecia supérflua, pede: "Quem sabe, mesmo assim nós os deixamos jovens?". E Anshel Vasserman, num sorriso amargo: "Nada no mundo pode continuar a ser jovem. Até um bebê é velhinho quando sai de sua mãe". Neigel pergunta se os membros do grupo continuarão a atuar juntos e se farão as mesmas coisas maravilhosas, e Vasserman lhe promete que farão até mais. E Neigel: "Isto não é um pouco, como direi, infantil?". E o escritor fica profundamente ofendido: "Meu senhor!".

"Não se ofenda tanto, *Scheissemeister*", diz Neigel, "eu não quis feri-lo." Vasserman engole a saliva, aproveita o inesperado pedido de desculpas, e de olhos baixos comunica que "o senhor comandante não terá autoridade de comandante na minha história. Preciso deixar isso claro de antemão, senão, nada feito". E o oficial nazista, de quem nós dois sabemos tão pouco, com um gesto afirmativo de cabeça, diz: "Naturalmente, Sherazade, naturalmente. Isto tem um nome, não? Vocês, artistas, chamam a isto liberdade de criação, não é?".

Vasserman observa-o com um olhar preocupado. Eu também fiquei preocupado; "liberdade de criação" não soava a nós dois como parte do cardápio intelectual de um oficial nazista. Talvez estivesse citando alguém. Certamente saberei mais sobre ele quando decidir que estou amadurecido para entrar também na pele dele, assim como fiz com muita facilidade com Vasserman. É meu dever. E Ayalá disse: "No quarto branco tudo é arrancado de dentro de você, a vítima e o criminoso, a misericórdia e a crueldade...". Então, falta pouco. Enquanto isso, satisfaço-me com Neigel refletindo-se através dos olhos de Vasserman. Bem devagar.

"Trarei mudas e sementes", ele diz. "Amanhã você começará a capinar e limpar. A terra aqui é dura e tem muitas pedras. Chegou mesmo a hora de fazer alguma coisa com ela." "Sim, Excelência." "Vou encomendar petúnias. Você conhece as petúnias? Espero que cresçam aqui. Minha mulher as cultiva na jardineira da janela." "Como quiser, comandante." "E também rabanetes, claro. Gosto de rabanetes. Especialmente os pequenos, bem vermelhos, durinhos entre os dentes, ah!" E enquanto ainda falava e se entusiasmava, Vasserman tentava desesperadamente se lembrar se os rabanetes cresciam em árvore ou em arbusto.

"Ai, Shleimale, novamente me pus a pensar no quanto a minha Sara poderia me ajudar nesta terrível tarefa que Neigel me atribuiu. E como poderei escrever sem a sua sabedoria e inteligência? Sara tinha um excepcional senso prático. *Et*, até conhecê-la, eu era obrigado a passar dias e dias na Biblioteca Luterana de Varsóvia a fim de encontrar todos os fatos e detalhes que não conhecia. Sou distraído por natureza, até esquecido, e Zalmanson era tão exigente quanto a escola de Shamai:[6] 'Exatidão, meu pequeno Vasserman, e-xa-ti-dão!', ele costumava repetir para mim antes da chegada de Sara, e com sua pena fina e venenosa riscava, por exemplo, 'a linda túnica da princesa'. Queríamos escrever 'o vestido de baile da princesa', não é mesmo, meu pequeno Vasserman? Túnica é apenas um casaquinho curto, não creio que a sua princesa tivesse ido ao baile assim! *Oi, mein kleiner* Vasserman, se você ao menos olhasse uma vez para alguma mulher na rua, se despisse uma vez uma mulher, peça por peça, você não escreveria apenas sobre princesas e fadas..."

"E veio a minha Sara, e minhas histórias se enriqueceram muito. Brilharam com mil cores novas! Imediatamente aprendi a diferença entre o turquesa e o bordô, entre o linho e o algodão, entre a Antártida (que fica no pólo sul) e o Alasca (que fica no pólo norte. Ou será o contrário? Já me esqueci!), e qual a diferença entre as diversas comidas italianas, ou seja, o espaguete e a aletria, que um é mais fino que o outro, e que os elefantes cochilam de pé, e que nos livros científicos o homem branco é chamado de caucasiano, *ai*, nada escapava à minha Sara, a inteligência dela era como um poço caiado que não perde uma gota, tudo ela absorvia; guarneceu e adornou a mente para além de seus jovens anos! Naqueles tempos a minha escrita tornou-se mais 'terrena', no sentido elevado da palavra; lembro-me, Shleimale, ah, uma coisinha de nada, mas lembrei-me e quero contar: da tamanha inspiração artística de que estava tomado quando escrevi eu próprio esta frase: 'Robin Hood em belos trajes dançou a primeira valsa com a bela e rica marquesa Elisabeth, contando em silêncio os passos: um dois três, um dois três, ah, que delícia!'."

Depois Neigel comunica a Vasserman que ele não voltaria mais para o campo de Keizler e a partir de agora moraria no barracão de Neigel, no depósito de equipamento do segundo andar. Ana, a cozinheira polonesa, lhe prepara-

---

6. Referência à escola do sábio rabino Shamai, em oposição à de Hilell. (N. T.)

rá uma refeição quente por dia, "e não diga, *Scheissemeister*, que não cuido do meu pessoal da cultura!".

Devo contar ainda como os dois saem em direção à ala posterior do barracão e Neigel mostra ao escritor seu novo local de moradia, um minúsculo nicho no sótão, no topo de uma escada com degraus de madeira. Vasserman sobe pesadamente, abre uma portinha e recua com uma expressão de dor ("Papel. Logo o cheiro das resmas de papel atingiu meu nariz!") e grita para Neigel, que está embaixo, pedindo-lhe licença para usar um dos inúmeros cadernos armazenados ali. Pede também uma caneta. E quando Neigel se espanta ("Como? Você não tem tudo de cor?"), Vasserman representa para ele um trecho, que certamente deve ter visto em Varsóvia em um filme qualquer de gladiadores: desce os degraus vacilantes, tão ereto quanto possível, e diz com toda a gravidade e frieza que consegue imprimir para sua voz monótona e anasalada: "Sou um artista, Excelência. Um artista que burila e corrige mil vezes a forma de cada letra!". Neigel balbucia "claro, claro", e com isso Vasserman volta ao sótão e desce dali carregando um caderno marrom em cuja capa está impressa uma grande águia, sob a qual se pode ler "Propriedade do Corpo de Intendência/ss/Divisão Oriental". Neigel, num gesto a princípio distraído e depois pomposo ("até Esaú sente que, agindo assim, me unge cavaleiro de toda a literatura"), estende-lhe do seu bolso de trás a própria caneta, uma caneta de aço Adler, orgulho do legado do Império dos Habsburgo, e durante um longo momento um olha para os olhos do outro. (Vasserman: "Ao segurar a caneta em minha mão eu soube: vou vencê-lo. Basta conseguir me resguardar de ser um verme miserável como Sheingold, o músico, que se corrompeu diante dos oficiais e lhes abanava o rabo, e dizem que até se transformou num delator e caluniador de seus irmãos prisioneiros — mas, a bem da verdade, Shleimale, tive medo. O justo conhece o animal que esconde dentro de si e eu, pois eu até lambia os pés de Zalmanson, me abominava por isso e não soube parar, *fe*, pobre de mim!".)

Neigel observa o judeu, que com força repentina cerra os olhos, como se estivesse fazendo um juramento a si mesmo. Sem saber o que ele pensa agora, imagino que há algo no velho, neste fracote, que desperta um ligeiro temor obscuro também no íntimo do resoluto oficial nazista. Ele se inclina para Vasserman e diz baixinho, com ênfase: "Uma história com Oto e Paula, sim?". "Também com Fried e Serguei dos braços de ouro, e Herotion." "Herotion? Quem é?" "O garotinho armênio. O mágico simpático, você o esqueceu?" "Certo. O menino que tocou flauta para Beethoven." "Sim, sim, e haverá ainda outros, naturalmente."

"Quem?"

Os olhos de Neigel apertam-se com suspeita. Vasserman apressa-se em acalmá-lo: "São bons amigos, Excelência, não esqueça que desta vez uma missão muito importante está à espera das Crianças do Coração, e elas necessitam de toda ajuda possível!". "E que missão, se me permite perguntar?" "Como posso saber, Excelência, a história ainda nem começou a se conceber em mim, mas garanto que será uma aventura sem igual, e, se assim não fosse, por que motivo arrastá-los dali onde se encontram e esconjurá-los?"

Neigel reflete por um momento. Talvez houvesse despertado nele alguma suspeita momentânea, estranha, mas ele a anulou com um encolher de ombros. Depois ordenou rapidamente a Vasserman que se retirasse e voltou aos seus assuntos.

Vasserman: "Assim, arrastei o saco dos meus velhos ossos escada acima, arranjei para mim uma espécie de leito neste meu novo ateliê e fiquei cismando. Ai, que dia! De início, levaram todos os meus companheiros para morrer no gás, os coitados, os puros; depois ficou claro que eu não sou feito para a morte; mais tarde finalmente cai sobre mim esta calamidade chamada Neigel, Neigel e suas propostas tentadoras e suas vaidades. *Fe*! Peguei meu caderno e olhei para ele. Anshel, Anshel, disse em meu íntimo, você está prestes a escrever uma história. Infelizmente, será uma edição de um único exemplar. Por que resmungar, se a venda está garantida de antemão? E sob as asas da águia nazista — que suas penas apodreçam! — escrevi em letras bonitas, na língua sagrada: *Última aventura das Crianças do Coração*".

2.

Lentamente a vida de Anshel Vasserman se desdobra diante de mim. Ele menciona com freqüência a esposa, a "minha Sara", mas a respeito da filha, Tirza, nunca diz nada. Ele amava Sara, mas por vezes me pergunto se no fundo de sua alma não era um solteirão convicto. Casou-se com ela aos quarenta anos e ela estava com vinte e três. Sara tinha apenas cinco anos quando Vasserman começou a publicar suas histórias. Ela as apreciava muito, como inúmeras crianças daquela época, e, durante anos mais tarde, lembrava-se sempre delas em diversas ocasiões. Certa vez encontrou por acaso uma nova edição das histórias em um dos jornais de Varsóvia e, com ousadia incomum, enviou à redação do jornal algumas ilustrações maravilhosas que fizera, baseadas nas histórias. Os desenhos circularam por algum tempo até que chegaram às mãos de Zalmanson, e ele, numa astúcia calculada, fez com que os dois se encontrassem e esfregou as mãos de contentamento diante do romance hesitante que se desenvolveu entre os dois tímidos...

Das observações rápidas, aprendo sobre o modo de vida de Vasserman. De como gostava de ficar sentado em casa, de camisa passada e gravata, mesmo quando estava só. Como se presenteava, nos anos de celibato, com regalos pequenos e raros, um passeio de riquixá num domingo até a elegante rua Marshalkovska, um passeio lento e cheio de prazer pela ponte Kravedje, e dali a pé até o jardim Saxy com suas estátuas, choupos, plátanos e álamos. Quando escurecia, ele ia ao cinema e assistia, com um prazer que sempre lhe parecia roubado, a filmes que lhe agradavam muito. Neste aspecto, Sara era a companheira ideal, também adorava cinema. Eles não eram seletivos, todo filme os entusiasmava, desde que vissem pessoas cheias de vida e aventuras excitantes. Sentavam-se na platéia escura como duas crianças, de boca aberta. Assim, assistiram juntos a *Dr. Frankenstein*, *King Kong* e *A espiã mascarada*, com Hanka Ordonovna. Vasserman contou-me com curioso orgulho que ele e sua Sara viram quatro vezes Greta Garbo em *A rainha Cristina* e três vezes Marlene Dietrich em *O anjo azul*. Gostavam até de mocinhos e bandidos e assistiram a todos os filmes de caubói que passaram em Varsóvia (para si mesmo Vasserman justificou este impulso de vê-los com a desculpa de que assim aprendia sobre a vida dos vaqueiros, para o caso de querer voltar a escrever). Não tinham amigos, e a ida semanal ao cinema era uma pequena festa. Conversavam muito sobre os filmes. Várias semanas depois da sessão, Sara era capaz de dizer a Vasserman algo como "pena que ela tivesse acreditado tanto nele, não?", e Vasserman entendia imediatamente a que ela se referia e de quem se tratava. Os dois gostavam também de ouvir toda terça-feira o programa popular de rádio *A peça da semana*, que trazia para suas vidas as maiores obras do teatro e da literatura; ouviam o programa na cama, deitados lado a lado, os olhos no teto, sem se tocar, no escuro, mas estavam muito próximos. Outra diversão excitante comum a ambos era a visita ao zoológico de Varsóvia: o meu Vasserman era capaz de permanecer um bom tempo diante das jaulas de animais exóticos trazidos da Birmânia e da Índia e mover a cabeça com espanto. Aliás, Sara nasceu no dia em que no zoológico nasceu o elefante Tojinka ("Duodécimo" — ele recebeu este nome porque foi o décimo segundo elefante a nascer num zoológico europeu) e por isso tinha o direito, até completar dez anos, de, uma vez por ano, no dia do seu aniversário, dar uma volta gratuita montada no elefante. Vasserman, por algum motivo, não conseguia deixar de se emocionar com isto; sempre pedia a Sara que contasse as suas histórias sobre aqueles momentos que já estavam esquecidos e que haviam desaparecido da memória dela. "Como uma rainha da Índia, a princesa judia dos elefantes!", murmurava com uma admiração que jamais diminuía.

Vasserman apreciava muito uma rotina diária. Ouvi incontáveis vezes suas descrições pequenas, exatas, de seus rituais meticulosos, como engraxava os sapatos, como se empenhava na limpeza da casa e como fazia com sabedoria uma avaliação do seu dia. Certa vez contou-me longamente sobre os pequenos prazeres relacionados aos óculos, sobre os pequenos movimentos circulares para limpá-los, sobre as diversas formas de tirá-los, sobre o prazer de pendurá-los nas orelhas, quando a mão está pousada sobre os olhos e a pessoa está imersa em pensamentos. (Talvez seja necessário explicar que os óculos lhe foram retirados imediatamente depois da chegada ao campo.) Podia me contar sobre seu modo predileto de preparar um ovo quente com a mesma seriedade com que me contava sobre seu trabalho com os "dentistas". Certa noite descreveu-me, com naturalidade, como preparava para si, em Varsóvia, um "copo de café fervendo", a começar do momento em que punha água na chaleira e colocava o copo no bico "para que se aquecesse um pouco com o vapor", até servir o café no copo. Fiquei sabendo por ele que durante dezessete anos usou um único par de sapatos que se manteve admiravelmente conservado. E quando lhe perguntei surpreso como conseguira fazer isso, respondeu-me com um sorriso cheio de orgulho modesto: "Eu, Shleimale, piso leve...". Assim também, nunca se cansava de me contar sobre as lojas de livros usados na rua Schweintokshiska, onde todos os vendedores o conheciam e não existia livro usado que ele não tivesse visto. Em suma, de todas estas coisas pode-se supor que vovô Anshel não era um grande aventureiro. Seu instinto de aposta, por exemplo, era satisfeito pegando um número de sorteio da cesta do vendedor ambulante de salsichas. Só duas vezes em toda a vida foi sorteado com uma salsicha de graça, mas ele dava muita importância a estas duas vezes e via nisso um sinal de que não era um *shlimazl*, um azarento completo.

Observo-o também enquanto se empenha e ara e capina três canteiros diante do barracão de Neigel, depois envolve as mãos feridas em trapos de saco e suporta em silêncio e com dor a crítica de Neigel que espia pela janela ("procure fazê-los em linha reta, *Scheissemeister*, senão vou ser alvo de zombaria de todo o campo"), amarra com fúria a enxada e o ancinho, coloca-os no lugar sob a escada de madeira. Depois vejo-o comendo, engolindo depressa, quase sem mastigar (sempre comia assim, mesmo quando veio viver conosco), e ignoro uma batatinha que ele esconde no bolso sem que a mal-humorada cozinheira perceba.

Quando escurece, vou com ele até Neigel, que se admira de que o primeiro capítulo ainda não esteja escrito ("de acordo com as histórias suas que li, pensei que você fizesse isso de olhos fechados!"), e em resposta Vasserman lhe faz um discurso entusiasmado sobre a dificuldade da criação ("é preciso arrancar pedras, Excelência, das profundezas da alma!"); friso isto apenas porque no final deste discurso, Vasserman, emocionado e acreditando muito em suas palavras, apresenta a Neigel uma sugestão inesperada e muito generosa ("eu realmente gostaria de me aconselhar consigo, Excelência, com relação ao enredo"); e logo se arrepende de suas palavras apressadas, mas já é tarde demais, pois Neigel abre um sorriso largo e surpreso e declara: "Mas é claro, é claro! Será uma grande honra para mim, Sherazade!".

Vasserman aproveita (com uma rapidez um tanto perplexa) a gratidão de Neigel, senta-se pela primeira vez diante dele e diz: "Vou expor a você as minhas dificuldades", tratando-o atrevidamente de você — para grande espanto Neigel não se zanga, só se levanta e se apressa a fechar as pesadas cortinas e trancar a porta do barracão; Vasserman olha para ele e um tênue sorriso inicial se delineia em seu íntimo.

E quando Neigel dá a volta pelos fundos, pelo visto para dizer à cozinheira para ir para casa, Vasserman ousa e vira rapidamente a foto que está na mesa e vê: "*Frau* Neigel, Shleimale! segurando nos braços duas criancinhas! A maior tem a cara de Neigel, traço por traço, e a pequena é igual à mãe. E a esposa, você pergunta? *Ai*, não era bonita. Aparentemente frágil e doentia, quase curvada pelo peso do bebê robusto. Não negarei: a feiúra dela me enfureceu e eu não sei por quê. Talvez porque eu e a minha Sara não fôssemos modelos de beleza. Mesmo os outros judeus que conheci não tinham traços incomuns de beleza, *et*! Assim foi decretado pelo Criador. E o vovô Mendele Mocher Sforim,[7] que nos desenhou em seus escritos com toda a nossa falta de graça, certamente não inventou isso. *Nu*, e eu sempre imaginei que eles, Chaimke, Ivan e Esaú, todos tivessem saído bem-feitos das mãos do Criador. Talvez fosse cômodo para mim pensar assim, que eles são diferentes de nós. E veja esta, frágil como ela só! O coração por si já tem pena. Contra sua vontade a boca deseja destilar a doçura da palavra... e me perguntei se ela saberia de todos os atos de seu gentil marido aqui, neste lugar. *Et*! Eu tinha bons pensamentos, ela pertence a ele, ela e seus dois pimpolhos robustos. E por acaso todos os meus amados estavam bem, comendo e bebendo e quebrando nozes e apreciando a boa vida, para que ainda me restasse misericórdia para uma filha dos infiéis? *Nu*, quieto. *Sha. Sha*".

---

7. Famoso escritor em iídiche. (N. T.)

Neigel volta. Eles conversam sobre o lugar em que vai se situar a história. Neigel sugere, em sua ignorância, "escrever novamente sobre a lua, como na história em que os índios fugiram para lá". Vasserman o repreende com delicadeza e explica que é melhor escrever sobre um lugar mais conhecido, onde o escritor se sinta à vontade, porque "precisaremos de todos os pequenos detalhes e fatos para criar a atmosfera. Exatidão, *Herr* Neigel, e-xa-ti-dão!", ele lhe diz com um estranho tom de vingança na voz.

E, como exemplo, explica que, se por acaso decidir (!) que *As Crianças do Coração* vão agir desta vez em Moscou, espera que Neigel lhe forneça todas as centenas de fatos necessários, de que material, por exemplo, são feitas as botas que os homens usam, qual é a moda dos penteados femininos e se nas ruas trafegam ônibus ou bondes; mas quando se deixa levar pela ousadia e insinua que talvez necessitem também de mapas e fotos, Neigel explode numa risada indignada ("diga-me, *Scheissemeister*, você ficou louco? Irão me prender sob acusação de ligação com agentes comunistas! Estamos em 1943, não se esqueça! Trate de encontrar um lugar mais lógico para a sua história, está bem?"); Vasserman abaixa a cabeça, mastiga um chumaço sujo e duro de pêlos da barba rala, esparsa, e então se enche novamente de coragem ("*nu*, lembrei-me de repente de que as coisas entre Neigel e mim não são tão simples e não devo me colocar diante dele como um capacho"), respira fundo e diz que desta vez, só desta vez!, concorda com a exigência de Neigel, mas será a última vez que aceitará que Neigel lhe dê ordens quanto à história; o alemão fixa nele um olhar gelado e diz, entre dentes: "Pare de se pavonear assim, *Scheissemeister*, e comece a contar a história!".

Vasserman: "*Nu*, você pode entender por si mesmo, Shleimale, como aquele momento era decisivo! Mas eu o pus na minha mira e não falhei! Pus-me de pé, estendi o pescoço na direção de Esaú e lhe disse estas palavras: 'Venha e mate-me! Mate-me agora, *Herr* Neigel, mas não me peça para trair a minha arte!'".

Neigel se impressionou muito: seu rosto grande exprimiu espanto e embaraço e até recuou, como se tivesse visto algo vergonhoso. (Vasserman: "Cenas desse tipo, a minha mãe, que Deus a tenha!, ou seja, a sua bisavó, fazia sempre que o sr. Lanski, o proprietário da casa em Bolichov — que lhe jorre do nariz tanto sangue quanto o que ele sugou de nós! —, vinha aumentar o aluguel. Quanto mais exíguas eram as desculpas de mamãe, mais o pescoço dela se esticava em direção a ele, aos gritos de 'Carniceiro!', que na sua boca iam ficando cada vez mais fortes. Eu me escondia debaixo do seu avental e queria morrer de tanta vergonha. E quem poderia então adivinhar que chegaria o dia em que eu também faria tal dramalhão; com a única diferença de que a integridade da minha arte estava em jogo naquele momento!".)

Ele se senta. Ainda muito agitado, como costuma ficar quando sente que o humilharam injustamente (parece-me que ele gosta de se sentir assim), ergue-se novamente e diz em voz trêmula: "*Herr* Neigel! Eu, Anshel Vasserman-Sherazade, não sou o mais importante aqui! Quem sou e o que sou? Sou pó e cinzas. Sou um pontinho. Só peço em nome da integridade da arte, Excelência! A arte pura e abstrata! A literatura em sua forma primeva e purificada! Pois estamos ambos aqui sentados planejando uma experiência única! Imagine: um escritor escrevendo para um público de uma única pessoa! E tudo o que lhe vai no coração e as angústias e ilusões de sua alma serão testemunhados a uma só pessoa! Já aconteceu isso alguma vez? Já se ouviu algo assim?".

Esta idéia conquistou imediatamente o coração de Neigel. Talvez porque não haja algo que lisonjeie tanto um déspota como o domínio dos secretos canais da criação. Vasserman também percebeu isso: "E depois que concluirmos a nossa pequena experiência, o senhor terá em mãos o único exemplar da última história de Sherazade-Vasserman! E quando, com a ajuda de Deus, a guerra acabar, o senhor poderá estar com sua ilustre esposa e filhos junto à lareira crepitante e ler para eles a história, e garanto-lhe que ela também, quer dizer, a sua esposa, saberá reconhecer os esforços e empenho em alimentar as chamas da obra de arte também aqui, num lugar como este, no auge desta terrível guerra, *nu*? O que o senhor me diz?".

O alemão responde com simplicidade que ele quer crer que Vasserman realmente tem em mente o que disse. Quanto mais pensa "nesta nossa situação", mais crê que devem se comportar, na medida do possível, como "pessoas civilizadas. Sim, pessoas civilizadas". (Vasserman: "Ele experimentou e remoeu algumas vezes estas palavras em sua língua e eu tive certeza de que ele devia pronunciar uma bênção como faz toda pessoa que prova um alimento pela primeira vez. *Nu*, além das janelas cobertas pelas cortinas subiam três colunas de fumaça que se elevavam do campo dia e noite e meus ouvidos bem escutavam o ruído da máquina que revirava as pilhas de cadáveres e a grande pá que rangia enquanto os recolhia e levava aos fornos. Reuni todas as minhas forças para mover minha cabeça pesada em sinal afirmativo".)

"Um lugar", diz Vasserman numa voz quase inaudível, "precisamos de um lugar para alojar o nosso pessoal." Houve silêncio. Ambos apoiaram a cabeça na palma da mão e pensaram. Vasserman, apesar de ainda não saber que forma a história iria adquirir, já percebera que o enredo devia transcorrer em um dos lugares onde a guerra acontecia. ("Ou seja, na Polônia ou na Rússia, ou, talvez, até na cruel Alemanha; preferi que ocorresse nos meus lugares e não nos dele e você mesmo entenderá que eu era obrigado a planejar os meus atos com sabedoria e cuidado, com mão firme e fiel, pois eu tinha em princípio um objetivo oculto, a história não era só para entreter Neigel, mas, para que meu plano desse certo, eu era obrigado a empunhar todas as armas que pudesse ter ao meu alcance, e elas eram tão precárias que eu o enfrentava de mãos quase vazias! As minhas palavras eram as únicas pedras do meu estilingue.")

Eles voltam a procurar um cenário para o enredo. É muito desejável, Anshel Vasserman explica, que a história transcorra num lugar isolado, mas não totalmente desligado do mundo. ("Será que o senhor percebeu, *Herr* Neigel, o quanto os escritores apreciam situar suas histórias em ilhas desertas?" "E por que isso?" "Ah, *nu*, isto transforma qualquer coisa pequena em grande parábola!") E convém que a história transcorra no seio da natureza, para que Albert Fried possa demonstrar sua famosa habilidade de fazer amizade com animais ("uma das coisas mais sensacionais nas minhas histórias"). Eles voltam aos seus pensamentos; Neigel pensa enquanto estala sistematicamente cada um dos dedos; Vasserman arranca fios de sua barba rala e enrola no dedo um cacho imaginário junto à orelha. De repente brota um sorriso no rosto de Vasserman e ele exclama: "*Lepek*! A mina de *lepek*!".

Neigel não sabe o que é *lepek*, nem eu. Vasserman explica-lhe, com grande perícia, que me leva a suspeitar que está inventando tudo. O *lepek*, segundo ele, é um subproduto do petróleo e tem especial importância econômica para os judeus da região de Borislav, no distrito de Lvov: como se sabe, o petróleo é levado através de tubos da região da perfuração até gigantescos tanques no local de armazenamento. Mas às vezes os canos não combinam ("a boca de um cano é do tamanho de Hupim e a boca do outro é do tamanho de Mupim"). Ou estão velhos e furados. Nesses casos, um dos canos se rompe e o petróleo bruto, chamado *lepek*, escorre para a rua. "Estas coisas não acontecem mais hoje em dia", explica Vasserman, "mas aconteciam há muitos anos. Há trinta ou quarenta anos!" Quando um cano destes se rompia, os judeus que trabalhavam com o *lepek*, que eram chamados *lavaks*, acorriam com barris, baldes e trapos, recolhiam o petróleo derramado e o vendiam a baixo preço à companhia de petróleo. Segundo Vasserman, centenas de famílias judias tiravam disso o seu miserável sustento. Seu irmão Mendel, antes de ir para a Rússia e lá desaparecer, sustentava-se assim: ficava com aqueles infelizes dia e noite ao longo dos canos perto de Tustanovitsa e Skodnitsa e rezava para que um dos canos se rompesse. Vasserman: "Guardei em meu coração esta história do *lepek* durante muitos anos, desde os dias em que Mendel nos escrevia sua história em cartas tristes das quais soprava o cheiro da fome, como que de dentro de uma barriga vazia, e agora vi como chegou a hora certa de voltar a ela".

Ele já estava levando Neigel para uma densa floresta perto de Borislav e descia com ele à mina de *lepek* sob uma grande avenida de canos, que conduzia do local de perfuração até perto da cidade. Há trinta anos esta mina está abandonada, sem trabalho. Todos esses anos ninguém teve necessidade de *lepek*. Então veio a guerra, e o petróleo se tornou caro, Vasserman tece a história, e um grupo de homens foi convocado para trabalhar ali.

"Era um grupo muito especial, *Herr* Neigel. Um grupo isolado de *lavaks*, judeus e poloneses e um russo e um armênio e vários outros, e seu dirigente chamava-se Oto, Oto Brig, e a irmã de Oto, chamada Paula, é que cuidava deles, preparava as refeições; eles quase não subiam à superfície, por temer o ataque dos enormes ursos dos Cárpatos, que só Fried sabe domar... sim, *Herr* Neigel, encontram-se totalmente isolados ali e só uma vez por semana Oto Brig vai à cidade próxima levar o *lepek* obtido e trazer de lá um pouco de alimento para seus trabalhadores esfaimados, mas com sua licença, *Herr* Neigel, terei necessidade de mais fatos sobre aquele lugar, sobre seus habitantes, sobre as minas, pois em Varsóvia eu tinha à minha disposição bibliotecas e pilhas de revistas e bibliografia, enquanto aqui, em nosso campo... em suma, só tenho o senhor. Será que o senhor poderia fazer um passeio a Borislav, para sentir a atmosfera?"

É óbvio que Neigel reage a isso com uma gargalhada divertida ("Você sabe o que está dizendo, Vasserman? Eu dirijo aqui um campo de extermínio! Os comunistas estão avançando no leste, e você simplesmente me pede que eu deixe tudo e viaje a seu serviço para Borislav?") e também me parece que Vasserman esticou demais a corda, mas ele estava tranqüilo e seguro. ("Porque já aprendi a conhecer um pouco o fundo da alma deste Neigel. E percebi muito bem que ele está bastante seduzido pela minha história, o que não é tão simples; vi também que está muito entusiasmado com os pequenos fatos e não será um homem como ele que deixará a história vagar no mar da imaginação sem uma âncora firme sob seu barco, *ai*, bem diferente era o propósito do meu pobre Zalmanson, que também se entusiasmava com os fatos, mas justamente porque os abominava! Por sua apresentação vergonhosa e por chegarem ao limite do absurdo! Para que pudesse zombar deles, para estar ainda mais seguro de que não há outro Deus, exceto o Deus do riso, da ilusão e da confusão, *ai*, o ardiloso astuto... *nu*, como é que eu cheguei a falar dele? *Et!* Bem, lancei a isca para Neigel no momento em que lhe disse 'sentir a atmosfera', que era a expressão usada pelas crianças do meu grupo quando saíam para suas aventuras, e eu sabia que Neigel morderia a isca.")

E aqui Neigel finalmente se lembra de fazer de novo a pergunta mais importante ("Mas diga-me, por favor, contra quem lutarão desta vez? Contra os ursos? Contra as formigas? Contra as companhias de petróleo?"). Vasserman esquiva-se de responder ("Quem é profeta para saber? A história mal começou."). O alemão exige uma resposta mais explícita ("Não queremos escrever nada contra o *Reich* e os alemães de Adolf Hitler, isto está claro para nós, não é, Vasserman?"). E o escritor: "Escreveremos tudo o que desejarmos, *Herr* Neigel! É nisto que está a raiz da vitalidade da nossa situação, de que o senhor gentilmente falou antes, pense bem, uma espécie de segredo maravilhoso nosso! E a nós é proibido trair este dever sagrado que chegou milagrosamente às nossas mãos! É um presente e uma dádiva inigualável, o privilégio de estarmos aqui, justamente aqui, totalmente livres. Eu, mas também o senhor! Fagulhas que alçam vôo! *Oi, Herr* Neigel", diz Vasserman balançando a cabeça de um lado para o outro, "não sei de que campanha brotou esta medalha que adorna sua camisa". Neigel: "A batalha pelo lago Ilmen Shemaga. No Primeiro Regimento da Caveira, de Theodor Eike!". "*Nu*, sim, como quiser, onde eu estava? Ah! Tenho certeza de que ali você não necessitava nem de metade da coragem que eu exijo agora de você para vir ajudar-me a insuflar vida em nossa nova história! Você se assustará e recuará? Terá a covardia de me pedir uma história miserável, uma história que se sufoca na estrumeira da vida miúda com todas as suas proibições e temores?" ("Juro, Shleimale, não sei de onde tirei tal coragem. Pois com Zalmanson, que roubava minhas melhores frases quase sem me consultar, jamais fui impertinente. Como uma ovelha eu abaixava a cabeça e sorria, e odiava-o em silêncio.")

E Neigel, com obstinação: "Não, não. Não podemos nos permitir ser contra os alemães". E Anshel Vasserman: "Deixemos a história se conduzir. Não posso decidir nada de antemão". E Neigel: "É sempre assim que você escreve?". E Vasserman: "Quase sempre. Sim". ("E a bem da verdade, de forma alguma! Até a minha Sara, a minha escolhida, se divertia comigo, dizendo que até para uma lista de compras na mercearia eu escrevia três rascunhos.")

"Talvez", diz Neigel de repente, "talvez eu possa mesmo passar por Borislav na semana que vem, a caminho de casa, na minha folga. Certa vez trabalhei naquela região durante alguns meses e há algumas coisas que eu preciso... resolver lá. Sim. E também algumas pessoas que eu conheci. Talvez tenha chegado a hora de fazer-lhes uma visitinha." Vasserman não altera a expressão do rosto. Só frisa que "ser-nos-á de muita ajuda um pequeno mapa da região e das minas de petróleo que ali se encontram". E controla a tentação de pedir ao nazista que investigue para ele também a situação da comunidade judaica de Borislav, se havia restado alguma coisa dela; Neigel, um oficial exemplarmente organizado, anota na caderneta. ("Só depois, Shleimale, é que fiquei sabendo que nesta caderneta Esaú costuma anotar também os pedidos de gás mortífero e tabelas de pesos de dentes de ouro e cabelos arrancados e, mesmo sem saber disso naquele momento, senti que estremeci todo, quando pela primeira vez foi colocada a âncora da minha ficção na terra firme da vida dele.")

Apesar do avançado da hora, ambos continuaram juntos ainda por algum tempo. Parecia que Neigel é que solicitava isso indiretamente. Ele pressionava o escritor para lhe descrever, "mesmo que em duas palavras", o novo-velho grupo. Como uma espécie de introdução, ele diz, por conta do que virá. "O que virá", diz ele, e seu rosto diz: "o prazer que virá". Vasserman consente de bom grado e fala sobre uma densa floresta, sobre a mina profunda, sobre os túneis e canais da mina, e dentro dos canais. "Hum", diz Neigel, um pouco preocupado, "parece um esconderijo de *partisans*; cuidado, Vasserman." O escritor não responde, mas ao longo do cordão umbilical estendido entre ambos brilhou de repente uma luz, um leve ardor. Uma recordação antiga e comum a mim e a ele saltou por um momento para a consciência e afundou imediatamente, antes que conseguíssemos detê-la. Vasserman respondeu ao alemão, mas foi a mim que dirigiu as palavras: "Não, *Herr* Neigel, isto é, não *partisans* no sentido comum da palavra, mas, digamos...".

Neigel rosna algo que soa como uma anuência involuntária. Depois olha para o relógio, seu rosto demonstra espanto e ele se levanta em seguida. Vasserman também se levanta e se posta diante dele. A despedida é um pouco difícil. Parecem agora dois companheiros que completaram todos os preparativos para uma grande viagem e ainda hesitam um pouco, buscando confiança um no outro. Neigel se aproxima e apaga a lâmpada grande, deixando acesa somente a luz do abajur da mesa. Nesta penumbra em que não se vê seu rosto, ele pergunta a Vasserman numa voz um tanto hesitante qual a sua opinião sobre esta experiência deles e se ele acredita que conseguirá contar uma bela história; Vasserman confessa que teme um pouco, mas também está muito curioso. Intimamente agradece a Neigel por ter revivificado nele a saudade do ato de criação, "ele me devolveu neste momento os bens mais caros e ocultos do meu desejo".

Neigel destranca a porta que separa as duas alas do barracão. Quando seu olhar se desvia do judeu, ele pergunta repentinamente por que Vasserman não escreveu durante todos os anos que se passaram desde *As Crianças do Coração*. Vasserman lhe responde, e Neigel: "Não sabia que o talento pode acabar. Interessante... eu... só queria perguntar ainda: qual a sensação de ficar sem escrever?". E Vasserman, de imediato: "Não queira saber, *Herr* Neigel!".

("A verdade é, Shleimale, que nem aos meus inimigos eu desejaria isto! A pessoa se transforma, Deus me livre, num morto-vivo, na lápide da sua própria tumba. Naquela ocasião, crianças de toda a Europa, nossas e também deles, enviavam-me cartas de reconhecimento e amor singelo. Elas leram as minhas histórias só agora, quando foram reeditadas em revistas — os editores não me pagaram nenhum centavo por isso! —, e quando perguntavam por que Sherazade-Vasserman não conseguiu escrever durante anos, *ai*... eu precisava ranger os dentes e responder com carinho e atenção. Os anos se passaram, *nu*, então, como é comum no mundo e como costuma acontecer com o ser humano... bem, afastei-me daquele jovem que escrevera aquelas histórias. Inicialmente, eu o invejava, como se inveja um estranho, pelos anos de vigor que ele havia conhecido, e por fim comecei a odiá-lo por não ter ousado mais. Pois, se tivesse ousado, todas as coisas se teriam modificado. E o pior de tudo, a minha esposa. A minha Sara. Que desde o início me conheceu como o escritor Sherazade, o escritor bem-sucedido que escrevia *As Crianças do Coração* e não aquele Anshel Vasserman revisor mal-humorado, que sofria diariamente dos males do ventre... e você mesmo pode compreender que a minha Sara, a minha alma, não me disse a respeito nem meia palavra, mas seu silêncio falava aos meus ouvidos, *ai*, que você não passe por dias tão ruins e pensamentos tão cruéis.")

Acompanhei-o ao seu nicho. Ali ficou sentado entre pilhas de folhas, caixas de ferro e madeira e uma multidão de ratos que corriam de um lado para o outro. Largou o caderno e apoiou a cabeça na parede. Seus olhos estavam fechados. Um homem pequeno, franzino, envolvido num traje ridiculamente elegante naquele nicho miserável. Aguardava algo, mas eu não sabia o quê; perguntei-lhe: Vovô, o que estamos esperando?, e ele não respondeu, perguntei: O que precisamos fazer agora, e ele respondeu de olhos fechados: "Não. Não temos que fazer nada antes da hora, Shleimale, já percebi que você gosta sempre de estar fazendo algo. Que a expectativa intimida você. Mas agora deve ter paciência e deixar o corpo e a alma livres, e mesmo se se assustar e fugir, desta vez não arredarei pé do meu lugar, porque agora já não tenho para onde fugir, a história é a minha vida, meu testemunho, é o sinal que Deus deixou na minha carne e é possível que até você comece a adivinhar alguma coisa, *nu*, mas eu já falei dem...".

No momento seguinte, já não estávamos sós. O ar estava mais carregado e tremeluzente. Minha mão começou a tremer como se tivesse vida própria. Os dedos se juntaram e se atraíram um ao outro. Olhei para eles, espantado: os dedos começaram a puxar, mas não havia nada ali. Eles não cessavam seu movimento. Adivinhavam. Eles convenceram o ar a fluir para eles num certo padrão, moveram-no com sabedoria, insistiram e o cinzelaram numa essência mais densa, e de repente houve uma umidade na ponta dos dedos, um molhado leve, e de uma só vez compreendi que eles estavam arrancando uma história do nada, sensações, palavras e personagens cujas cabeças foram poupadas, criaturas embrionárias, ainda molhadas, piscando diante da luz, com restos de placentas alimentadoras de lembranças, tentando se pôr de pé, tremendo e caindo como corças de um dia de vida, até que se fortaleceram bastante para virem diante de mim com certa segurança, todas as criações do espírito de vovô Anshel, aquelas cujas histórias eu havia lido, procurado e adivinhado com tal avidez, Oto Brig, o baixinho atarracado, usando sempre calças curtas, azuis, cobertas de manchas, Oto cujos movimentos são cheios, amplos e infinitamente generosos; e eis também a irmã dele, a pequena Paula Brig, com a longa trança loura, grossa, e os olhos muito azuis, como os olhos de Oto; Paula, a vivaz, que conhece sempre só a linha reta que deve seguir entre dois pontos, Paula, que não é de brincadeiras, que cuida das crianças do grupo com amor e firmeza... mas havia ainda outros que queriam nascer, e o útero oculto contraiu-se e contorceu-se, o próprio vovô Anshel ofegava, seu rosto estava vermelho e suado e meus dedos puxaram líquidos viscosos, gosmentos, transparentes, arrancaram um gemido longo e rouco de sofrimento e num grande esforço acabou saindo de lá, depois dele, Fried, o pequeno Albert Fried, calado e introvertido, Fried fechado em sua timidez e temores, que quase não tem esperança de conhecer amizade ou afeto e teve a sorte de que Anshel Vasserman o pôs no convívio de Oto e Paula e eles o receberam com tal simplicidade que ele desistiu alegremente de sua suspeita e segredos, que, na verdade, eram desprovidos de maior importância, e pôde abrir-se como uma flor para o mundo; e quem mais está aqui? Serguei, o russo, magro e alto, Serguei-mãos-de-ouro, que sabe construir qualquer instrumento e ferramenta, costurar botas de sete léguas e abrir em qualquer parede uma portinha para universos distantes; principalmente devem ser lembradas as tentativas que fez nas histórias do vovô Anshel com a máquina do tempo e o único trecho humorístico de todas as histórias das Crianças do Coração, onde confundiu, não intencionalmente, uma cidade inteira, fazendo os relógios andarem para trás. E também Herotion, o armênio, está aqui, segurando a flauta; vovô Anshel olha para mim, deita-se, um pouco fraco e pálido, mas sorrindo: "Ouça-me, Shleimale, convoque quem você quiser para vir aqui...".

"Que foi que você disse?"

"Quem o seu coração desejar!"

E ele estende a mão frágil e aponta para o sótão que as Crianças do Coração ocuparam. Compreendi que existe algo que evita que um sinta o outro: era como se cada um deles estivesse envolto numa campânula de vidro selada. Sim, é isto: eles se moviam, patinavam no lugar, até olhavam de um lado para o outro, como se aguardassem algo, mas estavam isolados uns dos outros. Por algum motivo pensei que já os vira uma vez parados assim, ou quase assim, e havia com eles mais alguns outros, mas não consegui me lembrar, nem meu avô me ajudou. Ele estava deitado de costas, mãos postas sobre a boca, sorrindo estranhamente com os olhos, um sorriso feliz e saudoso. Parecia um bebê muito velho. "Aí estão todos eles", disse meu avô numa voz suave, como se estivesse contando uma lenda para o neto, como deveria ter-me contado mas não tinha conseguido, "e você os vê agora como é preciso vê-los", disse, "não como eu os escrevi, mas como eram nos desenhos da minha Sara, traço por traço..." Aliás, só então me ocorreu que, só quando viu os desenhos dela, e isto foi dezoito anos depois de ter escrito a série, é que Vasserman soube que aparência tinham suas personagens. "Os desenhos dela", ele me confirma num sorriso um pouco sonhador, "foram para as minhas histórias como a melodia da flauta de Herotion aos ouvidos moucos de Beethoven: de repente os sons deleitantes penetraram pelo tabique da sua surdez..."

Mas cinco não eram suficientes. Nós dois sentimos isso. E mesmo que eu não estivesse sabendo que armadilhas Vasserman planejava apresentar a Neigel, "para fazê-lo voltar a Chelm, a cidade dos bobos", eu tinha certeza de que para esta guerra necessitaríamos de muito mais combatentes, *partisans* de um tipo desconhecido, *partisans*, eu digo, com um sentido especial, como...

Olhamos um para o outro. "Agora estamos sós no mundo todo", disse meu avô, "só você e eu. Como está vazio o mundo! Poderíamos dividi-lo e dar-lhe um novo nome... venha, Shlomo, filho de Túvia, sente-se comigo aqui no sótão, não há ninguém exceto nós e os nossos amigos, chega de evasivas, Shleimale! Apresse-se e traga seus *partisans*..."

"*Não!*", gritei. Eu estava um pouco assustado. Na vez anterior em que alguém me convidara a dividir o mundo e dar-lhe um novo nome, tudo tinha acabado mal e o resto já se sabe: "Não, vovô, não você!", berrei, talvez alto demais, "não com você! Já chega a utopia de Bruno! Não tenho forças para grandes esperanças."

Então meu avô disse, em sua linguagem, que as utopias combinam com os filhos de deuses. E que os seres humanos são como moscas, e as histórias que lhes contam para atraí-los precisam ser como papel pega-moscas. Utopias são papéis untados de ouro, ele disse, e o papel pega-moscas deve ser untado com tudo o que o homem segrega de seu corpo e de sua vida. Principalmente sofrimento. E esperança, cuja medida é a medida do homem, e perdão.

"E *eles*, você acha mesmo que eles serão adequados?", perguntei muito cético, "pois eles são apenas..."

"... são lutadores seletos, a seu modo. Você sabe disso tão bem quanto eu. Você pensou neles antes que eu pensasse. E mesmo que tivessem estado em minha história na vez anterior em que a contei, será muito mais agradável voltar e estar com eles, como então, naquela nossa ruazinha, naquela guerra válida..."

Demos à luz também os outros. A todos. Aharon Marcus e Hana Tsitrin e Guinsburg e Zaidman, os pobres Max e Moritz e Yedidiya Munin. E é como se não houvesse passado um dia sequer desde que eu os levara para a Besta. Também eles pareciam estar cercados por um tabique invisível. Hana coçava as coxas com força e gemia. Aharon Marcus retorcia sem parar o rosto torturado. Nada mudara: o melancólico Guinsburg, cuja pele estava coberta de feias erupções brancas e sem um dente sequer na boca, balançava a cabeça de um lado para o outro e perguntava, no mesmo tom de voz que eu recordava, quem ele era, e seu pequeno companheiro, Malchiel Zaidman, de quem diziam que era doutor em história e enlouquecera e estava totalmente vazio por dentro, imitava como sempre os movimentos de quem estivesse próximo. Desta vez, por acaso, era Yedidiya Munin, e as mãos de ambos estavam metidas até o fundo no bolso e apalpavam ali com toda a força. Todos suspiravam e gemiam cheios de vida e movimento. Judeus errantes que não davam um passo sequer. Todos esperávamos algo e não sabíamos o quê.

"Talvez você se admire", disse por fim Anshel Vasserman, "de eu ser tão generoso, deixando você mesclar à minha história também as suas criações... *Et!* Quem se importa se são minhas ou se são suas, desde que lutem e sejam dotadas de força!? Você entende que não é a primeira vez que falo desta história com alguém, e pode ser que antes que eu a tivesse contado a Neigel eu tenha andado por aí contando-a para um ou outro, e sobre isso eu já escrevi umas mil histórias, a sua será a milésima primeira, toda pessoa que a ouve quer introduzir nela os seus favoritos; vou revelar-lhe um pequeno segredo, que até Neigel, quando chegou a vez dele, até ele me trouxe a sua contribuição, um dízimo para a minha história... e cada pessoa só traz o que possui, um trapo de sua vida, lembranças, pessoas queridas, pessoas esquecidas... não, Shleimale, mesmo que você me traga dezenas de milhares de pessoas, haverá lugar para elas na minha história; só a própria história se oculta sempre de mim e devo obtê-la com minhas minguadas forças, nisto ninguém pode me ajudar; eu, *nebech*, sempre fui um covarde, mesmo agora, um tremor me domina, quando venho transformar nossos entes queridos com um traço da minha pena, manequins de alfaiates em heróis de carne e osso de uma história, juro! sei que, se Zalmanson estivesse aqui, torceria a boca em sinal de zombaria e me diria, 'seu principal problema, meu pequeno Vasserman' (assim começava a preparar todos os seus sermões para mim, e é preciso sentar um dia e analisar de onde vêm as desgraças principais que ele encontrou em mim), 'é que você é um covarde! Um covarde na vida e covarde diante da caneta! E você deve lembrar-se quantas vezes tive que discutir com você até que concordasse em abandonar o trabalho maçante no arquivo e começasse a escrever de verdade? E depois, quando esta experiência deu certo, quanto precisei brigar para que você concordasse em escrever uma série de verdade?! E quantas noites me sentei com você e o convenci a ousar e não escrever como escreviam todos os escritores hebraicos de histórias infantis antes de você? Porque você teria, de bom grado, trilhado os caminhos retos pavimentados e escrito como eles novamente sobre o menino Abraão, que destruiu os ídolos, e o menino Salomão, o rei, que não gostava de comer mingau, até que Joab, o comandante do exército, se ocultou sob a mesa e o amedrontou com um terrível vozeirão, não! Como estes já tivemos muitos! *Amor a Sion*, *Moral da juventude* e *A fidelidade do pedagogo*, eu conheço você, meu pequeno Vasserman, e sei que você pode escrever livremente como escritor. Como os escritores deles escrevem! Sim, sim' (diria Zalmanson, se estivesse aqui), 'não me assustei com esta culpa que eu sabia que nos atribuiriam e pensei que seria bom e conveniente que surgisse finalmente um escritor hebraico que escrevesse aventuras bonitas e excitantes, cheias de amor pela humanidade, não apenas pelo judeu!'. *Nu*, Shleimale, ele tanto me provocou que me sentei e escrevi 'o meu' *As Crianças do Coração*; os críticos invejosos atacaram as histórias como se tivessem encontrado um grande butim, mergulharam suas penas em seu fel e me insultaram, escreveram contra meu magro talento e até contra meu esquema mal-intencionado de corromper a juventude de Israel; não descansaram enquanto não esconjuraram o querido escritor Abraão Mordechai Piurko, que vinte anos antes escrevera o livro *Graciosos rebentos* e ousou, ó céus, coletar e compilar para o hebraico histórias sobre a bondade, a fidelidade, a amizade e a coragem e não só sobre judeus, mas também sobre os gentios, e quando queria contar sobre alguém de caráter, não veio contar sobre o patriarca Abraão, mas, se não me engano, sobre um capitão inglês chamado Richardson! Ai, Shleimale, estas críticas me aborreceram tanto que, não fosse Zalmanson, cuja mão não largava a minha, eu não teria escrito nem o pouco que escrevi. Mesmo quando escrevia, eu sabia que o deixava triste, por não concretizar as suas esperanças. Durante os vinte anos em que escrevi *As Crianças do Coração*, discutíamos cada letra e sinal meu, ele investia sobre meus manuscritos com uma pena desembainhada, corrigindo e apagando, ele era todo raiva, transgressão, parecendo um pelotão de anjos maus, e gritava: 'Assassino! Criminoso! Plagiador! Eu sei que você sabe escrever melhor! Li as poesias que escreveu na juventude! Talento como esse não se perde, ele só é traído e negligenciado! Você desertou o seu talento, Vasserman! Se ao menos soubesse roubar bem dos outros, para que não reconhecessem as impressões digitais úmidas do suor do medo! Mas todas as suas personagens são feitas à sua imagem, e mesmo quando você as envia aos mundos mais encantados, elas continuam sendo os mesmos pequenos Vassermans cuidadosos, arrastando-se pelo caminho com esforço, ao longo de suas frases longas demais! Você escreve como um *galitsianer*! Comprido, comprido demais! Somente o demônio Ashmedai sabe por que continuo a publicá-lo, só ele compreenderá por que as crianças ficam tão entusiasmadas com suas esquálidas histórias! *Ach*, Vasserman, um pouco mais de coragem! E um pouco mais de humor, na vida real você não é tão seco e sabe fazer os outros rirem, mesmo que às vezes seja sem querer, por que você é tão avaro para com o tempero da ironia? *Nu*, seja um pouco palhaço, meu Vasserman, um pouco animador de casamentos, um pouco mentiroso e adulterador de palavras, e escreva com amor, e principalmente com loucura, senão... tudo é tão monótono, insosso, desprovido de alma e de Deus. *Nu*, Vasserman, o que me diz?'."

3.

Mas foi preciso que alguns dias se passassem até que a história pudesse ser contada. Para começar, Neigel tem também outras coisas a fazer no campo de concentração, além de ouvir uma história das envelhecidas Crianças do Coração. Na verdade, às vezes, durante o serviço, no meio de uma reunião importante, ou quando saía para controlar as levas de pessoas que chegavam de trem, ele se deixa tentar por um momento e se permite deleitar com uma bolha errante de uma lembrança agradável, estranha, e então volta novamente para sua obrigação; mesmo que eu não me empenhe demais em conhecê-lo, estou certo de que seu trabalho não é prejudicado por estas pausas. Os que se encontram próximos a ele nas horas de trabalho (Stauke, por exemplo) testemunharão, com uma visão cheia de inveja, que o *Obersturmbannführer* Neigel é feito de um material que não se desgasta fácil e que, mesmo depois de um ano e meio de trabalho extenuante comandando o campo, ele ainda é duro e decidido como sempre: intransigente no que tange ao cumprimento do seu dever e o dever dos seus homens, um assassino que não demonstra sentimentos, exatamente conforme o ideal delineado pelo *Reichsführer* Himmler (que aprecia muito Neigel!) e agora, nos últimos dias, era como se uma nova força se tivesse fundido em seus membros: era visto em todo lugar do campo. Como se houvesse dez Neigels e todos transbordassem energia, iniciativa e eficiência. Ele próprio executa sentenças de morte decretadas contra dois guardas ucranianos pegos aceitando suborno; na entrada das câmaras de gás, dispara friamente contra quatro mulheres com seus filhos que começaram um tumulto e causaram confusão entre os guardas; toda noite deixa acesa a luz de seu barracão até depois da meia-noite e mais tarde, às duas da madrugada, sai para examinar a guarda. No campo, já solicitam ao dr. Stauke que sugira ao comandante tomar algo contra insônia. Stauke descarta com um riso zombeteiro os rumores sobre sua insônia. Está convencido (isso eu concluo de suas memórias, ditadas a um jornalista americano quando permaneceu numa instituição para doentes mentais em 1946, em Lodz, enquanto aguardava que um tribunal o declarasse insano e foi o que aconteceu, aparentemente, exceto durante uns raros lampejos de sanidade; num destes intervalos foi dada esta entrevista); portanto, este Stauke está convencido de que em todos o cantos do *Reich* ninguém melhor que Neigel personifica o ideal abstrato de Himmler do oficial alemão. "Mas que coisa mais maçante!", resmunga Stauke: "Introvertido e de pensamento estreito e tedioso! Não se podia falar com ele mais do que duas frases sobre qualquer assunto, exceto seu combate no lago Ilmen Shmaga e a sua infância na Baviera, claro que na Baviera, você pensava que ele fosse da Renânia? Ouça, isto é melhor você não colocar, e nada sobre cavalos. Mas ele era um bom oficial. Se era. Talvez um pouco sem imaginação, mas correto e fiel como um cão. Era tremendamente sério, este Neigel. Nos últimos tempos, tenho pensado nele durante a noite. Tenho dificuldade de adormecer aqui, por causa dos gritos. Você os ouve? Não? São de enlouquecer... (um trecho que não interessa). Ele era sério demais. Tudo na vida era difícil para ele. Lembrei-me de mais uma coisa: ele sempre ria quando contavam uma piada suja, mas todos viam que isso o constrangia e que talvez ele nem a tivesse entendido. Não, ele não era sociável, se você entende o que quero dizer. Talvez tivesse amigos no Movimento, não sei, mas no campo... nada. Jamais veio beber no Clube dos Oficiais, naturalmente havia ressentimento, diziam que ele era arrogante e tudo o mais, mas eu... Stauke dá o seu risinho estranho, um sorriso assombrado de alguém que pelo visto passou por uma experiência indescritível — acho que ele era simplesmente tímido e tinha uma noção conservadora e infantil de como um oficial nazista precisa se comportar; quase todos eram assim na SS (um trecho que não vem ao caso); ele, ou seja, Neigel, nem sabia o primeiro nome do soldado que lhe servia de motorista fazia um ano e meio! Só uma vez ocorreu um caso em que ele saiu fora de si; foi aproximadamente no início de 1942, fevereiro ou março; após uma reunião dos oficiais, ele repentinamente me pediu para permanecer em seu gabinete; e eu não entendi o que havia. Aguardou até que todos saíssem, depois aproximou-se do armário e tirou uma garrafa de oitenta e sete graus de teor alcoólico que estava sempre guardada ali para receber oficiais superiores. Serviu dois copos e disse: 'Meu filho, Karl Heinz, faz três anos hoje! Prometi a ele comemorar o aniversário mesmo se estivesse longe! À saúde dele!'. Ergueu o copo num gesto enérgico, como se batesse continência, bebeu e quase engasgou. Não estava acostumado a beber, você entende. Eu também quase engasguei, mas de riso, ele era tão, como dizer, cumpridor do seu dever! Naturalmente tentei aproveitar a oportunidade e perguntar um pouco sobre a família e tudo o mais, mas a sua resposta foi tão seca que logo entendi que o encontro amistoso terminara." Stauke pede ao jornalista americano que lhe acenda um cigarro e o coloque entre seus lábios, porque tem os braços presos numa camisa-de-força por haver tentado suicidar-se três vezes e causado grande embaraço aos médicos que cuidavam dele, que unanimemente diziam que não havia explicação alguma para o forte impulso suicida de Stauke, que todos concordavam que ele era patologicamente desprovido de consciência e jamais externou arrependimento pelos seus atos.

E é preciso aguardar também a folga domiciliar mensal de Neigel, juntar muita paciência até que ele regresse dois dias depois, e enquanto isso acompanhar Vasserman em seu trabalho, em sua nova rotina diária, e deixá-lo enveredar por suas falas enfadonhas sobre a questão que o tem ocupado muito nos últimos dias, a importância do bom alimento para o poder criativo, e lamentações sem fim sobre seus problemas de digestão e adivinhações cansativas, das quais jamais desistia, sobre os componentes do próximo jantar e sobre outras refeições que comera na vida. ("Num crepúsculo como este, em Varsóvia, parece-me agora que isso aconteceu há centenas de anos, antes que eu passasse a comer na casa do Neigel, eu entrava no restaurante de Faintuch, estendia meu jornal sobre a toalha de encerado xadrez vermelho e branco, o velho Faintuch me saudava alegremente, e gritava para a esposa na cozinha: 'Vasserman!'. Em vez do cardápio, costumavam dizer o nome do cliente...") Não há dúvida de que a refeição diária, nutritiva, garantida, depois de um longo período de fome, causa uma grande emoção a Vasserman.

Após todos aqueles dias, Neigel volta finalmente ao campo e não lança sequer um olhar a Vasserman, que ara o jardim; Vasserman se assusta pensando se algo teria ocorrido, mas nada aconteceu; à noite, quando Neigel acaba seu serviço e elimina todos os atrasos acumulados, ele chama Vasserman, estende-lhe com um orgulho que tenta ocultar três folhas arrancadas de sua caderneta, com anotações em letras grandes de sua visita à mina.

Vasserman não diz palavra e começa a ler. ("Que lhe direi, Shleimale, nos escritos não havia mais inspiração do que a inspiração de uma mosca! Era como se tivesse escrito um comunicado militar. *Hach*! *Hach*! e apenas em um lugar percebi que Esaú quis enfeitar um pouco, talvez tentando me agradar, e anotou assim: 'Os túneis se ramificam e são cheios de um estranho mistério'. Ah, de um rabo de porco não se faz um *shtreimel*!")[8]

"Que delícia!", mente Vasserman ao terminar a leitura, e agora Neigel, que já não pode se conter, começa a contar entusiasmado e com orgulho como foi para Borislav e encontrou um oficial conhecido, de como lhe passou uma conversa incrível sobre o propósito de sua viagem até lá, de como o convenceu a levá-lo à mina de *lepek* abandonada que só conseguiram encontrar no mapa antigo do início do século e que história fantástica lhe contou ali, a fim de aplacar suas dúvidas, ah! Neigel conta isso como se estivesse se vangloriando de uma complexa campanha militar bem-sucedida que tivesse executado em pleno território inimigo; Vasserman ouve com as pálpebras baixadas, e por fim diz: "Maravilhoso, *Herr* Neigel, vejo que a paixão da história pulsa em você, com todo o vigor!". E o alemão, com um amplo sorriso, que duvido que algum de seus comandados já tenha visto alguma vez: "Ouça, Vasserman, ali na região há belas estações de tratamento, fontes de água mineral e até cinema! E o que fiz eu lá? Fui procurar uma mina de *lepek* fedorenta para você!". E Vasserman: "Ai, *Herr* Neigel, foi o que percebi no senhor desde o início, quando nos encontramos! O senhor tem tudo para se tornar artista de verdade!". E Neigel: "Ah, agora você está falando bobagens, Vasserman. Você sabe muito bem que não sou feito do material de que se faz um escritor. Apesar de a minha esposa ter dito que eu escrevo belas cartas". Mas Vasserman, sem se envergonhar, torna a dizer palavras vãs sobre a centelha que se oculta nele, em Neigel, e como é preciso liberá-la da rotina diária e do dever do trabalho; Neigel ri novamente e mais uma vez faz pouco de suas palavras, porém um certo e novo

---

8. Chapéu típico, usado por judeus religiosos, de aba orlada de pêlo. (N. T.)

rubor se espalha em suas faces por um momento; faz repentinamente um certo gesto com o braço e aqui Vasserman e eu quase explodimos numa gargalhada nada polida, pois o alemão fez distraído justamente o gesto correto, que engloba: 1. um protesto aparente; 2. o prazer conhecido da bajulação; 3. uma falsa modéstia; 4. um forte desejo: mais! mais! (Vasserman: "Diga, Shleimale, minha mãe — que Deus a tenha — tinha razão quando dizia que quando se adula o Chaimke, isso lhe soa bem...".)

"Nós", diz Vasserman depois que ambos se tranqüilizaram e decidiram começar a história, "nos encontramos, como se sabe, embaixo da terra."

"Na mina de *lepek*", confirma Neigel, com um sorriso cordial.

Mas Vasserman, sem olhar em seus olhos, diz: "Pode ser que sim, pode ser que não. Ainda não estou absolutamente certo".

Quando o *Obersturmbannführer* Neigel pede delicadamente para esclarecer se ouviu bem as palavras do judeu e quando fica claro que Vasserman realmente "não está absolutamente certo", fica tão furioso que seus lábios se tornam pálidos e quer saber "o que é todo este circo?!", pois até um momento atrás eles falavam sobre a mina de Borislav e planejavam a trama ali, sem falar nos tremendos esforços "e o enorme risco!" que Neigel correu para "sentir a atmosfera" em Borislav e as mentiras idiotas em que se enredou e o risco que seu bom nome correu, e tudo isso para quê? "Para que você decida repentinamente, por causa de algum capricho, que não quer a mina de *lepek*?!"

Vasserman não se assusta. No máximo, fica pensativo. Responde a Neigel com um prazer suspeito. Tranqüiliza-o como sempre, com esperteza. Explica-lhe que sempre acontece isso durante a criação: "constrói-se e demole-se, demole-se e constrói-se mil e uma vezes!" e lhe confidencia que seu jeito de escrever é assim, que ele jamais inventa nada, ele só revela, por assim dizer, uma história que já existe em algum lugar do mundo e só a segue como uma criança segue uma borboleta bonita, "sou apenas o escriba da história, *Herr* Neigel, seu servo e serviçal...". Quando Neigel começa por fim a se acalmar e só resmunga intimamente palavras de uma raiva contida e orgulho ferido, Vasserman se adianta ainda mais e lhe dá uma lição, na qual só eu percebo a ferroada vingativa: "Seu principal problema (!), *Herr* Neigel, é, se me permite, que o senhor jamais sai dos seus limites e da sua pele! Pois até a imaginação necessita de alguma ginástica, esticar os ossos; caso contrário, ela murcha e se esvai, meu Deus!, como um membro atrofiado!".

Será que agora Neigel finalmente se erguerá e dará um soco em Vasserman com seu punho de aço? Será que vai atirar Vasserman para fora do seu barracão, de volta para o campo inferior e para o odiado Keizler? Neigel nada faz. Reflete sobre as palavras que ouviu de Vasserman. Seu rosto ainda está furioso, mas começa a despontar nele sorrateiramente, diferente, uma nova expressão que me é difícil definir. ("Você também percebeu isto, Shleimale? Você tem olhos de sábio! Sim, por um momento ele assumiu a expressão de aprendiz. O rosto de um pupilo aparentemente dedicado, cujo ouvido está atento a cada palavra do mestre, mas intimamente trama para roubar a sabedoria do mestre...")

"Conte", resmunga Neigel, "estou atento."

"Bem", diz Vasserman, "no momento estamos embaixo da terra. Entre as tocas e os túneis. Talvez o senhor possa me ajudar, *Herr* Neigel, e me dizer que cheiros sentimos ali."

"Os cheiros? Como em toda mina, acho. Só mais fedorentos."

"Por favor, isso não me basta."

"Bem, então... cheiro de petróleo!"

"E só isso?"

"Ouça, Vasserman, sou eu quem conta a história ou você?"

"Eu, com a sua generosa ajuda. Mas posso precisar de seus recursos, o senhor compreende. Não tenho olfato, não sinto cheiros, que Deus o livre disso, jamais soube escrever adequadamente sobre aromas, o prazer de todo nariz, e minha esposa me ajudava. Por favor, *Herr* Neigel."

"*Himf*, como? Cheiros, você diz?... Cheiros? Talvez houvesse ali também..." e ele fecha os olhos, deixa a cabeça pender para trás tentando se lembrar, "sim, parece-me que também cheiros de animais. Talvez lebres. Não estou certo. É disso que eu me lembro."

"Lebres!", diz Vasserman alegremente e anota no caderno. "Aprecio muito as lebres, *Herr* Neigel. Ouça: '... Também as lebres vêm às minas para seus encontros antes de saírem para terras mais quentes. Até as raposas vêm aos milhares para hibernar'. *Nu*? É bonito? Estamos avançando!", e esfrega as mãos, satisfeito.

Neigel põe em dúvida a exatidão dos dados zoológicos, e Vasserman não hesita em encarregá-lo da tarefa de examinar os fatos. Neigel olha para ele zangado e anota em sua caderneta.

Vasserman volta a ler no caderno. Conta a Neigel sobre o grande salão, o

Salão da Amizade, ao qual todos os túneis conduzem, os quais — diz Vasserman, cavalheirescamente — "são ramificados e cheios de um estranho mistério". Novamente devo salientar que a voz de vovô Anshel não é agradável. É anasalada e monotônica, e quando ele fala juntam-se bolhas brancas de saliva nos cantos da boca, mas apesar disso seu rosto mostra uma certa exaltação que faz com que Neigel queira ouvi-lo. Um quê de encanto derrama-se pelo rosto feio de Anshel Vasserman quando ele descreve o Salão da Amizade que foi escavado em torno das raízes gigantescas de um velho carvalho, e há um momento longo e maravilhoso em que esqueço que entendo as palavras e volto atrás, para aquela melodia fixa, e sinto o desejo infantil de entender a história.

No Salão da Amizade, conta Vasserman, o pessoal fica sentado à noite, depois do trabalho. O grupo se apóia às paredes de terra e às raízes e fica conversando tranqüilamente ou calado, comendo a boa sopa que Paula preparou, e no meio a chama de uma vela de parafina dança ("O senhor certamente sabe, *Herr* Neigel, que nós mesmos produzimos o óleo de parafina a partir do *lepek*!") e se Neigel forçar a vista poderá ver dentre as sombras todos os seus antigos amigos: "Eis o nosso Oto Brig, o amado e apreciado chefe do grupo, e ele, como você sabe, já não está na flor da idade, não, deve ter cerca de sessenta e oito anos atualmente, continua a usar calças curtas, manchadas de *lepek* e de terra, e ainda mantém o sorriso magnífico e luminoso...".

Também Neigel, sentado diante de Vasserman, sorri sem perceber ("possa eu encontrar conforto, Shleimale, você mesmo viu, há apenas um segundo enfeou-se o seu semblante e ele pareceu uma fera em busca da presa e agora, apesar de si mesmo, ele sorri") e por um instante seus olhos duros e penetrantes se cobrem de uma leve névoa de distâncias e tempos, suas mãos descansam e os ombros relaxam; Vasserman levanta a cabeça olhando-o e, por um instante, se permite apreciá-lo, mas então seu rosto fica tenso, e sob seu lábio inferior um traço rápido e reto, como a chicotada de uma lembrança viva e dolorosa, e ele diz rapidamente com a boca contraída: "Ele está muito doente, o nosso Oto".

Logo os olhos de Neigel se ensombrecem e seu semblante se enrijece. Era como as linhas de um destróier emergindo do leve nevoeiro da madrugada: "Que foi que você disse? Doente? Por que doente?". E Vasserman: "Lamentavelmente é isto. O nosso Oto, que aparentemente é tão forte, cujos membros são aparentemente firmes, está enfermo. Ele vem sofrendo há alguns anos de epilepsia e nos últimos tempos seu estado foi-se deteriorando, começou a tossir e os médicos não têm grande esperança em sua cura. Por favor, por gentileza, *Herr* Neigel, necessito urgentemente de documentação científica sobre a doença dele. Agora continuemos: temos conosco ali na mina também o amável e querido..."

"Um momento!", grita Neigel, e se obriga a acalmar-se e a dizer novamente: "Um momento, por favor! Talvez você possa me responder, sem se fazer de inteligente: por quê, ora bolas, Oto precisa começar a história doente? O que ele poderá fazer neste estado? Pense nisso, Vasserman! Não deixe a história conduzi-lo sem que você a planeje! Sem organização e planejamento é impossível fazer qualquer coisa, até mesmo uma história, Vasserman!".

Mas parece que Vasserman não pretende planejar e organizar sua história. Pois anos antes também era assim, quando teimou em introduzir o bebê na sua história, e eu, que era apenas um menino, sabia que o bebê atrapalharia o enredo; que não há sentido em introduzir um bebê quando se trata de uma história de guerra e ação. Já percebi em vovô Anshel uma espécie de distração sonhadora, algo relapsa. Talvez eu o julgue muito severamente, mas parece-me que com toda a sua exatidão, que beira as raias da minúcia em questões materiais, no que toca à sua criação espiritual ele pertence ao tipo de pessoas que confiam em que há na natureza do mundo algum sistema lógico benevolente, que corrigirá num átimo tudo o que elas causam com a sua falta de ordem e planejamento. E com total tranqüilidade, que beirava agora a insolência, Vasserman repete o pedido ("documentos científicos sobre epilepsia"); Neigel me decepciona um pouco e anota furioso, mas obediente, o pedido provocador. ("Mas vi bem através dele o menininho que ansiava que de repente surgisse de algum lugar a boa fada, e só por isso ele estava disposto a permitir que eu o magoasse, porque quanto maior a mágoa, maior o prazer no final feliz e agradável.")

"Mas, exceto o pobre Oto, o senhor certamente se alegrará em saber que todos gozam de boa saúde."

"Estou realmente feliz, *Scheissemeister*."

"Naturalmente não estou falando daqueles que morreram."

"Morreram?", Neigel diz em voz baixa na qual fios vermelhos de raiva começam a se incandescer. "*Ai*", diz Vasserman tristemente, "Paula morreu. A nossa boa Paula não existe mais..."

Agora Neigel explode numa gargalhada alta, em que borbulha todo o seu desdém pelo velho judeu: "Paula?! Mas você mesmo disse há um momento... como é que foi? Ela estava fazendo a sopa para nós. Exatamente! Sopa quente!, você disse".

"Quente e boa", Vasserman concorda com ele e sacode tristemente a cabeça, "que prodigiosa memória o senhor tem, e suas palavras são muito exatas. A nossa Paula preparou uma sopa quente e boa, como prepara toda noite, grossa, parece quase um cozido, mas ela morreu. É verdade. É muito triste. Ela morreu e ainda está conosco a seu modo. E não só ela. Todos nós. Os vivos e os mortos. E o senhor já não consegue saber quem de nós está vivo e quem já morreu, *ai*..."

Num ataque de fúria, Neigel diz: "Dê-me uma história simples, Vasserman! Dê-me algo que venha da vida! Da minha vida! Algo que até alguém como eu, que não estudou na universidade, possa compreender e sentir! Não mate ninguém!".

Ao que Vasserman respondeu: "Com que direito o senhor me pede algo assim, *Herr* Neigel?".

Depois disso, fez-se um longo silêncio. As palavras tranqüilas de Vasserman, que foram ditas não com raiva mas com um espanto doloroso e contundente, pareceram preencher todo o espaço. Só depois que aquela impressão arrefece um pouco Neigel pode começar a falar. Disse que sabia exatamente o que o judeu pensa a seu respeito ("está escrito em sua testa"), mas se Vasserman deseja, apesar de tudo, manter "algum acordo ou um pouco de compreensão até mesmo nestas nossas condições aqui", deve demonstrar "certa flexibilidade"; Neigel se levanta da cadeira e anda agitado pelo aposento. Seu rosto grande, autoritário, o rosto determinado até os limites da crueldade, estava agora tensionado até o limite da possibilidade de seus longos traços. "Chegou a hora de falar com franqueza", ele diz, e bate ritmadamente com o punho na palma da mão estendida. Certo, também em *As Crianças do Coração* aconteceram coisas fantásticas, fatos além da lógica e da natureza, mas lá isso acontecia de forma "simpática", e não como com os artistas modernos, "que você tanto insiste em imitar", que escrevem como se "com ódio pelo ser humano. Exatamente assim! Eles têm prazer, simplesmente têm prazer em nos confundir, mas o que nos dão em troca? Nada! Eu lhe digo: só sofrimento e decepção!". Vasserman não lhe pergunta de onde ele extraiu tanto conhecimento sobre a arte moderna. Vasserman sente, como eu, que esse discurso é apenas um preâmbulo para

285

coisas mais importantes. E realmente Neigel vai se aproximando do principal. É possível ver isso nos passos que se tornam mais rápidos, na freqüência com que suga a bochecha por dentro, na batida do punho na mão aberta. "É isto que eles nos proporcionam, os artistas modernos, veja, lembro-me bem de suas histórias antigas até hoje, e isto diz algo sobre elas, não?" Ele próprio não entende nada de literatura e não tem a pretensão de julgar "obras literárias", ainda mais as que leu há trinta e cinco ou quarenta anos, mas Cristina, a esposa dele, a quem visitou na folga em Munique, entende mais do que ele. Sua memória também é melhor que a dele. "Cristina é incapaz de esquecer qualquer coisa, há pessoas que são assim", ele diz respeitoso, e Vasserman ouve com muita atenção. "Não, não pense que a minha esposa é especialmente culta..." (Vasserman: "Esaú tem um modo próprio de falar a palavra 'culta', como uma pessoa que cospe da boca a metade podre da maçã".) "... e ela também nunca freqüentou a universidade. É uma mulher simples, ou seja, uma mulher comum. Mas com — nem sei como chamar isto — algo como nariz, ou sentido, sim, ela tem faro para o que é verdadeiro e o que é falso." Neigel continua a contar e não olha para Vasserman e está muito claro que falar desse modo lhe custa muito esforço, porque jamais até então teve necessidade de dispor de forma tão organizada estes seus pensamentos, "ela tem uma espécie de instinto saudável, decididamente", ele acentua de novo, e de repente é como se ele fosse arrancado de seu lugar junto ao armário cinza de aço e fosse obrigado a avançar, como se contra a vontade, até que fica diante de Vasserman e algo, algum dever antigo, ou sensação de cumprimento do dever de relatar, o obriga a olhar direto dentro dos olhos do judeu e lhe dizer assustado: "Contei a ela que você está aqui. Falamos um pouco a seu respeito na minha folga. Ela se lembrava das histórias de Sherazade de quando era criança". Vasserman se apruma e um rubor assoma às suas faces. ("Você mesmo compreenderá, Shleimale, que eu era todo ouvidos. Isto não era pouca coisa, dois admiradores de uma só vez!") "Minha mulher diz que você era um escritor ruim, Vasserman. Que as suas histórias eram bem enfadonhas, exceto a mágica da máquina do tempo e os vôos para a Lua que também a ela soavam conhecidos de outros lugares. Está ouvindo, Vasserman? Minha esposa diz que você era apenas uma curiosidade. Sim. Foi isso que ela disse. Uma curiosidade que teve a sorte de ficar famoso. Era isso que eu queria lhe dizer."

Neigel se cala. Uma certa decência inesperada o obriga a desviar agora o olhar de Vasserman, que se encolhe todo. Olho para o pequeno judeu, tão coitado. Realmente, eu devia tê-lo feito mais talentoso, mais bem-sucedido.

Neigel diz com voz muito tranqüila, o rosto virado para o lado: "E eu defendi você, Vasserman, em nome das minhas boas recordações, defendi você. Imagine só a que ponto chegamos". Sim: estas palavras ferem o meu pequeno Vasserman ainda mais do que as anteriores. Por um momento fere-o a consciência de que talvez o *Obersturmbannführer* Neigel seja a última pessoa no mundo que recorda e aprecia as suas pobres obras. Que é possível que justamente no pensamento simples de Neigel, que não leu as críticas ferinas a seu respeito, existe um Vasserman como Vasserman gostaria de ser. Que só na proximidade deste Neigel os sonhos mais acalentados de Vasserman podem se concretizar.

"E agora que você sabe", diz Neigel, "eu gostaria de lhe dizer mais uma coisa. Não só com relação à sua história, mas com relação a este experimento." Volta a caminhar pela sala e fala para dentro do punho fechado. Podia-se imaginar que ele precisava obrigar as palavras a saírem de sua boca. "Sabe", ele diz por fim, "pensei um pouco a respeito de tudo isso nos últimos dias. Sobre mim e sobre você, quero dizer. Isto é uma coisa nova que me ocorreu aqui, e eu sempre gosto de entender o que me acontece." Por um momento Neigel interrompeu as passadas nervosas, parou junto à mesa e arrumou documentos e cadernos que ficaram bem em ordem: "Você me desdenha", disse, de costas para Vasserman. "É assim: você é escritor e eu sou um assassino aos seus olhos. Não, não fale agora! Naturalmente no mundo antigo em que você viveu chamavam uma pessoa como eu de assassino. Mas já há alguns anos que o mundo mudou. Talvez você não tenha percebido, Vasserman. O velho mundo morreu. O homem antigo morreu com ele. Eu já vivo no mundo novo. No futuro que o meu *Führer* e o *Reich* me prometem. Sim, Sherazade", disse, afastou uma cortina e olhou para fora, "as coisas que nós aceitamos fazer pelo *Reich* são feitas por razões que você jamais poderá compreender. Você e sua moralzinha judaica, e os seus conceitos de justiça. Não sei me explicar muito bem nestes assuntos. Para isto temos filósofos e professores que porão a cabeça para funcionar. A mim me pagam para executar as suas idéias. E eu gosto do meu cargo. Quando estudamos a ideologia do partido na escola de oficiais em Braunschweig, fui liberado pelo próprio *Reichsführer* para preparar os exercícios de ordem unida dos cavaleiros para a cerimônia de encerramento. Sou melhor em cavalos, você entende. Mas algo, apesar de tudo, me entrou na cabeça, e eu sei que você e eu pertencemos a duas espécies de criaturas absolutamente diferentes. Vocês não existirão aqui dentro de dois ou três anos, quando concluirmos o nosso programa. Nós continuaremos aqui. Assim sempre sobreviveram os fortes e estabeleceram tudo." Vociferou para a janela, e Vasserman não olhou para ele, mas só sacudiu vigorosamente a cabeça de um lado para o outro. Neigel voltou-se e encheu-se de uma raiva inexplicável. Disse: "Estes serão a nossa terra e o nosso ar e as nossas idéias sobre justiça e sobre o que você chama de moral. Permaneceremos aqui mil anos e isto é apenas o começo. Se vier alguém com idéias diferentes sobre as coisas, nós o combateremos. E se ele nos vencer, será porque terá mais razão do que nós. É isso. E nesta guerra de agora vocês pertencem ao lado perdedor. Nós somos os vencedores. Assim seremos chamados nos livros de história que meu filho estudará: os vencedores".

Vasserman já não consegue se conter. ("Por acaso sou de pedra, Shleimale, por acaso a minha carne é de bronze?") Pula da cadeira e a barba treme. Parece bem ridículo, devo salientar. Por suas palavras (um pouco confusas), Neigel comete um "amargo engano". Em primeiro lugar, jamais existiu um homem antigo, e é impossível falar de "um novo homem". "O ser humano é sempre ser humano, só os seus astrólogos é que mudam." Segundo ele, ele e Neigel se encontram do mesmo lado da derrota, mas Neigel e seus companheiros "estão dispostos a se vender pelo cozido de lentilhas desta ilusão efêmera, a ilusão da vitória sobre o mais fraco", e Vasserman há muito sabe ("talvez há milhares de anos esta sabedoria esteja gravada no meu coração e no meu corpo") que na linha de baixo do livro-razão secreto — ele não se empenha em explicar quem faz esta conta — está anotado que tanto Vasserman quanto Neigel pertencem ao grupo dos perdedores.

Neigel sorri brandamente: "Você tem o descaramento — e talvez eu devesse dizer, a idiotice — de dizer tais palavras aqui? Neste lugar?".

E o judeu: "Aqui e neste lugar você é que está sendo derrotado a cada minuto. E como é terrível, *Herr* Neigel, que até a mim o senhor torne mais desesperançado do que jamais fui. Sim, e talvez o senhor já saiba de antemão que o aparato da alma é um aparato maravilhoso e possui alguns processos e movimentos que o homem só pode fazer em uma direção, é verdade". Neigel pede: "Não entendi. Faça o favor de explicar". Vasserman se contorce, enrosca-se em explicações, e no final explica que há coisas como "crueldade. É verdade. Crueldade, por exemplo. Se você aprende a crueldade, estou certo de que será muito difícil livrar-se dela. Como se por acaso, se você tivesse alguma vez aprendido a nadar no rio, jamais esqueceria este fato, assim me contaram os que o fizeram, e na questão da crueldade, ou perversidade, ou duvidar do ser humano, *nu*, o homem não pode ser mau por etapas, ou só um terço, ou suspeitar do próximo só um quarto, como se o mal fosse algo que se carrega sempre consigo e, quando se quer, saca-se do bolso para utilizá-lo e, quando se quer, deixa-se no bolso e até logo. Estou certo de que o senhor mesmo testemunhou que a crueldade, a suspeita e a maldade infectam a vida inteira. Se se lhes abre uma brecha, elas infestam a alma toda com o mofo".

"Ah, falar com você a respeito disso é desperdício de palavras", diz Neigel, "você não compreenderá. Não espero que compreenda." Mas o seu sorriso desdenhoso parece estranhamente vazio. ("Era a sombra de um sorriso, mas eu percebi!") E também incompreensível era a necessidade dele de continuar, apesar de tudo, a conversa filosófica, que me aborrecia um pouco. "E quais são os movimentos... ou seja... há, na sua opinião, movimentos na... alma, que seja possível fazer nos dois sentidos?" "A misericórdia, *Herr* Neigel. E o amor aos seres humanos e o maravilhoso talento dos bobos que acreditam neles. Acreditam, apesar de tudo. De todos estes, é possível livrar-se com grande facilidade. Aflitivo. E a operação quase não dói." "E trazê-los de volta?", pergunta Neigel, com o olhar cravado nos olhos de Vasserman. "Espero que sim", responde-lhe Vasserman, e para si mesmo, ou para mim, ele diz estas palavras incompreensíveis: "Este é o meu testemunho, Shleimale, e por isso represento aqui esta comédia inteira".

Não há tempo para digerir ou para reagir. A história continua por si só. Neigel deverá dizer aqui, como reação às palavras de Vasserman sobre misericórdia e amor, o que todos esperamos que ele diga, *nu*, aquela mesma velha história do gênero "você talvez não faça idéia de que isto é assim, Vasserman, mas nós todos na SS, ou quase todos, somos chefes de família exemplares, que amamos nossas mulheres e nossos filhos...".

"Por enquanto", diz Vasserman cansado, "por enquanto vocês os amam." ("*Oi*, como eu já estava cheio das confissões de Keizler, que eram de cortar o coração, sobre sua esposa e seus três filhinhos, um rebanho de santinhos e o querido canário na gaiola! Como me era repulsivo tudo isso!") Mas Neigel, um missionário que explica a um selvagem os princípios da nova religião, não desiste: "Juramos amar o *Führer* e o *Reich* e a família. Nesta seqüência. Estes três amores nos dão força para fazer o que nos ordenam". O judeu pula novamente da cadeira, brande a mão e grita em voz quebrada e chorosa que "chegará o dia em que seus homens se erguerão contra as esposas e os filhos e os passarão no fio da espada, se tal ordem for dada!". Ele continua e cacareja como se num espasmo: "A ordem! A ordem!".

Neigel olha para ele com um leve tom de zombaria, aguarda com paciência contida até que a explosão passe. Depois explica sua posição. Confessa ("não negarei") que a ideologia do "movimento" é rígida e cheia de exigências extremas, mas esta é a única possibilidade de ser bem-sucedida "mais do que todos os movimentos e revoltas e outras idéias que sempre fracassaram porque a cada passo fizeram concessões às fraquezas humanas!". E está disposto a revelar a Vasserman que "também entre nós há casos de pessoas que não resistiram. Isso não é segredo. Eu próprio conheci um oficial extraordinário que se suicidou porque começou a ter pesadelos de que poderia matar a esposa e os filhos, imagine. Mas em toda guerra há desertores, covardes e traidores!". E aqui sou obrigado a enfiar em sua boca, como apoio factual às suas palavras, um trecho do discurso de Himmler em Poznan, em 1943: "Quando cem ou quinhentos ou mil cadáveres estão dispostos lado a lado, continuar apesar de tudo a ser pessoas decentes é — com exceção, naturalmente, de alguns casos isolados, frutos da fraqueza humana — o que nos torna fortes".

"E todos nós fazemos esta guerra, Vasserman", diz Neigel numa voz forçada, quase rouca; "as coisas não são tão simples como lhe parecem no campo de concentração. Pois quando se matam mães com seus bebês, é preciso ser forte, como disse o *Reichsführer*. Quer dizer, a alma. É preciso fortalecê-la. Tomar decisões. E que ninguém mais saiba disso. É uma guerra silenciosa e cada um de nós a faz. Bem, naturalmente há também outros. Stauke, por exemplo, tem um prazer doentio com isto. Há gente assim. Mas um verdadeiro oficial da ss está proibido de ter prazer com seu trabalho. Você sabe que o próprio Himmler vem nos observar quando fazemos as seleções, para ver se permitimos que algum sentimento se manifeste em nosso rosto? Não sabia? É assim. Uma guerra secreta, como eu lhe disse. E ganha quem consegue caminhar entre as gotas de chuva... quem entende que o movimento exige dele sacrifício. Pois lutamos aqui na linha de frente entre as duas espécies da humanidade... e estamos expostos aos perigos, e para continuar a ser um bom oficial é preciso às vezes, como eu disse, tomar todo tipo de decisão; é preciso, por exemplo, decidir dar uma folga temporária a uma parte disso... desta máquina, quer dizer", e ele toca com dois dedos estendidos no peito, junto ao coração: "Suspender por algum tempo, até que a guerra acabe... e depois recolocar esta parte no lugar e se comprazer com o nosso novo *Reich*... e eu quero lhe contar algo que ninguém sabe, a você eu posso contar, porque com você é diferente, com você isto não está ligado a nada".

Vasserman olha para ele e compreende imediatamente, como eu, o que havia acontecido ali, naquele quarto branco, regido por leis físico-literárias absolutas. Pois já que nós dois, Vasserman e eu, sacudimos de nós a primeira responsabilidade que compete ao escritor, a de delinear as suas personagens, e porque decidimos deixar de lado ou adiar por enquanto o envolvimento com Neigel, ele se aproveita com esperteza e com decisão do nosso recuo para ampliar tanto quanto possível os campos de sustentação de sua personalidade, o *Lebensraum* de sua existência limitada, cartazística, dentro de nós, a fim de acrescentar-lhe mais e mais qualidades de caráter, camadas em profundidade, dados biográficos e argumentos lógicos, em suma, vitalidade, e é isto que lhe permite agora contar a Vasserman que recentemente, "nos últimos meses, devido a um certo incidente particular", ele está fazendo aqui esta guerra secreta e torna a vencê-la a cada dia, e mais uma vez ele diz o que Vasserman também tem dito à sua moda: "As coisas não são tão simples como parecem".

Vasserman suspira e esfrega os olhos cansados. Em voz débil e muito fatigada, começa a responder a Neigel. Segundo ele, partes que podem ser retiradas e em seguida recolocadas só existem em máquinas. Mas "a *persona*, *Herr* Neigel, e a alma e a mente e o coração, esses não são como uma máquina, a não ser que o senhor tenha conseguido tirar deles alguma parte e transformá-la em máquina. Com as próprias mãos. E é difícil consertar esta distorção. Porque para consertar é preciso uma alma, ou alguém com alma que ame a gente". "Mas entre máquinas", ele prossegue, "não pode existir amor. E quem se faz de máquina começará logo a ver que todos em volta são feitos como ele, e os diferentes ele não conseguirá ver. Ou quererá se livrar deles. E é possível, *Herr* Neigel, ser tremendamente cínico e dizer que todos nós somos máquinas, autômatos de digestão, saciamento, pensamento e fala, porque o amor que sentimos pela mulher do nosso convívio é o amor eterno e nobre, poderia ficar claro que é possível, com seu perdão, calçar-lhe também um outro sapato se, Deus me livre, acontecer uma tragédia com a nossa amada, e com o filho que nasceu de nós, que amamos às vezes até sufocar, se algum outro nos nascesse em seu lugar, nós o amaríamos com a mesma intensidade, ou parecida. Bem, os instrumentos de que somos armados, as nossas caçarolas e as panelas e as tigelas, são os mesmos, mas o mundo despeja dentro deles seus muitos e diferentes cozidos, e com isso você julgará adequado dizer: somos máquinas e autômatos, mas ainda nos restou algo de que não sei o nome, e que é a labuta. Sim, o esforço que fazemos exatamente para com esta mulher ou exatamente esta criança. A centelha efêmera que cintila só entre nós dois, que somos efêmeros, jamais cintilará entre duas outras pessoas, *ai*, aquela saída que não se interrompe entre nós e eles. Chamá-la-ei escolha. Tão pouco nos é dado escolher, e exatamente por isso não podemos abrir mão da escolha... era isso que eu queria dizer e as coisas se complicaram um pouco e se distorceram, *nu*... não estou acostumado com discursos... perdoe-me pelo excesso de sentimentalismo..." e ele se cala, todo enrubescido. Estavam dispostos a discutir o assunto durante horas. Eu senti. Ambos estavam excitados e tensos, mas eu me interessei pela história. A história e o modo como conseguiu "tocar Neigel com humanidade", e nada mais. Inicialmente exigi de Anshel Vasserman que tentasse descobrir o que era aquele "certo incidente particular" que o alemão mencionara, mas Vasserman ficou realmente chocado, na minha opinião, sem nenhum motivo justificado, e rejeitou o meu pedido. ("Mas você há de entender que não estou autorizado a fazê-lo! Não posso apressar o fim! Temos um dever perante a própria história, a história como criatura que respirou pelo próprio nariz, que contém vida, uma criatura misteriosa, atraente e delicada, não devemos entortá-la, retorcê-la e quebrá-la, para que se adapte aos desejos do nosso coração e nossa impaciência! Deus nos livre de fazê-lo, para que não surja aqui uma espécie de *zibale*, um feto que sai das entranhas da mãe no sétimo mês, e então seremos como criminosos, assassinos da história viva...")

"E agora, *Herr* Neigel", diz pesadamente Anshel Vasserman, "se desejar, eu lhe contarei a minha história."

Neigel resmunga que já não está seguro de querer ouvi-la, mas cruza as mãos no peito e ordena a Vasserman que comece. O escritor abre o caderno. Só eu posso ver que há apenas uma palavra escrita. Uma palavra apenas. *Nu nu*, digo para mim mesmo, tenho a sensação de que Neigel não ficará satisfeito com este ritmo de produção.

"Não lhe lerei muito esta noite, com seu perdão", diz Vasserman, e Neigel dá uma olhada rápida no relógio. "De qualquer modo, já não tenho muito tempo, por causa destes seus artifícios!", ele responde zangado, mas não se contém e pergunta de novo: "Paula morreu mesmo?". E Vasserman: "Naturalmente. Mas ainda permanece conosco, como eu já lhe disse". "E como", pergunta Neigel, mordaz, "você pretende fazer isto? De forma artística, quero dizer, ou seja: como é possível que ela esteja viva e morta ao mesmo tempo?" E o escritor: "Que alternativa tenho, *Herr* Neigel? Talvez o senhor entenda melhor quando estiver, Deus o livre, na minha situação, pois se todos os que lhe são próximos estão mortos, o senhor é obrigado a incluí-los do jeito que estão". "Assim?", pergunta Neigel com suspeita, mas não diz mais nada. Vasserman pigarreia com presunção e respira fundo.

"Trabalhávamos na floresta (Vasserman lê o caderno vazio). A mina era profunda e úmida, toda feita de muitos túneis cobertos por um estranho mistério, onde havia um cheiro de umidade e um fedor de bosta de lebres e raposas. Todos os túneis conduzem ao Salão da Amizade. Ali gostávamos de nos encontrar à noite, ao final da labuta diária, de conversar e desfrutar da companhia mútua. Todos os nossos amigos estavam ali, até alguns outros companheiros, que o bom Oto reuniu nos últimos tempos para ajudá-lo. Os anos que se passaram desde o nosso último encontro, aproximadamente uns cinqüenta!, modificaram a nossa aparência, grafaram seus escritos cheios de más notícias na pele do nosso rosto e depositaram em nossas rugas sementes da velhice e da morte. Mas o principal permaneceu como antes, não desapareceu o seu encanto e seu olho não se ensombreceu, e o tempo, aparentemente, não tem domínio sobre ele, quer dizer, a necessidade de ajudar a quem precisa, perdoar a quem precisa de misericórdia, amar a quem precisa de amor. Estavam ali conosco Oto e Paula e Albert Fried, *ai*, Fried já conseguira amarrar na cabeça o gorro de médico! E ele, parece, envelheceu mais do que todos nós; Serguei-mãos-de-ouro estava conosco, e continuava isolado dos outros, as mãos sempre cheias de serviço, e ainda caminhava de modo estranho, como se seu pescoço fosse feito de vidro delicado; também Herotion está conosco, *ai*, Herotion, o armênio! O mundo está cheio do louvor aos seus encantos e maravilhas! Da oficina do mouco Ludwig van Beethoven às margens do rio Ganges, na Índia. Este é o Herotion que foi salvo milagrosamente quando os turcos atacaram sua aldeiazinha para passá-la no fio da espada, *oi*, *Herr* Neigel, veja os olhos tristes, veja que terríveis impressões estão marcadas neles!..."

Neigel só murmura algo. Vasserman olha para ele por um momento e continua.

"Herotion também já não é jovem. Ele agora é mágico de profissão. Vagou por muitas terras e não há lugar em que não tenha demonstrado suas habilidades; parece-me que é o único de todo o grupo que teve sorte e conseguiu juntar algum dinheiro antes da guerra... mas quando chegou a guerra, Herotion se encontrava em Varsóvia e a porta se fechou para ele; ele amaldiçoou a sorte, *ai*, suas mágicas não lhe valeram desta vez; vou contar-lhe um segredo: há alguns anos Herotion deixou de fazer as suas mágicas realmente maravilhosas, aquelas que fez na juventude junto com *As Crianças do Coração*, e só fazia demonstrações de prestidigitação e ilusionismo; ele tinha motivo para isso, mas sobre este assunto falarei quando chegar a hora. Bem, Herotion ficou preso em Varsóvia, no gueto judaico, ou seja, ele, como nós, foi obrigado a fazer trabalhos forçados e deu de sua força para construir o muro ao nosso redor e estava separado de nós; eu estava certo de que nos menosprezava, mas ele não tinha alternativa. Para se sustentar, fazia seus truques em troca de um jantar festivo em casamentos de ricos e também fazia apresentações no luxuoso clube Britânia. Este nosso Herotion, o senhor mesmo se lembrará, *Herr* Neigel, sabia, em seus dias de glória, encantar a todos que o assistiam. O que o senhor acha de fazer um piano desaparecer junto com o pianista? Herotion! Serrar ao meio, Deus me livre, uma jovem dentro de um saco? Novamente Herotion! Não havia mágica que Herotion não soubesse fazer. Mas no gueto a sorte não lhe sorriu. Imagine o senhor que nós assistimos tantas vezes às suas apresentações que nos enchemos dele. Conhecíamos todas as dobras escondidas de seu casaco de veludo vermelho, todos os bolsos ocultos em sua gravata amarela e o saco com uma repartição dupla e o serrote enganador. Cansamo-nos de ver tudo isso. E só o truque mais espetacular, o piano que desaparecia, Herotion não quis fazer para nós no gueto, dizendo que seria vergonhoso fazer uma pessoa desaparecer, quando diariamente desapareciam tantas pessoas que nem eram pianistas. Sabíamos que era apenas um pretexto, porque para este truque Herotion necessitava de um palco em que houvesse uma porta com alçapão e no gueto só havia uma porta assim no cadafalso de Paviak, que era a nossa prisão."

Neigel, de olhos semicerrados, com voz tranqüila: "Já começo a perceber em que direção você está indo. *Ach*! Você me dá pena, *Scheissemeister*! O que pretende? Uma espécie de vingança com a ajuda de uma história? Está tentando um jogo infantil comigo? Para seu próprio bem, Vasserman, para seu próprio bem, espero estar enganado!".

Vasserman finge espanto, mas nada responde. ("Ele me deu um golpe baixo, esse desgraçado, e não errou! É como se lhe fosse dado o espírito profético para compreender quanto se amarguraria o coração de um escritor de literatura infanto-juvenil quando o chamam de 'infantil'!")

"Continue assim", disse Neigel, "e você perderá também o seu último leitor." Vasserman engole a saliva e continua: "E estavam ali conosco na mina a dama mais linda do mundo, a encantadora Hana Tsitrin, doente de amor, e também o admirável Aharon Marcus, o homem dos experimentos ousados, do grande desespero, e naturalmente também o sr. Yedidiya Munin, o incomparável, único de sua geração, servo e senhor de seu corpo, amante das ciências exatas, o homem de visão, vôo...".

"Um momento, por favor!", Neigel levanta um dedo, como um aluno enfastiado, que não entendeu bem o que o professor disse: "Quem é esse aí? E o que significa 'servo e senhor do seu corpo' e tudo o mais? O que está acontecendo aqui, por favor?".

"O senhor não o conhece, Excelentíssimo *Herr* Neigel. Ele é dos novos, dos externos, *hi hi*, mas saiba que este sr. Munin merece ser contado como um dos nossos companheiros. Durante toda a vida fez-se um repositório de suas aspirações elevadas e só um pensamento atravessava como uma roda os recônditos de sua cabeça. Ele era um combatente forte e ousado, como convém a um homem."

"Mas não entendi o que... ou seja... o que ele sabia fazer? Porque cada um ali precisa ser especializado em alguma coisa, não é?"

"O sr. Munin? *Ai*, ele era o homem dos grandes anseios, como, parece-me, nenhum outro... o homem dos sonhos florescentes, alados como anjos..." ("*Ai*, Shleimale, nessa hora respirei fundo, olhei e imaginei Zalmanson olhando para mim de seu firmamento, o firmamento do riso e da loucura e da mentira e do milagre, e de uma vez a coisa aconteceu, fui tomado por um novo espírito, minha alma se adoçou inteiramente no sumo da abundância da força da imaginação que começou a fluir em mim, e por um momento parei no lugar como uma árvore na tempestade e quase fui arrancado, mas só então a turbulência do meu coração foi dominada; enchi-me de nova e secreta alegria e soube o que me cabia fazer.") Anshel Vasserman explica ainda que o sr. Munin é o grande libidinoso, o herói da semente que não é desperdiçada, o arquicopulador que há anos não toca em uma mulher, o Casanova das imaginações vãs.

Neigel riu selvagemente, um riso libertador e quase desesperado, e bateu com força as mãos nas coxas. Olho para Vasserman e sinto pena. A guerra que ele trava em seu íntimo é transparente para mim: por um lado ele tem o seu propósito, "documental", e cada palavra da história está subordinada a ele, e por outro... sim, por outro lado, o pequeno Vasserman quer simplesmente contar uma história bonita, como antigamente, e quer ver de novo diante de si olhos velados, uma boca aberta de prazer e riso, mas o dever... ele também tem um dever...

"Bonito, bonito", grunhe Neigel finalmente e enxuga dos olhos as lágrimas do riso, "há tempos eu não ria assim", ele diz, "você me pegou de surpresa, Sherazade! Agora temos na história também pornografia judaica! Quer dizer que tudo que falam a respeito de vocês em nossa *Greuelpropaganda* é verdade!" "É terrível", responde imediatamente Vasserman, "como o gênero humano se desfigura e desce de fracasso em fracasso, mas eu lhe garanto, senhor, que logo tudo será esclarecido e a história vai aplacá-lo ou até mais que isto." E Neigel: "Já não estou absolutamente certo, *Scheissemeister*, não estou absolutamente certo".

"*Herr* Neigel, senhor!", Vasserman levanta a mão em protesto, suplicante: "Minha história por enquanto é pobre. Disso até eu sei. Talvez eu o saiba melhor que o senhor, porque enxergo os defeitos que o senhor não vê, com seu perdão. E então? Na minha situação aqui, sou obrigado a lhe apresentar a versão inicial, falha. E, acredite-me, dói-me o coração trazer à luz uma versão tão inferior, mas assumi a tarefa e alguém como eu não desiste; só lhe peço que me perdoe, tenha paciência e confie minha história às taças da sua compaixão e bom coração, como se fosse um frágil bebê, e eu lhe prometo que o senhor será bem recompensado quando chegar a hora".

"Bonito", diz Neigel, cuidando para não irromper em nova gargalhada, "vamos parar por aqui hoje. Ainda tenho um pouco de trabalho, se não se importa. Você pode voltar ao seu cubículo para escrever. Amanhã continuaremos. Desejo-lhe que escreva melhor a continuação. Para o seu bem, Vasserman, espero que a minha esposa tenha se enganado."

"*Pardon*", sussurra Vasserman, "mas o senhor talvez tenha esquecido: a minha parte... quer dizer, o contrato."

"Hoje você não fez por merecê-lo", diz Neigel muito agressivo, "sabe disso."

("O que significa que tenho diante de mim toda esta noite e o dia de amanhã, *ai*, tantas horas de vida, e o trabalho forçado no jardim, cavar canteiros, que a terra os cubra logo! E mais três levas que chegarão em três trens, e os nus correndo pelo Schlauch e a fumaça nova, mais negra do que negra, como suportarei tudo isso, Shleimale? Como alguém pode ver tudo isso e continuar vivendo?")

"Boa noite, *Herr* Neigel."

4.

"No mês de abril do ano de 1943, um velho estava parado junto à entrada de uma mina de *lepek* na floresta de Borislav, e com expressão sombria e determinada fez com o sapato um traço na terra. Com esse ato estranho, aquele velho chamava a vida para que ousasse cruzar a linha e finalmente revelar-se a ele. Sabendo-se que não havia ordem alguma que proibisse os judeus de traçar linhas na terra, o médico, o dr. Albert Fried, que era judeu, fazia isso toda manhã, havia três anos, com o mesmo movimento e a mesma força oculta."

Vasserman lê para Neigel. Somente eu, que espio por trás, posso ver que no caderno que ele lê com tanta fluência está escrita apenas mais uma palavra, a qual não consigo ler. Mas agora ele larga o caderno e aguarda. Espera por mim. Pede-me ajuda para traçar a figura do médico. Lembro-me das ilustrações de Sara Vasserman, das edições mais recentes, de um menino alto, os ombros um pouco erguidos, o rosto sério e sensível; agora eu também preciso esquecer a fim de me lembrar, vê-lo como é hoje, olhar o rosto que Vasserman chama de "obstinado", movendo os pés sempre no mesmo movimento forte, desafiador, e já ficou claro que é necessário elevar ainda mais os ombros. Arqueá-los agora numa postura ameaçadora, na qual posso decididamente sentir a autodefesa; é preciso tornar as sobrancelhas um pouco mais zangadas, e convém juntá-las sobre a linha do nariz... Um cachimbo? Não. Não, Fried. Mas uma bengala, sem dúvida. Uma bengala que ele só aceitou quando se tornou absolutamente impossível andar sem ela. Daquelas que são carregadas com relutância, com desprezo, como um castigo. E agora é preciso pensar: o que este nosso Fried denomina "vida"? E talvez, depois que se dá uma espiada nele, seja melhor formular a pergunta a partir do sentido contrário: o que para ele não é considerado "vida"?

A isso eu respondo facilmente. A resposta flui sozinha: quase tudo o que ele passou na vida; a maioria das pessoas que encontrou desde a infância; as relações e laços que manteve. Em suma, todas aquelas coisas que eram sempre suportadas com dificuldade e que se tornaram absolutamente insuportáveis quando a guerra começou, e que eram para ele só um preâmbulo de algo que deve começar muito breve, mas nunca tão breve. O velho médico não podia aceitar a idéia de que o ser humano pudesse passar a vida inteira sem provar ao menos uma vez o sabor da "vida". Pensava assim porque prezava muito a vida e não concordava em acreditar nos rascunhos que sua vida tentava colocar-lhe nas mãos o tempo todo.

"Você falou bem", diz-me Vasserman, e seu rosto literalmente resplandece, "e agora, ouça: ... como o médico era calado, não revelou estes seus pensamentos a ninguém, exceto uma vez a mim, e quando estava entretido com confidências a Oto, ergueu espantado os braços enormes, com mãos de urso, e chamou a vida que estava vivendo de 'camuflagem'; com isso, aparentemente, disse tudo, tudo o que sofrera desde que tomara consciência das coisas até que acreditou, durante aqueles meses de sofrimento, no extraordinário e desesperado ato ilusório de sua amada Paula."

"Que ato desesperado?", pergunta Neigel, com suspeita. "Queira explicar!" "Mais tarde, mais tarde, por favor", repreende-o Vasserman. "Logo o senhor saberá e compreenderá, mas agora deve ouvir com paciência, por favor. Onde estávamos? Ai... *nu*, sim. Bem: durante três anos inteiros, desde que Paula foi para o túmulo, o médico faz um determinado traço na terra com o bico do sapato. E somente Oto Brig, que sabe ler no coração, compreende os segredos de Fried e entende a origem deste gesto estranho. Mas a vida, *Herr* Neigel, a vida verdadeira, simples, conveniente e adequada, não ouviu o seu chamado e o médico começou a suspeitar de que o silêncio de seu adversário não era algo tão simples quanto parecia, ou talvez fosse uma condenação..."

Vasserman ainda "lê", mas também sente que o silêncio de Neigel não é algo simples. Por isso ergue a cabeça e dá com o olhar furioso e zombeteiro do alemão: "O que você está matraqueando aí, *Scheissemeister*? De quem você copiou todas estas filosofias?". Vasserman ("*Ai*, se eu pudesse, eu o abriria como a um peixe! Mas controlei minha cólera, aguardei até que meu pomo-de-adão parasse de subir e descer e lhe disse com semblante iluminado"): "Não as copiei, *Herr* Neigel. Escrevi-as com o sangue do meu coração. Pois o nosso Fried, com a sua atuação, está para se tornar a pedra angular da nossa nova história". E Neigel: "Realmente! A mim você não pode enganar assim. Antigamente você escrevia de forma totalmente diferente!" ."É verdade." "Este novo estilo não me agrada." "*Ai*, quem me dera que eu pudesse ser abençoado com a sua paciência, senhor." E Neigel, num tom de reclamação cansada, quase infantil: "Gosto de histórias simples!", ao que o escritor, com um pouco de crueldade, responde: "Já não há histórias simples. E agora ouça e não me interrompa o tempo todo".

"Uma espécie de eczema esverdeado brotou esta manhã em torno do umbigo do médico, e quando ele consultou suas anotações nas quais registrava todos os seus sintomas e doenças — não que fosse hipocondríaco por natureza, que Deus o livre!, mas porque tinha curiosidade em desvendar os sintomas que se acumulavam como presságio de seu fim — descobriu, para grande espanto, que naquele mesmo dia, um ou dois anos antes, no dia da celebração da morte de sua Paula, tinha tido a mesma erupção no mesmo lugar do corpo. Anotara o fato como 'erupção clara' e no ano passado como 'um fungo esverdeado' e este ano como 'um musgo verde e espesso como um hissopo'. No início, tentou retirá-lo esfregando-o com bórax, depois com álcool, e no fim tentou extirpá-lo arrancando-o com os dedos, mas berrou de dor, porque era como arrancar os pêlos do corpo. Naquele momento lhe passou pela cabeça um pensamento estranho, incomum, de que aquilo talvez não fosse algo tão simples, e ao mesmo tempo perpassou-o um estranho deleite, quase uma leviandade, e talvez um desespero; assim, o médico tomou a decisão de não tentar extrair o líquen até o anoitecer. Enquanto isso, ele o apalpava discretamente sob a camisa, com um certo prazer oculto, como se fosse uma carta perfumada que a amada lhe houvesse enviado furtivamente da prisão."

Vasserman respira fundo, cala-se e aguarda algo ("Então, o que você tem a me dizer, Shleimale, está bonito? Ah, então? O velho alfaiate ainda entende do riscado, hem?"), mas Neigel não presta atenção na sutileza do estilo de Vasserman e interessa-se por outra coisa completamente diferente: se Fried e Paula eram casados, ele pergunta com o dedo em riste; Vasserman se confunde e gagueja: "Casados? Bem... não. Não, eles não eram casados. Mas viviam juntos como marido e mulher. Era isso. É. Agora me lembrei". "Em 43? Não se esqueça de que ela era polonesa, e ele, um de vocês! Foi você quem me explicou que a história deve convencer em todos os detalhes. Exatidão, você disse, lembra-se?" E Vasserman choraminga: "Lembro-me. E novamente lhe recomendo paciência". ("Mas as minhas orelhas ficaram rubras de vergonha, Shleimale, e fui tomado pelo antigo medo de ter de novo as minhas ausências de memória. Esse tipo de engano e erro me ocorria de tempos em tempos na época em que eu escrevia *As Crianças do Coração*, e não fosse Zalmanson averiguar os detalhes, eu teria causado verdadeiras catástrofes nas minhas histórias; ainda vou lhe contar mais um segredinho, Shleimale, a linhagem de Herotion, o armênio, e seu surgimento tão extraordinário nas minhas histórias foi basicamente fruto de um erro, mas chega disso por ora. Voltemos à história.")

"... e agora Oto e Fried se encontram na extremidade do Salão da Amizade, junto ao lampião de parafina, jogando uma partida de xadrez." "Como antigamente, hem?", ruge Neigel, e seus olhos se suavizam um pouco. "Realmente, *Herr* Neigel. E Fried continua a vencer. Como antigamente." Vasserman descreve como o médico, Fried, marca mais um V na longa coluna encabeçada por seu nome no papel engordurado. A coluna de Oto está vazia. Oto, justamente Oto, era quem insistia em que registrassem os resultados em cada partida e o médico, que adivinha por quê, fazia de conta que aquelas vitórias fáceis que se acumulavam a seu favor lhe davam algum prazer. Nem lembraram o aniversário da morte de Paula, na qual ambos não deixavam de pensar. Mas depois de algum tempo o silêncio se tornou insuportável até para dois homens calados como eles, de tal forma que Oto pigarreou e disse baixinho que Fried estava se torturando, que Paula o amara tal como ele era, que ele não tinha do que se arrepender, que tinham também tido belos momentos de amizade, talvez até amor... Vasserman: "Fried nada respondeu. Seu rosto estava fechado e parecia nem ter ouvido, apenas a mão conduzia distraída o rei preto até a rainha branca, e permaneceu ali diante dela, enquanto um pequeno músculo se crispava em seu rosto".

"Então Oto voltou os olhos azuis para Fried. Este gesto teve uma extraordinária influência sobre o médico, porque Oto e Paula tinham sido irmãos e os olhos de Oto eram azuis e límpidos como os de Paula, aquele olhar claro brotava deles, e, às vezes, quando o médico achava que a tristeza no seu coração estava a ponto de rebentá-lo e destruí-lo, Deus o livre!, aproximava-se e tocava o ombro do intrépido Oto, olhava das alturas para dentro de seus olhos. Então ocorria um pequeno ato de misericórdia: Oto se retirava de seus olhos. Com nobreza se ausentava deles, e permitia a Fried unir-se à sua Paula."

"Exatamente, ou seja, pode ser assim mesmo, você sabe", diz Neigel. "Os olhos do meu pequeno Karl são exatamente iguais aos meus. Iguaizinhos. E a minha mulher, às vezes, quando ficava... quando fica com saudade de mim, ela o pega no colo e olha junto à luz..." e então, só então, Neigel se lembrou da situação em que se encontrava e para quem estava contando essas coisas, riu confuso, coçando o nariz, e depois, com raiva injustificada, fez sinal a Vasserman para que continuasse a contar.

"... Quando o médico imergiu nos olhos de Oto, logo se despiram todos os pesos de seu coração e a amargura, e momentaneamente toda a carga de seus anos maus se desfez. Temia muito o momento em que teria que sair deste lago maravilhoso." Vasserman suspirou fundo, com os olhos errando pelo espaço: "Ai, *Herr* Neigel, o senhor poderia dizer que toda esta nossa história, assim como toda história que existe no mundo, tem a raiz de sua existência imersa no mesmo azul dos olhos de Oto...".

Fried falou consigo mesmo. Pude ouvi-lo falando. Sua voz também tinha a mesma qualidade cinzenta da palavra escrita, como a voz de Vasserman. As duas tinham o mesmo grau de vitalidade. Ele disse: "Lembro-me dela quando esfrego os cotovelos com meio limão para que, ela havia me explicado, não fiquem duros como casca de árvore, e me lembro dela quando escovo os dentes em movimentos um tanto circulares, ao ritmo de 'Grete tinha um namorado', assim ela me ensinou, e me lembro dela quando ponho uma rosa num copo d'água e acrescento um pouco de açúcar para que a rosa fique fresca. Ela era capaz de ficar olhando uma flor durante uma hora inteira. Nunca, antes de viver com ela, coloquei uma flor na água, nem sabia que meus cotovelos eram ásperos. Lembro-me dela ao cuspir três vezes quando vejo uma aranha, isto não prejudica, ela dizia, e me lembro dela quando tiro as meias à noite e as cheiro, apenas em sua homenagem, porque Paula era uma terrível farejadora de suas próprias meias e calcinhas. Lembro-me dela quando deixo intencionalmente, como se tivesse esquecido, torneiras pingando e luzes acesas ao sair dos quartos, para mostrar a ela, em qualquer lugar em que esteja agora, que também sou esquecido e confuso e que me arrependo de ter me zangado com ela por estas coisas bobas; quantas discussões inúteis tivemos por causa de coisas tão pequenas e me lembro dela também...". Fried cala-se embaraçado. Vasserman se inclina, como se lhe sussurrasse algo, uma espécie de incentivo, talvez estivesse sussurrando para si mesmo, *nu*, Fried, não há necessidade de se envergonhar, porque nós aqui conhecemos um ao outro até os *kishkes*, até os intestinos, mas Fried sufoca numa tosse prolongada e seu rosto fica muito vermelho (o que será que ele esconde? Que segredo obscuro o médico guardou durante toda a vida?) e por isso o pequeno Aharon Marcus, elegante, mesmo quando trabalha na mina, vem em sua ajuda: "E também quando você solta um pum, caro Fried, meu querido, não se envergonhe...".

Silêncio. Aproveito o tempo para ler as linhas que escrevi rapidamente. Corrijo aqui e ali uma palavra. Acrescento uma frase de esclarecimento. (Este ritmo de acontecimentos!) E agradeço a Deus que Neigel, tranqüilo e confiante em si mesmo também agora, me salva do meu terrível embaraço e repreende divertido ("Pensei que você fosse um homem culto, Vasserman") este velhinho terrível, que pelo visto jamais conheci de verdade. Mas Vasserman não reage. Continua a ler e só posso aguardar as loucuras que prepara para mim.

"E também quando você solta um pum, diz o sr. Marcus, é verdade, *Herr* Neigel, meu senhor, pois quando Paula ainda era viva, Fried descobriu esta lei oculta, toda vez que pensava estar sozinho, permitia-se soltar puns modestamente, soltar um chiado por baixo, mas se Paula surgia de algum lugar, Fried tinha vontade de morrer; Paula então sorria para si mesma e aquele assunto secreto se repetia diariamente, certo como as leis do céu e como o nascer do sol. E até hoje, três anos após a morte de Paula, o nosso querido médico solta pum, fecha os olhos e aguarda como uma criança inocente o som de passos que se aproximem, *ai*, e nos dias em que a desgraça e o peso da vida o sobrecarregavam demais, o infeliz Fried saía da mina, andava só pela floresta, trombeteava por ali e o som descia e rolava pelos túneis fazendo lembrar o grasnar amargo de gansos selvagens..."

Neigel não consegue se conter e ri novamente à vontade. Quem acreditaria que este homem tenso e desconfiado ocultava uma gargalhada tão alta e alegre: "Nada mau, Vasserman, nada mau", ele ruge, "a isto eu chamo diversão. É verdade que não é nada do que eu tinha em mente quando lhe pedi uma história, mas está começando a ficar interessante. Ainda que", ele confessa, e enxuga os olhos e o rosto, "me seja um pouco difícil pensar nos heróis da minha infância como um grupo de velhos a soltar puns". "Espero que o senhor aceite isto", diz Vasserman secamente, e uma profunda decepção e vergonha enchem-lhe os olhos. ("*Nu?* Você já viu um *yeke* assim? Nada consegue tocar-lhe o coração, ele só vê a aparência externa! *Fe!* Como escancarou a boca e expôs os dentes taurinos com um mugido! E nesta história eu falei sobre o verdadeiro amor entre um homem e uma mulher. Um amor que vence as fronteiras do tempo! E sobre o desejo agoniado de dizer palavras de amor, quando já não se tem para quem dizê-las, e quando já não há palavras para dizer... e ele... *ai...* o touro, digo-lhe, o touro, mesmo se for até Yehupetz, voltará de lá como touro!") E Neigel prossegue: "Espero, Sherazade, que logo você inicie uma ação mais séria do que puns, se me perdoa a palavra". ("*Et!* Estou atirando pérolas aos porcos!") E em voz alta: "Mas naturalmente que sim, Excelência! Muito sério! e até 'Ação', conforme suas palavras!". ("E só Deus sabe de onde tirei atrevimento para mentir assim. Pois naquele momento, Shleimale, eu não tinha nada em mente. Não sabia para que o meu grupo tinha se reunido novamente ou contra quem haveria de lutar desta vez e como eu infectaria Neigel com a doença, a doença de Chelm, que é como a denominei... mas pela primeira vez na vida eu sabia que isto daria certo e que talvez eu me tornasse mesmo um escritor. Eu só esperava ter forças para conquistar o desconhecido e conseguir o esquecido e contar a história como deveria ser contada, do nascimento à morte; em todos os meus velhos ossos ardia agora o novo fogo que me enchia de calor e prazer, a ponto de eu quase não conseguir me conter. Era como se alguém invisível estivesse postado do outro lado da folha que eu estava segurando e atraísse a minha pena e o meu coração, como dois mineiros que estivessem escavando de dois lados opostos de uma montanha.")

Neigel esconde agora um grande bocejo. Avisa que se Vasserman acabou, ele está liberado para ir dormir, porque tem diante de si bastante trabalho, e generosamente acrescenta que, "como começo, não foi tão mau hoje". Vasserman lança um olhar profundo ao seu caderno vazio. Lê mais uma vez e mais outra a única palavra que está escrita ali e comunica que, se *Herr* Neigel quiser, pararão por aqui. Tanto se lhe dá. Ele pode continuar a ler até de manhã.

Eles estão para se despedir. Para mim é hora de fazer um pequeno balanço: acontece aqui comigo um processo estranho. Não entendo aonde Anshel

Vasserman vai com sua história grotesca e vulgar. Há algo na nova libertação, sem rédeas, da imaginação dele, que me deixa perplexo. Até com um pouco de raiva. Como se alguém rompesse aqui as regras do jogo: este Vasserman introduz nesta história certa dimensão de malandragem, uma espécie de comércio barato, que aos meus olhos é, como se sabe, decisivo demais para transformá-la numa reles comédia. Mas ele, para alcançar seu intento, está disposto a usar os mais abjetos meios. Às vezes, não me é fácil lidar com ele.

Por outro lado, Neigel: também ele me é estranho. Isso não me surpreende. Somos muito diferentes. E, mesmo assim, a responsabilidade do escritor! E a curiosidade: de onde irromperá o meu Neigel? Será possível superar a distância que existe entre nós para se criar uma obra de arte? Aguardo, com paciência. "Boa noite", diz Neigel, personagem da minha história que me é desconhecida. "Por gentileza", diz Vasserman, "se me permite lembrar-lhe, senhor, me deve algo." E quando Neigel arqueia uma sobrancelha espantado ("Eu? a você?"), o velho diz tranqüilamente: "O nosso contrato, Excelência".

Não o compreendo. Por que ele ainda quer... também Neigel se admira. Até se assusta. A mão toca a pistola no cinto, recua, como se ela queimasse. ("*Nu, nu*, esqueça isto, Vasserman. De fato, hoje você se comportou um pouco diferente, não?") E quando Vasserman se recusa categoricamente a ouvir seus pedidos ("o senhor me prometeu de viva voz!"), ele saca a pistola do coldre.

É uma arma não muito pequena, de um tipo que não conheço (talvez a Steyr austríaca?), muito polida. (Deve ser a Steyr. Ou talvez... claro! O Parabellum. Como eu pude me enganar assim! É exatamente o Lüger Parabellum, com um pente de oito balas, calibre... se é que·eu ainda me lembro bem da época das charadas, quando nos divertíamos com elas na adolescência e no exército... nove milímetros.) Neigel muda várias vezes de postura. Tenta juntar a mão esquerda para firmar o pulso direito que segura a arma. (Sem dúvida: nove milímetros. Como a Mauser alemã, mas a Mauser pode ser carregada com dez balas de cada vez.) A pistola traça uma série de círculos hesitantes em torno da têmpora de Vasserman, de onde brotam gotas de suor. ("Pela janela vi o brilho avermelhado, a eterna luz na ponta da grande chaminé, e também o relampejar azulado das lanternas dos guardas que vigiam as cercas. A mão de Neigel não tremeu. Mas não estava tranqüila. De maneira alguma.") (Naturalmente estou falando da Mauser semi-automática, e não da Mauser automática, que comporta vinte e cinco balas em um só pente! E quando você aperta o gatilho sente como se as balas fluíssem de dentro de você num ritmo alucinante uma após outra.) E há ainda uma tentativa de Neigel de interromper esta cena ("Ouça, Vasserman, tudo isso é bastante idiota, nós já... então..."), uma tentativa que desperta em Vasserman uma explosão de raiva um tanto teatral ("*In dreierd*, Neigel! O senhor me deu a sua palavra, palavra de oficial alemão!"), e Neigel, colérico, o olhar aguçado: "Mas isto foi há tempos, antes que começássemos a contar...", e Vasserman, impiedoso: "Diariamente o senhor mata milhares aqui. Todos os judeus do mundo passam diante do senhor aos batalhões para morrer sob suas ordens e com estas suas mãos eu o vi atirar e matar muitos. Tantos que não dá para contar. E não percebi que o senhor parou para pensar ou hesitou uma vez sequer! E o que estou lhe pedindo agora? Uma insignificância! Que faça como costuma fazer, mas desta vez com vontade, com uma nova decisão! Ou será que o senhor não é capaz disso, *Herr* Neigel? Atire em mim, golpeie-me com a sua pólvora, *nu*! Atire, Excelência! *Feuer*, Neigel, *Feuer!*".

Neigel fechou os olhos e atirou, emitindo um som estranho, um suspiro ou gemido sufocado de susto. Vasserman continuou de pé são e salvo e em seu rosto desenhou-se uma expressão estranha, como se prestasse atenção em alguma coisa. ("Em mim, entre um ouvido e outro, voa o zumbido familiar.") O vidro de uma das janelas atrás de Vasserman partiu-se em estilhaços. Neigel olhou para ela, a mão tremendo muito. Nem sequer tentou ocultar isso. Uma expressão estranha distorceu-lhe todo o rosto, como se alguém o segurasse por dentro com força e o esmagasse. Vasserman me disse: "Bem, Shleimale, quando espocou o tiro, uma mensagem excepcional inscreveu-se em meu coração: um bebê fará parte de minha história".

Às vezes, aos poucos, ele me fala sobre a esposa. Assim vai-se formando dela uma imagem parcial mas muito clara. Sara Erlich, como se sabe, entrou em sua vida quando ele tinha quarenta anos e pretendia terminar a vida como celibatário. Era filha de Moshe-Maurice Erlich, dono de um pequeno café em Praga, e a mãe morreu quando Sara tinha três anos. Ela própria trabalhava como balconista na loja de perucas Schillinger. Vasserman contou que se lembrava de que certa vez, isto foi na véspera de um feriado e a loja estava sem clientes, ele passou em frente e pela vitrine suja viu "a moça magra, sem brilho", tocando flauta para as outras duas vendedoras. Ele se lembrava da absoluta dedicação que suavizava seus traços um tanto angulosos e também dos sorrisos zombeteiros, furtivos, das duas outras moças e o modo como o cabelo preto lhe caía sobre a face. Causou-lhe estranheza que talvez, alguma vez, tivesse se sentido tão estranho à mulher que mais tarde seria a mãe de sua filha. Parecia-me que por algum motivo isso o decepcionara muito. Meu avô, Anshel Vasserman, apesar de sua aparência modesta e um pouco seca, pelo visto era, no fundo, um romântico. Perguntei a ele se depois do casamento não sentiu nem uma vez esta estranheza com relação a ela e ele silenciou. Eu disse que me parecia que nas relações marido-mulher a pessoa está fadada a conhecer toda a gama de sensações possíveis entre duas pessoas no universo. Olhou-me admirado. Acho que não esperava de mim uma observação como essa.

O melhor momento para ouvi-lo falar de sua vida anterior é quando chegam os trens. Vasserman ouve o trem quando ainda está longe. Então ele começa a fazer seu jardim com ímpeto renovado. Investe toda a sua força no trabalho. Depois de alguns minutos, o trem apita de longe, um apito longo e dois breves. Este é o sinal para os guardas ucranianos se reunirem de todos os cantos do campo e ocuparem seus postos nos telhados e torres de vigia e nos dois lados do "Caminho do Céu". O trem cala a sua máquina e entra silenciosamente na estação. Desliza num silêncio estranho sobre os trilhos. Só quando o maquinista puxa os freios, ouvem-se rangidos, fagulhas voam. Agora olhos começam a espiar através das fendas das vigas de madeira pregadas às janelas. As pessoas dentro vêem o campo organizado, a bela alameda central, os bancos e os canteiros de flores ao longo dela. Vêem as plaquinhas PARA A ESTAÇÃO DE TREM, PARA O GUETO, tabuletas em forma de setas nas quais está desenhado um judeu pequeno, curvado e de óculos, carregando uma maleta ("Zalmanson, que tenha saúde, dizia que este judeu se parecia comigo como se parecem duas gotas de água"). Agora eles começam a descer dos vagões. Há centenas de pessoas em cada vagão, os ucranianos os apressam com gritos e pancadas. Os recém-chegados ainda estão aturdidos, congelados pela longa viagem e por terem ficado de pé o caminho todo. Ainda estão com suas roupas, mas aos olhos de Vasserman já estão nus. Ainda estão vivos, mas ele já os vê um sobre o outro. Algo será tomado deles dentro em pouco. Ele geme para dentro da terra. Lágrimas não lhe restaram.

Ele fala. Em momentos assim, fica ansioso para falar. É sincero e desinibido. Fala rapidamente, quase precipitado, tenta sobrepor-se com sua voz à voz dos outros. Sara tinha vinte e três anos quando se encontraram. Vasserman: "*Nu*, o que se podia fazer? Casamo-nos em quatro semanas e Zalmanson foi testemunha". A cerimônia religiosa realizou-se na casa de Zalmanson e Tsila, sua esposa, que, como sempre, convidaram muitos amigos. "Acredite, Shleimale, eu não conhecia quase ninguém. Bem, até mesmo a noiva eu mal conhecia..." Mas parece que o casamento deu certo. Que quarenta anos de solidão obstinada, de certa forma desejada, romperam-se num instante quando furtivamente nela se introduziu a raiz da necessidade de uma outra pessoa. Aos olhos dos seus parentes, Sara já era considerada uma solteirona e o pai não acreditava que ela se casaria. Um outro defeito dela: a inteligência e a educação. "Quem vai querer se casar com uma *yeshive-bucher*?",[9] o pai gritava quando a via gastando os olhos na leitura. Ele era um homem radiante, rude e amistoso, que amava a filha e tinha pena dela. Talvez porque a considerasse um mau partido é que concordou com seu casamento com o corcunda Vasserman, que era também, que vergonha, quase da idade dele! Vasserman me conta secamente que passaram a lua-de-mel em Paris e eu mesmo entendo que este era o local menos adequado para os dois. Paris foi escolhida para eles pelo pai da noiva. Ele pagou a viagem de núpcias na esperança (pelo visto) de que a vibrante Cidade das Luzes pudesse iluminar um pouco o casal tímido, sempre sério. Vasserman se recusa terminantemente a falar sobre aquela semana em Paris. Posso apenas adivinhar que, às vezes, quando passeavam um ao lado do outro pelos bulevares ruidosos, ele sentiu repentinamente desespero e fraqueza. Zangou-se consigo mesmo, por ter bancado o palhaço, ter traído sua solidão, o silêncio cheio da compreensão que reinava até então entre ele e a sua vida.

As famílias se agrupam agora. Os pais chamam as crianças para se juntarem em torno deles. Endireitam as roupas amassadas das crianças. Umedecem os dedos na saliva e ajeitam um cacho do cabelo da filha. Em todos há uma espécie de concentração muito forçada nas crianças. Vasserman quase enfia a cabeça na terra fofa. Judeus, prisioneiros do campo do grupo dos "azuis", recebem os recém-chegados na plataforma. Tranqüilizam-nos, sorriem para eles. Eles também estão interessados, por motivos próprios, em que todo o processo transcorra em silêncio e com rapidez. Por isso ajudam a manter o embuste. Os via-

9. Estudante da academia rabínica, escola de altos estudos religiosos. (N. T.)

jantes começam a se descontrair. A estação de trem ilusória os decepciona. Há de tudo: uma pequena bilheteria, um guichê de informações, placas indicando TELÉGRAFO, SANITÁRIOS, TREM PARA BIALISTOK, TREM PARA VOLKOVISK; e também detalhes sobre as datas de viagem, um grande relógio de estação, pontual, e uma lanchonete.

Vasserman puxa minha manga. Quer que eu o escute. Tem coisas a contar. Agora, agora.

Depois que voltaram de Paris para Varsóvia as coisas começaram a se arranjar. Sara era inteligente e sabia agradar. Não introduziu modificações na casa. Não destacou a sua presença. Sentiu os fios ocultos da rotina do marido e não os rompeu. Mas por si mesmas começaram a se estender pelo espaço da casa teias de uma nova suavidade. Jantares de verão foram servidos na minúscula varanda; às vezes ela tocava na flauta músicas de que ele gostava. Leu, seguindo sua orientação, os livros que eram importantes para ele (*Pecados da mocidade*, de Lilienblum, *Fliguelman*, de Numberg, histórias de Sholem Aleichem, Gordin, Asch e, naturalmente, Tolstoi e Gorki. E novamente dos nossos, Peretz e Mêndele Moicher Sforim, que ele tanto apreciava). Suas pequenas ilustrações, alegres, feitas com traço muito fino, começaram a envolvê-lo. Ela viajou com ele para uma visita aos pais dele em Bolichov e alegrou-se quando nele brotou repentinamente um manancial de recordações. Com a velha mãe dele aprendeu a fazer *rogolech* e *strudel* e o sabor dos bolos de Sara era tão parecido com os de sua mãe que o fato de ela fazer bolos melhor que sua mãe despertou nele certa irritação.

Em momentos assim tento extrair dele tantas informações quanto possível. Sugiro-lhe uma frase e aguardo para ver sua reação. Já posso adivinhar a vida deles, mas por vezes cometo um erro grave. Assim foi quando eu disse, com inocência: "E eu não fui um bom marido para ela, *ai*, não fui um bom marido, Shleimale". Ele se zangou muito comigo e só depois que o aplaquei ele corrigiu: "Fui um bom marido para ela. Fiz todas as suas vontades e preenchi todas as suas necessidades. Mas eu era também, *epes*, um pouco avarento. Ou seja, no amor...". E depois de um momento, para si mesmo: "*Nu*, sim, sim. Mas quem era então profeta para saber que teríamos tão pouco tempo juntos?".

De outra feita falou: "Realmente. Eu era sovina. Avarento no amor. E era possível ser mais tolerante e mais feliz do que fui. Feliz com ela, quero dizer. Mas eu também, quando, mesmo que raramente, queria demonstrar todos os meus sentimentos por ela, *nu*, sempre um certo sufoco me ficava atravessado na garganta, como as penas que se estufam no papo do peru, o que me condenava ao silêncio. Afastar dela meu rosto apaixonado. E por quê? Não sei. Talvez eu temesse demonstrar-lhe o quanto necessitava dela. Às vezes me parecia, você está ouvindo, que iria explodir, Deus me livre!, em mil pedaços se permitisse que o meu amor por ela saísse de mim, mesmo que fosse no tamanho de um dedo mínimo".

E eu o ajudo do fundo do meu coração: "E também a raiva infantil sobre esta humilhação. A humilhação imaginária, idiota: que depois de quarenta anos de auto-suficiência a gente fica tão subordinado a ela. Ao som da voz dela. Ao cheiro dela depois que ela toma banho e lava os cabelos. Ao movimento da mão afastando o cabelo dos olhos". E Anshel Vasserman, um pouco agitado, dá-me a entender que somente eu, que o conheço tão bem, sei avaliá-lo: "E também o corpo, com seu perdão, como direi isto, Shleimale... o corpo, quer dizer..." e apresso-me em ajudá-lo: "Também o corpo, o corpo necessita tanto dela. Da sua flexibilidade jovem, da sua pele esticada sobre a carne com a força selvagem da vida e do desejo. Da incompreensão absoluta e tempestuosa que é despertada pela nova geografia, não de todo madura, totalmente imaginária dos seus seios jovens, dos quadris e do ventre e das coxas e dos lábios, pois por vezes, vovô, depois que todas as palavras e toda a sabedoria se esgotam, como é grande o consolo que duas pessoas podem trazer uma à outra com seus corpos..." e ele: "E também a caminho daqui, que uma praga caia sobre minha cabeça, Shleimale, *nu*, realmente, para mim é um pouco difícil falar disso..." e eu lhe forneço palavras: "E no trem para cá viajamos horas um junto ao outro, de noite, apertados, e ela se apegou a mim como uma avezinha e eu não soube gozar nem estes últimos momentos furtivos, e todo o tempo olhei para os lados, para ver se a menina não estava acordada olhando, se alguém estaria percebendo aqueles abraços desesperados e puros...".

E numa outra vez, Vasserman: "Hoje sei que, para algumas pessoas, o sentido da vida é o trabalho; para outras, a arte ou o amor é a raiz de sua alma e o único sentido de sua existência. Mas eu pertenço pelo visto ao tipo *shlimazl*, azarento, porque a minha Sara, ela própria era o sentido da minha vida e eu só fiquei sabendo disso aqui. *Ai*, tenho certeza de que a maioria das pessoas sabe se resguardar de tais erros. Faço votos que você saiba se cuidar. Porque quem está apaixonado pelo amor sempre encontrará alguém novo para amar. Mas eu me prendi a uma mulher. Não tive vida depois dela, nem a ela eu consegui amar como ela merecia...".

Agora, a lanchonete. Os recém-chegados olham o bufê da estação simulada. Há de tudo ali: pãezinhos, cigarros, bolachas, pequenos bombons envoltos em papel prateado. As crianças são sempre as primeiras a descobrir o bufê, e exigem dos pais que lhes comprem algo. Vasserman: "A nós também estas guloseimas que há aqui nos deixam loucos. Por um momento todos nos tornamos crianças. Diante desta tentação nem os mais desconfiados resistem. *Et!* Você se lembra, Shleimale, do jovem oficial Hoffler que me empurrou para Neigel? Ele é o encarregado deste balcão de vendas. Não vende nada, naturalmente. É um oficial ilustre, e não um vendedor. E ele até o limpa diariamente do pó e da fuligem da fumaça da locomotiva e dos fornos crematórios, lava os vidros finos, troca os pãezinhos mofados por outros novos, dobra bonitos papéis coloridos e os põe nos lugares destinados a eles. Eu o acompanho e me admiro diariamente: tão novo e já tão diligente e organizado! Com que preocupação controla a bela pilha de biscoitos, para que fique mais atraente! Felizardos os olhos que a viram! Dá um passo para trás, examina o que fez e aprova, como um pintor que observa seu quadro. Deverá ser arquiteto quando crescer. Ou talvez confeiteiro. Ele é um artista. Um artista verdadeiro e modesto. Agora ele passará pela última vez um pano úmido, não aquele com o qual esfregou antes os vidros finos, Deus o livre, nos bombons vermelhos, na garrafa de refrigerante que está sempre parcialmente cheia".

Vasserman cava buracos na terra e faz cálculos com seus dedos enegrecidos. Viveram juntos vinte anos. Sete mil dias aproximadamente. Só sete mil dias. Vasserman: "Você pode dizer mil quintas-feiras... *ai*... é uma pena, é uma pena, tão lamentável... e desperdiçamos tanto tempo em pequenas brigas e discussões e meu temperamento tão tolo... eu não sabia, não pude suportar a felicidade simples, a felicidade direta que ela quis me dar. Odiei o sacrifício que ela fez por mim. O sacrifício da sua juventude e seu talento para amar... desenvolvi em minha mente uma espécie de fantasia torta de que Sara se casara comigo por me ter idealizado erroneamente em sua imaginação... um ideal de escritor bem-dotado que só se interessa por idéias elevadas e por todos aqueles ideais e pela guerra do bem contra o mal, *nu*, sim, ela também tinha digerido minhas histórias na infância e por causa das histórias ela tinha vindo... por isso, de propósito, empenhei-me o tempo todo em mostrar-lhe olho no olho o quanto ela se enganara a meu respeito. Até que ponto esse Vasserman com o qual ela se casou nada era senão uma criatura fraca e covarde, feia, *et*! Eu a examinava, você entende, para averiguar quando ela finalmente se cansaria de mim e sairia dos seus limites e me atiraria a minha vergonha, a vergonha da sua decepção...".

E mesmo assim: "Apesar disso, eu não tinha ninguém fora ela, e mesmo ela, eu acho, me amava; gostávamos de ficar juntos e conversar, ela era *bérie*, uma boa dona-de-casa, a minha Sara, e muito esperta, a minha virtude, muito mais inteligente que eu... e nós gostávamos até de fazer juntos todas as tarefas domésticas, *nu*, não me envergonho disso... às vezes, nos momentos de ternura, quando fazíamos juntos um bolo, ou quando tirávamos as roupas de inverno para guardar as de verão nos armários, ou quando esfregávamos o soalho juntos, de repente o olhar de um tocava no olhar do outro, *nu*, você entende... o ar, eu lhe digo, o ar se incendiava e quase se arrastava como mel entre nós... ou nos precavíamos de olhar os olhos um do outro, e a partir do momento em que olhávamos, éramos obrigados a, quer dizer, nos abraçar, com seu perdão. *Ai*, nosso beijo era como um relâmpago...".

Sobre a filha, Vasserman nunca fala. O nome dela é Tirza, e nasceu nove anos após o casamento. Tudo o que sei dela é o pouco que soube pela vovó Heni, quando eu tinha uns cinco ou seis anos, e dos restos das vagas lembranças de minha mãe. Só isso.

"E vou lhe confessar mais um segredo, Shleimale", diz-me Vasserman e seu rosto se torna um pouco mais suave, "no início costumávamos ficar quietos juntos, minha Sara e eu. Ela era um pouco tímida e eu, *nu*, então, para mim era cômodo assim. Eu não encontrava em minha vida nada bonito para contar a ela de noite. Eu achava, *et*, a vida um tédio total! E minha vida merecia frases muito bonitas? *Nu*, e veio esta cabritinha, a minha Sara, e me ensinou como se comporta um casal e me esclareceu, seu jeito modesto, que não há um momento que não seja maravilhoso, e não há uma pessoa que não tenha um fio de beleza, e até uma bolha de sabão brilha com uma miríade de cores ao sol, em suma: ela me ensinou a boa lição, dizendo tudo, quero lhe dizer tudo, *Anshil* (era assim que pronunciava meu nome: Anshil, como uma carícia de lábios), tudo, e você também, se você encontrou alguém e conversou, por favor conte-me o que ele lhe disse e o que você respondeu, e como tinha posto o seu chapéu, e como riu e suspirou, também ela me contava o que acontecia na loja de perucas, e aos poucos nossa vida foi-se enchendo e floresceu com estas miudezas, e por fim estas coisinhas foram se enfeitando aos nossos olhos até que se tornaram muito caras, você vê, deste modo, com sua sabedoria, Sara embelezou o tédio da minha vida..."

Neigel sai agora do barracão. Elegante e polido em seu uniforme. Passa por Vasserman, finge não vê-lo. Caminha em direção à plataforma, o que significa que pretende hoje escolher cinqüenta novos operários para o seu campo, no lugar do grupo dos "azuis" de agora. Vasserman olha para os "azuis". Eles olham para Neigel. Sabem que se ele chegar à plataforma haverá uma seleção e novos trabalhadores os substituirão. Apesar disso, continuam a fazer seu serviço e a acalmar com palavras tranqüilizadoras, comuns, os recém-chegados. "Meu Deus", sussurra Vasserman, "você pode compreender, Shleimale, por que os 'azuis' não se levantam agora contra seus captores e negociam suas vidas tomando ao menos um deles? Agora, quando tudo está claro para eles? Eu lhe explicarei por quê..." Mas não estou interessado em ouvir dele a resposta. Tenho minhas próprias opiniões sobre esta questão de "rebanho para o matadouro".

"E certa vez", Vasserman desvia o olhar da imagem e volta a me contar sua história, "certa vez, cerca de dois anos depois que nos casamos, eu estava imerso num daqueles caprichos de sentir pena de mim mesmo, Sara foi sozinha para uma festa de Chanucá na casa dos Zalmanson. Uma daquelas festas que eu abominava, eu sempre ia porque temia ofender Zalmanson, enquanto ele próprio nem ao menos me notava ali, sempre tinha um público novo para saudá-lo pelas suas maravilhas, ah, este Zalmanson era um agitador." "Sim, sim", eu o apresso, "sobre Zalmanson ouviremos em outra ocasião. Conte-me o que aconteceu lá." "Não se apresse. Está difícil falar disso... bem, Sara foi para lá sozinha. Com os olhos vermelhos de chorar... e meu coração apiedado e amargurado, não corri atrás dela para acalmá-la, que desgraçado eu era... e na festa..." — sua voz se torna um pouco distante e grave — "bem, aconteceu que ela permitiu a Zalmanson empurrá-la para dentro do guarda-casacos e beijá-la uma vez na boca. Bem, foi assim. Agora você também sabe. Nunca contei a ninguém..."

Assim? Então ali também aconteciam coisas assim? Já naquela época?

"E como você ficou sabendo disso, vovô? Com certeza você a seguiu e torturou com suspeitas, até que ela confessou. Talvez tivesse encontrado uma carta de Zalmanson com ela. Talvez alguém a tenha denunciado."

"Ela voltou para casa e me contou tudo. Não pediu que eu a perdoasse e não o acusou. Aquele bandido! Disse que viu que ele necessitava dela, e não conseguiu recusar. Necessitava dela! Como era ingênua! E como eu podia saber que Zalmanson era um adúltero? Aparentemente era um chefe de família dedicado e fiel, que amava a esposa e as três filhas feias, mas eu sabia, de sua própria boca, que cada saia que passava por ele lhe acendia a fagulha, um incêndio o consumia! *Pardon.*"

Quando ela lhe contou isso, o pequeno Vasserman tremeu de raiva e humilhação. Todas as criaturas mais nefandas que habitavam secretamente a sua alma irromperam de uma vez. Ele só quis saber se Zalmanson, "depois que a desonrou", zombara dele. Sara olhou para ele espantada e com grande dor, e disse que Zalmanson ficara calado. Que não há espaço para se falar sobre profanação da honra. Que ela lhe correspondera por vontade própria e que jamais voltaria a fazê-lo. Também Zalmanson sabe disso. Ela disse: "Ele estava triste. Eu não acreditaria que um homem como ele pudesse ficar tão triste". (Sua Sara sempre falava com palavras "suaves".) E Vasserman: "Triste! Assim como Jesus ascendeu ao céu, e Maomé voou sobre a montaria, da mesma forma Zalmanson ficou triste!". Sara disse que Zalmanson pedira a ela que não contasse a Vasserman, mas ela decidira contar, porque de todo modo nada havia acontecido, o que não tinha importância alguma para ela e ela não queria que houvesse mentira entre ela e Vasserman. Só lhe pedia que nunca mais voltasse a falar a respeito. E este pedido ele atendeu, imagino, a seu modo. "Sim, Shleimale. Durante o ano que se seguiu fiz para nós um pequeno inferno de silêncio. *Nu,* também isto evaporou, como leite derramado! Mas só depois de muito tempo consegui refletir sobre os dois lá, no armário, sem que meu sangue se agitasse nas veias. O judeu, que lhe direi?, é feito de um material muito estranho..."

Enquanto isso Neigel estava sentado avaliando. Sentado numa cadeira militar dobrável, escolhia os novos trabalhadores dentre os recém-chegados. Não tinha nenhuma expressão no rosto. Um rosto absolutamente vazio. Himmler poderia orgulhar-se dele. Crava um olhar em quem está parado diante dele e a cabeça se move um pouco para a direita ou para a esquerda. *Links, rechts, links, rechts.* Vasserman: "E sem perceber, a minha cabeça também, *ó cholera,* movia-se com ele, esquerda, direita...".

Neigel escolheu os seus novos operários. Os "azuis" anteriores são empurrados para o salão da estação para se despirem. Neigel levanta-se e volta ao trabalho no barracão. Secretamente Vasserman examina a nuca do alemão. "Viu?

314

Não ficou nenhuma cicatriz destes movimentos de cabeça. Nem uma ruga!" Os velhos, crianças e deficientes são levados ao *Lazarett*, e ali já os aguarda a pistola de Stauke. Disparos silenciosos são ouvidos a intervalos muito curtos. Hoffler, com o rosto de criança responsável e inteligente, baixa a persiana de ferro sobre o pequeno bar, para que o sol não estrague a mercadoria até a chegada do próximo trem. Vasserman se despede novamente por três horas dos bombons. Vasserman: "E foi assim a história, de um lado do universo, a uma caminhada de centenas de passos, a minha menina, a minha querida Tirzale trouxe a vida pura, jovem, e do outro lado veio a morte e se encontraram quando ela encostou a mãozinha no bombom de chocolate". E ele então refletiu com um profundo suspiro que "pode ser, Deus me livre, que eu já não consiga morrer, porque experimento aqui a minha morte muitas vezes, ao menos três vezes por dia, quando chegam os trens...".

E depois, quando os prisioneiros nus passam por ele no "Caminho do Céu", ele se inclina e enterra o rosto nos sulcos dos canteiros.

Quando a corrida acaba e até os cães ferozes dos ucranianos param de latir com seus focinhos vermelhos de sangue, Vasserman se ergue e põe-se de pé. Cheira os dedos, esfrega a terra úmida e preta que grudou neles. Um forte cheiro de suor brota de seu corpo. Vasserman: "*Nu*, na minha imaginação vejo como a minha Sara cheira o sovaco da minha camisa e torce o nariz. Minha esposa, se não me engano, era uma cheiradora insuperável".

5.

Oto: "Já estávamos há um ano na floresta quando aquilo aconteceu. Voltei de Borislav à noite e junto à entrada número um da mina encontrei aquele bebê envolto num cobertor que se desfazia e este tiquinho de gente estava deitado quietinho, não dava nenhum pio, olhava para mim de olhos abertos como gente grande, mas em contraste vocês deviam ter visto o nosso Fried quando entrei e lhe dei o presente. *Oho*! Mal ele deu uma espiada no cobertor e sua fisionomia se fechou como uma porta ao vento. E ele só pôde dizer 'o que é isto? o que é isto?' como um papagaio ou algo parecido, mesmo tendo visto muito bem o que era; depois perguntou 'está vivo?' e eu, *nu*, naturalmente que lhe enfiei com força o pacote nas mãos e disse 'examine, examine, porque o médico aqui é você, ou estou enganado?'."

Por um momento um olhou para o outro. O médico, fatigado e temeroso, e Oto, emocionado, apoiando-se ora num, ora no outro pé. O dr. Fried depositou o bebê sobre um caixote de madeira que era usado como mesa e foi lavar as mãos numa bacia. Os movimentos de fricção na água revolveram suas lembranças dos dias nos quais tratava de muitos pacientes. Fried era um médico dedicado, mas certamente ter-se-ia aborrecido se ouvisse tal definição. Jamais reconhecera nem para si mesmo que tratava as pessoas por preocupar-se com elas. Preferia ver-se como alguém que combatia os inimigos do homem. Agora regressou, secou as mãos em gestos rápidos no ar, abaixou um pouco o cobertor do bebê e o observou demoradamente. Parecia-lhe prematuro. Era muito pequeno, os olhos cinzentos pareciam estar cobertos por uma leve membrana e a pele clara e enrugada dava a impressão de ter sido deixada muito tempo na água. Seus pequenos punhos, avermelhados, nadavam cegamente no ar e a pequena testa se enrugava no esforço. Fried: "Uma coisa assim! E no meio da floresta! Quem, faça-me o favor, pode..." e Oto: "Uma pobre mulher. Com certeza esperou que morresse logo e sem dores". Fried: "Mas os ursos podiam tê-lo devorado, *cholera*!". Oto: "Você vai ajudá-lo, hem, Fried?". Fried: "O quê? Eu? Que posso fazer com um bebê assim aqui? É melhor você recolocá-lo onde o encontrou". Vasserman: "Mas, distraído, o velho médico passou o dedo no peito macio e suave do bebê e recuou imediatamente devido a uma saudade que tomou conta dele e sufocou-lhe a garganta. E ao olhar as pontas dos dedos viu uma espécie de camada gordurosa macia e esbranquiçada. Oto também estendeu a mão e tocou a barriga do bebê. Depois cheirou-a e provou-a". Oto: "É como o pó das borboletas, não?".

Mas aqui novamente Neigel se inclinou para a frente, sobre a escrivaninha, e pela primeira vez desde que Vasserman começara a ler esta noite, ele fala: "Não, Vasserman, claro que não é pó de borboleta. Isso eu posso lhe dizer da minha experiência pessoal, se me permite". E como Neigel tem dois filhos, ele explica a Vasserman que os bebês nascem às vezes com o corpo coberto por uma "espécie de camada oleosa que serve para alguma coisa, não me lembro mais para quê". Mas Anshel Vasserman, numa voz que não pretende absolutamente parecer paciente ("*Ai*, já me cansei desta exatidão estúpida! Se me desvio para os campos da imaginação avançada, logo ele se assusta e recua. Ele deve aceitar os erros da história! Porque estou para preparar para ele uma feira inteira no *boidem*, no sótão!"), explica a Neigel se ele, Vasserman, decidir que é pó de borboleta, será mesmo pó de borboleta, e Neigel, um tanto contrariado, diz com suavidade: "Mas existe mesmo um pó assim nas crianças recém-nascidas?". E Vasserman, com veemência: "Quanto à epilepsia de Oto, o senhor já pescou algo com seu anzol?". E Neigel: "Sim, sim. E não seja tão atrevido. Stauke me contou algumas coisas. Não vejo o que Oto poderá fazer com estes ataques". E folheando a caderneta, arranca dali uma folha escrita com sua letra. "O que o senhor disse a ele, a Stauke?", pergunta Vasserman, como que por acaso, e Neigel: "Ah, uma historinha sobre uma tia doente em Füssen. Ele até se alegrou em ajudar. Aliás, com referência às lebres e às raposas, você cometeu mesmo uns erros grosseiros. As lebres não vagueiam e as raposas não hibernam. Que bobagem! Quando você estava contando achei que eu estava enganado. Pois eu conheço um pouco de lebres e raposas, mas confiei mais em você do que em mim. Pensei que os escritores simplesmente soubessem mais, *nu*, e Stauke já deitou e rolou. Ele até riu de mim quando perguntei. Tente ser um pouco mais exato nas suas adivinhações, nas coisas que você não entende".

"O bebê está arruinando", diz Vasserman. "O quê? O que você disse?" "Um arrulho. Estamos de volta à nossa história. Onde estávamos?" (Vasserman: "No cesto de papéis de Neigel havia um envelope azul, que não era militar e mesmo sem os meus pobres óculos eu podia perceber nele a pequena letra feminina. E antes que eu compreendesse o que meus olhos estavam vendo, senti um arrepio: ela! E uma espécie de névoa soprava do envelope, *ai*, a caligrafia delicada de uma mulher...".)

Neigel pigarreia: "Seu pó de borboleta, Sherazade". Vasserman: "Pó de borboleta? Não é pó de borboleta, lhe responderá o culto médico dr. Albert Fried, mas uma camada oleosa cuja função é proteger o feto do forte líquido do útero". Neigel: "Vá para o inferno, *Scheissemeister*, você já real...". "Psiu psiu! Cocorocó! Fiu fiu fiu! ele está me ouvindo, Fried!" (exclama o bom Oto). "Ele está me ouvindo!" Fried: "Dá para ouvir você até em Borislav". Yedidiya Munin: "O que é isto? Vocês trouxeram um bebê?". Fried: "Oto o encontrou. Como se nos faltassem problemas". Munin: "Que bebê feio!". Oto: "Todos são assim ao nascer. Ele crescerá e será lindo. Ele precisa de leite".

Neigel, que estava de tocaia o tempo todo, dá um pulo: "Aqui? Na floresta?". Vasserman: "Bem, sei que vai ser um problema. Realmente. Como fato em si, é um problema. Mas não temos alternativa e necessitamos de leite. Ajude-nos, *Herr* Neigel".

O alemão se empertiga na cadeira, como se o seu superior tivesse entrado naquele momento no aposento. Sua expressão era a de um soldado. Vasserman repete o pedido. O dedo de Neigel bate no vidro e a marca que deixa é úmida. Depois de pensar longamente sugere que um dos membros do grupo, "de preferência Oto, que não corre perigo", vá à aldeia próxima comprar leite dos camponeses. Vasserman concorda com entusiasmo, finge estar anotando em seu caderno e diante dele Neigel relaxa, seu rosto se torna arrogante, corado, mas de repente, como se só então começasse a se dar conta, Vasserman "risca" impetuosamente com a caneta, com energia demais, as palavras do alemão, e informa que "é perigoso, extremamente perigoso, porque já vai escurecer na floresta e há lobos por lá, e até se ouvirão tiros de fuzil, e pobre de quem andar por lá numa hora dessas". "Tiros, hem?" "Ah, sim. Esqueci de lhe contar sobre isso antes." "Naturalmente." Por um momento Neigel fecha os lábios num movimento tão decidido que seu queixo estala e a boca quase encosta no nariz. Mas de repente vacila nele, aparentemente para sua surpresa, uma idéia, e ele a apresenta em voz alta, com um entusiasmo que é difícil conter, que mostra principalmente a alegria da vingança contra Vasserman: "Ouça! Fried poderá levar a criança a uma gazela! Há gazelas na floresta. Eu sei. E esta gazela pariu há pouco tempo. Devo ter-me esquecido de lhe contar... ela tem muito leite e Fried com certeza poderá convencê-la a ceder um pouco para o bebê, não?". E o escritor, um pouco encolhido: "Bela idéia, *Herr* Neigel, combina bem. Tiro-lhe o meu chapéu, é um modo de falar, naturalmente!". ("Esaú enrubesceu todinho e eu sabia que isso era mau. Eu tinha acabado de lhe mostrar que Deus lhe dera uma cabeça para pensar e um coração para sentir e ele já os estava usando com a típica eficiência alemã, *tfu*! Eu devia enfaixar meus quadris quebrados e travar uma luta com ele!") "Realmente, *Herr* Neigel: bela idéia! E até saiu de sua boca louvavelmente organizada e correta, mas a questão é que o senhor é realista demais. Ou seja, carregado de realidade e enredado até o sufoco em seus rudes fios. Pois nós dois desejamos fazer uma melhoria aqui. Libertar um animal selvagem, soltar as rédeas do jumento... bem, vou contar-lhe como a coisa aconteceu realmente."

"Estou atento", disse Neigel, visivelmente irritado.

"Oto aproximou-se de Herotion e lhe sussurrou um segredo ao ouvido. Herotion recuou abalado e lançou um terrível gemido, de quebrar meio corpo! Mas Oto não o deixou em paz e insistiu sem parar e o pobre Herotion, que há anos se recusa a fazer mágicas de verdade, mágicas que não sejam prestidigitação ou ilusão de ótica ou apenas ilusionismo, foi obrigado a cumprir a vontade de Oto, porque não se pode recusar nada a ele, pediu a Oto uma vasilha, cobriu-a com um saco, e depois meteu a cabeça e a maior parte do corpo no saco, deixando só os joelhos de fora, e assim enfrentou a vasilha durante um bom tempo; dentro do saco ouviam-se seus gemidos e suspiros, porque odiava profundamente o talento de milagreiro com que eu o dotei nas histórias das *Crianças do Coração*; o saco foi triturado sobre o corpo dele, estremeceu e agitou-se como o mar na tempestade, e após algum tempo silenciou e acalmou-se, e então Herotion apareceu, o rosto cinzento como o próprio saco, como se tivesse visto o demônio, Deus o livre, e com a mão trêmula estendeu para Oto a vasilha, cheia até a borda de um líquido branco, do qual saía um vapor quente, *ai...*" E Vasserman se cala por um momento. ("E eu bem me lembrava do sabor deste leite, Shleimale, dos dias felizes em que a minha Sara, o meu tesouro, amamentava a nossa cabritinha Tirzale... *et*! Ela, quer dizer... você sabe como as mulheres são nestas ocasiões... não se envergonham... são mães... e me ordenou, e me forçou a provar e eu recusei, claro que recusei... fiquei tão confuso! Só a você posso contar estas coisas... mas uma vez, num incidente íntimo... bem, enfim, provei uma gotinha...") E este Neigel, justamente Neigel, que fala numa voz tão baixa como se fosse para si mesmo: "Um líquido branco e quente, e também doce. Sim". E o escritor judeu lentamente, tenso, qual espião que examina se o homem que disse a senha é realmente seu aliado: "Muito doce. E dissolve na boca". E Neigel: "Sim, e muito rico". E então ambos finalmente espiam por um momento os olhos um do outro e, muito embaraçados, apressam-se, cada um deles, em olhar em outra direção e ambos, como se fossem um só, enrubescem muito.

Então, em sua angústia, empurram a vasilha com o leite materno encantado para Fried e esperam que ele os tire daquela situação embaraçosa, porém Fried recolhe a mão com raiva, também ele é muito fechado e desconfiado, sem dúvida por causa da intrusão rude e ousada do bebê em sua vida, e também, talvez, por causa da dolorosa injustiça que havia nisso, que um bebê vivo e saudável se encontre tão perto de Fried, que durante dois anos inteiros absorveu a radiação do desejo estéril por um bebê. E então, quando Vasserman diz "estéril", percebe que os olhos de Neigel se expandem um pouco, exatamente como os olhos de Zalmanson se abriam quando Vasserman dizia "minha esposa, Sara". ("Zalmanson bem que suspeitou que eu sabia de toda a história entre ele e a minha Sara, mas eu tornei as coisas difíceis para ele e não falei nenhuma palavra a respeito. Calei-me como um peixe e deixei-o cozinhar em sua amargura.") Vasserman não entende a tensão ligeira que toma conta de Neigel ao ouvir esta palavra. Por um momento ele se diverte tentando adivinhar que talvez as duas crianças da foto sejam adotadas e esta seja a explicação de serem tão jovens, em comparação aos quarenta e cinco anos de Neigel. Mas o menino se parece com Neigel e a menina se parece com a mulher dele. O que seria então? Vasserman está confuso, pára de ler e olha para o espaço. De uma só vez e até sem necessitar de um tiro na cabeça, brota-lhe uma idéia e ele já sabe, ou melhor, se lembra, de que doença morreu Paula. Todos os indícios que havia espalhado para si concentraram-se de imediato e ele estava agora mais certo do que nunca de que chegaria o momento em que "Neigel comeria da minha mão".

Fried sai para buscar uma colherinha no nicho que servia de cozinha para o grupo, e de longe ouve Oto dizer que o bebê tem dois dentes, e lhe responde da cozinha, num rugido, que já ouviu casos assim e sabe que há bebês que nascem com o corpo coberto de pêlos; Oto abre assustado os nós do cobertor, espia e anuncia que "não tem pêlo! Só este pó de borboleta, e... Fried! O nosso bebê é um menino!". Fried ouve, e um grande cansaço o domina de uma só vez. Apóia a cabeça no armário de refrigeração como se se apoiasse nos ombros de um amigo. Espanta-se por não ouvir nenhum som que lhe sugira um negócio: todos os anos que lhe restaram em troca de um dia com esta criança e com Paula. E então lentamente ele se empertiga e cerra os punhos. Será possível que a criança seja o sinal que Fried espera há três anos? Há setenta anos? E será possível que a vida, num gesto excepcional, decidiu atender finalmente o seu brado, seu desespero, sua ousadia, e rompeu a linha que ele traça na poeira toda manhã desde que Paula morreu? E Oto, de longe, rindo: "Ei, rapaz! Não na minha camisa!".

Depois, quando Fried traz a Oto uma colherinha limpa e fica a seu lado, aproxima secretamente o nariz da cabecinha envolta numa penugem branca e cheira. "*Ai*", diz Vasserman em voz velada, carregada de saudade, "e o senhor médico aspira a doçura desta fragrância única." Neigel confirma, com um gesto de cabeça, que também ele conhece este cheiro, que é inimitável, impossível de reconstituir, e Vasserman como que lamenta numa triste melodia as palavras: "Este cheiro chegou ao seu coração como um chamusco. Como num gesto de cabeça a atadura foi tirada de sua antiga ferida, que ainda sangra". E Neigel, depois de um momento de silêncio: "Não me olhe assim. Quero lhe contar algo. Agora já sei que você usa isto contra mim pelo seu jeitinho judaico, mas não me importa. Quando meu Karl nasceu e eu voltava nas folgas, me aproximava à noite em silêncio e ficava ao lado do seu berço cheirando-o. Parecia então que umas formigas passeavam nas minhas costas". E Anshel Vasserman: "Eu sabia".

O bebê bebeu e bebeu e por fim disse "ahá", em voz tranqüila, regurgitou um pouco de leite sobre as calças do médico. Fried em sua angústia berrou que deviam imediatamente chamar alguém! Ou informar às autoridades! Sim, Fried estava muito assustado. Andava pelo salão de um lado para o outro em seus passos de camelo e vociferava furioso. Oto, astuciosamente, estendeu-lhe o bebê satisfeito. Fried olhou para ele zangado. Bem sabia que Oto tentava fazê-lo cair na armadilha do amor à vida. ("Ou, se você preferir, Shleimale, conduzi-lo de volta a Chelm.") A esse respeito ambos discutiam sem palavras desde a morte de Paula. Talvez desde que se conheceram na infância distante. De repente, numa decisão firme, Oto passou o bebê para os braços de Fried.

Mas quem estava agora espiando no salão escuro? Vestida em roupas sujas de trabalho, o corpo magro e a pele pendente, o rosto enrugado e coberto de sujeira e estranhas manchas de tinta, com uma peruca arrancada balançando na cabeça? Ela espia o salão por um momento apenas e diz... ela não diz nada, porque Neigel se intromete aqui e pede a Vasserman: "Vasserman, por favor, apresente-me à nossa nova companheira!". E o escritor: "Com prazer, *Herr* Neigel. Esta é mais uma companheira nova do grupo Crianças do Coração e seu nome judaico é Hana Tsitrin, é Hana, a encantada, doente de amor, a ousada combatente, desesperada, e ela é, hum, a mulher mais linda do mundo".

E ele não atenta para o protesto de Neigel ("A mais linda do mun...? Mas você disse enrugada!") e declara novamente com firmeza que não há no mundo todo mulher mais linda que Hana Tsitrin, mas que ela está muito infeliz, morre de amor e de saudade, e quando Hana ouve de Oto que "temos aqui um bebê novo, Hana", ela recua, o rosto se contorce como se a tivessem açoitado e se apressa em ir embora. *Herr* Neigel é obrigado a compreender que as pessoas aqui têm toda espécie de pequenos caprichos, cada qual com seu fardo, como dizem as pessoas, e Hana, *nu*, ela ainda não pode voltar e olhar o bebê. As lembranças ainda estão muito frescas, e *Herr* Neigel deve entender isso.

Mas enquanto estávamos acompanhando Hana, resmunga Vasserman, quase perdemos o principal! Porque Fried ousou finalmente aproximar o bebê de seu corpo e agora ele coloca dedos hesitantes na frágil cabecinha, acaricia-a, detém-se temeroso por um momento na testa... Neigel: "No lugar onde há uma fenda entre os ossos? Eu sei. Jamais ousei tocar ali". E, sem perceber, ambos se encontram entretidos numa conversa sobre aquele ponto no crânio do frágil bebê no qual você (Neigel:) "pode sentir de verdade como o cérebro respira.

Palpita como um coração". E também (Vasserman:) "você pode sentir ali a raiz da vida palpitando na ponta dos dedos". E Vasserman também se lembra nesta ocasião de um pássaro sobre o qual leu certa vez, um pequeno pássaro que vive no pólo sul (ou norte?), que, ao ser tocado levemente no peito, o coração pára imediatamente de bater. "O senhor não teria gostado de segurar um pássaro assim, *Herr* Neigel." "Sim", diz o alemão, "certamente é um pouco enervante."

E a revelação. O médico ergue o bebê no ar, diante do rosto, e as mãozinhas se estendem para a frente. Seus movimentos ainda são casuais, descoordenados. Elas tocam a grande calva e logo caem para o bigode curto, prateado, aparado no estilo militar; de repente elas se enchem de vida, adejam alegremente sobre as duas bochechas alongadas, sobre o grande nariz rubro, o lagar das lágrimas, e a cada momento tornam-se espertas, passeiam com uma curiosidade lenta pelo jardim da vida do médico. Sim, todos prenderam a respiração e observaram: os dedinhos pousaram sobre os grandes lábios pálidos e induziram de dentro deles a sensualidade que havia anos expirara ali. Escritas mágicas avultaram por um momento e desfizeram-se na parede áspera da pedreira — o rosto de Fried — e o médico soltou um de seus gemidos amargos, "pobre menino", ele disse, e Neigel: "Vai ser difícil para ele começar assim a vida". E Oto: "Que história". E Fried respondeu severamente: "Coisas assim acontecem".

Fried havia determinado que jamais se espantaria. De uma vez por todas ele simplesmente se exilara, numa decisão enérgica, de todo espanto. Vasserman: "Diferentemente do sr. Marcus, que fez todo o possível para adaptar para si alguns sentimentos novos e frescos, o médico empenhou-se toda a vida em diminuir seus sentimentos e perdê-los". Mas a decisão de se privar do espanto não lhe trouxe nenhuma satisfação ou alívio. Ao contrário: à medida que envelhecia e quanto mais acumulava para si os bens da sabedoria e experiência de vida, parecia-lhe que devia envidar crescentes esforços para manter sua decisão.

Neste momento Oto deverá anunciar que o bebê permanecerá esta noite com Fried, "e amanhã veremos". Ignora os protestos assustados de Fried, alegando sabiamente que "o bebê necessita dos cuidados de um médico, certo?". E sai junto com os demais membros do grupo, não sem antes aconselhar Fried a preparar fraldas de um lençol velho ou de uma camiseta. Parece que se pode ouvir no salão o eco das loucas batidas do coração do médico.

Saíram, e Fried ficou com o bebê. Mas não sozinhos: uma enorme borboleta branca soltou-se repentinamente de uma das grossas raízes do carvalho e começou a pairar no salão meio escuro. A borboleta deslizou lentamente diante do rosto de Fried, como se quisesse compreendê-lo. Examinou-o tão atentamente que o médico ficou embaraçado. Enquanto isso, percebeu que as asas da borboleta tinham a forma de um coração e uma antiga lembrança lhe voltou por um instante à memória: toda vez que Oto decidia que o grupo devia sair para uma nova missão de salvamento, começava a desenhar corações nas árvores e cercas junto às casas dos membros do grupo. Era o sinal. A borboleta agitou as asas sobre os olhos do bebê. Por algum motivo pareceu a Fried que ela soprava sobre eles o primeiro alento de vida. E talvez sobre o próprio Fried. Ele não ousou se mover enquanto a estranha dança continuava. A borboleta passou mais uma vez sobre eles, como se desenhasse um círculo em torno de ambos, e depois voou para fora através dos túneis. Os indícios prateados de suas asas batendo ainda puderam ser vistos durante muitas semanas ao longo das paredes pretas.

De repente, o médico sentiu que o bebê começou a respirar muito rapidamente e que seu corpo se remexia inquieto. Uma premonição assustadora levou-o a espiar a barriga do bebê: não havia sinais de sangue coagulado no umbigo. Na verdade, não se percebia no umbigo nenhum sinal de rompimento ou corte, o bebê não tinha umbigo.

Aconteceram muitas outras coisas naquela noite, na história e no barracão. E às vezes é até difícil distinguir entre elas. Teria Fried examinado o bebê na cama de lona do quarto do comandante do campo de extermínio e descoberto que a pulsação era muito rápida, quase dez vezes mais do que o normal? Será que no Salão da Amizade tocara repentinamente o telefone para uma chamada de Berlim de "uma personalidade muito importante"? e não só isso, mas teria o interlocutor de Berlim exaltado a atuação de Neigel no campo nos últimos tempos, a ponto de necessitar de nítidas imagens musicais, pelas quais comparou "seus atos e sua criatividade", meu caro Neigel, "às grandes óperas de Wagner e dos grandes compositores nacional-socialistas da nossa era". E depois que Neigel, totalmente enrubescido de prazer e fazendo sinais com a mão a Vasserman para ficar quieto e adivinhar pela expressão de seu rosto o que fora dito, pediu ao *Reichsführer* Himmler que enviasse ao seu campo todo o necessário para o estabelecimento de "um sistema" adicional de mais três câmaras de gás ("para incrementar o ritmo, comandante, incrementá-lo mais e mais!"), Himmler prometeu estudar o pedido com simpatia, mas nada prometia por enquanto ("Certamente você ouviu falar, meu caro Neigel, de certas dificuldades temporárias no Leste?"), frisou novamente o "excelente ritmo da realização do campo", fez alguma menção a respeito da divisa de *Standartenführer* que seria brevemente enviada a uma certa pessoa querida e concluiu a conversa num crescendo de elogios, que no final (e aliás, também esta citação, como as anteriores, foi tomada das conversas telefônicas noturnas realizadas entre Himmler e seu protegido Jürgen Stroop, na véspera da "Grande Ação" no gueto de Varsóvia) disse o assessor de Hitler: "Continue a tocar assim, maestro, e o nosso *Führer* e eu jamais o esqueceremos".

Vasserman, que ouviu sobressaltado a conversa, empertigou-se assim que ela foi concluída, não deixou que Neigel tivesse tempo de se vangloriar, nem lhe permitiu que contasse quem era o ilustre interlocutor, e num ritmo assustado continuou a contar sobre Fried que ficara sozinho com o bebê, Fried que se agitara assustado no pequeno barracão de um lado para o outro e que puxara com força a ponta do próprio narigão vermelho com um movimento mecânico e que a cada momento parava para olhar o bebê que dormia no sofá com os punhos fechados, "como se neles prendesse o próprio segredo da vida".

"Tatatatá!", exclama Neigel, ainda orgulhoso: "Como assim 'sofá'? E 'um pequeno barracão'? Perdi uma parte enquanto falava com o *Reichsführer* Himmler?". Vasserman pigarreou levemente, sorriu fútil, desculpou-se pela "minha irritante distração! Quase esqueci de lhe contar que... bem..." em suma: ele transferiu a trama para outro lugar.

Neigel, meio aflito pelo prazer da conversa de Berlim, meio gelado momentaneamente de rancor com Vasserman, explodiu de uma vez: ele lembra em berros sufocados de raiva "a minha humilhação em Borislav por sua causa... fontes de cura... mentiras..." e não está mesmo disposto a ouvir o escritor que lhe explica novamente que "tais sacrifícios são inevitáveis no processo criativo, não se ofenda, senhor... porque de repente tornou-se claro para o escritor que as coisas têm que tomar um rumo diferente e recuar um pouco, ou saltar uma distância..." e Neigel bate com a mão na mesa, declara que "aqui acabamos com este jogo". Mas, para surpresa de nós dois, ele não envia Vasserman imediatamente a Keizler no campo de baixo, mas exige-lhe que explique por que "vocês artistas são sempre obrigados a complicar tudo o que é simples, até a arte vocês estragaram!". E pronuncia uma espécie de discurso longo e cansativo sobre a arte cuja função original era, se alguém por acaso se lembra, "divertir as pessoas, fazer-lhes bem, até educá-las, explicitamente!" e de modo algum não "incentivar as dúvidas, dar às pessoas a sensação de confusão e de perplexidade, destacar somente o que é mau e depravado e doentio!" e ao fim destas suas palavras, que têm sem dúvida uma certa dose de razão, ele afunda novamente, irritado, suado, confuso e muito amargurado, e ainda não bane Vasserman para sempre, mas lhe indica com um gesto de mão que continue! E Vasserman, muito surpreso, reflete que é possível que "pela primeira vez na vida Esaú tivesse necessitado de tais pensamentos profundos sobre o caráter da arte, *et*! Eu guardei isso no meu coração". Mas nem ele consegue adivinhar por que Neigel se apegou tanto à continuação da história.

Ele volta a contar em voz hesitante. Parece que transferiu a história para o zoológico de Varsóvia. Para o zôo onde passara horas encantadoras com a sua Sara. Neigel, cuja amargura lhe aguçara a língua, adivinha zombando que a intenção do escritor era "introduzir-nos assim com a astuciazinha judaica numa pequena fábula sobre pessoas que se transformam em animais, não é, Vasserman?". Vasserman nega, recusa-se a concordar com a tentativa do alemão de convencê-lo de que uma história que transcorre no zoológico é obrigatoriamente infantil e já lhe apresenta a distribuição de papéis na nova locação da história (Fried — médico veterinário; Oto — diretor do zoológico; Paula — encarregada de todas as numerosas questões burocráticas do local, mas também cuidando das responsabilidades domésticas de Oto e Fried. E os demais membros do grupo? "Jardineiros, naturalmente! Porque os trabalhadores fixos haviam sido conduzidos ao serviço militar quando a guerra começou!" (Neigel: "Ahh!"), e já devolve Neigel e a mim ao médico que toma o pulso rápido do bebê e se alonga nesta descrição, como se de antemão desejasse a observação inevitável de Neigel ("o que um veterinário entende de bebês?") a fim de contar aqui ao alemão a extraordinária história de Paula, a companheira de vida de Fried, que no ano de 1940 decidiu dar à luz um menino, sim, ela encheu a casa com sua paixão por crianças e com conversas doces a respeito delas, o que dar-lhes de comer, e se é preferível amamentar no peito ou com mamadeira, até preparou fraldas delicadas nas quais bordou pequenas figuras, dançando e dando cambalhotas alegremente; ela se tornou artista de uma única criança e transformou seu corpo em campo de batalha contra a tirania e a intolerância da natureza, e com a tremenda força criativa e, apesar de certos médicos a terem prevenido e zombado dela pelas costas, ela não deixou de acreditar em sua força, e principalmente em sua razão, e se deitava com Fried todas as horas do dia e da noite. Oto: "E nós os encontrávamos em todo lugar que é possível imaginar, realmente, no monte de feno do elefante, entre as couves-flores podres no depósito de comida, e no tanque vazio do crocodilo, ao luar, e até no meu quarto, na minha cama! Eles simplesmente levaram uma picada de amor no traseiro e não podiam parar!". Fried: "É ela". Oto: "E no início não era tão simpático, sim, sou obrigado a lhe dizer isto agora, meu Fried, já que chegamos a este assunto, porque quem acreditaria assim que a minha irmã Paula estivesse com homens na cabeça? E assim? E ainda mais: quase aos setenta anos? Mas então, depois de algumas semanas já começamos a entender, sim, ela simplesmente foi tomada pelo entusiasmo dos nossos outros artistas aqui, de todo o novo grupo, e mesmo que no começo ela tivesse se oposto a eles como você, Fried, ela foi contagiada por eles e começou a tentar também o seu talento especial, *nu*, e então isso já deixou de ser desagradável, ao contrário, porque em todo lugar que vocês você-sabe-o-quê, eu sentia como se vocês tivessem despejado ali água sagrada e exorcizado os demônios e soube que o nosso zoológico estava resguardado". E Vasserman: "Sim, realmente, *Herr* Neigel, e Paula e Fried tiveram sorte de jamais terem sido apanhados em flagrante pelas milícias de seus amigos em Varsóvia, porque então anunciaram as regras rígidas proibindo a qualquer judeu cumprir um ritual religioso em público, e era exatamente isso que Fried estava fazendo!".

Neigel permanece calado. Olha para Vasserman e não reage. Seus lábios estão entreabertos. Vasserman aproveita tanto quanto possível o momento e cita Oto que tem pena do "nosso pobre Fried, cujas forças quase se tinham esgotado", "sim, sim", confessa Fried, "eu estava então com sessenta e sete anos, e Paula tinha dois anos mais que eu", e assim, durante dois anos ao menos, dia e noite, assiduamente ("e com um grande propósito!"), os dois faziam amor, "e você quase quebrou o meu recorde, *Pani* Fried!", zomba Yedidiya Munin, lançando da boca a fumaça de um cigarro fedorento, ele costuma preparar seus cigarros com excrementos secos de animais do zoológico, os olhos brilhando maliciosamente por trás dos dois pares de ócu...

E só agora Neigel desperta finalmente de seu torpor. Interrompe Vasserman com um latido alto, erguendo a mão com nobreza. Exige "explicações, Vasserman, explique tudo imediatamente!". E Vasserman, com sagacidade, faz com que justamente Munin explique o que quis dizer com "o meu recorde": "O que há aqui para explicar, sr. Neigel?" (explica Yedidiya Munin). "No amor assim como na oração, e na oração como no amor. E já dizia Reb Leib Melamed, de Brod, 'que é apropriado pensar na oração como se uma fêmea estivesse diante de si, e assim alcançará um degrau, como se sabe'." E Neigel: "Novamente pornografia judaica, *Scheissemeister*?". E Munin: "Deus me livre, sr. Neigel, não diga abominação, mas purificação. Transcendência. E o ser humano precisa reverenciar a Deus louvado com entusiasmo que é extraído justamente do instinto do mau, assim dizia o *Maguid*, o adivinhador de futuro, de Mezeritsh, que conhecera talvez na própria carne a força do instinto do mau..." e Neigel ergue as duas mãos, de desespero ou de riso, e assim pela primeira vez aparecem duas vergonhosas manchas de suor nas axilas: "Continue assim, *Scheissemeister*, e eu nem prestarei atenção em você. Tenho a sensação de que você já não controla os seus heróis". E quando Vasserman ignora a observação e descreve como Paula e Fried mantinham relações febris junto à jaula do elefantinho Tojinka, Neigel esfrega os olhos vermelhos, e anota algo na caderneta preta. Não é a primeira vez que ele faz isso esta noite e na verdade isso acontece toda noite quando Vasserman está sentado com ele, e Vasserman já pretendeu se ofender e fazer-lhe uma observação a respeito. ("Pois não sou músico que toca para os que jantam no cabaré"), mas se contém e se cala. Desenha para Neigel um pequeno arco, bonito, a barriga de Paula, que começou a estufar sob a pele murcha. E Paula estava, diante do espelho, com seu sorriso silencioso, e nunca tinha uma gota de humor ou ironia, apenas um bom sorriso, porque ela acreditava neste bebê o tempo todo e já havia escolhido um nome para o menino (ela o chamará de Kazik), e quando Neigel, sem grandes esperanças, observa que Vasserman deve lembrar-se que Paula já estava com setenta anos, o escritor concorda com ele inteiramente: ela estava com sessenta e nove anos, mais exatamente, e também todos nós, ele diz, todos os artistas de Oto, todos os combatentes de Oto, ficaram espantados com esse fato; ele pede a Neigel que imagine o quanto todos se sensibilizaram e como não pararam de falar no pequeno Kazik e como esperavam que ele mudasse tudo, tudo, "e como ele nos dará futuramente a prova decisiva que tanto aguardamos, desde o dia em que Oto nos reuniu para a última aventura", porque este Kazik está destinado a ser a primeira vitória que um do grupo alcançará. Oto levou Paula a um outro companheiro seu, o dr. Wertzler. Oto: "Um sujeito em quem se pode confiar, que não vai tagarelar demais". O ilustre doutor examinou Paula minuciosamente e depois mandou que se vestisse atrás do biombo. Oto: "Então o médico me conduziu pela mão até a janela e mostrou-me a cidade que estava às escuras devido ao blecaute, e disse: 'Tempos difíceis chegaram, Brig, há os que agüentam e há os que fraquejam um pouco'. E eu não entendi o que ele estava me dizendo e o que desejava; ele me olhou com feições azedas e sussurrou-me que eu certamente sabia o que estava acontecendo com a nossa pobre Paulina; assim disse ele: a nossa pobre Paulina". Aharon Marcus: "Ela sorri feliz para si mesma atrás do biombo, pesando nas mãos os seios que se enchem". Oto: "... e que eu, na qualidade de irmão dela, devo conversar a sério com ela e preveni-la de que aos sessenta e nove anos de idade o corpo já não pode suportar uma gravidez, mesmo que seja uma gravidez aparente, e que meu dever é resguardá-la do dano físico e também da decepção que certamente virá em breve, mas eu certamente não fiz isso, e deixei Fried decidir por si, pois era dele esta gravidez aparente...".

Mas Fried também não quis contar a Paula o que o dr. Wertzler dissera, porque já começara a compreender e quis acreditar — em total contradição com seu caráter e concepções — que a obra de arte dela era maior do que pessoas como Wertzler, e começou a cuidar dela como convém nesta situação especial. Vasserman: "Saía para passear com ela toda noite pela Alameda da Eterna Juventude no Zoológico, e colocava-lhe compressas frias na testa quando ela tinha dor de cabeça; Oto se empenhava muito em trazer para ela do mercado negro todas as comidas e doces pelos quais sentia desejo, e uma vez", Vasserman sorri se lembrando, "uma vez houve um problema assim, a nossa Paula desejou um *grapefruit* fresco, mas vá encontrar tal fruta em Varsóvia no início de 1941! Pois é necessário para isto uma iniciativa sobre-humana, e todas *As Crianças do Coração* não estavam capacitadas a encontrar a solução desta vez. Paula quase chorou pela intensidade deste capricho, quem poderia ver esta mulher encantadora sem se derreter...".

"Um momento", diz Neigel, com voz seca: "Já sei aonde você quer chegar. Anote, por favor: o oficial Neigel foi aquele que trouxe a fruta para Paula". "De onde, se me permite saber?", pergunta Vasserman, e seus olhos pequenos, espertos, se enchem com um sorriso de agradecimento. "Do pacote de alimentos que recebi do Batalhão de Intendência. Um *grapefruit* grande, diretamente da Espanha. Com os cumprimentos do general Franco."

Por um momento eles se calam. Divertidos, mas também um pouco constrangidos pelo tênue fio de emoção que repentinamente estremeceu entre eles, no aposento. O *grapefruit* invisível encontrava-se entre eles e exalava o seu cheiro. Vasserman não consegue compreender como Neigel, apesar das explosões de raiva, não deixa a história parar por um momento sequer, mas ele não desperdiça tempo e continua a contar. Fried: "E à noite eu punha a mão em sua barriga e sentia os chutes do menino. Bum! Bum! Chutava como um pequeno Hércules". Silêncio. E Neigel, engolindo as palavras: "Você certamente tem filhos, não, Vasserman?". Por um momento Vasserman baixa os olhos para o seu caderno, um chicote branco açoita-lhe o rosto. ("E Esaú não sabia que, com esta pergunta, estava queimando meu coração com brasas.") "Uma menina, Excelência", ele responde por fim. "Pergunto porque algo assim só alguém que tem filhos sabe." "O senhor tem dois, como disse." "Sim, Karl e Lisa. Karl está com três e meio. E Liselotte tem dois anos. São filhos da guerra." E, depois de refletir um pouco: "Quase não consigo vê-los". E o escritor, numa voz insegura: "Você é um pai não muito jovem, se me permite dizê-lo, *Herr* Neigel". E Neigel, depois que no início quis cortar de imediato esta bisbilhotice insolente do judeu, depois que ele próprio parou e olhou repentinamente ao seu redor, para o aposento, para Vasserman, para as janelas cobertas, esfregou novamente os olhos vermelhos de sono e numa voz muito seca e isenta de qualquer tom agressivo, disse: "Não conseguimos ter filhos por um bom tempo. Tentamos por mais de sete anos". E Vasserman, num sussurro: "Nós também, *Herr* Neigel, durante oito anos nós... *nu*, então". E no silêncio pesado que desce e envolve a ambos como um manto grosso, Vasserman range os dentes com toda a força para que não irrompa de lá um grito. "*Nu*", ele medita depois com tristeza, com uma raiva cansada, derrotado, que não se dirige a Neigel: "Que mais há para dizer?".

"Continuemos, então", diz finalmente Vasserman, suspirando como condutor de uma caravana muito fatigada, que deve voltar às suas andanças. "Talvez Paula possa, apesar de tudo, ter um filho", diz Neigel numa ingenuidade quase infantil, e Vasserman, com suavidade: "Paula infelizmente morrerá, lamento. Mas Fried, no íntimo, vai poder acreditar que o bebê que veio parar no zoológico é o mesmo filho que ela não teve". E Neigel: "Entendo que não tenho alternativa a não ser concordar". "Sim, realmente, lamento."

E eles voltam à história. Mas agora Vasserman conta com muito cuidado, com medo, como se caminhasse sobre uma corda muito fina. E Neigel também está tenso. Novamente não faz observação alguma a Vasserman. Não o intimida. Ambos conduzem juntos a história. Vasserman descreve como "as faces de Paula se enrubesceram ao fogo da destruição, como seus dentes bonitos e fortes começaram a amolecer e a estragar", como a pele do rosto se ressecou e rachou, e somente os seios continuaram a crescer e a doer, e a dor desfazia em seus lábios fios de sorrisos forçados, sorrisos de desculpas a Fried pelo transtorno que lhe causa, mas Marcus: "Quando a nossa Paula se debruçava sobre a privada de manhã para vomitar, e você, dr. Fried, se inclinou para apoiar com a mão a testa dela, ambos viram no pequeno lago abaixo o reflexo dos rostos, as duas mensagens que se perderam durante muito tempo, e você já sabia, Fried".

E a essa altura, sem nenhuma lógica, Vasserman fecha lentamente seu caderno, sorri e confessa a Neigel que esta noite aqui, junto dele, lembra-lhe outras noites distantes, na época em que ainda era solteiro, quando na véspera da impressão do semanário infantil costumava vir à redação com o último capítulo que escrevera, e temeroso o apresentava a Zalmanson. Juntos olhavam os originais, discutiam, faziam as pazes, e por volta da meia-noite estavam tontos, a sala fedia aos pequenos charutos de Zalmanson, mas então por uns momentos havia "*nu*, uma espécie de sensação agradável nos ossos, se o senhor me entende, *Herr* Neigel, e conversávamos sobre uma coisa e outra... era agradável". ("Nestes momentos era a hora da verdade de Zalmanson. Eu o ouvia em silêncio. Conseguia contar coisas tão bonitas e profundas quando queria! E sem aquelas espertezas e piadas maldosas. Sobre mim não contei nada. O que é que eu tinha para contar a ele? Sobre o gato que miava no pátio? Sobre a torneira que vazava em casa? E aqui, justamente com este grande gói, *nu*, então, parece que até Anshel Vasserman sabe costurar uma história...")

"Este Zalmanson", pergunta Neigel casualmente, "era seu amigo?" Vasserman olha para ele um pouco surpreso e conta que sim. O único amigo. E quando Neigel não parece apressado em voltar à história, Vasserman começa a contar sobre Zalmanson, inicialmente hesitante, pronto para recuar a qualquer momento, mas quando vê a expressão divertida de Neigel, enche-se de coragem e força e fala. Este Zalmanson, ele conta, sempre se empenha em fingir como se tivesse saído das páginas de Dostoievski ou Thomas Mann ou Tolstoi. E o tempo todo faz alusões a universos nos quais ele realmente vive. Um homem muito importante, diz Vasserman, e ergue a mão num gesto de menosprezo e ligeira zanga... "*Vichtig*! *Moishe Grois*! Nunca estava junto conosco, Deus nos livre", Vasserman continua zangado, "aqui em nosso universo ele está apenas cumprindo um dever desagradável contra a vontade, só temporariamente, visitando parentes pobres, mas lá ele está nos seus domínios ocultos, ou seja, nas rodas do universo e esferas secretas da Cabala! *Oi vei*! Os sofrimentos da alma e seus embates! Este Zalmanson... *fe*, por que estou me irritando com ele agora, *Herr* Neigel?, eu não sei, pois no decorrer dos anos acabei por apreciá-lo um pouco... com seus sorrisos sutis e pretensiosa segurança, era até um janota mimado, *ai*!" (Aqui Vasserman se deixa levar pelo fluxo de sentimentos e conta uma anedota divertida: Quando saiu a ordem para os judeus do gueto usarem uma fita no braço, Zalmanson não foi como todos comprar fitas, mas sentou-se com a mulher Tsila e juntos costuraram para si e para as três filhas "fitas tão vistosas que até um soldado polonês quase atirou neles, Deus o livre, com a alegação de incitamento à revolta".) "Este Zalmanson...", Vasserman continua, "quanto me era abominável o seu jeito de ofender impiedosamente qualquer pessoa, quando acontecia de o coitado servir bem a alguma gracinha, *nu*, e as festas, já contei a Vossa Excelência sobre as festas?" "Não", responde Neigel. "*Ai*, as festas na casa de Zalmanson e sua Tsila... toda a Varsóvia era convidada... as bebidas corriam como água, e os pobres convidados eram obrigados a ouvir a dona Tsila torturando o piano e as três filhas maltratando as flautas e o violino... Zalmanson gostava que houvesse muita gente ao seu redor... e também andava atrás de mulheres, com seu perdão... e devo lhe contar, meu senhor, eu não gostava de ir àquelas festas, nem a minha mulher... sempre nos sentíamos apagados... envergonhados. Não conhecíamos ninguém e ninguém nos conhecia. E todos eram pessoas do mundo, e nós, *nu*, ratos do campo e nada mais. Por fim deixei de ir e só a minha mulher continuou, e foi uma vez sozinha, e também se aborreceu. E aliás, o meu Zalmanson era um homem muito religioso, fanático. Ele já havia passado por várias mudanças de crença em sua vida curta e cada vez tinha cento e cinqüenta justificativas ótimas que ninguém poderia contradizer de forma alguma, mas nos últimos anos, desde que o mundo começou a se revirar, com seu perdão, ele acredita piamente no humor. Talvez eu lhe conte a respeito um dia, quando chegar a hora, ele tinha toda uma teoria própria sobre o tema e argumentava com o melhor de sua agudeza torta, em tudo que há no mundo ele descobria um pretexto para rir. Dizia: 'Se há alguma coisa da qual não posso rir, é porque não a entendi inteiramente. Não soube analisá-la. E eu, Vasserman, fico como aquele marido velho que dorme tranqüilamente junto à esposa e não entende como a sua situação é inteiramente cômica, pois não enxerga os dedões do homem estranho despontando sob o cobertor do casal'. Na minha opinião este exemplo, mais do que cômico, é trágico, mas não quero falar mais sobre isso, e só direi que Zalmanson, apesar das imperfeições que não podem ser escondidas, amava as pessoas à sua moda estranha e sempre dizia que odiava toda a humanidade, mas gostava de fulano e beltrano por si mesmos, um amor amargo, um tanto decepcionado, e se o senhor o visse, *Herr* Neigel, talvez dissesse: é um desordeiro. Não e não! O senhor estaria fazendo uma injustiça, *Herr* Neigel! Pois eu sei que no íntimo era diferente, pois se lhe contasse um segredo, saiba que ele o guardaria para sempre e jamais falaria sobre o assunto, mas esta é a desgraça, ele era capaz de dizer o que pensava diretamente às pessoas e por isso tinha também muitos inimigos... e quando necessitei certa vez de um empréstimo, foi generoso e não fez perguntas, e em outra ocasião, quando desmaiei e precisei de sangue, ele veio e me doou sangue... Talvez não fosse o melhor dos amigos, mas eu não tinha nenhum outro... e eu, *nu*, enfim, eu tinha um amigo. Mas por que foi que acabei falando tanto dele?"

°"Então, entre vocês também há gente assim, alguns Zalmansons?", pergunta Neigel bocejando, com o dedo passeando devagar no vidro da mesa, e o judeu ("Não pensei que Esaú trocasse palavras vãs nestas suas falas. Em absoluto. Sua pergunta foi extremamente importante!"): "Há de tudo entre nós, *Herr* Neigel. De todas as variedades. Maus e bons e inteligentes e idiotas. De todo tipo".

Novamente reinou o silêncio e Neigel refletiu sobre algo, ou talvez não refletisse, e depois espiou o relógio, muito surpreso com o horário, levantou-se, espreguiçou-se e bocejou demoradamente. Deu boa-noite a Vasserman e fez de conta que havia esquecido que tinham um acordo. Mas esta noite, graças a Deus, o próprio Vasserman estava num estado de espírito tão especial que era uma pena estragá-lo com uma discussão com o alemão. Por isso não lhe diz nada, mas quando um olha nos olhos do outro sabem que sabem. Neigel murmura um pouco, frisa que Vasserman ainda não contou nada sobre o bebê e que ainda não se sabe qual é o objetivo atual das Crianças do Coração e para que estão fazendo todas as suas "coisas de arte" e em geral "não acreditaria que eu próprio concorde em ouvir esta sua história estranha". E Vasserman sorri e lhe agradece pela paciência.

"Vá dormir", Neigel o apressa, e quando Vasserman ainda fica um instante a olhar para ele, é como se tivesse sido arrancada do coração de Neigel uma leve brisa de boa vontade, de algo esquecido e traído durante anos e ele se viu dizendo: "Ainda tenho um serviço para concluir aqui e depois quero escrever uma carta para casa, para a minha mulher". Vasserman se admira com esta candura ("As criaturas dão umas às outras belos presentes quando não restam objetos a serem dados") e apressou-se em perguntar: "O senhor falará de mim também em sua carta?" e Neigel quase começa a lhe responder, mas se arrepende e lhe responde vagamente que "na verdade, não. Bem, vá dormir logo e não estrague as coisas, Vasserman".

Só então se despedem.

6.

Muito tempo passará antes que seja possível continuar a história. Um ligeiro problema de saúde obrigou-me a um adiamento. Para penetrar no quarto branco é necessária uma certa dose de esquecimento e de sacrifício. Mas novamente ouviram-se vozes misteriosas de aviso e ameaça: saia daqui. O quarto branco é sufocante e perigoso demais para alguém como você. E realmente, por algum tempo a história foi adiada. Afastada do pensamento e freqüentemente esquecida. Naquela época, iniciou-se a coleta de matéria documental para a *Enciclopédia juvenil* sobre o Holocausto. Também esta idéia não deu certo. Predominou uma angústia desalentadora. Não há aqui a intenção de se entrar em detalhes (pois a maior parte das coisas foi contada antes), mas pode-se formular assim: o vento enregelante de Zenão soprou sobre uma certa nuca.

A história congelou e assim também a própria vida. Incessantemente foram formuladas perguntas paralisantes: em nome de que alguém haveria de se expor aos perigos do quarto branco? E quem poderá profetizar o que lhe vai acontecer quando decidir desistir do famoso talento de defender a si mesmo das exigências conhecidas que existem naquele famoso quarto branco, um talento adquirido com sofrimento e desenvolvido com muita labuta, comprovado mais e mais a cada vez? E em nome de que, afinal, era necessário este sacrifício? Para que uma certa Ayalá ficasse satisfeita? Para que, ao fim de todo este ato extenuante e perigoso, fique depositado nas prateleiras mais um livro sobre um assunto conhecido? Quem, ora bolas, necessita disso?

"Realmente", disse vovô Anshel, "para escrever mais uma história. É extremamente necessário! É necessário para você, Shleimale, pois o que lhe restou além desta história? Veja você mesmo... e você sabe muito bem que só a minha história, a única história, é que poderá lhe mostrar o caminho... escreva, por favor, assim: Na história chegará um bebê. Nela ele viverá sua vida."

Não. Não chegou.

Anshel Vasserman tenta me ajudar. Não há dúvida quanto a isto: o bebê. Esta é a ajuda que Vasserman pretende prestar. Mas já não há força para este bebê. Não há força para criar uma nova vida. O que já existe representa uma grande carga: por exemplo, certa noite Neigel matou a tiros vinte e cinco prisioneiros judeus.

Foi em meados do mês de setembro de 1943. No livro escrito por um dos prisioneiros do campo está relatado que um prisioneiro conseguiu fugir. Foi o primeiro prisioneiro a fugir desde que Neigel começou a comandar o campo. Escondeu-se, pelo visto, na pedreira, no espaço criado por duas pedras gigantescas, e os guardas não perceberam. À noite, arrastaram todos os prisioneiros do campo para o pátio de chamada diante do barracão do comandante. Pode-se supor que Vasserman acordou confuso do seu sono e espiou amedrontado pelas fendas de sua água-furtada. Viu o *Obersturmbannführer* Neigel andando e trovejando entre as fileiras de prisioneiros. "Deus do céu", pensou então Vasserman, "este é o homem que senta comigo toda noite e ouve a minha história e me fala de sua esposa e filhos, cheguei até a tanger algumas cordas de dor e riso em seu coração..."

Neigel dá o veredicto. Cada décimo prisioneiro da fila será morto. Vinte e cinco prisioneiros. Stauke se aproxima dele e lhe diz algo baixinho. Neigel recusa. Stauke repete as palavras e ergue a mão tentando convencê-lo. Talvez vinte e cinco mortos não sejam suficientes para apaziguá-lo. Por um momento, pareceu haver ali uma discussão de verdade. Mas Neigel se controla. Stauke volta ao seu lugar. Sua expressão é de fúria. Os óculos finos, de armação dourada, brilham de raiva à luz fria dos holofotes. Neigel escolhe num movimento de dedo os condenados à morte. Seus olhos se apertam como se ele os examinasse atentamente. Mas alguns dos prisioneiros estavam dispostos a jurar que ele os escolheu de olhos totalmente fechados.

Os ucranianos separam os condenados dos demais. Dois deles, não suportando o medo, desmaiam. Levam-nos também. Tudo foi feito em absoluto silêncio. Algum dia o episódio será contado assim em um dos livros: "Nenhum grito. A lua iluminava por cima e os holofotes por baixo. O comandante Neigel atirou nos condenados à morte. Atirou na testa de cada um. Depois do terceiro homem, já estava coberto de sangue. Depois se abaixou e atirou também nos dois que estavam desmaiados. Teriam eles por acaso sabido? E os outros, os vivos, que estavam de pé na fila, por acaso souberam?".

Com isso, tudo acabou. Neigel voltou e desapareceu em seu barracão. Quando passou junto à água-furtada, Vasserman pôde perceber também que seu rosto estava muito rígido e os olhos pareciam fechados. Vasserman voltou ao seu lugar entre os dois armários de material de escritório e se enroscou todo. Queria dizer algo, até para si mesmo, em memória aos mortos. Sentiu, porém, que tudo o que dissesse seria falso. Não conhecia nenhum deles. E é possível também que, se conhecesse alguém, não sentiria por essa pessoa nenhum sentimento especial. Tinha sido assim também quando trabalhara com Zalmanson e os dentistas durante três meses. Vasserman: "Tudo o que houve entre nós um dia se apagou. Houve amizade, mas era diferente. Não sei descrevê-la com palavras. Não gostávamos um do outro. Nem nos odiávamos muito. Talvez porque quando chegamos aqui já éramos considerados mortos por todos, até começarmos a nos ver e aos nossos companheiros como mortos".

Enquanto isso, Neigel toma um banho no pequeno chuveiro que foi instalado no barracão, sob a água-furtada de Vasserman. Resmunga algo para si e fico horrorizado com a idéia de que ele está cantando no chuveiro. Mas não é uma melodia. Ele fala. Diz algo em voz alta. E, apesar do barulho da água, sei exatamente o que está dizendo. Ele está falando comigo. Me repreende pela minha "negligência". "Pensei", ele me diz reclamando abertamente, "que os escritores penetravam realmente na alma das personagens sobre as quais escrevem, não?" Mas não estou preparado. Ainda não estou preparado para "penetrar de verdade". Ou seja: não é preciso contar isso a Neigel. É possível fingir e registrar no que ele diz alguns detalhes autobiográficos gerais, para lhe dar a sensação de que não o negligencio. Uma espécie de relação de fatos, comuns a ele e a milhares de oficiais da SS. Como ele, e não mais.

Assim, ele nasceu há quarenta e seis anos na Baviera, na aldeiazinha de Füssen, no sopé do Zugspitze. Aos dez anos já sabia conduzir escaladores de montanhas pelas sendas mais difíceis dos Alpes; tinha um irmão, Heinz, que morreu jovem, de tuberculose. A mãe era alemã nascida na Polônia, que em idade relativamente avançada foi morar na Alemanha e se casou com seu pai, que voltara do exército. Ela era leiteira e Neigel se lembra, enquanto ainda ensaboa o peito largo, como seguia com ela de carroça, de madrugada, pela beira do lago. Ela era, segundo suas palavras, "uma mulher simples e boa. Sabia o seu lugar". O pai fora soldado na juventude, como Neigel ("mas a verdade é que os soldados do *Kaiser* eram como crianças, comparados com ele"), e ao ser liberado do serviço prolongado tornou-se carpinteiro em Füssen. Quando soldado, serviu na África oriental e Neigel se lembra "de como nos contava histórias sobre a África. Gostávamos de ouvi-lo. Eram histórias que sempre me pareciam de outro mundo". E como Neigel não detalha mais, cito com palavras parecidas que Rudolf Höss, o comandante do campo de Auschwitz, escreveu em seu diário (*O comandante de Auschwitz testemunha*), ao se lembrar das histórias eletrizantes que o pai lhe contava na infância: "Eram descrições de batalhas contra os nativos revoltosos, histórias sobre seus costumes, modo de vida e seu obscuro rito pagão. Com fervor e entusiasmo eu escutava as histórias do meu pai sobre a abençoada atividade civilizadora dos missionários enviados à África. Papai os venerava como se fossem anjos. Queríamos ser missionários também, e penetrar na escuridão da África, nas florestas densas".

E Rudolf Höss continua a transfundir dados biográficos nas veias transparentes de Neigel: "Quando um dos amigos veteranos de meu pai, um dos homens da missão, o visitou, foi um dia de festa para mim. Eram homens velhos e barbados... eu não os largava, para não perder nenhuma de suas palavras... às vezes meu pai me levava consigo, e juntos visitávamos os lugares sagrados da nossa pátria. Fomos também a celas de monges na Suíça e chegamos até Lourdes... papai queria que eu fosse sacerdote. E eu próprio era um crente tão fiel quanto é possível esperar de um meninote...".

Novamente devo me aborrecer com alguns ditos de Neigel a respeito da casa dos pais e sobre a sua educação: 1. Meus pais eram um tanto duros conosco, mas isso só nos ajudou. Também Krupp não fabrica o seu aço a partir da manteiga, não é? 2. Desde muito cedo nos ensinaram que só devemos contar conosco. 3. Devíamos respeitar todo idoso, mesmo que fosse apenas um serviçal em nossa casa. 4. Era preciso atender incondicionalmente a qualquer desejo e ordem dos adultos. De qualquer adulto.

A paisagem em que Neigel cresceu? Uma paisagem de colinas verdes, das escuras florestas da Boêmia, campos de cevada, vinhedos, e alçando acima de tudo isso, o "rei", o Zugspitze, a mais alta montanha da pátria. Já aos sete anos chegou com o pai ao cume. Heinz desistiu do esforço e ficou na aldeia...

Ele relata estas coisas num tom muito interessado. A língua alemã lhe é apropriada: ele corta as consoantes surdas e eleva um pouco a voz no final das frases, no lugar em que se encontram os verbos. Isto confere a cada uma de suas frases, mesmo a mais pessoal, um tom peremptório.

Ele quer falar de cavalos. Por favor. Este é um assunto que de certa forma me é próximo também. Eles tinham na aldeia um cavalo no qual a mãe transportava o leite. Um pobre animal, mas desde então Neigel "é louco por tudo o que diz respeito a cavalos". E agora? Agora ele não monta mais. O corpo já está rijo e o ferimento que sofreu em Verdun também atrapalha. Mas ainda sabe "se aproximar de um cavalo como dono". Conversamos um pouco sobre isso. E uma curiosa e divertida combinação de fatos. Porque eu também gosto muito de cavalos. Nunca montei um cavalo, de algum modo isso me parece um pouco incômodo, mas quando eu era jovem trabalhei nas férias durante três ou quatro dias numa fazenda de equitação junto ao moinho de vento de Jerusalém. Tive que parar de trabalhar ali por questões bobas de saúde (sensibilidade asmática aos excrementos dos cavalos), mas até hoje me lembro do cheiro quente dos belos animais, o entrelaçamento másculo de seus tendões, o movimento dos músculos sob a pele, ah, Neigel, eu poderia lhe falar durante horas sobre cavalos, o cheiro forte do líquido com o qual se untam os arreios, o galopar, os chicotes brilhantes pendendo das baias, o tapinha do tratador no pescoço do animal, o peito largo, forte... até agora me lembro do belo cartaz que estava pendurado no escritório do diretor; havia nele ilustrações de todo tipo de cavalos de raça, francônios, suábios, westfalianos, parisienses, húngaros, polésios, detmold e árabes, realmente um animal feito para o homem.

"*Himf*", diz Neigel para mim e em seu rosto delineia-se uma expressão um pouco estranha e logo, com uma certa falta de tato, ele volta a dominar a conversa e declara que "eu também não sou do tipo selvagem, você sabe, jamais me embriago e também não tenho, como dizê-lo, nada com outras mulheres, e na verdade..." hesita por um momento e por fim diz, um tanto aliviado: "Na verdade também não tenho tantos amigos. Também não preciso disso. De todo modo, é impossível confiar realmente em alguém e para mim está bem assim".

339

Mas, "mas sei encontrar os meus prazeres no trabalho, e também na família, naturalmente. De modo geral, você pode escrever que eu, sim, gosto de viver. Simplesmente gosto de viver".

E então, depois que ele diz estas últimas palavras, sinto o hálito de Vasserman em meu ouvido. Olho para trás e vejo como seus olhos estão fechados, como se ele digerisse uma dor que o tivesse atordoado. E para grande surpresa (minha), compreendo imediatamente que ele sofre muito, pelo visto, por causa do sistema de suas relações um pouco complexas com tudo o que existe por trás da palavra "viver". Vasserman não se satisfaz com esta expressão de dor; volta-se para mim como se para um árbitro ou juiz, ou sei-lá-o-quê, e exige que até que não seja esclarecido se Neigel tem "o direito natural" (!) de usar esta palavra, ele "não esteja autorizado a violá-la". Tento assim explicar a Vasserman que mesmo do ponto de vista meramente técnico não posso evitar que uma das personagens da minha história use todo o vocabulário comum para se expressar; Vasserman, porém, cobre as orelhas com as mãos enrugadas, sacudindo a cabeça em negativa. Uso artifícios e pergunto-lhe o que ele, como escritor, faria numa situação dessas, e ele, sem hesitar, diz: "Arenque. E, se você quiser, com cebola". Quando lhe peço que faça o favor de explicar, ele me diz impaciente: "Em vez de dizer toda vez 'gosto de viver', Esaú dirá toda vez 'gosto de arenque'. Ou mesmo 'gosto de cebola'. Ele não ficará mais pobre com isso e eu me sentirei aliviado".

Olho hesitante para Neigel e anoto suas palavras: "Mas eu sei usufruir os meus prazeres do trabalho e também da família, naturalmente. E de modo geral posso dizer, sim, que eu gosto de cebola. Simplesmente: gosto de cebola. Decididamente".

Olho de soslaio para o alemão: ele não reage. Como se não tivesse percebido a substituição! Uma coisa estranha. De todo modo está claro para mim que Anshel Vasserman, por sua vez, vive de forma absoluta dentro do universo da palavra, o que significa, imagino, que cada palavra que fala ou ouve tem para ele um valor sensual que não sou capaz de imaginar. Será possível que a palavra "refeição" seja suficiente para satisfazer seu apetite? Que a palavra "ferida" cortará a sua carne? Que a palavra "viver" lhe dará vida? Esses pensamentos, devo confessar, são um pouco demais para a minha compreensão. Será possível que vovô Anshel tenha fugido da linguagem humana para os balbucios sem significado para se proteger de todas as palavras que cortaram sua carne?

340

Vasserman, para meu espanto, não está pronto a responder e em vez disso diz furioso que eles, os alemães, "são os artistas da tradução misericordiosa", e que, por isso, por que não fazer uso exatamente desse talento para extrair a dor que se encontra em certas palavras e substituí-las por outras? Enquanto eu ainda não consigo entender sua intenção, ele expele de repente da boca uma após outra palavras em alemão, que traduz rapidamente para mim, *Abwanderung*, que significa "abandono de um lugar" e na boca deles serve para descrever as deportações em massa para os campos de concentração; por trás de *Hilfsmittel*, "instrumento de ajuda", escondem-se as máquinas de extermínio a gás, e o que você dirá de *Anweiserin*, aquela bela senhorita que lhe indica o lugar no teatro, que na sua boca se transformou em alcunha das mulheres *Kapo*? E ele acumula mais e mais exemplos, até que por fim perde a voz e sussurra furioso: "Envenenada! O veneno da morte em sua língua do começo ao fim!".

"Vasserman", diz repentinamente Neigel, que durante todo aquele tempo estava como que fora da nossa conversa (prefiro chamar esta situação de "estado de suspensão"). "Vasserman! É bom que você esteja aqui. Quero que continue a história." "Agora, Excelência? Já passa da meia-noite!" "Agora!" "Mas, Excelência, depois do que aconteceu lá fora... as execuções, quer dizer... o senhor quer ouvir agora a história?" "O que você acha!?"

Vasserman fixa o olhar nele. ("Levante-se, Anshel, e toque para o rei que foi possuído pelo mau espírito...") Convém frisar (detesto quando estas coisas não são fechadas) que de algum modo nós todos passamos do chuveiro de Neigel para o seu gabinete de trabalho. Neigel se acomoda em seu lugar. Tira da gaveta uma garrafa de bebida e sorve diretamente dela. Suas faces ficam coradas. Devo aqui informar que, ao contrário da informação de Stauke (naquela entrevista que deu após a guerra), Neigel bebe como um beberrão contumaz. Diante dele, Vasserman balbucia algo para si mesmo, mete a mão em sua túnica e procura ali o caderno. Neste momento seu olho capta mais um envelope azul no cesto de papéis de Neigel e seu rosto torna-se um pouco sombrio. É o meu momento de completar mais alguns detalhes necessários para a descrição do aposento, como copiar para mim o que está escrito nos pequenos lemas militares pendurados em todas as paredes: A OBEDIÊNCIA É O PRAZER DO SOLDADO. ORDEM É ORDEM. AUTORIDADE COM O INFERIOR, RESPONSABILIDADE PARA COM O SUPERIOR. E mais alguns ditos militares bobos como estes, dos quais facilmente se depreende sua influência hipnotizadora sobre criaturas de caráter fraco que ouvem nestas palavras decididas um eco do brado primitivo que provém do seu próprio sangue, as batidas do grande pulso, os passos unidos de milhares de pés marchando em desfile, o cheiro acre do suor nos estádios, a lembrança de um passeio na infância nos ombros fortes do pai, o golpe cordial que a coronha do fuzil produz em seu ombro quando você dispara, ou a exaltação de espírito que toma conta de todos quando a banda toca uma marcha com dez cometas e seis tambores, quando repentinamente você sente que toda música que ela toca poderia ser o seu hino. Vasserman lança de repente um brado amargo, como que para calar um ruído que eu não tivesse percebido: "A história, a história tem que continuar!".

"Então prossiga", diz Neigel, e sorri muito tenuemente, "quem está atrapalhando você?"

Vasserman ofega, olha para ele de forma estranha. "Eu já comecei", ele diz baixinho.

"Quando a noite chegou, *Herr* Neigel", ele diz finalmente, "o bebê não parou de berrar e seus gritos estridentes quase suplantavam o rugido do tanque que passou na rua próxima e os sons amedrontadores de explosão das casas em torno, onde se dava um pesado combate..." E de novo Neigel ergue a mão e numa voz fundida em ferro frio exige uma explicação. Vasserman olha para ele atemorizado, volta o rosto para mim. ("*Ai*, estou para vender a Esaú o cheiro sem o peixe, como se diz...") e explica a Neigel que a trama mudou novamente de lugar, e desta vez foi para a rua Nalvaky em Varsóvia, "durante a nossa pequena revolta contra os senhores, com seu perdão".

"Ah!", grita Neigel espantado, e ergue-se, apontando para o judeu com a mão trêmula de raiva. "Você continua! Você continua a me combater com suas armas miseráveis?!" E novamente somos testemunhas do seu espantoso autocontrole: ele se obrigou a sentar-se, apertou os dedos de uma das mãos contra os da outra com tal força, como se houvesse ali o pescoço de alguém: "Sei exatamente o que você quer dizer com todas estas suas bobagens", explica Neigel numa voz suave e angustiante. ("Como navalha afiada protegida por pele de cabrito.") "Você, como todos os que são apaixonados por palavras e pelo falar, acredita que os outros também são influenciáveis por palavras como você. Uma espécie de influência mágica. Realmente você crê que com palavras poderá travar combates? Combates com diversionismo, abrandamento da oposição e ataque direto? Não me interrompa agora! Eu estou falando!" Ele se levanta novamente, puxa o cinto e anda com raiva pelo aposento: "Você começou a sua história na floresta de Borislav, naquela mina malcheirosa, e quando viu que eu começava a acreditar em você, quando viu que eu começava a me acostumar com o lugar, logo transferiu a história para outro lugar, para o zoológico! E esperou até que eu me sentisse um pouco à vontade também ali, que eu perdesse um pouco a minha posição de alerta, e — upa! passamos para outro lugar! Atacam-me por uma frente inesperada! Varsóvia! A revolta! *Ach*!! Você move suas personagens tolas como um general movimenta os batalhões. Você faz guerrilha com as palavras! Golpeia e foge! E ações diversionistas, fustigações e martelamento! É interessante saber: para onde você me levará depois de Varsóvia? Para Birkenau? Para o *bunker* do *Führer* em Berlim? Acredite-me, Vasserman..." aproximou-se e se posicionou muito perto do judeu, falando diretamente aos seus ouvidos. "... Estou olhando de cima para os seus esforços ridículos. Tenho pena de você. Acho que se você tivesse uma faca à mão, apenas um pequeno canivete, seria muito mais convincente e útil do que um milhão de palavras que você ainda vai balbuciar aqui." Tira do bolso um canivete, abre-o com um gesto irritado e o coloca na mesa junto a Vasserman. "Aí está. O que você vai fazer com ele?" Vasserman se cala. Não olha para o canivete. Neigel, cheio de raiva, explode: "Aí está o canivete, Vasserman! Um canivete afiado, excelente. Estou largando a minha pistola. Vou me ajoelhar ao seu lado no chão. Não vou olhar para você. O que você fará com ele?!" Vasserman olha em outra direção. Neigel aguarda ainda um instante, o rosto voltado para o chão. Depois se levanta pesadamente, recolhe o canivete e fecha-o. Algo se arrastou e saiu de seu rosto naqueles poucos momentos. Por algum motivo ele pareceu derrotado. "O que você pensa, Vasserman?", ele diz tranqüilamente, sem ódio ou raiva. "Que se você fizer a sua história saltar de um lugar para outro eu vou perder o equilíbrio? Pensou que vou me abalar? *Ach*, você é tão velho e tão infantil, Vasserman, tão bobo. Poderíamos fazer algo maravilhoso juntos. Algo que ninguém antes de nós fez. Mas você teima em jogar os seus joguinhos judaicos, com as próprias mãos você está estragando a sua última história, e além disso também perde a última pessoa do mundo que ainda está disposta a dedicar tempo às suas bobagens, sua figurinha difícil!" E ele puxa novamente o cinto, para frisar as palavras e volta pesadamente para a cadeira. Vasserman alisa suas penas amassadas, admite para si mesmo que o alemão tinha razão e declara tristemente para si que "Neigel é o meu castigo". Ao mesmo tempo, e sem explicação, ele volta e se enche de uma segurança um tanto orgulhosa, seu pescoço se empertiga um pouco ("*nu*, então, mesmo que eu, como dizem as pessoas, quase já esteja deitado na terra assando um *beiguel*, uma rosca, ou seja, o mal tomou conta de mim, sei que Esaú nunca antes disso precisou fundir palavras em fios tão finos e quanto mais o fazia, mais se desemaranhava"). Em voz um pouco consolidada, mas ainda falha e cautelosa, desculpa-se com Neigel e sugere que, "se lhe aprouver", continuará agora a contar sua história diretamente e sem trapaças, e por acaso *Herr* Neigel concordaria em esquecer este pequeno incidente e voltar ao zoológico?

Neigel concorda. Isso não tem nenhuma explicação lógica. Ele não dispensa a continuação da história, como se necessitasse dela para algum propósito. Vasserman nega que saiba qual o propósito. E ri intimamente um sorriso fino, torto, dizendo mais uma vez que ele também precisa sempre voltar e alcançar aquilo que se esqueceu, e que tem um compromisso para com a história, "como uma criatura viva que respira, cujos pés não vêm antes da cabeça". Em seguida ele se volta ao bebê que chora muito e a Fried que o carrega nos braços para todos os lados do quarto, murmurando ao seu ouvido *na na na* e *luli luli*, e também *sip sip sip*! Nada disso, todavia, ajuda a acalmar o bebê e ele continua a berrar na orelhona peluda do médico, que jamais experimentara tal violência; os gritos pareciam desfazer em seu cérebro costuras pré-marcadas de tensão forçada e de antigas esperanças que há muito congelaram. Não, este bebê não virá.

Assim acabará a nossa pequena história.

Pois de repente, como se se tratasse do avanço rápido de uma doença que se aninhou e amadureceu nos recônditos do corpo durante longo tempo, alguém foi atacado, uma certa pessoa, por uma paralisia terrível. No corpo todo: uma espécie de catarata que se espalhou pela raiz da alma. E ao mesmo tempo voltaram as reflexões e sensações embotadas, como: 1. Não há no mundo uma coisa sequer, nem valor, nem ser humano, em que fulano-ou-sicrano possa realmente acreditar. 2. Sendo assim, fulano-ou-sicrano não pode mais assumir nenhum tipo de responsabilidade, escolha e/ou decisão sobre qualquer questão. Não há dúvida de que com isso diminuirão de modo considerável todos os atos, passos e relações que fulano-ou-sicrano fará e, em conseqüência, também a dor que poderá causar, ou que lhe será causada. 3. Tudo está perdido. Ou seja: se alguém alimentou esperanças, poderá ter uma amarga decepção. A não ser que não tenha alimentado. Até mesmo a esposa oficial revelou nas novas condições a sua face verdadeira e em conluio com uma mulher de um tipo conhecido, que no passado teve relações com uma certa pessoa, sugeriu-lhe abandonar "por algum tempo" sua moradia conjunta ("a casa"; "o ninho da família") até que "se sentisse melhor...", "acertasse as contas consigo mesma" etc. Ela agiu assim, naturalmente, sob a máscara de "amor", "preocupação" e "compreensão".

Ele foi portanto exilado (por sua livre vontade) para outra cidade. Um quarto alugado no sótão (com entrada separada) abrigou-o durante seis meses. Uma neblina vagava todo aquele tempo numa cabeça torturada. As folhas permaneceram brancas. Ninguém pertencia a nada e nada pertencia a ninguém. À noite, após dias de claro fulgor, eram fumados três cigarros sob um pé de lilás na rua silenciosa junto à casa. Uma face foi cortada ao barbear e a ferida não cicatrizou. Foi levantada uma estranha, perturbadora hipótese, de que um certo corpo já não tem forças para fechar um corte do barbear. Instalou-se o constrangimento. E se é para se arriscar num excesso de familiaridade, que se ouse dizer: alguém estava confuso.

Das páginas em branco do caderno escolar, onde deveria ter sido escrita a história, lampejava para alguém, às vezes insone durante toda a noite, uma palavra: "cuidado". Mas por que se cuidar? E qual o propósito da fortaleza construída em torno dele com tal perícia durante todos os anos? O pai e a mãe não explicaram para quê. Só deixaram a ordem: que você se cuide bem. Assim você agüentará. E depois, quando todas as guerras se acabarem, haverá tempo para se sentar e esclarecer tranqüilamente e de forma ampla e clara para que foi destinada esta existência que você conservou com tanto fanatismo. Mas, por enquanto, você deve se satisfazer com isso. Por ora não poderemos lhe revelar mais. Realmente: durante algum tempo considerou-se a hipótese de que esta palavra ("cuidado") foi aquela a partir da qual Vasserman leu a sua história para Neigel. Depois surgiu a hipótese de que a palavra seria "sobreviva!" mas também não era, aparentemente, a palavra certa. Há meios simples e imediatos de analisar estas coisas no quarto branco: se algo é anotado no papel, então deve ser pesado, avaliado e refletido para que se verifique se realmente é correto ou não — caso contrário, alguém não está no caminho certo. Mas se o processo é este, que basta que certos olhos se fechem, que uma certa consciência relaxe totalmente, que um reflexo absolutamente nítido surja no espelho do olho inte-

rior e seja transferido sem nenhuma intermediação racional para o papel —
aqui há o cumprimento das exigências especiais, um tanto caprichosas, físico-
literárias, do quarto branco.

Fried deita o bebê chorão no tapete e fica acima dele. Sente-se perdido. Do
topo de sua altura sente como se olhasse para o seu reflexo reduzido dentro de
um poço. Pela primeira vez, nessa noite, ele se permite afrouxar um pouco o nó
da gravata, arregaçar as mangas. Oto: "Paula e eu jamais o vimos assim, quero
dizer, tão desalinhado. Um verdadeiro Zanyedvani". E como o rosto do bebê já
estava arroxeado de tanto chorar e prender a respiração, o médico se ajoelha
junto a ele no tapete e com dois dedos abre a boquinha, resmungando para si:
"Ah, Oto não viu bem. Ele tem quatro dentinhos". Põe a palma da mão pesada
e longa sobre a barriga do bebê e a massageia suavemente, como faz às vezes
com os filhotes de babuíno que sofrem de gases e berram de dor. O menino sob
sua mão era, nas palavras de Marcus, "como uma folha fresca que brotou de um
toco seco de árvore".

Enquanto Fried fazia essa massagem agradável, ouviu repentinamente:
Fried: "Nu, como dizer, sem nenhuma vergonha, o bebê... quer dizer, de repente eu ouço...". Vasserman: "um borbulhar forte, e do traseiro do bebê jorraram
sobre o tapete bolinhas moles e escorregadias de excremento esverdeado".
Munin: "Por mais que você a descreva bem, vai continuar a ser merda". Marcus: "O nosso bom doutor torceu o nariz com a grosseria do seu hóspede, e correu a trazer um pano...".

Neigel levanta a mão. Nos últimos momentos fizera algumas anotações na
caderneta preta. Enquanto levantava a mão esquerda, a direita continuava a
anotar. Ele queria saber finalmente quem era aquele misterioso sr. Marcus e o
qual o seu papel na história. Vasserman ainda estava evasivo. Conta ao alemão
que Marcus é farmacêutico. Que era muito musical e como passatempo ocupa-
va-se da cópia de partituras para a Ópera de Varsóvia. Igualmente, interessava-
se muito por alquimia, mas chegara às Crianças do Coração graças às experiências que não têm relação direta com a pedra filosofal. "Uma experiência
humana sem igual, *Herr* Neigel!", informa Vasserman. "Um ato de auto-sacri-
fício e de mortificação pelo seu ideal e mais eu não posso revelar no momento
e novamente lhe pedirei paciência."

Convém frisar que Fried preferiu rasgar um velho lençol para o bebê e não
utilizar as fraldas bordadas que Paula preparara para Kazik, que não nasceu.

346

Trocou cuidadosamente o bebê e este, por sua vez, contorceu-se, berrou e chutou em todas as direções até que por fim... Fried: "Direto no meu nariz!". O médico, agoniado e lacrimejando muito, soltou um uivo de dor tão amargo que ele mesmo se assustou e tentou apagar a impressão adulando o bebê, fazendo-lhe cócegas na barriga, piscando pesadamente as grandes pálpebras, e por fim... Marcus: "Aleluia, Fried! Você também cantou para ele uma canção que lembrava da infância!". Fried: "Os carneirinhos estão voltando... mé mé mé... pulando entre as pedras... mé mé...". Oto: "Mas o bebê não parava de berrar, e quem ouviu Fried cantar talvez compreenda por quê", e Fried: "Fiquei sentado ao lado dele no tapete, muito aborrecido. O tempo todo eu dizia para mim mesmo que este pobre coitado, o que lhe restava fazer no mundo, o melhor é deixá-lo berrar. No momento em que pensei isto, que aconteceu?". Oto: "Aconteceu que o bebê começou a sorrir para o médico!". Fried: "Como sorrir? Rir! Rir de verdade!".

Não restaram forças. Nem para este bebê nem para ninguém mais. Alguém decididamente perdeu todas as forças. Frise-se que a autoridade do escritor já não tem vitalidade suficiente para insuflar vida em si mesma, quanto mais em um outro ser vivo. Nem numa personagem literária. Reinava uma passividade absoluta. Seguindo-se a isso amadureceram paulatinamente mais alguns pensamentos, como: é preciso inventar um novo sistema de conviver com as pessoas (ou fritar bolinhos com elas, para não dizer descascar cebolas!). É preciso recuar algumas centenas de passos e recomeçar tudo do início. Mas, desta vez, avançar lentamente. Para que não ocorram erros terríveis como os que aconteceram. É preciso juntar todos os profissionais mais inteligentes para que façam a pesquisa mais importante e a mais necessária. Analisar o homem até a última de suas células e compreender o que existe aqui. Esquadrinhar o ser humano, aplainar, achatar, até que finalmente se destaquem os traços do que foi sugerido. A marca do criador. O número do código do cofre. Este livro-máquina, que explicará de uma vez por todas a que ele se destina e quais as formas de usar e as possibilidades de melhora. E o que fazer caso ele enguice e não possa consertar seu próprio erro. E como se chama alguém de fora para consertar. Agora Vasserman conta a história para Neigel. Um judeu que não sabe morrer tenta salvar o mundo com a ajuda das Crianças do Coração. Foi expresso um desejo ingênuo de que esta tentativa inocente de Vasserman pudesse realmente gozar da confiança de fulano-ou-sicrano, mas fulano-ou-sicrano foi impedido de acreditar, ou de ser redimido. Sim. É preciso desmontar o homem. Desmembrá-lo. Isolar o que se denomina "vida" nas suas fibras mais tênues e colocá-lo sob a lente do microscópio. Neutralizar assim, de forma científica e ordenada, tudo o que já é impossível agüentar, "o assassinato", por exemplo, e "o amor", por exemplo, até que se desvendem diante de nós e parem de causar uma "dor" assim e tais "sofrimentos". Até que sejam compreendidos. E, até então, suspender tudo: o "amor", a "misericórdia" e a "moralidade". Até então não há "justo" ou "injusto". "Ama" ou "não ama". Não há "escolha" ou "liberdade". É um período de emergência, três punhos e quatro dedos, todas estas coisas são objetos de luxo, que combinam com dias de "paz" e com as pessoas dispostas a "acreditar" no "homem" e em seu bom "coração" e em sua "missão" "moral", e no "propósito" "de" "sua vida", "mas" "Vasserman" "nos" "traz" "um bebê"... Neigel pigarreia e chama a atenção de Vasserman para uma pequena imprecisão: é cedo demais para um bebê rir nesta idade. Vasserman confirma isso de bom grado. Fried também ficou surpreso. Fried lembrou-se de que sorrisos intencionais, voluntários, começam a aparecer no bebê na idade de, hmm... digamos... "dois ou três meses". Neigel ajuda voluntariamente: "Com Karl começou um pouco mais tarde. Ele realmente é mais sério... Em Lizschen já vimos um sorriso aos dois meses. Ela faz tudo mais cedo que os outros. Cristina diz que ela própria foi um bebê assim". Vasserman: "É realmente extraordinária a sua memória, *Herr* Neigel. Vocês também teriam registrado isso num álbum?". "Como? Sim. Ou melhor, foi Cristina quem anotou num caderno especial. Você devia ver como ficou bonito. Exatamente como uma história infantil. Eu não sei escrever coisas assim. Ou seja, quem sabe se tivermos mais um filho, talvez eu me arrisque. Finalmente, junto com você eu fiz algumas coisas mais complexas, não, Vasserman?"

"Não há dúvida!", responde Vasserman, e continua a contar. O médico, ele conta, decidiu descobrir o que significavam os sorrisos e os risos inesperados. Fez uma pequena experiência científica. Deu uma risada num tom grosso e exagerado para o bebê, a fim de fazê-lo rir, mas o pequeno percebeu imediatamente o truque e fez um trejeito com o rostinho. O médico sorriu, a contragosto, um sorriso de verdade. Então acendeu-se uma faísca nos olhos do bebê. Isso foi realmente engraçado e Fried gargalhou, despreocupado. O bebê lhe respondeu. Marcus: "Os primeiros sorrisos, encerrados dentro dele, procuravam a saída certa e prazerosa no seu corpinho. O joelho tentou sorrir. O cotovelo se esforçou, revelando assim uma bela covinha". Neigel: "Ah... bem no cotovelo?". Vasserman, de imediato: "O senhor preferiria em outra parte, *Herr* Neigel?". Neigel: "Por que não?... É um pouco bobo, realmente... você se importa se for no joelho direito? Acima do joelho? A Liselotte também tem uma exatamente ali. Pensei apenas...". "Mas, naturalmente, *Herr* Neigel: veja, ela já está lá!" "Obrigado, *Herr* Vasserman."

Os olhos de Vasserman se fecharam num longo farfalhar de dor e prazer. Era a primeira vez em muitos anos que um alemão o chamava de *Herr*.

Todo o corpo do bebê tremia agora no esforço da procura do lugar onde morava o sorriso. O rosto estremeceu e avermelhou-se. O cabelo claro cobriu-se de suor. Fried: "Comecei a pensar que ele talvez só precisasse soltar um *greps*, sim, um arroto, então eu o levantei e lhe dei um tapinha nas costas". Marcus: "E imediatamente o sorriso deslizou para o lugar certo. A boca do bebê escancarou-se num enorme prazer e, enquanto ele ria e gargalhava à vontade, Fried percebeu seis dentinhos brancos nas gengivas rosadas".

Neigel: "Seis? Você tinha dito quatro".

Morte para este bebê. Morte para todos. Certas forças se esgotaram por completo. Restou só um pouquinho para um último espasmo de oposição a Vasserman. Só quando a atividade da escrita se realiza é que se percebe ainda um pouco de "vitalidade". Só na ponta dos dedos. Todo o resto ficou sem a sensação. As páginas escritas seguras na mão parecem uma folha fresca que brotou na ponta de um toco seco. Mas ao menos isto: revelou-se a intenção oculta, maliciosa, de Vasserman, e já foram feitos todos os preparativos operacionais necessários para eliminá-la. A situação ainda estava sob certo controle da autoridade do escritor. A descrição da situação é esta: Vasserman aponta em seus esforços para fulano-ou-sicrano: tenta "provocá-lo", com meios espantosamente baratos, despertar novamente a sua "vida". Mas Vasserman será atacado. Contra Vasserman será movida uma guerra!

Naquela noite, no leito estreito do quarto alugado na cidade estranha, teve-se um sonho. Neigel aparecia no sonho como fulano-ou-sicrano. Os dois filhos de Neigel também participaram do sonho e apareceram como crianças que não despertam oposição ou ódio. Eram até "boazinhas". Foram criadas com dedicação e delicadeza por Neigel (ele é fulano-ou-sicrano). Seguindo-se ao sonho, o sonhador foi despertado e teve o seguinte pensamento: fulano-ou-sicrano foi sonhado como se fosse um nazista e nada aconteceu. Isso evocou uma ligeira depressão que passou imediatamente, como se não houvesse nada em que se prender para deixar impressão. Estranho, ele pensou que sempre falam do "pequeno nazista que existe dentro da gente" (doravante: PNQEDG), e a referência é a coisas erradas, a coisas que são tão fáceis de localizar e definir. Uma crueldade animalesca, por exemplo. Ou o racismo de todo tipo. E xenofobia. E assassinato. Mas estes são apenas os sintomas externos da doença. A cadeira junto à escrivaninha no quarto alugado foi esmagada de repente, por uma certa carga ambígua. Uma caneta foi apanhada pela mão e mordida entre os dentes. O aposento alugado que abrigou as atividades acima ficava no telhado e dali era possível ver um pouco de mar. Oh, mar. Sempre se diz PNQEDG e erra-se muito. E anestesia-se a vigilância. E pavimenta-se o caminho para o próximo desastre. Sim: esse tipo de reflexão brotou com surpreendente clareza. Distinguia-se uma vigilância absoluta e uma compreensão límpida para a sua situação e, ao mesmo tempo, uma impossibilidade de modificar o que já havia sido fixado e determinado. Na porta aberta do armário brilhava um espelho rachado. Viu-se refletido ali. Rosto de pássaro. Olhos vermelhos e brilhantes. Um feio ferimento de barbear sob os pêlos curtos. E eis o problema verdadeiro, a doença, muito profunda. Talvez ela seja incurável. Talvez nós sejamos apenas os seus micróbios. Não mais que os seus micróbios. E quando se diz aqui e ali PNQEDG e quando isso é alardeado, será que é apenas um ato medroso de suborno, cujo propósito é obter a anuência geral para o que é fácil e cômodo de concordar? Ou seja: lutar com o que pode ser combatido? E qual é o tratamento correto necessário? Por acaso extirpar tudo, começar do princípio? Temos forças para tal?

Naquela noite algumas coisas foram examinadas: por acaso um certo menino (que passa a ser chamado Yariv), em condições conhecidas, poderia ser morto por fulano-ou-sicrano, que é também seu pai? E quanto à esposa legal de fulano-ou-sicrano e sua mãe?

Às 4h45 da madrugada vestiu-se uma calça comprida e uma malha cinza. Abriu-se a porta que conduz ao telhado. O telhado foi atravessado em uma caminhada rápida de um lado a outro. Percebeu-se um certo despertar ou fortalecimento em fulano-ou-sicrano. Entre as antenas e os aquecedores solares viam-se as bordas azuis do grande reservatório de água. Naquele exato momento (4h49), tornou-se claro que estas não são as perguntas certas. E talvez se ouse dizer que em geral as pessoas se enganam nas perguntas. Neste ponto foram lembradas no telhado as perguntas que foram ensinadas para serem formuladas por alguém, B. Schulz, e esclareceu-se que elas simplesmente ficaram com medo de serem formuladas. Temeram o tempo todo. Novamente foi lembrado que é preciso formular de outra forma: não "se fulano-ou-sicrano mataria X, Y e Z", mas "por acaso ele os traria de volta à vida? Por acaso seriam trazidos de volta à vida a cada momento?". E por acaso, e esta é pelo visto a pergunta decisiva, o eu de fulano-ou-sicrano seria ressuscitado com o mesmo fervor de desejo e amor, pelo próprio fulano-ou-sicrano a cada momento?

E como também a isso não foi dada nenhuma resposta, foi feita mais uma pergunta, a última e provocadora: do que ele realmente terá medo? Da morte ou da vida? A vida verdadeira, sem reservas, a vida com o sentido que esta palavra tem para, digamos... etc. Mas de repente alguém ficou muito frio. Alguém correu à mesa para escrever. A caneta, porém, não escreveu. A tinta recusou-se a vir. Alguém foi chutado. Um suor frio brotou de uma vez. Uma caneta foi martelada e batida na mesa como que para acordar alguém sob ela, além dela. Finalmente veio a tinta.

Vasserman ainda está lá. Ele está sempre lá, diante de Neigel. Descreve o médico perplexo, que hesita e não ousa registrar o bebê em sua caderneta de anotações (que há anos serve tanto para os animais do zoológico como para os funcionários), porque o bebê ainda não tem nome; Fried: "Não faz parte das minhas funções dar também nome aos pacientes, certo?".

Fried anota: "Bebê anônimo. Foi-me trazido por Oto Brig em 4/5/1943 às 20h05. Estava envolto num cobertor de lã. Não há sinal dos pais. Sexo: masculino. Comprimento: impossível medir devido à resistência. Estimativa: 51 centímetros. Circunferência do crânio: idem. Estimativa: 34 centímetros. Peso: idem. Estimativa: três quilos. Às 20h20, Oto Brig viu dois dentes no maxilar de baixo. Às 21h10 eu (AF) vi mais dois dentes no maxilar superior. Depois de dois minutos aproximadamente, mais dois no maxilar inferior. No total: seis dentes". Como o bebê não dificultou mais a continuação desta documentação científica, Fried o recompensou com uma generosidade pródiga e anotou: "21h20. O bebê está muito esperto e até ri". Fried: "Estou ali anotando e não presto atenção, enquanto isso ele aparentemente se move no tapete, cai ou algo assim, e eu olho e vejo... ah! está dormindo de repente de bruços!, pobrezinho. Logo o virei de costas e olhei e, acredite se quiser, este bebê se virou novamente de bruços!".

Fried detestava fraudes ou trapaças e todos sem cessar tentavam ludibriá-lo. Pobre Fried! Vivia sempre com a profunda sensação de que alguém em algum lugar aproveitou um momento seu de distração para modificar o cenário do mundo de ponta a ponta. Num protesto furioso contra a mentira e a decadência impressas no mundo e nas criaturas, Fried apegou-se à sua decência, agarrou-se com unhas e dentes a ela. Marcus: "E quanto mais o mundo o enganava e lhe revelava todos os livros de trapaças e diabruras que possui...". Herotion: "E todos os fundos falsos de suas malas e as portas secretas e bolsos ocultos nas dobras de suas roupas..." assim continuou o médico a sustentar sua fé cheia de ódio e agravo com a lógica obrigatória das coisas e com o fato de que existe neste nosso mundo uma ordem certa, clara e simples, que deverá se revelar um dia, nem que seja na vida de um único homem.

Neigel ergue a mão. "Aqui você se engana", ele diz a Anshel Vasserman, "tudo no mundo tem uma explicação lógica." Vasserman parece se opor. Neigel está disposto a detalhar: "Mesmo o que no início não parece natural tem no fim uma explicação lógica e simples". E Vasserman: "*Herr* Neigel. A lógica tem uma função e um papel no nosso universo. Ela divide as coisas e as pessoas em categorias e liga-as umas às outras. Como cada ave à sua espécie. Mas as próprias coisas", ele diz tristemente, "as próprias coisas são tão desprovidas de lógica! E as pessoas também são assim, realmente. Massas misturadas de paixões e medos, *ai*, é um universo bonito; e a lógica, o que é? Só o que as separa e as une. É verdade. A lógica, por exemplo, é o vosso programa maravilhoso de transporte de trem de todas as partes da Europa para cá. Para o matadouro. A lógica é a linha de trem que se estende reta por uma grande parte do mundo e os vagões que, pelo que se conta, não têm um instante a perder nas estações. A lógica, *Herr* Neigel, é o fio oculto que liga a mão do funcionário fiel que autoriza com a assinatura o fornecimento de óleo para a locomotiva e o maquinista que conduz a locomotiva de um trilho a outro e, se quiser, a lógica que os faz se encontrar e evita que encontrem o funcionário corrupto da estação, o melhor dos homens, que, em troca de uma carteira cheia de dinheiro que lhe passamos sorrateiramente pela janela do trem, trouxe um cantil de água para a minha menina que tinha desmaiado. Também ele agiu segundo a lógica que existe na raiz de toda a situação, mas esta lógica, meu senhor, só liga as coisas em que falta lógica. Todas as bobinas de crueldade e justiça. As pessoas. A vida e a morte da minha filha...".

Neigel, que acabou de ouvir pela primeira vez sobre a morte da filha de Vasserman, prefere ignorar. Ou não tem ânimo para enfrentar esta notícia. Só abaixa os olhos e faz o seu desagradável *"himf"* e, com isso, pelo visto, indica a Vasserman que continue. Vasserman olha para ele por um bom tempo com dor e amargura e depois surge em seu rosto algo que mais se parece com ódio, que eu tivesse visto. Então ele balança afirmativamente a cabeça e prossegue.

Marcus: "O nosso Fried enlaçou sua honestidade e desilusão do mundo até que as transformou em um espasmo permanente dos músculos do pescoço e da barriga. Paula sempre alegava que talvez justamente com esta autotortura estranha Fried estivesse causando uma injustiça que não é menor que a que pode ser causada por toda mentira ou grande impostura". Paula: "Eu realmente não entendo como todos, o tempo todo, só tentam ludibriar meu Friedchik, que é muito, muito esperto e cauteloso e tanto suspeita de todos; justamente a mim, tonta como sou, que acredito até em um gato, sempre me deixam em paz". Herotion: "Mas é preciso dizer, a favor do nosso médico, que quando chegou o momento de escolher entre a lógica e a mentira misericordiosa ele escolheu a mentira. E a esperança. Apreciei muito isto, Fried". Fried: "Ai, você! O mestre da camuflagem!". Marcus: "É verdade. E por amor totalmente desprovido de lógica, Fried, por nítido amor à camuflagem, você se permitiu acreditar no filho que Paula queria ter". Fried: "E sofri. Nenhum de vocês sabe, e nunca saberá, o quanto sofri. Não me permitirei sofrer assim nunca mais". Oto: "Não, Fried? Não se permitirá?". E Munin: "Ei, vocês! Chega dessas discussões! O bebê se virou novamente!". Fried: *"Pshakrev!"*.

Ele se curvou zangado, virou violentamente o bebê de costas e gritou "é assim que um bebê na sua idade deve deitar, assim!" e se afastou dele um pouco com o rosto sério e de sobrancelhas franzidas, mas o bebê, o nosso bebê...

"Virou-se de novo?", pergunta Neigel. E Vasserman: "Exatamente! E o infeliz Fried...". Neigel: "Gritou de tanto medo, e correu, e virou-o de costas novamente!". "E o bebê se virou mais uma vez!" "E de novo! E de novo!"

Numa suspeita repentina o médico-águia pegou o bebê do tapete e o ergueu em silêncio sob a luz. "O bebê, *Herr* Neigel, riu contente e em sua boca brilhavam, *ai*..." Neigel: "Um momento! Quatro, seis, oito dentes?". Vasserman: "Exatamente!". Neigel: "Ouça! Ainda não tenho tanta certeza se estou gostando disso, mas já estou começando a farejar uma história de verdade!". E anotou uma ou duas palavras na caderneta.

Fried folheia a *Enciclopédia médica alemã* que adquirira em Berlim cinqüenta anos antes, quando era estudante. Uma nuvem de pó eleva-se das folhas e Fried tosse. A estranha erupção que lhe surgira de manhã na barriga coça, mas ele a ignora. A seus pés o bebê engatinha, passeia com curiosidade pelo tapete florido. Os movimentos de seus membros eram no começo desajeitados, mas agora já se tornavam coordenados. Fried: "Aos quatro meses surgem os primeiros dentes... aos oito, o nenê costuma ter oito dentes... aos três meses o bebê precoce começa a virar de costas... *nu*, e eu olhei para baixo e vi que aquele já estava começando a se sentar, acreditem ou não, e ele só tinha algumas horas, duas no máximo, acho. Na *Enciclopédia* estava escrito assim: 'Aos quatro meses o bebê controla os músculos do pescoço a ponto de poder manter a cabeça ereta. Aos seis, senta-se com certo esforço...' ".

Fried praguejou assustado e limpou dos óculos o vapor que se condensara ali. O bebê se sentou e examinou com atenção os dedos rechonchudos dos pés. Por um último momento, o médico ainda pôde consolar-se de que a cabeça ainda pendia no seu pescoço.

O bebê estava faminto e chorou novamente. Fried, com uma lógica um pouco marota, considerou que, se o hóspede já sabia sentar-se sozinho, perdia o direito que têm os bebês de serem alimentados de mamadeira ou colherinha. Por isso despejou um pouco do leite de Herotion num copo plástico, colocou-o em suas mãos e mostrou-lhe como se bebe. Num piscar de olhos, o bebê aprendeu a beber sozinho.

Ele acabou. O médico, sem refletir, perguntou: "Mais?" e o bebê imitou o tom de voz e o timbre agradável e disse: "Mais?" e Fried, que havia trancado seu corpo como última defesa contra o risco de se maravilhar, disse para si mesmo, como se anotasse em seu diário: "Começou a falar". Trouxe da cozinha uma fatia de pão que o bebê devorou rapidamente, enquanto tentava levantar-se e pôr-se de pé.

Não. Agora a coisa está tomando forma. O PNQEDG: ele não é tão perigoso como aquela doença na raiz da nossa natureza. Que disseminamos em cada movimento nosso no mundo. A doença cujos traços do contorno os nazistas apenas assinalaram e lhe deram um nome e uma língua e um exército e serviçais e santuários e sacrifícios. Que puseram em ação e na verdade tornaram-se vulneráveis a ela. Relaxaram o esforço e caíram suavemente dentro dela. Pois é claro que não se começa a causar o mal, mas só se continua a fazê-lo. Assim me diz Vasserman, que não se desespera nunca. Mas, para lutar contra a nossa natureza, precisamos de força. E de um propósito. E o nosso objetivo, o ideal, é tão lamentável. Não atrai em absoluto para que se lute por ele. Lutar para quê? Para se tornar homem, como diz Vasserman? Isso é tudo? Por isso lutar sempre? Para sofrer tanto? Por isso mencione-se aqui explicitamente esta opinião cabal: Vasserman está muito enganado. A humanidade se protege contra estes esforços estéreis e despropositados. A natureza é sábia, cria as suas criaturas e as faz atuar com sabedoria e adaptadas às condições de vida que ela estabelece. É um processo darwinista de existência; serão dispensados somente aqueles que souberem se proteger com sabedoria. Sim, minha cara senhora, com sabedoria!

E então, ditas as palavras acima, reinou um silêncio e espalhou-se uma sensação obscura e preocupante e dela — como era estranho! — foi enviada a mão para registrar as linhas seguintes, uma espécie de gesto reacionário anacrônico de uma certa pessoa antiga, ao passado esquecido, quatro ou cinco linhas que foram destinadas a concluir definitivamente "o livro da história antiga", os rolos que convém manter guardados. E assim foi escrito: "Eu estava bastante imerso nisto praticamente desde o momento em que nasci. Desde o momento em que desisti do esforço e comecei a me relacionar com cada pessoa como se fosse compreensível por si só. E quando desisti de inventar uma língua particular especialmente para ele, e novos nomes para cada objeto. E desde o momento em que não pude dizer 'eu' sem que soasse na palavra um som metálico ecoando 'nós'. E quando fiz algo para me proteger do sofrimento de outra pessoa. Da outra pessoa. E desde o momento em que não concordei em me impor uma deficiência física: ficar sem pálpebras, vendo tudo".

Estas são as linhas que fulano-ou-sicrano anotou antes que suas forças o abandonassem por completo. Ele sabia *dizer* estas palavras bonitas para si mesmo, mas já não sentia nelas nenhum lampejo de vida. Ele acabou nesta guerra. A guerra acabou nele. Não tinham por quem lutar. Para si mesmo já era um desperdício. Ele já estava morto. Já estava pronto para a vida.

Ergui-me e quis sair do quarto branco. Eu não tinha o que procurar ali. Esqueci a língua que se falava nele. Mas não consegui encontrar a porta. Quer dizer: toquei todas as paredes. Andei ao longo delas por toda a volta. E não havia porta. Elas eram absolutamente lisas. Mas tinha de haver uma porta ali!

E veio Anshel Vasserman e ficou na minha frente. Como antigamente. Curvado, corcunda. A pele amarela despencada. Quer me mostrar o caminho para sair. Ele conhece o caminho. Toda a sua vida ele entra por engano nesta floresta e espalha pequenos grãos de palavras que lhe indiquem o caminho da saída. Ele é o homem dos contos de fadas, Anshel Vasserman-Sherazade.

"Vovô?"

"Escreva sobre o bebê, Shleimale. Escreva sobre sua vida."

"Quero sair. O quarto branco me assusta."

"Todo o universo é o quarto branco. Venha e caminhe comigo."

"Tenho medo."

"Eu também. Escreva sobre o bebê, Shleimale."

"Não!!!"

Berrei e afastei de mim a sua mão macia, quente, na qual sempre sussurravam e murmuravam as correntes da história. Atirei-me às paredes lisas, às páginas do caderno, ao espelho, à alma: não havia saída. Tudo estava bloqueado.

"Escreva", disse Anshel Vasserman, com paciência e com suavidade, "sente-se e escreva. Você não tem outro jeito. Você é como eu, sua vida é a história, e para você só há a história. Escreva-a."

Muito bem. Que assim seja. O bebê. Devo lutar contra ele. Contra ele e contra quem o trouxe. Para isto me restou ainda um pouco de força. Não muito, é verdade, mas quem tentar me atingir pagará com a vida. Ou seja, com a sua história. Preste atenção, Anshel Vasserman: a sua história está em perigo agora! Nem mesmo a proximidade entre nós fará com que eu tenha pena de você, porque na guerra não há misericórdia e eu declarei guerra a você e à sua história.

Fried faz cálculos. Já era claro para ele que a cada quatro ou cinco minutos o menino se desenvolvia num ritmo comparável a três meses de vida de uma criança comum, o que significa que em meia hora o bebê teria um ano e meio. Agora Fried se lembra: somente quando a borboleta branca voou do Salão da Amizade é que o bebê começou a respirar neste ritmo rápido. Isso significa que é preciso contar o seu tempo especial só a partir de então, desde as nove horas aproximadamente. ("Aproximadamente??!" O médico agitou-se quando percebeu o quanto cada segundo era agora importante.) Vasserman: "A mão esquerda do médico começou a esfregar com força a erupção que naquela manhã lhe surgira na barriga, acima do umbigo. Ele organizou os pensamentos: à uma hora o bebê deverá estar com três anos!". Fried: "*Boje moi*, Deus meu! Não pode ser! É preciso examinar de novo!".

E ele examinou de novo friamente. O cálculo estava certo. Fried mordeu com força o dedo e tentou lembrar-se. Fried: "Wersus? Werblov? Qual era o nome...". Vasserman: "Ele folheou rapidamente a velha e fiel *Enciclopédia*, passando em sua viagem apressada por centenas de migalhas de fragmentos nos quais se cristalizara em nosso mundo a essência da destruição e da devastação, pragas e mutilações e distorções do corpo e da alma, que não saibamos delas, e por fim parou, ofegante e resfolegando como este cachorrinho, no verbete que trata de...". Fried: "Werner. Síndrome de Werner. Processo de envelhecimento rápido... começa aos trinta anos... deterioração de todos os sistemas... calcificação precoce... depressão... morte rápida seguida de sofrimentos... *Ver* PROGÉRIA".

Neigel empertiga-se. Seu rosto está sério. Um pouco pálido. Quem diria que ele receberia a história de forma tão pessoal! Ou talvez haja algo que nós ainda não saibamos? "Por favor, *Herr* Vasserman. Não", ele diz em voz tranqüila, "não faça mal à criança." Mas Vasserman, que por um momento prestou atenção nas palavras, como se já as tivesse ouvido uma vez, muito, muito tempo antes, continua: "E com o coração partido, que já adivinhava, o médico manteve seu caminho para a terra do juízo para a qual enviara o escrito, para...". Fried: "PROGÉRIA. Versão infantil da SÍNDROME DE WERNER [*q.v.*], processo de envelhecimento muito rápido a partir dos três anos... poucos casos conhecidos na história da medicina... o desenvolvimento é interrompido paulatinamente aos três anos e começam a surgir sinais de deterioração, retardamento e depressão...".

E Neigel: "*Bitte, Herr* Vasserman, ouça-me só por um momento!". E Fried: "Meu Deus!".

Porque o bebê já estava de pé e lançava a Fried um sorriso cheio de felicidade. Uma onda de misericórdia tomou conta de Fried e marcou instantaneamente a armada de ferro que navegava em seu coração. Apontou para o próprio peito com o dedo estendido e disse em voz grave: "Papai".

O bebê também falou "papai".

Marcus: "O nosso bom Fried foi como que espetado no peito com o alfinete da medalha de mérito. Hesitou por um momento e depois — seja apagado o nome desta traquinagem vergonhosa que a vida lhe preparou — disse: 'Você é Kazik'. E o bebê repetiu o nome. Uma vez e outra saboreou o novo nome. Kazik".

Em Fried despertou um imenso desejo de protegê-lo. De brandir sua espada em torno do corpinho impotente, para que a doença não ousasse se aproximar dele. Mas ela já brotava em seu corpo com toda a força de sua vitalidade grotesca. Neigel não pára de sacudir a cabeça em sinal negativo. Vasserman não pára de olhar para ele. Vasserman tem certeza de que a oposição de Neigel está diretamente ligada ao fato de o bebê ter uma covinha encantadora no joelho direito. Neigel bate com a mão na mesa e grita que basta desta história distorcida, mas Vasserman não se submete. Ele está fervendo de raiva. Grita que não pode continuar quando a todo momento se intrometem na sua história. Pela primeira vez ele perde as estribeiras e gesticula para Neigel; este movimento de mão me choca, porque me lembro exatamente quando o vi nele: foi há mais de vinte anos, na cozinha da casa de meus pais em Beit Mazmil. O alemão também tentou se intrometer então, e vovô brandiu para ele o *pulke* e gritou. Mas já então eu ainda queria que vovô vencesse. "Não toque neste menino!", berra Neigel com o rosto vermelho, e Vasserman olha para ele com expressão sombria, terrível, escolhendo cada palavra. "Há palavras que o senhor não deve me dizer, *Herr* Neigel. Mesmo sem o senhor a minha vida é amarga. E este menino viverá e morrerá, Deus o livre! de acordo com o desejo da história. Assim será feito."

Vasserman sabe muito bem que parece ridículo em sua zanga. Ele próprio testemunha sobre si mesmo que "há aqueles em quem a zanga não fica bem". Mas desta vez ele tem algo que influencia imediatamente Neigel, que desvia dele o olhar e aguarda para ouvir a continuação, caneta em punho.

... Fried respirou fundo. A vida havia apanhado a luva que ele jogava para ela toda manhã. Não há outra explicação. Mas a vida escolhera para si um campo de batalha inesperado. Através do corpo da criança ela lhe imporia sofrimentos que nunca conhecera. Vasserman: "*Oi*, Fried, você deveria imaginar que ela assim agiria, no momento em que você começou a fazer traços na terra". Fried: "Não se preocupe comigo. O velho Fried também conhece um ou dois truques". Neigel, inesperadamente, em contradição direta a Vasserman: "Hurra, Fried! Na guerra como na guerra!". Marcus: "Por um momento o nosso Fried se apaixonou pela guerra, até quase se empertigar nas patas traseiras e relinchar. Mas depois pensou em como eram parcas as suas possibilidades e seu coração se entristeceu".

Ele reviu seus cálculos, como prova contra a segunda onda de pavor que já o tomava. Era preciso encontrar um erro qualquer. Talvez não fosse a progéria em sua forma mais grave. E talvez fosse somente um desenvolvimento muito rápido, que cessaria em breve e se tornaria normal. Sim. Fried calculou de cabeça, movendo pesadamente os lábios, exangues. Depois anotou alguns números e olhou para eles. A coceira na barriga aumentou e ele coçou furioso a tola erupção.

Pela última vez atacou o papel com raiva. Após um momento, acabou-se o calor do seu corpo e ele ficou muito pálido. Dissolveu-se a pequena esperança de que a vida, apesar disso, teria pena dele, ao menos devido ao longo tempo de conhecimento. Distraído, cheirou os dedos. De onde vinha este cheiro de alecrim fresco? Apertou os maxilares e olhou a folha. Na linha inferior, abaixo do último traço, estavam anotados dois algarismos.

Vasserman interrompe a leitura por um momento. O olhar de Neigel está fixo em seus lábios. O olhar de Vasserman está fincado no caderno em branco. Por um instante acende-se em seus olhos uma terrível expressão de amor selvagem, como se fosse um animal defendendo sua cria. Mesmo que não fosse um animal belo como o leão ou a pantera, mas parecendo mais uma lebre ou um carneiro zangado, isso em nada diminuiu a selvageria e o amor e a animalidade de seu olhar. Por um instante eu poderia ter espiado e visto finalmente que palavra ele anotara ali, em seu caderno em branco, mas tive medo de olhar. Vasserman sacudiu a cabeça para esta palavra, respirou fundo e dispôs-se a prosseguir.

"Espere só um momento, por favor, *Herr* Vasserman, dê-me só um momento para tentar convencê-lo... pois é impos...", mas Fried, obstinado, ignorando maldoso a súplica de Neigel: "E é assim, se o bebê continuar a se desenvolver desta forma, ou seja, nesta rapidez, ele concluirá o ciclo de vida completo de um ser humano comum em exatamente vinte e quatro horas. É isso".

Neigel silencia. Ele fervia de amargura e raiva. Mas mesmo agora ele está aprisionado na magia dessa curta sentença biológica "vinte e quatro horas". Começa a dizer algo e se cala. Passam-se alguns segundos. Neigel se acalma. Já sei o que devo fazer. Não tenho alternativa. Pobre Vasserman! Mas eu também tenho uma história que me escreve, e devo acompanhá-la aonde quer que ela me conduza. E talvez o meu caminho seja o certo.

"Esta história é sua", diz Neigel com amargura, "já é difícil para mim decidir o que penso sobre ela." Vasserman, com grande alívio: "O senhor ainda a aprovará, *Herr* Neigel". E Neigel: "*Ach*, você está simplesmente estragando uma história boa com todas estas idéias esquisitas. Vinte e quatro horas, imagine!". E Vasserman: "Serão vinte e quatro horas maravilhosas, garanto-lhe!". E então ele se vira para mim e diz: "*Nu?* Eu o prendi na armadilha. O que é isto?! Shleimale! Como seu rosto se alterou! Mas...".

O bebê andou com cuidado pelo tapete, as mãos erguidas. Seus olhos brilhavam de felicidade e vitória. Quando chegou a Fried parou, olhou para ele e seu rosto se iluminou: "Pa-pai", ele disse para o médico, que chorava. "Pa-pai."

A ENCICLOPÉDIA COMPLETA
DA VIDA DE KAZIK

PRIMEIRA EDIÇÃO

Ao leitor!

1. Nas páginas que se seguem, o leitor encontrará a primeira experiência do gênero no preparo de uma enciclopédia que abranja a maioria dos fatos importantes na vida de um só homem. E não só os fatos: os processos psicossomáticos, suas relações com o que o rodeia, seus desejos, seus anseios, sonhos etc. Tudo isso, que em geral não é facilmente passível de análise, pôs a nu de repente a outra face, a face desconhecida do seu caráter, e a sua submissão incondicional às exigências objetivas da pesquisa séria, quando foi introduzido pela primeira vez, contra sua vontade, no âmbito rigoroso e autoconfiante da classificação arbitrária (pelo menos na aparência!). É possível estabelecer que justamente esta arbitrariedade, ou seja, a classificação dos diversos verbetes por ordem alfabética da língua hebraica, é que tenha transformado todas aquelas criaturas esquivas e ambíguas num material de trabalho cômodo e eficiente e ajudado a desvendar a simplicidade dos mecanismos que acionam todos os membros da espécie humana.

2. Nas páginas que se seguem, portanto, será contada ao leitor a história, o mais completa possível, da vida de Kazik, personagem da história de Anshel Vasserman, conforme narrada ao *Obersturmbannführer* Neigel, enquanto permaneceram em um campo nazista de extermínio, em território polonês, no ano de 1943.

3. Nem sempre foi possível desvincular totalmente a biografia de Kazik do contexto em que ela foi relatada, por isso o leitor perceberá que Neigel, Vasserman e vários acréscimos de dados de suas vidas deixaram, de uma forma ou de outra, a sua marca nas páginas deste volume. O leitor pode, é claro, pular a leitura destes verbetes.

4. Houve empenho em manter a autenticidade das personagens que influenciaram a vida do tema da pesquisa (Kazik), e para tanto foram também acrescentados monólogos e trechos de conversas de todas as personagens. Não há dúvida de que tal sistema compromete a objetividade acadêmica de todo o empreendimento e "populariza-o" um pouco, mas, por enquanto, não se encontrou maneira de evitá-lo. Nos empenharemos para que esta falha seja corrigida nas próximas edições da *Enciclopédia*.

5. A fim de evitar a tensão literária onde é possível e desejável dispensá-la e onde ela poderá desviar a atenção do principal, faremos o máximo para livrar o leitor de uma carga de informação que possa causar tal tensão, esta ilusão estranha do propósito que existe, por assim dizer, na raiz de todas as coisas, através do qual supostamente a "vida" flui. Por isso, informamos de antemão que Kazik morreu às 18h27, 21 horas e 27 minutos depois de ter sido trazido ao zoológico, recém-nascido. Estava então, segundo o cálculo de seu tempo especial, com sessenta e quatro anos, e se suicidou. Subentende-se que justamente o fato de Kazik ter vivido uma vida completa em tão curto tempo seja a justificativa e o motivo que levaram à preparação do modesto projeto científico que se segue, porque se criou aqui uma oportunidade rara de elaborar uma enciclopédia completa de uma vida humana inteira, do nascimento à morte.

6. À luz do que foi dito no item 5, depreende-se que o leitor possa ler os verbetes da *Enciclopédia* na ordem que lhe convier e até saltar para a frente ou para trás, como quiser, e assim agradecemos antecipadamente ao leitor disciplinado que seguir o caminho seguro da ordem conhecida do alfabeto hebraico.

7. Devido ao profundo compromisso com os fatos, a equipe editorial da *Enciclopédia* viu-se obrigada a incluir alguns verbetes que também refletem as idéias de Anshel Vasserman. Em outros verbetes podem-se reconhecer os traços da luta ferrenha travada entre a equipe e Vasserman, até que um dos lados vencesse e imprimisse a sua idéia na matéria. É claro que publicar esses trechos não significa anuência por parte da equipe editorial sobre o seu conteúdo. O leitor inteligente julgará e dará sua opinião.

E, por fim, alguns aspectos pessoais:

A equipe editorial tem consciência de que há leitores que ficarão insatisfeitos com essa idéia. A equipe conhece muito bem todos esses descontentes, esses hereges rebeldes para quem nada é sagrado!

Por exemplo, isto eu devo contar, porque simplesmente me deixou louco! Quando revelei a Ayalá pela primeira vez esta minha idéia, o que vocês acham que ela fez? *Ela riu*. Juro! Deu uma enorme gargalhada. Simplesmente ficou parada e riu na minha cara. Bem, de início fiquei muito ofendido, mas depois entendi o que havia acontecido: Ayalá ficou lá, rindo, rindo, não de prazer, mas com uma expressão de concentração e talvez um pouco de medo. Ficou rindo de mim perversamente, complacentemente. Seu riso era estranho, até mesmo amedrontador. Ele ondulava, se dividia, espoucava como um bando de pássaros coloridos, alegres, como as ondas do mar, como... ah! Logo entendi que devia dar um fim àquilo, pois não há limite para a ilusão, então eu disse em voz fria e dura:

EN-CI-CLO-PÉ-DIA! — E então aconteceu o seguinte: Ayalá calou-se. Ainda por um momento luziu em seus olhos uma chispa de raiva que logo foi substituída pelo espanto. Ela recuou e foi-se apagando. Desfez-se totalmente, como se tivesse sido atingida por um raio exterminador; em suma, aconteceu com ela o mesmo que à pobre tia Retícia, a tia de Bruno, junto à caixa do correio na praça da Santíssima Trindade. Nada restou dela. A vitória da equipe editorial foi total.

אהבה

AHAVÁ[1]

AMOR

Ver SEXO.

אוננות

ONANUT

MASTURBAÇÃO

Atividade com a qual se atinge auto-satisfação erótica.

1. Kazik começou a assumir este modo de obter satisfação depois do episódio infeliz com TSITRIN [*q.v.*]. Aconteceu às 6h30 da manhã, e Kazik estava,

---

1. Os verbetes seguem a ordem alfabética do hebraico, mas o leitor vai encontrar, no final, a lista ordenada em português e suas respectivas páginas nesta edição. (N. T.)

então, de acordo com o cálculo de seu tempo especial, com vinte e oito anos e meio. Também antes do ocorrido com a sra. Tsitrin ele "tocou em si mesmo lá", segundo a definição um tanto embaraçada de Fried, mas agora acrescentou ao ato uma dose de franco entusiasmo e desespero. Ele se masturba sem parar; os componentes do grupo das Crianças do Coração empenharam-se muito em se abstrair disso, mas era impossível: da ponta de seu pequeno órgão sexual jorraram numa tremenda altura jatos finos e molhados que, ao chegar ao céu negro, explodiam com um ligeiro ruído, como fogos de artifício, e então se coagulavam em formas coloridas de animais e figuras humanas que eram todas um tanto falhas, algo como rascunhos, mas em seu jeito espermatozóidico, cheios de vida e cor, nadavam no espaço escuro sacudindo suas pequenas caudas, um fluxo infindável de pássaros e peixes, criancinhas e anciães que brilharam por um momento, imediatamente se apagaram e foram engolidos pela escuridão, sem deixar vestígio, exceto uma vaga sensação de angústia que se desfazia logo atrás de si. Por algum tempo, os membros do grupo esperaram que as fantasias de Kazik lhes apresentassem um mundo bonito, colorido e mais vivo que aquele em que deviam viver, mas bem depressa sentiram o quanto esses devaneios estavam corrompidos pelo infortúnio da realidade que lhes era conhecida e não havia neles nenhuma nova perspectiva, não havia amor, mas só o frenesi do fervor que os criara, mas este também arrefecia pouco a pouco. Só restou o movimento do esfregar compulsivo, tedioso, a sensação de desperdício e vazio, e o vazio da angústia que logo se dissolvia. Kazik também sentiu isso, naturalmente. Mas não podia parar. Estava humilhado.

2. Atos masturbatórios de Yedidiya Munin, que se transformaram em sua arte: ver MUNIN; e também: CORAÇÃO, RENASCIMENTO DAS CRIANÇAS DO.

אחריות

ACHRAYUT

RESPONSABILIDADE

Senso de dever, de compromisso a ser cumprido.

No auge da discussão entre Vasserman e Neigel sobre se os assassinatos de Neigel no campo podiam ser definidos como "crimes", Neigel declarou que ele não tem nenhuma responsabilidade pelo que ocorre, e só cumpre as ordens da "grande máquina". Reforçou suas palavras com o argumento de que "o extermínio de judeus continuará a ser executado aqui, mesmo que uma pessoa, como eu, por exemplo, decida parar de participar dele, certo?". Vasserman: "Mas este é precisamente o cerne da questão! E a que isso se assemelha, com seu perdão? Pode ser comparado a questões de marido e mulher. Pois se um outro homem amasse a sua esposa, com seu perdão, bem, *nu*, como direi... a espécie humana continuaria a seguir seu caminho... que me importa, diz a mãe natureza para si mesma, quem dá continuidade à estirpe, contanto que a grande máquina da existência continue funcionando, não é?". Neigel: "*Himf*. Sim. Naturalmente. Nós não temos controle sobre as coisas grandes. Certo?". Vasserman: "O senhor tem razão. Tudo está previsto e o poder concedido é tão exíguo!". Neigel: "Então, por que você fica o tempo todo me arengando esta sua responsabilidade se na verdade ela não tem sentido?". Vasserman: "Talvez porque ela seja a liberdade, *Herr* Neigel. Ela é o único protesto que um medroso como eu pode fazer". Neigel: "*Ach!* Ilusão de protesto". Vasserman: "E que alternativa temos?".

Ver também ESCOLHA.

אמנות
OMANUT
ARTE

Meios de expressão da criatividade humana, que se tornam objetivos estéticos e funcionais, executados segundo regras e sistemas de atividade que demandam especialização e adestramento.

Durante toda a sua vida Kazik esteve envolvido em um ambiente de CRIAÇÃO [*q.v.*]. Na verdade, as únicas pessoas que conheceu foram os artistas de Oto Brig [*q.v.*]. Não admira, pois, que quando procurou para si uma saída e um modo conveniente de expressão para a drenagem de suas depressões, impulsos e temores, também escolheu a arte. Inicialmente foi PINTOR [*q.v.*], depois tornou-se, não por vontade própria, CARICATURISTA [*q.v.*]. Ficou claro para ele que nem arte podia redimi-lo totalmente. Que ela pode, no máximo, embelezar as suas aspirações e aumentar a dor do seu anseio por elas, mas ao mesmo tempo ela não era capaz de torná-las acessíveis. Verifica-se que justamente esta liberdade do artista privou-o das ilusões consoladoras e aproximou-o do reconhecimento do limite da esperança.

Ver também MASTURBAÇÃO.

אמנים

OMANIM

ARTISTAS

Pessoas que dão expressão à criatividade humana, na busca de objetivos estéticos e funcionais. Especialistas em sua atividade.

Kazik só conhecia os artistas que Oto BRIG [*q.v.*] juntou e reuniu no zoológico de Varsóvia entre os anos de 1939 e 1943. Ali estavam (em ordem alfabética hebraica): Paula Brig, irmã de Oto, que com sua arte quis protestar contra a mentalidade tacanha das pessoas e a crueldade da natureza; Ilya GUINSBURG [*q.v.*], que busca a verdade; HEROTION [*q.v.*], que combate a tirania do avarento sistema sensorial humano; Malchiel ZAIDMAN [*q.v.*], o artista do cruzamento de fronteiras entre as pessoas; Yedidiya MUNIN [*q.v.*], o grande homem-orgasmo, apreciador da transcendência humana, que busca a felicidade, amante da proximidade de Deus; Aharon Marcus [*ver* SENTIMENTOS], que dedicou toda a sua vida a experiências de ampliação dos âmbitos do sentimento humano; SERGUEI [*q.v.*], inventor do grito, ladrão do tempo; Albert Fried [*ver* BIOGRAFIA], médico: no início aborreceu-se muito com Oto, que reunira "todos estes loucos malcheirosos" no zoológico, em vez de arranjar mão-de-obra eficiente e confiável. Depois disso, durante algum tempo, quando Paula ficou grávida do bebê imaginário, Fried fechou os olhos e se permitiu acreditar. Então ele também foi aquinhoado com o título de "artista".

Oto também chama seus artistas de "combatentes" e *"partisans"*.

אקדח

EKDACH

PISTOLA

Arma leve, de cano curto, para ser usada com uma só mão.

1. Arma com que Neigel se suicidou depois de voltar da folga em que esteve com a família em Munique.

2. Arma com a qual Paula Brig matou o leão César durante o cerco alemão a Varsóvia em 1939. Naquela ocasião, todos os funcionários efetivos do zoológico tinham sido convocados e o próprio zoológico foi quase totalmente destruído pelo intenso bombardeio. Os animais famintos circulavam pelas alamedas e, segundo testemunho do diário de Fried [*ver* DIÁRIO], fizeram muitas vítimas. Num só dia (3/10/1939) foram mortos no zoológico setenta e quatro

animais num único bombardeio. Entre eles estavam uma leoa e uma tigresa chegadas de Rangum apenas dois meses antes, além de duas preciosas zebras Grant. O leão César recusou-se a comer os corpos dos animais mortos. Fried já previra isto: pela literatura científica que conhecia, sabia que os leões só comem cadáveres de macacos. Mas por acaso não foram mortos macacos nos bombardeios. Por isso, Oto e Fried decidiram matar semanalmente um macaco para manter o leão vivo. Paula: "Mas é claro que eu não concordei. O que é que há? PORCARIAS [*q.v.*] como estas aqui também no zoológico? Com que direito, dirão vocês dois, com que direito?". Segundo a descrição do diário de Fried, César já estava rastejando e suas costelas estavam muito salientes. Fried explicou a Paula que um leão é mais caro que cinqüenta macacos e Paula, que é apenas uma mulher, disse: "Mesmo que fosse um milhão!". Fried: "Mas há apenas um leão, e setenta macacos; pense ao menos uma vez com lógica, Paula!". E ela: "É uma questão de vida, Fried. Não de lógica. Cada um dos setenta é exatamente um". No fim, Paula pegou o revólver do zoológico, e... Oto: "Com amor, com amor mesmo, pois estávamos lá com ela e vimos tudo"... ela deu um tiro no leão César e o matou.

אקזמה
ECZEMA
ECZEMA

Erupção infecciosa da camada externa da pele, que se manifesta de diversas formas.

O eczema que surgiu no umbigo de Fried desenvolveu-se de forma estranha nas 21 horas de vida de Kazik. De manhã cedo, quando Fried e Kazik e os outros artistas começaram a se mover rumo ao barracão de Oto, que estava dormindo [*ver* SONÂMBULOS, JORNADA DOS], o médico perplexo logo percebeu que ramos verdes e frescos, cujo cheiro lembrava o alecrim, começavam a brotar sob sua camisa. Durante algumas horas ainda tentou esconder dos demais, mas por fim compreendeu que seu corpo precisava falar. Interrompeu as tentativas dolorosas de aparar os ramos com as mãos e deixou que eles se espalhassem sem estorvo. Ao anoitecer, os ramos já encobriam totalmente o médico. Parecia um arbusto gigantesco, andante, com um par de olhos avermelhados pelo cansaço espiando para fora.

בגידה

BEGUIDÁ

TRAIÇÃO

Transgressão que consiste em romper a fidelidade para com quem está acima de nós.

Termo que Neigel usou para descrever a trama que Vasserman teceu contra ele. Neigel usou este termo algumas vezes à medida que se desenvolvia a história que Vasserman lhe contava e por fim até explodiu, perdeu o controle e surrou cruelmente Vasserman. Segundo ele, Vasserman o havia traído, porque só numa etapa muito tardia da história, "e ainda depois que você me confundiu assim!", o escritor lhe revelou que *As Crianças do Coração* estavam combatendo os nazistas desta vez. Foi realmente uma guerra estranha, uma guerra de assombrados desarmados, mas em seu modo estranho, tortuoso, ela estava voltada na verdade contra ele. [*Nota da equipe editorial: Sobre a alegação de Neigel, Vasserman fez a seguinte observação para si mesmo: "Até eu percebi que nos últimos tempos Esaú tem usado com freqüência a expressão 'traição'; foi Zalmanson quem uma vez me indicou que nas minhas histórias sempre ecoavam as palavras 'medo' e 'piedade', e me contou que sua diversão era descobrir as palavras preferidas nas obras de escritores de verdade (não eu, imagine). Para cada um deles, disse-me Zalmanson, há uma palavra à qual ele volta, mesmo sem perceber, de tantas em tantas páginas, como alguém que toca a todo momento em sua ferida".*]

בדידות

BEDIDUT

SOLIDÃO

Estado de quem está só, solitário.

Quando os alemães entraram em Varsóvia, Oto e Fried decidiram que seria melhor que Paula, a polonesa, não continuasse a viver com Fried, o judeu, em seu barracão. Assim, depois de quatro anos de vida em comum com Fried, Paula voltou, absolutamente contra a vontade (ela não entendia tão bem a questão de judeus e não-judeus), a morar com seu irmão Oto. Naquela noite, Fried novamente dormiu sozinho; apesar de sempre ter sentido saudade dos anos de celibato e mesmo que a maior parte dos seus anos com Paula tivesse sido de brigas mesquinhas devido ao seu gênio difícil, Fried sentiu repentinamente uma solidão insuportável, como se fosse a última pessoa que restara no mundo. Levantou-se de sua cama muito larga e saiu para os três degraus fora do barracão. Inalou o ar chamuscado dos bombardeios e então, sem nenhum aviso, foi atacado pelo tumulto silencioso e denso do zoológico, os sussurros, o bramido, o ronco, o murmúrio, cheiros dos animais, os fluidos do cio que neles fervilham, o sangue das parideiras que seca lentamente nos filhotes, o fedor asqueroso dos mortos, o leite que balança nos úberes pesados, e intencionalmente, mas ainda perplexo, envergonhado e com muito cuidado, o velho Fried juntou sua voz àquelas vozes surdas e sussurrou: "Paula", e depois gemeu repentinamente, com as dobras obstruídas de sua garganta, um grito antigo, terrível, que talvez fosse "Paula" ou talvez o nome com que todo homem chama a mulher; Fried se pôs de pé, berrou por a terem afastado dele e porque esta guerra insana viera separá-los como uma jaula de ferro; gritou muito até que... Oto: "Então todos os pavões começaram a gritar junto com ele com sua voz feia, e o tigre que acabara de enviuvar chorou com ele, e a coruja e as raposas, e eu acordei com este barulho todo e no primeiro momento, juro por Deus!, pensei que era uma demonstração que os animais faziam contra nós, contra a guerra e contra tudo o que aconteceu ao zoológico". Marcus: "E o zoológico foi então inundado por uma doçura desesperada e densa, até o limite da saciedade, até mesmo do enjôo; era preciso encontrar-lhe uma saída, caso contrário todo o zôo poderia explodir, caramba!". E de fato: as grades de ferro das jaulas já haviam começado a estremecer e entortar. Vasserman relata que pequenos papagaios se inflaram e cresceram como se tivessem alguma doença tropical estranha, parecendo perus multicoloridos, ou avestruzes enormes cujas pequenas gaiolas lhes pendiam do pescoço como enfeites. "O zoológico", diz Vasserman, "respirava como um gigantesco pulmão." Todos os artistas concordaram depois que haviam sido tomados da estranha sensação de que, se não acontecesse algo imediatamente, o zôo não suportaria a opressão, arrancar-se-ia à força das raízes que o prendiam ao solo e se ergueria para o céu. Por sorte, Oto percebeu o que acontecia e acordou Paula (Oto: "Vocês pensam que foi fácil? Jesus Maria! A nossa Paula sabe dormir!".); ela o escutou por um momento, compreendeu de imediato, logo saiu e correu pelas jaulas, de camisola florida (Fried: "Que eu odeio".), sua amada anciã, pesada, que ria e chorava, caía e se levantava e de longe gritava para ele: "Estou indo, Fried, estou indo"; corria em direção a ele nos pequenos degraus, aproximando-se dele com toda a força de seu amor e seu corpo desajeitado; deitaram-se na varanda, e Fried não se lembrou de que deveria ter vergonha disso.

בדיה

BEDAYÁ

FICÇÃO

Mentira. História imaginária.

Uma só vez Vasserman confessou que tem uma "necessidade emocional de ficção". Foi depois que Neigel lhe contou, a pedido do próprio Vasserman, como matara alguém pela primeira vez na vida. Tinha sido um soldado hindu do exército britânico; Neigel o matara numa batalha na Primeira Guerra Mundial. Vasserman não se satisfez com isso. Pediu a Neigel que continuasse a contar sobre os assassinatos que se seguiram e o que sentira quando os executara. Neigel concordou relutante, mas quando Vasserman começou a atormentá-lo com suas perguntas insistentes ("O senhor não se perguntou como se tornara o assassino justamente daquela pessoa?" "O senhor dormiu bem naquela noite, após a batalha?" etc.) Neigel se zangou e anunciou que l. quando matou estava cumprindo ordens; 2. jamais matou por prazer, mas também não com aversão; 3. ele não compreende por que Vasserman precisa de todo este *Kwatz mit Sauze* (bobagens com molho). Aqui Vasserman empalideceu um pouco e disse que precisava fazer isto, "sou obrigado, obrigado, *Herr* Neigel, sou compelido a crer que até o senhor tem tormentos na alma e conflitos no coração!". E Neigel: "Para quê? Para que eu lhe seja um pouco mais interessante na sua pobre mente literária?!". E Vasserman: "Não, *Herr* Neigel. Não pela literatura! Mas por mim. E por minha mulher e minha filha. Pois aconteceu comigo e vi com meus próprios olhos! Sim, é uma espécie de egoísmo, com seu perdão. Sou obrigado a crer que o senhor não nos matou assim, simplesmente, como se diz, como se arranca um prego da parede, mal comparando. Porque a alma se apavora, Excelência, se ofende e se injuria! E toda a minha vida desgraçada soluça diante de mim, todo o pouco que juntei para mim nos dias da minha malfadada existência, todos os medos que temi e os meus complexos e paixões ignóbeis, e o pouco de amor que conheci e também, com seu perdão, os talentos e qualidades que obtive deles, em suma, toda esta caricatura feia chamada Anshel Vasserman, que talvez seja uma grande sorte que não haja nenhuma semelhan-

372

te para enfear e insultar a beleza do mundo, mas, de todo modo, é meu patrimônio... meu único patrimônio e ela, isto é, a alma, não poderá suportar o pensamento de que seria possível livrar-se dela tão facilmente, com tal indiferença, pois nem sequer quiseram saber nosso nome antes de nos matar e, por isso, deixe que eu me divirta um pouco, procurarei no senhor um pequeno arrependimento ou um remorso, deixe que eu lhe atribua um único pensamento de COMPAIXÃO [*q.v.*], porque preciso desta pequena ficção; depois o senhor poderá fazer o que quiser". Neigel: "Faça o que quiser, Vasserman. Mas não espere que isso me influencie".

בחירה

BECHIRÁ

ESCOLHA

Opção por uma entre várias possibilidades, segundo decisão voluntária do ser humano.

No entender de Vasserman, a escolha é um ato ou efeito da parte humana que existe no homem. Esta argumentação foi expressa na discussão que Vasserman e Neigel tiveram acerca do futuro do pequeno Kazik, quando o rapaz começou a amadurecer. Isso foi às 3h da madrugada, quando Kazik, com dezoito anos, despertou da letargia da adolescência [*ver* ADOLESCÊNCIA, LETARGIA DA], postou-se de novo dentro do tempo que fluía e exigiu que Fried lhe dissesse quem ele era. "Quem você quiser", respondeu-lhe o médico, e acrescentou hesitante que gostaria que Kazik escolhesse ser um homem. "Talvez o ilustre médico também me ensine como se escolhe ser homem?", perguntou Neigel, zombeteiro. "Sempre pensei que a gente nasce assim, não?", e assim se acendeu o debate. Na opinião de Vasserman alguém se torna um homem quando escolhe cumprir na vida certos valores e preceitos. Neigel alegou diante disso: "Mas eu também *escolhi*!". Vasserman: "*Pardon?*". Neigel: "Escolhi pôr em prática eu próprio os valores do movimento e do partido e as ordens de matar; por acaso sou menos gente que você? Se uma pessoa é capaz de fazer algo, isto já é humano, não? E o que dirá a esse respeito a sua moralzinha judaica?". E Vasserman: "*Herr* Neigel! Depreende-se que 'escolha', na minha boca, significa a escolha dos valores mais elevados do homem. Os valores puramente humanos. Que com isto a pessoa, por assim dizer, recria desde a gênese e se redime". Neigel, com um sorriso obstinado: "Escolhi seguir o segundo caminho. Decidi começar a matar! Como você poderá dizer que isso não é uma escolha? Você sabe quanto esforço é preciso para tomar uma decisão destas?". Vasserman: "*Ai*... não se escolhe começar a matar, *Herr* Neigel. Só se continua... assim como não se escolhe começar a odiar o próximo ou torturá-lo... só se continua. Mas é preciso decidir escolher, com consciência, não matar... não odiar... esta é a raiz da diferença, acho...". *Ver também* DECISÃO.

ביוגראפיה

BIOGRÁFIA

BIOGRAFIA

Composição que descreve a vida de uma pessoa.

Na opinião de Neigel, um dos defeitos centrais da história de Vasserman é o desleixo na descrição da história das personagens desde que seus caminhos se separaram na infância até que se reencontrassem. "Fried, por exemplo", disse Neigel com amargura, "não sei quase nada a seu respeito! O que acontece com a sua RESPONSABILIDADE [*q.v.*] de escritor, Sherazade?" Vasserman, depois de refletir por um momento, leu no caderno em branco: "O nosso dr. Fried, filho primogênito de um médico e de uma pianista amadora, nasceu no ano de... mas qual o sentido de todas estas biografias aborrecidas?! Em todas elas predomina a mesma confusão que se veste de personagens e formas diversas e estranhas, que na maioria das vezes não são dignas do ser humano... assim, é preciso dizer, por favor, que há setenta anos o dr. Fried passa entre as duas filas do corredor polonês". [*Nota da equipe editorial: Paula contribuiu de certa forma para a compreensão do caráter de Fried quando disse: "Há pessoas que se espreguiçam quando se levantam de manhã. O meu Friedchik se contrai".*]

 בריג, אוטו

BRIG, OTO

Polonês cristão. Líder do grupo das Crianças do Coração em suas duas encarnações. Sofre de epilepsia. Segundo Vasserman, Oto é "um em um milhão". Sabe fazer de tudo. Marcus: "Nada é difícil para o nosso Oto! Digamos, dirigir um zoológico, é óbvio. Delinear sombras nas paredes com os dedos, hipnotizar filhotes de leopardo balançando uma corrente de ouro; fazer vinho de maçãs ou geléia de milho; fazer desaparecer moedas esfregando-as nas mãos; aplacar cães bravios com um longo assobio; fazer o parto de uma girafa agitada e amedrontada no auge de um bombardeio, de modo que o filhote nasça vivo; esculpir imagens pequenas e graciosas em batatas; fazer pipas que assombrem os passarinhos; tocar gaita... Eu já disse: não há nada de importante que Oto não saiba fazer. E ele tem um riso maravilhoso, lento e contagiante, fala pouco, mas todos ficam atentos a ele, e é generoso. Sim, pródigo. Jamais estudou na universidade e não sei se leu alguma vez um livro inteiro, mas tem cérebro, e ele sempre sabe a coisa certa a fazer". É preciso frisar que foi Oto quem decidiu reunir novamente o grupo para a última missão [ver CORAÇÃO, RENASCIMENTO DAS CRIANÇAS DO] e foi ele quem logo entendeu que era preciso encontrar uma mulher para Kazik [ver TSITRIN, HANA].

גוף, האובייקטיביות של ה-

GUF, HAOBYEKTTVIUT SHEL HA-

CORPO, A OBJETIVIDADE DO

À medida que Kazik ia envelhecendo, sentia uma completa estranheza em relação a seu corpo. Vasserman prefere exemplificar desta forma: segundo ele, à medida que o tempo dava voltas, o corpo de Kazik lhe parecia uma mala que alguém tivesse metido nas mãos de sua alma, quando ela embarcava no navio que partia para o nosso mundo. No início, a infeliz alma esperava que alguém viesse ao porto de destino apanhar a mala de suas mãos, mas quando chegou lá, ficou claro que ninguém a aguardava no cais. Que ela e a mala estranha não podem mais se separar e que em cada um dos seus milhares de bolsos e compartimentos e gavetas estão guardados presentes que a alma absolutamente não deseja, sofrimentos que se decifram lentamente durante a vida toda e também, naturalmente, pequenas dádivas de prazer. Mas como a alma não tem domínio sobre eles, mesmo eles, os prazerosos, humilham-na, submetem-na, zombam dela a seu modo. Para sua surpresa, Kazik aprendeu que fora condenado a puxar um pouco a perna esquerda que nasceu defeituosa, que um dos olhos quase não distinguia formas e cores, que à medida que envelhecia desenhavam-se nas palmas de suas mãos feias manchas marrons, que seus cabelos caíam e seus dentes ficavam frágeis. Sentiu uma estranha contradição perturbadora: aparentemente ele acompanhava todas essas modificações e processos como alguém que lia uma história sobre um estranho, mas o sofrimento e a dor brotavam dele mesmo e o torturavam: o sofrimento da extinção. A dor da separação. Varizes azuladas estenderam-se de repente em sua coxa esquerda, ele se curvou e olhou-as como alguém que olha o mapa de uma região desconhecida. Seus olhos lacrimejavam quando ele se aproximava do feno fresco, ele tinha diarréia após comer cerejas e seu corpo se cobria de erupções estranhas quando passava junto à relva, seu olho direito piscava demais em momentos de grande emoção. Tudo isso eram miudezas, mas amarguraram aos poucos a sua vida. À medida que os anos passavam, verificou que tinha que dedicar cada vez mais atenção à sua mala e já não tinha muita força para as coisas que eram realmente importantes. Então começou a pensar que talvez tivesse cometido um grande erro: talvez justamente a mala fosse o principal e a alma lhe fosse subordinada. Naquele momento (eram mais ou menos 16h do dia seguinte. Ele tinha então cinqüenta e sete anos), Kazik já estava tão exausto e passara por tantos sofrimentos físicos que a resposta não lhe interessou.

Durante toda a vida, como tinha sido aquinhoado com a dolorosa capacidade de ver os processos de crescimento e de putrefação de modo simultâneo em todo ser vivo, sentiu até que ponto se torturavam os artistas, seus amigos, à sua volta. Como eles investem grandes e supérfluos esforços para diminuir defeitos em cuja criação eles não tinham tido nenhuma participação; como certas características físicas causam aos seres humanos uma infelicidade que absorve toda a vitalidade deles; como vidas inteiras se transformam em confronto tortuoso e cheio de estratagemas complicados, destinados a adaptar o ser humano ao seu defeito. Aprendeu a saber que freqüentemente, quando o homem diz "meu destino", está se referindo, afinal, a um dos pedaços de carne que carrega consigo. Foi Aharon Marcus, o farmacêutico, quem sugeriu que, depois de milhares de anos de existência sobre a Terra, o homem continuou como o único ser vivo que não se adaptou totalmente ao seu corpo e que freqüentemente se envergonha dele. Às vezes, frisou o farmacêutico, às vezes parece que o homem ainda aguarda ingenuamente a etapa seguinte da evolução, quando ambos, o homem e seu corpo, se dividirão e se tornarão duas criaturas separadas. Vasserman estava convencido de que os sofrimentos do corpo e os seus defeitos (ele os possuía em abundância) são apenas a ponta das rédeas com as quais Deus segura os seres humanos; Ele sempre as puxa um pouco para Si, para que não O esqueçam. É preciso salientar que Neigel quase não compreendia as coisas que foram ditas com referência à relação do homem com seu corpo; para ser admitido na SS, o candidato devia ser totalmente são: não podia ter sequer uma obturação nos dentes. O ferimento que Neigel sofrera em Verdun era considerado para este fim uma condecoração de bravura, não uma imperfeição. Ele declarou com orgulho que aceitava totalmente o seu corpo e que jamais "tivera tais pensamentos distorcidos sobre si mesmo".

גיהינום, הגירוש מן ה-
GUEHINOM, HAGUERUSH MIN HA-
INFERNO, A EXPULSÃO DO

Segundo Vasserman, é um dos crimes pelos quais ele jamais perdoará os alemães: "Deus expulsou o homem do Jardim do Éden e vocês o expeliram para o inferno". Neigel: "Queira explicar!". Vasserman: ("Esaú tem um jeito extraordinário de exprimir este par de palavras: com um aceno seu rosto fica sombrio, as sobrancelhas se sobrepõem, como dois bodes que pulam para cabecear testa contra testa ou como um soldado que bate seus tacões ao *Heil!*"). "Então... os senhores nos tomaram a ilusão... a ilusão do inferno... até para isto é preciso ilusão e uma partícula de desconhecimento e segredo... pois só assim a esperança pode existir, esta esperança humilde de que talvez as coisas não sejam tão ruins... e sempre delineávamos o inferno em nossa alma, o senhor sabe, lava fervente e piche borbulhante em caldeirões; e os senhores vieram, com perdão de sua Excelência, e mostraram quanto as nossas imagens eram insignificantes..."

גינצבורג, איליה
GUINSBURG, ILYA

Era um louco de rua na cidade de Varsóvia. Jamais se ocupou de algum trabalho regular. Pertencia a uma família abastada de negociantes de madeira que o rejeitou por completo. Era incrivelmente magro, a nuca fina como um lápis e os cotovelos projetados para trás. Sua aparência era repulsiva: jamais tomou banho e blocos de imundície acumulavam-se nos cantos dos olhos e nas narinas. Além disso, Guinsburg sofria de uma estranha doença de pele que irrompia em infecções feias por todo o corpo. O único detalhe impressionante em seu rosto escuro, torto, era o par de sobrancelhas grossas que lhe davam um ar de profeta zangado e sofredor. Vasserman se lembrava de Guinsburg ainda dos dias em que... Vasserman: "Perambulava pelas ruas, e bandos de crianças o acompanhavam cantarolando estas palavras: 'Ilya Ilya, a lua amarela perguntou, Ilya/ quem é você? quem é você? ela perguntou/ Ilya Ilya/ o potro branco perguntou por você, Ilya/ quem é você? quem é você? ele perguntou'...". Aharon Marcus, que o conhecia, disse que Ilya não era louco e que tinha coração, "e talvez não fosse tão bobo como as pessoas pensavam" — uma avaliação muito duvidosa, dado o fato de que certa vez Guinsburg ganhou um grande quinhão de herança, que pelo visto se arrependeu de tê-lo rejeitado e recusou-se a receber o legado. O farmacêutico Marcus, que devido ao tratamento constante do infeliz homem era tido como especialista nos segredos de sua alma, gostava de descrever Guinsburg num tom um tanto figurativo. Em sua opinião Guinsburg rejeitou o dinheiro porque, a seu modo, tinha princípios e achava melhor uma pessoa viver a vida toda sem necessitar de bens ou laços familiares. Esta opinião suscitava em geral reações céticas, mas Marcus não parou de ver em Guinsburg um dos trinta e seis justos ou um filósofo oculto. Aliás, foi Marcus, o farmacêutico com uma alma extra,[2] que por carinho apelidou Guinsburg de Diógenes e por infelicidade tal apelido passou a ser usado, zombeteiramente, para o doido. Guinsburg realmente não foi longe como Diógenes, que, a fim de forjar seu corpo e sua alma, costumava se despir no inverno e abraçar uma estátua fria de bronze, mas como o filósofo grego, ele também cortejava a indignidade, desafiava as pessoas com seu modo impertinente, sempre estorvando, surgindo sempre nos momentos inadequados, tendo nos lábios, como um refrão monótono, a pergunta permanente: "Quem sou eu? Quem sou eu?". Se alguém se empenhava em lhe responder, ele ignorava a resposta e repetia perguntando na mesma melodia enfadonha quem é ele, e quando o expulsavam com um pontapé, afastava-se mancando, o rosto voltado para o chão e as mãos estendidas naquela mesma pergunta. Não fosse por pessoas caridosas, como Aharon Marcus, que vez por outra lhe arranjavam um pedaço de pão, certamente morreria de fome, mas Guinsburg, mais do que de comida, necessitava de um ouvido atento e isto ele só encontrava de vez em quando. Afinal, quanto tempo alguém pode ficar ouvindo a pergunta "quem sou eu?". O próprio Vasserman contou que algumas vezes decidiu, por pena, parar e escutar Ilya Guinsburg, mas logo se aborreceu. Envergonhou-se de ter desistido com tanta facilidade, não por causa do fedor do corpo do louco... até que não incomodava Vasserman, que não tinha olfato, mas porque a pergunta monótona, absorvida a cada vez com profundo desânimo, aparentemente ridícula, lhe causava um vago desconforto. Aharon Marcus era o principal patrono de Guinsburg e na prática o mante-

---

2. Alusão à alma extra que, segundo a lenda, todo judeu adquire no Shabat. (N. T.)

ve vivo durante vinte anos atendendo as suas necessidades de alimento e roupas, permitiu-lhe também entrar em sua impecável farmácia e ouvia durante horas, com notável paciência, a pergunta de Guinsburg. Quando os dois estavam a sós na farmácia e Marcus preparava suas drogas (ele era o primeiro farmacêutico de toda a Varsóvia a vender remédios da flora que ele mesmo preparava), Guinsburg às vezes se calava, e então Marcus falava. Contava ao doido sobre si mesmo, aludindo com mágoa à sua vida difícil com a esposa (a ninguém mais, além de Guinsburg, ele ousava contar isso); foi numa conversa assim que lhe contou que o antigo Diógenes morava num barril. Ele não imaginou que o louco entendesse as suas palavras, mas já no dia seguinte Guinsburg abandonou o banco do jardim público onde passava as noites de verão e passou a dormir num barril de arenques que ganhara de Hirsh Vinograd, o merceeiro. Seu cheiro era então realmente insuportável, e Guitsa, a malvada esposa de Marcus, dizia com sua língua ferina que seu marido pensava que Guinsburg era um dos trinta e seis justos, mas que, pelo seu cheiro, ele devia ser um dos quarenta e nove, numa alusão aos quarenta e nove portões da impureza. Há, pelo visto, quem cuide dos néscios, e é possível que assim se possa explicar o fato de que, apesar de sua loucura e inteligência limitada, Guinsburg tenha sabido também sobreviver aos dias mais difíceis do gueto. Jamais foi pego pelos guardas e por duas vezes escapou milagrosamente de uma ação. Mais tarde, quando se soube o que havia feito, todos começaram a dizer que planejara seus passos com uma astúcia que se ocultara sob a aparência da loucura. E foi isto que Guinsburg fez: como ficava nas ruas também à noite, quando a todos era proibido sair de casa, pôde ver de seus esconderijos os homens dos diversos grupos de resistência judaica que andavam como sombras. Não se sabe se ele entendeu exatamente o propósito deles, mas algo, apesar de tudo, penetrou em sua mente. É difícil explicar de outra forma: num dia muito frio de inverno, no início de dezembro de 1942, Guinsburg entrou na prisão, na Paviak. Entrou pela porta de trás e o guarda, que o tomou erroneamente por um dos trabalhadores forçados, não o deteve. Andou pelos corredores mofados, abriu portas e espiou para dentro. Parecia que seu propósito era claro. Assim, com seu jeito descuidado e ingênuo, passou por todos os guardas e sentinelas, até que chegou ao aposento sobre cuja porta havia uma plaquinha escrita "sala de interrogatório". Naquele momento, o interrogador da SS Fritz Orf estava sentado na sala. Era um homem jovem, bem-apanhado, que o enfado tornara amargo e irascível. Fora trazido a Varsóvia seis meses antes, por um pedido pessoal de Von Zamern Franknag, o chefe da Polícia e da SS da região de Varsóvia, que pensara que um interrogador especializado seria mais útil que um batalhão de soldados poloneses idiotas que patrulhavam as ruas do gueto dia e noite.

Mas os judeus que foram capturados no gueto não sabiam contar a Orf coisas interessantes e, na maioria das vezes, nem sequer chegavam à fase de interrogatório, pois eram baleados e mortos antes disso. Orf pediu uma entrevista a Von Zamern e reclamou que estava "enferrujando" em Varsóvia, onde, na sua opinião, não necessitam dele, mas o comandante o repreendeu pela insolência e mandou que cumprisse ordens sem questioná-las. Por isso Orf ficava sentado com seu tédio na sala de trabalho, polia seus instrumentos e lia livros. Fazia seis semanas que ninguém fora trazido à sua "mesa de passar a ferro"; nenhuma unha tinha sido arrancada e o soalho estava limpo de sangue. Por trás da porta, num gancho, estava pendurado seu avental, feito de borracha preta e brilhante; Orf tinha vergonha de olhar para ele. Era um jovem responsável e sério, que mesmo se ficasse inativo durante dez anos não era capaz de "enferrujar" de verdade. Era um verdadeiro profissional e orgulhava-se disso. Via beleza em seu trabalho, nas regras fixas de todo interrogatório e orgulhava-se disso. Nas etapas preestabelecidas, nos seus momentos de tensão, nos momentos de dor e no auge. Em outras palavras: Orf via seu trabalho como ARTE [*q.v.*]. Jamais permitiu a si mesmo sentir prazer com o sofrimento de sua vítima. Sabia exatamente o que os homens dos setores militar e policial pensavam a seu respeito e a respeito de pessoas como ele. Sentia os olhares de aversão e medo dos soldados quando viajava com eles no trem. Até os oficiais do alto escalão olhavam com suspeita a sua farda negra e as dragonas brancas. Seu pai sempre conseguia desaparecer da cidade quando Orf chegava de folga. Que fosse. Ele era forte o bastante para agüentar este antagonismo. Só os fortes são capazes de executar um trabalho como o seu, e alguém tem que fazê-lo. Orf se defendia acreditando que escolhera sua profissão especial por idealismo. Quando a porta se abriu e a cabeça de Diógenes espiou cuidadosamente para dentro, Orf estava imerso na leitura de *A vontade do poder* de Nietzsche. Durante o interrogatório da SS seu venerado orientador recomendara o livro *Assim falou Zaratustra*, e Orf, que se considerava um intelectual, começou a ler e ficou fascinado com o ritmo selvagem e profundo da escrita nietzschiana. Convém frisar que o livro *A vontade do poder* decepcionou Orf um pouco, porque Nietzsche negava ali a "verdade objetiva". Orf acreditava que existe uma verdade objetiva, porque uma pessoa, em cujos órgãos genitais e mamilos são afixados eletrodos, diz no final coisas que têm uma medida inquestionável de verdade. É certo que esta é uma verdade só dele, mas no final das contas a dor terrível torna semelhantes as palavras de todos os interrogados e desperta a suspeita de que uma única voz, atormentada e terrível, gritava as palavras de dentro deles.

A coisa realmente estranha era que também Ilya Guinsburg chegou às mesmas conclusões que o investigador da SS Orf. Não fosse isso, não teria feito o que fez: como o velho Diógenes em sua época, não poupou esforços e riscos, girou a sua vela em busca da verdade até que chegou ao porão dos interrogatórios. Orf olhou para o judeu imundo e ficou enojado ante sua aparência e cheiro. Em voz rude perguntou o que ele estava fazendo ali; Guinsburg meteu a mão sob a camisa imunda e sacou dali três cartazes que advertiam os judeus do gueto sobre os transportes em massa para o "leste", para fins de "recolonização". "Não para o leste, mas para a morte", alertavam os cartazes em polonês. Orf se levantou num salto e rodeou Guinsburg, cobrindo o nariz com um lenço. "Suspeite de qualquer um!", lhe haviam ensinado na escola militar. "Os de aspecto ingênuo são os mais perigosos!", decidiu de imediato. Rapidamente fechou a porta atrás de Guinsburg e com um gesto convidou-o a andar até o centro do aposento. Depois trancou a porta. Tinha uma vaga sensação de que o judeu caíra ali por engano, mas Orf não quis perder a oportunidade. Teve a intenção de extrair dele a verdade sobre os divulgadores dos cartazes. Quando concluísse o interrogatório poderia levar os resultados a Von Zamern e elevar um pouco o seu prestígio com ele. Esfregou as mãos rapidamente como uma mosca antes da refeição. Depois se virou e vestiu o avental de borracha preta e o alisou com gestos rotineiros que lhe davam confiança. Com surpreendente delicadeza, segurou o ombro de Guinsburg e fê-lo sentar-se na cadeira de interrogatório. Sentou-se então diante dele, do outro lado da mesa, cruzou as mãos e perguntou enfático: "E então, quem é você?".

Espantou-se ao ver o sorriso de felicidade e alívio que se espalhou pelo rosto do judeu. "Quem sou eu! Quem sou eu!", Guinsburg aprovou alegremente com um sinal de cabeça. Seu palpite dera resultado: eles também estão interessados nisto! E de fato tinha ouvido a respeito deles: que eles são capazes de descobrir a verdade, mesmo se a pessoa não está disposta ou não é capaz de revelá-la; ele há tempo suspeitava que, intimamente, toda pessoa sabe quem é e para que nasceu e para que foi enviada a este mundo e o que é esta vida que vive, mas devido a algum defeito ela não é capaz de dizer esta verdade profunda nem para si mesma. Sim, talvez haja alguns que podem, certamente há, mas ele, Guinsburg, ainda não conseguiu. Talvez porque ele realmente tem o juízo um pouco virado, como as crianças cantam a seu respeito, mas até ele, com seu juízo um pouco virado, conseguiu chegar a esta idéia maravilhosa, vir aqui e sentar-se diante de um jovem tão simpático e sério, no qual se reconhece que está ansioso por ajudar, e já no primeiro momento soube formular a pergunta certa!

"Quem é você?", perguntou Orf novamente, desta vez sem sorrir. O judeu repetiu a pergunta com o rosto iluminado, como um turista que indica ao habitante do país que com mais um esforço poderia conversar. Orf suspirou e abriu seu diário de trabalho. Intimamente estava um pouco decepcionado, pois tinha quase certeza de que Guinsburg não passava de um louco: ninguém vem para cá de livre e espontânea vontade. E quem entra já não sorri assim. Mas Orf queria investigar. Por algum motivo o judeu despertou nele também uma nova indignação por estar enfiado e enferrujando aqui em Varsóvia, em vez de trabalhar com as forças que combatiam de verdade. Zangou-se consigo mesmo: é proibido começar um interrogatório irritado. O interrogador deve estar tranqüilo e equilibrado. Orf fez a Guinsburg mais algumas perguntas rotineiras, apenas para cumprir o regulamento que estabelece o desenrolar de todo interrogatório. O judeu, que também entendeu que essa era apenas uma etapa administrativa, nem se preocupou em responder. Orf tinha a impressão singular de que o judeu queria fazer qualquer pacto com ele a fim de chegar rapidamente ao principal. Levantou-se e voltou-se à mesa de tratamento. [*A equipe editorial assume aqui o direito de pular a descrição detalhada do que aconteceu na sala durante os oitenta minutos que se seguiram. Diga-se somente isto: durante aquele espaço de tempo foram utilizados na sala os seguintes instrumentos: tenazes, pinças, fósforos, chicote de borracha, cravos, chama de vela, gancho, prego de metal e ainda um instrumento que à época denominavam "descascador de legumes" e a equipe editorial não encontrou para ele um nome conveniente em hebraico.*] O paciente Guinsbug já parecia muito diferente de quando entrara na sala. Mas o interrogador também: não só porque seu avental e mãos estavam sujos de sangue, não só porque o suor manchara sua farda limpa e escorrera de sua testa aos magotes e lhe turvara os olhos: a expressão do seu rosto diferia muito da habitual. Jamais tivera tido um caso assim: quando gritava com voz seca ao seu paciente "Então, quem é você?!", este lhe gritava entusiasmado: "Quem sou eu? Quem?!". E quando modificava a pergunta e gritava: "Quem mandou você aqui?", Guinsburg gritava junto com ele: "Quem me mandou aqui?!". E quando Orf, irritado além dos limites, berrava: "Qual é a sua missão?!", o interrogado repetia a pergunta com tal ansiedade que chegava a arrepiar o experiente interrogador. Os piores suplícios que quebrantavam e faziam chorar os mais corajosos que imploravam que lhes permitissem dizer a verdade, dizê-la pela última vez antes que enlouquecessem, pareciam não surtir efeito em Guinsburg. Ao contrário: Orf podia jurar que, cada vez que um dos seus fiéis instrumentos fracassava, ele via no rosto inchado do homem uma expressão semelhante à decepção. O quarto já fedia a suor e sangue e fezes que foram expelidas por Guinsburg. Havia dentes espalhados pelo soalho liso. Orf despejou um balde de água em Guinsburg e aguardou que despertasse do seu desmaio. Por um momento seus olhos encontraram a sua imagem refletida no grande espelho da parede. Ele se escondeu de si mesmo. Estava tenso e um tanto amedrontado. Em seu coração surgiu um sentimento estranho de que, se realmente existe qualquer verdade objetiva oculta no mundo, este homem a guardava em seu coração. Houve momentos em que Orf pensou que o judeu viera até ele para que ele o ajudasse a descobri-la. E então perpassou-o aquele mesmo sentimento novo, único, de simpatia e COMPAIXÃO [*q.v.*], como se ambos estivessem passando juntos neste aposento por uma experiência difícil e desconhecida. Orf foi lavar o rosto com água fria e penteou o cabelo para trás com os dedos. Diante do espelho repreendeu-se friamente por estes pensamentos brandos, depois se virou sobre os calcanhares como numa parada e voltou à mesa. O judeu já havia voltado a si e estava lá deitado murmurando. Orf lhe prendeu pequenos alicates de metal nos lóbulos das orelhas e mamilos e depois no seu órgão genital. Já no curso lhe haviam explicado brincando que é mais fácil prender uma pinça elétrica no órgão sexual de um judeu. Depois prendeu Guinsburg à mesa com a ajuda de duas largas correias de couro e lhe perguntou, tenso, quem era ele e o que era ele. Guinsburg não tinha mais forças para repetir a pergunta. Apenas os seus olhos exprimiam aquele desejo selvagem de saber a resposta. Orf ligou o interruptor elétrico. O ímã funcionou. Guinsburg voou pelo ar e berrou. Orf fechou os olhos e só os abriu pouco depois. Depois se inclinou sobre o interrogado e perguntou-lhe quem era ele. Os lábios de Guinsburg não se moveram. Orf pousou o ouvido sobre o peito magro. O palpitar do coração parecia vir de longe. Era fraco e muito lento e falou para Orf dizendo quem era. Orf estava aterrorizado. Uma voz estranha saiu de seus lábios, uma espécie de gemido. Liberou o judeu das correias e jogou nele mais um balde de água. Depois acendeu um cigarro e percebeu que seus dedos tremiam. "Ele é doido", disse rapidamente para si, "simplesmente doido. Não sabe nada." Mas no íntimo sabia que Guinsburg talvez fosse doido mas não era verdade que não sabia nada. Orf hesitou quanto ao que fazer com o judeu. Não queria entregá-lo à polícia polonesa, para que não começassem a fazer perguntas supérfluas que poderiam revelar seu vergonhoso fracasso. Por isso decidiu retirar ele próprio Guinsburg do prédio pela porta dos fundos. Era hora do jantar e era muito provável que não encontrasse ninguém no caminho. Levantou Guinsburg, apoiou-o até que ele conseguisse ficar de pé. Isto demorou bastante tempo e o contato com o judeu era-lhe muito difícil. A dor de Guinsburg era tão tangível que passou para o corpo de Orf. Ele se sentiu fraco e perdido. Quando os pés de Guinsburg se firmaram um pouco, Orf começou a conduzi-lo até a porta. Foi obrigado a apoiá-lo também quando passou pelo corredor e rezou para que ninguém os encontrasse assim. Mas a oração não deu certo: uma figura veio ao seu encontro no corredor. Um homem baixo e forte. Encontraram-se sob a lâmpada amarela coberta por uma rede. Graças a Deus!, era apenas um civil polonês. O corredor era muito estreito para três e o homem lhes abriu caminho, mas então pôde olhar bem para eles durante um momento; um só olhar lhe bastou. Ou seja: depois disso Orf estava convencido de que bastava ao pequeno polonês de olhos azuis um olhar para compreender tudo o que havia acontecido entre eles. O homem os seguiu e pigarreou polido. Orf, apoiando todo o peso de Guinsburg, voltou-se para ele com raiva. O homem apressou-se a dizer: "*Pardon*, meu nome é Oto Brig, e tenho permissão para levar comigo trabalhadores judeus dentre os prisioneiros". Orf não perdeu a oportunidade: "Leve-o!", disse numa voz que se aproximava de um berro, "leve-o e desapareça daqui com ele!" Mas quando Orf olhou para Oto, que apoiava pelos quadris o trapo sangrento e quando os viu se afastarem, apoiados um no outro, sentiu de repente, num sufoco, que talvez não tivesse entendido nada do que acontecera na sala de interrogatório e que talvez aquele judeu terrível tivesse dito ali, de modo estranho e incompreensível, a verdade mais profunda sobre o homem.

האר וטיון

HEROTION

Combate à tirania do mecanismo de percepção sensorial. Mágico de profissão.

Herotion nasceu na minúscula aldeia armênia de Faradian no último quartel do século passado. Seu talento para realizar prodígios foi descoberto por acaso e, na verdade, por falta de alternativa. As Crianças do Coração, que voaram na máquina do tempo para o ano de 1885 a fim de salvar a aldeia armênia dos motins executados pelos soldados turcos, esconderam-se numa caverna; um batalhão turco de combatentes cruéis a cercou e estava para invadi-la. Assim acabou o capítulo 9 da história. Uma semana depois, Vasserman trouxe para a editora, para Zalmanson, o capítulo 10 com a continuação; no último momento o grupo consegue escapar através de uma outra abertura, traseira, que havia na caverna, e os meninos são salvos. Assim, em geral, Vasserman libertava suas personagens das dificuldades em que as colocava. O novo capítulo já fora enviado para ser impresso, Zalmanson e Vasserman tagarelaram um pouco e depois se despediram e cada qual foi para sua casa. Pouco depois, à meia-noite, Zalmanson bateu com força à porta da casa de Vasserman e quase despertou os mortos com seus gritos. Vasserman (pijama listado sempre bem passado, chinelos macios, o cabelo escasso um pouco despenteado, o olhar muito assustado) abriu cuidadosamente e absorveu toda a ira de Zalmanson. Verificou-se que acontecera um erro terrível: quando já estava deitado, Zalmanson lembrou-se de que em um dos capítulos anteriores Vasserman frisara especificamente que Oto fizera uma ronda pela caverna e não encontrara nenhuma outra saída! Vasserman estremeceu. Zalmanson estava parado na porta, vestindo um casaco sobre o pijama de seda vermelha, e berrava em sua voz um tanto feminina: "Exatidão, Vasserman, e-xa-ti-dão!". Eles correram à gráfica e pararam a impressora. Vasserman estava amedrontado e confuso. Puseram à sua disposição uma mesa na sala de impressão, e os operários, cujo trabalho fora interrompido, ficaram olhando para ele. Ele sabia que não conseguiria escrever uma palavra sequer. Sempre necessitava de uma semana para "amadurecer". A sala estava impregnada de fumaça e cheiros sufocantes de tintas de impressão. Os operários lhe pareciam sujos, violentos e hostis. Zalmanson estava sentado diante dele batendo nervosamente na mesa. Naquele momento Vasserman entendeu exatamente como as crianças do grupo se sentiram na caverna cercada. Gemeu com desespero. Seus óculos estavam embaçados. Ele sabia que somente um MILAGRE [*q.v.*] poderia salvá-lo. Assim Herotion foi introduzido na série e seu princípio era esta sentença: "Ouçam", sussurrou Oto aos seus assustados companheiros, "parece-me que meus ouvidos ouviram o balbucio de um bebê, ou teria sido um menino da aldeia?". Zalmanson disse cruelmente e com certa dose de razão que, se Oto tinha deixado de ver o menino em sua ronda pela caverna, talvez houvesse também um túnel oculto, mas não havia tempo para argumentos. Alguns instantes depois, quando na entrada da caverna já brilhavam os punhais dos turcos, irrompeu de dentro dela um pequeno bando de pequenas águias brancas misteriosas que conduziram consigo para o alto, por sobre os espantados turcos, que se prosternavam e exclamavam "Alá! Alá!", o menino armênio de poderes mágicos. O capítulo 10 da história despertou reações tão entusiásticas que Zalmanson aumentou o salário de Vasserman em vinte e cinco por cento, ainda que a expressão de seu rosto, quando o fez, tenha privado Vasserman de qualquer prazer. Desde aquele dia Herotion não se separou das Crianças do Coração e participou de todas as aventuras. Fazia mágicas maravilhosas, sabia tocar na flauta melodias que "arrancavam lágrimas dos mais malvados". Depois que o grupo debandou (a última história das Crianças do Coração foi escrita em 1925), Herotion continuou a vagar pelo mundo e teve sucesso. Apresentou-se nos grandes circos como mágico e como palhaço. No circo Barnum & Bailey trabalhou cinco anos. Jamais aprendeu a ler e escrever, mas era mais inteligente e esperto que a maioria das pessoas que encontrou. Talvez por isso apresentava ao público apenas a parte vulgar, desprovida de imaginação, do mundo da mágica, só os truques conhecidos que todo mágico sabe executar. Aprendeu bonitas mágicas do famoso palhaço Grok e do mágico húngaro louco chamado Hornak. Vasserman fazia questão de esclarecer: não havia nenhuma relação entre o poder natural de Herotion de executar coisas maravilhosas e a sua habilidade como mágico de circo. Ele precisava investir grandes esforços em estudo e treinamento e nunca chegou à perfeição que seus dons naturais lhe poderiam ter proporcionado. Preferiu a rapidez de seus dedos e o ilusionismo aos mistérios. Gostava de seu trabalho e dedicava a maior parte do tempo ao treinamento. Deleitava-se com a visão dos lenços coloridos saindo em corrente de sua manga; ria como que surpreso cada vez que sete pombas brancas irrompiam de sua cartola; jamais se cansava de ouvir o grito de espanto das crianças e dos adultos ingênuos. Gostava de lhes causar prazer.

Porém, à medida que envelhecia e adquiria experiência de vida, a alegria do armênio sorridente arrefecia. Sempre fora um tipo solitário. Não tinha relações profundas com mulheres (exceto muitas aventuras passageiras) e na matança ocorrida em sua aldeia, toda a sua família fora exterminada. Ele não tinha passado. Não tinha pátria. Não tinha continuidade. Era suficientemente rico para deixar o Barnum e começar a viajar à vontade pelo mundo. Quando precisava de dinheiro, ligava-se a algum circo local por algum tempo e deixava pasma a platéia. Mas a vida começou a incomodá-lo; cada vez mais sentia o que sentiam os demais membros do grupo que se espalharam pelo mundo: a falta de sentido da existência sem as suas aventuras ousadas. O desenxabimento depressivo dos acontecimentos da vida que ocorriam sem sentido e sem expectativa, em suma, a ausência lamentável de um escritor que moldasse esta trilha pesarosa que aparentemente eles tinham percorrido por sessenta anos ou mais. Herotion decidiu que não estava disposto a continuar vivendo esta vida miserável. Aqui, neste ponto, o *Obersturmbonnführer* Neigel se imiscuiu na história e perguntou por que Herotion não utilizou seu extraordinário talento para se transformar numa pessoa feliz. Parece que Vasserman aguardava ansiosamente esta pergunta: Herotion detestava a sua capacidade de realizar maravilhas. Ela lhe parecia uma qualidade de que ele gozava sem merecer. E quanto mais esperto ficava, mais conhecia o beco sem saída em que as pessoas estavam presas pela sua própria natureza, e começou a odiar seu talento sobrenatural e quem com este o dotara. Via nisso uma espécie de suborno oculto que é concedido apenas para purificar o Criador do universo de dores de consciência; uma esmola grande demais que é dada a um dos pedintes, só a um deles. Este suborno aviltava, na sua opinião, seu lado humano. Ou seja, aquele lado em que não havia nem uma pontinha de maravilha.

Quando a guerra estourou, Herotion, o armênio, encontrava-se preso no gueto judaico de Varsóvia. Naquela ocasião já era um ancião amargurado. Não se sabe exatamente o que lhe aconteceu até que Oto o encontrou certa noite andando para trás na rua, chorando alto como uma criança perdida. Um pé dava grandes passadas pesadas na calçada e o outro saltava dando passinhos no meio-fio. Explicou a Oto que seus passos cantavam assim, em cânone, uma melodia religiosa armênia e convidou-o a ouvi-la. Oto: "A verdade é que não ouvi nada, talvez porque eu não tenha ouvido musical, mas logo compreendi: Herotion é novamente um dos nossos". Na prática, Vasserman explicou, Herotion encontrou um modo especial de se transformar em mágico, sem que necessitasse de seu talento original. Assim se sobrepôs ao Doador da esmola humilhante. Isto começou uma noite no café Britânia, onde Herotion se apresentava como mágico para ganhar o sustento. Seu salário era um jantar. Naquela noite, depois da apresentação, sentou-se junto a uma mesa lateral e devorou a comida como um cão faminto. Ele era muito magro e seus olhos tinham um brilho estranho. Na apresentação daquela noite, fracassou na maioria dos números de prestidigitação e o público o rechaçou com vaias. A maioria o estava vendo pela décima vez e conhecia todas as mágicas. Ele não tinha forças para executar o trabalho adequadamente. Não sentiu rancor por aqueles que haviam zombado quando estivera no palco. Ao contrário, acusou a si mesmo de ter roubado deles o seu prazer singelo, o prazer de uma simples ilusão. Mais uma vez perpassou-o o mesmo estranho calafrio. Há alguns dias suas mãos tremiam e quando subia ao palco piorava. Parou a mastigação assustada e olhou: na mesa havia um vasinho com uma flor de papel. Em cada uma das mesas do Britânia havia vasinhos, e em cada um havia uma flor marrom de papel. Há muitos meses Herotion não via uma flor de verdade. Quis que a flor fosse verde. Queria que a flor fosse verde, como uma flor deve ser. Neigel coçou o nariz com desdém. Vasserman o ignorou. Frisou de novo que Herotion cuidou-se muito para não fazer a flor ficar verde por força da mágica. Só procurou em si outras forças que lhe pertencem como pertencem a qualquer ser humano. Olhou longamente para a flor. Lágrimas assomaram-lhe aos olhos devido ao esforço, e todos os músculos de seu rosto começaram a tremer. As pessoas apontavam para ele e riam. Ele não as percebeu. Cerrou os maxilares e olhou através das lágrimas, até que viu que as bordas da flor se submetiam a ele e começavam a esverdear. A cor verde espalhou-se lentamente por cada uma das folhas. Herotion sentiu perfeitamente o lugar do novo esforço no corpo: em algum lugar no centro da cabeça, no lugar em que, segundo Descartes, a alma e o corpo se unem. O velho armênio ficou sentado diante da flor de papel até a hora de o clube fechar. O garçom que recolheu seu prato meteu no bolso o naco de carne de cavalo que havia sobrado. O dono do clube enfiou-lhe grosseiramente o casaco desbotado e gritou-lhe que ele estava dispensado de voltar no dia seguinte, não precisavam mais de um pobre mágico como ele. Herotion não ouviu. Pegou sua flor verde de papel e saiu com ela para a noite. Andou para trás, porque de repente, de uma só vez, não pôde mais suportar o modo de andar comum que lhe havia sido imposto, em sua opinião, sem que tivesse sido consultado. A idéia era um pouco tola, mas uma REBELIÃO [*q.v.*], pois se tratava de uma rebelião, deve começar com algum símbolo, e Herotion (e também Vasserman) não tinha medo de que rissem dele. Tinha um propósito que o elevou acima da zombaria mesquinha das criaturas (criaturas como Neigel, por exemplo). Parou junto a um poste de iluminação e refletiu longamente. O poste iluminava com uma luz amarelada, feia e doentia. Com raiva, Herotion se perguntou por que era obrigado a ver a luz exatamente do mesmo modo que os outros a viam. Também nisso havia uma humilhação que de repente se tornou insuportável. Tocou a flor de papel amassada em seu bolso e seu pomo-de-adão saltou rapidamente para cima e para baixo. Cravou os olhos no poste, olhou para ele longamente até que sua cabeça começou a girar. Seus olhos lacrimejavam e estavam inchados. Uma patrulha alemã passou pela viela próxima e Herotion recuou até uma escadaria escura, de onde continuou a olhar para a luz do poste. Por quatro horas não se moveu do lugar. Em algum momento daquela noite estranha seus pés fraquejaram, petrificados; ele despencou e caiu de costas, mas não parou de olhar. De madrugada, o poste começou a capitular. Da lâmpada derramaram-se para Herotion milhares de grãos de pólen que recendiam a laranja. Ele os aspirou com prazer. A rua se encheu com o perfume forte que ele se lembrava da infância na Armênia. A cabeça do velho doía, pesados martelos batiam dentro dela, mas ele estava muito excitado para perceber isso. O surpreendente foi, disse Vasserman, que a partir do momento em que Herotion rompeu a barreira do inacreditável, tudo se tornou simples e possível, até lógico, em seu caminho: começou a usar os cinco sentidos segundo sua vontade e escolha, e logo sentiu que concretizava o direito natural que fora roubado aos seres humanos. Vasserman o comparou a um prisioneiro que das barras de ferro de sua cela começou a fazer estátuas cheias de imaginação. Quando Herotion correu os dedos por uma cerca feita alternadamente de madeira e metal, seus ouvidos (ou seus dedos?) ouviram sons desconhecidos, cambiantes e melódicos, que se entrelaçavam graciosamente. Dentro de pouco tempo pôde dispensar o contato com a cerca e começou a ouvir a sensação de aspereza e a maciez dos diversos materiais e, depois, até a sua densidade ou porosidade. O mundo começou a lhe sugerir a abundância de seus tesouros caleidoscópicos. Ele podia conferir sabores diversos aos cheiros, sabia interromper os sons da voz de uma jovem que cantava quando passavam no ar junto a ele, pintava-os por um instante de lilás, apenas pela força do olhar, rodopiava-os diante de si como um bando de pirilampos multicores e os deixava soar novamente e desvanecer-se. Seus novos talentos preencheram todo o seu universo. Parou de preocupar-se com comida, seu rosto tornou-se afilado como o de uma raposa. As roupas estavam tão rasgadas que seus membros espreitavam por elas. As pessoas que passavam por ele sacudiam a cabeça em sinal de COMPAIXÃO [*q.v.*], mas ele não necessitava de compaixão. Estava feliz.

E então, numa noite, acordou amedrontado numa pilha de trapos que lhe servia de leito num dos pátios e arrastou-se com o resto de suas forças para a rua onde vira a luz do poste. Um pensamento terrível paralisou seu coração. Junto à parede, parou e olhou: a luz turva do poste ainda iluminava seu círculo estreito. Herotion não viu a luz: só podia sentir o perfume do pólen de laranja que flutuava no espaço. Firmou os pés que tremiam de fraqueza e aprumou os ombros como fazia antes de qualquer apresentação. Era a prova decisiva: quis ver novamente a luz do poste. Não havia nenhum sentido no tremendo esforço que despendera, se não conseguisse devolver para si também a velha realidade, rotineira, de seus cinco sentidos. Por um bom tempo nada aconteceu e Herotion cobriu-se de um suor frio. Mas então lhe voltou lentamente a luz turva do poste, como o holofote de um navio de salvamento que irrompe da neblina. Agora sabia que a sua luta acabara em vitória: podia escolher para si o mundo em que vivia, como uma pessoa que folheia por prazer um grande catálogo de sugestões. Liberou-se quase por completo das cadeias comuns da percepção sensorial. Sua cor vermelha lhe pertencia por direito. Assim como os cheiros da terra e o contato da casca de árvore e os sons da gaita que ouvia de uma das janelas e o sabor das gotas de chuva. Ele era, segundo as palavras de Aharon Marcus, "o ressuscitador do óbvio, o autodidata dos sentidos". Poderia ter sido feliz, se tudo não se houvesse confundido. "O que se confundiu?", resmungou Neigel, que nos últimos instantes prestava atenção com certo interesse. "A guerra", explicou-lhe Vasserman, "a guerra embaralhou todas as cartas. Ouça e julgue por si mesmo." As primeiras dificuldades de Herotion começaram quando a velha realidade de que se lembrava tornou-se cada vez mais truncada e incompreensível. Aparentemente ela também começara a ultrapassar os limites da imaginação. Quando andava pelas ruas parecia-lhe que estavam mais vazias do que nunca. Seus ouvidos captaram falas estranhas sobre pessoas que desapareciam do gueto e eram levadas para lugares de onde não se volta. Herotion não acreditava no que seus ouvidos ouviam. Pensou que seu novo talento brincava com ele, as vozes humanas que ouvia diziam coisas absolutamente ilógicas, muito inadequadas ao antigo mundo que conhecia; falavam de câmaras fechadas, de cujo teto desce um vapor estranho que mata todos os que estão dentro; um homem que fugiu de um desses lugares postou-se numa esquina sobre um velho barril de peixe e contou aos passantes o que acontece *Lá*. Falou de fornos crematórios onde centenas de pessoas são cremadas em um instante; de experiências pelas quais médicos infectam pessoas sãs com câncer; jurou que viu esfolarem um homem vivo para fazer de sua pele uma cúpula de abajur. Disse que ouviu que encontraram ali um meio de transformar pessoas em sabão. Herotion ficou parado e pensou que algo se danificara no mecanismo de absorção de sons de seus ouvidos, que sua mente traduzia inadequadamente os sons que as pessoas falavam. Mas a visão também começou a preocupá-lo: quando o homem levantou a mão para jurar que tudo o que dizia era verdade, Herotion viu um número gravado em seu braço, como se do corpo tivesse brotado uma erupção esverdeada em forma de algarismos. Herotion fugiu dali mas levou consigo seus olhos. Durante muito tempo não vira o que acontecia à sua volta e agora as visões o atordoavam; pessoas que restavam no gueto, famintas como ele, assumiam a seus olhos formas estranhas: a pele tornou-se azulada, as unhas endureceram e pareciam garras. O corpo inchava e as faces se tornavam duras como máscaras. Herotion olhou e não acreditou, as mulheres começaram a ter pêlos grossos no rosto e no corpo. Em determinados homens, um pêlo liso começou a nascer até nas pálpebras. Os cílios se alongaram muito e pareciam asas de mariposas gigantescas. Tudo isso era causado pela fome, mas Herotion não entendia. Estava desligado de tudo, desconfiado e assustado; ao andar à noite pelas ruas escuras do gueto brilhavam e desapareciam diante dele seres lendários, cavalos-marinhos coloridos, pequenos e alados, anõezinhos da floresta, brilhantes em luzes preciosas, cinderelas, bruxas, unicórnios e a Fênix e Peter Pan apressavam-se diante dele pelas calçadas. Eram, claro, os broches fosforescentes que um dos judeus do gueto inventara e vendia, para evitar que as pessoas tropeçassem umas nas outras nas ruas escuras. Herotion nada sabia a respeito. Estava assustado. Sentiu vagamente que em algum lugar do mundo surgira um mágico maior que ele, que também, como ele, fazia uso das coisas mais comuns e humanas, mas aquele fazia isso para aprisioná-las uma na outra segundo uma fórmula secreta, terrível, e criar um terror inacreditável. Herotion foi tomado de enorme pavor. Começou a folhear febril o seu imenso catálogo, mas já não sabia em que página se encontrava a antiga realidade simples de que se lembrava. Arrastou-se pelas ruas vazias, salvando-se das patrulhas como por milagre. Os cartazes colados nas paredes emitiam-lhe gritos estridentes que o assustaram. Quase sufocou com o mau cheiro da humilhação que um remendo de tecido amarelo que rolava no lamaçal espargiu sobre ele. Começou a se lamentar e de si mesmo saiu a melodia religiosa que lembrava de sua infância. Naquele momento ouviu os passos da patrulha e com o instinto de animal acuado escondeu-se num pátio; à frente da patrulha marchava um civil baixo e idoso. Era Henrich Lamberg, de Colônia, perfumista de profissão. Os alemães o trouxeram para o gueto para que com a ajuda do seu olfato desenvolvido localizasse esconderijos subterrâneos onde se ocultavam judeus. Ele os descobria pelos tênues cheiros de comida no fogo, Herotion nada sabia a respeito. Via o homenzinho caminhando apressado na frente da guarda e voltando o nariz de um lado para o outro. Parou junto a uma certa casa, farejou atento, e com as narinas abertas lançou um grito rápido e curto. A guarda arrombou a porta e depois de alguns momentos os soldados voltaram arrastando uma pequena família: pai, mãe, duas criancinhas. Atiraram neles ali mesmo. Depois a guarda continuou a caminhar seguindo o perfumista de nariz sensível. Herotion entendeu que isto era um mal; mesmo ele, com todos os seus talentos, não tinha imaginado que uma pessoa pudesse farejar a carne de outras. Era claro para ele que jamais voltaria a encontrar seu antigo universo. Estava exilado de tudo. Chorou de medo enquanto caminhava para trás, um pé na calçada e outro no meio-fio. Suas lágrimas pareciam, em seus olhos, lilases e fosforescentes, e seu gosto era metálico e frio. Todos os seus fios arrebentaram-se. Novamente Herotion era o menino assustado que quer fugir da grande catástrofe para uma caverna isolada no fim do mundo. E novamente, como antes, salvou-o Oto Brig, que voltava tarde da noite de um giro cansativo e estéril pelas ruas do gueto judaico, procurando artistas "que combinem conosco", segundo suas palavras. Herotion pendurou-se em seu pescoço, aliviado. Oto, ao menos, não mudara. Mesmo os cinqüenta anos que tinham se passado desde sua última despedida e todas as calamidades do mundo não podiam modificar uma pessoa como Oto. Abraçaram-se em silêncio por longo tempo e, sem sentir vergonha, choraram. Herotion tocou timidamente com a língua as lágrimas de Oto e chorou ainda mais de alegria: eram salgadas, graças a Deus. Eram exatamente como as lágrimas devem ser. Assim Herotion voltou ao grupo das Crianças do Coração. Desde então, aliás, Oto não deixou de apoiá-lo e, nos dias realmente difíceis, assim como deixava Fried usar seus olhos azuis para ver neles Paula e arregimentar um pouco de força, chorava a pedido de Herotion; cada vez que o ancião armênio sentia que seu mundo antigo voltava a tombar diante dele, era suficiente que lambesse um pouco das lágrimas salgadas e logo se acalmava. Isso não custava muito esforço a Oto, pois ele era do tipo que chora com facilidade.

הומור

HUMOR

Disposição e traço de caráter que acentua o lado jocoso de fenômenos diversos.

1. Segundo Shimeon Zalmanson, redator do jornal *Luzinhas*, o humor não é apenas uma disposição ou traço de caráter, mas a única religião verdadeira. "Se, por exemplo, você fosse Deus, *nebech*", dizia Zalmanson a Vasserman quando conversavam à noite na redação, "e quisesse revelar aos seus fiéis toda a abundância de possibilidades que criou, todas as coincidências, os universos, as contradições, a riqueza, a lógica, o múltiplo sentido e a decepção que a sua força criativa divina faz brotar de dentro dela a cada momento, e suponhamos que você quisesse que servissem a você como a um deus, ou seja, sem sentimentos supérfluos e cânticos de orações bajuladores, mas com mente clara e lúcida, que modo você escolheria, hem?" Zalmanson (que, aliás, era filho de um grande rabino e tornou-se ateu) mobiliza para esta sua idéia até mesmo Bertolt Brecht, que definiu o humor como o inimigo jurado do sentimento. O humor, diz Zalmanson, é o único meio adequado para entender Deus e a Sua criação, com tudo o que ela tem de estranho e contraditório, e continuar a servi-Los com alegria. O deus de Zalmanson concedeu-lhe, segundo ele, pequenas graças de boa vontade divina, por todos os lados: "Certamente você se lembra, Anshel, o que nos saudou em nossa entrada no Santo dos Santos, a pequena câmara de gás?". Vasserman se lembra bem: os alemães trouxeram da sinagoga de Varsóvia a cortina da arca e cobriram com ela o corredor de entrada para as câmaras. Assim, aliás, foi também na entrada para as câmaras de gás de Treblinka. "Este é o portão para o Senhor, os justos passarão por ele", estava escrito na cortina; ali Zalmanson começou a rir e até morreu literalmente de rir, quando com-

preendeu que mesmo uma pessoa "seca" como Vasserman possui um traço engraçado. Segundo ele, o próprio riso é o cerimonial do ritual espontâneo de sua religião. "Toda vez que rio", costumava dizer, "o meu Deus, que naturalmente não existe, sabe que aderi a ele por um momento. Que o compreendi, mesmo que por um instante, até o último de seus abismos. Pois, meu pequeno Vasserman, Ele, bendito seja, criou o mundo a partir do nada. Só havia o caos no universo. Por isso só podia tomar um exemplo e materiais de construção daquele caos... *nu*, o que você diz disto, *galitsianer?*"[3]

Zalmanson vê nas piadas, por exemplo, uma forma primitiva e tocante de cultuar este Deus: "E o que é a piada, o gracejo? Uma espécie de criação estranha e bastarda: pois pense assim ou de outro modo, um homem está parado na esquina e conta simplesmente ao amigo uma história que nunca aconteceu, só para suscitar-lhe um sorriso nos lábios! Não vai lhe cantar uma ária de ópera, Deus o livre!, e não lhe tocará a *garmoshka*,[4] mas pode contar uma piada! Às vezes alguns amigos se encontram, pessoas absolutamente sérias, e durante a noite toda contam piadas!". Na opinião de Zalmanson, as piadas são "os livros de rezas falsificados dos idólatras". Ele não os despreza, Deus o livre! Ao contrário, em sua opinião existem neles, nos contadores de piada, verdadeiros anseios, eles adivinham alguma coisa, mas "seus pobres instrumentos, ah, despertam mesmo pena!". E isso porque... "a maioria das pessoas não tem talento para o humor verdadeiro, penetrante; elas podem, no máximo, apenas recitar as pobres orações, orações de segunda ou terceira mão, sem sentir a verdadeira elevação espiritual...". A observação de Vasserman sobre este assunto chamou a atenção da equipe editorial para o riso de Zalmanson: é um riso feminino, chiado, que desperta mais um pensamento que confirma a sua teoria retorcida: a maioria das pessoas ri com voz totalmente diferente da que usa para falar. Como se se unissem para o riso, sugere Vasserman num riso envergonhado, tons de voz que são próprios para isto, que não devem ser usados, digamos assim, para assuntos seculares.

2. O humor de Kazik

Kazik destacou-se, segundo Oto BRIG [*q.v.*], por um senso de humor especial; na prática era uma dolorosa ironia que brotava de sua capacidade de

---

3. Judeu nascido na Galícia polonesa. Na gíria, um "virador". (N. T.)
4. Acordeão, em russo. (N. T.)

captar e experimentar de modo simultâneo e profundo os processos de crescimento e decadência em todo ser vivo; por isso, toda vez que um dos ARTISTAS [*q.v.*] do seu meio falava sobre suas aspirações quanto ao futuro distante ou mesmo próximo, quando eram ditas palavras como: "esperança", "chance", "melhoria", "vitória", "ORAÇÃO" [*q.v.*], "ideal", "fé" etc.; quando os artistas eram por um momento transpassados por um espírito de proximidade e de união; quando num instante se desfazia a sensação de ESTRANHEZA [*q.v.*] entre uma pessoa e outra, e criava-se uma ilusão de cooperação e consolo — em tais momentos saíam dos lábios de Kazik risos curtos, forçados, que ele não conseguia dominar, uma espécie de reflexo quase físico, que não podia evitar, assim como uma frigideira muito quente não pode evitar de soltar um chiado quando um jato frio a atinge. Estes risinhos súbitos não causavam nenhum prazer a Kazik; na verdade ele não entendia por que os emitia e só percebia as expressões de dor, sofrimento e humilhação que perpassavam os artistas ao ouvi-los. A equipe editorial concordou em atribuir a esta característica de Kazik o epíteto "humor", só porque Oto Brig em sua generosidade e nobreza assim o fizera. É preciso frisar que houve poucos momentos na vida de Kazik nos quais ficou parcialmente livre desta característica estranha; foi quando ele próprio se tornou ARTISTA [*q.v.*].

Ver também PINTOR.

החלטה

HACHLATÁ

DECISÃO

Processo de se chegar a uma conclusão sobre um assunto, após estudá-lo e considerá-lo.

Em seguimento à discussão acerca da RESPONSABILIDADE [*q.v.*] e da ESCOLHA [*q.v.*], Vasserman alegou que Neigel não estava autorizado a se satisfazer com a decisão inicial tomada há dez anos, quando se vinculou à SS para realizar certas atividades, que por uma questão de tato Vasserman não menciona, quando decidiu "suspender" a sua consciência, "dar-lhe uma folga temporária". Não. Na opinião de Vasserman, é dever de cada pessoa renovar a validade moral de suas decisões e o período referente a ela enquanto estiver concretizando estas decisões. Em suas palavras: "Não existe decisão, *Herr* Neigel, que tenha validade eterna, e se realmente o senhor é um homem honrado, como suas palavras têm testemunhado até agora, deve tomar esta decisão novamente a cada dia, desde o início, cada vez que o senhor mata mais uma pessoa no campo, sim, meu senhor, toda vez desde o início, formular a sua decisão com palavras novas, frescas, para estar atento e ouvir se soa nelas, nas palavras novas, o seu desejo inicial, a sua voz e a sua essência". A isso Neigel respondeu: "Você se admirará, Vasserman. Não tenho medo disso. Ao contrário, isso até me agrada. Irá me fortalecer. Pretendo adotar este seu pequeno conselho". Vasserman: "Diariamente, *Herr* Neigel. E toda vez que o senhor disparar a pistola para destruir um ser humano. E vinte e cinco vezes quando for matar vinte e cinco prisioneiros aqui. Uma decisão e mais uma decisão e mais uma decisão. Será que o senhor vai agüentar? Será que o senhor poderá prometer isto a si mesmo, *Herr* Neigel?". E o alemão: "Não sei por que você faz tanto caso disso. Eu já lhe disse, não há nenhum problema. Isso só reforçará a minha fé no *Reich* e na minha função. Farei o meu trabalho, segundo as palavras do nosso *Führer, Einsatzfreudigkeit*, com prazer".

Ver também REBELIÃO.

היטלר, אדולף
HITLER, ADOLF

Líder alemão (1889-1945). Responsável direto pela Segunda Guerra Mundial e, de modo indireto, pelo amor de Paula e Fried.

Durante todos os anos em que trabalhou como veterinário-chefe do zoológico, Fried amou silenciosamente e sem nenhuma esperança, como nas dezenas de anos que se passaram desde os dias esplendorosos das Crianças do Coração, Paula Brig. Paula, que conduzia todas as questões administrativas do zoológico, cuidava também do irmão Oto, e com sua bondade não negligenciava o solitário Fried. No ano de 1931, Fried vendeu seu apartamento luxuoso e inóspito num dos bairros ricos de Varsóvia e mudou-se para dentro do zoológico, para um pequeno barracão construído em forma hexagonal, junto ao abrigo dos répteis. Toda noite, Fried ia da sua casa para o barracão de Oto e Paula, que ficava junto à entrada do zoológico, e lá os três jantavam juntos, jogavam xadrez, fumavam e preparavam o trabalho do dia seguinte. A vida deles poderia continuar assim, sem fatos especiais, não fosse... Oto: "Este Hitler que tanto enfureceu a nossa Paula com suas leis raciais (sim, pois Paula jamais se interessou por política e só por acaso naquele dia o rádio estava ligado e ela ouviu a relação vergonhosa das Leis de Nuremberg, ao meio-dia, e só eu e ela estávamos em casa e ela logo deu um pulo como se a tivessem beliscado). Informou-me que era obrigada a sair imediatamente para o centro e disse: 'Estou pensando em Fried, é nele que estou pensando, e como seu coração vai se partir de humilhação'. Ela tirou do nosso porquinho de economias todo o dinheiro que havíamos guardado ali, que tínhamos juntado durante todos os anos, *zloty* por *zloty*; durante todo o tempo não parou de falar consigo mesma 'que porcaria', ela disse, e ainda: 'o que eles estão pensando, estes *deutsches* nojentos!, estão humilhando pessoas, as pessoas podem ficar muito feridas com isso!'; saiu zangada e confusa, nem disse até logo e foi de bonde para as lojas mais elegantes da praça Pototski. Durante duas horas ela *tlin! tlin!* esbanjou dinheiro como não esbanjara a vida toda!". Paula: "Então eu comprei para mim um vestido lindo assim, de um tecido assim, que lá na nossa aldeia chamavam de *koronka*, e um chapeuzinho encantador feito de brocado, muito claro, com laços, ah, eles têm idéias tão loucas em Paris! Laços que descem pela testa e sobre as orelhas, imaginem, e algo que chamam de pelerine, que se põe nos ombros, de veludo de brocado, uma espécie de *entrée*, como disse a vendedora, e também roupas de baixo, *pardon*, de verdadeira seda sintética inglesa! E comprei sabonete francês e *eau-de-cologne* de Paris e *crèpe-de-chine* para que o cheiro seja agradável, e quanto isto me custou, *mama druga*, querida mamãe! À noite voltei para casa, lavei todos os fedores do jardim que entraram por baixo da minha pele todos esses anos, vesti o vestido novo e a pelerine, passei esmalte nas unhas e um pouco de ruge no rosto, e me penteei durante quase uma hora, até desembaraçar meus cabelos. Meus cabelos iam até a cintura, meu senhor! Cortei o cabelo apenas uma vez na vida, meu senhor, durante a epidemia de tifo de 1922! Bem, e depois de tudo isso desci para o tanque do flamingo, pois não havia nenhum espelho no jardim; ali na água vi quanto estava bonita, um pouco engraçada e emperiquitada, mas absolutamente mulher, e mesmo que a 'tia' já não me venha visitar há uns vinte anos, voltei só para me despedir de Oto, porque certamente eu não precisava lhe explicar nada, ele desde o início compreendeu tudo". Oto: "E ela partiu, passou pisando em nuvens diante de todas as jaulas da Alameda da Eterna Juventude; os animais olharam para ela de tal forma que no íntimo rezei para que não começassem a rir dela, mas neles era até possível confiar mais do que em outros cujos nomes não quero mencionar agora; via-se que eles entendiam exatamente o que estava acontecendo". Fried: "*Nu*, e só eu, idiota que sou, não entendi nada, abri a porta para ela e fiquei muito confuso por causa de todo aquele carnaval que ela estava vestindo, e toda aquela perfumaria...". Vasserman levantou nesta altura a hipótese plausível de que o médico até sentiu um pouco de pena da mulher enfeitada, porque nem assim, com todos aqueles adereços femininos, ela ficava realmente bonita: todos os seus anos eram visíveis nela, os pés e as mãos continuaram rudes e arranhados; só os olhos brilhavam azuis. Fried sorriu para ela um riso torto e confuso, porque não entendeu e talvez não ousou esperar que seu amor desiludido fosse finalmente correspondido e que a sua solidão estivesse por acabar. Vasserman: "Assim como às vezes precisamos nos despedir até de nossas decepções e fracassos prolongados, com os quais já estávamos acostumados, assim também até o cão se acostuma com as pulgas em seu pêlo". Paula não deixou a Fried tempo de se recuperar. Empertigou-se na ponta dos pés e beijou-o com entusiasmo. Mas sua boca assustada, a boca escolada em vergonhosa e prolongada aridez, recuou para os lados e o médico sentiu seu tênue e vivo sorriso, adejando nas dobras de seu pescoço, como uma gota de água que caiu no solo rochoso, mas logo em seguida, e sem falas supérfluas, eles se atiraram um ao outro com uma paixão por muito tempo esperada. Vasserman: "E o velho doutor encontrou alegria e, permita-me dizer-lhe, *Herr* Neigel, que só em momentos assim podemos usar a palavra 'alegria', porque todas as suas emoções e anseios e até, com seu perdão, seu desejo, foram mantidos durante aqueles muitos anos de isolamento longe do alcance da mão destrutiva do tempo; depois disso, *nu*, o senhor mesmo entenderá, os dois se deitaram apertados um ao outro, a mão esquerda dele sob a cabeça dela, e a direita dele a abraçava, meio mortos, Deus os livre!, por causa de todo aquele arroubo que quase arrancou a raiz de sua existência". Paula: "E então eu, boba que sou, com minha língua grande, é claro que tive de contar-lhe todas aquelas porcarias que disseram no rádio; Fried de início não entendeu por que eu estava de repente falando sobre aquilo agora e o que tinha a ver, ele nunca pensava a seu respeito como judeu e a meu respeito como polonesa, sempre dizia, sou polonês da religião de Fried (era um dito seu), e quando finalmente entendeu por que eu estava dizendo isso, ai, Jesus!, ficou branco como esta parede aqui; no início pensei, idiota que sou, que era por causa de todas estas porcarias que ele estava tão zangado, mas no final compreendi que ele se ofendeu porque eu vim a ele não por AMOR [*q.v.*], mas por um motivo político, como se diz, sim, o meu Friedchik sempre se zangava com as coisas erradas e eu, o quê!, claro que me senti muito ofendida, porque não é assim que se trata uma senhora, eu acho, logo me levantei e quis ir embora dali para sempre, mas então...". Fried: "Mas então, *nu*, de repente vi a mancha de sangue que havia no lençol, sim, e então, bem, acho que está claro".

[*Nota da equipe editorial: naturalmente Neigel exigiu que Vasserman tirasse da história todas as expressões referentes ao* Führer *e às Leis de Nuremberg. Vasserman recusou terminantemente. Seguiu-se uma discussão séria. Ver também* ARMADILHA.]

התאבדות
HITABDUT
SUICÍDIO

Ato violento que uma pessoa comete contra seu corpo com a intenção de se matar.

1. Certa noite, depois que Vasserman acabara de contar a Neigel as aventuras das *Crianças do Coração* daquele dia, pediu a ele, como de hábito, "o meu remédio, meu senhor". Foi na noite em que se estabeleceu entre ambos, como conseqüência da história, uma certa aproximação. Neigel ficou horrorizado e declarou que de modo algum dispararia em Vasserman. Naquela noite, aliás, todo o comportamento de Neigel foi diferente do habitual: escutou atento a história, sorriu e até aplaudiu em voz muito alta nos lugares certos, entusiasmou-se com as descrições emocionantes, contribuiu de bom grado com detalhes íntimos de sua vida, em suma, foi o ouvinte ideal. É possível que para esse estado relaxado tivesse contribuído uma garrafa nova de oitenta e sete graus que estava na mesa, agora contendo só um terço de bebida, e é possível que tivesse ajudado mais uma carta que chegara de Munique em envelope azul, ou talvez o motivo fosse totalmente diferente, seu início seriam os muitos e crescentes indícios que chegavam de Berlim, segundo os quais as pessoas ligadas ao assunto haviam autorizado o pedido patriótico de Neigel de enviar ao seu campo mais aparelhos de extermínio a gás e, por isso, já a partir da semana seguinte seriam enviados ao campo mais dezenas de milhares de judeus acima da cota estabelecida inicialmente e os trens passariam a chegar também à noite, tudo isso porque em Berlim estavam certos de que um homem como Neigel podia agüentar toda a carga de serviço; já preparavam para ele também "um pequeno presente" como reconhecimento pelo seu grande serviço prestado ao *Reich* e ao *Führer*. Como foi dito, é possível que por esses motivos Neigel estivesse imerso em um estado de espí-

rito tão alegre que não tenha querido estragá-lo com um tiro na cabeça de Vasserman. O judeu teimou e desenrolou-se uma pequena briga em cujo decorrer rapidamente se deteriorou o bom estado de espírito de Neigel. Seu rosto tornou-se sombrio, e só a ponta do nariz avermelhou-se, como se estivesse embriagado. E realmente no decorrer do debate o alemão entornou três cálices de oitenta e sete graus, o último já com a mão não muito firme, e seu olhar perdera totalmente a insolência e o desdém que transbordavam segurança; foi tomado de algo que se pode arriscar a chamar de horror. Pulou repentinamente do lugar, sacou a pistola e, sem uma palavra, estendeu-a a Vasserman, com o cano virado para si, para Neigel. "Tome a pistola!", berrou em voz rouca, "faça com ela o que quiser. Não tenho forças para tanto. Faça o que quiser." Tornou a sentar-se e, depois, resolutamente, girou a cadeira, dando as costas para Vasserman, e comunicou, com voz estranha: "Nem vou olhar para você. Aponte e aperte o gatilho. Mas depressa, por favor". Vasserman, um judeu que jamais segurara uma arma, não aproveitou a oportunidade única. Não atirou na nuca do alemão, apesar de a posição um pouco curvada de Neigel parecer convidar a um tiro assim; também não o prendeu como refém a fim de atrair para o campo o *Reichsführer* e matá-lo também; não saltou para fora nem atirou nos guardas iniciando uma rebelião geral dos prisioneiros. Todas essas idéias simples, óbvias, não lhe vieram à mente. Por um momento apontou a arma para a própria testa, mas seus joelhos chacoalhavam tanto que quase caiu ao chão. Não atirou. Deixou a pistola na mesa e pigarreou polidamente. Só depois de algum tempo Neigel girou a cadeira, suas faces pareciam as de um morto. Agora era possível perceber que tinha estado segurando todo o tempo o envelope azul, que estava amassado e úmido do contato de suas mãos. Disse apenas: "Você é medroso. É uma pena. É uma pena". Mas Vasserman, intimamente: "O sábio entenderá que eu não quis meter-lhe uma bala e pronto! A Neigel preparei outro destino, e não só isto, mas eu não sou a pessoa que estragará uma boa história no meio, não é, Shleimale?".

2. O suicídio de Kazik: *ver* KAZIK, A MORTE DE.

התבגרות, תרדמת ה-

HITBAGRUT, TARDEMAT HA-

ADOLESCÊNCIA, LETARGIA DA

Toda a infância de Kazik foi marcada pelo seu caráter alerta, enérgico e um pouco selvagem [*ver* INFÂNCIA] que exauriu Fried, o qual corria desesperado atrás dele por toda a casa. E então, às 2h45 da madrugada, o médico desfrutou de alguns minutos de silêncio mas não de tranqüilidade, quando Kazik chegou aos dezesseis anos e meio aproximadamente; de repente, no auge de uma corrida desenfreada pelo corredor, enquanto soltava gritos e ruídos muito ruidosos feitos com os lábios, que Fried denominava intimamente "sons totalmente bárbaros", a corrida do rapaz de repente foi freada, seus movimentos tornaram-se pesados, e... Fried: "Bem, eu já tinha certeza de que era isto mesmo. *Kaput*". À luz frágil da lâmpada parecia ao médico que ele estava vendo brilhos prateados em todo o corpo do menino. Quando pôs os óculos, percebeu que eram fios fininhos, semitransparentes, que cruzavam o corpo de Kazik. Aharon Marcus supôs que fossem "manifestações físicas especiais de complexos vinculados à adolescência", mas Fried ainda acreditava que "não, não, é que ele já está começando a apodrecer". Mas, para seu grande espanto, compreendeu sozinho que o menino simplesmente estava se metamorfoseando como uma gigantesca borboleta em enormes teias; que estava entregue, segundo Fried, ao domínio total das glândulas tiranas e impenetráveis do amadurecimento, comuns a todos, e que dentro de pouco tempo ele sairia dessas teias como um adulto. O médico lamentou este fato, porque sempre viu a infância como um período de singularidade e inspiração (assim fora a sua infância), enquanto a fase adulta era por ele vista como uma sentença que torna todos os seres humanos parecidos uns com os outros até a humilhação. Até os sinais físicos externos, a pele que fica áspera, a pilosidade, o endurecimento dos ossos, o aumento da tirania do impulso sexual pareciam-lhe grades da prisão na qual o adulto aprisiona a criança. Enquanto olhava para o jovem adormecido, Fried foi tomado também por uma comoção, pois pela primeira vez desde o início da noite, e talvez desde o início de toda a sua vida, sentiu um temor respeitoso diante do tremendo fluxo de vida que cumpria a sua vontade naquele aposento, tão próximo a ele; e estes eram, aparentemente, os primeiros momentos na vida de Fried, nos quais ele próprio estava imerso no tempo numa forma que, segundo Vasserman, "é a única adequada a correr no fluxo do vovô tempo", aquela continuidade humana na qual a pessoa se fixa em seu lugar "entre seus pais e sua própria prole". Fried refletiu admirado que o que tinha pensado sempre, que é o pai quem outorga vida ao filho, era basicamente errado; o pai precisa muito do filho porque somente a criança pode libertar o adulto da sua prisão e lembrar-lhe o que esqueceu. Fried: "Ah, tudo isso são falas bonitas, certo, mas o mais importante era que naqueles momentos de sono o meu Kazik estava fora do tempo. Talvez durante todo um quarto de hora ele não tenha crescido nada e este também foi o único período, desde que ele veio a mim, em que pude pensar por um momento no que havia acontecido e o que haveria de acontecer, mas então ele acordou, acordou tão depressa...".

Kazik acordou. Com movimentos pesados rompeu as teias estranhas que logo se desfizeram. A sua letargia especial da adolescência acabara em treze minutos e novamente ele se encontrava no "rio do tempo". Estava um pouco confuso e aborrecido. É preciso frisar ainda que, apesar do amadurecimento físico que começara a se consolidar nele, sua cabeça não chegava sequer à altura do assento da cadeira. Pelo último minuto de sua vida ainda era lactente: uma fralda molhada no corpo, a barriguinha saliente na frente e o traseiro atrás, mas o rosto já estava endurecido pelas mordidas do temor e da perplexidade e por uma vontade selvagem que lhe era incompreensível. Kazik: "Eu-quem-sou-eu-quem-sou-eu-quem".

Ver também ESCOLHA; GUINSBURG, ILYA.

זיידמן, מלכיאל

ZAIDMAN, MALCHIEL

Biógrafo. Um dos ARTISTAS [*q.v.*] que Oto reuniu a partir do mês de dezembro de 1939 no gueto de Varsóvia [*ver* CORAÇÃO; RENASCIMENTO DAS CRIANÇAS DO].

Pesquisador que conquistou certa fama com os dois primeiros volumes que conseguiu completar da minuciosa biografia de Alexandre da Macedônia. Ancião, de aparência delicada, faz ressoar seus passos nos velhos sapatos que Oto lhe deu; leva consigo para toda parte uma velha sacola de couro, descosturada, da qual emana um cheiro forte de frutas podres; nela carrega seu último trabalho, *Os principais processos e acontecimentos que levaram ao suicídio do relojoeiro Leizer Melinsky da rua Carmelitska*, uma obra na qual, segundo Vasserman, "se matou durante nove anos, sua estrela-guia, sua perdição". Vasserman fala sobre um encontro desastrado que Paula e Fried tiveram com Zaidman: certa noite, às três da madrugada, o biógrafo bateu à porta do casal e quis protestar, com todo o seu vigor infantil, delicado, contra as coisas que o médico dissera naquela manhã para Oto, quando ambos se encontraram junto ao viveiro dos papagaios. Malchiel Zaidman trabalhava nas proximidades do local e ouviu muito bem quando o médico gritou com Oto, dizendo assim era impossível continuar a manter o zoológico, porque Oto passava todos os dias no gueto judaico e trazia de lá como trabalhadores o refugo do refugo: esquisitos, doidos, pessoas primitivas e bárbaras, que não movem um dedo para ajudar Fried no trabalho. Fried: "*Nu*, sim, como geralmente acontece entre os malucos, eles estavam totalmente concentrados em si mesmos, todos egoístas e egocêntricos e quase nem percebiam um ao outro! Cada qual estava ocupado só com a idéia que tinha na cabeça, Oto chamava isto de 'arte', ah! E eles, naturalmente, nada faziam pela comida que Oto lhes dava de graça, mesmo que seja preciso dizer a verdade, que eles não comiam tanto, na verdade quase nada, Hana Tsitrin comia só frutas, porque não conseguia olhar para carne, e Marcus, de todo modo, nunca se lembrava que precisava comer, e Guinsburg, aquele pobre coitado, não lhe tinham restado dentes desde o interrogatório na Gestapo; somente Munin, este maníaco, este bárbaro, devorava comida por todos! Porque ele precisa de bastante força, assim ele sempre dizia, esse pervertido, e este pequeno e assustado Zaidman, bem, ele estava sempre comendo só a comida dos animais com os quais tinha trabalhado naquele dia, até mesmo grãos de trigo e coisas semelhantes. Não, comida eles talvez não pegassem muito conosco, mas também ajudar não ajudavam, e o comportamento deles, *moi boje*!, meu Deus! Pareciam animais! Realmente, eram como animais! Os animais até eram melhores que eles!". O pequeno biógrafo tinha vindo portanto para protestar com Fried contra a denominação de "primitivos e bárbaros"; despertou o casal adormecido e por um longo tempo cansou Fried (que fervia de raiva) e Paula (assombrada) com a descrição da sua história.

Segundo o que disse, há alguns anos tinha chegado à conclusão de que seu dever como biógrafo e como pessoa é escrever uma biografia abrangente e fiel de uma pessoa simples. De uma pessoa que não tivesse adquirido nenhum renome e tivesse usufruído a fama. A partir do momento em que a idéia se fixou em seu cérebro, não pôde se livrar dela: estava convencido de que uma biografia como esta teria pelo menos tanto valor e importância quanto a que tinha escrito sobre Alexandre da Macedônia, que lhe granjeara um certo respeito entre historiadores e especialistas. Zaidman: "Ah, escrevi dois grandes volumes sobre o macedônio, *Pani* Fried, e no início achei-o muito interessante! Extraordinário! Mas acabei de escrever com grande enfado! Grande e terrível! Isso porque aquele Alexandre que arrancou montanhas e transplantou povos e conduziu exércitos por meio mundo já se tornara para mim uma força natural, uma tempestade ou tremor de terra, e minha alma estava enfastiada dele! Sim, às vezes eu pensava, enquanto escrevia sobre ele, ou seja, este Alexandre, sobre o que aconteceria comigo ou com alguém como eu que ele encontrasse em seu caminho... vocês entendem? Eu não devia pensar coisas assim... eu, eu era um homem da ciência, lecionava na universidade, mas as coisas que aconteceram no mundo, fora da torre de marfim, ou seja, era impossível fechar os olhos para elas! Sim, sim, aquele Alexandre começou a me amedrontar de verdade! A tal ponto que o terceiro e último volume eu já não conseguia nem sentar para escrever! Para mim mesmo eu disse que da vida dele, do macedônio, uma pessoa como eu não poderia aprender uma boa lição... talvez uma outra pessoa da sua geração pudesse... Um Hitler, por exemplo, poderá! Certamente poderá! *Tfu! Pardon.* Mas eu queria escrever para pessoas pequenas, pessoas como eu e vocês, para os medrosos como nós. O senhor entende, *Pani* Fried [*Nota da equipe editorial: Zaidman, como alguns dos artistas do zoológico, pensa que Fried é um polonês cristão*], o homem necessita de grandes esforços, trágicos até, para conseguir escrever a biografia exata de outra pessoa. É quase impossível, ah, sim, e na verdade não conhecemos ninguém. Somos totalmente estranhos um ao outro [*ver* ESTRANHEZA]. Cada um é um reino por si só, uma fortaleza com seu Deus e seu demônio, seus mil segredos ocultos que só se revelam a ele aos poucos. Somos todos endêmicos, se posso usar uma expressão científica do campo do saber do ilustre *Pani* Fried. Como se só existisse no mundo um único ser vivo da espécie de cada um de nós e a semelhança entre nós seja só um fingimento, anseio do coração, fruto do desespero e da solidão... O macedônio é decididamente interessante, mas Leizer Melinsky, o relojoeiro, também é maravilhoso! Acreditem!". (Fried folheou admirado as folhas rasgadas e empoeiradas da pesquisa de Zaidman, escritas em caligrafia confusa e canhestra, e leu ali os nomes dos principais capítulos: "A luta com o irmão Tsvi Hirsh pelo relógio, herança do pai, que Deus o tenha"; "A saudade que Leizer sentia do desenho no papel de parede que havia no quarto da mãe, que Deus a tenha"; "A moderação de Sara-Beila"; "A diplomacia secreta de Abraão Pessach [o lublinense], que quis reconciliar e acabou complicando"; "A esperança de Leizer de entrar como sócio no negócio de tecidos do seu único amigo, Meyerson, e a doença de Sara-Beila, que acabou com suas economias".) "Ah, somos todos solitários", Malchiel Zaidman continuou a falar com Paula, cujos olhos eram redondos e grandes e sorriam para ele como uma folha que tivesse voado de seu sonho, "e ficou claro para mim que não há grande diferença entre o esforço que devo fazer para vestir a pele do macedônio ou do varsoviano... que o importante é cruzar furtivamente a fronteira e não só a fronteira deles, mas também a minha, fugir inicialmente de mim mesmo, para que eu possa afugentar-me dentro delas! Estes biscoitos de cebola são maravilhosos, se permitirem provarei mais um... hum! Maravilhosos mesmo! Oxalá eu soubesse proporcionar um prazer assim... e, voltando ao nosso assunto! Pois, com milhões de pessoas vivendo ao nosso redor, eu mesmo disse isto, não é possível que concordemos em não conhecer sequer uma pessoa além de nós mesmos! Conhecer mesmo! De dentro dela! O palpitar da sua existência que sentiremos por um instante secreto dentro de nós! *Nu*, sim, às vezes pensamos que conhecemos fulano ou beltrano, sempre pensei que conhecia minha mulher, e depois soube outras coisas sobre ela... ah, vocês estão vendo? Eu estou falando e seus olhos já estão se fechando para dormir, porque estou tomado pelo espírito da fala! *Nu*, vocês certamente compreenderão, há anos estou calado, há três anos inteiros! Desde que o meu Leizer perdeu a vida e me deixou sem nada, suicidou-se no esplendor de sua vida desventurada, suas forças se esvaíram, e eu, claro, segui suas pegadas! *Nu*, sim, foi há três anos que aconteceu, quando o mundo começou a estremecer... ah, esqueci de lhes contar que naquela época eu já havia aperfeiçoado este meu talento a tal ponto que já não sabia se eu o dominava ou se ele me dominava e meus desejos estavam voltados para ele... vocês entendem, naqueles anos em que segui diariamente e a cada momento o meu Leizer, desenvolvi em mim forças tremendas, sublimes, de compartilhar o destino, de estar com o outro. E ele, uma boa alma, não protestou, não me atirou escadas abaixo! Mas bem compreendeu, bem percebeu que eu necessitava dele... vocês compreendem? Naqueles dias eu já não era tão importante, sim, fui despedido da universidade como um rebento indesejável em 1935, minha mulher fugiu com um desgraçado, que o diabo os carregue!, e meus filhos, os filhos da minha própria carne, começaram a se envergonhar de mim, porque eu não caprichava tanto na minha toalete! Assim disseram! Os meus filhos, que eu pensava conhecer! Ah, o que foi que eu disse? E ele, Leizer, era inteligente, certamente mais inteligente que eu, eu quis conhecê-lo, nisto ele espiou para dentro da minha alma e viu tudo o que lá havia, e por isso, talvez, permitiu-me segui-lo sempre; contava-me com boa vontade tudo o que lhe acontecia, inclusive falava-me de questões familiares, sim, sem seu bom coração e sem a bondade da sua pobre Sara-Beila, eu não teria tido tanto sucesso em meu trabalho... as pessoas riam dele, de Leizer, que estava acompanhado de uma sombra, éramos chamados de Mupim e Hupim... mas ele compreendeu e deixou-me prosseguir, porque, o que eu queria?!", berrou repentinamente o homenzinho, nervoso, agitando as mãos lisas e minúsculas com tal dramaticidade, "por acaso eu queria fazer mal a alguém?! Envergonhar alguém?! Ah, tudo o que fiz foi por amor. Pelo desejo de conhecer a pessoa que vive fora de mim. Aquele que andava fora de minha pele! Saber, *oi*, saber! Rasgar este envelope, o envelope de couro fino em que estão dobradas todas as nossas cartas, o envelope que nos separa, que é mais forte que o aço! Mais forte que o aço! Torturo-me com este envelope a vida toda, ou seja, supliciei-me, pois já o venci! Causei-lhe uma derrota total! E não me perguntem como! Não! Como, não me perguntem! Pois eu mesmo não sei, algo se rompeu em mim, algo foi arrancado como um botão de camisa, *poc*! E pronto! De repente pude fazer o que queria! Vocês sabem quando foi isso?" (Fried e Paula acenaram negativamente, de boca aberta.) "Contei-lhes para que vocês também se alegrem! Isso aconteceu quando Leizer me falou certa noite sobre a estante de livros que havia na casa do pai! Sim! Uma estante polida com duas grandes portas de vidro, na qual estavam guardados os objetos de prata e os livros mais apreciados do pai, que Deus o tenha. *Saroantka* é como chamávamos este tipo de armário, minha senhora; pode-se enfeitá-lo com papel de parede e com uma fita colorida muito graciosa, com tachinhas de latão, a senhora conhece? E na estante colocávamos os nossos objetos de prata; na parte de baixo havia toda espécie de roupas especiais, como os cachecóis que mamãe fez para o papai quando estava noiva, a senhora sabe, um cachecol de tecido encorpado, com acabamento de seda bem verde, com um trançado de rosas, botões e folhinhas, juro que se podia pensar que eram verdadeiras!" (Fried olha para Zaidman espantado, quase não presta atenção nas suas palavras e só tenta compreender quem os movimentos de Zaidman nos últimos momentos o fazem lembrar, movimentos circulares, graciosos, sorrisos suaves, magnânimos, o que é isto?) "Sim, então? Que foi que eu disse? *Pardon!* Por um momento me esqueci de mim! Portanto, quando Leizer me falou sobre a estante, de repente senti que eu, eu próprio era Leizer! Leizer completo de A a Z, de quem conheço todos os segredos, marcas do coração, como logo levantará a mão para acariciar seu rosto torturado, tudo! E assim, durante alguns meses fui igual a ele, a Leizer, de tanto que fiquei apegado a ele, até que não pude parar com isso, imaginem, já estava fora do meu alcance! Eu imaginava ser Leizer! Que era casado com Sara-Beila... e ele, um homem tão santo, não me reprovou, deixou-me segui-lo por toda parte, permanecer com ele o dia todo em sua oficina de relojoeiro, responder às pessoas por ele, ah, pois eu sabia exatamente o que ele queria dizer antes que ele abrisse a boca! Não o largava dia e noite! E por isso, ah, sim, até para a corda eu o segui... a vida lhe pesava, vocês entendem, e ficou ainda pior depois da morte de Sara-Beila, minha esposa, *pardon!* esposa dele... Sara-Beila, que ela repouse no Paraíso. Eles a mataram, vocês entendem, ela estava doente, acamada, eles entraram em casa e a mataram diante dos nossos olhos... choramos uma semana inteira. Diante dos nossos olhos! *Nu*, no meio da noite Leizer me diz que chegou a hora! Você, diz ele, é um justo entre os justos, já temos no nosso mundo homens como você, que gostam das pessoas como você, não posso mais suportar, ele me diz, pelo seu bom coração não posso mais suportar... sua bondade está me matando de pesar e compaixão... por isso estou para fazer algo e lhe peço que me deixe agora por um momento... saia por um momento... assim ele me falou. Temia que eu o seguisse até a corda. Saí do aposento sabendo o que ele pretendia fazer, fui à despensa e preparei um laço para mim também... pois que sabor teria a minha vida sem ele? Sem mim, quer dizer? Pois o que me restara do antigo Malchiel Zaidman, o esquecido? Nada! Pó e cinzas! Ah, ele morreu e eu, *nebech*, fui salvo. Me tiraram da corda. E depois me levaram para o hospício e lá, *nu*, injeções, bandagens, enrolamentos e uma praga na cabeça de todos os médicos! *Tfu! Pardon.* Quando saí dali, quer dizer, quando vieram os desgraçados alemães e despejaram na rua o comitê de sábios, tudo em mim estava vazio. Dentro de mim era a morte. Meu interior estava consumido. Não sei, talvez a morte de Leizer é que viva em mim, sou como um contrabaixo oco, não tenho forças, se quiser serei um rabino, se quiser serei uma lactante, não reclamo, vou reclamar de quê? Pois a vida é assim, parece, mais interessante, e de qualquer forma já não tenho alternativa, pois escorro como água para dentro de todas as criaturas e roubo delas o seu interior e o seu exterior, por fora nada se reconhece, e mesmo agora, neste momento, ai de mim! Não! Não agora!" (Bateu com a mão esquerda na direita em repreensão.) "Pelo menos aqui, contenha-se! Pelo menos aqui, infeliz! Onde estávamos? Ah, sim, estas fraquezas me dominaram totalmente... elas se lançam sobre mim na proximidade de todas as pessoas... os poros da pele se abrem como flores sedentas de sol, os ossos como que se alargam em suas juntas e tudo se torna fraco em mim, débil e perfurado, de tal forma que o próximo, cuja essência não pode se opor a mim... é absorvido e atraído e vem preencher o vácuo que se manifestou em mim... todo ele é absorvido em mim sem saber, sem sentir... como uma espécie de PLÁGIO [*q.v.*] secreto; todo o seu patrimônio flui serenamente para mim, para dentro de mim, sim, seus anseios, temores que sentirá secretamente, paixões, dores, mentiras que ele sussurra para si mesmo, ah, Fried, meu Friedchik, você certamente enlouqueceria, você não acreditaria em que inferno dos infernos as pessoas vivem, que o senhor não conheça tais desgraças e que demônios, *mama druga*, eles possuem, todos, e não coma mais destas bolachas, Friedchik, porque ficará com azia de novo e não conseguirá dor..." Fried gritou: "Basta!", deu um pulo e Paula, divertida: "Ele fala como eu, Friedchik, não é mesmo?". E o biógrafo oco desculpou-se e explicou que isso, tudo isso às vezes o ataca com uma força maior que a de costume, porque tudo dentro dele está consumido e oco como uma casa vazia, que os ventos vêm habitá-la, como um relógio-fantasma em que os ponteiros ainda andam, mas o relojoeiro, *ai ai ai*, já morreu, e outros movimentam as rodas dentadas... eis, por exemplo, o ambulante que vende *kapusta*, um cozido de ervilha e repolho, na entrada do zoológico, "se eu ficar perto dele por alguns instantes, logo ele estará totalmente dentro de mim, com o zunido do sangue nas veias e o anseio do seu coração e o segredo da doença fatal que ele esconde até da esposa e dos filhos..., e assim também se eu trabalhar durante algum tempo junto ao viveiro dos papagaios, ah, logo eu me sinto como se estivesse com penas e como se fosse colorido e palrador" (com medo, Fried anotou para si mesmo que devia tratar de que o pequeno excêntrico jamais fosse escalado para trabalhar nas proximidades das jaulas dos predadores). "Mas a coisa realmente estranha, *Pan doctor*, é que as pessoas malvadas não têm poder sobre mim, quer dizer: sobre a minha arte... talvez os simplesmente malvados... sim. Mas os totalmente insensatos, nunca. Como se houvesse uma barreira entre mim e eles. Por exemplo, posso passar cem vezes junto às guardas deles, vocês sabem do que estou falando, e nada acontece comigo! Para dizer a verdade, vou lhes revelar um segredo, gosto de passar diante deles, porque então por um instante fico aliviado desta minha arte tirana, desta minha catástrofe, e por um rápido instante posso sentir que eu sou eu, o pobre Malchiel Zaidman... diga a partir de agora: totalmente insensatos... não. Assassinos... não e não. E não sei a razão disto. É um enigma e sempre será um enigma! Mas com todo o resto, ao contrário! E pessoas bondosas como que me devastam... eu vou em direção a eles e eles em direção a mim sem possibilidade de parar! Mesmo aqui, no nosso zoológico, *nu*, sim... não paro! Foi Oto quem me pediu isto. Disse que nós, que não temos forças físicas, devemos fazer todo o possível e eu sigo o que ele disse, pois nada se recusa a Oto, por isso me empenho e me esforço tanto, arrisco a minha alma e ultrapasso todos os limites! É verdade! Se quiserem, chamem-me de rebelde! Que brando o punho contra o céu! Que fujo a cada instante da prisão mais bem guardada do mundo e irrompo imediatamente na prisão mais bem guardada do mundo! E assim venço gradualmente os obstáculos colocados por quem quer que o tenha feito entre uma pessoa e outra... reforço assim um pouquinho o amor e a compaixão entre as pessoas, pois todos são tão solitários, fechados em seus casulos, são todos cegos, surdos e mudos... e eu, ah, pelo menos posso vagar entre todos a meu bel-prazer..., conter a todos... transmitir como que saudações sem palavras... sou uma espécie de hospedagem para eles, um tradutor mudo entre as dezenas de milhares de línguas estranhas, porque todas elas sabem dizer palavras como, por exemplo, a infelicidade, os sofrimentos, a esperança, os anseios, ah, mas só eu sei com exatidão o que eles querem dizer com suas palavras, o que o senhor, por exemplo, *Pan doctor*, quer dizer quando fala dor, e o que a sra. Paula quer dizer, e uma é diferente da outra, assim como ambos dizem 'mamãe' para duas mulheres diferentes e totalmente diversas uma da outra, sim sim e só em meu íntimo estas dores cegas e surdas se tocarão uma na outra... só em meu interior uma conhecerá a outra em toda a sua profundidade... eu me transformei num dicionário, o dicionário de um homem para outro... e não há quem o leia, pois eu mesmo não posso... não, não posso, sou apenas as páginas... o doutor disse primitivos, deve ter sido só uma brincadeira de sua parte... e agora, quando finalmente eu disse estas palavras, vou me levantar e seguir o meu caminho, sim, já há alguns minutos tento fazer isso, só que... *nu*, algo me retém aqui, uma espécie de mordida no fundo do estômago, não, não dos magníficos biscoitos de cebola dela, minha senhora, mas uma espécie de desalento, de prenhez, meu Deus, o que é isto, ajude-me, ajude-me, *Pani* Paula, ah, esta dor, será que a senhora também a sente, tire-a de mim, tire-a de mim, ela é sua, é de vocês, não é minha... por favor...".

E diante dos olhos espantados de Paula e Fried, o biógrafo se dobrou, caiu e contorceu-se no chão. Vasserman: "Ofegando como uma parturiente!".

Lutou contra cordas invisíveis que pareciam enrolar-se em torno dele e dentro dele, que queriam atraí-lo para Paula, para aquilo que estava além dela, para aquilo que ela própria ainda não sentia naquele momento, e por fim todo o corpo dele foi arremessado no ar, enrolado e enroscado como um feto e atirado pela porta por onde entrara, soltando um balido estranho, um berro; Fried e Paula olharam um para o outro e Paula sentiu repentinamente, pela primeira vez, as mordidas de seu útero.

זמן

ZMAN

TEMPO

É um dos primeiros dados da consciência, não passível de definição inequívoca devido à sua primazia e generalidade. Designa a cadência e duração de fenômenos.

1. O tempo de Kazik

Fried começou a contar o tempo de Kazik a partir das 21h da noite em que ele lhe foi trazido, desde o momento em que a borboleta branca adejou diante do rosto do menino. Partindo da suposição de que a duração média da vida de uma pessoa do sexo masculino é de setenta e dois anos, o médico calculou que um minuto do tempo de Kazik valia dezoito dias de uma pessoa comum. Um segundo de Kazik equivalia a oito horas de Fried. Um minuto e quarenta segundos dele equivaliam a um mês. Em dez minutos seu Kazik sorvia seis meses de vida. Em uma hora, três anos inteiros. Fried estava assustado. Convém talvez destacar que no decorrer da noite Fried fez duas tentativas desvairadas de interromper o galope do tempo de Kazik: de início apagou todas as luzes da casa, pois esperava... Marcus: "Por desespero, não por burrice, Deus o livre" — que na escuridão a tirania do tempo sobre o menino se aplacaria um pouco. Mais tarde, pouco antes do amanhecer, quando Kazik estava com cerca de vinte e um anos, o médico o mergulhou num banho de água fria, novamente pela mesma expectativa vã de que na água as coisas acontecessem mais devagar. Não é necessário dizer que os dois procedimentos não tiveram influência alguma sobre o tempo. Só se intensificou a sensação do médico de que seu tempo se acabaria naquela rapidez assustadora; que, depois que o tempo acabasse de martirizar Kazik, o mundo inteiro se deterioraria no mesmo ritmo louco. O médico, é preciso salientar, sentiu por alguns momentos que não estava lutando somente por Kazik.

2. O aspecto do tempo

O aspecto do tempo se revelou ao supreso Fried por meio de um incidente infeliz: enquanto ele corria exausto atrás do menino Kazik [ver INFÂNCIA; ESTRANHEZA], este puxou a ponta de uma toalha de mesa que estava sobre a estante e uma grande bacia de porcelana decorada com quatro veados azuis correndo em fila, que Paula gostava de olhar e de sonhar, caiu e estilhaçou-se no chão. Então, sem entender nada do que estava fazendo, a mão de Fried se lançou por si mesma e deu um tapa no rostinho do menino. Ouviu-se um breve choro sentido e nada mais. Fried: "*Moi boje!* Que foi que eu fiz?!". Kazik, aliás, esqueceu logo o tapa e a dor que se seguiu e voltou-se para admirar os cacos de porcelana. Espantou-o a capacidade de um objeto qualquer acabar por ter-se desmontado e não por ter expirado lentamente. Fried fechou os olhos em profundo arrependimento por ter abusado assim do menino indefeso cuja sorte estava selada, mas nem para isto lhe restou tempo suficiente, porque Kazik pisou descalço em um caco afiado da louça e gritou. Gritou mais de surpresa do que de dor, e logo se agarrou a Fried, que acabara de bater nele. Fried gritou junto com ele, porque viu, com os próprios olhos, como a vida abandonava o menino, como ele começava a conhecer a dor que Fried não poderia evitar e que não poderia sofrer em seu lugar, nenhum trato era possível com a dor; quando Fried se curvou e o abraçou, viu que do corte profundo na planta do pé não saía sangue, mas pairavam dali para fora uns flocos transparentes que não eram feitos nem de água nem de ar, uma espécie de serragem muito leve que fluía do corpo no ritmo das batidas do coração e que se espalhava e dissolvia imediatamente no espaço; Fried soube, sem sombra de dúvida, que aquilo era o Tempo.

3. Não-tempo: *ver* PROMETEU.

זרות

ZARUT

ESTRANHEZA

Qualidade de estranho. Isolamento. Distanciamento e diferença.

Fried sentiu-a em toda a sua pungência quando permaneceu sozinho com o menino Kazik [ver INFÂNCIA] em sua casa. Eis a seqüência do sentimento citado: Kazik era um menino esperto e travesso, sempre fazendo diabruras. Destruía tudo o que lhe caía nas mãos, sujava sem vergonha tudo a seu redor e não parava de se arriscar em traquinagens precipitadas. Seu corpo foi crescendo rapidamente, ou seja, ele jamais cresceu ou se desenvolveu além dos cinqüenta e um centímetros e dos três quilos que Fried lhe atribuíra naquela estimativa inicial, mas podia-se ver que ele se tornara um pouco mais forte e robusto. Balançava-se nos pés descalços como um fedelho em fraldas. O cabelo totalmente branco de albino tornou-se mais grosso e comprido, e Fried foi obrigado a prendê-lo em trança na nuca, para que não lhe atrapalhasse os movimentos. O médico, apoiado em sua bengala, corria atrás dele por toda a casa e o tirava delicadamente das maçanetas das portas pelas quais ele tentava sair, retirava-o de pias e vasos sanitários pelos quais queria fugir; durante todas estas corridas Fried não parava de se zangar consigo mesmo por... Fried: "Nu, como não me preocupei mais com a EDUCAÇÃO [q.v.] dele nos anos iniciais e mais importantes, e como estive ocupado demais comigo mesmo e com o que sinto, e com todas as minhas contas com a vida, e com as minhas lembranças do tempo em que fui menino como ele, sim, agora eu quase não conheço este menino, só conheço a agressividade dele, e só esta sua força de correr, cair e se levantar, o seu desejo tirano de agarrar com a mão todo o mundo em volta e pôr sobre ele um pé de vencedor, isto me assusta, sim". Ampliando um pouco este ponto: assustou-o o fato de seu menino ser tão forte e estranho e de ele nada saber sobre os pensamentos que se passam em sua mente, e se ele gosta de Fried, ou vê nele apenas um servidor importuno e inevitável, e se Kazik vai crescer e se tornar semelhante a Fried, ou talvez a Paula. Preferiu que se parecesse com Paula, mas não tinha como influenciá-lo. Considerou se devia lutar com o menino com todo o seu vigor e experiência de vida, a fim de prepará-lo para a vida, ou se era melhor mentir-lhe sobre o mundo, pois de qualquer forma o menino tinha tão pouco tempo para estar aqui. Olhou para Kazik, que se entocava no fundo do guarda-roupa, e pensou que jamais poderia estar suficientemente perto do menino. Parecia uma pessoa se olhando no espelho: mesmo que a gente diga mil e uma vezes "eu", não sente realmente o significado disso. Ambos sempre estão perto demais e longe demais. Pela primeira vez o médico invejou o estranho talento do biógrafo ZAIDMAN [q.v.], que podia penetrar no próximo e senti-lo por dentro.

O velho médico cerrou os olhos, chocado com a amarga compreensão de que este menino lhe era estranho e que continuaria a sê-lo. Que Fried sempre o amaria mais do que Kazik poderia amar Fried. E que mesmo que conseguisse ser bem-sucedido e Kazik realmente fosse feliz e de bem com a vida [ver ORAÇÃO], Fried sempre continuaria faminto e com o mesmo sentimento profundo de que ele, simplesmente, não pode ser Kazik e assim vencer esta estranheza, este ser cortado e exilado de uma parte dele que circula sozinha pelo mundo. Refletiu que talvez lhe fosse melhor reconsiderar e começar a se defender deste amor frustrado que não pode suportar a dor, amor no qual já sabia que estava preso. Sabia também que há algo nos pais, até nos melhores e mais sensíveis, que a criança precisa matar para abrir para si o caminho para o ar e a luz, como na guerra entre as árvores jovens e as árvores velhas na floresta. Naquele momento o médico compreendeu que restara muito pouco tempo para ele e para o menino continuarem juntos, e que tinham instrumentos tão precários para compreender um ao outro, amar e perdoar; enquanto olhava assim para o ar, Kazik saiu do armário, passou pela estante, puxou a toalha que estava sobre ela e derrubou a bacia de porcelana em que quatro veados azuis se perseguiam em fila; a bacia caiu e estilhaçou-se.

Ver também TEMPO.

חדש, האדם ה-

CHADASH, HAADAM HA-

NOVO HOMEM, O

Imagem do homem que os teóricos da ideologia nazista procuraram projetar.

O NH era também o tipo de pessoa que o *Obersturmbonnführer* Neigel apresentou como o oposto absoluto da figura de Vasserman quando falou do "novo futuro" que o *Reich* e o seu *Führer* lhe prometiam. Para que as coisas sejam vistas com exatidão, o conceito de NH será aqui detalhado e um pouco ampliado. Em seu livro *Minha luta*, Hitler argumentou que a raça nórdica era a raça portadora de toda a cultura e que por isso a sua luta contra o estrangeiro, contra o judeu, o eslavo, em suma, contra as raças inferiores, era uma luta sagrada. Hans Günther, o teórico oficial do Partido Nacional-Socialista, preparou uma pesquisa baseada no modelo de dez milhões de alemães, segundo a qual delineou a imagem do NH: devia ser louro, alto, crânio alongado, rosto estreito, queixo bem delineado, nariz fino, cabelo claro não cacheado, olhos claros e fundos e tez branco-rosada. (Neigel, como a maioria dos bávaros, tinha cabelos e olhos escuros.) Como na Alemanha não se encontrava número suficiente de pessoas que se adequassem ao modelo ideal do NH em quantidade que garantisse seu predomínio no *Reich* por mais mil anos, os comandantes do povo alemão começaram a procurar meios de ampliar os reservatórios humanos de NH. Com relação ao aprimoramento dos bávaros, por exemplo, a intenção inicial foi importar noruegueses para a Baviera e graças à miscigenação orientada e à alimentação adequada transformar, em poucas gerações, os membros da raça local em nórdicos puros. Esta idéia era apenas o início de um programa geral e abrangente. O dr. Willibaud Henschel escreveu no jornal *Der Hammer,* o órgão de propaganda oficial dos nacional-socialistas de Berlim: "Juntem mil moças, isolem-nas num campo, obriguem-nas a coabitar com cem mil rapazes alemães jovens e saudáveis. Com a ajuda de cem desses campos vocês receberão de uma só vez uma geração de cem mil crianças alemãs de sangue puro". Em 19/2/1939 o governador da Baviera, o *Gauleiter* Paul Giesler, discursou para os estudantes da Universidade de Munique. Dirigindo-se às moças da platéia, o governante lembrou a concepção nacional-socialista do SEXO [*q.v.*] apenas para fins de procriação. Frisou que toda mulher deve contribuir com crianças para o *Führer*. Depois instou as ouvintes a que se apressassem em participar da missão de crescimento do povo alemão e disse: "Se vocês não têm com quem fazer filho, emprestar-lhes-ei meus ajudantes. Vocês não se arrependerão disso!". Igualmente é preciso destacar a grande intervenção do *Reichsführer* Himmler no problema de crescimento do povo alemão e no aprimoramento do NH. Foi Himmler quem se comprometeu diante do *Führer* a povoar a Alemanha — até o ano de 1980 — com cento e vinte milhões de alemães nórdicos. Ele se colocou como padrinho de cada criança alemã que nascesse em 7 de outubro, dia do seu próprio aniversário. Cada um desses bebês receberia no nascimento um candelabro de presente de Himmler e depois, a cada aniversário, um marco e uma vela para cada ano. Os primeiros dez mil candelabros seriam fabricados pelos prisioneiros do campo de Dachau. Himmler costumava dizer: "Se Ana Madalena Bach houvesse parado no quinto filho, no nono, ou até no décimo, Bach nunca teria vindo à luz!". Himmler também se interessou muito pelos diversos costumes populares que garantiam o nascimento de filhos homens. Difundiu os resultados destas suas "pesquisas" em comunicados oficiais entre os homens da SS. Mais de uma vez reclamou que as respeitáveis jovens nórdicas, que não são estouvadas, não interessavam aos homens da sua SS, que por algum motivo preferiam mulheres de pernas curtas, gordas, de formas redondas e roliças. No âmbito dos esforços para aprimoramento da raça merecem especial destaque as instituições do *Lebensborn*, criadas pela SS por inspiração de Himmler. *Lebensborn* é um conceito criado durante o Terceiro *Reich* e significa "Manancial de Vida". Assim eram chamadas as maternidades que Himmler estabeleceu em todos os cantos do *Reich* e que serviam de orfanatos e prostíbulos ao mesmo tempo. Os livros de história não se ocupam muito dessas instituições que foram também denominadas "fazendas de criação humana". [*A equipe editorial deseja expressar seu agradecimento a Marc Hillel pelo seu esclarecedor livro* Os filhos da SS, *publicado pela Editora Mishkal de Jerusalém, em 1978, em tradução de Avital Inbar.*] As instituições *Lebensborn* foram destinadas desde o início a criar por meio de homens e mulheres cuidadosamente escolhidos, pelo padrão de medidas raciais do *Reich*, uma nova raça nórdica superior. Para tanto os alemães seqüestraram centenas de milhares de crianças, que foram definidas como "valiosas do ponto de vista racial", para criá-las em suas fazendas como alemães para-todos-os-efeitos e cruzá-las entre si e com alemães puro-sangue. O diretor-geral das instituições era Max Solman (ficha de filiação número 14 528 do Partido Nazista), que entrou para a SS em 1937. *Frau* Inge Wirmitz era a encarregada da distribuição das crianças seqüestradas nas famílias dos homens da SS que não tinham filhos. Nas fazendas de criação da SS foram recebidas crianças caçadas no leste e no norte da Europa. Aos grupos de seqüestradores foram dadas instruções de seqüestrar apenas os mais bonitos. O método de seqüestro era simples: localizavam na rua uma criança que parecia atender às exigências raciais, seduziam-na com doces e ouviam dela o seu nome e o endereço de seus pais. A informação era passada no mesmo dia às equipes de seqüestro. Esse método era eficaz, porque assim era possível capturar algumas crianças adequadas da mesma família. As não adequadas eram mortas. Em geral matavam também os pais, a fim de receberem as crianças sem mais complicações. As crianças raptadas passavam a sofrer desde o momento do seqüestro uma tremenda pressão psicológica destinada a fazê-las esquecer sua origem e odiar os pais. Cada criança ouvia centenas de vezes que os pais eram criminosos patológicos. Os pais eram sempre bêbados e assassinos e a mãe era descrita como "leviana e libertina que morrera de tuberculose e alcoolismo". As crianças ficavam proibidas de falar a língua materna. Torturavam-nas quando ousavam lembrar sua origem. O autor do livro *Os filhos da SS* encontrou na Alemanha uma mulher a quem os nazistas apresentaram, quando estava com cinco anos, o ataúde de pedra de um arcebispo enterrado na igreja e lhe disseram que sua mãe estava enterrada ali. Depois da guerra, a mãe foi descoberta (ela voltou de um campo de concentração), mas a menina recusou-se a voltar para ela e declarou: "Vi minha mãe morta uma vez e não quis vê-la morta pela segunda". A organização *Lebensborn* cuidou também de mulheres norueguesas, holandesas e francesas que ficaram grávidas de alemães e que gozaram ali de tratamento adequado até o parto. Crianças que nasciam com defeitos do ponto de vista das exigências raciais eram eliminadas. Da mesma forma foram roubadas crianças adequadas de orfanatos de todos os países conquistados e transferidas para as instituições *Lebensborn*. Só na Hungria ucraniana foram seqüestradas mais de cinqüenta mil crianças. Na Polônia, cerca de duzentas mil. As raptadas passavam imediatamente por exames de raça. Mediam seu crânio, tórax, comprimento do pênis nos meninos e perímetro da pelve nas meninas. A intenção declarada era acasalá-las quando atingissem a maturidade sexual. As meninas recebiam injeções de hormônios com o objetivo de apressar seu amadurecimento. Aos quinze anos estavam todas destinadas a ser inseminadas pelos homens da ss. Assim as instituições *Lebensborn* transformaram-se nos prostíbulos semi-oficiais dos homens da ss, que deles fizeram amplo uso. Todas as crianças raptadas foram marcadas com cicatrizes na nuca e na mão. Himmler supervisionou pessoalmente o que acontecia nas instituições e ocupou-se ele próprio dos mínimos detalhes: por exemplo, enviou um telegrama de saudação, conservado nos arquivos, a *Frau* Annie O. (falta o sobrenome), cujos seios, durante uma semana apenas, entre os dias 1º e 7 de janeiro de 1940, deram 27 870 gramas de leite em seu serviço de ama-de-leite para bebês *Lebensborn*! Himmler também incentivou a concepção entre mães solteiras e prometeu-lhes apoio financeiro por parte do *Reich*. Dirigiu-se a todas as jovens alemãs pedindo-lhes que "não fossem tão escrupulosas em questões de recato e pureza nestes tempos de guerra" e exigiu que elas "fossem tolerantes para com as exigências dos nossos jovens, que vão combater pelo *Führer* na frente de batalha". Atualmente, dezenas de anos após o fim da guerra, crianças raptadas e seus pais ainda se procuram mutuamente em toda a Europa. No julgamento realizado em Nuremberg em outubro de 1947, todos os responsáveis por instituições *Lebensborn* foram considerados culpados apenas pela sua filiação à ss. Nenhuma outra culpa lhes foi imputada.

חופשה

CHUFSHA

FOLGA

Liberação temporária de certo trabalho ou dever.

A folga de Neigel foi sem dúvida o ponto decisivo na história de Vasserman. Na véspera de sair para sua folga, Neigel exigiu que o judeu continuasse a lhe contar sobre a vida de Kazik, que estava então com cerca de quarenta anos. Vasserman recusou, por algum motivo, e insistiu que devia completar agora para Neigel todos os detalhes que faltavam na história, ou seja: com que objetivo as Crianças do Coração se reuniram para a sua última aventura e contra quem estão lutando agora [ver CORAÇÃO, RENASCIMENTO DAS CRIANÇAS DO]. Argumentou que sem esta informação toda a história "não estaria bem amadurecida". Neigel ferveu de raiva. Acusou Vasserman de TRAIÇÃO [q.v.], mas Vasserman recusou-se a atendê-lo e a contar sobre a continuação da vida de Kazik. Neigel perdeu o controle e surrou Vasserman. Depois disso, quando ele próprio desmoronou e pediu desculpas ao judeu, seu feio segredo se revelou [ver PLÁGIO].

E assim, sem saber a continuação da história de Kazik, Neigel partiu para sua folga. No fim, quando voltou ao campo, abalado pelo remorso e apreensão pelo que causara em casa, Vasserman, Fried, Oto e os demais já haviam se tornado membros da família de Neigel. Seus queridos. Todo o seu universo. Neigel, se é possível defini-lo assim, tornou-se totalmente diluído na imaginação, na imaginação de Anshel Vasserman.

(ה)(חזיריות האלה

(HA) CHAZIRUYOT HAELE

(ESSAS) PORCARIAS

Assim Paula denominou as Leis de Nuremberg.

Ver também HITLER, ADOLF.

חיים, משמעות ה-

CHAIM, MASHMAUT HA-

VIDA, SENTIDO DA

חיים, שמחת ה-

CHAIM, SIMCHAT HA-

VIDA, ALEGRIA DA

Sensação única ou continuada de identificação completa com a existência. Exatamente às 4h25 da madrugada, Kazik sentiu a alegria da vida em todo o seu vigor. Tinha então cerca de vinte e dois anos. Foi quando saiu com Fried para acordar Oto e lhe contar o que ainda não sabia: que Kazik tinha apenas um dia. Caminharam lentamente e de todos os cantos do zoológico juntaram-se a eles um após outro os outros ARTISTAS [*q.v.*], os vivos e os mortos, os que jamais fecham os olhos. O zoológico estava escuro, iluminado pela lua, e Kazik via a escuridão da madrugada escondida nos seus diversos cantos, dobrando-se diante dele suavemente à medida que se aproximava; viu as trilhas misteriosas estendendo-se para dentro da escuridão em direção ao futuro; a grama brilhando com o orvalho e recendendo frescor, o enorme céu noturno, semeado de milhares de estrelas que respiram lentamente e que passam seu véu suave pelo seu rosto... e apesar de o tempo todo se ouvirem de longe sons estridentes e metálicos de alto-falantes, rajadas de tiros e de o horizonte estar coberto com chamas vermelhas devido ao incêndio do gueto judaico pelos alemães, Kazik não entendeu isso nem quis entender. Nem a expressão de tristeza e desespero que havia no rosto dos que o acompanhavam. Porque de repente sentiu como seu coração se expandia no peito, até não poder mais contê-lo dentro de si, todo o seu corpo se tornar leve e cheio de força e pequenas bolhas fervilhantes, sussurros e estalos de felicidade, sim, e começou: 1. a dar cambalhotas e rolar na relva molhada; 2. a pular numa perna só e agitar os braços; 3. a gritar com sua voz fina, bêbada de felicidade porque: a. com todos os diabos, ele está aqui! b. está tão vivo quanto é possível estar vivo! c. de agora em diante e para sempre ele ficará aqui! O imperador eterno deste instante! O cantor divino das pulsações do seu coração! O pintor artista da relva e do céu noturno! Sim! Ele está vivo! Vivo! E não tem para isto uma explicação mais profunda ou mais simples do que isto! Para o diabo com todos os sons de tristeza que o perseguiam! E para o diabo tudo o que sabemos sobre esta vida desgraçada e sobre o fim próximo e inevitável de Kazik [*ver* KAZIK, A MORTE DE]!!! e Fried, diante da euforia de Kazik, foi tomado de um pavor sombrio, até quanto é eterno o grande tempo, em que Fried é apenas uma vírgula, uma breve pausa, uma petrificação momentânea do fluxo, há setenta anos Fried não tinha estado imerso no tempo, e muito brevemente de novo não estaria, jamais estará, ele e todo o seu mundo e todas as coisas de que ele gostava e que eram importantes para ele seriam apagadas como se nunca houvessem existido; olhou para os artistas que caminhavam com ele e refletiu que o mesmo aconteceria a todos, assim como um pé deixa por um momento suas pegadas na lama que as apaga em seguida. Não havia nisso nenhuma inovação mas, assim mesmo, aquilo chocou, pois podia sentir por um momento como todos seriam apagados do tempo, como desapareceriam, estranhos, perdidos e desprovidos de toda esperança; então, de uma só vez e sem nenhuma lógica, também Fried, o equilibrado, foi tomado de uma alegria sobressaltada, exaltada e afastou suas grandes mãos e sufocou um pequeno lamento feliz; num momento sentiu como mil pequenas e perfumadas flores de alecrim brotavam e se enchiam de doce néctar sobre seu corpo.

חינוך

CHINUCH

EDUCAÇÃO

Atividade humana cuja função é influenciar a personalidade do próximo ou modificar seu comportamento ou moldá-lo de determinada maneira.

Quase desde quando Fried entendeu que o tempo de Kazik era tão curto, decidiu dedicar-se inteiramente ao menino e à sua educação. Intimamente decidiu não desperdiçar nenhum momento, especialmente os anos da infância, quando a mente está alerta e capta tudo. Tomou a mão de Kazik: que pequeno milagre arquitetônico! e junto com ele andou curvado; apontou para cada objeto no aposento, chamando-o pelo nome. Fried: "Tapete. Candelabro. Mesa. Cadeira. Mais uma cadeira. Mais uma cadeira...". E o menino repetia cada palavra e não esquecia; Fried lhe contou rápido, frenético, que a casa é constituída de aposentos, os aposentos são feitos de tijolos, e lhe contou sobre o zoológico dividido em jaulas, e sobre as pessoas que vêm olhar os animais, e que também são compostas de diversos órgãos, mas logo sentiu que a sua descrição pecava de algum modo contra a verdade, não contra os fatos simples, conhecidos, mas contra a verdade que há por trás deles; por isso parou e se repreendeu. Fried: "*Nu*, realmente! Que bobagens você está dizendo para ele! Em primeiro lugar é preciso contar-lhe as coisas realmente importantes!". Abaixou-se e segurou Kazik com as duas mãos diante do rosto e começou a lhe ensinar com fluência e calor sobre as pessoas que vivem neste mundo, que se dividem entre nações e religiões e partidos... e parou e disse, hesitante, "e também ideologias", mas sua boca podia sentir o gosto árido desta divisão e, ao dizer para Kazik Polônia, Alemanha, cristianismo, comunismo, Grã-Bretanha, judaísmo etc., sentiu o que sentira cinqüenta anos antes, quando fora prestar o exame final na faculdade de medicina de Berlim ao precisar declamar, diante de um auditório lotado, uma lista de doenças incuráveis que matam impiedosamente e aos poucos. Por isso Fried parou logo e repreendeu a si mesmo. Fried: "*Nu*, realmente, que bobagens você está dizendo, pois é preciso primeiro ensinar-lhe o que ele deve ser, ou seja..." mas, apesar das intenções nobres, Fried não conseguiu deixar de dar ao menino mais alguns conselhos apressados, "cuidado com pessoas que você não conhece, desconfie também de quem você já conhece, não conte nunca a ninguém o que você realmente pensa, e não acredite em ninguém e empenhe-se em dizer a verdade só quando não lhe restar alternativa, alguém certamente a usará um dia contra você, e não ame ninguém em demasia, nem mesmo a si mesmo" e como em espasmos involuntários de vômito foram saindo e sendo expelidas estas coisas dos abismos da alma de Fried; ele as disse numa febre convulsiva no tom de voz e na fala cortada do seu irado pai. A vida toda o próprio Fried transgredira estes conselhos amargos e, quanto mais seguro estava de sua validade, mais sentia que os abominava e esperava que fossem falsos; também quis dizer ao filho palavras consoladoras, como sua mãe lhe dizia sem lhe falar. Ele a amava muito, ela e o pequeno Fried sentavam-se e tocavam piano juntos, a melodia era uma espécie de névoa que fluía de seus dedos e os rodeava; o pai zombava e dizia que Fried ainda seria capaz de crescer e se tornar "artista e boêmio". Fried jamais conseguiu esquecer esse tom de menosprezo; ele o ouvia saindo de sua boca com uma exatidão cruel que também o feria, quando disse estas palavras para Oto, quando Oto começou a trazer para o zoológico todos os seus malucos [*ver* CORAÇÃO, RENASCIMENTO DAS CRIANÇAS DO]. Sim, na infância Fried sonhara ser pianista, mas então a mãe adoeceu, um dia o pai veio ao seu quarto e disse com voz dura que a mãe viajara para longe. Simplesmente assim, viajara sem se despedir dele? Ele não fez perguntas, só se empenhou em esquecê-la logo, odiando-a pelo que lhe fizera. Começou a se afastar da companhia das crianças de sua idade, gostava de vagar pelos campos perto de casa. Encontrou animais pequenos e descobriu que os animais não fugiam dele. Não havia nenhuma explicação para isto: até lebres selvagens esperavam tranqüilamente que se aproximasse e as tocasse com suavidade. Naquela ocasião Fried encontrou por acaso Oto BRIG [*q.v.*] e a irmã Paula, e assim começaram seus dias mais felizes, com o grupo das Crianças do Coração. Mas também aqueles dias se foram. Fried tornou-se adulto, formou-se médico como o pai e o avô. Era hábito de sua família que o irmão mais velho fosse para os negócios e o mais novo, para a medicina. Depois, começou a Primeira Guerra Mundial, Fried foi convocado como médico, e até esteve em diversas batalhas, viu coisas que não acreditou que as pessoas pudessem fazer. Aconteceram outras coisas, mas não há nenhum sentido em detalhá-las. A vida golpeou Fried por todos os lados [*ver* BIOGRAFIA] e ele, como vingança, viveu-a como alguém que abusa do patrimônio que pilhara como butim do inimigo. E agora, quando estava sentado falando com Kazik, constatou triste que todas as coisas que seu pai e seu avô lhe haviam dito explícita ou indiretamente com aversão realmente tinham acontecido em sua vida tintim por tintim; refletiu se as coisas poderiam ter sido diferentes se tivesse ousado lutar com coragem contra o consolo nebuloso que a mãe lhe oferecera em sua delicadeza, com sua beleza, com o perfume que provinha de seu corpo quando movia as mãos, e então, só então, parou de dizer as coisas tolas que contara a Kazik até aquele momento e começou a lhe contar o essencial. Contou-lhe sobre Paula. O menino estava preso em seus braços, e se contorceu e chutou, mas Fried não sentiu nada, tão ocupado estava em contar a sua *história*, pois jamais havia ousado dizer isto em voz alta e nem sequer pensar no assunto, sim, nem para Paula foi capaz de dizer uma palavra de amor ou uma fala simpática. Oto: "Mas ela sabia, Fried, eu sei que ela sabia". Fried olhou para a frente e não viu nada através das lágrimas. Contou a Kazik sobre a imensa saudade que sentia do cheiro das axilas dela, das rugas que se formavam em torno de seus olhos quando ela sorria, de uma pinta que era propriedade exclusiva dele — ele era o único no mundo que sabia da sua existência, nem Paula conseguia vê-la *lá*. Fried compreendeu novamente toda a profundidade desta perda, porque amava Paula mais do que qualquer outra coisa no mundo. Tinha um extraordinário talento para a vida, para a vida dela; tudo ela fazia da forma correta, até sentar-se numa cadeira, ou enfaixar um ferimento; na presença dela, Fried podia sentir, às vezes, que ele também vivia e que nele havia alguma coisa que merecia, talvez, viver uma vida boa. Fried falou com Kazik durante longos minutos, os olhos fechados e o rosto em brasa, e sentiu por ele um profundo reconhecimento, porque somente graças a este menino que lhe nascera na velhice ele começara a pôr em ordem o caos da sua vida e se estabelecer em seu próprio tempo, como uma semente já seca há muitos anos que é levada de repente pelo vento e jogada numa terra fértil onde começa a germinar. Fried falou — na verdade não falou, só resmungou e estraçalhou palavras, gemeu para o rosto de Kazik, porque sentiu como é curto, como é curto o TEMPO [q.v.]. Kazik quase ficou sufocado sob a avalanche que desmoronou sobre ele, que destruía a vida que se esgotava rapidamente, ao destilar nela uma tentativa de vida da qual ele próprio jamais poderia fazer uso, porque quer viver a sua vida e fazer os seus erros. Fried abriu de repente os olhos, olhou o menino com COMPAIXÃO [q.v.], viu quão pequeno, frágil e infeliz ele era e calou-se com tristeza. E assim ficaram ambos abraçados um ao outro por um longo momento. O médico sabia que agora, somente agora, é que estava fazendo a coisa mais importante pelo filho.

חמלה

CHEMLA

PIEDADE

Ver COMPAIXÃO.

חשד

CHASHAD

SUSPEITA

Dúvida em relação a algo. Suposição da existência de algum fenômeno negativo.

Quando Neigel saiu para sua FOLGA [q.v.] em Munique, seu imediato, *Sturmbannführer* STAUKE [q.v.], aproximou-se de Vasserman quando este trabalhava no jardim. Interpelou-o com astúcia se "é verdade o que se conta a seu respeito, que você não sabe morrer?" (Vasserman negou), e também perguntou sobre as ligações do judeu com Neigel. Vasserman: "Este Stauke, que ele viva longo tempo longe de mim, amém!, tem um tal olhar, que Deus tenha pena de nós!, como se lhe tivessem arrancado os cílios um a um! Ele, parece-me, queria testar o ambiente comigo, quis saber se eu e Neigel já somos amigos íntimos e se nos transformamos naquela seara de Davi e Jônatas de amor e fascínio! *Nu,* então, nem mesmo eu tinha saído de minha casca de Chelm e me fiz de simplório, de *tamevate*; falei-lhe, os olhos baixos pela modéstia, que não é correto que uma porcariazinha judaica como eu ande mexericando sobre um ilustre oficial alemão! Seu rosto logo ficou ensombreado como as bordas de uma panela no fogo, e ele se afastou. À noite ele voltou, andando de um lado para o outro no seu passo de ganso, e novamente quis saber das coisas entre mim e Neigel. (Ou seja, começaram a perceber algo a respeito dele, do meu oficial!) Até tirou o quepe preto e me ofuscou com o deserto de sua calva rapada. Pensou que me inspiraria medo. Mas eu permaneci fiel a Neigel. Por fim me lançou um tal sorriso que comecei a suar entre os dentes, voltou-se e foi embora. Ele desconfia de mim, que seja! Mas era claro como o sol do meio-dia que nem *Herr* Neigel estava livre das suspeitas deste Stauke!".

חתנה

CHATUNA

CASAMENTO

Celebração de núpcias.

Quando me casei com Ruth, tia Itke veio à cerimônia e no braço tinha um esparadrapo. Assim ela cobriu o número marcado no braço, porque não quis ofuscar a alegria. E eu, meu coração se rompeu de tanto sofrimento e pena dela e pelo que havia passado ao decidir fazer isto. Durante toda aquela noite não pude desviar o olhar do braço dela. Senti como se ali, sob o curativo pequeno e limpo, ela tivesse um profundo abismo, que absorvia a todos nós, o salão festivo, os convidados, a festa, a mim. Tive que contar isso aqui. Perdão.

טבח, כצאן ל-

TEVACH, KETSON LA-

MATADOURO, COMO UM REBANHO PARA O

Apenas uma vez Vasserman refletiu sobre a submissão dos prisioneiros do campo e sua prontidão em sofrer nas mãos de seus torturadores sem se rebelar. Foi quando Neigel saiu para escolher mais uma vez novos trabalhadores da leva que chegara à plataforma da estação. E de novo Vasserman olhou para os "azuis", os prisioneiros judeus que cuidavam da recepção das levas de prisioneiros na plataforma. Viram Neigel se aproximando e sabiam o que isso significava para eles. Apesar disso, continuaram em sua atividade como de hábito, assim como haviam feito seus antecessores quando Neigel viera escolher uma nova turma de trabalhadores duas semanas antes. Vasserman: "Deus do céu, pois até nós, quando fomos levados para *Lá*, para o gás, ou seja, com apenas um ucraniano nos comandando, não tivemos a idéia de nos revoltar contra ele! *Dina demalchuta dina!*[5] Um decreto da nação! E não se pode dizer que não soubéssemos o que nos aguardava, pois vivemos três meses inteiros no campo e nossos olhos não estavam cobertos e nosso nariz não estava tampado para sentir o cheiro da fumaça; até se pode dizer, não uma revolta de verdade, ao menos um bom tapa na cara do guarda, que cresça grama em suas faces!, mesmo uma cuspidinha, um jato de saliva, uma bolha de cuspe, pelo amor de Deus? Não? *Ai*, a vergonha, tenho certeza, já fluía em nossas veias como uma droga soporífera. Se se pode impor tal vergonha às pessoas criadas à imagem de Deus, então não há nada no mundo pelo que valha a pena se revoltar. Será esta a resposta certa, meu Deus? Que Suas criaturas tanto traíram a si mesmas que o único castigo que lhes convém pela minha pobre mão é que não moverei mais nenhum dedo pelo privilégio duvidoso de voltar a ser chamado de "ser humano"? *Et*, belos pensamentos enquanto cultivo e capino os meus canteiros. Mas nenhum desses pensamentos eu tive quando fomos arrebanhados no corredor descoberto para o gás. Em todos nós, creio, soava a mesma melodia, uma canção de ninar envolta em tristeza e desespero e o grande metrônomo do vovô morte marcava o compasso seco e antigo, a batida da mastigação desta enorme goela que foi aqui preparada em nossa homenagem, que nos absorve e nos tritura para dentro de si, tiquetaque, tiquetaque, transformamo-nos em parte desta máquina mortífera, *ai*, sim, porque não são pessoas que se dirigem aqui para a morte, mas somente o que restou das pessoas depois de terem sido tão envergonhadas, depois de terem sido exauridas, e lhe deixaram os esqueletos metálicos do caráter humano, engrenagens sem alma, são comuns a todos, a todas as criaturas... só isso podíamos então apresentar como uma espécie de contradição irônica, infeliz, aos nossos matadores, sim, isso era o reflexo cruel da imagem deles, porque não eram judeus os que se encaminhavam aqui para a morte, mas espelhos vivos, que apresentam num desfile melancólico e infindável reflexos do mundo que os conduz... assim eles decretam a sua sentença com a sua morte, *ai*, nossa morte em massa, nossa morte sem sentido é que se refletirá a partir de agora para sempre na desolação da vossa vida árida...".

As palavras de Vasserman foram reproduzidas aqui integralmente, sem

---

5. "A lei do reino é a lei!": alusão a que os judeus devem observar as leis do lugar onde estejam vivendo. (N. T.)

omissões ou reduções. E ainda, em nome do equilíbrio, diga-se apenas isto: Nenhuma imprecação? Realmente? Nenhuma bofetada na cara do ucraniano? Assim? Como um rebanho para o matadouro?

יומן

YOMAN

DIÁRIO

Livro em que a pessoa anota diariamente ou com certa freqüência acontecimentos, atividades, pensamentos etc.

O diário do zoológico de Varsóvia, feito pelo dr. Fried, é o único testemunho das grandes modificações ocorridas na condução do zoológico a partir do final da década de 1930. No início, Fried anotava toda noite no diário somente os fatos puramente profissionais que tratavam do estado dos animais, das aquisições e das vendas (por exemplo: um trecho do diário de 3/8/1937: "1. Raio X do filhote de leopardo Max. Examinados os ossos da pelve e as patas traseiras. Não há evidência radiográfica de lesão na coluna vertebral. 2. Ossos pélvicos e a articulação coccígeo-femural normais. São visíveis alguns traços de epífise que indicam calcificação deficiente da linha epifisial no fêmur, na articulação com a tíbia; a babuína Amadéia está urinando sangue. Ou seja: entrou no cio... foram enviados pedidos para importar dois casais de nandus. Chegaram propostas do parque Rabbitsden, na Inglaterra, Boros, na Suécia, do zoológico de Branfère, na França, e da Companhia Wildlife, de Redding Center, em White Hampstead, na Inglaterra.") Mas, à medida que o parque modificava os seus "âmbitos de interesse" e "se alistava" contra a vontade na guerra de Oto, o diário começou a se encher de relatórios e informações sobre a situação dos ARTISTAS [*q.v.*] que chegavam a ele. Assim, por exemplo: "2/11/1942: Ilya GUINSBURG [*q.v.*] chegou. Estado físico: muito deteriorado. Risco de vida. Abalo físico e emocional como conseqüência de choque elétrico. Todas as unhas das mãos arrancadas... dezesseis dentes arrancados... queimaduras na região genital e nos mamilos... 5/2/1943: Malchiel ZAIDMAN [*q.v.*]: Abscessos nas duas axilas. Como duas feridas abertas, que não reagem a tratamento. Recomenda-se: transferir imediatamente para outro local de trabalho no zoológico, longe dos filhotes de flamingo que estão começando a se emplumar... 6/9/1943: RICHTER [*q.v.*]: Cegueira total agora. Sobre as duas cataratas há o tempo todo um pó branco fosforescente. Origem desconhecida. Quando é limpo, ressurge..." etc. etc.

ילדות

YALDUT

INFÂNCIA

Período da vida humana desde o nascimento até o amadurecimento.

A infância de Kazik durou cerca de seis horas. Desde as 21h, quando a borboleta branca adejou diante dele, até aproximadamente as 3h da madrugada, quando despertou da LETARGIA DA ADOLESCÊNCIA [ver ADOLESCÊNCIA, LETARGIA DA] [q.v.]. Era um menino esperto, enérgico, travesso e curioso. Subia o tempo todo nas cadeiras e nas mesas, pulava sem medo dos móveis para o chão. Às vezes o médico lhe pedia em voz tênue que parasse, mas Fried: "Eu próprio senti que me é proibido parar e limitar este menino, que tem tão pouco TEMPO [q.v.] e, acreditem ou não, também me agradou um pouco a teimosia dele; toda vez que ele caía, logo se erguia e se atirava com toda a força de novo para cima, com tal coragem e sem hesitar e, se me é permitido orgulhar-me um pouco, direi que esta coragem e segurança eu as vejo totalmente como fruto da EDUCAÇÃO que lhe dei. Sim". Fried percebeu também que de vez em quando Kazik fecha os olhos por um instante, como que transportado dali. Ele esperava que isso não fosse mais uma das muitas distorções causadas pela doença, mas depois percebeu que eram apenas rápidos intervalos de sono, pois um segundo de Kazik valia oito horas de uma pessoa comum, e estes sonos eram apenas as noites do menino e depois deles ele novamente se enchia de energia e força, empurrava cadeiras por todo o aposento, fazia voar livros volumosos e rasgava as páginas empoeiradas, esgaravatava sem pudor as gavetas (Fried: "Tocava nas coisas mais íntimas! De onde foi que veio um menino assim?!".) e berrava com toda a força só por berrar, somente pelo prazer do grito e de ouvir a própria voz. Fried: "E o tempo todo ele não parou de fazer perguntas, por que e por que e por que e como e o quê, perguntas simples e complexas, nem esperava pela resposta!". Realmente, pode-se mesmo estabelecer que fazer soar as palavras no tom interrogativo era o que mais estimulava o menino, como se houvesse dentro dele uma mola apertada que machucava em forma de ponto de interrogação, que ele soltava dentro de si a cada instante e com isso obtinha um alívio rápido. Em movimentos gráficos exatamente como estes, se é possível destacar isto aqui, os salmões saltam na subida das corredeiras. Oto: "Pobre Fried! No começo ainda tentou responder seriamente a todas as perguntas de Kazik, e às vezes corria aos seus grandes livros para averiguar se respondera certo, se não havia confundido o menino". Paula: "Pois exatamente por coisas assim, sempre tive medo de fazer perguntas a Fried, mesmo perguntas simples, porque logo ele começava com estas suas preleções...". Intimamente o médico começou a ficar furioso com a superficialidade do menino, mas depois se controlou e começou a se admirar com esta forma tortuosa de pensamento, pois as perguntas de Kazik eram aos seus olhos como contrações do corpo de um dos seres que vira, quando estudante, à lente do microscópio, estes seres que em cada contração completavam uma pulsação de vida e saltavam para a próxima. Marcus: "E você deve admitir, meu queridíssimo Fried, que as perguntas eram sempre interessantes e cheias de imaginação e esperança, muito mais ricas que as respostas que você conseguia propor a Kazik...". Alguns momentos depois disso o velho médico foi tomado de uma depressão, pois sentiu quanto o menino lhe era estranho, desalentadoramente estranho [ver ESTRANHEZA]. Fried: "Mas isso foi só por pouco tempo. Realmente. Logo consegui superar e não pensar em mim mesmo, só fazer o bem a ele, como toda criança normal merece".

Ver também INFÂNCIA, DELÍCIAS DA.

ילדות, מחלות

YALDUT, MACHALOT

INFÂNCIA, DOENÇAS DA

Durante todas as horas da noite, Kazik sentia, além de todos os outros fenômenos físicos, calafrios e ondas de calor e frio. Choramingava subitamente como um cachorrinho e o coração de Fried se estremecia. O médico adivinhou que o menino passava assim, em seu trajeto rápido, por todas as doenças da infância, uma após outra, o princípio de duas alas do corredor polonês [ver BIOGRAFIA]. Diante dos olhos de Fried formaram-se e desfizeram-se no corpo magro os arabescos da catapora, os pequenos campos de morango do sarampo, depois se delinearam ali a cara de lua cicatrizada da caxumba, e assim todas as doenças, não faltou nenhuma; Fried beijava com medo a pequena testa úmida e fazia Kazik beber de uma colherinha; passou junto ao leito de seu doente longas noites que só duraram um instante, mas o medo tem seu tempo e através dos sofrimentos do menino e mais por isso do que pelas suas alegrias e sorrisos, Fried sentiu o quanto estava ligado a Kazik e o amava.

ילדות, מנעמי ה-

YALDUT, MAN'AMEI HA-

INFÂNCIA, DELÍCIAS DA

Mesmo quando Kazik estava quase insuportável [ver INFÂNCIA], o velho médico empenhou-se em tornar sua vida agradável. Com toda a força empenhou-se em lembrar que coisas lhe haviam causado felicidade quando era pequeno. Principalmente empenhou-se em revivescer sua lembrança das coisas ligadas ao pai, que nos primeiros anos da vida de Fried ainda não era tão rígido com ele e não quis somente prepará-lo para a vida. Por isso, às 22h13, quando Kazik estava com cerca de três anos e três meses, Fried passou no rosto um pouco de creme de barbear e barbeou-se rápido, apenas para permitir a Kazik cheirar seu rosto liso, agradável e vaporoso; mas o médico não se satisfez com isso: apagou a luz de todos os aposentos e deixou cair algumas moedas ao chão. Fried: "Isso realmente foi um pouco tolo e também um pouco vergonhoso de contar, mas tem uma razão, porque sempre quando meu pai voltava do trabalho para casa à noite, tirava as calças e sempre caíam e rolavam moedas, e eu ficava esperando durante toda a noite este tilintar". Marcus: "E o nosso admirado Fried não confiou em seu corpo velho e doído e lutou uma luta de amor e suavidade com seu pequeno filhote mordedor no tapete e torceu-lhe com muita delicadeza a mãozinha para trás e obrigou-o a declamar a fórmula de submissão familiar...". Fried: "Declaro minha total e incondicional submissão ao senhor meu pai, médico da família arquiducal..." e por fim também fez o menino marchar sobre seus pés enormes e varicosos ao longo de todo o aposento cantando... Fried: "*Shefi malenki/ Zamakni ocheh tiuva...* Durma, meu filhinho/ feche seus doces olhinhos..." e quando Kazik gargalhou de prazer, um riso gutural, Fried sentiu que talvez pela primeira vez na vida se tornara um verdadeiro médico.

יצירה

YETSIRÁ

CRIAÇÃO

1. Ato de criar, de fazer algo absolutamente novo. 2. A obra do artista.

Na hora da grande briga entre Vasserman e Neigel [ver ARMADILHA], quando o alemão exigiu que ele mudasse a história para que fossem retirados dela os "trechos antialemães", Vasserman confessou à equipe editorial que durante a maioria das etapas da redação da história ele próprio não entendera todas as alusões que disseminou para si mesmo. Jura que durante muito tempo não teve nenhuma idéia de para que se tinham reunido desta vez As Crianças do Coração e contra quem deviam lutar. Sabia apenas, ele disse, que devia "arriscar a alma" (o patético Vasserman!), para conseguir "lembrar-se do começo da história, pois por natureza costumava esquecer". Vasserman: "*Ai*, ainda não sei qual será o fim desta minha história, mas agora tenho a centelha, uma espécie de paixão que sabe antes que eu saiba... é a centelha que saltita em mim de letra em letra e de palavra em palavra e acende toda a história como um candelabro de Chanuká... pois antes eu não conhecia a verdadeira arte de escrever, é verdade: não existia a centelha em mim... até o desejo se ocultara de mim... e agora — veja! Uma luz preciosa! Agora sei que até um *shlimazl* como eu, que não realizou grandes feitos na vida e não deixou o mundo espantado com a sua grandeza, que não foi duque, ministro ou estrategista e não fez amor com as huris e não explorou o mundo, enfim, um judeu simples como eu, mesmo em mim se encontra massa em quantidade suficiente para fazer uma rosca, uma *beiguel*, que Neigel se entale com ela, Deus o livre. Cuidado, Neigel!, digo para mim mesmo, cuidado! Eu sou um escritor, Neigel!".

E algum tempo depois, quando Neigel reclamava que Vasserman "destrói a história! Não compreendo por que você não consegue escrever como gente! Por que você não pensa um pouco no leitor?", o escritor lhe respondeu com um ligeiro tom de orgulho na voz: "Eu? Mas eu não estou contando a história para ninguém a não ser para mim mesmo... pois esta é a lição importante que aprendi aqui, *Herr* Neigel, em todos os dias da minha vida não consegui aprender isto, mas agora sei, a gente não tem outro caminho se realmente deseja criar uma obra de arte. Quer dizer, uma verdadeira obra de arte. É isto: só para a gente mesmo!".

כוח

COACH

FORÇA

Ver JUSTIÇA.

לב, תחיית ילדי ה-

LEV, TECHIYAT YALDEI HA-

CORAÇÃO, RENASCIMENTO DAS CRIANÇAS DO

Não há dúvida de que somente graças a Oto BRIG [*q.v.*] foi renovada a atividade do grupo das Crianças do Coração depois de cinqüenta anos de inatividade. O encadeamento dos fatos que levaram a isso é às vezes nebuloso, por total inexistência de DOCUMENTAÇÃO [*q.v.*] adequada. A causa é a lamentável e criminosa falta de consciência de Oto da tremenda importância da documentação histórica e do registro de cada atividade. Mesmo assim, pode-se reconstruir um quadro (estimativo!) dos dias que antecederam o renascimento do grupo: quando o mundo começou a "virar de cabeça para baixo" (Vasserman), Oto andou dias inteiros nas ruas do gueto judaico e procurou operários para trabalhar no zoológico no lugar dos trabalhadores fixos que foram convocados e que para lá não voltaram mesmo depois que os combates terminaram. Os guardas poloneses examinaram as licenças de Oto e mandaram-no procurar entre os que estavam parados na fila para trabalhos forçados na rua Gezibowska, onde eram divididos os batalhões judaicos de trabalho — operários de obras, sapateiros, professores, professores de violino etc. para os trabalhos de limpeza das ruas e latrinas de Varsóvia. Mas Oto só quis voluntários. Não quis forçar ninguém a nada. Na rua Carmelitska, junto à última tília que restara no gueto (os judeus eram atraídos para ela como abelhas para o néctar e olhavam com grande enlevo a floração amarelada e cheia de vida), explicou-lhe um judeu ancião que os judeus por natureza não gostam de trabalhar com animais, "e é um pouco tarde agora para nos modificar". Outros judeus se afastaram dele sem explicações. Suspeitavam que lhes estivesse preparando uma armadilha. Um, que Oto conhecia ainda dos dias em que comprava dele restos de carne para os animais (ele fornecia alimentos para hotéis), sugeriu-lhe que fosse à rua Delijne, no Paviak, subornasse ali o responsável pelos prisioneiros e lhe pedisse voluntários para um dia de trabalho. A palavra "prisioneiros" por algum motivo tocou Oto e ele correu para lá, deprimido de um momento para o outro devido à sensação de desastre evidente que emanava de cada pessoa na rua. Oto: "Era mesmo ruim. O coração chorava. Todos aqueles judeus com olhar de fera acuada que já não têm forças para fugir. Sim. Foi então que compreendi que devia fazer algo. Ajudar. Sim, é claro, lutar. Nos primeiros dias, quando procurei trabalhadores no gueto, pensei: veja, Oto, você vai ajudar um pouco os pobres coitados, vai lhes dar uma boa refeição e um tratamento adequado como convém a cada *serumano*. Mas em alguns dias comecei a sentir que isso não era suficiente, que é preciso fazer muito mais. Porque nas vitrines das lojas na rua Krakowska e na Pashdmishzche e também nas vitrines da avenida Yarozolimska os alemães puseram enormes fotos dos pobres judeus, como se fossem terríveis assassinos, e escreveram embaixo 'O perigo judaico bolchevista', como se nós todos fôssemos idiotas que acreditamos nestas coisas, e em todas as esquinas das ruas fincaram os latidores, assim nós os chamamos então, que desde cedo até a noite não paravam de latir os comunicados da OKV e de contar sobre as vitórias nas batalhas e sobre a traição judaica pela qual dezenas de milhares de oficiais polo-neses foram feitos prisioneiros em luta com os russos em Katin junto a Smolensk; tudo isso foi uma mentira tão nojenta que intimamente eu disse para mim mesmo: Oto Brig, eu disse, há uns cinqüenta anos você era muito mais corajoso do que agora, você não tinha medo de nada, você chegava a qualquer buraco do mundo para ajudar quem necessitava, à Armênia, onde os turcos mataram os armênios, ao Ganges, na Índia, quando houve ali as enchentes, e até à Lua com os índios, e quanto àquele velho, Beethoven, ficou surdo, e Galileu, com todos os seus problemas, para todo lugar você voava com seu grupo, e então, quando pen-sei no grupo, ah, *Boje shviante*! Santo Deus!, o sangue começou a correr de novo pelo corpo, como Jesse Owens nas Olimpíadas, *tac*! *tac*! e eu disse para mim mesmo em silêncio: alguma coisa nós do grupo temos que fazer, pois quem além de nós sabe salvar o mundo assim de si mesmo quando ele começa a enlouque-cer, e quem mais tem tão grande experiência em salvamentos, hem? Pois se nós mesmos não fizermos nada num tempo como este, em que tanto precisam de nós, então juro que não valemos muito mais que o papel no qual estamos escritos, sim-plesmente somos pobres fantasias, fracotes que vão para onde são conduzidos. Não, Oto Brig! (assim eu disse a mim mesmo), não! Agora é preciso fazer algo! Agora vocês todos se erguerão juntos e lutarão a sua guerra mais justa e mais importante! E mesmo que eu ainda não soubesse exatamente o que seria esta guerra, em meu coração já começara a cantar o nosso lema: 'O coração está pron-to?'. E logo respondia para mim mesmo: 'O coração está pronto!'. 'Para o que der e vier?' e respondia: 'Para o que der e vier!', sim, este era o nosso lema há cinqüen-ta anos, e então, naqueles dias, quando eu queria reunir o grupo para uma nova campanha, começava a desenhar com giz corações nas árvores e nas cercas, assim eles sabiam que era preciso se reunir; agora era claro para mim que novamente chegara a hora de desenhar novos corações e, assim, com todos estes pensamentos, cheguei ao Paviak exatamente quando abriam o portão principal e um velho judeu voava dali num chute e rolava até mim, e com absoluta tranqüilidade sorriu para mim, de baixo, um sorriso quase sem dentes na boca, e perguntou se eu tinha um cigarro". (Sobre o primeiro encontro de Oto e Yedidiya, ver MUNIN, YEDIDIYA.) Fried: "Se já se está falando daqueles primeiros dias do grupo, então é preciso dizer a verdade, que Oto mudou muito então. Para mim era difícil olhar para ele. Ele parecia sofrer de uma doença com febre alta. O rosto brilhava. O tempo todo ele estava ocupado e falava sozinho, sempre correndo. Sempre. Deixou todos os afazeres do zoológico por minha conta e ia andar o dia todo pelo gueto, entrava e saía com as suas licenças especiais, procurando nas ruas, nas prisões, nos hospícios, no instituto dos jovens criminosos...". Oto: "Vocês certamente pensavam que eu já não estava muito bem aqui em cima, não?". Fried: "E então? Você precisava ver que aparência tinha! E uma vez nos levantamos de manhã e vimos...". Paula: "Um gigantesco coração desenhado com giz num carvalho junto à nossa casa". Fried: "E em todos os bancos da Alameda da Eterna Juventude, e no corpo enrugado do elefantinho". Paula: "Meu Fried estava desesperado. Eu também, claro. Realmente podia partir o coração ver o nosso Oto tão estranho e diferente. O pior era que ele não concordava em nos contar o que lhe ia na alma. Só dizia o tempo todo que pretendia lutar, e eu, *mama druga*, como eu estava com medo!". Oto: "Você certamente pensou... em lutar com fuzis, não?". Paula: "E o que eu ia pensar? Claro que pensei! Como eu poderia saber? E depois o zoológico começou a se encher de toda espécie de lunáticos, que dava medo andar ali, aquela pobre mulher, por exemplo, que precisava andar nua toda noite junto às jaulas dos predadores [ver TSITRIN, HANA], ou aquele pequeno biógrafo com a sacola fedorenta, que era até simpático, mas o tempo todo ficava perturbando e se tornava parecido comigo [ver ZAIDMAN, MALCHIEL] e até, perdoe-me, você, o sr. Marcus [ver SENTIMENTOS], que o tempo todo nos interrogava sobre o nosso sentimento e o que sentíamos naquele momento, para não falar sobre este coitado do qual saía um cheiro tão estranho [veja MUNIN], que era absolutamente impossível ficar perto dele!". Fried: "Ah, que horror! Uma vez decidi que bastava e me aproximei dele e perguntei, como médico, naturalmente, o que era aquele cheiro que saía dele e por que ele andava de forma tão estranha, e ele, o bandido, sem a menor vergonha, baixou as calças no meio do zoológico e me mostrou que tinha dentro das calças uma espécie de bolso gigantesco de pano, com cintos e fivelas e sabe-se-lá-o-quê". Munin: "Tenho ali ovos de avestruz, *Pan doctor*, e isto por causa desta minha ARTE [*q.v.*] sobre a qual *Pan* Oto certamente lhe falou, e isto dói, não? E não era para doer? Doía! Pela arte precisamos nos martirizar um pouco! Muitos precisam sofrer pela redenção do Senhor num piscar de olhos, e assim acontece sempre conosco, com os judeus, não há como cortar caminho, mesmo os nossos profetas não puderam encurtar caminho, e o profeta Oséias, que foi forçado a viver uma vida inteira com, perdoe-me, uma prostituta, sim, e ter três filhos com ela para cumprir o seu propósito divino, a sua arte, também eu sou assim, Excelência, sem um momento de descanso, esfrego o dia todo o pequeno *chofar*, esfrego mas não toco! Deus me livre de tocá-lo! Estaria tudo perdido! Todo o meu trabalho! E se você disser 'cinzas em sua boca, verme, como você ousa se comparar com o profeta Oséias', eu lhe direi que o Baal Shem Tov nos ensinou em seu testamento que Deus, abençoado seja, quer que o sirvam de todos os modos, às vezes de um modo, às vezes de outro, e na Cabala encontramos que a gula é apenas uma centelha em nós que quer se unir à centelha divina que existe no alimento, uma espécie de acasalamento, ou seja, que também dali, quer dizer, do órgão, do pinto-da-pontinha-cortada, com seu perdão, ouve-se aquele gemido, e provavelmente até em alguém medíocre como eu é possível que uma centelha centelhe a uma centelha e se apegue às centelhas superiores, ah, tomara...". Fried, que não entendera nada, e só sentiu a intenção estranha, abominável, que estava oculta em todas as alusões astutas do velho malcheiroso, deixou-o zangado no meio de suas palavras, correu para o gabinete de Oto e lhe informou que não sairia dali enquanto não recebesse uma explicação. Paula também estava ali e tinha a mesma opinião de Fried. Oto sentiu a fúria e o medo deles, refletiu um pouco e decidiu revelar-lhes parte do seu segredo. Disse-lhes que tinha intenção de lutar contra os nazistas. Fried sufocou um grito furioso e desesperado e disse de lábios cerrados que, se Oto quer realmente lutar contra eles, que traga fuzis e combatentes de verdade e então também Fried se juntará a ele. Oto prestou atenção e depois explicou suavemente que, para isso, eles não têm força suficiente. "É preciso ser realista", disse Oto, e Fried olhou para ele e moveu a cabeça espantado e com uma raiva impotente. Perguntou a Oto de onde trouxera o último "combatente" que se juntara aos desocupados do zoológico, Zaidman. Oto contou que os alemães dispensaram os reclusos do asilo de loucos da rua Krochmalna e eles ficaram nus na rua, tremendo de frio e confusos. Fried: "*Nu*, e você escolheu entre eles um especialmente bem-sucedido!". Oto, alegremente: "Certo! Ah... você está rindo. Ouça-me, Fried, uma pessoa assim sozinha, talvez não. Mas três como ele, dez como ele, talvez salvem algo. Talvez mudem algo". Fried perguntou o que Zaidman sabia fazer e Oto, em comovente exaltação, contou que Zaidman é um biógrafo que sabe atravessar as fronteiras dos homens e compreendê-los de dentro. Fried, com abominação: "E talvez ele tenha algo também contra os alemães?". Oto: "Mas isto é contra os alemães! Como é que vocês não entendem?". Fried pensou consigo mesmo com ironia e com mágoa: "É preciso sermos realistas, não é?". Aliás, neste ponto Neigel exigiu que Vasserman interrompesse imediatamente a "propaganda antialemã" e voltasse ao assunto. Neigel estava para sair aquela noite para uma FOLGA [*q.v.*] de quarenta e oito horas junto à família em Munique e sem cessar pressionou Vasserman para que lhe contasse a continuação da história de Kazik. Mas Vasserman insistiu em contar ao alemão justamente sobre os primeiros dias das Crianças do Coração. Não havia lógica nisso, exceto o seu desejo de irritar o alemão. Também quando Neigel lhe pediu que parasse com as provocações e voltasse à história, Vasserman pediu: "Espere um momento, *Herr* Neigel!", e prometeu que, se Neigel o deixasse continuar a tecer o fio do enredo, ele logo lhe contaria algo a respeito de Kazik. Neigel espiou nervoso o relógio e concordou com um zangado aceno de cabeça. Vasserman lhe agradeceu. Contou ao alemão como um longo silêncio tomara conta dos três. Como Fried e Paula haviam compreendido pela primeira vez como a guerra penetrará profundamente na vida deles, e como congelará com seu contato as tênues teias de intimidade que se entrelaçaram entre eles durante anos e os tornaram estranhos um ao outro e frios como ela. Vasserman: "Isso eu experimentei na minha própria carne, *Herr* Neigel, quando a minha Sara, a minha alma, costurou o distintivo amarelo no vestidinho de aniversário da nossa Tirzale... *ai*, como a menina chorou! Encharcou os travesseiros de lágrimas! O senhor entende, *Herr* Neigel: o distintivo enfeou tanto o belo vestidinho...". Neigel: "Vasserman! A minha paciência está começando a se esgotar! O meu motorista estará aqui dentro de meia hora e parece-me que você simplesmente está evitando me contar a história de Kazik!" [*ver* ARMADILHA]. Vasserman, que ainda não compreendera naquele momento por que era tão importante para o alemão saber o que acontecera com Kazik, por que ele insistia nisto com tanta ênfase, suou de tanto medo. Mas compreendeu bem que esta ansiedade de Neigel devia ser um bom sinal e que de modo algum devia se submeter agora. Por isso, Oto disse num sussurro: "Arca de Noé". Ou

434

melhor: não em um sussurro. Só com profunda falta de vontade, como se tivesse decidido desistir de uma pequena parte do seu segredo, para que o deixassem conservar a parte mais importante. Neigel olhou para Vasserman. Fried e Paula olharam para Oto. Oto explicou para os três: "Ah, como no Antigo Testamento, só que ao contrário. Aqui os animais salvarão as pessoas. Compreendem? É muito simples, não é?". Neigel: "O que é simples?". Oto: "Nós nos reuniremos aqui, todos os membros do antigo grupo e mais alguns novos. Precisaremos de muitos combatentes desta vez. Não será fácil. É claro. E depois de vencermos este dilúvio, será possível retomar a vida comum, certo?". Fried e Paula olharam para ele e sentiram como seu coração se partia. Os olhos de Oto brilhavam num azul infinito. Fried levantou-se, pálido e exausto, e ficou junto à janela do pavilhão, olhando para fora, no momento exato de perceber uma criatura mitológica, a parte anterior de uma ovelha barbuda, a parte posterior de um homem [*ver* MUNIN], que atravessava o caminho em balidos e gemidos conjuntos, abomináveis. Angustiado, com a sensação de que todo mundo enlouquecera e caíra exatamente sobre seus ombros, Fried apressou-se a correr atrás do animal violentado. Só quando já estava correndo é que entendeu a intenção de Oto, o que o afligiu ainda mais. O velho doutor não tinha dúvida de que a era dos contos infantis acabara para sempre.

לידה

LEIDÁ
NASCIMENTO
Processo de trazer um ser vivo ao mundo.

O nascimento do bebê imaginário de Paula. Oto lembrava-se desse nascimento enquanto permanecia em seu barracão no momento em que Kazik, Fried e os outros ARTISTAS [*q.v.*] se encaminhavam para ele [*ver* SONÂMBULOS, JORNADA DOS]. Oto acordou, ficou deitado na cama pensando no bebê que trouxera horas antes para Fried. Então lembrou-se da noite em que ele e Fried levaram Paula para dar à luz na enfermaria do dr. Wertzler no hospital que servia também como hospital militar. Oto: "Havia ali parturientes e também poloneses comuns, soldados alemães feridos em todos os combates travados pelos judeus contra eles no gueto; as parturientes e os soldados emitiam exatamente os mesmos gritos e a todo momento alguém nascia e alguém morria ali, como em uma corrida de revezamento maluca, juro! Fried veio conosco, claro que veio; ainda que a permissão dele fosse apenas para o território do zoológico e poderiam ter facilmente atirado nele por causa disso, ele fez pouco de tudo e veio; ficamos juntos e vimos a nossa bela Paulinka deitada numa cama totalmente branca, o rosto dela transpirava e sorria". Depois os médicos mandaram os dois para fora e após três horas de espera o dr. Wertzler mandou-os entrar, mostrou-lhes Paula e saiu dali com ar zangado — ele via em ambos os responsáveis pela morte dela. Fried entrou na frente e fez algo que Oto jamais acreditaria que ele fosse capaz de fazer: meteu a mão delicadamente sob o lençol alvo e, com suavidade e cavalheirismo, fez o parto do bebê imaginário de Paula e colocou-o sobre o peito calado dela. O sensível Oto, que começou a chorar, pôde ver por um momento através das lágrimas o nascimento do grito contra o que a vida faz aos sonhadores e também viu... Oto: "Como a testa de Fried foi cortada de uma vez só por um traço forte em toda a extensão, como se o sofrimento o tivesse quebrado com uma pancada por dentro". No dia seguinte pela manhã, depois de enterrarem Paula na ala de sepultamentos do zoológico, junto aos viveiros dos pássaros, Oto viu pela primeira vez também o risco que o médico fizera naquela manhã na terra, com a ponta do sapato; o traço era o mesmo. Então Oto entendeu que alguém quisera marcar Fried por dentro para que pudesse percebê-lo mais tarde, quando necessitasse. Oto viu o destino de Fried gravado no rosto e por isso se empenhou tanto todos os dias em despertá-lo para a vida, a fim de que, quando chegasse a hora, Fried pudesse responder à luta. O próprio Fried nada sabia sobre a nova cicatriz de sua testa: no zoológico não havia espelho, exceto o conjunto que havia na máquina PROMETEU [*q.v.*], a qual era impossível utilizar sem arriscar a vida.

מונין, ידידיה

MUNIN, YEDIDIYA

Segundo Vasserman: "O homem dos grandes anseios, os quais, aparentemente, não eram ansiados por mais ninguém desta forma... o homem dos sonhos florescentes, alados como anjos... campeão da semente não derramada. Artista da ejaculação contida, arquicopulador que há anos não tocava uma mulher, casanova das imaginações vazias, dom-juan da ilusão...".

Segundo seu próprio testemunho (duvidoso), Munin era de uma família dos hassídicos de Mezeritsh em Pshemishl ("Sou vinagre de vinho", disse Munin, em seu primeiro encontro com Oto junto ao Paviak), que desde a infância já não conseguia controlar seus fortes instintos ("O demônio dança em minha frigideira"), e após um casamento fracassado fugiu para Varsóvia, tentou a sorte em mil e um negócios obscuros em que fracassou, mas todo o seu tempo livre e toda a sua energia dedicou àquela atividade a que somente Oto, em sua nobreza, atribuiu o título sublime de ARTE [*q.v.*]. Quando se encontraram, Oto viu diante de si um ancião, magro, alto e curvado, envolto num casaco de abas, imundo, usando óculos escuros sobre óculos comuns. Os dois pares estavam amarrados com um elástico amarelo. Seu pequeno bigode, um tanto coquete, estava extremamente sujo e também amarelo. Saía dele um cheiro forte, como de alfarrobas. Foi atirado do pátio da prisão com um chute, levantou-se e, com uma calma estóica, pediu um cigarro a Oto. Oto não tinha cigarros e sugeriu ao homem que fossem juntos comprá-los. Quando andaram, Oto percebeu pela primeira vez o caminhar estranho de Munin: as coxas se curvavam a cada passo de fora para dentro como se elas... Marcus: "remexessem os testículos". Oto: "Mais ou menos assim. E ele o tempo todo só sussurrava para si e soltava risinhos, tocava a si mesmo em toda parte. Eu não sabia como começar a falar com ele, pensei que fosse um pobre maluco e logo percebi que seríamos amigos. No fim ousei e lhe perguntei se ele trabalhava ali, no Paviak", Marcus: "Oto e seus modos maravilhosos". Yedidiya Munin parou admirado e rompeu numa gargalhada horrível, cheia de saliva e catarro, depois meteu um dedo afiado no peito de Oto e disse... Munin: "Sou Yedidiya Munin, multiplicarei a sua semente como os grãos de areia da praia, transgressões morais, Excelência". E puxou as calças com orgulho até que chegassem ao peito, declarando numa voz de código secreto: "Mil cento e vinte e seis até ontem à noite, quando me prenderam. Sempre prendem à noite e soltam pela manhã". Oto: "Não entendi sobre o que ele estava falando, mas tive a sensação de que talvez fosse melhor não perguntar". Na rua Novolipky compraram dois cigarros Machorkova de um ambulante, encontraram um banco de rua vazio e sentaram-se para fumar. Oto: "A rua estava cheia de gente. Multidões. Mas também estava muito silenciosa. Se alguém quisesse chamar um amigo na esquina, bastava sussurrar seu nome. O homem que estava comigo fumava com energia e quando chegou na metade do cigarro apagou-o apertando com dois dedos e deixou-o pendurado no lábio superior. Só então me permiti começar a falar com ele; como me alegrei ao verificar que ele logo confiou em mim sem medo!". Vasserman: "A bem da verdade, *Herr* Neigel, é preciso dizer que o sr. Munin era desconfiado e muito cuidadoso, pois naqueles dias multiplicaram-se entre nós os delatores e caluniadores, mas quando Oto começou a conversar com Munin, o judeu despiu-se num instante de todas as suspeitas e artifícios tortuosos e de toda a grosseria; ele próprio confessou que...". Munin: "Até encontrá-lo eu jamais havia conversado assim com uma pessoa sobre... a minha arte, bem, quem além de Oto sabia que isto é arte? A verdade é que começou a sair de mim um dilúvio de falatório, ali no banco na Novolipky, o que me assustou um pouco, como se, Deus o livre, este pequeno polonês tivesse poderes mágicos, *tfu, tfu, tfu!*". Oto: "Eu logo gostei de você! Que sorte tive em encontrar você ali naquela manhã!". Marcus: "Pedir a Oto que descreva alguém é inútil. Se pedirem a uma lanterna que descreva o que ela vê, ela dirá: tudo está inundado de luz". Naquele encontro, Munin mostrou a Oto o mapa que guardava no bolso num envelope pardo que se desfazia. O envelope era o segredo precioso de Munin e ele o apresentou a Oto com uma reverência sagrada. Era um mapa do gueto judaico. Havia nele sinais estranhos, centenas de pequenas estrelas-de-davi, espalhadas sem uma seqüência nítida pelas diversas ruas. Oto imaginou que era o mapa secreto dos depósitos judaicos de armas escondidas no gueto. Munin não parou de falar um instante sequer e Oto olhou maravilhado para o cigarro frio que tinha vida própria no lábio superior. De repente, o judeu se calou, olhou desconfiado e com cuidado para os lados e sussurrou ao ouvido de Oto: "Aqui eles morrem todos". E depois se afastou para a ponta do banco, fechou a boca com um gesto forte e calou-se. É preciso frisar que Oto entendeu imediatamente que Munin não estava falando apenas dos judeus presos no gueto. Depois de alguns minutos, Munin voltou a se aproximar cuidadosamente de Oto num ato de conspiração e sussurrou-lhe que iria embora. Munin: "O senhor verá, *Pani*. Os filhos da luz alçarão vôo. Eu vou partir. Todo mundo vai ouvir falar disso. Até mesmo os irmãos Wright não sonharam com uma invenção dessas. Nem os irmãos Montgolfier, que inventaram os balões, nem Dédalo e Ícaro da mitologia grega, destruidores do nosso Templo! O senhor já está percebendo que sou grande conhecedor de todas estas questões! Não deixei passar um livro!". Imediatamente Oto lhe ofereceu, encantado pelo misto de grosseria e espiritualidade que havia nele, que viesse trabalhar no zoológico. Munin olhou para ele surpreso, sorriu com sua boca desdentada e disse que "toda a minha vida, *Pani*, sonhei em limpar cocô de leão". Apertaram-se as mãos, e só quando estavam para se despedir o delicado Oto ousou perguntar a explicação do número que

Munin citara antes. O judeu olhou para ele admirado e logo a seguir um tanto decepcionado, porque estava certo de que Oto entendera tudo imediatamente. Depois começou a sorrir... Oto: "Um sorriso tão amplo, que lhe saía dos dois lados da cara" e explicou simplesmente que eram "mil cento e vinte e seis emissões, o que se chama também de orgasmos, naturalmente, e o que ele estava pensando?". Oto corou até a raiz dos cabelos, olhou para os sapatos, olhou para o céu e por fim ousou perguntar baixinho se o sr. Munin tinha deitado com tantas mulheres. Munin novamente irrompeu em sua gargalhada repugnante e proclamou: "Cópula? Qual a importância disso? Pois já disse o rabino, *nu*, esqueci o seu nome... ah, sim! O rabino Dov Ber disse, em *Portões do caminho*, que as paixões precisam ser refinadas e santificadas. E como o coração do homem transformará o amor mau em amor divino para que não anseie por fagulhas estranhas, só a Deus, naturalmente. Pois conhecer mulheres qualquer um pode! Mas eu, Excelência, me *contive*!".

O segundo encontro com Munin pertence ao dr. Fried. Foi quando estava desesperado junto à janela do pavilhão de Oto [*ver* CORAÇÃO, RENASCIMENTO DAS CRIANÇAS DO] e viu o estranho Minotauro, meio ovelha barbuda meio homem, cortando a trilha. Fried apressou-se em correr atrás dele, mancando com sua bengala, mas, furioso, contornou o tanque do crocodilo, cortou caminho pelo atalho secreto e chocou-se de frente com a estranha criatura. Munin se recompôs primeiro. Ergueu-se da relva e fechou com o zíper as calças sobre a gaiola de passarinhos feita de pano e cintos e fivelas costuradas por dentro. A grande ovelha fugiu com um amargo balido (Munin: "Com um balido de amarga decepção") e Fried, chispando fogo e fumaça, ergueu-se pesadamente da relva, elevou a mão como um profeta da fúria e exigiu uma explicação. Em sua defesa Munin disse: "o que há para explicar? É preciso apressar-se! O tempo urge e o trabalho é muito, *Pan doctor*, aqui não há mulheres, além da dona Hana [*ver* TSITRIN], que como se sabe é só de Deus, além da senhora do doutor, Paula, que é sua". Fried: "Como ousa, desordeiro, dizer com sua boca o nome da senhora?!". Munin: "Perdão, mas sempre digo só a verdade. E já são mil, cento e trinta e oito. Tudo anotado! Talvez o senhor doutor queira ver os recibos? Porque comigo cada coisa é anotada e há também um mapa. Sim, *Pan doctor*, pode confiar e ter certeza de que Yedidiya Munin faz a sua arte com fidelidade!". Fried, que se lembrava vagamente de um outro número, mais baixo, que Oto lhe mencionara uma semana antes, pensou, tremendo, nos atos do velho sátiro em seu jardim e quase sufocou de raiva. Fried: "Mas explique, por favor, explique-me, por quê?". Munin: "Por quê? Para me conter. O quê! *Pan* Oto não lhe contou nada?". "Não!" "Ah!! E eu pensei que o senhor soubesse de tudo! Que o senhor está aqui para tomar conta de nós para que façamos a nossa arte fielmente! Então é por isso que o senhor está zangado! *Pan* simplesmente não sabe toda a história! Eu lhe contarei em detalhes, como se diz entre nós, entre os judeus, quer dizer, contarei tudo. Porque não há vergonha nisto. Tudo em nome do céu. E isto é muito simples, pois eu, Excelência, estou hoje com uns sessenta quilos e agora já um pouco menos, porque não há bastante comida aqui, perdoe-me que eu me permita fazer uma observação sobre isto, mas..." "O que tem a ver seu peso com o que fez aqui à ovelha?!" "Ah, sim... a ovelha... um animal simpático... ouça-me: pois toda vez que eu... *nu*... pois o senhor é médico e certamente já ouviu muito sobre estas coisas, não? Certo?" Fried: "*Du yasni cholera*, que doença ruim!, você quer me enlouquecer? O que eu deveria ter ouvido?". "*Na na na*, não fica bem assim, doutor. Mais fúria, mais sofrimento... Ha! Ha! é brincadeira... e o esperma, Excelência, certamente o senhor sabe muito bem que o esperma, a gota fétida, não é apenas uma gota fétida..." "Não?" "Imagine só! Ela também contém uma centelha! E no órgão, no *smitshik*, muito mais ainda. Pois na compilação do nosso mestre rabi Natã encontramos que o mundo todo foi criado para o bem de Israel e até para os medíocres dentre eles, como eu, por exemplo, até por todo órgão de todo medíocre, tudo isso para que Israel apresse a redenção e faça a carruagem; o senhor talvez tenha ouvido falar dos cabalistas que viviam em Safed, na Terra de Israel, que escreveram no *Zohar* que todo movimento que o homem faz nas esferas inferiores chega às superiores! E o que dizer do sapateiro, até o sapateiro, sim? Que em cada gesto seu de costurar a sola ele junta superiores com inferiores e eu, quanto mais eu!" Fried: "Por favor, eu lhe imploro, pare de se esfregar enquanto fala comigo. E fale em linguagem humana! O que você está fazendo aqui no meu zoológico?!". Munin: "Mas já lhe expliquei, senhor! Ele, quer dizer, o esperma, voa do corpo com uma força tremenda! *Fiuuuuu!* E não estou falando vagamente! Não! Eu, *Pani*, conheço as revistas científicas mais importantes! E li nelas que a força do jato do esperma se compara à força do pistão que mantém o avião no ar! Tudo de forma relativa, naturalmente". Fried: "Nana-naturalmente... e a... mas pare de se apalpar!!". Munin: "Descobri isto e eu, Excelência, sou uma pessoa simples. O mais humilde de Israel. Vinagre de vinho. O gato de Baba Yaga. Não estudei muito. Na casa paterna, *nu*, os Salmos de cor, e depois, aqui e ali, coletâneas do nosso mestre rabi Natã, um pouquinho do *Zohar* e alguém me deixou dar uma espiada em *O anjo Raziel* e no *Livro das transmigrações*, e eu, de outros estudos também não desisti, do que às vezes se chama entre nós *treif*, proibido, sim, e em Varsóvia, a capital, meus olhos se abriram para ver todas as maravilhas da criação, li também jornais científicos, e encontrei ali coisas extraordinárias! Fui às bibliotecas e li todas as últimas pesquisas científicas! De Tsiolkovski o senhor já ouviu falar? Não ouviu. *Nu*, sim. Eu ouvi. Foi uma das grandes figuras russas da ciência e da natureza. Humilde e modesto como ele só! Inventou a idéia de voar no espaço com a ajuda de um foguete! *Nu*, diga o senhor mesmo: Não é um gênio? Um foguete! Li naturalmente todas as obras do americano Goddard e do alemão Obert, e de tudo isso me ficaram claros os indícios...". Fried: "Será que o senhor pode me explicar de modo que eu possa entender?". Munin: "Mas já expliquei! E por que o senhor não ouve por um instante, em vez de ficar olhando o tempo todo aqui para baixo? Eu disse que quando ejaculo, faço uso de uma força muito grande, mas talvez, quer dizer, se eu poupasse toda esta força... o senhor está entendendo? e não pouparei somente uma vez, ha! Uma vez! Uma vez não ajuda, certo?". Fried, fracamente: "Não?". Munin: "O doutor está brincando, é claro. Rá, rá! Uma vez, não. Mas centenas de vezes, sim. Milhares de vezes, sim sim! E sabendo que o homem tem, mesmo o mais medíocre dos medíocres, centenas de milhares de doses de esperma em seu corpo, como as estrelas do céu, como está escrito, *nu*, e se eu economizar tudo isto, bloquear em mim, e se uma vez, uma única vez, eu permitir que tudo isto jorre, de uma só vez, ou seja, uma espécie de 'deixe o meu povo partir', e esse é um povo enorme e numeroso! Um povo muito grande! Pois eu, somente pela força da reação, e mesmo com este meu peso, sessenta quilos e agora talvez menos devido a, perdoe-me, a comida aqui, em suma: poderei sair mesmo daqui, certo?". Fried: "Sair! Sair para onde?". Munin: "*Nu*, para onde eu for levado... os filhos da luz alçarão vôo... Já calculei pela gematria que o meu nome, Munin, equivale em valor numérico à palavra voar...". Fried: "Para onde? Para onde você vai voar? Para Deus?". Munin: "Quem é sábio para saber? Se eu for levado a Ele, irei. Para onde eu for alçado, voarei. Talvez até Deus, o importante é que voarei no alto. Acima de todos que estão aqui. Os que se denominam gente. É um engano. Eu sei que há outro lugar que me é destinado. Não aqui. Aqui não". Fried: "Você quer dizer... vai voar assim para o alto? Para Deus?". Munin: "*Nu*, já viram alguém teimoso como este aqui? Eu já disse a ele, mil e uma vezes: Ele, o abençoado, encontra-se em cada semente. Na alma de cada ser vivo". "E você realmente acredita nisso? Acredita que chegará? Acredita que conseguirá se elevar, mesmo que seja um centímetro?" "Com toda a minha fé, Excelência. Isso pode ser comparado ao pombo-correio, que sempre volta para se apoiar em seu dono." "Mas Deus... é sagrado! Esta transcendência e tudo isto, e você, *tfu*! Uma abominação!" Munin: "Só aparentemente, Excelência! Aparentemente, é verdade, é uma abominação, mas não há lugar sem Ele, diz o *Zohar*, interpretação de Munin, não há lugar onde Deus não esteja; Ele está também no que chamamos peca-do, as centelhas que caíram estão tomadas e envoltas por imundície, também na gota fétida, e nós, os filhos de Israel, fomos ordenados a reverenciar Deus abençoado com devoção, para fazer voltar aquelas centelhas ao seu lugar e até o maior dos pecadores será o Seu apoio, pois quem, senão Ele, o abençoado, tentou o coração do rei Davi para contar o povo? E no Livro de Samuel está escrito 'Deus' e no Livro de Crônicas está escrito 'o Demônio'! O senhor enten-de? E eu, eu tenho alma de animal, já na infância me chamavam de 'bezerro', mas até a alma animalesca de um medíocre como eu tem sua origem na casca luminosa, por isso ela pode se transformar de má em boa; aqui neste meu mapa, escrevo pelas ruas de Varsóvia, a capital, as letras de 'luz', num sistema que eu próprio criei! Aqui nesta testa! E eles dizem bezerro. *Nu*, por que devo me zan-gar, logo não estarei mais com vocês, um outro mundo me está destinado, um mundo de alados! De anjos! O senhor vê? Aproxime-se! Não se envergonhe! Aproxime-se e olhe o mapa! Veja, em todo lugar em que me esfreguei mas me contive, desenhei uma pequena estrela-de-davi, e aqui, ao longo das ruas Guen-sha e Lubetski, tenho a maior parte de um L, e das ruas Nizka e Zamenhoff, quase fiz um U inteiro, só falta o pequeno *smitshik*, mas vou terminá-lo já, já na rua Velinska... e o Z ainda está incompleto, mas será logo acertado, se Deus qui-ser, e falta pouco para acabar. Não é um milagre? Agora o senhor entende?". Fried: "*Moita boje*! É isto o que você faz com as minhas ovelhas?! Brinca com elas para se conter? E por isso você acha que Deus o receberá?". Munin: "Real-mente, Excelência, *nu*, por fim percebeu o gentio. Entre nós, entre os judeus, pois...". Fried: "Mas pare de me contar histórias! Eu também sou judeu!". Munin: "O senhor é dos nossos? Um dos nossos? Eu não sabia! Seja bem-vindo! Sua aparência é muito diferente... e a dona Paula vive com o senhor... quem diria?! Dos nossos! *Nu*, agora poderei falar de coração aberto. Dos nossos! Vejam só! Se é assim, o senhor certamente sabe que também os pensamentos estranhos, se os utilizamos de modo certo, podem transformar-se numa espécie de alavanca do vovô Arquimedes, uma espécie de órgão de águia, uma inspiração do alto, isto é uma coisa interessante que li, convém o senhor ouvir, de uma sabedoria enorme! Pensamentos estranhos ocorreram a Tamara, mulher de Judá, que fingiu ser, com seu perdão, uma prostituta. Em hebraico, este nome pode ser decomposto nas palavras ingênuo e amargo, porque a palavra Tamara é composta de Tam (= ingênuo) e amara (= amargo); mas o pensamento estranho é amargo, mas também é ingênuo. O senhor compreende? Bonito, não? Sim. O senhor se cansou um pouco. Sente-se aqui sobre as pedras... (Talvez ele seja judeu, mas sua cabeça é de gói e um pouco de ensinamento bíblico o cansou.) Sim, e agora o senhor já entende o que pretendo fazer, desde a infância eu estive inclinado para o mal, atormentei-me muito e sofri muito, aparentemente: eu era pequeno e digno de pena. Um frangote. E o meu pênis, *nu*, era tão pequeno como a oração do orvalho e da chuva no livrinho de orações! Mas o instinto, ah! Como fogo em meus ossos, cansei-me de agüentar... e eles, os pensamentos ingênuos-amargos, perturbavam a oração e os preceitos e mesmo que meus pais, que Deus os tenha, tenham se empenhado muito até que eu me casasse, os pensamentos não me largavam... minha pobre esposa tinha muita pena de mim, era fraca e não podia satisfazer metade dos meus desejos... por fim, fugi. Deixei-a como esposa abandonada... uma viúva de marido vivo com seis filhotes, mãe e filhos, porque uma voz me dizia 'vai embora, foge, serás errante na terra', sim sim. Não o cansarei mais, doutor (pois logo se percebeu que era um judeu ignorante, uma cabeça na qual jamais se colocaram filactérios!), apenas espero que meus atos sejam desejáveis ao Senhor, abençoado seja, pois até o santo Ari de Safed disse que a Torá não tem apenas setenta faces, sendo que cada uma delas se revela segundo sua geração e época, mas tem seiscentas mil faces e cada pessoa de Israel tem seu modo secreto de ler a Torá, com um corpo vivo que se apega à fala divina, um modo oculto que envolve a raiz da alma do indivíduo nos universos superiores, só ele o conhece, sim, e cada um reverencia a Deus do seu modo e do seu jeito, eu a meu modo, esta é a minha oração, não conheço outra, e talvez seja a mim que se refere o escrito que diz que não existe oração que não seja uma flecha que a pessoa que reza atira ao céu, provavelmente isto não é um mau instinto baixo e grosseiro, como pensei

443

ser na minha juventude, mas um anjo sagrado, conforme as palavras do rabi Nachman, que quem teve o privilégio de conhecer Deus tem este mau instinto e precisa se sobrepor a ele e adoçá-lo com as leis para que se torne totalmente bom, e assim como na vela a luz que ilumina elimina o pavio que se transforma em luz, assim a luz da *Shehiná* brilha sobre a alma divina através da eliminação da alma animalesca e a transforma de escuridão em luz, de amargo em doce entre os justos e não pense, Excelência (judeu, quem imaginaria!), que esta carga que carrego seja tão leve! Ela não é fácil! E às vezes é possível perder a razão de tanta contenção! E também há perigos. Fried: "Perigos?". Munin: "Perigos, graves perigos, é verdade! E o que o senhor pensa? Lilith, apagado seja o seu nome, não ronda a minha porta? Esta recompensa negativa? Ela bem que espreita! A maldita tem esperança de que do sêmen que eu desperdiçar e danificar nascer-lhe-ão os seus demoniozinhos, um rebanho sagrado! E toda vez que estendo minha mão para ele, para o meu peruzinho, já ela dá um salto e voa de seus infernos, vem assobiando *fiuuuuu*!! Mas eu, como você já sabe, me controlo, mordo as bochechas! E assim mesmo quase sai um pouco... e apesar disso me controlo! E não preciso fazer penitência como fazem os infelizes que não conseguem suportar a tentação e derramam o esperma!". Fried: "Basta! Cale-se! Minha cabeça está quase estourando deste seu falatório! Quanto tempo você... quer dizer, há quantos anos você...". Munin: "Me contenho? Há mais de sete anos, Excelência, desde que tudo começou a ficar ruim".

מין

MIN

SEXO

1. *Ver* AMOR.

2. Uma conversa atípica sobre o assunto se desenvolveu certa noite entre Vasserman e Neigel. Foi quando o dr. Fried estava mergulhado em saudades de sua falecida Paula [*ver* EDUCAÇÃO] e Marcus voltou a atenção do médico para a "contradição triste e banal da nossa natureza", ou seja: "Todas as forças do amor, todas as poderosas forças da paixão, para quem são voltadas? Para uma única alma. Para um sorriso, uma pinta, uma variedade de hábitos e idéias. Como se fosse para um saco de carne recheado de caprichos. Que maravilhoso, ah, que maravilhoso: um ser humano ama um ser humano. Nem mais, nem menos". Aqui Vasserman largou seu caderno e mergulhou em pensamentos. Depois

começou a contar a Neigel algo que nada tinha a ver com o assunto. Citou Zalmanson, seu amigo adúltero, que certa vez lhe confessou que, ao andar pelas ruas de Varsóvia, especialmente na primavera, quando as mulheres se enfeitam com roupas bonitas e passeiam em seus saltos altos, foi tomado de uma terrível paixão. Zalmanson: "Quero subjugar o mundo inteiro! Esmagar! Esmagá-lo no chão! Eu ando pelas ruas gemendo, simplesmente ando e gemo em voz alta, sem sentir vergonha, e as mulheres... elas olham para mim e riem, filhas de uma cadela! Ando no meio delas como um bode expiatório e, justamente naqueles momentos, como é estranho, justamente aí eu sinto ódio delas, um ódio tão estranho...". Vasserman, que ouvia as confissões de Zalmanson com uma mescla de emoções ("pois aquele canalha quase violentou minha mulher! E eis-me sentado diante dele na escuridão da sala da redação e um sorriso me vem aos lábios... um sorriso de anuência, *fe!*"), pergunta a Zalmanson o que ele quer dizer exatamente com a palavra "ódio" e o redator do jornal, de quem por um momento foram retiradas a arrogância e a mordacidade habituais, disse que sente ódio delas não por algo que as mulheres lhe tivessem causado, Deus o livre, pois sempre foram muito caridosas com ele, todas, ele era um apaixonado pelas mulheres [*a equipe editorial está disposta a apostar que Anshel Vasserman sorria aqui com simpatia*], mas sentia ódio pelo que elas, por sua própria natureza, o obrigavam a ser. Pela própria natureza delas. Porque ele, se lhe perguntassem, estaria disposto a amar todas, tudo. Zalmanson: "Amar um mundo inteiro e amar o nada com a mesma paixão". Conhecer nuances novas, sutis, despertadas no homem ao se apaixonar pelo florescer dos lilases ou pelo louco vôo das borboletas, ou o som de um acordeão. Estas coisas que Zalmanson disse não são bastante claras. Pode-se imaginar que ele se sentiu humilhado por causa de seu desejo carnal pelas mulheres. Humilhado porque era um rebelde por natureza e o impulso de amá-las foi captado por seu pensamento tortuoso como uma limitação. Humilhado como Aharon Marcus (*ver* SENTIMENTOS) se sentiu quando compreendeu que estamos presos dentro do nosso sistema limitado de sentimentos e por isso nós... Marcus: "... de orelha furada como escravos para sempre junto à porta do mundo pálido, miserável, que nos fala em sua única língua tão tartamuda!". Zalmanson, com um suspiro: "E elas, as mulheres, sou louco por elas, você sabe, eu as adoro, seus movimentos, seus cheiros, seu corpo maravilhoso, mas, apesar disso, elas são apenas a materialização limitada, final, pequena e sempre igual da força da paixão sobre-humana implantada em mim, implantada em todos nós... pois elas são a prisão, o canal estreito e miserável, a língua pobre para a qual devo traduzir toda a abundância que há em mim...". Vasserman, com força incomum: "E imagino que também elas, as mulheres, sintam isto em relação a você, quer dizer, em relação a nós". E Zalmanson: "Mas é claro que sim! Estou certo de que sim! Nós e elas somos como dois prisioneiros condenados a permanecer juntos num exílio sem inspiração numa ilha deserta". E depois que contou isso para Neigel, Vasserman se calou por um momento, em seu rosto delinearam-se claramente todas as expressões humanas que vêm sinalizar e indicar uma indecisão dura que ocorre em algum lugar em seu interior e, de repente, num impulso incompreensível, Vasserman contou ao alemão algo muito íntimo que até a equipe de redação ficou um tanto embaraçada ao ouvir, quanto mais Neigel. Vasserman contou ao alemão sobre suas relações com a esposa. É provável que tivesse feito isso porque se acostumara a falar com Neigel como uma pessoa fala consigo mesma. E é possível que houvesse outro motivo, absolutamente incompreensível. De qualquer modo, expressou seu espanto quanto a "como é possível, diga-me, *Herr* Neigel, pois o senhor é um homem inteligente, como é possível um amor tão grande entre um homem e uma mulher, um desejo tal que consome o coração e a carne, e tudo o que se faz é meter um pequeno *smitshikel* em uma pequena fenda, e pronto! Só isso? Pois o corpo da mulher deveria dividir-se e se romper, como o mar Vermelho diante do cajado de Moisés! Que um Sambation[6] fervente flua ali, e vocês dois morram nele sete vezes, e depois sairão do banho envoltos em cinzas como um trapo, os olhos embaçados, e durante um ano inteiro vocês não encontrarão a língua para pronunciar uma letra sequer, tendo atingido a terra do amor! Como se tivessem visto o rosto de não-sei-quem e só por milagre houvessem se salvado!". Neigel calou-se e moveu a cabeça silenciosamente em anuência. Por um momento via-se que ele invejava o judeu, porque podia dizer estas coisas em voz alta, confiar tanto em outra pessoa. Marcus disse: "Você está ouvindo, *reb* Anshel? Eu digo, com relação ao amor, que uma pessoa pode amar tudo. Pode-se gostar de tudo no mundo, mas o verdadeiro amor, ah, o amor de verdade só se pode sentir por uma pessoa". Vasserman: "Mas você mesmo, se não me engano, ama a música. E às vezes ela não leva você às lágrimas?". "Ah, é um grande amor, é verdade. Mas abstrato. Por isso não é um amor de verdade. Falta-

---

6. Rio místico, cujas águas param no Shabat. (N. T.)

lhe algo. É sublime e ideal demais." Fried: "Eu prefiro revirar esta sua fórmula, Marcus, e dizer-lhe que uma pessoa pode odiar tudo, tudo no mundo, mas não poderá odiar alguma coisa mais do que é capaz de odiar a um ser humano".

מלכודת

MALCODET

ARMADILHA

Por duas vezes durante seus encontros, Neigel alegou que Vasserman "o metera numa armadilha". Na primeira vez, quando o escritor intercalou o nome de Hitler e as Leis de Nuremberg nas relações de Fried e Paula [ver HITLER; (ESTAS) PORCARIAS], que então exigiu dele com veemência que retirasse as provocadoras expressões antialemãs. É preciso frisar que Neigel estava muito irritado: andou pelo aposento a passos largos e violentos, empurrou com raiva a porta aberta do armário de metal, apoiou-se por um momento na mesa e pressionou-a com os dez dedos com muita força. Vasserman não olhou para ele. Intimamente rebelou-se contra esta censura, sorriu amargamente em direção à cadeira vazia de Neigel, arrancou com raiva e nervosismo tufos de sua barba e argumentou que "a história nos levará para onde ela for". Neigel insistiu: de costas para Vasserman e o rosto para a janela coberta por uma cortina, disse com firmeza que nas palavras de Vasserman havia intenções que ele não pretendia aceitar tranqüilamente; irritou-se por Vasserman ter escolhido, como que por acaso, de repente escrever sobre a guerra, "pois você sempre escreveu sobre coisas completamente diferentes! Sobre os índios da América, sobre aquelas enchentes na Índia, sobre Beethoven e Galileu, histórias completamente diferentes! Outros lugares! Você jamais falou sobre coisas atuais! Eu já conheço esta vida nojenta daqui! Quero esquecer isso um pouco quando ouço uma história! Na sua opinião, para que existem histórias?!". Vasserman, que ouvia zangado mas com muito interesse, respondeu logo para dentro das palmas de suas mãos que lhe cobriam a boca: "É sempre a mesma guerra. Sempre uma única guerra. E os meus relatos são a sua história escrita. Assim é". Neigel espumou, bateu os pés com raiva, como se quisesse triturar o soalho de madeira do barracão; com um grito seco exigiu do escritor "eliminar toda provocação referente a Nuremberg!". E lançou algumas vezes em direção a uma das fendas na parede de madeira diante de seus olhos a palavra "armadilha". É óbvio que Vasserman não entendeu a que armadilha o alemão se referia, mas enquanto ambos ainda se inflavam e se contraíam um diante do outro e exibiam a sua raiva numa espécie de pantomima zombeteira contra os diversos objetos do aposento e em momento algum um contra o outro, o escritor judeu sentiu que Neigel não aludia a uma armadilha que ele tentara armar para ele, a armadilha do sentimento de humanidade. Não, Neigel ainda não estava "infectado de humanidade" em proporção que satisfizesse a Vasserman. Neigel tinha medo de algo muito mais tangível e imediato e Vasserman não conseguia imaginar o que fosse. Ficou nervoso pelo fato de o alemão ter começado a se referir repentinamente à sua história com tal seriedade fatídica. Pois apenas uns dias antes dissera que Vasserman se iludia quanto à força das palavras!

A segunda vez que Neigel exclamou "armadilha!" foi na noite antes de sua partida para uma FOLGA [*q.v.*]. Seu trem para Berlim devia partir de Varsóvia às seis da manhã. Seu motorista já tinha feito os preparativos necessários no carro. Mas Neigel recusava-se a partir enquanto não escutasse de Vasserman a continuação da história da vida de Kazik. E então Vasserman, com grande astúcia, insistiu em contar ao alemão durante toda aquela noite justamente a história do renascimento do grupo das Crianças do Coração [ver CORAÇÃO, RENASCIMENTO DAS CRIANÇAS DO], e esticou a história por uma noite inteira, como Sherazade em sua época. Quando finalmente concluiu, Neigel exigiu dele que cumprisse a sua promessa e contasse, mesmo que "só através dos títulos dos capítulos, Sherazade, isto é muito importante!", as coisas que aconteceram na vida de Kazik. Vasserman recusou. Estava pálido de medo, mas sabia que devia recusar. Neigel sentiu-se traído. Gritou com ódio "TRAIÇÃO" [*q.v.*], bateu na mesa e exigiu novamente a continuação da história. Naquele momento Vasserman já tinha compreendido para que Neigel precisava saber a continuação [*ver* PLÁGIO] e por isso sua recusa fortaleceu-se ainda mais. Sorriu e disse que, se Neigel quisesse, estava autorizado a contar a continuação ele mesmo. Neigel lançou um olhar assustado ao relógio e então caiu sobre Vasserman e o surrou. Foi a primeira e última vez que bateu nele. Vasserman: "Segurou em meu pobre pescoço e bateu-me com o punho, bateu com toda a força de sua mão; não emiti nenhum som, só me encolhi e desejei que meu fim chegasse, porque deste modo, de tão perto, jamais tentaram me matar, sempre tinha sido à distância, sem tocar". Neigel, porém, desmoronou repentinamente, ficou deitado por um instante junto a Vasserman, ofegando e gemendo; depois se levantou pesadamente, lavou o rosto, estendeu uma toalha ao judeu e disse-lhe que se limpasse. Vasserman: "Minha túnica de *Scheissemeister* estava manchada de sangue. Alguns dentes me dançavam na boca, e quando os toquei com a língua, três caíram ao chão. Paciência. Menos dinheiro para pagar ao dr. Blumberg".

מצפון

MATSPUN

CONSCIÊNCIA

1. *Ver* MORAL.

2. Quando, numa conversa entre eles, Neigel disse a Vasserman que "a consciência é uma invenção judaica, até o *Führer* disse isto em seu discurso", o judeu respondeu imediatamente: "Realmente, é uma grande RESPONSABILIDA-DE [*q.v.*] e uma carga insuportável e nós jamais esquecemos isto... às vezes fomos os últimos no mundo a nos lembrarmos o que é e quem é a consciência, e às vezes estivemos tão solitários, nós e ela, tão abandonados que teria sido possível esquecer quem inventou e quem foi inventado...". [*Nota da equipe editorial: esta observação de Vasserman deve ser encarada com indulgência. É claro que não se deve esperar de um judeu como ele — que toda a vida "foi condenado" a seguir valores morais e de consciência absolutos, principalmente porque não sabia empunhar nenhuma outra arma — que compreenda toda a complexidade e multiplicidade da questão da consciência. Deve-se lembrar que perante o fraco, desprovido de meios de defesa e da capacidade de expressar sua força, existe apenas uma forma de agir: ele só pode reagir a situações que outros criaram. Ele jamais conhece a opção cruel, tão comum, entre duas possibilidades justas. Quando você tem força, quando a sua força exige ser efetivada, cria com isso situações complexas, nas quais, às vezes, se deve decidir entre duas formas relativas e imperfeitas de justiça e, necessariamente, causar uma injustiça relativa. O bom e ingênuo Vasserman!*]

מרד

MERED

REBELIÃO

Ato de insurreição contra a autoridade.

Um único ato de rebelião aconteceu no campo de Neigel: foi de manhã, quando Vasserman trabalhava no jardim. Naquele momento chegou de trem uma nova leva de Varsóvia e as pessoas logo tiveram que correr nuas pelo "Caminho do Céu". A imagem era comum: naquela ocasião já ocorria quatro vezes por dia e mais duas vezes toda noite. Mas desta vez aconteceu uma coisa incomum: um homem jovem, de aspecto miserável, atirou-se sobre um dos guardas ucranianos e arrancou-lhe a arma da mão. Começou a disparar e a berrar numa voz terrível e a correr às cegas justamente na direção de Vasserman. Por causa do medo, seus olhos estavam saltados e sobressaíam do rosto como olhos de caranguejo. Só depois de alguns segundos os ucranianos se recompuseram e começaram a atirar. Criou-se um grande tumulto. Os judeus espavoridos corriam para todos os lados e foram mortos pelos tiros dos guardas. Ao ouvir o tumulto, Neigel saiu do seu barracão segurando a pistola que Vasserman já conhecia. [*Nota da equipe editorial: é preciso frisar que este acontecimento ocorreu após a noite em que ambos conversaram sobre* RESPONSABILIDADE [q.v.], *sobre* ESCOLHA [q.v.] *e sobre* DECISÃO [q.v.], *e Neigel prometeu a Vasserman que toda vez que estivesse diante do assassinato de uma pessoa reafirmaria para si novamente a decisão básica de cometer tais atos. Segundo Neigel, isso só "reforçaria a sua fé no* Führer *e no seu trabalho".*] E esta foi a seqüência dos acontecimentos: Neigel, ao sair do barracão, quase deu de encontro com o jovem judeu armado com um fuzil. Neigel bateu nele e arrancou a arma de suas mãos. STAUKE [*q.v.*] saiu naquele momento do barracão do Lazareto no qual matava com as próprias mãos os velhos, os deficientes e as crianças que haviam chegado no último trem. No "Caminho do Céu" reinava agora um silêncio mortal. Dezenas de mortos e feridos estavam espalhados por todo o local. O jovem judeu ajoelhou-se, a cabeça no chão, ofegando como um animal. Suas costelas magras subiam e desciam com incrível rapidez. De tanto medo, um jato de fezes jorrou de seu traseiro. Neigel apontou a pistola para ele. Fez isso lentamente, porque queria que todos tivessem tempo de olhar e aprender a lição. Lançou um olhar para toda a multidão. Por um rápido instante seus olhos se cruzaram com os de Vasserman, que estava por perto. Os olhos de Vasserman disparavam fagulhas, exclamavam algo para ele. Lembravam-lhe algo, exigiam dele. Vasserman: "Por um segundo Neigel saltou os dois itens. Diga-me: o que é um segundo? Pois até mesmo todas as florestas de penas e todos os rios de tinta etc. não me são suficientes para escrever a história deste único segundo. E por isso falarei da forma mais resumida possível: Neigel atirou uma vez e duas e dez vezes. Descarregou todas as balas de sua pistola no corpo daquele jovem puro. Continuou a atirar mesmo não havendo mais sentido nisto. Pois Neigel não estava com raiva do jovem, mas de si mesmo, e talvez de mim. Contra sua vontade, Neigel cumpria a promessa que me fizera. Talvez, se eu não estivesse ali naquele momento, não se lembrasse, mas meus olhos lhe ordenaram e ele obedeceu. Por uma fração de segundo, hesitou levemente antes de atirar e todos viram. Todos, Stauke, os ucranianos, todos". Depois de atirar, Neigel voltou-se rapidamente e fechou a porta atrás de si com força. Pode-se imaginar o medo que tomou conta dele: como um homem que tivesse um talento natural e de repente o perdesse; como um nadador no meio do mar que percebesse que esquecera os movimentos certos. Os ucranianos não tardaram e começaram a massacrar os judeus que ainda estavam vivos. Duas balas atingiram também Vasserman, mas não podiam lhe causar mal. Ele ficou sentado ali, meteu a cabeça entre os ombros e ergueu tanto quanto possível a corcunda. Dez minutos depois, tudo silenciou. Os "azuis" foram trazidos para retirar os corpos. Naquela noite Neigel não chamou Vasserman para ler para ele.

מרוס, אהרון
MARCUS, AHARON
Ver SENTIMENTOS.

נחות, האדם ה-
NACHUT, HAADAM HA-
HOMEM INFERIOR, O

Denominação geral usada pelos nazistas para os membros das raças que não são consideradas "a raça superior".

Para obter licença para se casar [*ver* CASAMENTO, LICENÇA DE] com sua eleita, todo membro da SS precisava certificar-se de que a companheira não pertencia ao tipo de pessoa denominado "homem inferior". Neigel mostrou a Vasserman a circular que tratava do assunto. No documento, que foi difundido em todas as unidades da SS, eram citados trechos da brochura denominada *O homem inferior* (Editora Nordland, Alemanha) na qual estava escrito, entre outras coisas: "O 'homem inferior' tem uma forma biológica semelhante à do homem natural. Tem mãos e pés, olhos e boca, e algo semelhante a um cérebro. Mas, apesar de seus traços serem extraordinariamente semelhantes aos traços humanos, é uma criatura horrível, diferente, muito distante do homem. Ai de quem esquece que, porquanto se pareça uma criatura humana, não necessariamente o é".

נישואין, אישור ה-

NISSUIN, ISHUR HA-

CASAMENTO, LICENÇA DE

Documento sem o qual um membro da SS não podia se casar com sua eleita.

O documento entrou em vigor em 1932, quando foi publicada a "Lei de Casamento para Membros da SS". Só o *Reichsführer* Himmler estava autorizado a fornecer o documento. Neigel, ao contar a Vasserman sobre seu casamento, frisou que "para nossa sorte casamo-nos antes de 1932". "Para sorte deles", porque a esterilidade prolongada de Cristina no início do casamento poderia prejudicar Neigel em sua carreira no "movimento". Vasserman não entendeu a que Neigel se referia. Neigel contou então que a licença de casamento estava condicionada à recomendação de um médico que examinava a candidata ao casamento com um homem da SS e o exame se centralizava principalmente na avaliação da capacidade da candidata de conceber filhos para o *Reich*. Para isso, os que solicitavam a licença eram obrigados a anexar ao pedido também a foto da candidata, da eleita, "nua ou em trajes de banho", conforme a ordem na "Lei de Casamento", e especialistas na raça alemã examinavam a foto com lente de aumento. Vasserman balançou a cabeça com espanto e tristeza. Neigel lhe explicou que a preocupação dos especialistas era principalmente evitar mistura com o tipo de homem denominado inferior e o judeu pensou consigo mesmo: "Talvez seja do feitio do mundo que aquele que vê o próximo como não humano torna-se ele próprio defeituoso e não humano". Neigel, que estava dominado por um espírito de sinceridade, contou que "em 1938 a nossa situação ficou ainda mais, ah... complexa. Quer dizer, um pouco delicada". E isto porque naquele ano foi publicada na Alemanha a "Lei do Divórcio", que autorizava o homem a se divorciar de sua mulher se ela se recusasse a lhe dar um filho ou se fosse estéril. Não só isso: se a esposa estava com mais de quarenta anos e na juventude dera ao marido tantos filhos e filhas quanto ele desejou, o marido está agora autorizado a aproveitar a infertilidade biológica dela, divorciar-se e casar-se com uma mulher jovem. Vasserman se agitou: "O *Reich* precisa de filhos, não?". E Neigel: "Exatamente! Toda mulher é obrigada a dar filhos ao *Führer* e ao *Reich*. Esta é a loucura particular de Himmler. Ele, aliás, abandonou a mulher, a sua Marga. Eu a conheci. Ele foi viver com a amante e Marga lhe enviou uma carta de congratulações. Imagine. Ela lhe escreveu assim: 'Tomara que Hedwig lhe dê filhos!'. O que você diz desta generosidade,

Vasserman? Vocês são capazes de algo assim?". Vasserman ignorou a pergunta: "E o que fizeram os senhores, o senhor e sua esposa, quando foi publicado aquele regulamento sobre o divórcio?". Neigel, numa voz que tentava diminuir a importância das coisas que ele dizia: "A minha Cristina, naturalmente, logo sugeriu que nos divorciássemos. Ela não queria prejudicar minhas chances de progredir" e depois de um momento de silêncio: "E o mais estranho, Vasserman, é que logo depois de alguns meses a minha Tina estava grávida. Deu tudo certo. Tudo. Karl nasceu quatro meses depois que a guerra começou, em fevereiro de 1940, e Liselotte há um ano". Vasserman: "Isso só aconteceu porque sua esposa tocou fundo em seu coração". Neigel quis rejeitar esta hipótese sentimental com seu habitual *Quatsch mit Sauce*, "bobagem com molho", mas se deteve. Diverte-se com a idéia e parece gostar dela. Instala-se o silêncio. Depois Vasserman diz alto: "*Herr* Neigel. Uma vez, há muitos anos, minha esposa foi a uma festa na casa de Zalmanson, que o senhor já conhece, parece-me, e lá Zalmanson a empurrou para dentro do guarda-casacos e a beijou na boca". Neigel olhou para Vasserman, inicialmente sem compreender, e depois, devagar, o sentido das palavras penetrou em sua cabeça. Não eram as palavras em si mesmas que eram importantes, mas o fato de Vasserman tê-las dito a ele. Ele compreendeu. (Vasserman: "Que *dibuk*[7] se apossou de mim para que eu lhe dissesse isto? Só Deus sabe. Talvez porque eu seja filho de um merceeiro e tenha aprendido bem a lição de meu pai, que Deus o tenha, de que uma pessoa não deve receber uma mercadoria de graça. Sim, fui obrigado a lhe retribuir com um segredo precioso em troca do segredo que me revelou sobre a esposa e o amor deles. *Fe*! Anshel! Você se tornou um tagarela na velhice!".)

נכות

NACHUT

INVALIDEZ

Estado do inválido. Estado de deficiência.

Segundo Vasserman, este é o estado de "todos os criados à sua imagem". Ele expressou esta sua opinião quando Kazik começou a perguntar a Fried sobre as relações das pessoas com suas vidas e se elas gostam delas (*ver* JUVENTUDE). Neigel, cansado e derrotado naquela ocasião, protestou brandamente con-

---

7. Em hebraico, espírito que se apossa de pessoas vivas. (N. T.)

tra "a sua crueldade, Vasserman", e estava disposto a jurar que "até ter encontrado você, eu vivia a minha vida com prazer. Gostava de viver. Você compreende? Gostava de levantar de manhã e fazer o meu trabalho! Gostava de respirar o ar e montar a cavalo e estar com minha mulher e meus filhos, gostava disso!". A isto Vasserman respondeu com seu sorriso amargo: "Estávamos todos aleijados, *Herr* Neigel, aleijados de corpo e alma. Cortados, amputados e mutilados. E se o senhor aprofundar a pesquisa sobre o propósito disso, compreenderá que no fundo do coração todos sentimos, mesmo quem se diz feliz, a mesma tristeza que corrói. O mesmo verme do amargo desespero. Bem sentimos nós que a felicidade, ah, esta criatura transparente como uma bolha de sabão e também efêmera, é roubada de nós e se perderá para sempre. Apesar de a merecermos pela natureza de nossa criação, vieram estranhos celerados e a roubaram de nós. E por isso, eu lhe digo, por isso nos tornamos inválidos. Amputados da alegria. Mutilados da felicidade, cortados do significado, *Herr* Neigel. Mas, como acontece com cada membro que é amputado do corpo, o corpo ainda sente a presença dele e imagina, com toda a força de imaginação que possui, as suas palpitações e o calor de sua existência; esta é a desgraça, a desgraça da saudade do que foi amputado e perdido para sempre, que oprime cada coração em sua mortalha, não é assim, *Herr* Neigel?".

נס

NES

MILAGRE

Acontecimento que transcende o limite do comum do ponto de vista de causa, significado e propósito.

1. Um milagre salvou Vasserman. Foi quando perdeu o fio da história e não soube responder à pergunta lógica de Neigel, a pergunta que ele formulou pela terceira vez com insistência e provocação: como era possível que uma polonesa como Paula estivesse no tempo da guerra com um judeu como Fried, apesar das proibições? Vasserman não encontrou explicação plausível para isso. Trouxe à mente respostas inteligentes, mas elas foram desqualificadas uma após a outra. Parecia que ele não conseguia de novo "lembrar-se da história que era sempre esquecida". Justamente então Neigel sentiu necessidade de lhe contar sobre a sugestão da mulher de se separar dele, alguns anos antes, para que a esterilidade dela não afetasse as possibilidades dele de ser promovido na SS [*ver*

454

CASAMENTO, LICENÇA DE] e a respeito da nova aproximação que houve entre eles justamente por causa da ameaça externa às suas relações. Vasserman: "E eu naquele momento soube que história deveria condimentar para ele! E logo lhe contei como Paula ouviu a respeito daquelas leis execráveis [*ver* (ESTAS) PORCARIAS], e como ela chegou à casa de Fried e começou a ter relações com ele, assim... pode ser que tenha sido um milagre e pode ter sido uma tolice que eu não tenha percebido a idéia, por si só, em meu cérebro antes disso, e é possível, *nu*, que fosse de um jeito ou do outro. E como se sabe que milagres necessitam de sorte para que acreditemos neles, costumávamos cantar: 'O rabi faz milagres/ eu mesmo vi/ ele sobe na escada/ e dela cai morto. // O rabi faz milagres/ eu mesmo vi/ ele entra na água/ e sai molhado...'."

Ver também HITLER, ADOLF.

2. Dois dias depois da REBELIÃO [*q.v.*] no "Caminho do Céu", depois que à noite Vasserman acabou de contar o seu capítulo para Neigel e os dois estavam para se despedir, o judeu exigiu o seu tiro. Neigel estremeceu, deu um pulo e informou que "de modo algum, não!". "Mas o senhor me prometeu! Me prometeu!", berrou Vasserman. E Neigel: "Esqueça isto esta noite". "Por acaso a palavra de um oficial alemão já não lhe é importante?", perguntou Vasserman, e Neigel corou, estalou os dedos e explodiu de raiva: "Ouça, Vasserman, você mesmo disse que eu preciso decidir antes de cada tiro, você me meteu isto na cabeça! E eu decido então: Não atiro em você! Nem agora nem nunca! Não e não e não! Está claro?!". Vasserman, demonstrando mais raiva do que realmente sentia: "O senhor me prometeu! Me prometeu! *In drerd*, que se dane!, Neigel!". E Neigel, o rosto contorcido de horror: "Não! *Ach*! Para você isto não é nada! Você, pelo visto, não sente nada quando eu atiro em você! Nenhuma dor! Mas comigo é diferente! Eu já conheço você um pouco! Você não é simplesmente mais um judeu, como aqueles lá!" (e indicou com a mão as janelas e o que havia atrás das cortinas fechadas). "Não, Vasserman. Esqueça isto. Já não me sinto capaz." E calou-se amedrontado ao ouvir as palavras que lhe escaparam da boca. Vasserman, abusando dele até o limite do possível: "O senhor é um oficial alemão, *Herr* Neigel, fruto dos louvores do Terceiro *Reich*, e eu sou apenas uma imundície, *Untermentsh*! [*ver* HOMEM INFERIOR, o]. Atire em mim, Neigel, caso contrário, vou parar de contar a minha história!". Neigel berra: "Você deve! Você é obrigado a contar!". "Assim? Em nome do quê, o senhor pensa, eu me esfalfo tanto diante do senhor toda noite? Será pelos seus belos

olhos ou pela sua bela figura?" Neigel, desesperado: "Porque você tem prazer em contar! Você gosta disso!". "Não! Porque eu quero morrer, Neigel! Shylock, o judeu, exige a sua libra de sangue! *Feuer, Herr* Neigel!" O berro de Vasserman como que devolveu a Neigel a sua tranqüilidade. Ou será que acionou o funcionamento imediato daquela parte dele que estava treinada para obedecer a toda autoridade? Ele se levantou, branco como cal, sacou a pistola e a engatilhou. Grudou a arma na têmpora de Vasserman e o cano dançou sobre a pele (Vasserman: "Como um animador de casamentos diante da noiva"). Com voz rude Vasserman pediu a Neigel que parasse de tremer e se controlasse. Neigel reconheceu que não podia. Que algo assim jamais lhe acontecera. Temeroso, perguntou: "E se desta vez você morrer?". Vasserman riu para si mesmo e ordenou em tom quase militar: "Atire, Neigel! Meta uma bala! Sou apenas um judeu, um judeu como todos os outros!". Mas só após alguns instantes a mão de Neigel que segurava a pistola se firmou e o tremor humilhante passou. Então ele pigarreou e sugeriu num tom brando que "*Himf*, não seria melhor... quer dizer... talvez seja melhor você virar o rosto para lá. Na direção da porta, talvez". Vasserman: "O que tem lá? A Meca dos assassinos?" e Neigel: "Não, só que... em suma: é uma pena quebrar mais uma janela como toda vez, não?". Vasserman começou a rir. Em seguida, também Neigel compreendeu o ridículo de sua sugestão e começou a rir junto com ele. Convém frisar: riram juntos. Por um instante sentiram o quanto se entendiam; o homem, disse certa vez Vasserman, é feito de uma matéria maleável. Ele tinha razão: até a matar a gente se acostuma, pelo visto, e também a não morrer. E começa-se a fazer pequenos negócios com o milagre. Depois que o riso cessou e ambos se acalmaram, Vasserman disse com suavidade, amistosamente: "Agora, por favor, atire em mim". Neigel fechou os olhos e disparou. Vasserman: "Em mim, de ouvido a ouvido voou um zunido e então fiquei sabendo o que Neigel registra nas anotações que faz para si enquanto eu conto a história. Ai! Neigel deixou cair a pistola e começou a rir de novo; em parte porque eu continuei vivo e ele ficou aliviado, mas em parte porque aconteceu algo extraordinário: a bala acertou a dobradiça da porta, voou dela para a janela e estilhaçou o vidro. O milagre se recusara a negociar".

3. Quando o fim de Kazik se aproximava [*ver* KAZIK, A MORTE DE], quando ficou claro que as esperanças que os artistas depositaram nele foram frustradas, que os membros do grupo das Crianças do Coração não tinham sido bem-suce-

didos em sua última missão, Neigel e Vasserman conversaram em voz baixa, e em suas vozes se esgueirara um tom de derrota. Tentaram compreender onde estava a raiz do fracasso. Vasserman supôs que a resposta estava no caráter dos milagres. Neigel se admirou ("Milagres? Por que você se lembrou de milagres?"). E Vasserman: "Ah, como, *nu*, pois os senhores, *Herr* Neigel, e até as minhas Crianças do Coração, decidiram desencadear uma espécie de milagre... um exagero da natureza humana... os senhores, à sua moda, e as Crianças do Coração do seu jeito. Ambos quisemos criar um homem novo... e não deu certo. Está tudo perdido... Os senhores, com seus atos, causaram... *nu*, o senhor sabe o que causaram, e eu, com a minha história, *nu, et*, como sempre: quis contar uma vez na vida uma história bonita. Uma história bem-feita, e quis lhe dar moral e ensinamento, quis ser uma espécie de filósofo, *fe*! Velho bobo que sou! Pois para isto é preciso talento e qualidades da mente e do coração! E eu, que grandes coisas fiz aqui nestas semanas? Só uma piada infeliz. Lamentavelmente ridículo. Um Munin destes, ou Zaidman, ou Hana Tsitrin... a sua esposa tinha razão, *Herr* Neigel, eu sou uma curiosidade. Sua esposa conseguiu me enxergar bem! Eu quis efetuar milagres aqui! Um homem que quer voar para o céu e uma mulher que caça o coração de Deus! Eu quis ser o Moisés de Varsóvia! Ai, não, *Herr* Neigel. Não há esperança nos milagres. Nem para os milagres para o mal, nem para os milagres em prol da justiça. E da massa do homem não se faz milagre! É preciso, *nebech*, andar passo a passo, satisfazer-se com o mínimo necessário, sim, amar e odiar o que existe. Amarás o próximo como a ti mesmo e odiarás o próximo como a ti mesmo, isto é todo o ensinamento. E é preciso perdoar. Nossa glória não virá através do milagre, *Herr* Neigel...".

נעורים

NEURIM

JUVENTUDE

Período entre a infância e a maturidade.

Aos trinta minutos da manhã, Kazik estava com cerca de dezessete anos. Acabara de despertar da sua letargia de casulo [*ver* ADOLESCÊNCIA, LETARGIA DA] e encontrava-se novamente dentro do tempo. Passou então por um período difícil. Foi martirizado e atormentado por uma força tirânica. Atirada entre estados de espírito cambiantes que exauriam suas forças e o deprimiam. Não conseguia dominá-los e isso o humilhou. Mesmo quando se alegrava, era uma alegria cheia de tensão. Em seu corpo nu, envolto somente numa fralda, começaram a aparecer pêlos, o que o deixou envergonhado. A voz se tornou baixa e um pouco rouca. O rosto se avolumou. Fried, que não o abandonava, ouviu de repente pequenos estalos que se sucederam e à luz da lamparina viu como brotavam no rosto de Kazik pequenas espinhas feias que logo estouravam com um jato de pus. A força da vida latejava sob a pele. Uma penugem esbranquiçada despontou como uma névoa sobre as faces. Kazik desconfiava de todos e também de Fried. Se o médico se recusava a cumprir um de seus caprichos, ele batia os pezinhos, seu rosto expressava uma raiva e um rancor tão fortes que Fried se apressava a fazer-lhe a vontade. Fried: "Coitado dele. Ainda não sabe exatamente o que quer. É preciso ajudá-lo a superar". Fried sentiu por uns momentos como se estivesse num estúdio de um pintor irritado que estivesse desenhando de uma vez com as duas mãos, contorcendo o rosto e arrancando a folha para se lançar sobre a folha seguinte. Fried já não conseguia sequer manter a ilusão de que o menino lhe pertencia. Estava à mercê das abominações e não sabia como controlá-las. Uma excitação desagradável delineou-se em seu rosto em busca desesperada do canal certo. Apesar disso, Fried não deixou de amá-lo por um momento sequer e inventava incessantemente motivos pelos quais o menino merecia ser amado e perdoado, atribuía-lhe traços de caráter, intenções e sentimentos nos quais ele próprio procurava se segurar, a fim de manter a ligação com este garoto. Além de tudo isso, Kazik fora aquinhoado com um talento natural deprimente: por causa de suas ligações múltiplas com o TEMPO [*q.v.*] era capaz de ver simultaneamente os processos de crescimento e de degeneração de cada coisa e de cada pessoa. Todo ser vivo, toda planta era aos seus olhos o campo de batalha cruel desta luta que jamais cessava. Isso o deprimia e aumentava sua violência, que irrompia agora sem limites.

Como às vezes acontece, porém, brotou da confusão de emoções um rapaz que surpreendeu até o médico pela sua força, determinação, pelo otimismo que o inundava como um remédio que o próprio corpo criara como cura de todas as feridas dos dias difíceis da adolescência. Por volta das 3h30 da manhã, a impulsividade de Kazik se atenuara um pouco. Formou-se uma adaptação entre seus movimentos e seus membros. Em seus olhos começou a surgir um novo olhar, curioso e confiante. Muito claro. O coração do médico encheu-se de felicidade. Kazik veio, sentou-se a seus pés, segurou sua velha mão e perguntou-lhe se as coisas que ouvira dele há anos, na sua infância, eram corretas.

Kazik lembrava-se vagamente de coisas que Fried lhe contara sobre o mundo fora do pavilhão fechado e sobre outras pessoas [ver EDUCAÇÃO]. O coração do médico entristeceu-se. Estava para perder também este menino. Quantas separações o homem pode suportar. Em voz baixa confirmou que havia um mundo fora do pavilhão. Que há pessoas lá. Por um momento odiou o sorriso deliciado que se acendeu nos cantos dos lábios do rapaz. Kazik lhe perguntou que vida eles viviam ali e o médico disse: "Vida". Então Kazik perguntou se as pessoas do mundo gostam da vida delas. Fried quis mentir, mas não conseguiu. Havia no rapaz algo que tornava a mentira abominável, desperdício de tempo e de vida por caminhos tortuosos. Kazik prestou atenção na resposta de Fried [ver INVALIDEZ] e meditou sobre ela, surpreso. Perguntou quantas eram as pessoas do lado de fora e o médico citou um número que lhe pareceu razoavelmente aproximado. O rapaz abriu a boca. Não havia entendido o número. Então sua boca se abriu novamente no sorriso doloroso e disse que não importava quantos eram, mas estava certo de que um entre todos tinha que amar a vida e que ele, Kazik, queria ser esta pessoa. O médico, emocionado, perguntou o que era, na sua opinião, o amor à vida. O que era a felicidade para ele. Mas esta pergunta já era complicada demais para Kazik, cuja capacidade de pensamento e de expressão infelizmente era limitada. Ele podia dizer apenas que "é algo bom. Algo que eu quero. Algo que deve haver lá. Vamos lá buscar". E assim, sem preparativos especiais, ambos se puseram a caminho.

Ver também SONÂMBULOS, JORNADA DOS; VIDA, ALEGRIA DA.

סבל

SEVEL

SOFRIMENTO

1. Carga, fardo, ônus. 2. Por analogia: carga de preocupações ou infortúnios e aflições. Opressão material ou mental.

Segundo Vasserman: a bússola, o farol, medida de toda decisão do homem. Vasserman vê na sensibilidade ao sofrimento, no estado de alerta e na consciência em relação a ele, o propósito superior do homem na Terra. Mais do que isto: é o protesto do homem. A expressão superior da sua liberdade. A medida da humanidade do homem, na opinião de Vasserman, é estabelecida pela quantidade de sofrimento que ele conseguiu diminuir ou evitar. [*Nota da equipe editorial: é quase supérfluo frisar que Vasserman jamais enfrentou um dilema no qual, por exemplo, devesse causar sofrimento para salvar sua vida. Ao mesmo tempo, a equipe supõe que a sua concepção passiva, justa, estava tão arraigada nele que é possível que ele preferisse ser aniquilado a causar sofrimento. Qualquer debate com Vasserman sobre este assunto é como conversar com um cego sobre as diversas cores do arco-íris.*]

סהרורים, מסע ה-

SAHARURIM, MASSÁ HA-

SONÂMBULOS, JORNADA DOS

Jornada feita por Fried, Kazik e pelos outros ARTISTAS [*q.v.*] em seu caminho do barracão de Fried para o de Oto. A jornada começou às 4h27 da manhã, quando Kazik tinha cerca de vinte e dois anos. Caminharam ao longo da alameda dos viveiros dos pássaros, passaram pelo montículo do túmulo de Paula e voltaram-se para a Alameda da Eterna Juventude. Era um grupo de pessoas cansadas, que quase tinham atingido o limite de suas forças e que viam em Kazik a sua última esperança. Cada um deles lhe indicou o lugar onde morava, ou dormia, ou em que realizava a sua arte, e lhe explicou qual era a sua arte específica. Não falaram muito. Só algumas palavras ou gestos (Munin: "Para mim bastavam os gestos".) Marcus: "Há entre nós gente que não pára um instante de falar consigo mesma ou com os demais, mas quando se formula uma pergunta importante a essas pessoas, elas se calam totalmente. Ficam muito confusas. E realmente, o que éramos nós? Todas as Crianças do Coração de Oto Brig? Apenas pobres *partisans* que vivem nas florestas selvagens fora de todo ambiente humano; como venceríamos sozinhos?". Não há dúvida de que algo do desespero e da angústia dos artistas começou a penetrar na alma de Kazik. Boquiaberto, ouviu a descrição das suas diversas e estranhas guerras. Sentiu os tremendos esforços nelas empenhados. Pela primeira vez na vida suas antenas delicadas começaram a tocar no limite da capacidade humana e ele se admirou de descobrir como lhe era próximo este limite. A jornada transcorreu muito devagar (durou trinta e quatro minutos) porque houve certos locais em que o grupo se deteve para explicar a Kazik uma coisa ou outra e responder às suas muitas perguntas. Em sua jornada Kazik passou em seqüência pelo GRITO [*q.v.*], pelo tempo roubado [*ver* PROMETEU], pela sepultura de Paula, pelo rosto-distorcido-pelo-suplício de Guinsburg, e por mais alguns pontos de referência. Quase dois anos de vida foram gastos por Kazik no caminho e, pelo visto, eram os anos decisivos do ponto de vista de consolidação do caráter. Houve realmente nesta jornada, na qual Kazik travou contato com o mundo, alguns momentos de sublime felicidade [ver VIDA, ALEGRIA DA], mas a maior parte destacou-se por um desencantamento cheio de dor pela vida e o que ela contém em si [ver SOFRIMENTO]. Vasserman: "E enquanto andávamos atrás dele, *Herr* Neigel, enquanto andávamos atrás dele de costas curvadas, exaustos, mortos, sonâmbulos, sentimos, todos nós, que necessitamos muito dele... que o nosso destino e a nossa guerra estão presos e envoltos no destino e na vontade dele... e não há nada mais cruel a exigir de um menino tão pequeno, mas era a guerra, não? que alternativa tínhamos?". Era uma noite cálida de início de abril de 1943. No horizonte o céu estava iluminado com um fulgor avermelhado de labaredas. Ao longe, subia um cheiro de carne chamuscada. Às 5h01 todo o grupo chegou ao barracão de Oto, que já os esperava na entrada.

סיגריה

SIGÁRIA

CIGARRO

Pequeno tubo de papel recheado de tabaco destinado ao fumo.

Quando voltou da sua última FOLGA [*q.v.*] em Munique, Neigel começou a fumar sem parar. Certa noite, num repente de generosidade, ofereceu um cigarro a Vasserman. O escritor, que jamais havia fumado, pegou-o, em homenagem a Zalmanson, que durante toda a permanência no campo não deixou de sentir falta de seus pequenos charutos. Vasserman tragou e quase desmaiou. Vasserman: "Minha cabeça parecia uma roda! Quem ia saber que um cigarrinho desses pode dar uma mordida? Que ele se incendeie!". Mais uma vez, corajosamente, deu uma leve tragada e atirou fora o cigarro: "Que tenha um ano negro, este Zalmanson! Preciso até me sufocar por causa dele?".

סרגיי, סמיון יפימוביץ'

SERGUEI, SEMION YAPIMOVITCH

Físico russo. Na infância pertenceu ao grupo conhecido como Crianças do Coração. Depois que se separou dele, adquiriu fama mundial com suas pesquisas sobre a teoria da luz. Tinha um caráter recluso e introvertido. Preferia sempre permanecer entre os instrumentos do seu laboratório e as suas folhas de cálculo a ficar entre as pessoas. Também na infância fora assim: mãos de ouro e coração selado. Os sentimentos mistos de Vasserman a seu respeito podem ser caracterizados assim: em sete das dezesseis aventuras das Crianças do Coração ele "esqueceu" de enviar Serguei para as ações junto com o resto do grupo. Vasserman até confessou claramente à equipe editorial que "há algo no nosso bom Serguei que... bem, como se ele entendesse os objetos e engrenagens de dentro, como se fosse um deles... jamais consegui colocar uma palavra engraçada ou suave em sua boca...". Vasserman sempre suspeitou vagamente de que Serguei não estava realmente interessado nos atos humanos do grupo e todo o seu interesse se restringia a instrumentos que ele construía para uso do grupo. Como o próprio Serguei falava pouco e também Anshel Vasserman não falava muito a seu respeito, não é claro como ele veio parar uma segunda vez no grupo. Sabe-se somente que durante a guerra Serguei foi convocado pelo exército russo para contribuir com seus conhecimentos sobre a teoria da luz. Permaneceu com uma das divisões de Budyoni na frente sudoeste e contribuiu para o aperfeiçoamento do sistema de pontaria dos canhões de longo alcance. Foi capturado pelos alemães e transferido para Berlim, depois para um campo de prisioneiros russos e, por fim, chegou a Varsóvia, como trabalhador forçado na fábrica que produzia lentes de óculos para os soldados da Wehrmacht. Em todas estas andanças os alemães não conseguiram descobrir quem ele era e o seu grau de especialidade no ramo. Daí para a frente as coisas não são claras. No final de 1942, Oto chegou a essa fábrica militar nos arredores de Varsóvia. Viu Serguei em traje de prisioneiro e o reconheceu de imediato. Serguei não reconheceu Oto. Serguei já estava imerso "além de sua vida" (Marcus). Oto subornou o responsável pelos prisioneiros (Fried: "Com metade do orçamento mensal do zoológico!") e levou Serguei para o zoológico. Depois de ter sido limpo, vestido e alimentado adequadamente, Serguei começou a se recompor. Mas jamais voltou a ser o que era. Era um homem aparentemente doentio, com um caminhar estranho ("esticava o pescoço como se fosse feito de vidro!") e o corpo parecia feito de partes quebradiças e delicadas. Era extremamente tímido e diante de qualquer pessoa logo escapava por entre os arbustos. Só com Oto trocava de vez em quando uma ou duas palavras e então enrubescia, um olho começava logo a lacrimejar. Algumas semanas após sua chegada ao zoológico, começou a se ocupar de experiências científicas sem fundamento. Mas quando Oto lhe contou delicadamente o que faziam os outros artistas no zoológico, acendeu-se um fogo em seus olhos. Assim Oto sempre acendia uma idéia nova no coração de Serguei na infância. Oto: "Mas desta vez, o que direi a vocês, desta vez este fogo me assustou um pouco. Não sei por quê. Pensei que talvez eu tivesse cometido um erro ao introduzir uma pessoa como esta de volta ao grupo. Pois ninguém me garantiu que alguém que esteve alguma vez conosco não pode se modificar e se tornar diferente, certo?". Das experiências que Serguei fez no zoológico é preciso frisar duas: o sistema de GRITO [*q.v.*] e o sistema de espelhos paralelos destinado a roubar tempo [*ver* PROMETEU]. As experiências eram um tanto canhestras e exigiam equipamento técnico complexo que o zoológico nem sempre conseguia obter. Serguei não era popular entre os demais ARTISTAS [*q.v.*], não só por causa de sua reclusão absoluta, mas porque era o único entre eles que fazia uso de instrumentos para a sua arte e não fez de seu corpo e de sua alma instrumentos de guerra. Arena de guerra. Sim, é claro, até a última experiência, a famosa, em que desapareceu em circunstâncias suspeitas [*ver* PROMETEU].

עינויים

INUYIM

TORTURA

Ato de causar propositadamente sofrimento físico ou espiritual a alguém.

A tortura de Kazik. Ao se aproximar do fim da vida e quando olhou para trás, para ela, Kazik descobriu que a maior parte de seus anos fora passada em sofrimento basicamente inexplicável. Seus instintos, suas vontades, suas esperanças, sua força, seu temor, em suma, a maioria de seus bens espirituais, lhe haviam sido concedidos com tal força e intensidade, como se fossem destinados a ativar as forças da natureza, tempestades e oceanos, mas foram obrigados a se bastar com outras pessoas e com o próprio Kazik, e arrasaram com ele. Assim, por exemplo, o rancor de Kazik contra si mesmo no final de seus dias era tão forte que se podia fender com a sua força o globo terrestre de um pólo ao outro, mas ele poderia se voltar somente contra o próprio Kazik e contra os ARTISTAS [*q.v.*] que o rodeavam. É possível que lhe fossem necessários milhares de anos para diluir neles todas as forças e instintos que foram implantados em seu corpo, o corpo de um homem único, mas sem as águas diluidoras do tempo ele não teria nenhuma chance de felicidade. As opressões e os desejos que havia nele fizeram-no sofrer e o humilharam. Dilaceraram nele todo o brilho de misericórdia. Nem uma única exigência de sua alma torturada, nem um único impulso de seus fortes instintos conseguiram florescer, amadurecer e fenecer no ritmo adequado a eles para que Kazik se transformasse numa CRIA-ÇÃO [*q.v.*] verdadeira, nessa coisa saudosamente denominada o supra-sumo da criação. Vasserman: "Ele estava perdido, *Herr* Neigel, perdido desde o início... melhor que nunca tivesse nascido... o que são essas horas contadas que chamamos 'vida humana'? O que ele poderia fazer com elas? Quanto conseguiria conhecer a si mesmo e ao seu mundo? *Et!* E o senhor está convencido de que o velho Matusalém sabia no fim dos seus dias algo que Kazik não sabia quando chegou à sexta hora e vinte minutos na noite daquele mesmo dia?".

Vasserman perguntou isso com voz cansada. Foi na última noite em que teceu junto com Neigel a história. Kazik já se aproximava do fim da vida. Assim também o *Obersturmbonnführer* Neigel, que voltou da folga em Munique cansado e oprimido [*ver* CATÁSTROFE]. Quando Neigel ouviu a descrição da tortura de Kazik, balbuciou: "Com um pouco mais de compaixão, *Herr* Vasserman". A cabeça estava apoiada no braço e a outra mão estendida em todo o seu comprimento sobre a mesa. Vasserman lhe contou como Kazik viveu o restante de seus dias derramando sua raiva. Exigiu dos artistas que lhe contassem quem era ele, a que se destinava e para que fora criado. Mas eles não tinham resposta. A cada momento se entregava ao impulso embaraçoso que o arrastava. Não havia nele nada estável e previsível. Para os artistas a sua vida curta parecia uma corrente de impulsos, de caprichos contraditórios. Vasserman: "Entusiasmos e depressões, ah, uma massa repulsiva!". Somente uns dois meses antes da morte [*ver* KAZIK, A MORTE DE], por volta das três e meia da tarde, se aquietou. Talvez fosse por causa da fraqueza física, e talvez simplesmente tenha preponderado nele a compreensão da falta de sentido e o desespero de sua vida. Só então olhou para trás e espantou-se ao descobrir que tudo o que lhe parecera sempre uma vida comum, opressiva mas estável, fora apenas uma seqüência de momices levianas e lamentáveis. Marcus: "Pois seu gosto se modificava a cada instante e com que rapidez ele vestia e tirava chapéus de crença e decisões firmes e opiniões eternas...". Deprimido, compreendeu que na prática não havia acumulado uma verdadeira experiência de vida. Que toda a sua vida talvez o houvessem preparado para a vida, mas exatamente agora, quando começara a compreender isto, tinha de abandoná-la. Marcus: "Esta é a questão, querido Kazik: em troca da experiência de vida nós pagamos com vida. Com a nossa própria vida... e isso se parece, mal comparando, com alguém que vende seu cabelo para comprar com o dinheiro um pente". Em suas últimas horas ele esteve insuportável. Seu corpo apodrecia enquanto ainda vivia. Por alguns momentos ele se enchia de arrependimento e amor por todos, o que se irradiava dele em ondas de fogo exterminador e doloroso, exatamente como seus ataques de ódio e malvadeza. Por um momento ele se apegava a Fried com alegria e cobria seu rosto de beijos ardentes; num instante acendia-se nele uma fagulha de perversidade, inclinava-se para o chão e num instante atirava um punhado de pó nos olhos do médico. Vasserman: "E Fried, um demiurgo velho e alquebrado, não passava a mão, somente olhava imóvel a criatura minúscula, infeliz, que a vida tanto maltratava e cujos corpo e alma se decompunham". E pior de tudo era a sensação de perda. Dos artistas e do próprio Kazik, o conhecimento agudo, absolutamente claro, de que muito próximo a eles existia a chance e eles não souberam encontrá-la. Que era muito provável que a felicidade os tivesse acompanhado por um trecho do caminho e depois os tivesse abandonado. Sentiram como se de algum modo tivessem traído algo. Mas não sabiam exatamente o quê.

פלגיאט

PLAGUIAT

PLÁGIO

Roubo literário.

O crime do *Obersturmbonnführer* Neigel foi descoberto à véspera de sua partida para a FOLGA [*q.v.*] junto à família em Munique. Esta foi a seqüência de acontecimentos: no início daquela noite Neigel exigiu de Vasserman que lhe contasse a continuação da história da vida de Kazik, uma história interrompida quando Kazik se despediu de Hana TSITRIN [*q.v.*], quando tinha cerca de trinta anos. Vasserman, de surpresa, disse que não contava e condicionou a continuação da história a que Neigel ouvisse agora uma outra parte do enredo que ele havia pulado, porque ainda não estava suficientemente elaborado. Neigel quis saber que parte era e Vasserman respondeu que se tratava do capítulo abordando o novo renascimento das Crianças do Coração. Neigel olhou para o relógio: seu trem para Berlim devia partir às seis da manhã. Às quatro, seu motorista devia conduzi-lo à estação de trem de Varsóvia. Tinha à sua frente três horas inteiras, e decidiu ser generoso com Vasserman, deixaria que ele contasse aquele trecho sem importância. Vasserman lhe agradeceu e começou a contar [*ver* CORAÇÃO, RENASCIMENTO DAS CRIANÇAS DO]. Neigel ouviu furioso e calado as "provocações antialemãs", como as classificou depois que Vasserman acabou. Aliás, naquela noite Vasserman contou a história alongando-a de forma incomum, como se quisesse ganhar tempo em cada artifício literário à sua disposição. Quando acabou eram duas da madrugada. Então Neigel perguntou, malicioso, se o judeu estava suficientemente satisfeito e se poderia fazer a gentileza de continuar a história da vida de Kazik. Vasserman enfiou a cabeça na corcunda e dali informou com uma intrepidez cautelosa que se recusava. Que não continuaria a contar a história a Neigel. Neigel não acreditou no que ouvia. Levantou-se e gritou "ARMADILHA!" [*q.v.*] e depois se atirou com ódio contra Vasserman e surrou-o com força e crueldade. Mas parece que o (primeiro) contato com o corpo de Vasserman esfriou-o logo. Aproximou-se da pequena pia no canto do aposento, lavou o rosto e trouxe uma toalha para Vasserman, para que se limpasse. Depois se sentou no chão junto a Vasserman e, ofendido, pediu-lhe que parasse de torturá-lo assim. Vasserman, massacrado, frisou em seu íntimo que o pedido fora feito em tom suave, não como uma ordem mas como quem pede um favor pessoal. Respondeu: "Não e não, *Herr* Neigel. Lamento, mas o senhor terá que inventar uma outra história para ela". No início Neigel pensou não haver entendido as palavras de Vasserman por causa da boca inchada e dos dentes que haviam caído. Depois olhou em seus olhos e compreendeu. Deixou a cabeça pender e o dedo brincou com a fivela da bota preta. Com voz contida, perguntou: "Como você sabe? Como descobriu?". Vasserman, lentamente: "Aconteceu. Refleti um pouco e descobri". Neigel: "Sim. Agora você sabe". Vasserman, que ainda não sabia tudo, como pretendia aparentar, resolveu arriscar: "O senhor escreveu para ela toda a minha história, não é? Nas cartas que o senhor escreveu a ela, copiou a minha história, não foi assim?". E Neigel: "A história toda, sim". Vasserman sorri, tenso: "*Nu*, assim. E... diga-me... ela ainda pensa que eu... quer dizer, uma... uma piada?". E Neigel: "Não. Não. Você sabe, ela diz que esta é a melhor história que você já escreveu. Ou seja...". "Ou seja o quê? O quê? Diga, diga-me depressa!" "Ou seja... *himf*, você entende que..." "O quê? O que eu devo entender?" "Que ela, ou seja, Cristina, ela não sabe exatamente de você. Ou seja, sobre nós dois. *Himf.*" "Saúde, *Herr* Neigel, mas diga-me, por gentileza, o senhor mesmo me disse que contou a ela a meu respeito em sua primeira folga, não se lembra? O senhor deve se lembrar, na vez em que foi a Borislav, para a mina? Então?" "Sim, sim, contei, mas você precisa entender, Vasserman", ele solta um risinho muito embaraçado, abaixa o olhar, abre e fecha a fivela da bota, tenta dizer algo: "Contei a ela, claro que contei. Disse-lhe que você chegou até nós. Ela já sabe exatamente o que significa 'chegou até nós'. Ela esteve aqui uma vez, você entende". "Ela? Aqui?!" Que decepção na voz de Vasserman! Por algum motivo ele queria conservar esta mulher, tão frágil, tão feia, fora deste lugar. Por ela. Por ele. Neigel assente. Vasserman: "Nu, e daí? Então ela pensa que estou morto?". "Sim, é isto. Lamento, Herr Vasserman. Mas tudo ficou tão complicado. Comecei tudo como uma piada. Não exatamente uma piada, mas digamos, um jogo. É difícil explicar. Você não vai compreender. De repente a coisa foi indo até que já não pude contar a ela a verdade, certo?" "O que é certo?" (Vasserman: "Nu, então de repente entendi tudo. Sem tiro e sem zunido. Para um bobo como eu é preciso apontar as coisas com o dedo! Ah! Este grande animal, Neigel! Obersturmbannführer Neigel! Pois ele com toda a simplicidade escreveu a minha história para a sua polonesa em suas cartas, como se ele próprio a tivesse criado! Oi, um ato de vilania ao qual nada se compara na face da Terra! Oi, exaltei-me naquele momento!".) "Ouça, Neigel!", gritou Vasserman, "isto é plágio! Este é o pior crime que você podia cometer contra mim aqui! Ai!" E bateu no peito, rolou pelo chão numa dor repentina, berrando em voz rouca: "Pior que a morte, Neigel! Você roubou a minha história, Neigel, roubou-me a minha vida!". E o alemão, junto ao armário de metal, sacou a rolha de uma garrafa nova de oitenta e sete graus e disse, de costas para Vasserman: "Mas eu já disse que lamento! Quantas vezes você quer ouvir isto? Perdão! Perdão! Quer que eu me ajoelhe diante de você? Você precisa acreditar em mim, eu não tinha alternativa! Ouça...". Volta-se para o judeu encolhido no chão e lhe dá um sorriso forçado, rebaixando-se: "Pode ficar satisfeito consigo mesmo, Sherazade, pois graças à sua história nós nos encontramos, Tina e eu. Você compreende? Ela me escreveu para eu pegar logo uma folga e ir vê-la. Por isso estou partindo esta noite. Quer dizer, daqui a pouco. Ela me escreveu que as coisas mudaram de repente para ela. Sim, havia tempos eu não ouvia dela coisas assim. E tudo graças a você, Sherazade. Nu, agora você está contente?".

(Vasserman: "Deus do céu! Anshel Vasserman, unificador de famílias nazistas! Agora finalmente entendi tudo. As notas que Esaú rabiscava para si mesmo enquanto eu falava, as alusões que fez sobre suas dificuldades e seus embates aqui, e aquele incidente íntimo sobre o qual me contou, et! E eu salvei o seu casamento que estava acabando?!".) Neigel veio e segurou as duas mãos de Vasserman, ergueu-o delicadamente e colocou-o sobre o sofá militar. Vasserman voltou o rosto furioso. Neigel segurou seu rosto com ambas as mãos e voltou-o para ele. Procurou nos olhos inchados e negros do judeu um brilho de perdão (Vasserman: "Inclinou-se sobre mim como Eliseu sobre o filho da sunamita!".) e não parou de falar. Sua boca recendia um hálito de vinho e acidez repulsiva. Contou febrilmente sobre a vida com a esposa desde o início da guerra [ver CATÁSTROFE]. Segundo ele, Cristina quase nada sabia a respeito do seu trabalho, "e talvez também não quisesse saber". Lembrou a Vasserman que desde que haviam se casado até meados de 1939 Cristina tivera "os problemas dela com gravidez e tratamentos, e não preciso lhe contar o que mais, penso que bastava saber que eu estou feliz na SS e que, depois de todos os anos que trabalhei em todo tipo de trabalho desqualificado, de repente eu tinha um trabalho fixo e um belo salário; toda noite eu voltava para casa, sim, e ela nem sequer se tornou membro do partido, não, ela é um pouco como esta sua Paula, é diferente mesmo, porque de repente me lembrei de que quando eu era jovem sempre procurei moças que se parecessem com a Paula das suas histórias, uma assim... você certamente entende. Tina também não entende nada de política, não, em geral de todas estas coisas que estão acontecendo agora ela não entende nada... imagine, Vasserman, que uma vez eu a detive no último instante, antes que enviasse uma carta de admiração a um escritor de quem talvez você tenha ouvido falar, Thomas Mann, eu conhecia o nome dele da nossa lista negra, imagine; em 1941 ela queria lhe enviar uma carta e ele já estava vivendo nos Estados Unidos, o traidor! Ou então ela saía às ruas com um chapéu de lã e um cachecol de lã, ambos totalmente vermelhos! E isso já foi no final de 1941, quando cuspíamos sangue diante das divisões de Voroshilov em Leningrado; a grande sorte era que graças a mim ninguém jamais pensou em suspeitar dela e ela também não é tagarela de viver contando coisas a todo mundo, não; além de mim, ela não tem amigos, nós dois estávamos sempre sozinhos, e depois houve a questão com os dedos de Karl". "Que questão, *Herr* Neigel?" "Ele quebrou dois dedos da mão direita e ela os engessou, ela é enfermeira, você sabe, e fixou-os em forma de V, e durante um mês inteiro, enquanto estive na frente, andava pela minha casa um pequeno Churchill, você entende o que ela faz? Ou as petúnias." "O que há com as petúnias, *Herr* Neigel?" "Temos plantas na janela. Tina gosta de flores. Às vezes ela é capaz de ficar olhando uma flor durante..." Eles olharam um para o outro e, sem que o quisessem, sorriram um sorriso forçado.

"Sim. Exatamente como ela. Mas depois que ela esteve aqui de visita começou a fazer coisas muito estranhas: arrancou as petúnias marrons e plantou nos vasos somente amarelas, rosa e vermelhas. Em todas as janelas de minha casa em Munique florescem agora botões amarelos, rosa e vermelhos. Ela diz que é simplesmente pela beleza, mas eu sei que é para me lembrar os judeus, os homossexuais e os comunistas que me chegam ao campo. Assim ela se vinga de mim, você entende? Porque quando perguntei a ela por que motivo, por que motivo, por exemplo, ela precisava sair para a rua de chapéu e cachecol vermelhos, por que ela me faz coisas assim, ela me respondeu sem nenhuma vergonha ou arrependimento que com este chapéu e com este cachecol ela foi ao primeiro encontro comigo, fomos então a um filme de Charlie Chaplin, porque Tina gosta de filmes engraçados e eu gosto de ouvi-la rir e por causa daquela noite ela vestiu aquele traje bolchevique também em 1941! E de modo algum ela concordou em me prometer que não faria isso de novo; disse que lhe era um pouco difícil acompanhar todas estas mudanças rápidas da moda, ela não se referia à moda de roupa, Vasserman, que às vezes se pode vestir vermelho e às vezes é proibido vestir vermelho, e uma vez é possível gostar de um escritor como Mann e logo depois isto é proibido, sim, agora você já sabe tudo; ela vive sozinha com as crianças em Munique, num apartamento minúsculo que alugou para si e não está disposta a falar comigo. No máximo me permite visitar as crianças por algumas horas nas minhas folgas, mas ela... nenhuma palavra. Basta que eu diga a alguém uma palavra sobre ela, e ela estará perdida!" Vasserman, zombando: "E por que o senhor não faz isso?". Neigel inclina a cabeça e se cala. Vasserman olha para ele e concorda em silêncio. "Ela diz", acrescenta finalmente Neigel, "que continua vivendo comigo, mas tem outra pessoa em mente. Uma pessoa que eu já fui outrora. E é para essa pessoa que ela usa o chapéu e o cachecol, para ela que pendura a foto de Chaplin no dormitório, imagine, Chaplin, depois do filme horrível dele sobre o *Führer*. Até o penteado ela não muda, e entre nós as mulheres cortam o cabelo de forma totalmente diferente desde Adolf, e junto à sua cama vejo sempre pilhas de livros de escritores que não sei onde ela arranjou, que até seu nome eu sou proibido de pronunciar; quando olho para ela estremeço, Vasserman, porque ela simplesmente congelou a vida dela, sim, até a expressão do rosto é diferente da de outras pessoas. Uma expressão de lentidão, se você pode compreender. Ela vive e parece agora exatamente como viveu e pareceu na década de 1930, quando me filiei ao movimento. Minha mulher me trai, comigo. Você é capaz de entender algo assim?" Vasserman presta atenção e não responde. Reflete que às vezes, justamente sob uma camada espessa de neve congelada, flores continuam a florescer. Neigel continua a falar. Já não consegue parar sozinho. (Vasserman: "Como um beberrão inexperiente, que provou pela primeira vez a bebida das palavras e ficou tonto!".) Ele diz: "E ela não é comunista ou algo assim. De jeito nenhum. É uma mulher, você entende, não tem idéias políticas. Sempre odiou ler jornais. Não entende nada disso. Só fica apavorada quando há muita gente junta. E a violência a assusta. Ela é muito delicada, ela...". Neigel sorriu embaraçado, por um momento pareceu tão bobo e desamparado que Vasserman afastou dele o olhar e seus olhos tremelicaram de dor. Depois Vasserman perguntou: "E o senhor trouxe uma mulher assim para cá?". Neigel: "Não. Foi um erro. Uma idiotice. Eles nos fizeram uma surpresa e trouxeram todas as esposas dos oficiais para uma visita antes do Natal. Foi há um ano, durante o inverno. Nós aqui nem sabíamos disto. As mulheres chegaram exatamente quando chegou uma leva e os judeus correram pelo *Himmelstrasse*. Nevava e eles estavam azuis de frio. Tina logo desmaiou. Foi a minha sorte, porque ela não teve tempo de dizer nada. E houve mais duas mulheres que desmaiaram. Você pode imaginar que depois desse acontecimento tive que demonstrar ainda mais dureza aqui para que não começassem a falar de mim e dela pelas costas". Ele se calou. Estendeu as mãos num gesto débil, derrotado: "Compreende, *Herr* Vasserman, eu jamais, nem mesmo nas cartas, contei a ela exatamente qual era a minha função aqui. Não queria que ela se metesse nisso. Nem todos são capazes de suportar tudo. E a maioria dos cidadãos em nossa pátria não sabe nada. É melhor assim. Tina sabia apenas que eu era um comandante importante. Mas não sabia de quê. E nas cartas que eu lhe escrevia, escrevi só assim... palavras de amor... eu escrevo cartas bonitas, *Herr* Vasserman. Com bastante sentimento, realmente. Às vezes, você vai rir, saíam de mim quase poemas. A verdade é que foi ela, Tina, quem me deu sem perceber a idéia de escrever para ela uma história em cartas. E foi assim que, quando contei a ela há algumas semanas que você nos havia chegado aqui, ela começou a chorar. Ela chora com facilidade... como o seu Oto... ela disse que lamenta por você. Você era o único judeu cujo nome ela conhecia e que sabia que tinha vindo morrer aqui no meu campo. Acho que isso a abalou. Ela também disse exatamente o que pensa sobre a sua escrita. Tina é assim. Ela sempre precisa dizer tudo o que pensa, esta é a sua desgraça, com ela não há subterfúgios, e quando tentei defender você, *Herr* Vasserman, ela disse que até as cartas que eu lhe havia escrito outrora, antes que eu me tornasse assassino, assim ela diz, eram mais bonitas que as suas histórias. E então eu tive de repente uma idéia estranha e pensei que, talvez, se eu escrevesse para ela uma história assim, quer dizer, algo que ela pudesse ler para Karl antes de dormir, mas que também fosse um pouco mais do que simplesmente uma história infantil, porque Karl de todo modo é muito criança para entender, talvez ela começasse a compreender... certo?". "Entender o quê? Por Deus, Neigel, pare de ficar dando voltas!" "Compreender que... quer dizer, que eu posso, não... não é isto: que é possível ser um membro fiel do nosso movimento, cumprir ordens, e apesar disso continuar, é isto, continuar a ser gente." De repente ele se entusiasma e seus punhos batem um no outro: "Sim! É isto que ela precisa compreender! É isto!", ele ofega, se empruma e endireita a farda manchada de suor. De repente ele de novo aparenta ser forte e combativo: "Exatamente, eu preciso dizer-lhe isto com estas palavras!". Lançou mais um olhar para o relógio. Só lhe restavam alguns minutos para a viagem: "Ouça, *Herr* Vasserman", ele disse precipitado, tenso, "você não faz idéia do inferno em que estou vivendo. Ela não me permite tocá-la. Diz que eu a assusto. Que há morte em minhas mãos e outras bobagens assim de mulheres... ela diz que só se eu abandonar tudo aqui ela pensará se deve voltar para mim! Ela pensará! Ela! Ela nem escuta o que diz! Como uma menininha, ela pede algo impossível! Que eu abandone tudo? Agora? Em plena guerra? E o que me restará na vida? Mas ela: 'Você se lembra do quanto sofremos até trazer Karl ao mundo? Só um menino e quantos esforços e SOFRIMENTO [*q.v.*] e esperança e desespero, só um menino, e você, lá, dezenas de pessoas por dia...' ela não é capaz de imaginar quantas pessoas eu realmente... todo dia...". (Vasserman: "Um nazista crescido como este, um animal bruto como este, vem e se senta nas tábuas do soalho oco como um saco vazio, tentando convencer a ele e a ela, discute com ela, lhe implora, tão fraco e bobo, tão gente, e eu, ai, *nu*, então, sou obrigado a confessar que justamente em momentos assim ele toca meu coração empedernido".) Neigel: "Não me culpe, *Herr* Vasserman. Não me culpe nem zombe de mim. Ela e as crianças são a coisa mais importante que tenho na vida. Não tenho amigos, já não tenho parentes...". (Vasserman: "e logo cantará para mim 'judeus, tenham pena, tenham pena, não tenho pai nem mãe!'.") "... e eu não sou do tipo que logo faz amizade com as pessoas. Me sinto melhor quando estou com ela e com as crianças. E você com certeza não vai acreditar, mas o que houve aqui entre nós, as coisas que falamos e tudo o que contei a você e a história que fizemos aqui juntos, algo assim eu quase nunca tive na vida. Não. Às vezes, no exército, por uma noite, antes de uma batalha difícil, às vezes vinha alguém e começava a falar comigo e eu começava a lhe contar alguma coisa... nunca demais, porque hoje é impossível confiar em alguém, talvez em viagens longas de trem isso aconteça às vezes... mas essas são pessoas que logo te abandonam, e a gente não as verá mais... nem para elas eu pude, é claro, contar sobre Tina, porque logo iriam falar sobre isso e viriam tomá-la de mim. Mas com você, *Herr* Vasserman, com você foi diferente. Sim." Vasserman: "E o senhor escreveu a ela a minha história e não lhe revelou nada o tempo todo?". (Parecia que finalmente Vasserman estava digerindo tudo. Talvez acima de tudo o enfurecesse o fato de que Neigel lhe usurpara a glória e a sua "pureza" aos olhos de Cristina. Vasserman: "Deus do céu, se há um modo de me matar, Neigel, este malvado Ermilus o encontrou, roubou de mim a minha história!".) Neigel reconhece novamente o seu crime. Ele explica: Quando voltou daquela folga, escreveu uma carta à esposa. Já no trem escreveu que desejava começar a enviar-lhe uma história que iria escrever. A última história que Sherazade não teve tempo de escrever. "Uma dívida de honra para com o escritor morto", escreveu-lhe com astúcia, com cinismo perverso, mas, segundo suas palavras: "Com boa intenção. Pois pensa que é um grande elogio a um escritor que suas histórias possam influenciar assim a realidade, não?". Vasserman refletiu por um momento. A idéia lhe agrada, mas ele se empenha em fazer o rosto continuar enfurecido. Neigel prometera à esposa a aventura mais ousada e bela das Crianças do Coração e já naquela carta começou a contar-lhe sobre o envelhecimento das crianças, sobre sua vida na mina de *lepek*. Vasserman: "E quando você chegou aqui, modifiquei e transformei tudo!". "Sim. E depois você modificou novamente, se me permite lembrar-lhe. E a mim isso enlouqueceu, porque eu dependia totalmente de você. Mas Tina enviou logo uma resposta e escreveu que a história era bonita. Que ela conservava esta minha carta junto à cama, na pilha de livros de que ela gostava, você já sabe quais. Sim, *Herr* Vasserman, foi a primeira carta dela em um ano inteiro, em que havia mais de três linhas sobre Karl e Lisa. Na carta seguinte, ela já escreveu algo a respeito da minha imaginação, que ela quer ver nisto uma fonte de esperança para nós dois. Lembro-me desta frase de cor. Ela aparentemente se referia ao fato de que eu o tempo todo mudo o lugar." "Ah? O quê? É possível. *Hmm*, é possível." "E desde então escrevi-lhe muitas cartas. Você não acreditaria nisto, hem? Sim, quando você ia dormir, eu me sentava aqui ainda durante horas e escrevia para ela. Um pouco sobre mim e um pouco sobre ela, e muito sobre as Crianças do Coração. O que não me era tão fácil, acredite. Em primeiro lugar, porque não tenho nenhuma experiência em escrever, mesmo que em Braunschweig nos tenham ensinado correspondência militar durante três meses inteiros e eu não fosse tão ruim nisso, mas escrever uma história, ah, isto já é algo completamente diferente. Além disso, jamais li histórias. Só quando eu era criança, as histórias da Bíblia e as histórias das viagens dos missionários que papai nos trouxe, e Karl May, e as suas histórias, naturalmente, e eis-me de repente sentado escrevendo uma história. Não, meu *Herr* Vasserman, não foi fácil! Para mim era muito mais simples fazer o meu trabalho comum aqui fora! Mas eu não desisti. Foi uma DECISÃO [*q.v.*] minha! Sentei-me aqui toda noite e lutei. E por sua causa isso foi ainda mais difícil, porque na minha opinião seu principal problema [*Nota da equipe editorial*: !!!] é que você tem o pensamento desorganizado. Você a cada momento pula de um assunto para outro e também é bastante difícil escrever uma história quando não se sabe o fim, certo?" "Ah... sim, *Herr* Neigel, é certo, poderíamos imaginar isto." "Você não pode. Porque você sabe exatamente o fim. Mas para mim é difícil. Era quase insuportável: porque de repente eu preciso cuidar aqui, dentre todos os meus outros problemas do campo, também da questão que era totalmente desenfreada, totalmente maluca, perigosamente imaginativa na minha opinião, para pessoas mais fracas que eu... Ouça, você com certeza vai rir, mas às vezes eu não conseguia adormecer à noite porque tentava imaginar para mim como a sua história continuaria [*ver* CRIAÇÃO]. Acho que então me senti um pouco como, *nu*, como um escritor." "Acredito." "E não se esqueça de que para mim isso era ainda mais difícil do que para você, porque eu precisava pegar tudo o que você me contou e escrever de tal forma que na nossa censura não compreendessem exatamente quem e o quê, você entende? Pois eles lêem cada uma de nossas cartas lá. Sim, e eu, *Herr* Vasserman, achei uma forma genial. Você se orgulhará de mim." (Vasserman, amargamente: "*Nu*, até que enfim um pouco de satisfação".) "Escrevi em forma de história infantil. Você entende? Uma inocente história infantil. Como a Branca de Neve. Os fatos eram como você contou, exceto todas as provocações, naturalmente, mas escrevi tudo no estilo e na linguagem daquelas suas histórias que li quando criança. Acho, *Herr* Vasserman, que não fiz mau trabalho. Porque quem for ler não entenderá muito, pensará que o comandante do campo Neigel se diverte escrevendo uma história em cartas para o seu filhinho, mas quem souber que é preciso ler nas entrelinhas, como Tina, por exemplo, entenderá muito bem." "Bonito, bonito, *Herr* Neigel. Também o sr. Luftig começou sua carreira como missivista que enviava cartas do *front* para o filho." "Luftig? Quem é ele?" "O dr. Doolittle." "Nunca ouvi falar dele. Eu era fiel somente a você, *Herr* Vasserman." (Vasserman: "E realmente eu ganhei muito com isto!".) Neigel se espreguiçou, alisou a farda. Engoliu mais um trago. Está recomposto agora. Estava melhor. O rosto se acalmara. Tirou de si a carga e agora está disposto a seguir seu caminho como se nada tivesse acontecido. Pergunta se Vasserman compreende agora por que é proibido à história chegar a uma guerra com os alemães. Vasserman simula inocência e responde negativamente. Neigel se enfurece outra vez. Sua tranquilidade desmorona num instante. As coisas que Vasserman escreveu, ele explica, são uma incitação à revolta. Se uma carta assim for escrita e interceptada, condenarão Neigel à morte sem demora. Vasserman sugere ao alemão que escreva a história à sua moda, "agora, agora quando felizmente o senhor se tornou um escritor judeu". Este é o momento em que Neigel berra novamente "TRAIÇÃO" [*q.v.*]. Vasserman, que não consegue conter o sorriso, pergunta ao oficial alemão enfurecido: "Pois o senhor acredita mesmo, o senhor acredita piamente, *Herr* Neigel, que se eu lhe contar agora toda a história da vida de Kazik, isto lhe devolverá o coração de sua esposa? Nós já não vivemos num universo de lendas, como o senhor sabe...". E o alemão explica que não é assim, não é a lenda que importa, mas o fato de que ele é capaz de contar uma lenda, isto é que leva Cristina a acreditar nele novamente. Ele olha para o relógio e seus olhos se arregalam, com espanto. Restavam-lhe cinco minutos. Ele implora por algum indício: "Só algumas palavras, por favor, por favor, só a direção geral do enredo, somente para que eu possa contar algo a ela quando a encontrar hoje. Você precisa me ajudar, *Herr* Vasserman. É o dia mais importante para mim, por favor!" E o escritor, com a teimosia estampada no rosto: "O senhor já recebeu hoje de mim todo o necessário para fazer o coração dela bater novamente". "Não! Não!" Neigel move a cabeça bovina com força e horror. Os olhos estão injetados de sangue: "Não posso contar a ela estas coisas! Não a respeito da guerra deles contra os alemães, não a respeito disso!". "Mas por que não? Estas coisas não passarão pela censura!" "Não. Ouça. Eu não posso falar em voz alta coisas como estas que você escreveu. Vai ser uma quebra do meu juramento, do juramento de oficial, será... *ach!*" "E quanto ao seu juramento como ser humano?" Vasserman quer saber, seus lábios empalidecem e os tufos de sua barba arrepiam-se. "Que juramento, Vasserman? Quem jurou?" E o judeu, friamente e com força, corta as palavras: "A RESPONSABILIDADE! [*q.v.*] A ESCOLHA! A DECISÃO [*q.v.*]!". E Neigel: "Ajude-me, *Herr* Vasserman, ajude-me. Toda a minha vida está em suas mãos. O senhor também tem mulher e filha em algum lugar. Você tem que me compreender".

Vasserman ficou duro como pedra. O motorista do oficial bateu à porta e Neigel lhe berrou que esperasse no carro. Vasserman disse: "Ouça, *Herr* Neigel. Há dois meses e meio, há sessenta e sete dias, mais exatamente, cheguei aqui involuntariamente no trem da manhã. Com minha mulher e minha filha. Descemos à plataforma e a minha menina correu como flecha para o falso bufê do oficial Hoffler. Ela ansiava por um chocolate. Embora o dr. Blumberg tivesse dito que chocolate estragaria seus dentes, e lhe tivesse ordenado que se abstivesse de comê-los". Neigel: "Ao assunto, Vasserman, meu motorista está aguardando". "Este é o assunto, *Herr* Neigel. É o único. O senhor estava postado ali com esta mesma pistola na mão. Minha filha chegou correndo à prateleira de chocolate e estendeu a mão. E então, *nu*, foi assim que aconteceu, o senhor entende... bem: o senhor atirou nela. Isto é tudo, *Herr* Neigel." Neigel empalideceu. O rosto brilhou intensamente por um instante, com uma luz não natural, como se em seu cérebro tivesse explodido uma lâmpada de magnésio. Seus joelhos vacilaram. Apoiou-se no armário de metal. (Vasserman: "Agora, somente agora, começou a ter medo de mim. Agora ele compreendeu o que está na balança".) Neigel gemeu: "E todo este tempo você esteve calado?". "E o que eu tinha para dizer?" O alemão segurou as têmporas com as duas mãos e apertou-as com força. Seus lábios se contraíram de dor. Depois levantou o rosto. Seus olhos estavam vermelhos e assustados: "Acredite, Vasserman", disse, "eu gosto de crianças."

Fora, ouviu-se o ruído da partida de um carro. [*Nota da equipe editorial: até agora está sendo difícil para a equipe decidir* (ver DECISÃO) *que carro Neigel deveria ter. A dificuldade de escolha fica entre um Hork preto, conversível, e um BMW sólido, orgulho da fábrica Bayerische Motoren-Werken de Munique. A bem da verdade, a equipe editorial tende a escolher* (ver ESCOLHA) *o BMW, que é a absoluta materialização da potência. Realmente a equipe não teve oportunidade de dirigi-lo, mas a informação que seus fabricantes publicam no luxuoso catálogo embriaga até um motorista cuidadoso como a equipe editorial. Só pela descrição, a pessoa já pode sentir como o acelerador é apertado sob o pé, como a pessoa é arrancada do lugar com um gemido dos pneus e começa a cavalgar na montaria de um nobre animal selvagem, tudo isso com a garantia da segurança e da* RESPONSABILIDADE [q.v.] *total por parte do fabricante! Sim! A equipe editorial escolhe, por este motivo, o BMW!*] Neigel e Vasserman estavam agora parados um diante do outro. A barba de Vasserman estava arrepiada e os olhos brilhavam. Ele disse: "Vá agora para casa, *Herr* Neigel, e conte à sua esposa a minha história. Conte sobre Oto e Munin e Zaidman e Guinsburg e Hana Tsitrin e Paula e Fried e Kazik. Conte-lhe sobre todos. E sobre os corações desenhados com giz nas árvores. E sobre a guerra, conte a ela. Estou certo de que ela compreenderá. Diga-lhe abertamente e com coragem que é uma história de adultos. Uma história para pessoas muito antigas. São mais antigas que qualquer partido ou igreja ou movimento ou Estado. Conte bonito, *Herr* Neigel, porque é a minha história e sou eu que exijo do senhor que se preocupe com ela e a ensine como se ela fosse uma criança pequena que deixei aos seus cuidados. O senhor tem muitas horas de viagem pela frente daqui até encontrar a sua mulher e enquanto isso, no trem e no seu carro, o senhor poderá contar a história várias vezes para si mesmo, para que aprenda a fazer com que ela acredite que a história é realmente sua, que estava projetada secretamente em seu coração e que há verdade nela, mesmo que aparentemente nada haja de verdadeiro". Neigel já estava perto da porta, com uma maleta na mão. Pesadamente voltou a cabeça para Vasserman e por um momento pareceu um animal enorme, solitário, olhando para dentro do cano do fuzil do caçador. "E lembre-se, *Herr* Neigel: só há um modo de contar a história como se deve." "Como?", perguntou Neigel sem voz, e Anshel Vasserman, numa voz quase inaudível: "Acreditando nela".

פרוטה, פילוסופיה ב-

PRUTÁ, FILOSOFIA BE

TOSTÃO, FILOSOFIA DO

Assim Vasserman chamou as meditações algo confusas de Neigel nos últimos dias antes da sua FOLGA [*q.v.*]. Foi surpreendente e até embaraçoso ouvir Neigel, um homem simples e sem cultura, começar a se confundir de repente em reflexões abstratas e fúteis. Vasserman viu nisto justamente mais um sinal para sua próxima vitória. Neigel falava muito então sobre "a nova era", que viria após "a era da guerra e do sangue" na qual o mundo estava atualmente imerso. Ele até fez uma comparação desajeitada entre seu filho e o mundo todo (!) dizendo: "Quando o meu Karl fica doente, a doença é sempre um trampolim no desenvolvimento dele. Ele decididamente salta à frente depois de cada doença e eu estou certo, Vasserman, de que breve também a nação alemã dará um salto assim". Vasserman: "Ou seja: vocês estão agora imersos numa doença?". "Talvez. Talvez. Mas isto é uma doença necessária. Como doença da infância. A natureza alemã está agora passando por uma dura prova. Escolheram-nos para ser os que lutarão contra os micróbios que tentam nos atingir." "Bem, bem!" Na continuação, Neigel confundiu-se numa preleção sobre os motivos secretos da natureza. Disse que é possível que justamente o extermínio em massa de um certo tipo de pessoa seja uma espécie de cumprimento do desejo da natureza. "Como o processo de digestão da natureza, ou algo assim. Ela simplesmente está se limpando de vocês." Esta sua alegação ele baseou num argumento que não é pertinente: "O fato é que o mundo inteiro aceita isso. Tantas pessoas não podem errar, certo? Eu me lembro dos meus próprios momentos de dúvida. Foi há cinco anos, em novembro de 1938, quando participei do incêndio das sinagogas e lojas de vocês. Tudo ardia. Tudo se foi. Nós nos desvairamos nas ruas, matamos gente sem motivo e sem justiça e sem esconder os nossos atos. Lembro-me muito bem de que nas semanas que se seguiram eu esperava algo. Não sei o quê. Pensei que, apesar de tudo, alguma mão sairia do céu e nos daria uma bofetada. Mas você sabe exatamente o que aconteceu: nenhuma igreja, nem católica nem protestante, se manifestou. Nenhum bispo em toda a Alemanha usou um remendo amarelo para se identificar com vocês. Nós somos pessoas simples, Vasserman. Diga-me, então, o que precisávamos pensar? Por isso eu lhe digo: é a vontade de Deus e da natureza. O mundo se prepara para uma nova era". (Vasserman: "Esaú está tentando amarrar dois *lokshn*, dois macarrões. Por dentro ele está dividido. Toda essa conversa fiada me soa como o choro de uma criancinha assustada. Aguarde um momento, Neigel. Você está perdido. Você perdeu".) E quanto à "nova era", ele conta a Neigel a respeito de Duvidl, o nosso rei, a quem Deus não permitiu que construísse o Segundo Templo porque suas mãos estavam encharcadas de sangue. Neigel: "Ah! o vosso Deus judeu!".

פרומתיאוס

PROMETEUS

PROMETEU

1. Figura da mitologia grega. Um dos titãs. Quando Zeus castigou os seres humanos e lhes confiscou o fogo, Prometeu o roubou dos deuses e o entregou aos homens.

2. Nome dado por Aharon MARCUS [*q.v.*] ao sistema óptico que o físico russo Semion Yapimovitsh SERGUEI [*q.v.*] construiu no zoológico.

O propósito deste sistema jamais foi devidamente esclarecido para o mundo. O próprio inventor pouco falou a respeito, e mesmo se falou não havia no zoológico alguém que pudesse compreendê-lo. Oto ouviu de Serguei algumas coisas obscuras e conversou sobre elas com Fried e com Marcus e daí brotaram hipóteses diversas. De modo geral e confuso os três entenderam que o sistema era destinado a "roubar" TEMPO [*q.v.*] do tempo. Baseava-se num fenômeno inexplicável do ponto de vista da física, criado num certo espaço que Serguei construiu. Assim era a estrutura deste espaço: estava rodeado de um círculo de trezentos e sessenta espelhos estreitos e altos (cada qual com cerca de um metro de altura), dispostos em um dos gramados em forma de um círculo completo. Espelho diante de espelho. Cada espelho refletia o que estava em frente e o que se encontrava em terceiro lugar a partir dele. Assim se criou no espaço do círculo um "movimento" constante de raios de luz que cortavam um ao outro infinitamente. O que levou este "movimento" a adquirir as características estranhas que realmente obteve não tem explicação. É quase evidente que o próprio inventor não conseguiu decifrar o fenômeno do ponto de vista científico. De todo modo, era claro que no espaço se formou uma dimensão desconhecida, que o inventor denominou *não-tempo*. Este não-tempo tinha uma influência extraordinária sobre objetos que entravam em seu âmbito. Kazik foi testemunha disso quando, por ocasião da jornada dos sonâmbulos [*ver* SONÂMBULOS, JORNADA DOS], o grupo chegou aos espelhos estranhos que brilhavam à luz da lua como altas pedras tumulares de gelo. Aharon Marcus tentou explicar ao jovem a que se destinavam os espelhos, mas Kazik não conseguiu compreender. Então o pequeno farmacêutico fez uma modesta demonstração, uma recomposição da demonstração original que se realizara no zoológico havia mais de dois anos pelo inventor. O mesmo Serguei (Vasserman: "Funcionário do mistério, amanuense da magia!".) colheu uma rosa de um dos arbustos. Era uma rosa vermelha, fresca, que o orvalho noturno cobria como o suor no lábio de uma mulher. Marcus também colheu uma rosa assim. Depois a posicionou cuidadosamente diante de um dos espelhos, aguardou um instante até que sua imagem fosse captada pelo espelho, e puxou-a para si imediatamente. A rosa se refletiu e desapareceu nos espelhos um após o outro; foi transmitida de um espelho ao outro numa velocidade incrível, atirada entre eles como uma reflexão inicial, depois como um reflexo de segundo grau, e depois como um reflexo de devaneio... aquilo não tinha fim: rosas de luz vermelha cortaram uma à outra, brilhavam por um instante no relampejo vermelho e no momento seguinte empalideciam muito, fenecendo a seguir. O círculo palpitava de rosas vermelhas, vivas, e então todos começaram a ver como a *rosa*, quer dizer, não as pétalas ou a haste ou a cor vermelha ou o perfume de uma determinada rosa, mas a própria *rosa*, antes que a vestissem a forma, a cor e o perfume, resplandecia e ofuscava alternadamente por todos os espelhos, ardendo neles como fogo, submetendo-os à essência da rosidade imperial, vermelha, libertina, úmida; tudo isso durava apenas um longo segundo, não mais, e depois a rosa voltava a ser vista no primeiro espelho, onde ela havia começado a sua viagem para dentro da sua essência, adejava ali um instante, corada e com todas as pétalas arfando, e se dissolvia. Só então os membros do grupo continuaram a respirar. Aharon Marcus mostrou a Kazik a rosa que tinha na mão: estava murcha, desfazendo-se, e a um leve toque as pétalas caíram uma após a outra. A sua haste também se desfez em pó no ar. Os ARTISTAS [*q.v.*] olharam para ela com um temor respeitoso. Mas Kazik disse: "Mas-ela-estava-morta-desde-o-começo".

Tentaram lhe explicar novamente. Disseram que Serguei tentara roubar assim alguns segundos do tempo e mantê-los no espaço desta prisão de vidro. Adivinharam que Serguei acreditava que no círculo de espelhos foi colhido, por algum motivo, um outro tempo, invertido, que absorvia para si as "umidades" do tempo comum. Certa vez ele disse emocionado a Oto que gostaria muito de livrar as pessoas do sofrimento e da alegria ao mesmo *tempo*. Para que não sofressem tanto, ele disse. Que fossem como móveis. Como objetos. Para isto, aparentemente, quis modificar o estado metafísico dos seres humanos: transformá-los nas únicas criaturas vivas, que existem apenas na dimensão do espaço, não na dimensão do tempo. Somente de criaturas unidimensionais é possível sacar partes sem que sintam dor. Uma cadeira se despede da outra sem sofrimento. Uma casa se fragmenta sem dor. Uma folha rasgada não chora. Parecia esperar que aquela essência misteriosa que era recolhida dentro do círculo, aquele não-tempo que faz com que os objetos expostos diante dos espelhos se fragmentem, se dissolvam, murchem instantaneamente, se tornem tais que absorvam para dentro de si tudo o que impede as criaturas vivas de se transformarem em seres unidimensionais; a memória, a sensação de passado e futuro, as esperanças, as saudades, os ideais, a experiência, a dor e a felicidade, em suma, Serguei tentou iniciar uma revolta bizarra, retirar do tempo o seu domínio, liberar assim as pessoas de tudo o que ele denominou um dia "fenômenos" colaterais do tempo. Ele acreditava que, para obter sucesso, devia "concentrar" e "aprimorar" a dimensão não-tempo de Serguei, existente dentro do sistema. Para tanto ficou durante muitos meses diante do seu Prometeu e repetiu a experiência com a ajuda de rosas, maçãs frescas, ratos, pedaços de pele do seu corpo, fotos que cortou de jornais, fotos de álbuns antigos, cartazes e ordens que Oto arrancara para ele das paredes do gueto colocando-se em risco, listas de judeus que foram conduzidos do *Umshlagplatz* para morrer em Treblinka, poemas de amor escritos por Yorik Vilner ("Dentro de um dia, não mais, nos encontraremos; dentro de uma semana, já não nos saudaremos; dentro de um mês, já esqueceremos; e daqui a um ano, já não nos reconheceremos; e hoje num grito noturno sobre um rio negro, como se eu tivesse erguido a tampa do poço; ouça, salve-me; ouça, eu amo você; você está ouvindo, já estou muito longe"). Igualmente Serguei passava diante dos espelhos objetos e trechos de informação de importância pessoal, particular, que só seus donos conheciam. Vasserman: "Eu os chamava de 'bens desconhecidos', como aquela folha amarela, murcha, grande, que trouxemos, a minha Sara e eu, de Paris, como a pinta oculta de Paula, que só o médico conhecia, como o segredo que eu conservei em meu coração, ou seja, que quando deitávamos juntos, a pálpebra direita de minha Sara, minha alma, se revirava... *nu, Herr* Neigel, que prenda deste tipo o senhor traria para o nosso Serguei?". Neigel, surpreso com a pergunta embaraçosa, tosse, pensa, alisa o rosto com a mão. Apenas duas ou três semanas antes Neigel teria se eximido de Vasserman zombeteiramente diante desta pergunta um tanto frouxa. Mas os tempos haviam mudado e após um ou dois minutos ele conta que, quando era menino em Füssen, o pai esculpiu num pedaço enorme de madeira o Zugspitze. Durante meses trabalhou nele fora do horário de trabalho e realizou uma obra de arte magnífica. Certa noite, caiu o primeiro dentinho do pequeno Neigel e o pai o espetou em uma das colinas do Zugspitze feito de madeira e lhe prometeu que assim se firmava um pacto eterno entre ele e a montanha. Quatro anos mais tarde, quando ambos escalaram a montanha pela primeira vez, Neigel escorregou e quase caiu no abismo. Por um milagre suas calças ficaram presas numa rocha e ele se salvou. Ele e o pai olharam um nos olhos do outro sem palavras e souberam graças a quê sua vida fora salva. Este momento no alto da montanha, o olhar aguçado que passou entre ele e o pai em sua solidão ali, Neigel traria a Serguei. Pediram aos artistas que anotassem em pedaços de papel momentos como esse e o físico excêntrico os passava lentamente diante dos espelhos e aguardava até que as palavras caíssem das folhas e se desfizessem sem vida.

Mas Kazik não entendeu também esta explicação: "Tempo-tempo", ele disse, "o que é este tempo de que vocês estão falando?", perguntou zangado, e somente então compreenderam que ele não é absolutamente capaz de entender o que é tempo, assim como eles não podem compreender realmente o sangue que flui em suas veias, ou o oxigênio que respiram. Kazik olhou para os artistas que estavam ao seu redor e perguntou quem deles era Serguei. Reinou um silêncio embaraçoso. Aharon Marcus contou-lhe delicadamente que certa noite o cientista veio sozinho ao sistema de espelhos e pôs seu corpo diante de um dos espelhos. Ninguém sabe o que lhe aconteceu, mas pode-se imaginar como foram extraídas de seu corpo e de sua alma todas as unidades do tempo. Pela manhã Oto encontrou suas roupas e sapatos na grama. Alguns dos espelhos estavam quebrados. Os artistas tinham certeza de que ele havia morrido, mas nos meses seguintes começaram a chegar ao zoológico rumores estranhos: viram Serguei, ou alguém parecido com ele, comandando uma unidade da Waffen SS na rua Niska, a nordeste do gueto; viram-no ou a seu irmão gêmeo, em farda da polícia polonesa, supervisionando o extermínio dos judeus que se esconderam nas fábricas Transway; viram-no, ou ao seu duplo, fotografado em todos os jornais que mostravam as execuções em massa; começaram a identificá-lo até em fotos que foram feitas alguns anos antes, quando ainda estava na Rússia, mas nas fotos ele aparecia em outros lugares, sempre ocupado em cometer um ou outro assassinato. Era como se ele tivesse conseguido obter controle também sobre o movimento para a frente e para trás do tempo, mas jamais tivesse podido preencher somente um papel em todos os tempos que se alternavam. Para todos estes acontecimentos não se encontrou nenhuma explicação satisfatória.

Ver também KAZIK, A MORTE DE; GRITO.

צדק

TSEDEK

JUSTIÇA

Ver FORÇA.

ציטרין, חנה

TSITRIN, HANA

A mulher mais bela do mundo. Artista do amor.

Quando a JORNADA DOS SONÂMBULOS [*q.v.*] chegou ao barracão de Oto, Fried, Marcus, Zaidman e Munin discutiram calorosamente qual seria o melhor modo de educar Kazik e lhe ensinar "o mais importante na vida", segundo as palavras de Fried, e sugeriram ler para ele o Velho e o Novo Testamentos, ou lhe fazer uma preleção sobre os princípios das teorias dos grandes filósofos ou fazê-lo ouvir as obras musicais mais sublimes (Aharon Marcus sugeriu logo o *Fidélio* de Beethoven). Oto disse baixinho: "Ele precisa de mulher". Logo sugeriu que todos fossem juntos com o rapaz até Hana Tsitrin. Ela se encontrava naquele momento (5h25) de guarda, como toda noite, na longa alameda que fica em frente às jaulas dos predadores. A sra. Tsitrin... Hana Tsitrin: "Na época dos bombardeios de Varsóvia perdi meu filho mais velho, Dolek". Vasserman: "E ela, realmente, é a mulher mais bonita do mundo. Além das rugas e sob as grossas camadas de maquiagem que ela passa nos olhos e no rosto, por trás dos desenhos obscenos que ela fez no corpo com pedaços de carvão e giz de cor, sob as flechas que ela desenhou em seus braços e pernas, alguns feitos com iodo que ela furtara da caixa de medicamentos de Fried e outros gravados com uma faca afiada que deixaram cicatrizes esbranquiçadas, flechas que até a um cego indicariam o caminho para vir a ela, com seu perdão, sob todas estas sete cortinas a nossa Hana é muito, muito bonita". Hana: "E a minha pequena, Rochke, levaram assim simplesmente da rua em abril de 1941". Vasserman: "Ainda me lembro dela quando trabalhava no café de Zomer, minha Sara e eu íamos lá em raras ocasiões de alegria, feriados, aniversários, e Hana, *nu*, sempre sabia nos encantar com um sorriso que nos fazia bem. Era simpática com todos, tão *bérie*, carregava as bandejas repletas de xícaras, um colírio para os olhos! Parecia uma dançarina se movendo! E baixinho sussurrava aos nossos ouvidos que o Strudel, *nebech*, uma velha havia saltado sobre ele, mas se você esperar um bocadinho, o avarento Zomer acabará de fritar os *blint-*

ses, as panquecas, que está preparando para o sábado, para a *bar-mitsva* do filho, mas com certeza venderá alguns pedaços no seu café, porque seu coração não ficará satisfeito se ele entregar todo o trabalho gratuitamente aos convidados glutões...". Hana: "E o meu marido, Yehuda-Efraim, levaram-no na Grande Operação de agosto de 1942. Fiquei só. Sem meus pais, sem marido e sem filhos. A minha aldeia natal, Dinov, já tinham destruído no início da guerra. Nada me restara. Nada. E depois de um mês, apenas um mês, decidi que não queria ser uma morta-viva. Casei-me com Israel Lev Barkov. Era o confeiteiro de Zomer. Sabia tocar acordeão e gostava de cantar canções russas. Certa vez, há dois anos, depois que perdeu de uma só vez a esposa e os dois filhos, Nehemia e Ben-Tsion, disse-me que, apesar de tudo o que lhe acontecera, esta guerra e os alemães, ainda gosta tanto da vida que não lhe importa morrer, desde que saiba que esta vida continua para o bem ou para o mal. E que as pessoas como ele continuam a sentir intimamente esta alegria. E a paixão pela vida. Assim ele me disse e eu decidi que o queria. Restara-lhe uma menina. Abigail. Estava com oito anos. Juntos tivemos um menino. Nós o chamamos... não importa". Vasserman: "E este bebê também foi morto. Foi morto nos braços da irmã... a menina voltava com ele certa noite para casa, vindo do café, e um sentinela polonês atirou em ambos assim, por diversão... apenas alguns minutos antes que começasse o toque de recolher, então... a noite toda aqueles puros e inocentes ficaram estirados nas pedras da calçada. Hana e Israel Lev Barkov não puderam descer para apanhá-los... naquela mesma noite ela foi castigada, a nossa Hana...". Hana: "Naquela noite eu e Barkov parecíamos animais esfomeados. Demos à luz o meu filho Dolek, a minha filha Rochke e depois Nehemia e Ben-Tsion. E Abigail. E o nosso último menino. Barkov trepou comigo sem parar. Não acabava. Nós nos arranhávamos e nos mordíamos até sangrar. Suamos baldes e mais baldes e bebemos baldes e mais baldes para que houvesse em nós mais e mais umidade. Meu útero era um funil gigantesco. E um celeiro de trigo. E mar e montanhas e floresta e terra. Crianças fluíram de mim e de Barkov e encheram a rua. Encheram o gueto e toda a Varsóvia. E o desejo era insaciável. Nossas crianças eram mortas na rua. Fizemos novas crianças. E logo ouvimos mais tiros na rua. E fizemos mais crianças. Ao amanhecer entendemos que não podíamos parar. Também sentimos que tudo se movia conosco. A cama e o quarto e a casa e a rua. Tudo subia e descia e se contorcia e suava e chorava. Chorava. Quando amanheceu todo mundo já estava conosco. Todo mundo

dançava a dança. Pessoas e árvores e gatos e pedras. Uma dança. Mesmo os adormecidos faziam isso em sonho. Sonho. E já se tornara absolutamente claro que
Deus se rendera. Que o terrível segredo d'Ele se revelara. Que Ele só sabe criar
uma criatura. Que nos condenara ao desejo. Ao amor a esta vida. Amor a ela a
qualquer preço. Amor sem lógica. E fé nela. E saudade dela. Pobre artista.
Coitado. Gravou em nós a sua única criação como se fosse uma tatuagem.
Gravou na alma. Colocou-a em tudo. Nas árvores e nas montanhas. No mar e
nos ventos. Cuspiu-a de dentro de si como uma maldição. Ele fez todo este
mundo para descarregar de Si o Seu problema. A Sua culpa. A Sua doença. E
Israel Lev a muito custo se separou de mim. Arrastou-se até a janela e se atirou.
Eu soube então o que precisava fazer. Não desci à rua. Para a rua, não. Fiquei
sentada em casa. Diante do espelho. Me maquiei e me enfeitei. Muito. Todi-
nha. O corpo. Vieram pessoas e falaram comigo. Palavras. Pensaram que eu
estivesse doente. Que tivesse enlouquecido. Não entenderam nada. Somente
Oto. Logo que Oto viu, ele entendeu. Decidi ser bonita. Tão bonita que a
minha beleza chamaria a atenção d'Ele. De Deus nosso Senhor, de Seus olhos
famintos. Os Seus olhos que sempre procuram. Que Ele me veja como vê os
grandes desertos. As florestas. Os oceanos. O Himalaia. Que me veja, a mim".
Oto: "Eu a trouxe do abrigo de mulheres; ali, procurei também para mim combatentes e o fato é que eu tinha razão. A responsável ali me contou secretamente que, até que Hana chegasse até eles, ela andou sozinha durante alguns meses
pelas ruas, foi violentada por judeus, por poloneses, por todo mundo. Hana só
ria, não resistia e como que não sentia, a sorte é que, devido à anemia e à fome,
não ficou grávida nenhuma vez. Aqui no nosso zoológico naturalmente ninguém sequer sonhará em atingi-la assim, somente o sr. Munin é que vai sempre
espiá-la por trás de um arbusto e fazer silenciosamente a sua arte; ela nem o percebe, anda nua a noite toda, no calor e no frio, na passagem junto aos predadores, tenta seduzi-Lo, imersa assim na sua guerra com Deus e, acreditem, essa
guerra não é fácil". Vasserman: "*Ai*, às vezes nas noites abafadas todos sentimos
como Ele luta lá em cima, luta Consigo mesmo... As cortinas do céu como que
se abrem um pouco. Ele espia envergonhado por elas, tremendo de excitação.
Et! Todo o universo se enche de suor e tremor, o sangue em nossas artérias arde
e flui e, além dos seus sete firmamentos, oculto na vestimenta da nuvem e
névoa, nossos ouvidos ouvem como Ele bate Sua velha cabeça nas paredes e
urra de dor". Marcus: "Em noites assim a sra. Tsitrin O tenta com todos os seus

encantos. Anda pelo jardim em movimentos longos e sinuosos, enrolando os cachos dourados da peruca, fazendo soar os saltos dos sapatos sem sentir vergonha. Sim, Deus em Seus firmamentos muge como um touro gigantesco. Arqueia-se de dor como um enorme gato. A lua se torna totalmente vermelha e tendões grossos como cordas ficam salientes nela. O vento não sopra. Não: o ar está cheio de milhares de estames amarelos, perfumados, imóveis, que entontecem. No zoológico os animais copulam com um desejo irresistível. Animais velhos, nos quais a fome deixou somente pele e ossos, são repentinamente tomados de paixão e atiram-se um sobre o outro. Em troncos secos de árvores, que há quatro anos foram abatidos pelos bombardeios, despontam e brotam botões de flores roxas e vermelhas. E a terra, vocês sabem, treme: a terra move-se e se arqueia sob os pés. E a nossa Hana, a mais bela das mulheres, dança então as suas danças. Dança de olhos fechados, com um sorriso suave e encantador, do seu corpo brota mel que deixa sinais misteriosos sobre a terra... espécies de cartas de amor... em todo lugar em que ele pinga crescem grossos arbustos de jasmim e lilás; Ele os lê e fica enlouquecido. Não só Ele, creio...". Munin: "Ra! Ra! O justo que serve o Senhor, louvado seja, com um instinto do mal mais superior que o justo que serve o Senhor sem nenhum instinto do mal, assim lemos nas Crônicas de Yaacov Yossef, e o Maguid reforça isto: Criei o instinto do mal e criei a Torá como seu tempero, e o principal é a carne e não o tempero. *Och*!! Uma dessas noites da sra. Tsitrin vale para mim pelo menos sete noites!". Marcus: "Mas de manhã tudo acaba. Ele não se rende; luta com Seu instinto e o domina. E nós acordamos atordoados, espalhados por todos os cantos do zoológico, nos gramados, nos canais, nas jaulas, abraçados a animais lendários que fogem assustados quando rompe a aurora. Em torno de nós na terra há sinais da terrível destruição, marcas do ranger dos dentes divinos: árvores arrancadas partidas em duas, ramos secos de arbustos de perfumes encantados desfazendo-se, efêmeros, pedras que explodiram porque suas veias se romperam em tremendo esforço... e a nossa Hana? *Nu*, sim. A sra. Tsitrin dormia. Encolhida como um bebê inocente sobre um monte de feno ou debaixo de uma árvore, nem percebe Oto, que a cobre piedosamente com seu casaco, sonha com a guerra da noite seguinte...".

E foi Aharon Marcus quem, a pedido de Oto (ninguém lhe recusa nada!), segurou na mão de Kazik, que nesta ocasião já estava com vinte e cinco anos aproximadamente e o conduziu pelas alamedas do zoológico até chegar ao caminho junto às alamedas dos predadores. Os demais ARTISTAS [*q.v.*] seguiram-nos silenciosamente. O dia já estava quase raiando. Hana acabara de dançar a sua dança e no último instante uma expressão de expectativa e anseio estendeu-se sobre seu rosto e adejou sobre suas pálpebras cerradas. Prestou atenção ainda por um momento: será que Ele ainda vem hoje? Aharon Marcus aproximou-se dela, um pouco embaraçado pela proximidade da nudez gritante, colorida. Tocou suave em seu braço; ela estremeceu e congelou. O pequeno farmacêutico sussurrou-lhe que ela podia parar de dançar. Só disse isto: "Ele chegou, sra. Tsitrin. Ele chegou para todos nós". E de certa forma isto era verdade. Hana não abriu os olhos. Voltou para Kazik seu rosto vermelho como um grande girassol emoldurado pela peruca amarela. Kazik usava só fralda. Um homenzinho, com cinqüenta e um centímetros de altura, segundo a medida estimada. Ela ainda não abrira os olhos. Só seus lábios se moviam e perguntou, sem voz: "Ele?", e Marcus confirmou com a cabeça. Ela ouviu como que o sopro de uma leve brisa e sorriu. De longe Munin sussurrou: "*Nu*, a *shokl*, a sacudidela, menino! Corra e agarre!". E Marcus disse: "Por acaso você sente o cheiro dele, senhora?". Ela sorriu novamente como que do sono. O cheiro de Kazik recendia longe. Um aroma fresco e penetrante de desejo forte e selvagem. Desejo irresistível. Mesmo Vasserman, que não tinha olfato, sentiu algo muito tênue: "Não sei, *Herr* Neigel, como a sra. Tsitrin delineou em sua alma durante todos estes anos o brilho da imagem d'Ele, de Deus, quando finalmente chegasse, mas estou certo de que o cheiro de Kazik era o cheiro certo para ela". E Hana Tsitrin sussurrou: "Venha".

Surge uma certa dificuldade quando se vai descrever o que aconteceu entre ambos. O leitor é convidado a ver o verbete AMOR e também o verbete SEXO. Existe naturalmente a tentação de se arriscar aqui a descrição "poética" do tipo: "Criou-se ali entre os dois algo que pareceu fundir a memória, a lógica e a imaginação numa só torrente". Bobagens! Mas pode-se dizer com absoluta certeza que 1. Por um momento pareceu que ambos já se conheciam a vida toda. 2. Por um momento pareceram totalmente estranhos que rejeitavam a proximidade do outro. Mas isso parece insuficiente e é preciso detalhar mais: um grão de areia voou para o olho de Kazik; ele se curvou, pestanejou e, quando voltou a abrir os olhos, olhou por engano para outra direção. Hana ainda estava de olhos fechados. Começaram a procurar um ao outro. Por um momento uma nuvem passou pela lua e a escuridão tornou-se mais espessa; eles passaram muito próximos um do outro e erraram. Pelos cálculos do dr. Fried, perderam-se assim quatro meses de amor. Depois a lua voltou a aparecer e eles se encontraram. Agora não tinham alternativa a não ser despejar insolentes um no outro a raiva e a tolice de sua separação e com isso despertar em si mesmos a ilusão de que o reencontro era um milagre, que não era casual e árido como a separação. A inevitável discussão, cheia de gritos e veneno, durou nove minutos inteiros que, conforme a tabela de tempo de Fried, correspondem a meio ano. Kazik começou a se zangar porque os membros do grupo estavam espiando a nudez de Hana. Até então ele não sabia que ela deveria se envergonhar disso. Voltou-se correndo para eles e sacudiu a mãozinha para expulsá-los. Hana soltou repentinamente um riso estranho, cheio de prazer, que o aborreceu e humilhou. Seis minutos. Voltou-se para ela dando de ombros. O tempo que passara diminuíra um pouco a paixão dele. Agora começou a vê-la tal como era. Uma mulher velha e feia. Ele a culpou pelo desgaste do corpo porque não tinha a ninguém mais para culpar por isso. O corpo dele também já não era fresco e firme como fora no passado, na juventude, e também o seu sofrimento transformou-se em rancor contra ela, porque ele não tinha ninguém além dela. Ele a queria, mas já sentia que este não seria o amor que seu desejo delineara na imaginação: já entendera que as coisas realmente importantes ele não poderia e não saberia dizer a ela. Que, quanto mais ele a amasse, mais ela permaneceria longe dele. Estranha. Ele pensou. Sou só. Só. Naquele momento, se ela viesse até ele e o recolhesse em seus braços, poderia voltar a acreditar no AMOR [q.v.], mas Hana também foi acometida pela mesma depressão e lamentou intimamente a SOLIDÃO [q.v.]. Eles perderam o momento em que poderiam ajudar um ao outro e perdoar e sentir. Kazik olhou com ódio para ela. Hana percebeu o brilho malvado dos olhos dele e se encolheu. Seus braços caíram ao longo do corpo. Os seios pendiam longos, flácidos e murchos. Exatamente aí, então, algo se moveu nele, ele se aproximou dela e com suas mãos pequenas abraçou os joelhos dela. Então ela começou a soluçar. Todo o seu corpo tremia. As lágrimas fluíam e caíam sobre seu corpo e apagaram os desenhos obscenos que ela havia feito, as flechas e as cores pintadas. O choro a expôs e o tocou. Ele sentiu vagamente que ela chorava também por ele e pelo amor que fora roubado antes ainda de ser dado. Hana Tsitrin sentou-se na terra úmida; Kazik veio e sentou-se entre as pernas dela e a abraçou. Nesse momento sentiu o cheiro dela. Sentiu e imediatamente parou de chorar. A primeira faixa de luz foi vista no céu. Como se alguém tivesse aberto uma caixa grande e espiado para dentro. Vasserman: "A bem da verdade, *Herr* Neigel, será difícil para mim transpor em palavras tudo o que aconteceu ali entre ambos... para assuntos assim, o silêncio é mais conveniente... E eu ainda não me livrei completamente da vergonha... apesar disso contarei, porque só restei eu para contar". E contou como Hana Tsitrin carregou Kazik nos braços como se carrega um bebê. Ela o farejou como a um animal e fechou os olhos com um prazer que era muito selvagem e devasso, mas também inocente. Então tirou dele a fralda molhada, atirou-a longe. Ela começou a esfregar lentamente o homenzinho pelo seu corpo... Vasserman: "Como se ela o fizesse conhecer todo pêlo e membro e tendão, e todos percebemos que acontecia nele o que devia acontecer, ou seja... você entende... em outras palavras, o *smitshikel* dele ficou ereto e ele começou a ofegar e arfar e suar e enrubescer, e ela, a sra. Tsitrin, o beijou nos olhos e na boca, e depois no corpo todo e até lá ela o beijou, sem demonstrar vergonha, os olhos dela não se abriram por um momento sequer, tão imersa estava em seu amor, em seu sonho, e então ela se estendeu toda, sobre a terra dura, colocou-o sobre seu monte de Vênus, sobre seu ventre um pouco inchado pela fome, e Kazik, mesmo não tendo aprendido isto na escola, sabia muito bem o que devia fazer... *ai*, como os dois se cobriram de suor, como brilhavam e resplandeciam à luz do luar e nos dois pares de óculos do sr. Yedidiya Munin, este Yedidiya Munin que não deixou nem por um minuto de se apalpar e sussurrar obscenidades, porque então a mulher entreabriu as pernas, *ai, Herr* Neigel, entreabriu-as bem e, com toda a força dos seus braços, empurrou-o para *lá*, para dentro dela". Munin: "*Och!!!*". Vasserman: "E o senhor é obrigado a acreditar, *Herr* Neigel, que quase não o vimos! Mas as pontas dos dedinhos do pé despontavam de dentro dela, esticados como em convulsão, mas neste momento ela começou a dá-lo à luz desde o começo, com sofrimentos e prazeres, vi o rosto dela desfalecer de prazer, anseio e uma tênue beleza e ali, embaixo, o pequeno Kazik se comprimir com toda a força, se despedaçar e se recompor e voltar a cabecear com força a carne que, para ele, era o baluarte dos quadris dela, até que repentinamente lançou um uivo terrível, curto e rápido, e foi a primeira vez, *Herr* Neigel, que percebi como é grande a tristeza contida naquele som que todos nós, homens e mulheres, soltamos nos momentos de intimidade, momentos de prazer carnal... uma espécie de gemido de desespero esfacelado, impregnado de sofrimento, um gemido de uma inteligência secreta que é lançado de dentro de nós com um espasmo imediatamente esquecido...". Fried: "E então aconteceu! Este crime! Esta barbaridade! *Ach*, assassina!". Marcus: "E a sra. Tsitrin sacou de repente, ninguém viu de onde, talvez de dentro de sua peruca amarela, um objeto muito pequeno e afiado e começou a perfurar Kazik nas costas com toda a força, com ódio, perfurou-o criminosamente, uma vez e mais outra...". Hana Tsitrin: "Isto é pelo amor. E isto pela esperança. E isto pela alegria de vida. E isto pela renovação. E isto pela força criativa. E isto pela força do esquecimento. E isto pela fé. E isto pela ilusão. E isto pelo miserável otimismo que você plantou em nós. E isto por...". Herotion: "Fui o primeiro a entender e saltei sobre ela e arranquei-lhe a faca da mão. Fui perfurado aqui e também aqui. Veja. Não faz mal. O importante é que o pequerrucho está bem". Oto: "Infeliz, o que foi que você fez?". Malchiel Zaidman: "Eu! Eu! Estou sentindo novamente quem sou eu! O que aconteceu aqui?!". Fried: "Kazik, o meu Kazik". Kazik chorou muito. De todas as feridas jorravam jatos finos de tempo. As costas pareciam um chafariz. Oto pediu a Fried que se apressasse em cuidar dos ferimentos, "para que não perca muito tempo". Até que Fried conseguiu arrancar a camisa de seu corpo enredado de galhos [ver ECZEMA], os jatos pararam de jorrar e as feridas se fecharam. Oto segurou a pequena faca que Hana escondera durante aqueles longos meses em sua gigantesca peruca amarela. Somente agora os artistas entenderam que plano ousado e perigoso a mulher forte e calada arquitetara. Oto pesou a faca na mão. Refletiu por um momento. Depois disse: "Pegue, Hana. É sua". Fried: "Oto! Você enlouqueceu?!". Oto: "Não interviremos na obra de um artista verdadeiro, certo, Albert?". Fried, gaguejando e engasgando: "Mas... *cholera*! Ela é perigosa! Você mesmo viu!". Oto: "Ela é perigosa somente para Um. E Ele não é dos nossos". Ele estendeu a faca para ela e a mulher, com olhar desconfiado, animalesco, escondeu-a rapidamente na peruca. Os artistas voltaram-se, abalados e deprimidos, para sair dali. Kazik soluçou mais um pouco mas já esquecera a dor. Estranhamente ele não esquecera seu desejo por ela. A todo momento virava a cabeça para trás, querendo voltar para ela. A mão apalpava sem cessar o seu membro. Começou a se masturbar [ver MAS-TURBAÇÃO]. Ele ainda não entendera a extensão daquela perda.

צייר

TSAYAR

PINTOR

Artista da pintura.

Profissão de Kazik nos anos que se seguiram à sua relação com Hana TSI-TRIN [*q.v.*]. Este capítulo da vida dele pertence totalmente à imaginação do

Obersturmbannführer Neigel. Não há dúvida de que as coisas que lhe sucederam na curta FOLGA [*q.v.*] em Munique [*ver* CATÁSTROFE] foram um fator decisivo aqui. Vasserman imagina que desde que a maior parte da vida de Neigel foi destruída com tal rapidez, depois que perdeu de uma só vez a convicção no seu trabalho e na sua "missão", assim como o amor da esposa e a esperança de voltar para ela um dia, depois de tudo isso começou a investir todo o seu empenho no único canal estreito que encontrou aberto à sua frente, na história. Vasserman confessa que por um momento se assustou com "os fenômenos de força estranha que emanavam de Neigel: quem poderia profetizar e saber que esta minha pobre história se tornaria de repente a pedra angular na fé deste infeliz gói? *Oi*, Anshel Vasserman, com estas suas próprias mãos você escreveu para Esaú o Terceiro Testamento!". É preciso explicar que os dois estão sentados, como sempre, no aposento de Neigel, mas, não como de hábito, Neigel é que carrega o ônus de tecer a história: fala sem cessar, fuma sem cessar e bebe. Os olhos estão muito vermelhos e o rosto brilha e sua. Seus gestos novamente não são contidos e medidos, até o piscar é agora rápido e nervoso. Juntos ambos procuram uma ARTE [*q.v.*] adequada para Kazik, algo que satisfaça um pouco a grande fome que se escancarou dentro dele depois que descobriu o AMOR [*q.v.*] e depois que conheceu em seqüência a isto e em seqüência à JORNADA DOS SONÂMBULOS a profundidade dos seus sentimentos [*ver* SENTIMENTOS] e a força da felicidade e do sofrimento que envolve o homem. Algo que o ajudasse, explica Neigel, a se curar rapidamente das suas feridas de amor e da decepção e da desilusão. "Transformar o SOFRIMENTO [*q.v.*] em CRIAÇÃO [*q.v.*]", diz Vasserman concordando, e conta que Kazik é agora um homenzinho em pleno vigor; que ele proclama em voz alta o seu imenso amor por esta vida, apesar do seu amargor. A vida lhe parece ainda longa, segura, cheia de prazeres e felicidade e ele está disposto a pagar o preço da dor que ela lhe causa. Convém frisar que já eram 10h30 da manhã e Kazik estava com cerca de quarenta anos. Era uma manhã bonita, azul e límpida, e a sua voz ressoava. Falava bastante agora sobre sua "amada eterna", sobre sua vida até então e sobre as suas esperanças quanto ao futuro. Há algo metálico e forçado no modo como Kazik se convence de que a vida é realmente boa e que vale a pena vivê-la. A sua nova tagarelice é também um pouco embaraçosa, mas talvez seja esse o seu modo de cicatrizar feridas. Neigel, de todo modo, não distingue estas pequenas contradições de Kazik. Ele presta atenção ansioso, ávido por acreditar. Por isso Vasserman prossegue e descreve como até os velhos artistas, desiludidos, estavam tentados a acreditar em Kazik. Como uma onda de alegria desenfreada causou mais uma onda de folhagem perfumada no corpo de Fried. Neigel concorda com a cabeça. Serve-se de mais um cálice da garrafa quase vazia. Vasserman espera até que acabe de sorver a bebida e então confessa que não sabe que arte deve escolher para Kazik expressar a sua felicidade. Neigel, justamente Neigel, foi quem começou a sugerir muitas coisas. Vasserman: "De Esaú jorravam brilhos de idéias. Nem de todas era possível fazer um *shtraimel* adequado, mas percebia-se que um novo espírito o perpassava". "Pintor!", exclamou Neigel com voz abafada e deixou rolar em voz alta a sua idéia: "Pintor de silhuetas? Pintor de desertos? De marinhas?". Ele ardia em febre e desabotoou a maior parte dos botões da túnica militar. "Ele será, meu *Herr* Vasserman, um pintor da imaginação." Vasserman: "Queira, por favor, explicar". Neigel largou o cálice, apoiou-se para trás, colocou os pés sobre a mesa e cruzou as mãos atrás da nuca. Um sorriso lhe aflorou aos lábios. Um sorriso que Vasserman jamais vira nele, um sorriso de anuência a uma notícia má. Um sorriso de depois de tudo concluído. Ele explicou ao escritor judeu que Kazik seria um pintor que não necessita de pincel ou lápis. Ele poderia desenhar também sem papel. "Olhe para lá, *Herr* Vasserman", sorriu Neigel e apontou com a mão. Para o leste, por favor. Entre a jaula do urso e a do tigre." "Ah? O quê? Ele ficou doido!" "Por acaso você vê ali a mulher deitada no caminho? Por acaso você a conhece?" Vasserman, desconfiado, aperta os olhos míopes na direção leste. Seus lábios se contorcem com repugnância diante da visão e cheiro de Neigel. Mas então, como um raio, entende a intenção do alemão, e seus olhos se abrem espantados ("Ai! Aconteceu! Deu certo, você está ouvindo, Shleimale? Shleimale?!"). E em voz alta ele responde: "Mas é claro, *Herr* Neigel, meu senhor! Pois é a nossa Hana Tsitrin, não? A mulher mais bonita do mundo!". E Neigel começa então a descrever em um tom surdo como o céu se abre sobre Hana que jaz sobre a terra, como uma nuvem pesada se rompe totalmente pelo gume de um relâmpago aguçado, e como Kazik desenha apenas com a força de sua imaginação o pé de Deus descendo, e depois mais um pé, como Deus caminha pela nossa terra, e depois como Deus deita com a mulher mais bonita do mundo... e descreve como ela, Hana, ficou tão tonta de amor e desejo que até esqueceu totalmente a faca que escondera. Como estava atenta apenas às agonias do amor e à necessidade d'Ele por ela. Depois Neigel conduziu um Vasserman espantado, que silenciava num temor respeitoso, até o montículo da sepultura ao lado dos viveiros dos pássaros, a Paula que dá à luz ali com esforço e prazer o seu filho, o feto do grito, e ele vive, e ela vive, e os olhos de Fried se enchem de amor pela mulher e pelo menino, e quando Neigel diz "mulher" e AMOR [*q.v.*], as palavras de sua boca soltam um cheiro de súplica e desespero, ele fala com incrível rapidez, como se temesse não ter tempo de dizer tudo o que carregara dentro dele todos aqueles anos, tudo o que fora "suspenso" e "deixado de folga", sim, e "olhe agora para o norte, meu caro *Herr* Vasserman, e veja ali o sr. Munin deitado com uma mulher lindí..." e quando Vasserman volta o olhar para a direção indicada pelos olhos abertos, cobertos de pequenas nuvens de sangue, de Neigel, viu que a porta do barracão estava aberta e na porta encontrava-se, quem sabe há quanto tempo ele já estava ali, o *Sturmbannführer* STAUKE [*q.v.*], de cabeça raspada, o quepe preto na mão, um fino sorriso nos lábios. "Mas continue, por favor, continue", ele diz suavemente e caminha para dentro do aposento com seu passo felino, "realmente ouvi histórias das mil e uma noites aqui atrás da porta nos últimos minutos, *Herr* Neigel." E como ele se dirigiu a Neigel pelo título civil, e não pelo escalão militar, Vasserman inclina a cabeça e sem alegria, absolutamente sem alegria, congratula-se consigo mesmo pela vitória.

É preciso acrescentar ainda que entre Stauke e Neigel houve uma conversa muito curta, venenosa por parte de Stauke, surpreendentemente indiferente por parte de Neigel. No final, Stauke tirou do cinturão a pistola de Neigel, deixou nela duas balas, uma para o próprio Neigel e outra para Vasserman, e antes de se virar para sair externou a esperança de que Neigel cumprisse ao menos o seu dever de honra. Porém, quando a porta se fechou atrás dele, Neigel disse febril: "Continuemos. Ainda há tempo. O nosso Kazik era pintor da imaginação, não é? Continuemos".

Ver também CARICATURISTA.

צעקה

TSEAKÁ

GRITO

Clamor, brado, exclamação em voz alta de dor, sofrimento, pedido de ajuda e similares.

"O Grito" é o título do complexo sistema de calhas metálicas soldadas uma à outra, dispostas na jaula dos porcos vazia. Era também uma das experiências de SERGUEI [*q.v.*]. Desde agosto de 1942 está preso naquelas calhas um grito. No início, ele enlouqueceu as mentes, de qualquer forma já fragilizadas, da maioria dos habitantes do zoológico. Marcus: "Naqueles dias não conseguíamos sequer concluir um pensamento! Este som terrível confundia os pensamentos, embaralhava as idéias! Mas Oto... ah, Oto, não concordou em que o libertássemos do labirinto em que estava preso. Nosso Oto é muito zeloso quanto aos direitos dos seus criadores". Oto: "Vocês acabarão se acostumando". E eles realmente se acostumaram. Tanto que aos poucos deixaram de ouvi-lo. Aqui é preciso ser mais exato: por um momento, o último, voltaram a perceber sua existência: foi quando o velho Fried jurou para si mesmo que daria sentido à vida de Kazik [*ver* ORAÇÃO]. Aconteceu em algum momento da noite, quando Kazik era ainda muito jovem. Jovem demais. Por um momento, depois que o emocionado Fried decidiu heroicamente não se render ao desespero e lutar com toda a sua força, o grito aumentou e se transformou, por um instante, num berro terrível, agudo e carregado de desafio. Oto, que dormia o sono dos justos em seu barracão, sorriu no sonho e disse: "Está ouvindo, Fried? Este é o seu grito, imagino. É você que está nascendo agora". Kazik passou pelo grito durante a JORNADA DOS LUNÁTICOS [*q.v.*]. Não compreendeu o que era o aglomerado de metais que entulhava a jaula dos porcos vazia, mas todos viram que ele foi tomado de um estranho nervosismo. Seu rosto estremeceu e ele como que foi arrancado de lá por uma forte e invisível lufada de vento. Novamente tentou se aproximar da jaula e mais uma vez foi rechaçado. Fugiu dali. Parou. Voltou hesitante, desconfiado. Percebia-se que algo lhe causava uma dor difusa. Puxou a manga de Fried e quis saber o que era aquele lugar. Foi Aharon Marcus quem lhe explicou delicadamente, como sempre, a que se destinava o sistema. Contou-lhe que Serguei utilizara a jaula vazia (todos os porcos tinham sido mortos num bombardeio) para construir este labirinto metálico, muito mais complexo do que parecia. Era totalmente feito de ramificações e desvios em ângulo reto e ondulações circulares, perpendiculares, horizontais e espirais... Oto: "O quê!, metade do orçamento do zoológico eu gastei comprando sucata de metal e alumínio dos ferros-velhos às margens do Vístula. Serguei disse que alumínio era o melhor para o seu objetivo porque é ótimo para criar ecos; isto realmente não foi tão barato, mas em coisas assim a gente não economiza quando está em guerra". Serguei planejou o labirinto de modo que o eco dentro dele nada perdesse de sua potência. Ao contrário: se for dado um grito dentro desses tubos, ele não se enfraquecerá e não se desfará em segundos, mas ganhará força: duplicará a sua força numa tremenda rapidez, triplicará, se fortalecerá e em poucos segundos todo o sistema se encherá de gritos, fragmentos de gritos e ecos de gritos, energia vocal densa e plena, que virá e se duplicará incessantemente, até que se transforme numa potência vocal comprimida, carregada de altas tensões, de estremecimentos que, segundo seu inventor, reverberarão ao menos no espaço físico vazio entre o som e a massa. Fried: "Pobre maluco. Pessoas assim nós chamávamos de *pikholtz*, idiota". Marcus: "Mas com que entusiasmo falava sozinho sobre seu invento! Andava pelos caminhos e discursava para si mesmo e quando via um de nós, desaparecia! Num momento estava lá, no outro tinha sumido!". Oto: "Ele tinha um olho sensível e quando a gente olhava para ele este olho logo começava a lacrimejar; ele ficava totalmente enrubescido e as palavras lhe engasgavam na garganta. Coitado". Paula: "Se ao menos soubéssemos algo do que aconteceu com ele desde que dele se despediram há cinqüenta anos, talvez, sei lá! Talvez pudéssemos ajudá-lo. Mas ele... nada. Silêncio. Comportava-se como um estranho. Como um perfeito *fonie*, um idiota completo. Russo. E talvez, Deus o livre, um inimigo?". Oto: "Comigo ele conversava às vezes. Não sei por que justamente comigo. Explicava-me em termos científicos todas as etapas complexas das suas idéias". Fried: "A tensão vocal do grito, assim ele sempre dizia ao pobre Oto, e Oto vinha a mim e me perguntava que tensão é esta, mas naturalmente eu também não entendia nada". Marcus: "Só depois, alguns longos meses depois de feita a sua experiência com os espelhos [*ver* PROMETEU] e de desaparecido, começamos a entender, sim. Ele sonhava com uma enorme tensão que se formaria entre as ondas crescentes de propulsão de ecos que se centuplicavam, que se multiplicavam por mil; *nu*, qual a sua opinião a respeito?". Serguei andava pelo zoológico e desenhava no ar os movimentos das ondas de gritos que se chocavam uma na outra numa inércia crescente, as infindáveis fragmentações dos choques e cruzamentos que batiam nas paredes de lata e de alumínio, voltavam de lá e se rompiam em seus próprios ecos. Fried: "E a tensão! Não se esqueça da tensão vocal! *Ach!* Um absoluto *pikholtz*, um simplório!". Oto: "E quanto ao hidrogênio, você esqueceu? Ele insistiu em introduzir hidrogênio no sistema, porque disse que os ecos ressoam melhor no hidrogênio... isto já começou a se tornar um pouco perigoso, mas eu autorizei...". Munin: "E a ruptura? Ele tanto falou de 'ruptura' que pensei que de tanto esforço poderia romper um ovo ali dentro!". Marcus: "*Nu*, sim, depois também isso foi esclarecido. O infeliz falou de fissão, não de ruptura. Fissão do grito em energia acústica e angústia humana...". E realmente, segundo as anotações malucas do inventor, que foram descobertas depois que ele desapareceu, ficou claro que Serguei acreditava que o grito humano era composto dos dois elementos acima. Ele avaliou que não há forma de aumentar a quantidade de tristeza humana que há no grito além daquela que ele de qualquer forma já contém e concentrou esforços na duplicação infinita da sua energia acústica. Pretendeu fazer com que aquela energia reforçada carregasse consigo a angústia humana como se fosse um supermotor. Previu que a fissão explodiria com grande intensidade as calhas, a jaula dos porcos e todo o zoológico. Paula: "Jesus Maria! Até Varsóvia inteira!". Ele disse: "Este grito irá bem longe!". Kazik: "Mas para quê?". Marcus: "Para, talvez, dentro de mil ou dois mil anos, alguém ouvi-lo em algum lugar, em um dos mundos distantes, em uma das galáxias remotas do universo, ouvi-lo e finalmente perceber o que acontece aqui, conosco, porque talvez tenham esquecido... talvez tenham negligenciado um pouco..." — frise-se aqui imediatamente que a idéia em si, apesar de parecer absolutamente despropositada, lembra um pouco idéias semelhantes que foram incluídas na história humana. Pode-se lembrar, por exemplo, as gigantescas pirâmides dos incas na América do Sul que foram construídas, segundo algumas opiniões, para atrair a atenção dos habitantes de mundos distantes para o nosso mundo. O próprio Serguei acreditava sem duvidar nos futuros resultados de seus atos. Paula, surpresa, assustou-se certa noite, quando ele saltou dos arbustos para perto dela, tendo na mão uma folha de papel cheia de contas pequenas e apertadas e pediu-lhe desculpas antecipadas pelos prejuízos que sua experiência poderia causar ao zoológico. Paula: "*Nu*, e depois de tudo isso, quando chegou a hora de fazer a experiência de verdade, você pode imaginar, menino, que todos nós estávamos mesmo na história". Kazik: "E o que aconteceu?".

Ressalte-se que Kazik ouviu a história de olhos bem arregalados. Mesmo não tendo compreendido a maior parte das coisas ditas, sentiu o suspiro silencioso que estava preso no peito dos ARTISTAS [*q.v.*]. Era possível perceber o empanamento do brilho transparente da JUVENTUDE [*q.v.*] que havia em seus olhos. Kazik: "E o que aconteceu? O que aconteceu?". Marcus: "Aconteceu uma coisa terrível. A mais terrível de todas. Chegou o dia em que *Pan* professor Serguei acabou de construir seu labirinto e todos nós nos reunimos junto à jaula dos porcos e esperamos. Uma onda de emoção nos invadiu. Você pode chamá-la, querido Kazik, de comoção! Finalmente, não é todo dia que um de nós concretiza seu sonho! O professor surgiu de um dos esconderijos, coitado, vestido em terno festivo, ainda que um pouco puído, que eu lhe emprestara, com uma rosa vermelha espetada na lapela. Por um momento ficou parado ali e nos olhou com seu olhar desconfiado e assustado. Talvez tivesse imaginado que merecia um público melhor e mais selecionado, pois nós parecíamos, Deus nos perdoe, um bando infeliz de banidos...". Serguei parou, os olhos olhando o ar, as orelhas um tanto empinadas, esperando talvez ouvir o som de clarins; sacudiu-se, moveu a mão em sinal de menosprezo e impaciência, sacou da ponta de um dos canos que conduziam ao labirinto a tampinha de metal e convidou com uma ligeira reverência Aharon Marcus a gritar dentro do tubo. Marcus foi o escolhido para ser o gritador porque nos últimos anos o pequeno e culto farmacêutico dedicara todas as suas forças a uma experiência única [*ver* SENTIMEN-TOS]: mapear para classificação e localização todos os tons do sentimento humano; sinalização dos espaços vazios na atmosfera sentimental do homem. E então, três meses antes que fosse feita a experiência pública com o grito, Serguei se aproximou timidamente de Marcus e pediu-lhe que o ajudasse. Nada lhe contou, claro, sobre o objetivo da estrutura metálica monstruosa que montou na jaula dos porcos; também se recusou a revelar os segredos físico-mecânicos de sua idéia. Só pediu uma coisa: tomar emprestado a Aharon Marcus, para fins da experiência, o seu extraordinário talento sentimental. Marcus: "*Nu*, sim, não é preciso se estender nisso, o principal é que eu, de acordo com o pedido do inventor, encontrei dentro de mim, depois de um esforço nada pequeno, a tênue nuança, a oitava mais pura da angústia humana, a angústia mais terrível, o lamento da alma humana desnudada e depois lhe acresci, novamente conforme o pedido do bom Serguei, uma nota sutil de desafio e um leve tom de protesto; durante longas semanas andei com esta nuança ecoando dentro de mim, decorei-a, aprendi-a inteira. Foi realmente um sentimento aguçado e afiado como uma navalha: a essência do grito...". Para chegar a esse tom destilado, o artista dos sentimentos fez um trabalho que em essência parece o trabalho do escultor: retirar as camadas de pedra que cobrem a figura oculta dentro delas. Com a força de seu talento localizou e sacou o fio mais fino, o último, que estava fortemente distendido em todos os artistas que o cercavam. Vasserman: "É a corda com que todo homem no mundo atira sua única flecha". Depois Marcus se isolou consigo mesmo durante quatro semanas inteiras e aprendeu a arte do músico instrumentista.

Marcus: "Quando finalmente chegou o momento, o professor Serguei tirou a bucha da abertura do cano, que emoção, Kazik! Todos estremecemos! Colei a boca na abertura do canto — não! Foi meu coração que eu colei! — *nu*, e então gritei".

"E o que aconteceu? o que aconteceu?", pergunta Kazik, mas Neigel também pergunta junto com ele e os artistas respondem numa confusão. Fried: "O que aconteceu? Foi terrível! Todos os meus cabelos ficaram arrepiados por causa do grito de Marcus!". Paula: "Uma bétula caiu na extremidade do zoológico — *trrh*! — como que atingida por um raio! De manhã vimos que todo o seu cerne estava queimado". Oto: "As lebres reabsorveram seus fetos ao útero!". Munin: "E como as serpentes voaram de suas tocas? *Fiuu*!". [*Nota da equipe editorial: nenhum dos artistas fala sobre a angústia e a depressão que tomaram conta deles ao ouvir o grito*.] O professor Serguei, em quem o grito pareceu ter dissolvido os vestígios de sanidade, apressou-se com os joelhos fraquejantes e fechou com a tampa metálica a boca do cano no qual Marcus gritara. Então, em voz trêmula, mandou que os artistas se apressassem e corressem pelas suas vidas, para encontrar um abrigo seguro, ainda que não exista nenhum abrigo seguro, fujam, fujam! Marcus: "*Nu*, e ele, o meu grito, começou a correr pelos labirintos metálicos. Correr, eu disse? Galopar! Galopar, eu disse? Voar!". Oto: "Corri e me escondi atrás do meu barracão, e dali o ouvi correndo pelos canos". Marcus: "Debatendo-se com toda a força, chocando-se com seus próprios ecos, berrando, explodindo". Paula: "Medo, medo! Meu coração simplesmente desceu direto para as calcinhas, *pardon*". Munin: "Assobiava como um vento mau, Lilith voando dos seus infernos! Rehaticl galopando nos cavalos de corrida!". Oto: "Tudo, tudo começou a tremer, a jaula, o zoológico, a terra". Vasserman, baixinho: "O mundo". Os animais começaram a uivar. Os tremores de terra lhes meteram medo, eles enfiaram a cabeça entre as patas e também começaram a berrar. Todos correram e se esconderam. Somente o próprio inventor, Serguei, continuou parado junto ao sistema de calhas que berrava, tremia e rugia, levantou as mãos para o alto, moveu-as com força, rapidamente, como se estivesse regendo uma orquestra de aturdidos e um sorriso amargo e terrível formou-se em seu rosto. "Mais! mais!", ele gritava, "forte! forte!" Vasserman se cala agora e baixa os olhos. Neigel astuciosamente incita Kazik a lhe perguntar o que acon-

497

teceu depois. Vasserman e seus artistas se calam. Kazik: "Por que vocês não dizem o que aconteceu?". E Fried: "Não se zangue conosco, Kazik. Para nós, não é fácil falar a respeito". Marcus: "É verdade. O que aconteceu?, você pergunta, gentil Kazik? Aconteceu que...". Paula: "Que nada aconteceu. Ele só circulou por ali e gritou e não conseguiu parar. Nenhuma explosão, nenhuma catástrofe. Nada". Marcus: "Nem gritar direito a gente pode". Fried: "Sim, menino. Este é exatamente o mesmo grito que você ouve aqui". Kazik: "Mas eu não ouço nada". Paula: "Não admira. Ele nasceu dentro disto, não?".

קאזיק, מותו של

KAZIK, MOTÔ SHEL

KAZIK, A MORTE DE

Aconteceu às 18h27, estando Kazik com sessenta e quatro anos e quatro meses aproximadamente, segundo cálculos do dr. Fried. Causada por suicídio. Contribuiu também para a morte do *Obersturmbonnführer* Neigel.

Os últimos anos de Kazik foram de prolongada agonia para ele e para seus velhos companheiros. Neigel ouviu falar desses anos num estado de depressão e sofrimento insuportáveis. Naquela ocasião Vasserman estava lhe contando a história sem nenhuma lógica ou seqüência de enredo e sem cuidar da regra sagrada de unidade de tempo e lugar. As personagens da história moviam-se sem parar do zoológico de Varsóvia para o campo de extermínio. Era uma lamentável demonstração de perda de controle da história, mas Neigel não foi minucioso nem fez observações. Sobre a mesa à sua frente estava a pistola com as duas balas que seu ajudante *Sturmbannführer* STAUKE [*q.v.*] lhe deixara. Neigel parecia não perceber a pistola. Toda a sua atenção voltava-se agora para Kazik, que fora outrora um rapaz cheio de apetite pela vida, que declarara certa vez, havia poucos anos [ver PINTOR], que mesmo uma vida cheia de sofrimentos lhe era preferível a não viver, e agora ele era um velho amargurado [ver TORTURA]. Ele vê sua vida como uma representação malévola da injustiça que lhe fora causada sem que tivesse culpa. Procura exausto, com ódio, um meio de retirar de si um pouco da angústia da sua vida e do medo do fim que se aproxima. Kazik: "Estou-me-sentindo-mal-quero-que-vocês-também-se-sintam-mal". Oto, suavemente: "O que você quer que nos aconteça, menino?". E Kazik: "Não-sei-quero-que-vocês-não-sejam-que-vocês-sejam-presos-como-estes". Fried: "Mas estes são animais!". E o minúsculo ancião, repelente: "Quero-

quero". Oto olhou para ele contrito, e Fried, horrorizado. Os ARTISTAS [*q.v.*] aguardaram para ouvir a sentença de Oto. O homem já não tinha forças para decidir nada. Somente pediram que Oto batesse com um dedo e todo este pesadelo explodiria como uma bolha. Mas bem sabiam também que nada possuíam exceto este sonho. E Oto, tranqüilamente: "Ajude-nos, HEROTION [*q.v.*]". Fried berrou: "Mas Oto!". E o diretor do zoológico: "Trouxemos este menino para cá e lhe ensinamos uma ou duas coisas. Temos RESPONSABILIDADE [*q.v.*] para com a ARTE [*q.v.*] dele e ele fará tudo o que, pelo visto, tem que fazer. Esse é o nosso costume, Fried, você bem sabe". E o médico: "Tenho medo, Oto". E Oto: "Sim, e eu também. Herotion, ajude-nos, por favor". Herotion quis recusar, mas nos olhos azuis de Oto havia um olhar ao qual não se pode resistir. Por isso Herotion fez a coisa que mais odiava e com a ajuda da força mágica que Vasserman lhe atribuíra havia cinqüenta anos na pequena caverna junto à sua aldeia na Armênia, montar uma grande jaula, redonda e com uma rede, em torno dos artistas de Oto Brig. Neigel ouvia e gemia. Queria solicitar algo a Vasserman, talvez COMPAIXÃO [*q.v.*] pelos artistas, mas era impossível interromper Vasserman; a história fluía de sua boca aos borbotões. Sem barreiras. (Vasserman: "Não negarei, a história com seu final infeliz jorrava de mim como de uma fonte, enquanto para contar um final bom e agradável para as Crianças do Coração eu teria que cuspir sangue, Deus me livre! Exauri-me mil vezes na minha época e tive que inventar bobagens e fazer uma verdadeira *boidem*, um verdadeiro sótão, e agora *et*, saía como água! E agora as palavras ruins e atemorizantes dançam em minha boca como setenta e sete pequenas bruxas, tentadoras, atraentes: venha, seja mau, conte mais, transforme seu coração em pedra, pois você só está falando a verdade, *ai*, realmente. Mil e uma vezes eu tive que viver e morrer até aprender que o horror é apenas uma caricatura do que existe e com o que você está acostumado. Apenas um grande exagero do que se sabe e se conhece, ou uma grande precipitação dele... *fe*!".)

Kazik rodeou algumas vezes a jaula e olhou para os que estavam presos nela. Depois seguiu seu caminho e desapareceu no zoológico. Vasserman transmite aqui uma descrição um pouco cansativa, um pouco infantil, das coisas que Kazik fez no zoológico, as jaulas que abriu, as feras que libertou, os casos de cruéis depredações que ocorreram por causa disso, o elefantinho Tojinka que apareceu perambulando como um bêbado, suas presas vermelhas, uma pata arrancada de um veado aparecendo no canto da boca... em suma: Vasserman se deixou arrastar. Aproveitou a situação além do necessário. De toda a abundância de palavras, convém destacar apenas um trecho, quando ele descreve o zoológico uma hora mais tarde, quando todas as feras já estavam saciadas e se criara um certo equilíbrio existencial: macacos ariscos juntavam-se em volta da jaula dos artistas e tagarelavam. Alguns deles penduraram-se nas barras da jaula e espiaram para dentro, curiosos. Os rinocerontes começaram a mordiscar as rosas que Paula cultivara durante toda a vida. Os dois elefantes velhos, pais de Tojinka, vieram gingando lentamente, avaliando temerosos o chão com suas trombas, antes de firmarem a pata. E todo o zoológico, com suas jaulas vazias, seus animais, os artistas aprisionados juntos, e o bebê idoso que corria à distância na névoa vespertina de um lado para o outro, parecia à luz das primeiras estrelas um acampamento noturno de uma caravana muito antiga que vagava como que amaldiçoada de um lugar para outro e apresentava para o mundo criado as fantasias da imaginação do criador: as pessoas, os sonhos, os animais, o céu, os primeiros rascunhos, hesitantes, de uma criação mais bem-sucedida do que esta; ou um PLÁGIO [*q.v.*] feito a partir de um grande anseio, sufocado mas, sem dúvida, sem talento, com lastimável negligência, um tremendo esforço destinado a fracassar sempre, a permanecer eternamente como um gigantesco depósito de sucata do universo, um gigantesco parque de diversões de idéias e esperanças que decepcionaram, que enferrujaram, e que cada vez são pintadas de novo e voltam ao uso para mais uma geração de crianças. E de dentro desta névoa surgiu novamente Kazik. Um velho, curvado, soltando mechas de cabelo albino, expelindo gases sem poder parar, uma ruína. Vasserman olhou para Fried, que olhava para Kazik. O médico não parava de se culpar por tudo o que acontecera. Tampouco conseguira ficar em companhia do menino, ele ainda o chamava de menino e até neste tempo reduzido conseguiu transferir-lhe as sementes da ruína. Fried: "Talvez não através do que eu falei para ele e talvez não através das coisas que fiz por ele, eu me empenhei tanto, mas...". Marcus: "Mas os legados mais sólidos transmitidos a ele sem palavras, bom Albert. Estes legados estão além do tempo... basta um momento para entregá-los...". Munin: "Deus do céu! Vejam o rosto dele! Está todo ensangüentado!". Fried: "Ele está ferido". Vasserman: "Ele atacou um animal". Marcus, baixinho e nervoso: "Meu filho atacou". Kazik: "Vocês-aqui-não-fiquem-aqui". Oto, delicadamente: "Mas para onde iremos, Kazik?". E Kazik: "Não-fiquem-talvez-vocês-sejam-para-comer". E Oto: "Não, temo que não". E o velho Kazik:

"Comi-um-garoto-pequeno-de-orelhas-compridas-não-é-bom-o-que-aconte-cerá", tombou no chão junto à jaula e gemeu em voz alta. Kazik: "Estou-mal-estou-mal-por-que-é-assim". Vasserman: "O que podíamos dizer a ele, *Herr* Neigel? No corpo minúsculo comprimiam-se as forças da vida e da morte com selvageria e crueldade. Kazik bateu a cabeça na cerca e berrou chorando. Depois se levantou, caminhou pesadamente pra cá e pra lá, abanando as mãos, berrou, soltou puns, defecou, urinou, implorou, *ai*, não tinha sossego". De repente Kazik ficou de pé, os olhos vermelhos e apagados, e ele resfolegou como um cachorro: "Quero-ficar-com-vocês", disse. Todos olharam para Oto. Oto concordou com a cabeça e Herotion rasgou uma porta na cerca. Uma portinha que se fechou e desapareceu depois que Kazik entrou. O menino velho caminhou com dificuldade e ficou parado entre eles. Eles se postaram ao seu redor silenciosos, demônios gigantescos, estátuas de pedra corroídas pela tristeza e pela desilusão. Olharam calados para a criaturinha com a qual tinham sonhado, que falsearam para si em seu desespero. Aqui, neste lugar, Vasserman se deteve por um momento e Neigel perguntou como aquilo acontecera. "Como falhamos assim?", perguntou, e Vasserman respondeu-lhe com gravidade [*ver* MILAGRE 3]. Kazik ficou parado no lugar e seu corpo se largou, como se, de uma só vez, toda a sua força o abandonasse. Quase sem voz, disse novamente que se sentia mal e pediu que também eles sofressem. Esta era a última coisa que restara em sua mente, que ia perdendo rapidamente todas as outras coisas. (Munin sorriu amargamente: "Ele compartilha conosco tudo o que possui. Vocês dirão, talvez, comunista?".) Kazik, curvado e se afastando diante dos olhos deles, não desistiu: "Como-vocês-estão-mal-como-estão-mal" e Oto, que se sentia como que obrigado a continuar esta desagradável experiência até o fim, como que obrigado a engolir, até a última gota, o amargo remédio para a doença de sua fé no homem, este Oto não oculta nada nem agora: "Estamos nos sentindo mal por muitas coisas, Kazik. Muitas. Por exemplo, estamos mal quando envelhecemos e adoecemos". Zaidman, baixinho: "E quando nos batem, e quando passamos fome". Marcus: "E quando humilham". Hana Tsitrin: "E quando nos tiram a esperança. Sim. E quando no-la dão". Herotion: "E quando nos tiram as ilusões". Fried: "E quando estamos solitários e quando estamos juntos". Paula: "E quando nos matam". Vasserman: "E quando nos deixam vivos". Marcus: "E nos sentimos mal quando praticamos o mal". Zaidman: "Somos tão frágeis". Munin: "Certo, para a destruição, certo. Se um pequeno dente nos dói, nossa vida já não é vida". Fried: "Se uma pessoa que amamos morre, nunca mais poderemos nos alegrar de verdade". Marcus: "Nossa felicidade depende de uma perfeição tão grande...". *"Bitte, Herr* Vasserman", pediu repentinamente Neigel, e segurou a mão de Vasserman (Vasserman: "E não havia morte em sua mão. Era mão humana. Cinco dedos quentes, um pouco úmidos, talvez devido ao medo. Dedos que tocaram nas suas lágrimas, lágrimas do menino que ele era, e na sua boca de bebê, e até, sim, entre as coxas de uma mulher, e onde quer que irrompa a umidade da terra salgada e morna".). "Não precisamos de milagres", sussurrou-lhe então Vasserman, com o rosto junto ao de Neigel, "mas é preciso tocar na carne do homem vivo e olhar para o azul dos seus olhos, provar o sal de suas lágrimas." Neigel, cujo rosto já está distorcido de tanto esforço, em que cada músculo dançava convulsivamente, implorou ao escritor Vasserman que as Crianças do Coração não morressem. Que Kazik não conseguisse matá-las. Vasserman, com um sorriso cansado: "Não morrerão. Você já os conhece um pouco, não é mesmo? São todos feitos do mesmo material imperecível. São artistas, *Herr* Neigel, *partisans*...". Neigel concordou lentamente. Seus olhos estavam distantes e vidrados: "Fale-nos dele. Da morte dele, Sherazade. Depressa".

Vasserman contou como Kazik caiu ao chão. Não conseguiu mais agüentar a vida. Pela última vez pediu a Oto que o ajudasse a ver o mundo em que vivia. A vida além da cerca, que nem sequer conseguira provar. A um aceno de cabeça de Oto, Herotion rompeu uma abertura nas barras da jaula. Não foi a vista do zoológico que apareceu ali, mas a visão do campo de Neigel. [*Nota da equipe editorial: não havia nisto nada de extraordinário. O campo sempre estivera aguardando ali.*] Kazik viu torres de vigília, altas e frias, cercas eletrificadas, uma estação de trem que não conduzia a lugar algum, a não ser à morte. Sentiu o cheiro da carne humana sendo queimada por mãos humanas, ouviu os gritos e o resfolegar de um preso que fora pendurado pelos pés durante uma noite inteira, os gemidos torturados de um *Obersturmbannführer* Neigel que estava preso com ele. Vasserman lhe contou, sem nenhuma entonação na voz, como, nos primeiros dias em que trabalhou no campo na queima dos cadáveres, os responsáveis costumavam dar a ele e aos companheiros querosene para despejar nas pilhas de mortos; depois o trabalho ficou mais eficiente: os responsáveis descobriram que as mulheres queimavam melhor, especialmente as gordas. Instruíram assim os grupos de coveiros a depositar as mulheres mais volumosas na base da pilha. Assim se economizou muito querosene, frisou Vasserman. Os olhos de Kazik se arregalaram. Uma única lágrima conseguiu romper a aridez que havia neles e em seu caminho de saída feriu o olho até sangrar. Seus lábios balbuciaram algo e Fried curvou-se para ouvir. Então o médico se empertigou, com um olhar assustado: "Ele quer morrer, Oto. Agora. Ele não tem mais forças". Fried olhou para o relógio: segundo seus cálculos, ainda restavam a Kazik duas horas e trinta e três minutos para cumprir seu ciclo de vida. Mas parecia que também este pouco era pesado demais para ele suportar. Fried lhe implorou: "Espere um pouco, Kazik. O tempo é tão curto. Espere. Talvez você fique mais forte. Talvez você supere. É só uma fase ruim. Por favor". Ele sentiu a tolice e a miserável mentira que havia em suas palavras e calou-se. Oto meneou a cabeça: "Se ele quer, Albert", disse lentamente, "nós o ajudaremos". Fried cobriu o rosto com as mãos e emitiu um som estranho. Os artistas desviaram os olhos. Depois Fried se agachou e levantou Kazik nos braços. Do corpinho provinham maus cheiros de podridão. Dentes amarelos, tortos, caíam de sua boca a cada movimento. Fried, exalando um perfume fresco de alecrim das plantas que haviam brotado e se entretecido em seu corpo, carregou Kazik nos braços até o grande gramado. Dois olhos vermelhos de choro brilharam por um momento dentro do arbusto denso. O velho médico curvou-se e depositou delicadamente Kazik dentro do círculo de espelhos [ver PROMETEU], construído pelo físico russo SERGUEI [*q.v.*]. Parecia que o médico se preparava para entrar ali atrás dele, mas Oto percebeu a tempo e puxou-lhe com força a aba da roupa. Fried voltou-lhe o rosto e disse com raiva: "Deixe-me, deixe-me! Nós somos culpados!". Mas Oto o segurou com força, até que o médico se acalmou. Kazik ficou sozinho entre os espelhos. Então houve uma pequena tempestade. Kazik se inflou e encolheu. Ele foi aspirado para dentro do tempo e expelido dele; percebia-se que era digerido com muita dificuldade pela existência que se desvanecia. A sua imagem se refletiu e se desfez por todos os espelhos. Registraramse ali possibilidades incontáveis para o seu destino. Oto estava disposto a jurar, depois, que alguns espelhos laterais criaram entre si, como que clandestinamente, variações rápidas de beleza indescritível. Mas no grande movimento de reflexos foram registrados apenas a deterioração e o extermínio. Alguns espelhos racharam e se quebraram pelo esforço incomum. É possível que haja um limite também para a sua capacidade de conter o escuro material do ser humano. Os artistas estavam parados imóveis e olhavam o que acontecia. Em quase todos a proximidade da morte despertou a mesma sensação, de que a morte é o certo. De que toda a vida é apenas um bilhete de loteria grátis, mas no final dela somos devolvidos contra a nossa vontade ao âmbito do domínio de alguma força oculta, grave e inevitável, que nos recompensa como merecemos, sem COMPAIXÃO [*q.v.*] e sem simpatia. Repentinamente a vida, as vidas deles, pareceram a todos erradas, insípidas e desprovidas de qualquer sentido [*ver* VIDA, SENTIDO DA], e também naqueles que não eram religiosos despertou a sensação de temor a Deus, e atravessaram-nos pensamentos não característicos sobre pecados que haviam cometido e sobre o castigo que mereciam. Só Aharon Marcus refletiu tristemente que é possível que também a morte seja arbitrária, ocasional e inexplicável como a própria vida. Logo depois que o velho menino desapareceu pela última vez, a derradeira, os trezentos e sessenta espelhos começaram a cair em rápida sucessão, como as pétalas de uma flor murcha atingidas por um vento forte.

Vasserman: "Sim, Shleimale, contei estas coisas numa hora tardia daquela noite amarga e apressada. E quando concluí minhas palavras, as pálpebras da madrugada começaram a se entreabir. Alguns minutos depois disso Neigel me deixou. Quando meteu uma bala na cabeça, deixei o aposento, porque é direito do homem morrer em privacidade. E logo depois que o tiro reverberou, ouvi a porta do barracão se abrir quase sem ruído, Stauke pigarreou polidamente e entrou".

קטסטרופה

KATASTROFA

CATÁSTROFE

Desgraça repentina. Calamidade súbita.

Assim Neigel chamou os acontecimentos que lhe ocorreram na última FOLGA [*q.v.*] em Munique, no seio da família. Ele havia partido para uma folga de quarenta e oito horas, mas voltou depois de um dia apenas. Vasserman: "Naquele momento eu estava trabalhando no meu belo e florescente jardim e me deleitava com os primeiros brotos que surgiam. Jamais soube que eu tivesse a habilidade de trabalhar a terra; repentinamente Neigel voltou, com uma expressão de desgraça no rosto. Como se a morte lhe tivesse vindo pela janela. Vi-o e meu coração ficou como pedra e em minha mente voou um pensamento simplório, bobo: sua esposa, pensei comigo, não gostara da minha história e o expulsara de casa! *Ai*, naquele momento eu parecia aquele escritor a quem o editor devolveu o original... Meu Deus, eu disse devagar, é verdade o que as pessoas dizem, que quando se enterra um azarado, a pá se quebra? *Ai*, solucei, tudo, meu Deus, menos isto, pois além dessa história, o que tenho eu na vida?".

Só depois de dois dias os detalhes daquela folga infeliz se tornaram conhecidos de Vasserman. Naqueles dois dias Neigel evitou encontrá-lo. O dia inteiro não saiu do barracão e ao entardecer, quando Vasserman entrou, Neigel saiu para caminhar pelo campo e descarregar a raiva nos guardas. Também no segundo dia os dois não se encontraram. Vasserman ouviu somente os gritos cheios de raiva que vinham do barracão o dia inteiro e via todos os membros da equipe do campo entrando e saindo um após o outro com expressão carrancuda. No segundo dia, às onze da noite, quando Vasserman já estava deitado em seu saco no sótão e Neigel embaixo acabara de maltratar um jovem oficial que pedira para sair para uma folga especial, Vasserman ouviu Neigel chamá-lo pelo nome. Vasserman: "Eu me agitei! Meus joelhos batiam um no outro!". Amedrontado, Vasserman se apressou na escada ("Tinha certeza de que o jovem Samuel jamais tinha corrido assim para o sacerdote Eli!") e se postou diante de Neigel. O rosto do oficial estava cinzento como um trapo e, segundo testemunhou Vasserman, parecia "uma lápide viva sobre a sua própria sepultura". Agora Neigel o manda sentar-se, pigarreia e informa em tom rude: "Não há mais história, *Scheissemeister*! Não para Cristina!". E enquanto Vasserman se cala, Neigel explica no mesmo tom: "Ela me abandonou, para sempre".

Os olhos do judeu se arregalaram de espanto. Uma pergunta que ele não ousa fazer faísca neles. Neigel lhe responde: "Não. Não por causa de outro homem. Por minha causa. Eu já disse a você. Por causa do que fui". E de repente rompe-se a máscara da rudeza, o rosto se contorce de dor, de incredulidade, e ele grita do fundo de sua alma ferida: "*Ach*, Vasserman, está tudo perdido!".

Vasserman, com uma delicadeza não desprovida de tensão: "Ela descobriu a sua mentira?". E Neigel: "Pode-se dizer que sim. Sim". Vasserman, que se sentia agora como um dramaturgo cuja peça representada por um mau artista fracassou, explode de raiva: "O senhor deveria ter-se empenhado um pouco mais, *Herr* Neigel! Pedi-lhe nitidamente que amasse a minha história e que cuidasse dela como de um filho! *Ai*, Neigel, o senhor me matou...". Ele estala os dedos em desespero, ergue os olhos para o céu e arranca fios da barba. Não se contém de tanto sofrimento. Instantaneamente, parece romper-se o fio que o liga à vida. De uma só vez ele se torna débil e fantasioso como suas personagens. Em seu íntimo culpa a si mesmo pelo seu pobre talento, mas também acusa Neigel, suspeita que o homem deixou o sentimentalismo alemão "impregnar cada letra". "É proibido!", berra de repente diante dele, como animal ferido, "é proibido que uma história dessas seja sentimental, *Herr* Neigel! O senhor deveria ter-se precavido contra isto! Pois é uma história sobre pobres e ridículas criaturas, e sobre esforços e empenhos risíveis e grosseiros... por que o senhor teve de exagerar assim, por quê?" O alemão o observa por um momento e depois move o braço frouxamente, em negativa: "Não, você não entendeu. Contei a ela a sua história como era preciso contar. Exatamente como era preciso". "Assim? E então onde foi que o senhor errou?" "Exatamente nisso", responde Neigel, e traz aos lábios um esboço de sorriso fraco e amargo. "Imagine, Vasserman, imagine-me viajando num trem esta manhã de Varsóvia a Berlim. Vagão de primeira classe, eu e mais três homens do alto escalão da SS e dois do governo da Polônia. Sentamos juntos durante algumas horas, fumamos, falamos sobre o trabalho, sobre o *Führer*, sobre a guerra, eu com eles ali, o tempo todo falando com eles e no íntimo falando comigo mesmo. Repetindo o que você me contara: Fried, Paula, o pequeno Kazik, os corações desenhados nas árvores, aquela beldade de Deus, exatamente como você me mandara fazer [*ver* PLÁGIO], até tive a idéia de mais um maluco para a sua história, uma idéia particular [*ver* RICHTER], ah, seu porco, porco astucioso, traidor, ouça, ela me abandonou. Aconteceu algo terrível. Cometi um erro. Mas eu não tinha alternativa. Simplesmente aconteceu. Foi impossível evitar. Que tipo de gente somos nós, Vasserman?" Vasserman, aborrecido com este enrolar lamuriento, corta Neigel com uma impaciência quase cruel: "Por acaso devo entender, *Herr* Neigel, que o senhor já não necessita dela, da minha história?". Silêncio. E depois Neigel volta os olhos derrotados e diz: "Você... filho-da-mãe! Você sabe muito bem que preciso dela. O que me restou além dela, hem?". (Vasserman: "Ai! Agora meu rosto ardeu como fogo. Por causa deste cumprimento enrubesci tanto, foi a primeira vez que um alemão me ultraja com língua de gente. Não 'rebotalho' ou 'porcariazinha judaica' naquela voz alemã abominável, mas 'filho-da-mãe', em linguagem humana! Ah, o quê! *Nu*, senti como se fosse uma medalha pregada em meu peito! Quando me chamou pela primeira vez de *Herr* Vasserman, não me orgulhei muito!".) Depois Neigel começou a contar como chegara a Berlim, onde participara de uma enfadonha reunião de trabalho, e dali fora direto para Munique. Chegou à cidade às cinco da tarde e Cristina já o aguardava na estação. Pela primeira vez desde que tivera início a separação entre eles, ela viera esperá-lo e até lhe permitiu beijá-la. (Neigel: "Boca de mulher, Vasserman. Você sabe que não tive isso durante um ano. Um ano em que não toquei em mulher. Nem nas polonesas, nem nas prisioneiras, nem nas nossas. Acredite-me, eu tive muitas oportunidades, mas permaneci fiel a ela...", ele grita com amargura no coração e bate no peito com o punho capaz de derrubar um boi, "aqui, com você, vive um homem numa prisão de marido fiel! Fiel!".) Cristina sugeriu que fossem a pé para casa, pelos repuxos *Wittelsbach*, e Neigel concordou. Caminharam por ruas atingidas por bombardeios, por grandes cartazes de recrutamento da *Wehrmacht*, por jovens mutilados que vagavam pelas ruas de olhos apagados, e ambos conversaram sobre um vestido quase novo que Tina comprara numa liquidação de uma fábrica que falira, sobre um sonho que Tina teve, sobre Marlene Dietrich, sobre... Neigel: "Era estranho que não tenhamos falado sobre a guerra. Nada. Todos os destroços e esses pobres inválidos eram como que um estranho erro, uma ilusão. Tudo era erro e só nós dois éramos o certo. Nós éramos a vida. Prestei atenção nela. Como sempre era ela que falava e eu gostava de ouvir. Agora isto me era ainda mais agradável, porque graças a estas pequenas falas dela eu me esqueci de tudo que não queria lembrar". Vasserman: "De mim, *Herr* Neigel?". Neigel sorri novamente, um sorriso torto: "Você não vai acreditar, Vasserman, mas justamente de você eu não me esqueci. Enquanto Tina estava falando, pensava às vezes: isto eu vou contar a ele. Para que veja como Tina é. Sim. Você se tornou para mim uma espécie de hábito, Vasserman, puxa vida". Vasserman: "*Oich mir a haver*, grande amigo esse!". Mais tarde, depois que passaram pelo *Hofgarten* (Neigel: "Ali, naquele jardim, eu e ela... pela primeira vez. Foi há tantos anos".) Eles sucumbem ao cansaço, sobem no ônibus da linha 55 e vão para casa. Neigel: "E ali, na casa de uma das vizinhas, as crianças já me aguardavam, ambos trepam em mim, Liselotte já balbucia palavras nítidas, *Pappi*, Karl, *Mutti*. Karl me fala de seu jardim, pergunta o que o papai trouxe, Tina lhes diz para fecharem os olhos e me mete na mão os pacotes que comprou para eles, é assim que dou a Karl um carrinho de madeira e a Lisa uma boneca que abre e fecha os olhos e diz *Mutti*, e então Tina diz, vamos para casa, e quando ela diz 'para casa', dá uma olhada para mim, assim, de lado, e cora, ela sempre cora; vamos dali para nossa casa e todos estamos muito, muito emocionados".

Não é necessário descrever todo o encontro. A maior parte é conhecida: o jantar foi simples mas festivo. Neigel trouxe um verdadeiro chouriço que o motorista comprara para ele no mercado negro de Varsóvia; Tina se embriagou um pouco com um quarto de copo de vinho safra de 1928, da mesma garrafa que abriram no dia do casamento e da qual bebiam em ocasiões muito especiais. Depois mandaram as crianças dormir. Tina lavou a louça e Neigel foi se lavar. Quando acabou, despiu-se, foi para a cama e esperou por ela. (Vasserman: "Para dizer a verdade, ele me embaraçou! Levou-me para a cama dele! E por Deus, fiquei embaraçado, pois eu sigo o hábito de Malchiel ZAIDMAN [*q.v.*] de meter o nariz na cama do casal!".) Neigel olha então para Vasserman e diz num sorriso hesitante, justificando-se: "E não pense, Vasserman, que eu sempre fui um grande dom-juan, porque não fui. A verdade é que Cristina foi a primeira. E agora você sabe de uma coisa que nem ela sabe. Você compreende, sempre gostei de lhe dar a impressão de que tive muitas mulheres antes dela...". Vasserman junta forças para lhe responder apenas num sorriso infeliz. (Vasserman: "*Nu*, o quê, *et*! A minha Sara também, o meu tesouro... *nu*, sim, ela também não sabia, e eu também lancei de vez em quando alusões jactanciosas, fagulhas de bazófia... fui vago e não expliquei... *ai*, o mundo está cheio de coitados como eu...".) Depois Tina veio e sentou-se na beira da cama, enxugou as mãos, untou-as com um creme perfumado. Neigel engolia com os olhos os movimentos dela, simples, corretos, e Tina disse: se você não se incomoda, vamos conversar um pouco antes, porque me parece que temos muito o que falar um ao outro, e Neigel, "mesmo estando fervendo lá, fervendo de verdade de tanto... *nu*, você sabe, Vasserman", disse a ela: "Tudo, tudo, tudo que você quiser, Tina". Porque, de acordo com suas palavras, ele compreendera que as mulheres são às vezes inibidas e recuam um pouco de rompantes de, *nu*, desejo. "E a minha Tina, mesmo tendo nascido na Baviera, nestas pequenas questões tem o caráter de uma verdadeira renana, tudo com delicadeza, nobreza e calma." Neigel deixa que ela lhe conte tudo o que carregara no coração durante aqueles meses e não diz uma palavra. Ela passeia com o dedo fino pelo lençol, bem pertinho do corpo dele, e descarrega as palavras pesadas. Conta-lhe sobre o horror que a feriu naquele dia de dezembro quando foi visitá-lo no campo de extermínio, como começou a ter medo dele, "ter medo mesmo e também odiar, Vasserman. E até o nosso Karl, que tanto se parece comigo, às vezes, em certos momentos, era-lhe difícil amar como antes; e ela disse que estava certa de que faço isso apenas porque creio que esse é o meu dever e que certamente eu odeio isso, porque no coração você é diferente, assim ela disse, e eu, naturalmente, quis contar-lhe sobre o grupo, sobre o grupo de Oto e assim também mudar um pouco de assunto, porque para mim não era tão fácil ouvi-la dizendo todas estas coisas, mas Tina pôs o dedo na minha boca e disse: deixe-me falar, porque esperei muito tempo por isso". Ela lhe contou que havia alguns meses decidira que devia se divorciar dele, e depois de muito atormentar-se, viajou para a casa dos pais em Augsburgo e lhes comunicou a decisão e eles, "imagine, Vasserman, eles a renegaram, imediatamente lhe disseram para sair da casa deles, o pai dela dirige uma lavanderia do exército e a mãe é membro da Liga das Mulheres de Augsburgo; quando ela lhes contou, viu que eles se encheram de medo. Sim. Nenhuma outra coisa, apenas medo. Como se ela estivesse infectada por uma doença contagiosa. Eles simplesmente a expulsaram de casa, para que não os contagiasse, e lhe disseram que ela assim estava me ferindo tanto, a um herói de guerra, e agindo assim ela estava na verdade sabotando o esforço de guerra... Estas foram as melhores desculpas que eles pelo visto conseguiram inventar naquele momento, a mãe dela ainda correu atrás da filha pela rua, de roupão, e lhe sussurrou ao ouvido, com cara assustada, que ela não era mais filha deles e que eles não a queriam ver nem aos seus filhos, imagine, e ela, uma mulher só, com dois filhos pequenos, tão solitária. Sem nenhuma ajuda. Eu sempre fazia de tudo em casa, sim, não me envergonho disso. Eu gostava de cuidar da casa. E agora tudo caíra sobre suas costas. E ela, você precisa entender, não é uma comunista desgraçada e não entende nada de política", Neigel explica assustado e seus dedos se retorcem, se contorcem, "ela não tinha nada a que se apegar, nem religião, nem partido, nem lema, nem mesmo uma boa amiga; ela era assim, totalmente só, muito quieta, não participava da excitação geral, esta mulher, Vasserman, muito mais forte do que todos nós, eu lhe digo".

Então Cristina começou a falar sobre as cartas dele. As novas cartas que Neigel escrevera do campo. Contou como ficava deitada na cama, depois que punha as crianças para dormir, lia as cartas e ria sob o cobertor. "E você entende o que significa isto para mim, Vasserman? Eu jamais soube fazê-la rir, o máximo que consegui foi levá-la aos filmes de Charlie Chaplin, para ouvir o riso dela, e ela me diz agora: li e me emocionei e ri e chorei e percebi que você não é assassino." Ela acariciou o rosto dele (Vasserman: "Deus do céu, sua mão delicada, frágil em seu rosto".) e lhe disse palavras de COMPAIXÃO [*q.v.*] e de AMOR [*q.v.*], meu amado, ela lhe disse, sei que guerra você travou em seu íntimo, você que sempre foi tão delicado, pois só eu sei o quanto você é realmente delicado, o quanto você sabe ser suave e amar; então ela começou a chorar baixinho, lágrimas longas e transparentes rolaram sobre suas faces, um homem como você, ela lhe disse, que entrou neste INFERNO [*q.v.*] e saiu vencedor, ela não ergueu a mão para enxugar as lágrimas, mas continuou a olhar para ele através delas, ele sentiu como se assim ela o estivesse batizando pela segunda vez com lágrimas. Neigel: "E a verdade é que nem tudo o que ela me disse estava certo, pois ela na verdade nada sabe a meu respeito, tudo o que houve durante a Primeira Guerra e depois, no movimento, também aqui, sim, pois eu não saí do inferno, não, estou bem dentro dele, com todo o fedor da fumaça e com o gás e com Stauke que dá umas espiadelas para a minha bunda há algum tempo, e os ucranianos idiotas, e os trens que vêm e vão o tempo todo, agora também de noite, e é impossível pregar o olho aqui com este barulho, e eu já não sei se estou dirigindo este campo ou se sou prisioneiro dele, mas quando ela fala comigo através das lágrimas, esqueço tudo, esqueço o trabalho e o *Reich*, me acalmo, fico tranqüilo e quero acreditar que já acabei a minha guerra, que realmente é possível que tudo seja apagado e comece a melhorar...". Vasserman: "E enquanto ela ainda falava, Neigel esquece a avidez do seu desejo por ela e a abraça com compaixão, como uma frágil avezinha, *oi*, como ela se apega a ele, como seu rosto feio se tranqüiliza, quando ele começa a dar-lhe a sua resposta, responder-lhe da única forma que lhe resta, a única história que ele ainda sabe contar, sobre si mesmo ele já não pode dizer uma só palavra sem que se sinta mentiroso, até a palavra 'eu' ele não pode dizer sem que alguém dentro dele proteste e o faça calar, por isso ele lhe conta sobre Oto e seus olhos azuis e as lágrimas salgadas, que há quem venha apenas para vê-las e prová-las, fala sobre o dr. Fried, de cujo corpo brotou uma relva estranha, sobre o infeliz Ilya Guinsburg, que procurava a verdade... assim ele lhe traz o drama da minha história em voz tranqüila e simples, em voz absolutamente 'civil', e Tina ouve, os olhos se cobrem de uma névoa, como o olhar bem conhecido de mulher que está pronta para você". Neigel: "E então eu a desejei demais, já não podia me conter, mas ela pôs a mão em minhas mãos e disse mais um momento, por favor. Deixe-me olhar para você agora e me lembrar de você assim. Você era assim antigamente. Acho que você voltou, Kurt. Seja bem-vindo. De repente ela começa a rir, inclina-se para mim e eu sinto o cheiro dela, quase grito de tanto, *nu*, e ela coloca a boca junto ao meu ouvido e começa a cantar devagar, sussurrando, num sorriso, 'Se apenas soubéssemos/ o que Adolf trama fazer/ quando governar no Portão de Brandemburgo'; levei um segundo para entender que não eram palavras de amor, que ela estava cantando zombeteiramente esta música, que todos os provocadores-imperialistas-bolcheviques-comunistas-judeus cantavam nos primeiros anos, quando ainda não conheciam a nossa força; minha própria mulher me cantava isto agora na minha cama! No meu ouvido! Gelei. Não consegui me mover. E ela sentiu. Ela sempre me sentia. Parou de cantar e também ficou congelada ao meu lado. O rosto dela estava em meu pescoço e ela não se mexeu. Por um momento ambos não respiramos nem nos movemos, porque sabíamos o que aconteceria se nos mexêssemos. Conservamos para nós aquele instante; então ela se endireitou, sentou-se ereta, viu o meu rosto e se assustou, pôs a mão na própria boca e, com voz de desânimo, uma voz fraca como de uma menininha, ela perguntou: você realmente pretende parar com tudo, Kurt? Tudo lá já acabou para nós, não é verdade? Você voltou, Kurt, você voltou? Senti como de repente explodiu tudo dentro de mim, toda a guerra e o meu trabalho, toda esta nova confusão que começara em mim nos últimos tempos, e muito mais, o medo, sim, o medo desgraçado do que Tina quer de mim, do que ela ousa me pedir, o que ela pensa, o que ela entende, o que eu tenho na vida exceto o trabalho e o movimento?, e o que valho hoje se abandonar meu trabalho aqui... é uma sentença de morte para mim! É uma sabotagem ao esforço de guerra! É simplesmente deserção e traição, e é isso o que ela quer de mim! Tina percebeu imediatamente o que se passava na minha cabeça, pôs-se de pé, seu rosto tornou-se cheio de medo, *och*, Vasserman, no rosto dela havia exatamente o medo que vejo aqui o dia todo em torno de mim, a mesma expressãozinha judaica assustada, que me faz vomitar, a mesma cara com que você chegou aqui pela primeira vez, e é a minha própria mulher que me faz! Não sei o que aconteceu comigo, de repente enlouqueci, o medo no rosto dela me parecia uma provocação, uma maldição, e a decepção dela comigo e o desprezo que começou a lhe subir aos olhos, tudo ficou vermelho; você deve se lembrar do quanto eu estava sedento de mulher; não sei o que aconteceu, mas de repente eu estava em cima dela, arranquei-lhe o roupão e tudo, ouça, em toda a minha vida jamais senti tamanha paixão e ódio por uma mulher, fiz com ela o que fiz, selvagemente e sem nenhuma pena, que catástrofe, subi e desci em cima dela como um martelo e gritei, o tempo todo gritei no ouvido dela, espiã, gritei, Judas

Iscariotes, serva do bolchevismo, punhal nas costas do *Reich*, não sei por que me saíram estas palavras, o tempo todo eu tinha sangue na boca, sangue da boca de Tina, todo o tempo o rosto petrificado dela debaixo de mim, ela nem ao menos tentou se opor, só ficou deitada como uma menininha de olhos abertos e olhava para mim inexpressiva, então acabei de fazer o que fazia, saí dela e me vesti imediatamente. Meu coração estava apunhalado, porque não era assim que eu queria que fosse, tudo fora destruído e o que eu queria era exatamente consertar, e que ela me perdoasse, porque quem mais eu tenho além dela e das crianças?, que toda esta guerra fosse para os diabos, essa guerra conseguiu penetrar dentro de nossas vidas e nossas camas, mas já era claro para mim que era o fim. Que o que acontecera ali era irreversível, há coisas que é impossível reverter, você sabe, peguei minha mala, saí do quarto, não tive coragem de ir olhar Karl e Lisa, eu tinha a sensação de que me era proibido vê-los, que até o meu olhar poderia estragá-los, saí sem dizer nada a ela, e fui a pé, passando pela cidade toda até a *Hauptbannhof*. Ali aguardei toda a noite no banco o primeiro trem e, quando um soldado passou por mim, fez continência e disse *Heil*, e eu quase vomitei, conte-me mais, Vasserman".

"*Pardon?*", Vasserman sobressaltou-se. A passagem fora muito abrupta. Mas parecia que não restara paciência a Neigel, nem talvez tempo, para as transições suaves de uma conversa cultural. "Conte mais, Vasserman", ele sussurra ansioso, com os olhos ardendo, "mais sobre Kazik e sobre a mulher que Oto encontrou para ele [*ver* TSITRIN, HANA] e sobre a boa vida que ele terá, faça-o com cuidado, Vasserman, preste atenção a cada coisa que ele diz e faz, faça-o gente, que não seja bobo e que não faça bobagens. Faça dele o artista mais bem-sucedido de Oto e só não pare de falar, Vasserman, porque aqui está um barulho terrível e um cheiro horrível, quando respiro minha respiração cheira a fumaça e quando o trem entra na estação e apita, quero me levantar e fugir, que os sentinelas do portão atirem em mim, durante o dia houve gente aqui e pude gritar com eles até o ponto de não ouvir o apito, mas agora estou só, não me deixe sozinho esta noite, conte, só me restaram você e a história, que catástrofe."

קריקטוריסט

KARIKATURIST

CARICATURISTA

Desenhista de caricaturas.

A profissão que Vasserman destinou a Kazik depois que STAUKE [*q.v.*] invadiu o barracão e depois que este último "sugeriu" a Neigel que escolhesse uma morte honrosa. Stauke saiu para aguardar o tiro, mas Neigel não se apressou em se matar, ele não imaginou fazê-lo antes de terminar com Vasserman a preparação da história. Vasserman não acreditou nos seus ouvidos, mas Neigel, numa voz que mesclava súplica e temor, lembrou-lhe onde a história fora interrompida: "Kazik era pintor. Ajudou os outros artistas a concretizar os seus sonhos. Conseguiu encontrar em cada um as suas coisas boas. Estava feliz". "Infeliz", corrigiu Vasserman gravemente, "estava muito infeliz." Neigel olha temeroso para ele, num piscar de olhos desvairado: "Mas ele precisa estar feliz, *Herr* Vasserman!". "Precisa?" "Precisa! Precisa!", sussurra Neigel, com um sorriso adulador, desesperado, indicando com a cabeça a porta pela qual saíra Stauke: "Um último favor, *Herr* Vasserman. Kazik estava feliz. Aquela vida dele, mesmo que tenha sido tão curta, teve o seu significado, certo? *Bitte, Herr* Vasserman". (Vasserman: "Olhei para aquele caco de gente. Não vou negar. Eu não o odiava. Desde o momento em que ele atirou na minha Tirsale, na minha frente, o meu ódio morreu. Atenuaram-se a execração, os temores, a ira, até o amor, parece, ficou muito embotado. Restaram somente as palavras, palavras vazias, demolidas, e em suas ruínas me aninho como um último pássaro que sobreviveu a uma grande tragédia. Um genocídio. Três meses de vida aparentemente. Uma pele vazia de corpo. Arrancar dentes de ouro dos mortos, contar o tempo nas latrinas. Como um morto-vivo...".) "Ouça o que vou lhe dizer, *Herr* Neigel. Não é meu desejo feri-lo, mas a verdade precisa ser dita: Kazik era infeliz. Ele era taciturno e irascível e não encontrava consolo. Nenhum dos desenhos que fez do céu e da terra com a força da sua extraordinária imaginação lhe trouxe alívio. E, pior que isso, até para os outros artistas não houve alívio. A partir do momento em que cada um deles viu como surgiu e se tornou o sonho de sua arte, e como ele subjugou seu destino de sofrimentos, brotou de dentro dele um veredicto diferente, mais terrível que o anterior, como uma ferida aberta que ameaça engoli-lo, *ai*, este Kazik nos expunha em nossa nudez, isso estava em seus olhos e ele não podia parar e, quando lançava o olhar sobre um de nós, via à sua frente um monstro infeliz, cujos desejos e sonhos se entrelaçavam como chifres grossos em sua testa... como o olhar do menino velho esgaravatava impiedosamente na umidade escura de nossas almas! Como ele extraía dali com desprezo todas as idéias e palavras favoritas e pobres conhecimentos que juntamos para nós com muito esforço durante todos os anos... *fe*, todos aqueles barcos, que nos conduziram para o fim do horizonte, para que nossos olhos contemplassem os novos horizontes que nos eram proibidos, sim, realmente, o nosso Kazik transformou-se em um caricaturista cruel, infeliz... com raiva desenhou todos os artistas, desenhou sem piedade. E eles, os infelizes, viram-se nos olhos dele e enxergaram-se como objetos feios, desagradáveis, e lágrimas começaram a correr de cada olho, lágrimas de desespero e dor..."

"E então", continua Vasserman, "ao chorarem, aconteceu uma espécie de MILAGRE [*q.v.*] e a feiúra grotesca que havia neles diminuiu e eu me lembro, *Herr* Neigel, que foi o pequeno farmacêutico, Aharon Marcus, que quis nos consolar então e contou-nos sobre a feia princesa Maria, de *Guerra e paz* de Tolstoi, que só se tornava bonita quando chorava, como aquela lanterna japonesa que perde o encanto quando está apagada, mas quando acesa exibe toda a sua beleza. E o senhor sabe, *Herr* Neigel, o infeliz Kazik já não conseguia compreender aquelas coisas bonitas e consoladoras. A feiúra já estava em seus olhos... ele não sabia perdoar, nem se apiedar já não sabia... a alma deslocarase da vida, como o infeliz Midas da mitologia: tudo que olhava ou em que tocava brilhava e se revestia do brilho metálico da má intenção. Sim, *Herr* Neigel, Kazik era infeliz: infeliz, infeliz, infeliz."

רגשות

REGASHOT

SENTIMENTOS

Experiência subjetiva interior.

Na tentativa de melhor aprender sobre esta experiência, o farmacêutico varsoviano Aharon Marcus preparou seus experimentos, cujos resultados, claro, são internamente objetivos e não se deve tirar deles conclusões objetivas gerais.

Aharon Marcus era um autodidata que, por esforço próprio, aprendeu seis línguas (entre elas árabe e espanhol), gostava de música clássica e como passatempo copiava partituras para a Ópera de Varsóvia. Da mesma forma, ocupavase moderadamente de alquimia. Das pessoas que Oto trouxe para o zoológico desde o início de 1940, Marcus era, sem dúvida, o mais culto e, também, o de convivência mais fácil. Era viúvo, pai de um filho (Hezkel, o marido de Bela) e durante quarenta e cinco anos esteve casado com uma megera intrigante e amarga, cuja maledicência a secou, reduzindo-a a dimensões estranhas. Ele a adorava e quase nunca falava mal dela, enquanto ela não parava de zombar de sua inépcia em questões de dinheiro, da sua cultura sem propósito e conspirava contra os instrumentos de alquimia que ele acumulara no laboratório da farmácia. Marcus, natural de uma cidadezinha da Galícia, foi o primeiro farmacêutico de Varsóvia a produzir e vender remédios naturalistas (ele próprio era vegetariano por questões de consciência). Era um homem sensível, de aparência elegante e vestia-se com esmero. Até o início da guerra costumava andar com um cravo fincado na lapela do terno. (Na parte interna da lapela estava costurado um minúsculo dedal metálico que o farmacêutico enchia com gotas de água para a flor.) Depois da morte da mulher, em 1930, vendeu a farmácia e mudou-se para uma casinha no bairro de Joliboj. O equipamento de alquimia (mapas, anotações misteriosas, material para o refino de mercúrio, "forno de Maria" para o preparo de água de enxofre, que os alquimistas chamam de "água divina") ele deu de presente a um amigo cristão que era rosa-cruz. Naquela época, e não se conhecem os motivos pessoais que o levaram a isto, o farmacêutico aposentado começou a realizar suas extenuantes experiências no âmbito do sentimento humano. Começou a traçar um mapa no qual anotou um a um todos os sentimentos humanos conhecidos, classificou-os por categorias, peneirando alguns dos sinônimos que descreviam na prática o mesmo sentimento, dividiu sua lista em sentimentos "da mente" e "do coração", em sentimentos "primários" e "secundários", e depois começou a realizar um acompanhamento minucioso de si mesmo e de seus poucos amigos, com a intenção de localizar os sentimentos mais "ativos" da psique humana. Vasserman: "O senhor teria imaginado, *Herr* Neigel, que nós, seres humanos, o supra-sumo da criação, em toda a nossa longa vida fazemos uso de apenas duas ou três dezenas de sentimentos? E que, de forma permanente e intensa, somente de dez ou quinze?". Neigel: "Para mim é o suficiente. Quem dera que eu tivesse menos sentimentos. Ouça, aqueles que nos instruíram na escola militar tinham razão, os sentimentos são um luxo para civis. Para os moles. Para mim, agora bastariam dois ou três sentimentos...". Vasserman: "Para o senhor, talvez. Mas o nosso Aharon Marcus revoltou-se contra este empobrecimento que nos foi imposto... ansiava abrir caminho aos territórios desconhecidos da alma, ao sussurro que todos sentem em seu interior e não ousam tocar, *oi Herr* Neigel, o senhor pode imaginar como os nossos alicerces se abalariam se Marcus conseguisse descobrir e publicar seu invento sobre mais um novo sentimento humano? O senhor poderia imaginar quantas coisas sem nome, originais, fortes se revelariam a nós em nosso interior de uma só vez? Encheriam o novo vaso em que foram fundidos, tornar-se-iam parte vital de nós? Que revolução primeva! Falo de um sentimento único e, imagine, dois? Três??" "Hitler inventou", responde Neigel e explica: "Hitler nos deu algo novo. Alegria. Sim, a verdadeira alegria dos fortes. Eu mesmo pude senti-la uma vez. Não faz muito tempo. Até que você começou a me envenenar. Uma verdadeira alegria, Vasserman, sem falsas dores de CONSCIÊNCIA [*q.v.*], sem arrependimento pela força que a gente possui e com a possibilidade de se alegrar no ódio, decididamente, Vasserman, desfrutar desse ódio contra alguém que é preciso odiar. São coisas que, até ele, ninguém ousara dizer em voz alta". Vasserman: "Hum, *Herr* Neigel, isto é verdade, em certo sentido. Mas o senhor está errado em um ponto: não diga 'inventou', mas 'descobriu', 'desvendou'. E veja o que isso causou. Que energia de dimensões gigantescas mereceu repentinamente nome e ideologia e armas, e exércitos, e leis, e uma nova história fictícia feita somente pelo ódio! Mas, devo dizer-lhe, suspeito que o pequeno farmacêutico, mesmo que também desvendasse um sentimento assim, um instinto assim, talvez tivesse guardado o seu segredo no coração. Bem, mesmo com seu jeito modesto, tranqüilo, chegou a feitos respeitáveis".

Aharon Marcus, o homem quieto e amante da paz (Vasserman: "cujo coração era, talvez, a pedra filosofal que procurara a vida toda, a que transforma cada metal em ouro puro"), tornou-se um combatente perigoso e determinado, quando declarou guerra contra as limitações dos talentos do sentimento humano. Desde o início era claro para ele que a culpa estava na língua, que as pessoas eram treinadas para sentir somente aquilo a que podem atribuir um nome. Que se sentirem um outro sentimento, forte e novo, não saberão o que fazer com ele e o afastarão de si, ou falharão, fundindo-o com um outro sentimento que tenha nome conhecido. Com isso, por preguiça, negligência e talvez também por medo, retirariam dele a importância original. Marcus: "E o apelo do sentimento para com elas. E a sua exigência delas. E a sutileza do prazer e do perigo existentes nele". Como sabia muitas línguas, sabia também que pessoas que falam somente uma língua não conhecem em absoluto certos sentimentos tênues que são bem conhecidos dos que falam outra língua. [*Nota da equipe editorial: a fim de explicar, pode-se trazer aqui como exemplo a palavra hebraica* tiscul, "frustração", relativamente recente. Esta palavra não aparece no vocabulário hebraico até meados da década de 1970 e realmente, até que ela fosse absorvida na linguagem diária, as pessoas que falam apenas hebraico não poderiam ficar "frustradas". Elas ficavam, é claro, "zangadas", ficavam "decepcionadas", sentiam decepção em algumas situações, mas a própria sensação de frustração só vieram a conhecer exatamente quando a palavra frustração foi traduzida do inglês frustration, sendo que os falantes do inglês puderam estar "frustrados" muito tempo antes dos falantes do hebraico. É interessante neste contexto a observação do escritor tcheco Milan Kundera com relação à palavra tcheca litost; segundo Kundera, ela não pode ser traduzida para nenhuma outra língua; ela expressa "uma sensação infinita como um acordeão aberto, representa um complexo de muitos sentimentos: dor, pena, arrependimento e saudade ao mesmo tempo. Kundera diz no Livro do riso e do esquecimento: "Procuro em vão uma palavra com o mesmo valor em outras línguas, embora não me seja claro como se pode explicar a alma humana sem ela".] O culto farmacêutico de Varsóvia também dizia que devido às tremendas limitações do nosso sistema lingüístico, as pessoas são obrigadas a se "satisfazer" a cada momento com um único sentimento, no máximo, com dois, que foram fundidos na massa de uma palavra. A seu ver, isso era como se "conversássemos um com o outro, e este outro consigo mesmo, numa língua em que todas as palavras têm apenas uma sílaba. Palavras pobres, magras, traidoras, guardas idiotas de um grande tesouro, ou tesouro fervilhante e sussurrante, dezenas e talvez centenas de sentimentos sem nome, sensações meio anônimas, instintos primevos, opressões, prazeres selvagens". Neigel, rindo: "Que continuem assim. É melhor assim". E Marcus: "Não, não, afável Herr Neigel, é uma fuga, talvez até covardia, perdoe-me por dizer isto. Temos RESPONSABILIDADE [q.v.]!". As experiências concretas do farmacêutico no âmbito do sentimento começaram no ano de 1933. Vasserman especifica e detalha: "No dia 30 de janeiro do ano de 1933 do calendário deles". Então começou a pesquisar a tristeza. Segundo Vasserman, as anotações de Marcus daqueles dias testemunham a dose de sacrifício exigida dele: no início pensou que poderia se ocupar de sua pesquisa somente em certas horas que estabelecera. Ainda se referia a isso como a um passatempo curioso. Mas rapidamente compreendeu que há apenas um modo de fazer isto adequadamente: vivendo-o. Vasserman: "Se você visse este homem otimista imergindo lentamente de modo programado na tristeza, ai, ai, o rosto agradável, frágil, parecia naqueles dias o rosto de um cavalo que afundasse lentamente no pântano. Ele se deixou entristecer mortalmente, se se pode falar assim, para que lhe fosse possível analisar por dentro esta caverna escura, limpá-la de suas ervas daninhas, abrir as cavidades que entupiram devido à falta de uso e atribuir-lhes novos nomes". Assim Marcus começou a desenvolver o "Sentimo"; a nova linguagem do sentimento, que era "cheia de boa vontade mas, talvez, um pouco primitiva", nas palavras de Vasserman. Era uma mistura de letras, algarismos e códigos secretos que ninguém, além do farmacêutico, seria capaz de compreender. Vasserman: "Ai, *Herr* Neigel, lembro-me dos dias difíceis que vieram depois da jornada para a tristeza! A descida até o âmago do medo que o farmacêutico empreendeu durante três anos, entre 1935 e 1938, e os onze meses nos quais desceu à profundeza de todas as variedades de humilhação, entre novembro de 1938 e setembro de 1939, e nisto ele realizava experimentos adicionais, como um escritor que escreve um romance grande e, paralelamente, rabisca historinhas, bastardinhos de sua pena, como lascas lançadas pelo exercício da profissão, *ai*, aquele mesmo mergulho assustador dele para dentro da confusão impotente, *nu*, a intrepidez quando se atirou aos abismos da abjeção e encontrou lá, quem acreditaria? — dezessete nuanças diversas de sentimento entre o asco e a aversão".

Pareceu que naqueles dias a pesquisa realizada pelo farmacêutico começara a mudar de rumo; o fato é que no mês de fevereiro de 1940, quando Oto BRIG [*q.v.*] o encontrou pela primeira vez nas ruas do gueto, lambendo as botas de dois homens da Waffen SS, lembrou-se de que... Oto: "Ele sorriu, Marcus sorriu debaixo do nariz deles, parecia feliz como se tivesse roubado um pêssego do pomar do padre! Bem, logo compreendi que ele nos servia!". Oto resgatou por muito dinheiro a vida de Marcus das mãos dos dois homens da SS que o humilhavam e o trouxe para o zoológico. No caminho Marcus lhe explicou a essência das suas experiências e neste meio-tempo ficou-lhe claro também o significado do sorriso celestial que se espalhara por seu rosto enquanto o ultrajavam: "Não há tempo", disse ao comovido Oto, "e eu quero ter também um pouco de satisfação nos meses que me restarem e, por isso, agora, a felicidade". Vasserman supõe que nos dias em que o gueto esteve imerso na melancolia, o farmacêutico Aharon Marcus tenha vagado pelas ruas e só pela força do seu espírito tenha conseguido "equilibrar as balanças do sofrimento e da felicidade, que, se não estiverem equilibradas, estaríamos todos perdidos...". É preciso frisar que o farmacêutico esteve exposto também a muitos perigos enquanto realizava suas experiências. Vasserman: "Como aquela viagem estremecedora, precipitada, ao seio do sentimento da compaixão, *nu*, bem, e aquele deixar-se levar — havia quase uma irresponsabilidade nisto, meu querido Marcus! — pela esperança, sim, justamente no auge daqueles dias ele quis investigar a esperança... que sofrimentos conheceu então! Mas ele não recuava diante de nada e abria seu caminho, lentamente, nesta floresta hostil e emaranhada da nossa vida sentimental. Armado apenas do senso de observação interior, um senso que se tornou afilado como a antena de uma borboleta e afiado como uma navalha, Aharon Marcus nivelou seu caminho, destrinchou o emaranhado em troncos, galhos, ramos, fibras e filamentos, deu-lhes nomes, como o primeiro homem no Jardim do Éden e, por Deus, *Herr* Neigel, não entendo como a mente dele não perdeu a sanidade! O rosto dele, que era sempre belo e suave, o rosto tranqüilo de um bebê, envelheceu tanto! No início tornou-se escuro como um caldeirão, mas depois novamente clareou, então vimos o que lhe acontecera: cada um desses experimentos, cada uma dessas imersões psíquicas, registrou nele um sinal, gravou um traço, deixou uma cicatriz. *Ai*, tal era o destino do artista solitário que não tem com quem compartilhar o perigo, você entende, era obrigado a experimentar sozinho todas as nuances de todo novo sentimento, e só então sossegava, via-se autorizado a anotá-lo em seus registros e atribuir-lhe um nome". Marcus: "Com grande emoção registro o que se segue: na experiência conhecida entre 'temor' e 'pavor' descobri e defini através do nome mais sete nuances de sentimentos, mais ou menos agudos e todos, sem dúvida, 'primários' ". Com isso não se encerraram as experiências de Marcus; sua ousadia o levou a uma etapa em que não tinha alternativa a não ser ousar ainda mais. Já não tinha como recuar e ele nem pensava em fazê-lo. Vasserman: "... e entendeu que devia preparar agora as experiências mais profundas e as mais cruéis para consigo mesmo, as que despertam em mim mesmo agora, ao me lembrar delas, um grande tremor, *Herr* Neigel, sete nuances de tremor, porque naquele tempo começou a dedicar todo o seu tempo a cruzamentos...". Aharon Marcus começou a efetuar hibridizações entre sentimentos que até então pareciam absolutamente estranhos e até hostis um ao outro. O homem, que se autodenominava "o astrônomo do sentimento", tentou acasalar, por exemplo, o pavor com a esperança; ou a melancolia com os anseios; como resultado, aparentemente, procurou um meio de introduzir em cada sentimento desagradável, prejudicial e destrutivo uma semente de transcendência. De salvação. A hibridização mais fascinante, segundo Vasserman, foi a que o farmacêutico preparou no tempo em que morava no zoológico de Oto, e nela procurou mesclar o prazer da má intenção com a sensação de SOFRIMENTO [*q.v.*]. Vasserman: "Isto o nosso Marcus fez com uma estranha inquietação, como se o tempo o apressasse... e seu desejo era moderar a má intenção, serená-la, infectá-la com os micróbios sábios, tristes do sofrimento, quem conhece a alma do artista?...". "*Himf.*" "Ai, o senhor devia tê-lo visto naqueles dias, *Herr* Neigel, temíamos que explodisse, Deus o livre, que se rompesse em pedaços, como a salamandra chamada camaleão que deixaram sobre um tapete estampado... parecia um cantor que tenta cantar sozinho a duas vozes... mas sempre se salvava pela pele dos seus dentes e se sobrepunha como um leão e se recompunha para fazer suas anotações secretas no caderninho. O senhor poderia imaginar nosso zoológico sem um Marcus assim? E quem, senão ele, poderia ter dado o GRITO [*q.v.*]?"

רחמים

RACHAMIM

COMPAIXÃO

Ver PIEDADE.

ריכטר

RICHTER

Rapaz judeu, quase anônimo. Exceção entre os ARTISTAS [*q.v.*] por ser a contribuição do *Obersturmbannführer* Neigel à história. A história de Richter foi transmitida a Vasserman em uma das horas confusas daquela noite em que Neigel se suicidou [*ver* KAZIK, A MORTE DE], e nela se percebe a lamentável ausência de uma elaboração artística adequada. A seguir as circunstâncias de sua criação: Neigel, assustado e desesperado, informa a Vasserman que tem "algo" para ele, algo em que refletiu no trem para Berlim, a caminho da sua folga. O escritor judeu fica atento. "No trem", diz Neigel, "no trem pensei nele. Alguém novo. Para Oto, para o zoológico, o que você acha?" "Vamos fazer e ouvir",[8] responde Vasserman. Fora, de longe, ouve-se o apito melodioso de STAUKE [*q.v.*], que circula por ali e aguarda o disparo que será ouvido do barra-

8. Resposta que os israelitas que saíam do Egito deram como compromisso para receberem os Dez Mandamentos. (N. T.)

cão. Sua paciência já estava se esgotando, mas ele não ousou entrar até que Neigel atirasse em si mesmo. "Qual a sua opinião?", pergunta novamente Neigel, súplice. "Será um rapaz. Terá cerca de vinte anos. E ele, você está ouvindo? Apagou o sol. Sim! O sol! Então dê-me um nome para ele, *Herr* Vasserman, um bom nome judaico, e fale mais alto, de repente não se consegue ouvir você. O que foi que disse? Richter? Bonito. Que seja Richter. Mas escreva. Quero que fique anotado. Ele tem que estar na história e lembre-se de que ele é meu. Se alguma vez você contar isso a alguém, diga também que fui eu que o inventei, sim? O que você está perguntando? Está difícil ouvi-lo. Ele está apitando. O trem da noite está chegando. O que é que ele sabe fazer? *Oho*!!" Neigel ri alto e de forma exagerada. "*Oho*!! O que ele sabe fazer! Anote, Sherazade, anote palavra por palavra: ele será um menino em um dos vossos guetos, em Lodj, por exemplo, e viu muitas coisas lá. Houve uma Ação lá. Você sabe por acaso o que é Ação, *Herr* Vasserman? Ação é... não importa. Esqueça. Você não precisa saber. É melhor que você permaneça no seu mundo de lendas, sim, porque Ação não é algo agradável, não é fácil, não..." Ele dá um longo assobio, talvez a fim de expressar o tamanho do desconforto que existe numa Ação, e talvez para encobrir o trilo dos apitos dos ucranianos na plataforma, "e ele vê todo tipo de coisas desde que começou a olhar para dentro do sol, sim! Diretamente dentro do sol, viu tudo e não fez nada. Não se apagou e não incendiou o mundo inteiro. E ele, assim, direto para a luz, isso eu inventei no trem para Berlim, quando saí daqui tive a idéia; no início era uma experiência cruel, como os seus artistas, homens para a direita, mulheres para a esquerda! Crianças e velhos para o Lazareto, ali vocês receberão uma injeçãozinha do nosso médico Stauke, uma injeção contra a epidemia de tifo que grassa agora no leste, e ele olhava diretamente para dentro do sol, os olhos ardiam e o tempo todo ele chorava, as pálpebras se incharam e se cobriram de pus, mas ele já havia jurado despir-se! Dispam-se todos! Sem acanhamento! Cada um de vocês tem exatamente o que o outro tem! E depois de alguns dias o sol começou a desistir dele, realmente, no observatório de Berlim talvez não tivessem percebido isso, mas não importa. O sol começou a recuar e agora, para fora! *Schnell*! Para a desinfecção! Estes foram os dias mais difíceis deste Richter, porque de repente ele começou a ter medo, a correr, judeuzinhos, correr! Pela injustiça que ele causa a todo mundo por ter tirado o sol de todos, mas ele era um verdadeiro artista e por isso continuou a olhar diretamente para dentro do sol, até que se apagou de todo para ele, os

521

cinqüenta primeiros a entrar na câmara! Silêncio! É apenas uma desinfecção! E para ele fez-se escuridão absoluta, absoluta", geme Neigel, pisca com seus olhos vermelhos, desvairados, agita as mãos com entusiasmo e pergunta a Vasserman qual a sua opinião sobre a contribuição dele para a história. "Admirável", responde o judeu, "agora continue você", pede Neigel, e Vasserman vira uma página do caderno em branco com a intenção de ler dali; de repente ele ouve o dr. Fried dizendo alguma coisa ao ouvido de Oto, que a "contribuição", Richter, não combina tanto com a idéia inicial das *Crianças do Coração*. Falta-lhe profundidade e é na verdade bem crua. Então Vasserman ouve Oto responder ao médico baixinho e com determinação que aceita o jovem Richter para o seu zoológico principalmente por compaixão, porque... Oto: "Também quando nós procuramos as maiores e mais puras idéias humanas, Albert, a nós é proibido parar de ter pena, mesmo que por um momento, até mesmo de uma pessoa, simplesmente de uma pessoa, porque de outra forma não seremos melhores do que eles, malditos sejam".

שטאוקה
STAUKE

Sturmbannführer Siegfried Stauke, natural de Düsseldorf. Imediato de Neigel. Segundo os pareceres médicos preparados sobre ele após a guerra, pouco tempo antes de ter conseguido se suicidar, pode-se dizer que tinha uma personalidade sádico-patológica. Segundo seus médicos, Stauke era um homem muito inteligente, totalmente desprovido de CONSCIÊNCIA [*q.v.*], e nenhum deles soube explicar o que chamaram de seu incomum "impulso suicida". Não há nenhuma explicação científica para o que levou este homem cruel, que nos dias em que permaneceu no campo atuou como um assassino desalmado, a se comportar pouco tempo depois como um caco humano amedrontado. A seguir, falemos da seqüência dos acontecimentos que levaram Stauke ao cargo de comandante do campo de extermínio: durante dez meses ele foi o ajudante de Neigel e desde o primeiro momento envidou todos os esforços para substituir o "bávaro idiota", como ele dizia. Mas parece que seu intuito foi em vão: Neigel executou seu trabalho com perfeição e era sabido que o próprio *Reichsführer* Himmler o protegia. Assim foi até o mês de setembro de 1943, quando Neigel abrigou Vasserman em seu barracão como o seu "judeu de casa". Stauke levou isto a mal e até disse a Neigel que os "judeus de casa" não moram na casa dos patrões, mas Neigel, muito zangado, fez pouco de suas palavras. Depois, um pouquinho aqui e um pouquinho ali, aumentaram os indícios: no início, Stauke (que era considerado inteligente e culto, aparentemente devido ao seu título de doutor) se surpreendeu ao ouvir de seu comandante perguntas não rotineiras e estranhas. Começou com um interrogatório esquisito sobre diversas doenças do sangue. Neigel contou sobre uma velha tia doente, mas Stauke logo percebeu que Neigel estava mentindo. ("Pois pessoas como ele não são capazes de mentir bem. Logo se vê como as veias começam a ficar salientes em sua testa. Eles só conhecem a verdade. Por isso são tão maçantes." Stauke, numa entrevista à imprensa em 1946.) Depois o motorista de Neigel lhe contou sobre uma viagem secreta à região de Borislav, uma viagem sobre a qual Neigel não falou a ninguém. Stauke fez um pequeno trabalho telefônico, localizou o oficial que acompanhou Neigel a Borislav e ouviu dele algumas coisas reveladoras sobre seu comandante. Assim ficou sabendo que Neigel tornara-se um apreciador de um produto arcaico chamado *lepek*, e que para este fim espalhara ao seu redor indícios estranhos sobre perfurações de petróleo que pretendia iniciar na região do seu campo, como mais um trabalho forçado para os prisioneiros. Stauke ergueu uma sobrancelha e assobiou um trecho do *Barão cigano*. Exatamente no mesmo dia Neigel o chamou ao seu aposento e como que por acaso formulou-lhe algumas perguntas sobre a migração das raposas e sobre a hibernação das lebres, riu desajeitado e disse: "É para o meu pequeno, para Karl. De repente ele está interessado nisto". Por fim, aconteceu aquele episódio humilhante com o judeuzinho que arrebatou um fuzil e começou a atirar nos guardas no "Caminho do Céu"; todos viram então o comportamento vacilante e frouxo de Neigel [*ver* REBELIÃO]. Stauke começou a prestar mais atenção nos boatos espantosos que grassavam entre os sentinelas ucranianos, sobre as relações incomuns que existiam entre Neigel e o seu judeuzinho, após o trabalho. Dagussa, o ucraniano que sempre servia de guarda no barracão do comandante, contou, sob a influência de apenas uma garrafa de *schnapps*, sobre risos e vozes, "como se alguém ali estivesse contando uma história para uma criança pequena, o senhor me entende, comandante?", que provinham dali. Naquela ocasião todos começaram a perceber uma forte decadência no estado de Neigel. Sua aparência tornou-se negligenciada e relaxada, ficou sujeito a estados de espírito tempestuosos, explo-

523

diu em histéricos ataques de raiva contra seus oficiais, impôs severos castigos a soldados alemães que faziam transgressões leves, em suma: Stauke ficou de olhos abertos. No dia em que Neigel viajou de FOLGA [*q.v.*] para Munique, chegou ao campo um enviado especial que quis conversar com "absoluta discrição" com Stauke. Era um idoso *Standartenführer* da censura, que espalhou diante dele as fotocópias de sete cartas enviadas deste campo, escritas sem dúvida alguma com a caligrafia do comandante do campo. Stauke leu e quase explodiu de riso: quem poderia crer que dentro daquele sólido bloco de carne escondia-se um poeta? Stauke leu sobre o grupo de velhinhos malucos, sobre os corações que desenharam nas árvores, sobre uma pessoa que quis cruzar os limites de todas as pessoas e traduzir para elas o seu amor, e sobre um outro que tentou fazer nascer novos SENTIMENTOS [*q.v.*]. Tudo isso era tão ridículo, tão absurdo e bobo que Stauke pôde acalmar o censor, informando que não se tratava de uma escrita secreta de um espião, mas apenas de rabiscos infantis de um oficial a quem "a tensão abalara um pouco os nervos". Stauke solicitou ao homem que não tomasse nenhuma atitude, porque poderia afetar o moral dos soldados do campo que de todo modo estava baixo agora desde que "o nosso infeliz comandante começou com seus ataques de doença". Quando o censor partiu, Stauke foi correndo ao barracão de Neigel e, como esperava, encontrou ali o seu judeuzinho trabalhando no jardim. (Stauke: "Trabalhando? o que ele fazia mesmo era sabotagem, na pobre terra polonesa!".) Tentou interrogá-lo com astúcia sobre o tipo de relação que havia entre ele e Neigel, mas o judeu não era menos astucioso que ele e conseguiu escapar de todas as perguntas. Isso convenceu Stauke de que entre ambos "havia uma aliança nada santa". Nada santa. [*ver também* SUSPEITA]. Stauke foi recompensado quando invadiu aquela noite o barracão de Neigel enquanto este estava imerso na descrição dos desenhos da imaginação piedosa de Kazik [*ver* PINTOR]. Stauke tirou a arma de Neigel (que de forma alguma se opôs) e lhe deixou duas balas: uma para ele e outra para o judeu. Depois saiu para aguardar do lado de fora. Teve que esperar muito tempo, tempo demais para o seu gosto, quase uma hora, até que se ouvisse o tiro. Só um tiro. Era estranho. Sacou a pistola e entrou no barracão. O cadáver de Neigel jazia no chão. Stauke procurou febrilmente o judeu. Suspeitava de que Vasserman atirara em Neigel e agora se escondia armado no quarto. Vasserman entrou, vindo da cozinha, e olhou para Neigel estirado. Stauke se aproximou dele e atirou à queima-roupa em sua cabeça. (Vasserman: "*Nu*, então, desejei que ao menos agora desse certo. Por que, para que me restava viver agora? Stauke, com os poucos cabelos da calva raspados, segurou sua pistola revestida de madrepérola. Este nosso Stauke é um Tarzã vaidoso. Não fechou os olhos quando disparou na minha cabeça. Não como o pobre Neigel. Olhou direto dentro de mim. Senti o zumbido voando na minha cabeça e de repente me lembrei de que Stauke gosta muito de música. Tem até um gramofone no quarto e sabe cantarolar óperas inteiras de cor. *Fe!* Para que eu tinha que me lembrar disso, não sei. Mas, já que me lembrei, guardei o assunto no meu coração".) No mapa militar, atrás da cabeça de Vasserman, abrira-se um buraco enorme e feio. Stauke olhou para ele espantado. Depois olhou para Vasserman, virou a cabeça dele de um lado para o outro com seus dedos fortes. Quis encontrar o ferimento. Por fim, disse: "Então é verdade o que contaram a seu respeito? Hoffler disse que você não sabe morrer, e todos riram dele. Então é verdade". Vasserman: "Para meu grande pesar, isto é verdade". Stauke riu. Nitidamente um riso de embaraço. "Bonito, bonito", disse por fim, "e qual é o nome deste fenômeno extraordinário?"

O escritor quer responder, mas repentinamente lembra-se de algo mais que lhe sussurrou aquele zumbido que zumbia na cabeça. Por um momento seus olhos se arregalam espantados, sem vontade, mas a força deste imperativo é mais forte que ele e, como alguém tomado pelo demônio, responde: "Anshel Vasserman, comandante, mas antigamente me chamavam de Sherazade". Stauke franze o cenho. Um rubor estranho lhe sobe às faces: "Sheraz...? E de onde, caramba, eu conheço seu nome, Vasserman?". Vasserman passa por uma pequena série de abalos misteriosos. Parecia que travava internamente uma grande luta. Lutava com alguém. Protesta. Grita: "Basta! Não tenho mais forças! Não de novo! E por que música? Que tenho eu a ver com músi... e como contarei uma história nova? Outra vez uma história nova?". Mas parecia que seu parceiro oculto era muito mais forte que ele, e o ancião judeu, envolto no traje colorido, inclinou a cabeça e respondeu sem encanto: "Rimsky-Korsakov, senhor, foi quem compôs uma bela peça chamada *Sherazade*, mas, se me permitir ser um pouco presunçoso, isto é, sim, eu costumava escrever charadas sobre músicas para crianças e jovens na rádio de Berlim... Será que o senhor se lembra? Toda quarta-feira, depois do almoço? Era eu". E se cala, assustado com as palavras proferidas por sua boca, e faz sinais claros ao representante da equi-

525

pe editorial de que não compreende o que se passa com ele e por que dissera aquelas coisas. Mas o representante da equipe não olha para ele. Olha para Stauke, para o *Sturmbannführer* Stauke, cujas feições se enrubesceram de repente, como se uma centelha houvesse passado momentaneamente como um fogo de artifício; uma respiração mais profunda que a habitual dilatou seu peito, em suma: Stauke estava emocionado. Mas muito rapidamente conseguiu dominar seu sentimento. Muito depressa envolveu o rosto na sua expressão de desdém: "Autor de charadas infantis, é? Talvez um dia, quando eu estiver muito entediado, você possa vir e me cansar com estas bobagens. Pois eu também entendo um pouco de música, mas agora ouça: você passa a morar comigo. Será o meu 'judeu de casa'. Talvez jardineiro, Sherazade? As minhas petúnias ficaram muito feias ultimamente". Vasserman, concordando derrotado, num cansaço infinito: "E até rabanetes o senhor terá, comandante".

תיעוד

TIUD

DOCUMENTAÇÃO

Sistema para facilitar o armazenamento e identificação de diversos tipos de informação.

"Não", disse Ayalá, "isto não ajudará você. Você vai fracassar. Toda esta *Enciclopédia* não vale nada. Ela não pode explicar nada. Olhe para ela. Você sabe o que ela me faz lembrar? Sepultamento em massa. É isso que ela me faz lembrar. Uma sepultura coletiva com membros apontando em todas as direções. Com todas as partes soltas. Mas não só isso, Shlomik. Ela é também a documentação de seus crimes contra a humanidade. E agora que você chegou até aqui, espero que já esteja claro para você que fracassou, que mesmo numa *Enciclopédia* inteira não conseguirá dar conta de nem um dia sequer, nem um momento sequer, da vida de uma pessoa. E agora, se você quer que eu algum dia o perdoe, se você quer tentar se salvar, para que ao menos uma parte deste horror seja apagada e esquecida, escreva-me uma nova história. Uma história boa, uma história bonita. Sim, sim, eu sei, pois conheço suas limitações. Não espero de você uma história feliz. Mas prometa-me que ao menos você a escreverá com COMPAIXÃO [*q.v.*]!, com AMOR [*q.v.*]! Não com aquele amor! Não veja o verbete AMOR, Shlomik! Ame!"

תפילה

TEFILÁ

ORAÇÃO

Manifestação religiosa universal, cujo conteúdo é um apelo silencioso ou em voz alta à divindade.

Fried proferiu uma oração. Foi às 22h05, uma hora depois que Oto trouxe Kazik pela primeira vez. O menino, que estava então com três anos, adormeceu por um instante. A sua atividade febril aparentemente o exaurira. Fried sentou-se a seu lado no tapete, ele também exausto. Fried: "*Mui boje*, ele já está com três anos. Quanto tempo eu desperdicei até compreender o que está acontecendo". Nisto forjou-se em seu íntimo a DECISÃO [*q.v.*] de lutar. Pela primeira vez desde que formara sua opinião, decidiu lutar. E aparentemente era uma coisa estranha dizê-lo ao médico, que sempre parecia amante de querelas, mas não era assim: Vasserman testemunha que durante todos os anos de sua vida o médico esperou por uma batalha decisiva. Na verdade, uma batalha em que pudesse empregar sem pensar toda a sua força e que conferisse algum significado à sua vida insossa. Por isso, aliás, o médico tornou-se uma vítima fácil e indiferente em toda batalha em que foi atirado na vida. A seus olhos não havia nada que valesse a pena combater. Não havia nada que ele pudesse estabelecer com segurança se era bom ou mau. Todos os atos das pessoas lhe pareciam, no final das contas, miseráveis e sem nenhuma importância. Mesmo quando eram dirigidos contra ele, ele não encontrava raiva suficiente para protestar. Por isso era conhecido como uma pessoa exaltada e cheia de ódio contra todos. Ele sabia que não era assim, mas compreendeu muito tarde que jamais teria oportunidade de vingar seus anos vazios. Foi quando começou a viver com Paula. Então o médico descobriu assustado que toda a sua vida ele tinha vivido uma BIOGRAFIA [*q.v.*] que não era absolutamente a sua; que era fruto de um erro continuado e de uma omissão cansativa. Espantou-se quando compreendeu que mesmo em relação à própria vida ocorrem pequenos e lamentáveis erros como os erros de um merceeiro bobo e negligente. E por isso, quando lhe foi trazido o menino Kazik, e depois dos primeiros momentos de hesitação, o médico soube que tinha de lutar. Que esta era a sua última oportunidade. E jurou dar ao menino adormecido ao seu lado a melhor vida possível; ser para ele o melhor dos pais e o melhor dos amigos. Dar-lhe o que fora roubado de si mesmo. Oto, que dormia naquele momento em sua cama, sorriu para si mesmo: "Pois eu sabia que você lutaria, Albert". E Marcus: "Este é um momento muito importante, caro Fried, o momento em que você deve escolher entre observar e fazer. E entre o hábito e a criatividade". Fried: "Lutarei. Dar-lhe-ei uma vida cheia de sentido [ver VIDA, SENTIDO DA]. Talvez apenas poucas pessoas tenham usufruído disso numa vida mais longa que a dele!". E então, quando Fried acabou estas suas palavras, todos os ARTISTAS [q.v.] ouviram em toda a extensão do zoológico, por um longo e inesquecível momento, como o GRITO [q.v.] preso no labirinto de lata se ampliou e se transformou num curto e penetrante sinal de alarme. Vasserman: "Talvez tenha sido por um choque ou compaixão, e talvez tenha sido o grotesco riso vingativo, quem sabe?". Mas Oto em sua cama sussurrou: "Você ouviu, Albert? Foi o seu grito. Você nasceu agora". Fried: "E o pequeno Kazik estava deitado de costas, o cabelo claro um pouco espetado, tão suave e claro, e o rosto dele, *ach*, havia nele tanta curiosidade e coragem, e rezei para que eu tivesse forças para passar aquela noite e o dia seguinte". E ele olhou para o menino com piedade, na qual já havia amor; chamas de dor e prazer dissolveram os torrões secos do seu velho coração e, novamente, como sempre, contra sua vontade, contra suas decisões e tudo o que sabia sobre este mundo e suas criaturas e sobre a vida que não é vida, novamente brotaram nele rebentos frescos de esperança. E Marcus rezou: "Que soubesse permitir ao menino a existência deste forte desejo de vida e esta maravilhosa certeza, deitado de costas, aberto a tudo, acreditando em tudo". Fried: "E que eu não o envenene com todo o ódio que existe em mim". Marcus: "E com tudo o que eu já sei". Oto: "Que eu o deixe ser varonil e corajoso e disposto a acreditar". Fried: "E que não se pareça comigo, por favor. Que se pareça com ela, com Paula", e Vasserman ergueu os olhos para Neigel e disse: "E nós todos rezamos por uma coisa: que conclua toda a sua vida sem saber nada a respeito da guerra. O senhor entende, *Herr* Neigel? Pedimos tão pouco: que seja possível que uma pessoa neste mundo viva toda a sua vida do começo ao fim e nada saiba sobre a guerra".

Julho de 1983-dezembro de 1984

Lista dos verbetes em português

Adolescência, letargia da, 400
Amor, 365
Armadilha, 447
Arte, 367
Artistas, 368
Biografia, 374
Brig, Oto, 374
Caricaturista, 512
Casamento, 423
Casamento, licença de, 452
Catástrofe, 504
Cigarro, 461
Compaixão, 520
Consciência, 449
Coração, renascimento das Crianças do, 430
Corpo, a objetividade do, 375
Criação, 428
Decisão, 395
Diário, 425
Documentação, 526
Eczema, 369
Educação, 419
Escolha, 373

(Estas) porcarias, 417
Estranheza, 411
Ficção, 372
Folga, 417
Força, 429
Grito, 492
Guinsburg, Ilya, 377
Herotion, 385
Hitler, Adolf, 396
Homem inferior, o, 451
Humor, 393
Infância, 426
Infância, delícias da, 428
Infância, doenças da, 427
Inferno, a expulsão do, 377
Invalidez, 453
Justiça, 482
Juventude, 457
Kazik, a morte de, 498
Marcus, Aharon, 451
Masturbação, 365
Matadouro, como um rebanho para o, 423
Milagre, 454

Munin, Yedidiya, 436
Nascimento, 435
Novo Homem, o, 413
Oração, 527
Piedade, 422
Pintor, 489
Pistola, 368
Plágio, 465
Prometeu, 478
Rebelião, 449
Responsabilidade, 366
Richter, 520
Sentimentos, 514
Serguei, Semion Yapimovitch, 461
Sexo, 444

Sofrimento, 459
Solidão, 370
Sonâmbulos, jornada dos, 460
Stauke, 522
Suicídio, 399
Suspeita, 422
Tempo, 410
Tortura, 463
Tostão, filosofia do, 476
Traição, 370
Tsitrin, Hana, 482
Vida, alegria da, 418
Vida, sentido da, 417
Zaidman, Malchiel, 402

ESTA OBRA FOI COMPOSTA PELA SPRESS EM ELECTRA E IMPRESSA
EM OFSETE PELA GRÁFICA BARTIRA SOBRE PAPEL PÓLEN SOFT DA SUZANO
PAPEL E CELULOSE PARA A EDITORA SCHWARCZ EM MAIO DE 2007